W0021846

Golon · Angélique und ihre Liebe

Anne Golon

Angélique und ihre Liebe

Roman

Einmalige Sonderausgabe Anne Golon in 14 Bänden
Lizenzausgabe 1990 für
Schuler Verlag GmbH, 8153 Herrsching
Originaltitel: Angélique et son amour
Übersetzer: Hans Nicklisch

ISBN 3-7796-5290-0

Meinen Leserinnen und Lesern,

Angelique, eine schillernde, sagenumwobene Frau unserer Zeit. Ein historisch-abenteuerliches Epos, das 30 Jahre im Leben einer Frau umfaßt, niedergeschrieben von einer Frau.
Angelique, eine faszinierende Persönlichkeit, mit der sich Frauen wie Männer in unserer heutigen Zeit identifizieren können, wie mit einem Freund, der ihr Leben teilt.
Angelique – sie bezaubert uns nicht nur mit ihrer Schönheit. Sie zieht uns in ihren Bann mit ihrer inneren Freiheit, mit ihrem Lebenshunger, mit ihrem Aufbegehren,mit ihrem Humor.
Sie stärkt uns mit ihrer Warmherzigkeit. Intuitiv und mutig, wie sie ist, stellt sie sich den materiellen und moralischen Prüfungen, die das Leben ihr auferlegt, aber auch um ihre Liebe zu dem Mann, von dem sie getrennt ist.
Sie weicht den täglichen Auseinandersetzungen zwischen Mann und Frau, zwischen Frau und Kirche, zwischen dem freien Menschen und der politischen Macht nicht aus.
Diese Themen durchkreuzen jede einzelne Folge der Saga und ziehen so den Leser unwiderstehlich in das Geschehen hinein. Die reiche Vielfalt der Handlungselemente, die diese 6900 Seiten bestimmen, verbindet vielseitige Lesarten:

- Sie bietet Spannung, die uns nicht mehr losläßt.
- Sie fasziniert durch die historische Detail-Treue und Genauigkeit des Handlungsablaufs.
- Sie führt uns ein in mystische Welten.
- Sie hält uns gefangen mit dem epischen Atem, der sich durch all diese Seiten zieht, und das Leben eines vergangenen Jahrhunderts wiedererstehen läßt, das uns wie in einem Spiegel unser eigenes Schicksal erkennen läßt.
- Sie zeigt uns eine bewundernswerte Tatkraft und Entschlossenheit, die Schwierigkeiten des Lebens zu meistern und Angst und Haß zu überwinden.
- Sie schenkt uns eine ganz neue empfindsame Sicht der Liebe:

Einer Liebe wie das Meer. Unendlich, immer wiederkehrend.
Das Geheimnis des Gefühls.
Das Geheimnis der Sinnlichkeit.
Das Geheimnis des Liebens.

Angelique ist die Frau der Vergangenheit wie der Gegenwart. Sie ist uns so nahe, in unseren Hoffnungen wie in unseren Ängsten, daß wir nicht umhinkönnen, während wir sie durch die Seiten begleiten, uns die ewige Frage zu stellen:

Wo sind unsere Träume geblieben?
Wo ist unsere Liebe geblieben?

Versailles, im April 1990

Erster Teil

Die Überfahrt

Laura hätte vorsichtiger sein sollen, sagte sich [illegible]
Gründe für diese [illegible] Zeitung [illegible]
gewöhnlich tagte, war immer ein [illegible] gewesen [illegible]
Kollegen [illegible] durch das letzte Semester [illegible]
[illegible]
Abteilung [illegible] von der [illegible]
mit dem [illegible] während [illegible]
[illegible]
war [illegible] und [illegible]
[illegible] war der [illegible] Welt [illegible]
[illegible] Präsident [illegible]
[illegible]
[illegible]
[illegible] das [illegible] immer [illegible] gesagt hat zu [illegible]
[illegible] worden war [illegible]
[illegible]
[illegible]
[illegible]
[illegible]
[illegible]
[illegible]
[illegible] war [illegible]
[illegible] nicht.

Sie fand sich in [illegible] Semester [illegible] hatte [illegible]
[illegible] hatte. [illegible]
[illegible]
und die [illegible] eines [illegible]
[illegible].

[illegible]
[illegible]
[illegible].

Erstes Kapitel

Das Schiff verfolgte leise rollend seinen Kurs. Außer dem gedämpften Rauschen des Meers und dem Knarren der Masten unter dem Druck der geschwellten Segel war kaum ein Laut zu vernehmen. Durch das große Heckfenster drang der letzte Schein der hinter dem Horizont verschwundenen Sonne. Dort hinten, nun unsichtbar, aufgelöst im rosigen Abenddunst, verschlungen von den dunkelnden Wellen, lag das Land, aus dem Angélique geflohen war. Sie hatte in ihm den königlichen Glanz des Hofes und das grausige Elend der Unterwelt erfahren. Sie war bewundert und geliebt, angefeindet und tödlich gehaßt worden. Sie hatte gekämpft, mit den feingeschliffenen Waffen der Frau und den mitleidlosen des Mannes, hatte eine ganze Provinz in den Aufstand gegen den König geführt und war unterlegen. Nichts von ihren Träumen und Hoffnungen war ihr geblieben, nichts – oder vielleicht doch das eine: das Bewußtsein, immer so gehandelt zu haben, wie es ihr von ihrem Herzen eingegeben worden war, wie sie hatte handeln müssen. Nicht Schuld, Schicksal war es, das ihren Weg durch Not und Bedrängnis bis hierher, auf das Zuflucht gewährende Schiff geführt hatte.

Das Gefühl, von einem unsichtbaren Blick beobachtet zu werden, brachte Angélique aus ihren Gedanken in die Wirklichkeit zurück.

Auffahrend, blickte sie um sich und suchte nach demjenigen, der sie in die mit orientalischem Luxus ausgestatteten Räume des Heckaufbaus hatte schaffen lassen. Sie war überzeugt, daß er da sein müsse, aber sie sah ihn nicht.

Sie befand sich in demselben Salon, in dem sie der Rescator in der Nacht zuvor empfangen hatte. Die verwirrend schnelle Folge der Ereignisse, ihre dramatische Steigerung, der Friede, der sie nun umgab, und die Seltsamkeit ihrer neuen Umgebung verliehen dem Augenblick etwas Traumhaftes.

Ohne die Gegenwart Honorines, die sich zu regen und wie ein Kätzchen zu dehnen begann, wäre sie sich ihres wachen Zustands nicht sicher gewesen.

In der zunehmenden Dämmerung schimmerten die Vergoldungen der Möbel und aufgestellten Kostbarkeiten, deren Umrisse sie kaum mehr zu unterscheiden vermochte. Sie spürte den Duft jenes Parfüms, das sie nicht ohne Bewegung wiedererkannt hatte und das ihr untrennbar zur Person des Rescators zu gehören schien. Offenbar hatte er sich den Geschmack an Raffinessen aus dem Mittelmeer mitgebracht, wie er sich auch die Vorliebe für Kaffee, für Teppiche und Diwane mit seidigen Kissen bewahrt hatte.

Ein kalter Windstoß drang durch das Fenster und trug die Feuchtigkeit des aufsprühenden Gischtes herein. Angélique fröstelte. Nun bemerkte sie auch, daß ihre Korsage über der nackten Brust geöffnet war, und diese Entdeckung beunruhigte sie. Welche Hand hatte sie gelöst? Wer hatte sich über sie gebeugt, während sie hier gelegen hatte? Welcher Männerblick war, vielleicht mit Besorgnis, forschend über ihre blassen, reglosen Züge, über ihre geschlossenen, von Erschöpfung gezeichneten Lider geglitten?

Denn er mußte bemerkt haben, daß sie nur schlief, wie zu Boden geschmettert, am Ende ihrer Kräfte, und er war davongegangen, nachdem er zuvor noch die Schnüre des Mieders gelockert hatte, um ihr das Atmen zu erleichtern.

Diese Geste, die vielleicht nichts anderes als eine gleichgültige Aufmerksamkeit gewesen war, die aber auch den mit Frauen vertrauten, sie alle, wer sie auch waren, mit liebenswürdiger Ungeniertheit behandelnden Mann verriet, ließ Angélique plötzlich erröten. Sie richtete sich auf und ordnete ihre Kleidung mit gereizter Heftigkeit.

Warum hatte er sie hierhergebracht, zu sich, und nicht zu ihren Gefährten? Sah er in ihr, trotz der Geringschätzung, mit der er sie behandelt hatte, seine persönliche Sklavin, die seinen Launen ausgelieferte Gefangene?

„Ist da jemand?" fragte sie mit lauter Stimme. „Seid Ihr es, Monseigneur?"

Nur das Rauschen des Meers und das Anschlagen der Wellen antworteten ihr.

Aber Honorine war nun völlig wach und setzte sich gähnend auf. Angélique beugte sich zu ihr und nahm sie mit jener umhüllenden, eifersüchtigen Bewegung in die Arme, mit der sie schon so viele Male versucht hatte, sie vor den Gefahren zu bewahren, die ihr zartes Dasein bedrohten.

„Komm, kleines Herz", raunte sie, „und fürchte nichts. Wir sind auf dem Meer."

Sie wandte sich zu der verglasten Tür und war erstaunt, sie ohne Mühe öffnen zu können. Also war sie keine Gefangene ...

Draußen war es noch hell. Sie unterschied die Matrosen, die sich auf Deck bewegten, während die ersten Laternen aufglommen. Die Dünung war sanft, und eine Art Frieden ging von dem einsam über den verlassenen Ozean gleitenden Piratenschiff aus, als hätte es nicht kaum einige Stunden zuvor mehr als einmal gegen den drohenden Untergang ankämpfen müssen. Man genießt das Leben erst, wenn der Tod nahe und unausweichlich scheint.

Eine Gestalt, die zusammengekauert vor der Tür gehockt hatte, erhob sich, und Angélique erkannte den riesigen Mauren, der in der vergangenen Nacht den Kaffee zubereitet hatte. Er war in den weißwollenen Kapuzenmantel der Marokkaner gehüllt und trug eine Muskete mit silberverziertem Kolben, wie sie sie bei der Leibwache Moulay Ismaëls gesehen hatte.

„Wo hat man meine Begleiter untergebracht?" fragte sie.

„Komm", antwortete er. „Mein Herr hat mir befohlen, dich zu ihnen zu führen, sobald du erwachen würdest."

Wie alle Schiffe, ganz gleich ob Fracht- oder Kaperschiffe, war die *Gouldsboro* nicht für die Unterbringung von Passagieren eingerichtet. Der der Mannschaft vorbehaltene Raum unter der Back reichte eben aus, aber nicht mehr. Man hatte die Flüchtlinge darum in einem Teil des Zwischendecks einquartiert, in dem sich die versteckten Geschützstellungen des Piratenschiffs befanden. Nachdem sie eine kurze Leiter hinuntergestiegen war, fand sich Angélique inmitten ihrer Freunde, die sich so gut es ging zwischen den Kanonen einzurichten begannen. Die Lafetten der schweren bronzenen, mit Planen bedeckten Geschütze konnten immerhin als Aufbewahrungsort für ihre dürftigen Habseligkeiten dienen.

Auf Deck hatte noch ein letzter Schein des Tageslichts verharrt, aber hier unten war es schon dunkel. Nur ein rosiger Schimmer drang noch durch eine offene Stückpforte.

Gleich bei ihrem Eintritt wurde Angélique von der stürmischen Begrüßung der Kinder und ihrer Freunde bedrängt.

„Dame Angélique! Wir hielten Euch schon für tot . . . ertrunken . . ."

Und alsbald wurden auch die ersten Vorwürfe hörbar:

„Wir können nichts sehen . . . Man hat uns wie Gefangene eingeschlossen . . . Die Kinder haben Durst!"

Im fast völligen Dunkel erkannte Angélique sie nur an ihren Stimmen. Die Stimme Abigaëls hob sich von dem Gewirr der anderen ab:

„Maître Berne braucht Pflege. Er ist ernstlich verletzt."

„Wo ist er?" fragte Angélique, betroffen darüber, daß sie ihn vergessen hatte.

Man führte sie zu dem Winkel, wo der Kaufmann unter einer offenen Stückpforte ausgestreckt lag.

„Wir glaubten, daß die frische Luft ihm gut tun würde, aber er kommt nicht wieder zu sich."

Angélique kniete sich neben den Verletzten. Dank des rosigen Scheins, der das Dunkel in diesem Teil des Schiffsraums erhellte, vermochte sie seine Züge zu unterscheiden, und sie erschrak über ihre Blässe und den erstarrten Ausdruck des Leidens, den sie selbst in der Bewußtlosigkeit bewahrten.

Sein Atem kam zögernd und mühsam.

„Er wurde getroffen, während er mich beschützte", sagte sie sich.

Es bewegte sie auf unbestimmbare Weise, ihn so vor sich zu sehen, zugleich seiner Kraft und seiner achtbaren Würde als rochelleser Großkaufmann beraubt, die starken Schultern entblößt, der massive Oberkörper dunkel behaart wie der eines einfachen Schiffsausladers. Ein leidender Mensch, schwach in seinem Schlaf und seinem Schmerz, wie es alle Menschen waren.

In ihrer Ohnmacht hatten die Gefährten seinen schwarzen, blutgetränkten Überrock zerschnitten und sein Hemd in Streifen zerrissen, um seine Wunden verbinden zu können. Dieses ungewohnten Anblicks wegen hätte Angélique ihn beinahe nicht wiedererkannt. Der Unterschied zwischen einem friedlichen hugenottischen Handelsmann, der inmitten seiner wohlgefüllten Magazine vor Schreibzeug und Rechnungsbüchern sitzt, und demselben Mann, nun nackt und ohne Rüstung, schien ihr tief wie ein Abgrund. In ihrem Erstaunen kam ihr ein ungereimter Gedanke, den sie alsbald als ungehörig verwarf: „Er hätte mein Liebhaber sein können . . ."

Sie fühlte sich ihm plötzlich sehr nah, als ob er ihr ein wenig gehöre, und ihre Unruhe verdoppelte sich, als sie ihn sanft berührte.

„Hat er sich bewegt oder gesprochen, seitdem man ihn hierherbrachte?"

„Nein. Seine Verletzungen kamen uns zunächst nicht schwer vor. Ein Säbelhieb, der an der Schulter und der linken Brustseite ins Fleisch gedrungen ist. Die Wunden bluten kaum."

„Wir müssen etwas tun."

„Was könnten wir schon tun?" protestierte die säuerliche Stimme des Arztes Albert Parry. „Ich habe nichts zu meiner Verfügung, weder Purgiermittel noch ein Klistier. Nicht einmal ein Apotheker ist in der Nähe, zu dem ich um Kräuter schicken könnte."

„Ihr hättet wenigstens Euer eigenes Besteck mit auf die Reise nehmen können, Maître Parry", sagte Abigaël mit einer Entschiedenheit, die man bei ihr nicht gewohnt war. „Es hätte Euch nicht behindert."

Der Arzt schien an seinem Ärger förmlich zu ersticken. „Wie . . . wie könnt Ihr mir vorwerfen", stotterte er entrüstet, „meine Instrumente zurückgelassen zu haben, da man mich ohne Erklärungen aus dem Bett zerrte und sozusagen in Hemd und Nachtmütze zu diesem Schiff trieb? Ich hatte nicht einmal Zeit, mir die Augen zu wischen. Außerdem könnte ich in Bernes Fall ohnehin nicht viel tun. Schließlich bin ich kein Chirurg."

Laurier klammerte sich an Angélique und fragte flehend:

„Wird mein Vater sterben müssen?"

Von überallher griffen Hände nach ihr, vielleicht die Séverines, Honorines, Martials oder anderer Mütter, die angesichts ihrer Not Angst verspürten.

„Die Kinder haben Durst", wiederholte Madame Carrère von neuem. Es klang wie ein Leitmotiv.

Glücklicherweise waren sie kaum hungrig, da der Bäcker freigebig seinen Vorrat an Brot und Hörnchen verteilt hatte, den mitzuschleppen er zum Unterschied von Parry kaltblütig genug gewesen war. Selbst beim Lauf über die Heide hatte er ihn nicht zurückgelassen.

„Wenn diese Freibeuter uns nicht bald Licht schaffen, schlage ich die Tür ein", schrie plötzlich Manigault von irgendwoher aus der Dunkelheit.

Als ob sie nur darauf gewartet hätten, seine polternde Stimme zu vernehmen, erschienen Matrosen im Schein dreier mächtiger Laternen, die sie an den beiden äußersten Enden und in der Mitte der Batterie an die niedrige Decke hängten, worauf sie zur Schwelle zurückkehrten und außer einem mit Milch gefüllten Eimer einen Kübel hereintrugen, aus dem ein appetitlicher Duft aufstieg.

Es waren die beiden Männer maltesischer Herkunft, die schon Angélique als Begleiter gedient hatten. Trotz ihres reichlich wild-exotischen Äußeren, das ihnen die dunkle Hautfarbe und ihre Glutaugen verliehen, hatte sie in ihnen ordentliche Burschen erkannt – soweit die Mitglieder der Mannschaft eines Piratenschiffes überhaupt so bezeichnet werden konnten. Mit einladender Miene hielten sie den Passagieren den Suppenkübel unter die Nasen.

„Und wie sollen wir das essen?" rief Madame Manigault mit schriller Stimme. „Haltet Ihr uns für Schweine, die ihr Futter alle aus demselben Trog schlabbern? Wir besitzen nicht einmal einen Teller!"

Sie brach in hysterisches Schluchzen aus, während sie an ihre schönen Fayencen dachte, die im Sand der Dünen zerbrochen waren.

„Ah, das macht alles nichts", sagte die brave Madame Carrère. „Wir werden schon zurechtkommen."

Aber auch sie hatte nur eine einzige Tasse anzubieten, die sie zufällig im letzten Augenblick in ihr mageres Bündel gestopft hatte. Angélique setzte den Matrosen so gut es ging die Situation auseinander, indem sie sich des mittelmeerischen Sabir, eines romanisch-orientalischen Sprachmischmaschs, bediente, von dem ihr ein paar Brocken in Erinnerung geblieben waren.

Sie kratzten sich verwirrt die Köpfe.

Die Frage der Näpfe und sonstiger Eßgeräte würde die Mannschaft noch vor ein ernsthaftes Problem stellen. Schließlich machten sie sich davon, nachdem sie immerhin versichert hatten, man werde schon eine Lösung finden.

Um den Kübel gedrängt, ergingen sich die Passagiere in allerlei Vermutungen über seinen Inhalt.

„Es sieht mir nach Ragout mit Gemüse aus."

„Jedenfalls frische Nahrung."

„Wir sind noch nicht bei Schiffszwieback und Salzfleisch angelangt, wie es auf See üblich ist."

„Vermutlich haben sie alles gestohlen. Ich habe im Schiffsbauch unter uns Schweine grunzen und eine Ziege meckern hören."

„Nein. Sie haben uns die Tiere zum vollen Preis in guten, klingenden Talern abgekauft. Wir haben gute Geschäfte mit ihnen gemacht."

„Wer spricht da?" erkundigte sich Manigault, nachdem die letztere, im Dialekt der Charente abgegebene Erklärung in sein Begriffsvermögen gedrungen war.

Im Licht der vor kürzem angebrachten Laternen entdeckte er unbekannte Gestalten, zwei magere Bauern mit langem Haar und ihre Frauen, an deren Röcke sich ein halbes Dutzend zerlumpter Sprößlinge klammerte.

„Wo kommt ihr denn her?"

„Wir sind Hugenotten aus dem Weiler Saint-Maurice."

„Und was wollt ihr hier?"

„Nun, als alle Welt zu den Klippen lief, sind wir auch gelaufen. Und dann sagten wir uns: Wenn alle Welt aufs Schiff geht, gehen wir auch. Oder glaubt Ihr, es hätte uns Spaß gemacht, den Dragonern des Königs in die Hände zu fallen? Wahrscheinlich hätten sie ihre schlechte Laune an uns ausgelassen, besonders, wenn sie hinter unsere Geschäfte mit den Piraten gekommen wären. Und was haben wir schließlich schon hinter uns gelassen? Nicht viel, denn wir hatten ihnen unsere letzte Ziege und unsere letzten Schweine verkauft."

„Wir waren schon ohne euch zahlreich genug", sagte Manigault wütend. „Jetzt sind noch mehr unnütze Mäuler zu stopfen."

„Darf ich Euch darauf hinweisen, Monsieur Manigault", warf Angélique ein, „daß fürs erste nicht Ihr es seid, dem diese Sorge zufällt, und daß Ihr, wenn auch indirekt, sogar diesen Bauern Eure Abendsuppe verdankt, da zweifellos eins ihrer Schweine zu ihrer Zubereitung hat herhalten müssen."

„Wenn wir aber erst auf den Inseln sind . . ."

Pastor Beaucaire mischte sich ein:

„Bauern, die zu pflügen verstehen und mit Tieren umzugehen wissen, fallen in einer Kolonie von Auswanderern niemand zur Last. Brüder, seid unter uns willkommen."

Der Zwischenfall war bereinigt, und der Kreis öffnete sich, um die armen Teufel aufzunehmen.

Für jeden von ihnen hatte dieser erste Abend auf einem unbekannten Schiff, das sie einem neuen Schicksal entgegenführte, etwas Unwirkliches. Gestern noch waren die einen in ihren behaglich ausgestatteten Behausungen, die andern in ihren elenden Hütten eingeschlummert. Die Sorge um ihre Zukunft war durch ihre Fluchtpläne einstweilen beschwichtigt worden. Nachdem sie sich einmal mit dem Opfer abgefunden hatten, würden sie alles ins Werk setzen, um es mit einem Höchstmaß an Sicherheit und Bequemlichkeit hinter sich zu bringen. Und nun fanden sie sich plötzlich auf dem nächtlichen Ozean wieder, von seinen Wogen geschüttelt, von allen Verbindungen abgeschnitten, fast namenlos wie die Seelen der Verdammten in Charons Boot. Dieser Vergleich drängte sich den Männern auf, von denen die meisten sehr belesen waren, und deshalb betrachteten sie auch die mit den rollenden Bewegungen des Schiffes in ihrem Kübel schwappende Suppe mit trüben Mienen.

Die Frauen hatten anderes zu tun als sich mit Reminiszenzen an Dantes Dichtung aufzuhalten. In Ermangelung von Tellern reichten sie die einzige Tasse Madame Carrères weiter und gaben den Kindern nacheinander Milch zu trinken. Des Wellengangs wegen, der mit sinkender Nacht zugenommen hatte, ging das Unternehmen nicht ohne Mühe vonstatten. Die Kinder fanden es komisch, sich mit Milch bespritzt zu sehen, doch die Mütter grollten. Sie hatten kaum Kleidungsstücke zum Wechseln, und wo würde man auf diesem Schiff waschen können?

Jeder Augenblick zog ein Gefolge von Entsagungen und Bitternissen nach sich. An den Herzen der Hausfrauen nagte das Bedauern um die schönen Vorräte an Asche und Seifenstücken in ihren verlassenen Waschhäusern, um die Bürsten und Striegel in allen Größen – wie konnte man überhaupt ohne Bürste waschen? Die Bäckerin heiterte sich sichtlich auf, da sie sich erinnerte, die ihre mitgenommen zu haben. Sie ließ einen triumphierenden Blick über ihre niedergeschlagenen Nachbarinnen gleiten.

Angélique war zu Maître Gabriel zurückgekehrt und hatte sich von neuem neben ihn gekniet. Mit einem Blick hatte sie sich vergewissert, daß ihre Tochter sie nicht brauchte. Honorine hatte Mittel und Wege gefunden, als eine der ersten ihre Tasse Milch zu bekommen, und fischte eben verstohlen ein paar Fleischstückchen aus der Suppe. Sie würde sich immer zu verteidigen wissen!

Der Zustand des Kaufmanns beherrschte die Sorgen Angéliques. Zu ihrer Angst fügten sich Gewissensbisse und Dankbarkeit.

„Ohne ihn hätte mich der Säbelhieb getroffen – oder Honorine . . ."

Die Starrheit der Gesichtszüge Gabriel Bernes und seine lange Bewußtlosigkeit schienen ihr nicht normal zu sein. Im Licht der Laternen sah sie den wächsernen Ton seiner Haut.

Als die beiden Mannschaftsangehörigen mit einer Anzahl von Näpfen zurückkamen, die man untereinander verteilte, zog sie einen von ihnen am Ärmel zu dem Verletzten, indem sie ihm zu verstehen gab, daß ihnen alles fehlte, um ihn zu pflegen. Er reagierte recht gleichgültig, zuckte die Schultern, hob den Blick zur Decke und murmelte: „Madonna!" Auch unter den Matrosen hatte es Verwundete gegeben, und wie auf allen Piratenschiffen verließ man sich einzig auf zwei Wundermittel: Rum und Schießpulver, um die Wunden zu desinfizieren oder auszubrennen. Dazu allenfalls Gebete zur Jungfrau, wenn es sich aus besonderen Gründen empfahl.

Angélique seufzte. Was konnte sie tun? Sie rief sich alle Möglichkeiten ins Gedächtnis, die ihre Erfahrungen als Herrin eines großen

Hauses und Mutter dreier Söhne sie gelehrt hatten, ja selbst die Mittelchen der Hexe, mit denen die Verwundeten in den Wäldern während der Revolte des Poitou von ihr behandelt worden waren. Aber nichts, wahrhaft nichts von allem, was sie dazu gebraucht hätte, war in greifbarer Nähe. Die kleinen Beutel mit Heilkräutern befanden sich auf dem Grunde ihrer Truhe in La Rochelle. In der Stunde des Aufbruchs hatte sie mit keinem Gedanken an sie gedacht.

„Ich hätte sie trotz allem mitnehmen müssen", tadelte sie sich. „Es wäre keine große Sache gewesen, die Beutel einfach in die Tasche zu stecken."

Es schien ihr, als ob ein kaum merkliches Beben Bernes Züge belebt hätte, und sie beugte sich aufmerksam über ihn. Er hatte sich gerührt, seine geschlossenen, zusammengepreßten Lippen öffneten sich, als suche er, Atem zu schöpfen. Es hatte den Anschein, als ob er litte, und sie konnte nichts für ihn tun.

„Wenn er stürbe", sagte sie sich.

Eisige Kälte stieg in ihr auf.

Würde die Überfahrt unter einem Unglückszeichen beginnen? Würden die Kinder, die sie liebte, durch ihre Schuld ihre einzige Stütze verlieren? Und sie selbst? Sie war daran gewöhnt, ihn in der Nähe zu wissen, sich auf ihn zu stützen. In diesem Augenblick, in dem von neuem so viele Bindungen zerrissen, wollte sie nicht, daß er sie verließe. Nicht er! Er war ein verläßlicher Freund, denn sie wußte, daß er sie liebte.

Sie legte die Hand auf die robuste, aber von ungesundem Schweiß feuchte Brust. Durch diese Berührung suchte sie ihn leidenschaftlich ins Leben zurückzuführen, ihm von ihrer eigenen Kraft mitzuteilen, die vor kurzem erst in sie eingeströmt war, seitdem sie sich in der Freiheit des Meeres wußte.

Er erzitterte. Die ungewohnte Sanftheit dieser weiblichen Hand auf seinem Fleisch mußte seine Bewußtlosigkeit durchdrungen haben.

Er regte sich, und seine Lider zuckten, als wollten sie sich heben. Angélique belauerte gierig diesen ersten Blick. Würde es der eines Sterbenden oder der eines Mannes sein, der ins Leben zurückkehrt?

Sie war beruhigt. Kaum daß er die Augen geöffnet hatte, schüttelte

Maître Gabriel die scheinbare Schwäche ab, und das, was der Anblick dieses kraftvollen, zu Boden geschmetterten Mannes an Erschütterndem besessen hatte, verwischte sich. Trotz der nur mählich weichenden Schleier seiner langen Bewußtlosigkeit bewahrte der Blick seinen tiefen, wissenden Ausdruck. Er irrte einen Moment durch den niedrigen, ungenügend beleuchteten Raum des Zwischendecks, dann richtete er sich auf Angéliques ihm so nah sich bietendes Gesicht.

Nun sah sie deutlich, daß der Verletzte seine gewohnte Beherrschung noch nicht wiedergefunden hatte; denn noch nie war ihr dieser verzehrende, verzückte Ausdruck bei ihm begegnet, selbst nicht an jenem tragischen Tage, an dem er sie in die Arme genommen, nachdem er die Schergen der Polizei getötet hatte.

Mit einem Schlage gestand er ihr, was er sich selbst vielleicht niemals gestanden hatte. Den Durst seines ganzen Wesens nach ihr! Eingeschlossen in die harte Schale der Moral, der Besonnenheit, des Mißtrauens konnte der reißende Strom seiner Liebe nur in einem Augenblick zu Tage treten, in dem er geschwächt und der äußeren Welt gegenüber gleichgültig war.

„Dame Angélique", hauchte er.

„Ich bin da."

„Zum Glück", dachte sie, „sind die andern mit ihren Angelegenheiten beschäftigt. Sie haben nichts gesehen."

Mit Ausnahme Abigaëls vielleicht, die, ein wenig abgesondert, ebenfalls kniete und betete.

Gabriel Berne suchte sich Angélique zuzuwenden. Doch er stöhnte auf, und seine Lider schlossen sich von neuem.

„Er hat sich gerührt", murmelte Abigaël.

„Er hat sogar die Augen geöffnet."

„Ja, ich habe es gesehen."

Die Lippen des Kaufmanns bewegten sich mühsam.

„Dame Angélique . . . Wo . . . sind wir?"

„Auf dem Meer . . . Ihr seid verwundet worden."

Als er die Augen schloß, jagte er ihr keine Furcht mehr ein. Sie fühlte sich nur für ihn verantwortlich wie einst, als sie ihm abends in La Rochelle, wenn er sich über seinen Warenlisten verspätete, eine Tasse

Bouillon oder Glühwein gebracht und ihm prophezeit hatte, daß der Mangel an Schlaf seine Gesundheit untergraben würde.

Sie strich mit den Fingerspitzen über die breite Stirn. Es hatte sie damals in La Rochelle oft nach dieser Geste verlangt, wenn er ihr sorgenvoll und durch Befürchtungen entmutigt erschienen war, Befürchtungen, die er hinter einem Lächeln verbarg. Mütterliche Geste, Geste der Freundschaft. Heute konnte sie sich diese Geste erlauben.

„Ich bin da, mein Freund . . . Bewegt Euch nicht."

Unter ihren Fingern spürte sie das verklebte Haar, und ihre Hand war blutbeschmiert. Er war also auch am Kopf verletzt! Diese Verwundung und vor allem der Schlag mochten seine lange Ohnmacht erklären. Nun mußte man seine Pflege energisch in die Hand nehmen, ihn erwärmen und verbinden, dann würde er gewiß davonkommen. Sie hatte so viele Verletzte gesehen, daß sie ihrer Diagnose sicher war.

Sie richtete sich auf und bemerkte alsbald die seltsame Stille, die im Zwischendeck herrschte. Die Diskussion rund um den Suppenkübel war verstummt, und selbst die Kinder schwiegen. Sie hob den Blick und gewahrte mit jäh klopfendem Herzen den Rescator am Fußende von Bernes Lager.

Wie lange mochte er dort schon stehen? Überall, wo der Rescator erschien, verbreitete er zunächst Stille um sich. Ein feindseliges oder auch nur mißtrauisches Schweigen, das der Anblick der schwarzen Maske hervorrief.

Einmal mehr überlegte Angélique, daß er wirklich ein besonderes Wesen sei. Nur so erklärte sie sich die Verwirrung und das der Angst verwandte Gefühl, die sie bei seinem unerwarteten Anblick befielen. Sie hatte ihn ebensowenig kommen hören wie offenbar auch die andern; denn im Schein der Laternen verrieten die Gesichter der Protestanten eine Art beunruhigter Betroffenheit, während sie den Herrn des Schiffes musterten, der zwischen ihnen erschienen war wie das Spukbild des Teufels. Eine Erscheinung, die um so verwirrender war, da eine bizarre Person den Rescator begleitete, ein langes und mageres Individuum, das unter einem bestickten Mantel ein weißes Gewand trug. Das wie mit dem Messer eines Holzschneiders geschnitzte Gesicht bestand nur aus Knochen, die mit einem alten, dunklen Leder überzogen zu sein schienen. Zu beiden Seiten der riesigen Nase glitzerten die Gläser einer großen Schildpattbrille.

Am Ende eines an Gemütsbewegungen reichen Tagesablaufs grenzte sein Anblick an einen Alptraum. Und der des Rescators im Halbdunkel der Laternen trug auch nicht zur Beruhigung bei.

„Ich bringe Euch meinen arabischen Arzt", sagte der Rescator mit dumpfer Stimme.

Er schien sich an Manigault zu wenden, der sich ihm genähert hatte. Doch Angélique hatte den Eindruck, daß er nur zu ihr sprach.

„Ich danke Euch", antwortete sie.

Albert Parry ließ sich knurrig aus dem Hintergrund vernehmen:

„Ein arabischer Arzt! Das fehlte uns noch ..."

„Ihr könnt ihm vertrauen", protestierte Angélique empört. „Die Wissenschaft der arabischen Ärzte ist die älteste und vollkommenste der Welt."

„Ich danke Euch, Madame", erwiderte der alte Mann nicht ohne eine dem rochelleser Kollegen zugedachte Spur von Ironie. Er sprach ein sehr reines Französisch.

Kniend untersuchte er mit seinen geschickten, leichten Händen – Stäbchen aus Buchsbaumholz, die kaum die Dinge zu berühren schienen – die Wunden seines Patienten. Dieser rührte sich. Als man es am wenigsten erwartete, setzte sich Maître Berne plötzlich auf und sagte mit wütender Stimme:

„Man soll mich in Ruhe lassen! Ich bin niemals krank gewesen, und ich habe nicht die Absicht, heute damit anzufangen."

„Ihr seid nicht krank, Ihr seid verwundet", sagte Angélique geduldig. Sanft legte sie einen Arm um seine Schultern, um ihn zu stützen.

Der Arzt wandte sich in arabischer Sprache an den Rescator. Die Wunden, sagte er, seien zwar tief, aber nicht gefährlich. Lediglich der Schock, den der Säbelhieb auf die Schädeldecke verursacht habe, verdiene sorgfältigere Beobachtung. Vermutlich werde er aber, da der Verletzte wieder zu Bewußtsein gekommen sei, nur während einiger Tage Mattigkeit zur Folge haben.

Angélique neigte sich zu Maître Gabriel, um ihm die gute Neuigkeit zu übersetzen.

„Er sagt, daß Ihr bald wieder auf den Beinen sein werdet, wenn Ihr Euch nur ruhig haltet."

Der Kaufmann warf ihr einen argwöhnischen Blick zu.

„Ihr versteht arabisch, Dame Angélique?"

„Wie sollte sie es nicht verstehen", antwortete der Rescator. „Wißt Ihr nicht, Monsieur, daß Dame Angélique zu ihrer Zeit eine der berühmtesten Sklavinnen des Mittelmeers war?"

Angélique empfand diese lässig hingeworfene Erklärung wie einen tückisch geführten Schlag. Sie reagierte nicht sofort, weil sie ihr so gehässig und widerwärtig erschien, daß sie nicht recht gehört zu haben glaubte.

Sie breitete ihren eigenen Mantel über Maître Gabriel, da sie ihm keine andere Decke anzubieten hatte.

„Der Arzt wird Euch Medikamente bringen, die Eure Schmerzen lindern werden. Ihr werdet schlafen können."

Sie sprach mit ruhiger Stimme, zitterte jedoch innerlich vor Zorn.

Der Rescator beherrschte mit seinem hohen Wuchs die Gruppe der Flüchtlinge, die sich in erstarrtem Schweigen in einem Halbkreis um ihn zusammendrängten.

Als er ihnen sein schwarzes, mit Leder geharnischtes Gesicht zuwandte, wichen sie in gemeinsamer Bewegung zurück. Er sah achtlos über die Männer hinweg und suchte mit dem Blick die Kappen und weißen Hauben der Frauen.

Den Federhut abnehmend, den er über einem um den Kopf geknüpftem Tuch aus schwarzem Satin trug, grüßte er sie mit geschmeidiger Anmut.

„Mesdames, ich nutze die Gelegenheit, um Euch auf meinem Schiff willkommen zu heißen. Ich bedauere, Euch nicht mehr Annehmlichkeiten bieten zu können. Leider kamt Ihr unerwartet. Ich hoffe jedoch, daß diese Überfahrt für Euch nicht von allzu großen Verdrießlichkeiten begleitet sein wird. Damit wünsche ich, Mesdames, eine gute Nacht."

Selbst Sarah Manigault, die es sich hatte angelegen sein lassen, die gesellschaftlichen Kreise La Rochelles in ihren Salons zu empfangen, war unfähig, auch nur das kleinste Wörtchen auf diese weltläufige Begrüßung zu erwidern.

Die Erscheinung dessen, der sie ausgesprochen hatte, das ungewohnte Timbre der Stimme, das sie mit einem unbestimmten Gefühl von Verspottung und Bedrohung erfüllte, versteinerte alle Frauen. Sie starrten ihn mit einer Art von Entsetzen an. Und als der Rescator, nachdem er noch ein- oder zweimal den Hut in die Runde geschwenkt hatte, zwischen ihnen hindurch zur Tür schritt, von der gespenstischen Gestalt des alten arabischen Arztes gefolgt, schrie ein Kind angstvoll auf und warf sich in die Röcke seiner Mutter.

In diesem Augenblick geschah es, daß die schüchterne Abigaël, all ihren Mut zusammenraffend, zu sprechen wagte.

„Dank für Eure Wünsche, Monseigneur", sagte sie mit erstickter Stimme, „und noch mehr Dank dafür, daß Ihr uns heute das Leben gerettet habt. Wir werden die Erinnerung an diesen Tag in unseren Herzen bewahren."

Der Rescator wandte sich um. Das Dunkel, das ihn bereits verschlungen hatte, lieferte seine finstere, ungewöhnliche Erscheinung von neuem aus. Er trat auf die erblassende Abigaël zu, und nachdem er sie aufmerksam gemustert hatte, berührte er ihre Wange mit der Hand, um ihr Gesicht mit einer sanften, doch unwiderstehlichen Bewegung ins Licht zu drehen.

Er lächelte. Im grellen Schein der nahen Laterne prüfte er dieses reine Antlitz einer flämischen Madonna, die großen, hellen und arglosen Augen, die Erstaunen und Unsicherheit noch geweitet hatten. Endlich sagte er:

„Der Rasse der amerikanischen Inseln wird ein solcher Zuschuß schöner Mädchen nur gut tun. Wird aber die Neue Welt die Gemütsreichtümer zu schätzen wissen, die Ihr mit Euch bringt, meine Liebe? Ich hoffe es. Inzwischen schlaft in Frieden und hört auf, Euer Herz wegen dieses Verwundeten da zu quälen . . ."

Mit einer ein wenig verächtlichen Geste wies er auf Maître Gabriel.

„Ich garantiere Euch, daß er außerhalb jeder Gefahr ist und daß Euch nicht der Schmerz zuteil werden wird, ihn zu verlieren."

Die Tür des Zwischendecks hatte sich schon vor dem salzigen Hauch des Windes geschlossen, und noch immer hatten die Zeugen dieser Szene ihre Fassung nicht wiedergewonnen.

„Meiner Ansicht nach", sagte der Uhrmacher mit unheilschwangerer Stimme, „ist dieser Pirat der Satan in Person."

„Wie habt Ihr nur die Kühnheit gefunden, das Wort an ihn zu richten, Abigaël", stieß der Pastor Beaucaire hervor. „Die Aufmerksamkeit eines Menschen dieser Art zu wecken ist gefährlich, meine Tochter."

„Und diese Anspielung auf den Profit, den die Rasse der Inseln aus ... Wie ungehörig!" protestierte der Papierhändler Mercelot, indem er seine Tochter Berthe in der Hoffnung betrachtete, sie habe nichts davon verstanden.

Abigaël preßte beide Hände an ihre flammenden Wangen. In ihrem langen Leben als tugendsames Mädchen, das sich nicht schön wußte, hatte noch kein Mann eine solche Geste ihr gegenüber gewagt.

„Es ... es schien mir, daß wir ihm danken müßten", stammelte sie. „Wer er auch sein mag, er hat schließlich sein Schiff, sein Leben, seine Mannschaft aufs Spiel gesetzt. Für uns."

Ihr verwirrter Blick glitt vom dunklen Hintergrund der Batterie, von dort, wo der Rescator verschwunden war, zu dem reglos liegenden Maître Berne.

„Aber warum hat er das gesagt?" rief sie. „Warum hat er das gesagt?"

Sie verbarg ihr Gesicht in den Händen und brach in Schluchzen aus. Tränenblind, schwankend, stieß sie die Umstehenden beiseite und flüchtete aus dem Lichtkreis der Laterne zu einem im Schatten verborgenen Winkel.

Gegen die Lafette einer Kanone gedrückt, begann sie verzweifelt zu weinen.

Der Zusammenbruch der sonst so ruhigen, heiteren Abigaël war der Auftakt zu einer Woge allgemeiner Niedergeschlagenheit unter den Frauen. Ihr lange zurückgedrängter Kummer kam ans Licht. Die während ihrer Flucht und der Einschiffung durchlebten Schrecken hatten sie zutiefst erschüttert. Wie es bei solchen Gelegenheiten häufig der Fall ist, fühlten sie sich, sobald die Gefahr überwunden war, durch Jammern und Tränen erleichtert. Die schwangere junge Frau schlug ihren Kopf gegen eine der niedrigen Zwischenwände, indem sie unablässig wiederholte:

„Ich will nach La Rochelle zurück ... Mein Kind wird sterben ..."

Ihr Ehemann wußte nicht, wie er sie besänftigen sollte. Manigault nahm die Situation zugleich energisch und gutmütig in die Hand.

„Ein wenig Haltung, ihr Frauen. Satan oder nicht, dieser Mann hat recht: Wir sind müde und müssen schlafen. Hört auf zu jammern. Macht euch darauf gefaßt, daß ich derjenigen, die bis zuletzt den Mund nicht hält, einen Kübel Meerwasser über den Kopf schütten werde."

Die Ruhe kehrte sofort zurück.

„Und nun laßt uns beten", sagte Pastor Beaucaire, „denn als schwache Sterbliche, die wir sind, haben wir bisher nur daran gedacht zu lamentieren, statt unserem Schöpfer für unsere Rettung zu danken."

Zweites Kapitel

Angélique hatte sich die allgemeine Verwirrung zunutze gemacht und sich unbemerkt hinausgestohlen. Nachdem sie die kleine Leiter erklettert hatte, blieb sie nach ein paar Schritten an ein Geländer geklammert stehen. Die mit salziger Feuchtigkeit gesättigte Kälte der Nacht durchdrang sie, aber sie achtete nicht darauf. Entrüstung und Wut genügten, sie zu erwärmen.

Die an den Masten und über den Luken angebrachten Laternen vermochten kaum, die tiefe Dunkelheit mit ihrem trüben Schein zu durchdringen. Doch jenseits des Hindernisses, das die Basis des Großmastes bildete, konnte sie die rötlich schimmernden Fenster der Räume des Rescators erkennen.

In dieser Richtung bewegte sie sich, nun mit sicherem Schritt, denn instinktiv fand sie die im Mittelmeer erworbene Fähigkeit wieder, das schwankende Deck eines Schiffes zu überqueren.

Auf ihrem Wege stieß sie gegen jemand, und fast hätte sie vor Schreck aufgeschrien, als sie spürte, wie etwas Hartes, Glühendes ihr Handgelenk gleich einer Klaue umspannte. Die nächste Sekunde ließ sie jedoch erkennen, daß es sich um die Hand eines Mannes handelte, und als sie sich mit aller Kraft bemühte, sich dem Griff zu entziehen, ritzte sie der Diamant eines Ringes.

„Wo wollt Ihr hin, Dame Angélique?" fragte die Stimme des Rescators. „Und warum zappelt Ihr so?"

Es war aufreizend, sich an eine Maske wenden zu müssen. Er spielte mit seinem Ledergesicht wie ein Dämon. Sie hatte ihn in der Finsternis nicht bemerkt, und als sie ihr Gesicht seiner Stimme entgegenhob, war es, als blicke sie in die Nacht.

„Was hattet Ihr vor? Sollte mir das besondere Glück zuteil werden, von Euch zu vernehmen, daß Ihr die Absicht hattet, mich in der Deckskajüte aufzusuchen?"

„Genau das!" brach sie aus. „Ich wollte Euch sagen, daß ich Eure Anspielungen auf meine Vergangenheit vor meinen Gefährten nicht zulassen werde. Ich verbiete Euch, versteht Ihr, ich verbiete Euch, ihnen zur Kenntnis zu geben, daß ich Sklavin gewesen bin, daß Ihr mich in Kandia gekauft habt oder daß ich dem Harem Moulay Ismaëls angehört habe. Weder das noch sonst etwas, was mich betrifft. Wie konntet Ihr dergleichen wagen? Ihr habt es an der elementarsten Ritterlichkeit fehlen lassen, die Frauen gegenüber üblich ist."

„Es gibt Frauen, die Ritterlichkeit einflößen, und andere, die es nicht tun."

„Ich untersage Euch, mich zum Überfluß auch noch zu beleidigen. Ihr seid ein ungeschliffener Mensch ohne einen Schimmer von Galanterie ... Ein gemeiner Pirat!"

In diese Beleidigung, die sie ihm entgegenschleuderte, legte sie alle Verachtung, die ihr zu Gebote stand. Sie hatte darauf verzichtet, sich ihm zu entwinden, denn er hielt nun ihre beiden Handgelenke umspannt. Der Rescator hatte die warmen Hände eines gesunden Mannes, der es gewohnt ist, sich den Unbilden des Wetters und der verschiedensten Klimas auszusetzen; und diese Wärme ging auf sie, die vor Unbehagen und Ärger bebte, über.

Die Berührung dieser Hände, die sie anfangs gereizt hatte, tat ihr nun wohl. Aber sie war nicht in der Lage, es zu erkennen. Im Augenblick schien ihr der Rescator hassenswert, sie hätte ihn am liebsten ausgerottet.

„Ihr laßt nicht zu, Ihr verbietet mir ...", wiederholte er. „Auf mein Wort, Ihr verliert den Kopf, kleine Furie! Vergeßt Ihr, daß ich Herr dieses Schiffes bin, daß ich Euch hängen lassen, ins Meer werfen oder meiner Mannschaft als Spielzeug ausliefern kann, wenn ich es für richtig halte? Zweifellos habt Ihr in dieser Tonart mit meinem guten Freund d'Escrainville gesprochen. Hat Euch die Art, in der er Euch dressierte, nicht von Eurer Manie geheilt, den Piraten Trotz zu bieten?"

Die Erinnerung an d'Escrainville weckte halb vergessene Bilder in ihr. Seit dem Vortag lebte sie unentschieden zwischen ihren vergangenen Abenteuern und dem gegenwärtigen Zustand ihrer Seele. Auf diesem Schiff, in Gegenwart dieses Mannes, des Rescators, würde sie sich am Zusammenfluß aller ihrer Existenzen finden.

„Ah, wenn er mich nur losließe", flehte sie stumm. „Was würde sonst anderes aus mir als seine Sklavin, sein Eigentum ... Er nimmt mir die Kraft. Warum?"

„Glaubt Ihr Euch noch immer am Hofe des Sonnenkönigs, Madame du Plessis-Bellière, da Ihr Euch so arrogant zeigt?" fragte der Rescator mit leiser Stimme. „Nehmt Euch in acht! Ihr steht nicht mehr im Schutze Eures königlichen Liebhabers."

Plötzlich gab sie mit jener teils koketten, teils freimütigen Geschmeidigkeit nach, mit der sie schon so oft für sie gefährlichere Situationen besänftigt hatte.

„Verzeiht mir meine unbedachten Worte, Monseigneur le Rescator. Ich bin närrisch. Es ist wahr, daß ich nur noch auf die Achtung meiner Gefährten zählen kann. Was habt Ihr davon, mich von meinen letzten Freunden zu trennen?"

„Schämt Ihr Euch Eurer Vergangenheit so sehr, daß Ihr bei dem Gedanken zittert, sie ihnen preisgegeben zu sehen?"

Sie antwortete, und die Worte kamen über ihre Lippen, ohne daß sie sich ihrer bewußt wurde:

„Welches menschliche Wesen, würdig dieses Namens, das am Wendepunkt seines Lebens anlangt und viel gelebt hat, fände in seinen Erinnerungen nicht irgend etwas, das es zu verbergen wünschte?"

„So kehrt Ihr also nach dem Zorn zur reinen Philosophie zurück?"

„So fühle ich mich von neuem diesem Mann seltsam nah", dachte sie. „Warum?"

„Ihr müßt verstehen", begann sie von neuem, als spräche sie zu einem Freund, „daß die Geistesart dieser Hugenotten der unseren sehr fremd ist. Sie sind sehr verschieden von Leuten wie Ihr oder denen, die Eure Mannschaft bilden. Ihr habt die arme Abigaël schrecklich schockiert, indem Ihr mit solcher Vertraulichkeit zu ihr spracht, und wenn sie entdeckten, daß ich, mit oder ohne mein Zutun, eine ebenso skandalöse Lebensart angenommen haben könnte . . ."

Plötzlich trat das ein, was sie unbewußt seit ein paar Augenblicken gewünscht hatte.

Er zog sie an sich und preßte sie ungestüm in seine Arme. Ohne sie freizugeben, zog er sie ein paar Schritte mit sich und drängte sie gegen die Reling des schlingernden Schiffes. Der Anprall einer Woge schlug ihr den aufsprühenden Gischt ins Gesicht. Unter sich bemerkte sie die bleichen Fetzen des Schaums. Das gedämpfte Licht des von einer dicken Wolkenschicht verhüllten, aber für Momente immer wieder aufleuchtenden Mondes warf einen matt-silbrigen Abglanz über das Meer.

„Wirklich?" fragte der Rescator. „Ist der Unterschied zwischen diesen Hugenotten und den Leuten meiner Mannschaft so groß? Zwischen diesem ehrenhaften, weißhaarigen Pastor, den ich vorhin bemerkte, und mir selbst, grausamem Piraten auf allen Meeren der Welt? Zwischen der braven, züchtigen Abigaël und einer abscheulichen Sünderin Eures Schlages? Soviel Unterschied? Welcher Unterschied, meine Liebe? Blickt um Euch . . ."

Ein neuerlicher Anprall gegen den Schiffsrumpf feuchtete Angéliques Gesicht, und erschreckt durch den dunklen Abgrund, in den zu blicken er sie zwang, krallte sie sich mit nervöser Hand in sein samtenes Wams.

„Nein", murmelte er, „wir sind nicht verschieden. Wir sind nur ein paar menschliche Wesen, auf demselben Schiff vereint, inmitten des Ozeans."

Diese Lippen, die zu ihr sprachen, schienen ihr gefährlich nahe den ihren zu sein. Solange er sie nicht berührt hatte, war sie imstande gewesen, ihm zu widerstehen. Jetzt aber erfüllte es sie mit Panik, sich ihm auf Gnade und Ungnade ausgeliefert zu wissen. Sie vermochte der seltsamen Verwirrung, die sie lähmte, keinen Namen zu geben. Es war zu lange her, daß sie etwas Ähnliches verspürt hatte. Sie nannte es Furcht, doch es war Verlangen. Der Gedanke, daß er sich einer magischen Kraft bediente, um sie zu unterjochen und in eine unmögliche Situation zu bringen, ließ sie in seinen Armen starr werden. „Wenn wir heute schon soweit kommen", dachte sie, „werden wir alle unseren Verstand verlieren und uns gegenseitig umbringen, bevor wir unser Ziel erreicht haben."

Und sie wandte sich so schnell zur Seite, daß die Lippen des Piraten kaum ihre Schläfe streiften. Sie fühlte nur die harte Berührung seiner ledernen Maske, riß sich aus seiner bedrängenden Umarmung los und tastete, sich von ihm entfernend, nach irgend etwas, woran sie sich halten konnte.

Sie hörte seine ironische Stimme:

„Weshalb lauft Ihr davon? Ich hatte nur die Absicht, Euch zum Souper einzuladen. Falls Ihr Feinschmeckerin seid, könntet Ihr Euch an allerlei guten Dingen delektieren, denn ich habe einen ausgezeichneten Koch."

„Wie könnt Ihr es wagen, mir dergleichen vorzuschlagen", erwiderte sie empört. „Wenn man Euch hört, möchte man glauben, in der Umgebung des Palais Royal zu sein! Ich muß das Los meiner Freunde teilen. Und Maître Berne ist verletzt."

„Maître Berne? Der Verwundete, über den Ihr Euch mit so zärtlicher Besorgnis beugtet?"

„Er ist mein bester Freund. Was er für mich und mein Kind getan hat . . ."

„Ganz nach Eurem Belieben. Ich bin gern bereit, auf die Begleichung Eurer Schulden noch ein wenig zu warten, aber Ihr tut unrecht, Euer feuchtes Zwischendeck meiner Kajüte vorzuziehen, denn Ihr scheint mir von fröstеligem Naturell. Übrigens, was habt Ihr mit dem Mantel angefangen, den Ihr in der vergangenen Nacht von mir entliehen habt?"

„Ich weiß es nicht", murmelte Angélique, die sich bei einer Schuld ertappt fühlte. Sie fuhr sich mit der Hand über die Stirn, während sie sich zu erinnern suchte. Er war vermutlich liegengeblieben, als sie in den Umhang geschlüpft war, den Abigaël für sie zurechtgelegt hatte.

„Ich . . . ich glaube, ich habe ihn im Haus gelassen", sagte sie.

Und plötzlich tauchte das Bild des Hauses in La Rochelle mit seinem erloschenen Herd vor ihr auf.

Sie sah von neuem, ganz deutlich, die schönen Möbel, das schimmernde Kupfergerät der Küche, die dämmerigen Zimmer, in denen das runde, klare Auge kostbarer venezianischer Spiegel wachte, und an den mit Tapisserien bespannten Wänden des Treppenhauses die achtsam blikkenden Porträts der rochelleser Korsaren und Kaufleute.

Das Heimweh nach diesem Zufluchtsort, an dem sie nur als Dienstmagd gewaltet hatte, war alles, was sie aus der Alten Welt mitnahm. Neben dem Frieden dieses Bildes verblaßten die Lichter von Versailles, verblaßte die ungezügelte Wildheit ihrer Kämpfe, ja sogar die Bitternis, die der Gedanke an Schloß Plessis und seine brandgeschwärzten Mauern inmitten des Poitou, ihrer verwüsteten, für lange Zeit fluchbeladenen Provinz, in ihr aufsteigen ließ.

Seit langem schon hatte die Erinnerung an Monteloup sie verlassen. Monteloup war auf Denis übergegangen, und Kinder wurden dort geboren. Sie waren nun an der Reihe, in den düsteren Fluren auf das Gespenst der alten Frau mit den ausgestreckten Händen zu lauern und sich in ihrem noblen Elend eine wundersame Kindheit zu zaubern.

Seit langem schon gehörte Angélique weder zu Monteloup noch zum Poitou. Und während sie ins Zwischendeck hinunterstieg verfolgte sie allein die Erinnerung an Maître Gabriel, wie er die letzten Glutreste im Kamin seines Hauses ausgetreten hatte, bevor er mit Laurier an der Hand davongegangen war.

An diesem Abend würden hinter den Lidern der Flüchtlinge die Bilder der schönen Protestanten-Wohnungen La Rochelles vorüberziehen, die trotz des klaren Himmelslichts von Aunis, das durch ihre Scheiben drang, von ihrer Seele verlassen waren. Geschlossene Fenster, tote

Augen, so warteten sie, und nur das Rascheln des Palmbaums in den Höfen und des spanischen Flieders an den Mauern erinnerte an das entschwundene Leben.

Der Schiffsraum war dunkel und kalt. Man hatte zwei der Laternen gelöscht, damit die von ihrer Müdigkeit überwältigten Kinder schlafen konnten. Flüsternde, murmelnde Stimmen waren zu vernehmen. Ein Ehemann tröstete seine Frau, suchte ihr Mut zuzusprechen: „Du wirst sehen. Wirst schon sehen. Wenn wir erst auf den Inseln sind, wird sich alles finden."

Madame Carrère wies ihren Gatten zurecht:

„Du wirst auf den Inseln nicht weniger zu tun haben als in La Rochelle. Was haben wir also zu verlieren?"

Angélique näherte sich dem Lichtkreis, in dem Manigault und der Pastor am Lager des Verletzten wachten. Er schien ihr erholt und gelöst zu sein. Er war eingeschlafen. Die beiden Männer berichteten in kurzen Worten Angélique, daß der arabische Arzt mit einem Gehilfen zurückgekehrt sei. Sie hatten Maître Berne neu verbunden und ihn irgendein Gebräu schlucken lassen, das ihm Linderung verschafft zu haben schien.

Sie bestand nicht darauf, nun ihrerseits die Wache zu übernehmen. Sie verspürte die Notwendigkeit, sich auszuruhen, nicht weil sie müde gewesen wäre, sondern weil es ihr vorkam, als wäre ihr Kopf von einem unübersehbaren Chaos erfüllt. Es gelang ihr nicht mehr, in der nun einmal gegebenen Situation Fuß zu fassen, woran übrigens die Finsternis und das unablässige Rollen des Schiffs ebenfalls ihren Anteil haben mochten.

„Morgen ist ein neuer Tag. Morgen werde ich begreifen."

Fast mechanisch suchte sie nach Honorine. Eine Hand tastete im Vorübergehen nach ihr. Séverine wies auf ihre beiden schlafenden Brüder.

„Ich habe sie zu Bett gebracht", sagte sie stolz.

Sie hatte sie mit ihren Mänteln zugedeckt und Stroh um ihre Füße gehäuft, das sie wer weiß wo aufgetrieben hatte. Séverine war eine echte Frau. Verletzlich im täglichen Leben, verhielt sie sich in ernsten Stunden unerschütterlich. Angélique umarmte sie wie eine Freundin.

„Mein Herzblatt", sagte sie, „wir haben uns nicht einmal in Ruhe betrachten können, seitdem ich dich aus Saint-Martin-de-Ré holte."

„Ah, alle Erwachsenen wissen nicht, wo ihnen der Kopf steht", seufzte das Mädchen, „und dabei könnten wir jetzt endlich ruhig sein, Dame Angélique. Ich denke jeden Moment daran, Martial auch. Wir sind dem Kloster und den Jesuiten entwischt."

Lebhaft fügte sie hinzu, als mache sie sich wegen ihrer Unbedachtheit Vorwürfe:

„Es ist wahr, daß Vater verletzt worden ist, aber es scheint mir weniger schlimm, als wenn man ihn ins Gefängnis gesteckt und uns für immer von ihm getrennt hätte. Außerdem hat der Arzt mit dem langen Gewand gesagt, daß er morgen wieder gesund sein wird ... Ich habe versucht, Honorine zu Bett zu bringen, Dame Angélique, aber sie sagt, sie will nicht schlafen, weil sie ihr Schatzkästchen nicht bei sich hat."

Mütter sind mit einer besonderen Sehweise begabt. Von allen Katastrophen, die seit dem vergangenen Tag über sie hereingebrochen waren, schien Angélique der Verlust von Honorines Schatzkästchen die folgenschwerste zu sein, unmöglich, sie wiedergutzumachen. Sie war wie erschlagen. Ihre Tochter hielt sich hinter einer Kanone versteckt, wach wie ein kleiner Nachtkauz.

„Ich will mein Schatzkästchen."

Angélique hatte sich noch nicht entschieden, welche Methode sie wählen sollte: die der vernünftigen Überredung oder die der Kraftentfaltung, als sie die am Boden liegende Gestalt entdeckte, zu der sich Honorine offenbar geflüchtet hatte.

„Abigaël? Seid Ihr es?"

Der klägliche Anblick der sonst so in sich ruhenden, beherrschten Abigaël genierte sie fast.

„Was ist Euch geschehen? Fühlt Ihr Euch nicht wohl?"

„Oh, ich schäme mich so", erwiderte das Mädchen mit erstickter Stimme.

„Aber warum denn?"

Abigaël war weder töricht noch übertrieben spröde. Machte sie sich etwa dumme Gedanken, weil der Rescator ihre Wange berührt hatte?

Angélique zwang sie, sich aufzurichten und ihr ins Gesicht zu sehen.

„Was ist passiert? Ich verstehe nicht."

„Die schrecklichen Worte, die er zu mir gesagt hat ..."

„Welche Worte?"

Angélique versuchte, sich die Szene ins Gedächtnis zurückzurufen. Das Verhalten des Rescators Abigaël gegenüber war ihr zwar unverschämt und unpassend erschienen –, aber an den gewechselten Worten war ihr nichts besonderes aufgefallen.

„Habt Ihr nicht verstanden?" stammelte das Mädchen. „Wirklich nicht?"

Ihre Erregung verjüngte sie, und sie sah mit ihren glühenden Wangen und zart umschatteten Lidern in der Tat schön aus. Aber erst dieser verdammte Rescator hatte kommen müssen, um es beim ersten Blick zu bemerken. Angélique dachte daran, daß er sie vor kurzem an sich gedrückt hatte, ohne daß sie auf die Idee gekommen wäre, sich deswegen aufzuregen. So behandelte er eben alle und jeden in seiner Umgebung und vor allem die Frauen, als ob er das Fürstenrecht über sie hätte. Empörung wallte in ihr auf.

„Legt dem Benehmen des Herrn dieses Schiffes kein Gewicht bei, Abigaël. Ihr seid nicht an diese Sorte von Männern gewöhnt, und selbst unter all den Abenteurern, die ich kannte, ist er gewiß der ... der ..."

Sie fand das Wort nicht.

„... Er ist eben einfach unmöglich", schloß sie. „Aber in der uns unmittelbar bedrohenden Gefahr bot sich mir als einziger, der uns vor einem schrecklichen Los bewahren konnte, dieser Pirat. Nun sind wir ihm ausgeliefert. Wir müssen ihn und seine Mannschaft hinnehmen und darauf achten, daß wir ihren Groll nicht wecken. Als ich das Mittelmeer bereiste – warum soll ich es leugnen, nachdem er ungalant genug war, es Euch mitzuteilen –, bin ich ihm nur einmal begegnet, aber sein Ansehen war groß. Er ist ein Pirat ohne Treu und Glauben, doch ich halte ihn nicht für ehrlos."

„Oh, ich habe keine Angst vor ihm", murmelte Abigaël, den Kopf schüttelnd.

Der Ausdruck ihres Gesichts besänftigte sich, und sie hob zu Angélique ihren gewohnten besonnenen Blick.

„Welche Geheimnisse bergen die Wesen, mit denen wir täglich umgehen", meinte sie träumerisch. „Seitdem Ihr den Schleier gehoben habt, mit dem Ihr so eifersüchtig Eure Vergangenheit verhülltet, scheint Ihr mir zugleich näher und ferner zu sein. Können wir uns noch verstehen?"

„Ich glaube es, liebste Abigaël. Wenn Ihr es wollt, werden wir immer Freundinnen sein."

„Ich wünsche es von ganzem Herzen. Dort, wohin wir gehen, Angélique, würden wir wie Glas zerbrechen, könnten wir nicht überleben, wenn Haß und Bosheit in uns stärker wären als Verständnis und Liebe."

Sie drückte mit ihren Worten den gleichen Gedanken aus wie vor kurzem der Rescator. „Wir sind nur ein paar menschliche Wesen, auf demselben Schiff vereint ... mit unseren Leidenschaften, unseren Sorgen und unseren Hoffnungen."

„Es ist so seltsam, Angélique", fuhr Abigaël leise fort, „wenn man plötzlich unbekannte Bereiche des Lebens entdeckt. Als ob man unversehens einen Theatervorhang vor einer neuen Dekoration fortzöge, die das, was man für gesichert, unveränderlich hielt, ins Unendliche weitet. So ist es mir heute ergangen. Ich werde mich an diesen Tag bis zu meinem Tode erinnern. Nicht so sehr wegen der Gefahren, die uns bedrohten, sondern vor allem der Enthüllungen wegen, die mir zuteil wurden. Vielleicht waren sie notwendig, um mich auf die Existenz vorzubereiten, die uns jenseits des Meeres erwartet. Wir alle müssen uns der alten Rinde entledigen. Ich glaube fest daran, daß es für uns ein Segen war, uns diesem Schiff anvertrauen zu müssen, *gerade diesem ...*"

Ihre Augen glänzten, und Angélique erkannte in den leidenschaftlich bewegten Zügen kaum die schattenhafte zurückhaltende junge Frau aus La Rochelle wieder, die ihr zuweilen fast abgeklärt erschienen war.

„Weil ich sicher bin, daß dieser Mann, den Ihr einen Piraten ohne Treu und Glauben nennt, Angélique, in unseren Augen die verborgensten Geheimnisse unseres Herzens zu lesen weiß. In ihm verbirgt sich eine seltsame Kraft."

„Im Mittelmeer nannte man ihn den Magier", flüsterte Angélique.

Abigaëls Erklärung bereitete ihr ein absurdes Vergnügen, über dessen Natur sie sich nicht klarzuwerden versuchte. Der Augenblick schien ihr beglückend und reich an Versprechen. Sie hörte den Anprall der Wogen gegen die Schiffswand. Die Bewegung des Schiffes berauschte sie, und sie wäre gewiß die ganze Nacht bei Abigaël geblieben, um ihr Vertraulichkeiten über ihre Vergangenheit zuzuraunen und sich mit ihr über den Rescator zu unterhalten, wenn die durch Honorine angestachelte mütterliche Sorge sie nicht abgelenkt hätte.

„O diese Honorine, die nicht schlafen will, weil wir ihr Schatzkästchen zurückgelassen haben", seufzte sie, auf die kleine, noch immer schmollende Gestalt weisend, die wie ein Richter neben ihr stand.

„Wie kopflos ich bin!" rief Abigaël aus, indem sie sich aufrichtete. „Es ist unverzeihlich."

Sie hatte sich nun wieder völlig in der Gewalt. Lautlos verschwand sie, um irgend etwas aus ihrem Gepäck hervorzukramen, und kehrte mit der kleinen, von Martial für Honorine geschnitzten Holztruhe zurück.

„Mein Gott, Abigaël!" rief Angélique und schlug die Hände zusammen. „Ihr habt daran gedacht? Ihr seid ein Engel! Ihr seid wunderbar! Honorine, hier hast du deine Muscheln!"

Danach war alles einfach. Der in Honorines Herz zurückgekehrte Friede teilte sich auch dem ihrer Mutter mit. Angélique entfaltete die wenigen Kleidungsstücke, die sie beim Aufbruch zusammengerafft hatte: Ihr Rock und das Mieder würden ausreichende Decken für ihre kleine Tochter abgeben.

Nachdem sie sie neben sich gebettet hatte, konnte Angélique sich mit gutem Gewissen sagen, daß es der Kleinen an nichts fehle. Sie selbst hatte oft genug im Gefängnis und unter weit unbequemeren Umständen geschlafen. Indessen fehlte es ihr an Wärme, und sie fand keinen Schlaf. Sie lehnte sich gegen die Seitenwand und versuchte, Ordnung in ihre Gedanken zu bringen.

Was würde der nächste Tag bringen?

Auf der Haut ihrer Arme spürte sie noch den Druck der Hände des Rescators. Bei der Erinnerung daran wurde ihr schwach. Und weil sie fror, schien ihr die Beschwörung des Augenblicks, in dem er sie fest an sich gepreßt hatte, köstlich. Auch beängstigend. Denn unter dem samtenen Wams, in das sich ihre Hand krallte, hatte sie statt eines lebendigen Körpers etwas Hartes, Undurchdringliches gespürt. Kettenhemd oder Brustpanzer? Er war ein Mann der Gefahr, der dem Tod jeden Moment ins Auge sah. Sein Herz war mit Stahl gewappnet. Hatte ein solcher Mann überhaupt ein Herz?

Würde sie die Unklugheit begehen, sich in diesen Mann zu verlieben? Nein! Zudem war sie für alle Zukunft unfähig, sich in irgend jemand zu verlieben. Was also dann? Er bezauberte und hypnotisierte sie durch magische Mittel wie ... Wer hatte ihr nur früher ähnliche, aus Anziehung und Mißtrauen gemischte Gefühle eingeflößt? War es nicht gleichfalls ein Mann gewesen, von dem man sagte, daß er magische Kräfte besitze und die Frauen anziehe, ohne daß sie sich zu wehren versuchten?

Der Schein einer Lampe glitt über ihr Gesicht.

„Ah, da seid Ihr!"

Ein dicker, haariger Kopf neigte sich zu ihr. Es war Nicolas Perrot, der Mann mit der Pelzmütze.

„Der Chef hat mich beauftragt, dies für Euch und eine Hängematte für das Kind zu bringen."

„Dies" war ein warmer Stoff, Mantel oder Decke, schwer, weich, mit Stickereien versehen, wie ihn die Kameltreiber der Wüsten Arabiens weben, vom Duft des Orients noch durchtränkt.

Mit geschickter Hand hatte Nicolas Perrot bereits die Hängematte an den Balken der niedrigen Decke befestigt. Sie legte Honorine hinein, ohne daß sie erwachte.

„Es ist immerhin besser und weniger feucht. Wir können nicht allen die gleiche Annehmlichkeit verschaffen. Für so viele Leute haben wir nicht genug an Bord. Eine solche Trübsalsladung war nicht vorgesehen. Aber wenn wir in der Zone der Eisberge sind, werden wir Euch Kohlenbecken hineinstellen."

„Dankt Monseigneur le Rescator von mir."

Er zwinkerte mit verständnisinniger Miene und entfernte sich in seinen großen Stiefeln aus Seehundsfell.

Vereinzeltes Schnarchen erhob sich im Schiffsraum. Nur die Laterne in der Nähe des Verwundeten war nicht gelöscht worden. Aber auch dort schien alles ruhig zu sein. Angélique hüllte sich in ihre prächtige Decke.

Am Morgen konnte ihren Gefährten die besondere Gunst nicht entgehen, die ihr zuteil geworden war. Hätte der Rescator nicht eine weniger auffallende Decke schicken können? Nein, er hatte absichtlich diese gewählt. Es amüsierte ihn, die Leute gegeneinander aufzubringen, ihre Überraschung, ihre Eifersucht, ihre niedrigen, ungezügelten Triebe zu wecken.

Diese Decke war eine Beleidigung angesichts der Not der andern.

Vielleicht hatte er aber keine andere zur Verfügung? Der Rescator umgab sich mit kostbaren Dingen. Ein übliches Geschenk zu machen, war ihm nicht gegeben. Es wäre seiner nicht würdig gewesen. Er hatte die Großzügigkeit im Blut wie... „Er hat keinen Degen, er trägt einen Säbel, aber er ist ein Edelmann, ich könnte es beschwören. Der Gruß, den er vorhin an die Damen richtete, war weder Komödie noch Ziererei. Er kann nicht anders als adlig grüßen. Und ich bin niemals einem Mann begegnet, der seinen Mantel so zu tragen versteht wie er, ausgenommen . . ."

Ihr Geist stieß ständig auf einen Vergleich, der sich ihr beharrlich entzog. In ihrer Vergangenheit gab es einen Mann, an den sie der Rescator erinnerte.

„Er ähnelt jemand, den ich gekannt habe. Vielleicht scheint er mir deshalb so vertraut, daß ich mich ihm gegenüber benehme, als ob er einer meiner einstigen Freunde wäre. Augenscheinlich ist er der gleiche Männertyp, denn zu behaupten, daß er ähnlich aussähe, ist nur eine Umschreibung, da ich nie sein Gesicht gesehen habe. Doch diese Ungeniertheit, diese selbstverständliche Art, die andern zu beherrschen und sich über sie lustig zu machen. Ja, das ist mir vertraut . . . Und überdies trug auch der andere eine Maske."

Ihr Herz begann schnell und unregelmäßig zu schlagen. Sie setzte sich auf und fuhr mit der Hand zur Brust, als wolle sie eine unerklärliche Furcht zurückdrängen, die ihr Herz zusammenschnürte.

„Er trug eine Maske. Aber zuweilen nahm er sie ab, und dann ..."

Sie unterdrückte einen Schrei.

Es war, als sei unversehens ein Lichtstrahl in undurchdringliches Dunkel gefallen.

Sie erinnerte sich.

Dann lachte sie nervös auf.

„Aber natürlich ... Jetzt weiß ich, wem er ähnlich sieht. Er ähnelt Joffrey de Peyrac, meinem ersten Gatten ... Das ist es also, woran ich mich vergeblich zu erinnern versuchte."

Doch noch immer brannte ein seltsames Fieber in ihr. Ihren Kopf durchzuckten vielfarbige Blitze, die nacheinander zerplatzten wie die Raketen in der Nacht von Kandia.

„Er ähnelt ihm! Er maskiert sein Gesicht ... und er herrschte im Mittelmeer. Und wenn ... *er* es wäre?"

Eine Woge flutete in ihr hoch und füllte erstickend ihre Brust. Es war ihr, als müsse ihr Herz zerbersten, wenn sie sich nicht in einem Schrei der Todesangst und Freude Luft machte.

„*Er* ... und ich hätte es nicht gewußt!"

Dann fand sie ihren Atem wieder. Was sie verspürte, war eine Mischung aus Erleichterung und Enttäuschung.

„Wie dumm ich bin! Was für eine närrische Idee! Es ist lächerlich."

Vor dem bezaubernden Hintergrund von Toulouse sah sie ihn wieder vor sich, wie er sich ihr, seiner jungen Gattin, genähert hatte. Ein fast schon vergessenes Bild. Wenn sie sich auch die schon ein wenig verwischten Gesichtszüge nicht mehr ins Gedächtnis zurückzurufen vermochte, sah sie doch deutlich das üppige schwarze Haar vor sich, das sie für eine Perücke gehalten hatte und das zu ihrer Überraschung doch echt gewesen war. Und vor allem sah sie, was sie so sehr erschreckt hatte: den hinkenden Gang desjenigen, den man damals den Großen Hinkefuß des Languedoc genannt hatte.

„Wie dumm ich bin! Wie konnte ich auch nur eine Sekunde daran denken!"

Nach einiger Überlegung stellte sie fest, daß gewisse Besonderheiten sie irregeführt und ihre Phantasie beflügelt haben mochten. Die spöttische, ungezwungene Geistesart, zum Beispiel.

Doch der Rescator hatte einen unverwechselbaren Raubvogelkopf, der über dem großen, starren spanischen Kragen klein erschien. Zudem waren seine Schultern breit, und er bewegte sich auf eine besondere, sichere Art.

„Mein Gatte hinkte ... Und er wußte sich so gut mit diesem Mißgeschick abzufinden, daß man es vergaß. Sein sprühender Geist bezauberte, aber er kannte keine Bösartigkeit, wie sie diesen Abenteurer der Meere auszeichnet."

Sie bemerkte, daß sie wie nach einem Fieberanfall feucht von Schweiß war. Während sie die seidige Decke wieder über sich zog, streichelte sie sie nachdenklich.

„Bösartigkeit? Ist es das richtige Wort? ... Joffrey de Peyrac wäre vielleicht auch zu ähnlichen ritterlichen Gesten imstande gewesen. Aber wie kann ich es wagen, sie zu vergleichen? Joffrey de Peyrac war der adligste Mann in Toulouse, ein Grandseigneur, fast ein König. Der Rescator dagegen ist nur ein von Räubereien und verbotenem Handel lebender Abenteurer, obwohl er sich selbstgefällig Monseigneur nennen läßt. An einem Tage reich wie Krösus, am nächsten ärmer als ein Bettler, immer verfolgt wie ein Galgenstrick. Diese Korsaren bilden sich stets ein, ihr Vermögen bewahren zu können. Nichts ist unbeständiger, vor allem für sie. Wie gewonnen, so zerronnen ..."

Sie erinnerte sich des Marquis d'Escrainville vor seinem in Flammen stehenden Schiff.

„Spieler, die dazu noch gefährlich sind, weil sie um Menschenleben würfeln. Joffrey de Peyrac war ein Epikureer, ein Lebensgenießer. Er verabscheute die Gewalt. Die Existenz eines Rescators beruht auf Leichen. Seine Hände sind blutbefleckt ..."

Sie dachte an Cantor, an die Galeeren, die von den Kanonen des Piraten versenkt worden waren.

Sie selbst hatte mit eigenen Augen das Munitionsschiff des königlichen

Geschwaders mit seinen Sträflingen in einem Mahlstrom verschwinden sehen, während die Schebecke des Rescators sie in geschickten Manövern wie ein Geier umkreiste.

„Und dennoch zieht mich dieser selbe Mann an. Denn ich fühle mich von ihm angezogen, es hätte keinen Sinn, es zu leugnen."

Man mußte den Dingen ins Gesicht sehen. Angélique drehte sich auf ihrem harten Lager herum. Sie hätte kein Auge schließen können. Eben zu diesem Mann war sie gekommen, um ihn um Hilfe zu bitten. In seine Hände hatte sie sich mit Vertrauen und einem nicht wiedergutzumachenden Mangel an Klugheit begeben.

Was hatte er mit der Bemerkung sagen wollen, daß „er bereit sei, auf die Begleichung ihrer Schulden noch ein wenig zu warten"? Auf welche Weise wollte er sich den Dienst, den ihr zu erweisen er sich bereitgefunden, und den üblen Streich, den sie ihm damals gespielt hatte, von ihr bezahlen lassen?

„Das ist es, worin er sich grundsätzlich von meinem früheren Gatten unterscheidet. Er bringt es nicht über sich, Dienste ohne Belohnung zu erweisen, eine selbstlose Tat auszuführen, wie es zum Erbteil wahren Adels gehört. Joffrey de Payrac war ein echter Ritter."

Wie immer mußte sie sich zwingen, den Namen auszusprechen, von dem ihr Herz so viele Jahre erfüllt gewesen war.

Joffrey de Peyrac!

Wie lange schon verbot sie sich, diese Erinnerung von neuem zu beleben! Wie lange schon hatte sie die Hoffnung aufgegeben, ihn lebend in dieser Welt wiederzufinden!

Sie hatte sich ihres Verzichtes sicher geglaubt. Doch an der Bewegung, die sie vor kurzem überwältigt hatte, war ihr deutlich geworden, daß ihre Illusion trotz allem lebendig blieb.

Das Leben hatte es nicht vermocht, in ihr die Erinnerung an eine Zeit zu löschen, in der sie unendlich glücklich gewesen war. Und dennoch, wie wenig glich sie heute der einstigen kleinen Comtesse de Peyrac?

„Damals wußte ich von nichts. Aber ich war absolut davon überzeugt, alles zu wissen. Ich fand es ganz natürlich, daß er mich liebte." Die Vision des Paares, das sie mit dem Grafen Peyrac gebildet hatte, weckte ihr Lächeln. Sie war wahrhaftig zu einem Bild erstarrt, das sie nun ohne allzu große Traurigkeit betrachten konnte wie das Porträt zweier Fremder.

Der Glanz ihres Glücks, die raffinierte Hofhaltung, mit der sie sich umgaben, die Rolle, die der Herr Aquitaniens im Königreich spielte – wie wenig hatte das alles mit einem mysteriösen Schiff voller Auswanderer und Sträflinge zu tun, das einem unbekannten Land entgegenglitt!

Und fünfzehn Jahre waren vergangen!

Das Königreich war fern, der König würde Angélique du Plessis-Bellière, einstige Comtesse de Peyrac, nie mehr wiederfinden. Er, der König, wenigstens ragte aus dem sich tummelnden Heer seiner Marionetten im Zentrum des großartigen, schillernden Reliquienschreins Versailles.

Ja, sie war diese in goldschimmernde Stoffe gehüllte Frau gewesen, Favoritin einer grandiosen Welt, eines auf Eroberungen lüsternen Landes, das einen Teil des Universums erzittern ließ.

Aber je weiter sich das Schiff in die Weite des Ozeans verlor, desto mehr büßte das lockende Bild von Versailles an Kraft ein. Es gerann, nahm das falsche, flitterhafte Aussehen von Theaterdekorationen an.

„Jetzt erst lebe ich wirklich", sagte sie sich, „jetzt erst bin ich wahrhaft ich selbst geworden. Oder bin im Begriff, es zu werden. Denn ich habe immer darunter gelitten, selbst bei Hof, daß ich mich unvollständig, außerhalb des mir bestimmten Weges fühlte."

Wie unter einem Zwang richtete sie sich auf, um einen Blick in den dunklen, nur in einem Winkel erhellten Raum zu werfen, in dem eine von Mühsalen und Erschöpfung niedergeworfene Menschheit schlief.

Die Fähigkeit zur Erneuerung, die Angélique plötzlich in sich entdeckte, erschreckte sie fast. Man verleugnete nicht so völlig seine Vergangenheit, man entledigte sich nicht mit einem bloßen Schulterzucken dessen, was einen geformt, gezeichnet hatte, nicht seiner Lieben und nicht seines Hasses. Es wäre ungeheuerlich!

Dennoch war es so. Arm, wie sie war, fühlte sie sich überdies noch ihrer Vergangenheit beraubt. Sie langte an jenem Punkt ihres Lebens an, an dem ihr nur noch ein einziger Besitz erhalten blieb, den man ihr nicht nehmen konnte: sie selbst. Die verschiedenen Persönlichkeiten, in die sie geschlüpft war und die sich lange in ihr bekämpft hatten – treue oder flatterhafte, ehrgeizige oder großmütige, aufrührerische oder folgsame Frau –, hatten endlich ohne ihr Wissen Frieden miteinander geschlossen.

„Als wenn ich all dies nur zu dem einen Zweck durchlebt hätte, mich eines Tages zwischen Unbekannten auf einem unbekannten Schiff mit unbekanntem Reiseziel wiederzufinden!"

Aber mußte sie auch Joffrey de Peyrac vergessen? Ihn der Vergangenheit überlassen?

Der jähe Schmerz über den Verlust dessen, was aus ihrer beider Liebe hätte werden können, durchfuhr sie wie ein Dolchstich. Hätten sie ihre Liebe im Laufe der Jahre zerstört wie so viele Paare, denen sie begegnet war? Oder hätten sie es fertiggebracht, den Fallstricken des Lebens zu entgehen?

Ein schwieriges Unterfangen. „Ich kannte ihn so wenig . . ."

Zum erstenmal gestand sie sich ein, daß ihr Joffrey de Peyrac, obwohl sie als seine Frau mit ihm gelebt hatte, nicht völlig zugänglich gewesen war. Die kurzen Jahre ihres gemeinsamen Daseins, in denen die Entdeckung der Liebe und ihrer Wonnen unter der kundigen Anleitung des um zwölf Jahre älteren und erfahreneren Grandseigneurs aus Toulouse ihr viel wichtiger gewesen war als die Bemühung um ein tieferes Verstehen, hatten ihr keine Zeit gelassen, einerseits ihren eigenen moralischen Kräften und andererseits den wirklichen, unveränderlichen Grundzügen von Joffreys Charakter nachzuspüren, eines ausnehmend phantasievollen, launenhaften Charakters, der seine Umwelt verwirrte und es so wollte.

Sie war ihrem eigenen Wesen erst in dem unerbittlichen Kampf auf die Spur gekommen, den das Leben ihr aufzwang und den sie allein hatte führen müssen.

Sie blieb immer allein.

Obwohl zweimal verheiratet und Mutter, hatte das Spiel der Umstände ihr das Schicksal einer alleinstehenden Frau auferlegt.

Allein auf sich gestellt, ihrem Dasein eine Richtung zu weisen, diesen oder jenen Weg zu verweigern oder einzuschlagen. Niemals eine Schulter, um sich mit geschlossenen Augen an sie zu lehnen und dabei zu denken: „Was tut's! Führe mich! Denn ich bin deine Frau, und was du willst, will auch ich."

Durch ihre Einsamkeit erzwungen, waren ihre Handlungen immer nur durch ihren Willen bestimmt gewesen. Und es wurde ihr bewußt, daß sie dessen müde war, weil es gegen die Natur der Frau verstieß.

Bis zu diesem Punkt ihrer Überlegungen gelangt, reagierte Angélique mit Nachdruck. Warum grübelte sie so ausführlich über ihre Einsamkeit nach? Nichts hatte bisher bewiesen, daß sie für die Fügsamkeit geschaffen war.

Würde sie es heute hinnehmen, sich führen zu lassen? Schließlich wußte sie viel besser als die meisten Männer, was sie zu tun hatte. Das eheliche Joch mußte sie herausfordern.

Maître Berne würde nicht zögern, sie um ihre Hand zu bitten. Im Moment war er verletzt. Das würde es hinausschieben. Aber wenn er sie liebte, würde er sie heiraten wollen, und was sollte sie dann antworten? Ein Ja oder ein Nein schien ihr gleichermaßen unmöglich, denn sie fürchtete sich vor einer Bindung und brauchte wiederum diesen Freund. Sie brauchte es, sich geliebt zu fühlen.

„Da wäre also", dachte sie, „das Joch, nach dem ich seufze. Kann es ohne Fesseln existieren?"

Dieser letzte Gedanke ließ sie auffahren.

„Es ist ja nicht wahr! Ich verabscheue die Liebe. Ich will sie nicht."

Ihr Weg schien ihr vorgezeichnet zu sein. Sie würde allein bleiben. Sie würde Witwe bleiben. Das war ihr Schicksal: Eine Witwe, gekettet an eine vergangene Liebe, nach der sie sich bis zu ihrer Todesstunde sehnen würde. Sie würde ein rechtschaffenes Leben führen. Sie würde

Honorine, ihr geliebtes Kind, glücklich machen. Es würde ihr keine Zeit bleiben, sich zu langweilen, wenn sie auf den Inseln ihr neues Leben organisierte. Sie wäre die Freundin aller, vor allem der Kinder, und so verriete sie auch nicht ihre Bestimmung als Frau, die darin besteht, zu geben und wachsen zu lassen.

Was den Rescator betraf ... sie mußte mit ihm rechnen. Während einiger Augenblicke war es ihr gelungen, sein Bild aus ihren Gedanken auszuschließen, aber schon kehrte es bedrängend wieder. Er war zu nah.

Er war nicht mehr der Tote, für den sie ihn lange gehalten hatte. Seine Gegenwart hier war nur allzu spürbar. Angélique ahnte, daß sie gegen Fallen würde ankämpfen müssen, deren gefährlichste vielleicht in ihr selbst lag. Glücklicherweise wußte sie jetzt, warum ihr Herz und ihre Phantasie sich erhitzten, Feuer fingen. Eine subtile Ähnlichkeit des Geistes und Benehmens mit dem, den sie so sehr geliebt hatte, war zum Anlaß einer Täuschung geworden. Sie würde nicht zulassen, daß der Herr der *Gouldsboro* sie zu seinem Spielzeug machte.

Endlich kam der Schlaf. „Keine wirkliche Ähnlichkeit", wiederholte sie sich noch, bevor sie entschlummerte, „ausgenommen ... was?" Das nächste Mal, wenn sie vor dem Rescator stand, würde sie ihn aufmerksam mustern ...

Aber es war ganz und gar nicht ihre Schuld, es war nur dieser Ähnlichkeit und der Erinnerungen wegen, daß sie trotz allem ein klein wenig ... verliebt in ihn war.

Drittes Kapitel

Am folgenden Tag machte ihr Maître Gabriel Berne einen Heiratsantrag.

Er hatte den Schock des Säbelhiebes völlig überwunden und schien schon auf dem Wege der Genesung. Sein linker Arm lag zwar noch in einer Schlinge; aber er saß aufrecht, gegen ein dickes Polster aus Stroh gelehnt, das Abigaël und Séverine aus der Streu der Ziegen und Kühe im benachbarten Verschlag gezerrt hatten, und hatte sein gewohntes Aussehen, die frische Gesichtsfarbe, den ruhigen Ausdruck der Augen wiedergewonnen. Er verschwieg nicht, daß er starken Hunger hatte. Um die Mitte des Vormittags brachte der maurische Kajütenwächter des Rescators im Auftrage seines Herrn für den Verwundeten eine kleine silberne Schüssel, die ein appetitliches, fein gewürztes Ragout enthielt, dazu eine Flasche alten Weins und zwei mit Sesamkörnern bestreute Brötchen.

Die Erscheinung des hochgewachsenen Arabers erregte im Zwischendeck Aufsehen. Er sah gutmütig aus und hielt der Neugier der Kinder, die ihn umdrängten, mit einem breiten Lächeln stand, das seine kräftigen weißen Zähne zeigte.

„Jedesmal, wenn einer seiner Leute bei uns auftaucht, gehört er zu einer anderen Rasse", ließ sich Maître Gabriel vernehmen, während er mit einem wenig freundlichen Blick dem sich entfernenden Mauren folgte. „Diese Mannschaft kommt mir buntscheckiger vor als ein Harlekinskostüm."

„Wir haben noch keinen Asiaten gesehen, aber einen Indianer habe ich schon entdeckt", warf Martial aufgeregt ein. „Ja, ja, ich weiß bestimmt, daß es ein Indianer war. Er war zwar wie die anderen Matrosen gekleidet, hatte aber schwarze Zöpfe und eine ziegelrote Haut."

Angélique stellte die kleine Mahlzeit für Maître Berne zurecht.

„Ihr werdet als Gast von Bedeutung behandelt."

Der Kaufmann brummte etwas Unverständliches, und als Angélique sich anschickte, ihn zu füttern, geriet er fast in Zorn.

„Für wen haltet Ihr mich? Ich bin kein Säugling!"

„Ihr seid noch schwach."

„Schwach?" knurrte er und straffte seine Schultern, was ihm eine schmerzliche Grimasse abverlangte.

Angélique lachte.

Sie hatte immer seine ruhige Kraft geliebt. Sie strahlte auf die Umgebung ein Gefühl von Frieden und Sicherheit aus.

Selbst seine körperliche Fülle trug zu seinem beruhigenden Anblick bei. Es war nicht die Fülle eines dem Lebensgenuß hingegebenen Mannes, die an weiche Polster erinnert. Die ihm eigene Korpulenz war Teil seines sanguinischen Temperaments. Er hatte sie sich vermutlich schon in jungen Jahren zugelegt, ohne deshalb an Kraft einzubüßen. Er wirkte nur älter, als er in Wirklichkeit war, und hatte sich dadurch bei seinen Kunden und Kollegen schnell Respekt verschafft. Daher die aufrichtige Achtung, die man ihm auch weiterhin entgegenbrachte. Angélique beobachtete ihn nachsichtig, während er, sich geschickt seiner freien Hand bedienend, mit Appetit das Ragout aus der neben ihm stehenden Schüssel löffelte.

„Ihr hättet Euch zum Feinschmecker entwickeln können, Maître Berne, wenn Ihr nicht Hugenotte wärt."

„Ich hätte mich noch zu mancherlei anderem entwickeln können", erwiderte er, ihr einen undeutbaren Blick zuwerfend. „Der Mensch hat mehr als eine Seite."

Halb den Löffel zum Mund erhoben, fügte er zögernd hinzu:

„Ich weiß, was Ihr sagen wollt, aber ich gestehe, daß ich heute einen Wolfshunger habe und . . ."

„Eßt nur. Ich habe nur ein wenig gescherzt", sagte sie herzlich. „In Erinnerung an Euer Grollen, wenn ich in La Rochelle wieder einmal Eure Tafel allzu üppig bestellt und Eure Kinder zur Sünde der Naschhaftigkeit verleitet hatte."

„Das ist Kampf mit ehrlichen Waffen", gestand er mit einem Lächeln zu. „Leider sind wir mittlerweile recht weit von alldem entfernt . . ."

Der Pastor Beaucaire versammelte seine Schäflein. Der Bootsmann hatte ihn wissen lassen, daß alle Passagiere zu einer kurzen Promenade auf Deck kommen sollten. Das Wetter war schön, und um diese

Stunde bestand am wenigsten Gefahr, daß sie die Schiffsmanöver behinderten.

Angélique blieb mit Maître Berne allein. Sie wollte diesen Augenblick nützen, um ihm ihren Dank abzustatten.

„Ich habe Euch noch nicht danken können, Maître Berne, für alles, was ich Euch schulde. Ihr seid verwundet worden, als Ihr mir das Leben gerettet habt."

Er hob den Blick zu ihr und betrachtete sie lange. Sie senkte die Lider. Seine Augen, die Unnahbarkeit und Kühle ausdrücken konnten, sprachen in diesem Augenblick mit der gleichen Beredsamkeit wie gestern abend, als er, aus seiner Betäubung erwachend, nur sie gesehen hatte.

„Wie hätte ich Euch nicht retten können", sagte er endlich. „Ihr seid mein Leben."

Und ihrem Protest zuvorkommend, fuhr er fort:

„Dame Angélique, wollt Ihr meine Frau werden?"

Angélique geriet in Verwirrung. Der Augenblick war also gekommen. Sie empfand keine Panik, eher, mußte sie sich eingestehen, eine gewisse Süße. Er liebte sie so, daß er sie vor Gott zu seiner Gefährtin machen wollte, trotz allem, was er wußte . . . oder nicht wußte, was ihre Vergangenheit betraf. Für einen Mann seiner starrsinnigen Moral gab es kein größeres Maß der Liebe.

Aber sie fühlte sich nicht imstande, eine klare Antwort zu formulieren.

Sie faltete ihre Hände und preßte sie in einer Geste der Ratlosigkeit zusammen.

Gabriel Bernes Blick haftete an ihrem reinen, harmonischen Profil, dessen Linien ihn mit einem herzzerreißenden, fast schmerzhaften Gefühl erfüllten. Seitdem er der Versuchung nachgegeben hatte, in ihr die Frau zu sehen, enthüllte ihm jeder Blick neue Vollkommenheiten. Er liebte sogar die Blässe der Erschöpfung, die ihre Züge zeichnete und die Mühsal des gestrigen Tages verriet, an dem sie die Schar der Hugenotten wie mit eigener Hand ihrem unerbittlichen Schicksal entrissen hatte. Er sah ihre schönen, flammenden Augen wieder vor sich, er hörte, wie ihre befehlende Stimme sie unermüdlich zur Eile drängte. Er sah, wie sie über die Heide lief, das Haar vom Wind gelöst, bedrohte Kinder tragend, von jener erstaunlichen Kraft aufrechterhalten, die Frauen entwickeln, wenn das Leben auf dem Spiel steht. Er würde diese Vision niemals vergessen.

Dieselbe Frau kniete nun dicht neben ihm, und sie erschien ihm schwach. Sie biß sich auf die Lippen, und er konnte das sich überstürzende Pochen ihres Herzens erraten. Ihre Brust hob sich in kurzen, schnellen Stößen.

Endlich erwiderte sie:

„Der Antrag, den Ihr mir soeben gemacht habt, ehrt mich sehr, Maître Berne, aber . . . ich bin Eurer nicht würdig."

Er runzelte die Brauen. Die Muskeln seiner Kiefer spielten, und er hatte Mühe, seine Erregung zu dämpfen. Er brauchte eine kleine Weile, um sich zu fassen, und als sie, durch sein Schweigen überrascht, den Blick zu ihm zu heben wagte, sah sie, daß er vor Wut erblaßt war.

„Mich schaudert, wenn Ihr Euch wie eine Heuchlerin aufführt", erklärte er ohne Umschweife. „Ich bin es, der Eurer nicht würdig ist. Glaubt nicht, daß ich mich so leicht hinters Licht führen lasse. Meine Erfahrungen haben mich vor allzu großer Naivität bewahrt. Ich weiß, ja, ich habe die Überzeugung, wenn nicht die Gewißheit, daß Ihr einer anderen Welt als der meinen angehört. Ja, Madame. Ich weiß, daß ich Euch gegenüber nur ein simpler Kaufmann bin."

Sie starrte ihn an, entsetzt, sich durchschaut zu sehen, und ihre Reaktion veranlaßte ihn, ihre Hand zu nehmen.

„Dame Angélique, ich bin Euer Freund. Ich weiß nicht, was Euch von Eurer Welt hat trennen können und welches Drama Euch in das Elend stieß, in dem ich Euch fand. Was ich aber weiß, ist, daß sie Euch fortgejagt, daß sie Euch verleugnet haben, wie die Wölfe den aus ihrer Gemeinschaft verstoßen, der nicht mit ihnen heulen will. Ihr habt bei uns Zuflucht gefunden, und Ihr seid in dieser Zuflucht glücklich gewesen."

„Ja, ich bin dort glücklich gewesen", murmelte sie.

Er hielt noch immer ihre Hand, hob sie und legte sie in einer demütigen und zärtlichen Bewegung, die sie erzittern ließ, an seine Wange.

„In La Rochelle wagte ich nicht, zu Euch zu sprechen", sagte er mit erstickter Stimme, „da ich diesen gewaltigen Unterschied zwischen uns spürte. Aber heute, scheint mir, finden wir uns in der Not auf gleicher Stufe wieder. Wir fahren der Neuen Welt entgegen. Und Ihr braucht Schutz, nicht wahr?"

Sie nickte mehrmals bestätigend mit dem Kopf. Es wäre so einfach gewesen zu antworten: Ja, ich nehme Euren Antrag an, so einfach, sich einem bescheidenen Schicksal zu überlassen, das sie schon kannte.

„Ich liebe Eure Kinder", sagte sie. „Es macht mir Vergnügen, Euch zu dienen, Maître Berne, aber . . ."

„Aber?"

„Die Rolle der Ehefrau bringt gewisse Pflichten mit sich."

Er sah sie unbewegt an. Noch immer lag ihre Hand in der seinen, und sie spürte, wie ihre Finger in dieser festen, warmen Umklammerung bebten.

„Fürchtet Ihr Euch davor?" fragte er sanft. Überraschung schwang in seiner Stimme. „Oder sollte ich Euch allzu unsympathisch sein?"

„Das ist es nicht!" protestierte sie aufrichtig.

Unvermittelt begann sie in ungeordneten, abgerissenen Sätzen mit dem tragischen Bericht, den ihre Lippen bisher niemals hatten preisgeben wollen: dem brennenden Schloß, den auf Piken aufgespießten Kindern, den Dragonern, die sie gedemütigt, die ihr Gewalt angetan hatten, während man ihren Sohn umbrachte. Je länger sie sprach, desto erleichterter fühlte sie sich. Die Bilder hatten an Kraft verloren, und sie bemerkte, daß es ihr, ohne schwach zu werden, gelang, sie zu beschwören. Die einzige Wunde, an die sie nicht rühren konnte, ohne Schmerz zu empfinden, war die Erinnerung an Charles-Henri, entschlummert, tot in ihren Armen.

Tränen liefen über ihre Wangen.

Maître Berne hörte ihr mit äußerster Aufmerksamkeit zu. Seine Züge verrieten weder Entsetzen noch Mitleid.

Er grübelte lange.

Sein Geist verjagte unerbittlich das Bild eines schönen, geschändeten Körpers, wie er auch entschlossen war, niemals in der Vergangenheit derjenigen zu forschen, die Dame Angélique genannt wurde, da man ihren Namen nicht kannte. Er wollte sich nur an die wenden, die er vor sich hatte und die er liebte, nicht an die unbekannte Frau, deren bewegtes Leben zuweilen noch die Klarheit ihrer schillernden, meerfarbenen Augen überschattete. Wenn er sich damit aufhielt, ihr nachzuspüren, um die zu entdecken, die sie gewesen war, würde er verrückt werden, ein Besessener.

Er sagte mit Festigkeit:

„Ich glaube, Ihr verrennt Euch in falsche Vorstellungen, wenn Ihr Euch einbildet, daß dieses ferne Drama Euch daran hindert, von neuem ein gesundes Frauenleben in den Armen eines Gatten zu führen, der Euch in guten und schlimmen Tagen lieben wird. Vielleicht hätte es Euch härter gezeichnet, wärt Ihr noch ein junges Mädchen gewesen. Aber Ihr wart Frau, und wenn ich den Anspielungen glauben darf, die gestern dieses perfide Individuum machte, das uns führt, eine Frau, die sich in Gesellschaft mit Männern nicht immer schüchtern gezeigt hat. Viel Zeit ist inzwischen verstrichen. Es ist anzunehmen, daß Euer Herz und Euer Körper nicht mehr die gleichen sind, die durch jene Leiden gingen. Den Frauen ist die Fähigkeit zur Erneuerung gegeben wie dem Mond, wie den Jahreszeiten. Ihr seid jetzt eine andere. Warum sich mit den Wunden der Erinnerung belasten, sich zerstören, Ihr, deren Schönheit erst gestern erschaffen zu sein scheint."

Angélique lauschte überrascht. Sein nicht ohne Scharfsinn vorgehender gesunder Menschenverstand tröstete sie. Warum sollte ihr Geist nicht wirklich an der neuen Vitalität teilhaben, deren Erwachen sie in ihrem Körper spürte? Warum sollte er sich nicht von unreinen Erinnerungen befreien? Alles neu beginnen, selbst die immer geheimnisvolle Erfahrung der Liebe?

„Ihr habt zweifellos recht", meinte sie. „Ich hätte diese Ereignisse aus meinem Bewußtsein entfernen müssen, und es kann sein, daß ich ihnen nur noch Gewicht beilege, weil sie mit dem Tod eines Sohnes verknüpft sind. Das aber vermag ich nicht zu löschen."

„Niemand fordert es von Euch. Aber Ihr habt immerhin gelernt, wieder zu leben. Und ich gehe sogar noch weiter, um Eure Befürchtungen zu zerstreuen. Ich versichere Euch, daß Ihr die Liebe eines Mannes erwartet, um Euch ganz und gar erneuern zu können. Ohne Euch der Koketterie zeihen zu wollen, Dame Angélique – es ist in Euch etwas, das die Liebe ruft. Und dieser Ruf kommt von Euch."

„Wollt Ihr behaupten, daß ich Euch jemals herausgefordert hätte?" widersprach Angélique entrüstet.

„Ihr habt mir recht böse Augenblicke bereitet", sagte er schwerfällig.

Unter seinem beharrlichen Blick senkte sie von neuem die Augen. Obgleich sie sich dagegen wehrte, war es ihr nicht unangenehm, die Schwäche des eigensinnigen Protestanten zu entdecken.

„In La Rochelle gehörtet Ihr noch mir, lebtet Ihr unter meinem Dach", begann er wieder. „Hier kommt es mir vor, als ob die Blicke aller Männer Euch folgten und nach Euch verlangten."

„Ihr schreibt mir eine recht übertriebene Macht zu."

„Eine Macht, deren Ausmaß zu beurteilen ich durchaus in der Lage bin. Was ist der Rescator für Euch gewesen? Euer Liebhaber, nicht wahr? Das springt geradezu in die Augen . . ."

In jäh aufwallendem Zorn preßte er ihre Hand, und sie wurde sich der ungewöhnlichen Kraft dieser doch nur an bürgerliche Verrichtungen gewöhnten Faust bewußt. Sie suchte sich ihrem Griff zu entziehen.

„Er ist nichts dergleichen gewesen!"

„Ihr lügt. Zwischen Euch und ihm gibt es Bindungen, die auch der Unerfahrenste nicht übersehen kann, wenn Ihr Euch in seiner Gegenwart befindet."

„Ich schwöre Euch, daß er niemals mein Liebhaber war."

„Was also dann?"

„Schlimmeres vielleicht. Ein Gebieter, der mich zu einem sehr hohen Preis gekauft hat und dem ich entflohen bin, bevor er mit mir nach seinem Willen verfahren konnte. Meine Situation ihm gegenüber ist deshalb einigermaßen ungewiß, und ich gestehe, daß ich ein wenig Angst vor ihm habe."

„Dennoch bezaubert er Euch. Es ist unübersehbar."

Angélique schickte sich an, ihm entschieden zu widersprechen, besann sich aber. Ein Lächeln erhellte ihr Gesicht.

„Seht, Maître Berne, mir scheint, daß wir da ein neues Hindernis vor unserer Heirat entdeckt haben."

„Welches?"

„Unsere Charaktere. Wir haben Zeit gehabt, uns gegenseitig recht gut kennenzulernen. Ihr seid ein autoritärer Mann, Maître Berne. Als

Dienstmagd habe ich Euch zu gehorchen versucht, aber ich weiß nicht, ob ich als Ehefrau dieselbe Geduld aufbringen würde. Ich bin es gewohnt, mein Leben selbst zu bestimmen."

„Geständnis für Geständnis. Ihr seid eine autoritäre Frau, Dame Angélique, und Ihr habt die Macht der Sinne über mich. Ich habe lange gekämpft, bevor ich klar sah, denn es erschreckte mich zu erkennen, in welchem Maße Ihr mich unterwerfen könntet. Auch betrachtet Ihr das Leben mit einer Freiheit, die uns Hugenotten nicht gegeben ist. Wir sind die Menschen des Sündenfalls. Wir spüren seine Schlingen und Abgründe unter unseren Füßen. Das Weib ängstigt uns. Vielleicht, weil wir es für unsere Verdammnis verantwortlich machen. Ich habe mich Pastor Beaucaire mit meinen Gewissenszweifeln eröffnet."

„Was hat er geantwortet?"

„Er hat gesagt: ‚Seid demütig vor Euch selbst. Erkennt Eure Begierden, die dem Bleibenden natürlich sind, und heiligt sie durch das Sakrament der Ehe, auf daß sie Euch erheben, statt Euch zu verderben.' Ich bin seinem Rat gefolgt. An Euch liegt es, ob ich ihn verwirklichen kann. An uns, unseren Stolz aufzugeben, der uns hindern würde, uns zu verstehen."

Er richtete sich auf und zog sie an sich, einen Arm um ihre Taille legend.

„Ihr seid doch verletzt, Maître Berne!"

„Ihr wißt sehr wohl, daß Eure Schönheit selbst einen Toten wieder aufwecken würde."

Andere Arme hatten sie am Abend zuvor mit der gleichen eifersüchtigen Besitzgier umklammert. Vielleicht traf zu, was Maître Berne sagte: daß sie nur die Zärtlichkeiten eines Mannes erwartete, um wieder Frau zu werden. Dennoch hielt sie ihn unwillkürlich zurück, als er sich über ihre Lippen neigen wollte.

„Noch nicht", murmelte sie. „Oh, ich bitte Euch, laßt mich noch ein wenig überlegen."

Die Gesichtszüge des Kaufmanns verkrampften sich. Es fiel ihm schwer, sich zu beherrschen. Er erblaßte von der Anstrengung, die es ihn kostete. Sich von Angélique lösend, sank er gegen das Strohpolster zurück.

Seine Augen betrachteten sie nicht mehr, sondern fixierten mit einem seltsamen Ausdruck die kleine silberne Schüssel, die der Maure des Rescators ihm vor kurzem gebracht hatte.

Plötzlich packte er sie und schleuderte sie gegen die Planken der Wand.

Viertes Kapitel

Seit beinahe acht Tagen nun hatte die *Gouldsboro* La Rochelle mit allgemeinem Kurs gen Sonnenuntergang verlassen. Angélique hatte es an ihren Fingern abgezählt. Fast eine Woche war verstrichen, und sie hatte Maître Berne immer noch nicht ihre Antwort gegeben.

Und nichts war geschehen.

Und was hätte geschehen können? Es schien ihr, als warte sie ungeduldig auf ein wichtiges Ereignis.

Als ob es nicht schon genügte, sich unter so prekären Umständen zurechtfinden zu müssen! Mit einigem guten Willen gelang es indessen. „Die Vorwürfe Madame Manigaults haben schon kaum mehr Wirkung als papistische Litaneien", erklärte Maître Mercelot unehrerbietig. Die Kinder waren schon durch den bloßen Anblick des Meers genügend abgelenkt und spürten die Unbequemlichkeiten kaum. Die Pastoren hatten religiöse Übungen organisiert, die die Flüchtlinge verpflichteten, sich zu gewissen Stunden zusammenzufinden.

Wenn das Wetter es erlaubte, fand die letzte Bibelstunde unter den Augen der seltsamen Mannschaft auf Deck statt.

„Wir müssen diesen glaubens- und gesetzlosen Männern das Ideal zeigen, das in uns wohnt und das wir ungeschmälert zu bewahren haben", sagte Pastor Beaucaire.

Darin geübt, die Seelen zu erforschen, fühlte der alte Mann, ohne davon zu sprechen, seine kleine Gemeinde von einer inneren Gefahr bedroht, die vielleicht viel ernster war als die der Einkerkerung und des Todes, mit der sie in La Rochelle hatten rechnen müssen. Die Bürger und Handwerker, zumeist wohlhabend und fest zwischen den Mauern ihrer Stadt verwurzelt, waren ihr allzu jäh entrissen worden.

Der grausame Bruch legte die Herzen bloß. Selbst der Ausdruck der Augen hatte sich verändert.

Während der letzten Gebete setzte Angélique sich ein wenig abseits. Sie hielt Honorine auf den Knien. Die Worte der Heiligen Schrift drangen durch die Nacht zu ihr:

„Ein jegliches hat seine Zeit, und alles unter dem Himmel hat seine Stunde. Vernichten und heilen, hassen und lieben . . ."

Wann würde sie wiederkehren, die Stunde der Liebe?

Doch es geschah nichts. Und Angélique wartete auf etwas. Seit dem Abend ihrer Einschiffung, in dessen Verlauf sie so lange über die verschiedenen Gefühle nachgedacht hatte, die er ihr einflößte, hatte sie den Rescator nicht wiedergesehen. Da sie zu dem Schluß gekommen war, daß sie allen Anlaß hatte, ihm und sich selbst zu mißtrauen, hätte sie sich zu seiner Unsichtbarkeit beglückwünschen müssen. In Wirklichkeit jedoch fühlte sie sich beunruhigt. Er blieb ihr fern. Nur wenn die Passagiere zu gewissen Stunden zu ihrer gewohnten Promenade auf Deck erschienen, war zuweilen die Silhouette des Schiffsherrn auf dem hinteren Deckaufbau zu erkennen, in seinen dunklen, vom Wind geblähten Mantel gehüllt.

Aber er mischte sich nicht mehr in ihre Angelegenheiten und schien sich kaum um die Fahrt des Schiffes zu kümmern.

Kapitän Jason war es, der von der Höhe der Deckskajüte aus seine Befehle in das kupferne Sprachrohr schrie. Ausgezeichneter Seemann, doch schweigsam und wenig gesellig, interessierte er sich kaum für die Schar der Hugenotten, die zweifellos ohne seine Zustimmung an Bord genommen worden war. Wenn er keine Maske trug, zeigte er ein hartes, kaltes Gesicht, das jeden Versuch, sich ihm zu nähern, entmutigte. Und dennoch wurde Angélique jeden Tag beauftragt, sich im Namen ihrer Gefährten ins Mittel zu legen, um gewisse Einzelheiten zu klären. Wo konnte man die Wäsche besorgen? Mit welchem Wasser? Denn die Süßwasserration war zum Trinken bestimmt. Man mußte sich also mit Meerwasser begnügen – erste, unvorhergesehene Tragödie für die Hausfrauen, da die Wäsche nicht weiß wurde, sondern schmierig blieb.

Zu welchen Stunden konnte man das Deck betreten, ohne die Manöver zu stören? Und dergleichen mehr.

Dafür fand sie bei Nicolas Perrot, dem Mann mit der Pelzmütze, wertvolle Unterstützung.

Innerhalb der Mannschaft schien er keine klar umrissene Aufgabe zu haben. Man sah ihn häufig müßig umherstreifen und seine Pfeife rauchen. Dann wieder zog er sich lange Stunden hindurch mit dem Rescator zurück.

Durch ihn konnte Angélique ihre Wünsche dem, den sie angingen, zukommen lassen, und er übernahm es, die Antworten zu überbringen, indem er milderte, was sie an Unerfreulichem enthielten, denn er war ein freundlicher und gutmütiger Mann.

So gab es allgemeines Gezeter bei den Passagieren im Zwischendeck, als am fünften Tage zwei Matrosen als Zukost zu Vierteln gesalzenen Fleischs ein merkwürdiges, saures, Übelkeit erregendes Zeug hereinbrachten, von dem jeder, wie sie behaupteten, essen müsse. Manigault verweigerte die Nahrung, die ihm verdächtig erschien. Bisher war die allgemeine Schiffskost annehmbar und ausreichend gewesen. Wenn man nun aber begann, ihnen verfaulten Unrat zu schlucken zu geben, würden die Kinder krank werden und die kaum begonnene Überfahrt würde mit grausamem Leid enden. Es war besser, sich mit gesalzenem Fleisch und dem dürftigen Stück Zwieback zu begnügen, der üblichen Nahrung der Seeleute.

Infolge ihrer Weigerung erschien der Bootsmann und schrie ihnen zu, daß sie das Sauerkraut essen müßten, wenn sie nicht wollten, daß man sie an Händen und Füßen festhielte, während man es in sie hineinstopfte.

Er war eine Art Gnom von unbestimmbarer Nationalität, der für das harte Metier des Meers offenbar irgendwo im Norden Europas zurechtgeschmiedet worden war: in Schottland, Holland oder in den baltischen Ländern. Er sprach eine Mischung von Englisch, Französisch und Holländisch, und obwohl die rochelleser Kaufleute diese Sprachen kannten, war es so gut wie unmöglich, sich mit ihm zu verständigen.

Einmal mehr vertraute Angélique ihre Sorgen dem braven Nicolas Perrot an, letztlich dem einzigen Wesen, das an Bord der *Gouldsboro* ansprechbar war. Er beruhigte sie und empfahl ihr, den Anweisungen des Bootsmanns zu folgen. Übrigens wiederhole er nur die Befehle des Rescators selbst.

„Wir sind zu viele für den Proviant, den wir an Bord haben. Von jetzt an müssen wir die Rationen einschränken. Es bleibt uns kaum noch lebendes Fleisch: zwei Schweine, eine Ziege, eine Kuh. Sie sollen aufgespart werden, falls jemand, was immer möglich ist, krank wird. Aber der Chef hat beschlossen, die Fächer mit Kohl anzubrechen, die er überall mit sich herumschleppt. Er behauptet, daß man mit dem Zeug den Skorbut vermeiden kann, und ich glaube, daß es wahr ist, denn ich habe schon zwei Überfahrten mit ihm gemacht und niemals schwerere Fälle dieser Krankheit bei seiner Mannschaft feststellen können. Ihr müßt Euren Freunden klar machen, daß sie jeden Tag ein bißchen davon essen müssen. Es ist an Bord so vorgeschrieben. Wer sich sträubt, kommt hinter Gitter. Kann sein, sie riskieren's sogar, daß man ihnen ihren Kohl mit Gewalt reinstopft, ungefähr so, wie man Gänse mästet."

Am folgenden Tag wurde der Bootsmann erheblich freundlicher empfangen. Seine kleinen, funkelnden blauen Augen, seltsam genug anzusehen in einem Gesicht von der Farbe gekochten Schinkens, huschten über sie hinweg, während sie ihre Rationen hinunterwürgten.

„Mehr und mehr komme ich mir vor, als hätte man mich auf den Fluß der höllischen Reiche hinausgestoßen", ließ sich Mercelot vernehmen, der die Dinge mit dem Humor des Gebildeten nahm. „Betrachtet nur diese Kreatur, die die Unterwelt ausgespien haben könnte. Man sieht gewiß Leute aller Art in den Häfen, aber ich bin niemals einem solchen Aufgebot beunruhigender Menschheit begegnet, wie sie auf diesem Schiff versammelt ist. Ihr habt uns wahrhaftig seltsam geführt, Dame Angélique."

Auf der Lafette einer Kanone sitzend, mühte sich Angélique, Honorine und ein paar andere Kleine, die sie um sich versammelt hatte, dazu zu bringen, wenigstens etwas von dem säuerlichen Kohl zu essen.

„Ihr seid kleine Vögel in ihrem Nest. Sperrt eure Schnäbel auf!" redete sie ihnen gut zu.

Sie fühlte sich immer ein wenig angegriffen und verantwortlich, wenn sich kritische Äußerungen gegen die *Gouldsboro*, ihren Herrn und ihre Mannschaft richteten. Aber hatte sie denn überhaupt eine Wahl gehabt?

„Bah!" antwortete sie. „Glaubt Ihr, die Arche Noah hätte ein weniger seltsames Schauspiel geboten als unser Schiff? Dennoch hat sich Gott damit abgefunden."

„In der Tat ein Anlaß zur Meditation", bemerkte der Pastor Beaucaire nachdenklich, indem er sich das Kinn rieb. „Wenn wir untergegangen wären, sie und wir, verdienten wir es, die Menschheit wiederzuerschaffen und den Bund zu erneuern?"

„Mit Burschen dieser Sorte scheint es mir kaum möglich", brummte Manigault. „Wenn man sie sich von nahem betrachtet, ist deutlich zu sehen, daß sie alle noch Spuren von Fußeisen tragen."

Angélique wagte nichts zu erwidern, da sie im Grunde diese Vermutung teilte. Es war ziemlich wahrscheinlich, daß der einstige Pirat des Mittelmeers seine treuesten Leute unter den entflohenen Galeerensträflingen ausgewählt hatte. In den Augen all dieser Matrosen aus verschiedensten Rassen, deren Gelächter und Lieder zuweilen des Abends aus dem Mannschaftslogis drangen, lag ein Ausdruck, den sie allein nur vielleicht zu deuten vermochte. Der eines Wesens, das in Ketten gelitten hat und für das von nun an die Welt nicht groß und das Meer nicht weit genug ist. Eines Wesens, das sich dennoch in diese ihm lange verboten gewesene Welt einschleicht, bedrückt von dem Gefühl, in ihr rechtlos zu sein, und auch von der Furcht, das wiedergewonnene, kaum mehr erhoffte kostbare Gut von neuem zu verlieren: die Freiheit.

„Sagt, Bootsmann", erkundigte sich Le Gall, „warum langweilt Ihr uns mit Eurem deutschen Kohl? Wir müßten jetzt ungefähr auf der Höhe der Azoren sein und könnten dort Orangen und frische Lebensmittel kaufen."

Der andere warf ihm einen schrägen Blick zu und zuckte mit den Schultern.

„Er hat nicht verstanden", sagte Manigault.

„Er hat sehr gut verstanden, aber er will nicht antworten", widersprach Le Gall, der untersetzten, in riesigen Stiefeln steckenden Gestalt nachblickend, die hinter den Matrosen das düstere Zwischendeck verließ.

Zwei Tage darauf bemerkte Angélique, die auf der Back ein wenig Luft schnappte, den unter Zuhilfenahme von Uhr und Kompaß mit mysteriösen Berechnungen beschäftigten Le Gall.

Bei ihrer Annäherung fuhr er zusammen und verbarg die Gegenstände unter seinem Fischerrock aus geölter Leinwand.

„Mißtraut Ihr mir?" fragte Angélique. „Dabei wäre ich nicht einmal imstande zu erraten, was Ihr da allein mit Eurer Uhr und Eurem Kompaß anstellt."

„Nein, Dame Angélique. Ich glaubte nur, es wäre einer der Leute der Mannschaft. Ihr habt die gleiche Art, geräuschlos zu gehen wie sie. Man spürt's nicht mal, wenn Ihr kommt. Man sieht Euch nur plötzlich vor sich. Das macht einem ein bißchen Angst. Aber da Ihr es seid, ist es nicht weiter schlimm."

Er senkte die Stimme.

„Ich weiß, daß mich der Bursche im Mastkorb oben beobachtet, aber das macht nichts. Er hat keine Ahnung, was ich hier treibe. Und alle andern sind bei der Suppe, ausgenommen der Mann am Ruder. Das Meer ist heute abend schön, vielleicht nicht mehr für lange, und das Schiff läuft von allein. Ich hab' es mir zunutze gemacht, um zu versuchen, endlich unsern Standort festzustellen."

„Sind wir weit von den Azoren entfernt?"

Er warf ihr einen spöttischen Blick zu.

„Genau das! Ich weiß nicht, ob Ihr bemerkt habt, daß der Bootsmann neulich abends nicht hat antworten wollen, als ich ihn wegen der Azoren fragte. Dabei müßte man über sie stolpern, wenn man Kurs auf die amerikanischen Inseln nimmt. Selbst wenn wir Südkurs über die Kanarischen oder gar die Kapverdischen Inseln steuerten, würde es mich nicht übermäßig wundern. Aber so zu segeln, wie wir es tun, schnurstracks nach Westen, heißt eine mehr als seltsame, höchst verdächtige Route nach den Großen Antillen oder anderen Inseln der tropischen Zone zu wählen."

Angélique fragte ihn, wie er ohne Längentabellen, Sextanten und genau gehende Uhr ihre Position habe errechnen können.

„Ich habe nur auf das Läuten der Mittagswache an Bord geachtet. Das ist der astronomische Mittag, denn als ich auf der Hütte war, hab' ich im Vorbeigehen schnell einen Blick in den Navigationsraum geworfen. Er hat schöne Instrumente, der Schiffspatron. Alles, was nötig ist. Wenn sie läuten, weiß ich, daß es seine Richtigkeit hat. Das sind keine Burschen, die sich in der Richtung irren. Ich vergleiche mit meiner Uhr, die noch auf die Zeit von La Rochelle eingestellt ist. Das, mein Kompaß und der Stand der Sonne, wenn sie den Zenit passiert und später, wenn sie untergeht, genügen mir, um Gewißheit zu erlangen, daß wir uns auf der nördlichen Route befinden, der Route der Dorsch- und Walfischfänger. Ich bin sie niemals gefahren, aber ich erkenne sie. Seht nur das Meer an, wie es sich verändert hat."

Angélique war nicht überzeugt. Die Methoden des wackeren Mannes, die er gemäß seiner Erfahrung anwandte, schienen ihr wissenschaftlich nicht verläßlich genug.

Was das Meer anbetraf, sah es gewiß anders als das Mittelmeer aus, aber es war der Ozean, und sie hatte oftmals Matrosen von Stürmen sprechen hören, die sie nicht weiter entfernt als im Gascogner Golf überfallen hatten. Und man sagte von dem Golf, daß es auf ihm zu gewissen Jahreszeiten selbst auf der Höhe der Azoren sehr kalt sein konnte ...

„Betrachtet nur diese milchige Färbung, Dame Angélique", beharrte der Bretone. „Und habt Ihr heute vormittag den perlmuttfarbenen Himmel bemerkt? Das ist der Himmel des Nordens, ich garantiere es Euch. Und dieser Nebel dazu! Er ist schwer wie Schnee. Eine äußerst gefährliche Route während der Äquinoktialstürme. Die Dorschfänger befahren sie nie um diese Zeit. Und wir befinden uns mitten darauf. Gott beschütze uns!"

Le Galls Stimme war immer unheilkündender geworden. Angélique konnte die Augen aufreißen, soviel sie nur wollte: Sie bemerkte keinen Nebel, nur einen weißlichen Himmel, der im Nordwesten mit dem Meer verschmolz, kaum durch einen dünnen, rötlichen Streifen, den Horizont, von ihm getrennt.

„Also Sturm und Nebel für die Nacht ... oder für morgen", fuhr Le Gall düster fort.

Offenbar wollte er die Dinge düster sehen. Für einen alten Seemann ließ er sich recht leicht durch die Einsamkeit dieses verödeten Meers beeindrucken, auf dem sie seit ihrem Auslaufen keinem Schiff begegnet waren. Nicht ein Segel war in Sicht! Die Passagiere fanden es eintönig. Angélique freute sich darüber. Sie hatte die Begegnungen auf dem Meer fürchten gelernt.

Der Anblick des Ozeans mit seinen hohen und langen Grundwellen ermüdete sie nie. Im Gegensatz zur Mehrzahl ihrer Gefährten hatte sie auch in den ersten Tagen durch die Seekrankheit nicht gelitten.

Diese verkrochen sich nun wegen der Kälte im Zwischendeck. Seit zwei Tagen schleppten ihnen die Matrosen tönerne, mit barbarischen Mustern bedeckte, oben und seitwärts halboffene Kübel herein, die sie mit glühenden Kohlen füllten. Diese Art Kohlenbecken oder primitive Öfen genügten, um Wärme und einige Trockenheit aufrechtzuerhalten, worin sie, sobald der Abend anbrach, durch dicke Unschlittkerzen unterstützt wurden. Man hätte nicht aus La Rochelle sein müssen, um sich für dieses eigentümliche Heizungssystem an Bord eines Schiffes zu interessieren, und alle Herren hatten schon ihre Meinung dazu abgegeben.

„Im Grunde ist es weit ungefährlicher als ein offenes Kohlenbecken. Woher mögen wohl diese seltsamen tönernen Öfen stammen?"

Angélique erinnerte sich plötzlich einer Äußerung Nicolas Perrots: „Wenn wir in der Zone der Eisberge sind, wird man Euch etwas zum Wärmen bringen."

„Kann es denn auf der Höhe der Azoren Eisberge geben?" rief sie.

Eine spottende Stimme erwiderte:

„Wo seht Ihr hier Eisberge, Dame Angélique?"

Manigault, von Maître Berne und dem Papierhändler Mercelot begleitet, näherte sich ihr. Die drei Hugenotten hatten sich in ihre Mäntel gewickelt und die Hüte tief über die Augen gezogen. Breitschultrig und stämmig, hätte man sie alle drei miteinander verwechseln können.

„Es ist reichlich frisch, ich gebe es zu, aber der Winter ist nicht fern, und die Äquinoktialstürme kühlen diese Gewässer stark ab."

Le Gall brummte:

„Zudem zeigen die Gewässer, wie Ihr schon sagtet, Monsieur Manigault, ein recht drolliges Benehmen."

„Befürchtest du einen Sturm?"

„Ich befürchte alles!"

Er fügte erschrocken hinzu:

„Seht ... seht doch nur. Wir sind am Ende der Welt!"

Die lebhafte Dünung hatte plötzlich nachgelassen. Aber unter der trügerisch ruhigen Oberfläche schien der Ozean gesprenkelt, wie von einem brodelnden Sieden aufgerührt. Dann durchdrang die rote Sonne den weißen Himmel und verbreitete ein Licht von der Tönung geschmolzenen Kupfers. Das Gestirn des Tages wirkte plötzlich riesig, als erdrücke es das Meer. Es verschwand rasch, und während eines kurzen Augenblicks schwamm alles in fahlem grünem Schein, dann wurde es schwarz.

„Das Meer der Finsternisse", murmelte Le Gall. „Das alte Meer der Wikinger ..."

„Wir haben lediglich einem schönen Sonnenuntergang beigewohnt", sagte Mercelot. „Was ist dabei so außergewöhnlich?"

Doch Angélique erriet, daß auch er von der Seltsamkeit des Vorgangs beeindruckt war. Die Dunkelheit, die ihnen zuerst vollkommen erschienen war – sie hatten sich nicht einmal mehr sehen können –, lichtete sich und machte einer Art Dämmerung Platz. Alles war plötzlich wieder sichtbar geworden, selbst der Horizont, aber sie schwammen in einer allen Lebens entblößten Welt, aus der Farben und Wärme verbannt blieben.

„Das nennt man die Polarnacht", sagte Le Gall.

„Polarnacht? Du machst mir Spaß!" rief Manigault.

Sein dröhnendes Gelächter platzte in die sie umgebende Stille wie eine Entweihung. Er spürte es und verstummte. Um sich Haltung zu geben, betrachtete er die schlaff an den Masten hängenden Segel.

„Was treiben denn die Burschen auf diesem Gespensterschiff?"

Als hätten sie nur auf diese Bemerkung gewartet, ließen sich überall Leute der Mannschaft blicken.

Die Marsgäste kletterten an den Haltetauen empor und begannen, sich auf den Rahen entlangzubewegen. Aber sie verursachten nach ihrer Gewohnheit wenig Lärm, und diese fast lautlos sich tummelnden Schatten trugen noch zu der besonderen Atmosphäre bei.

„An diesem Abend, in dieser Nacht wird etwas geschehen", dachte Angélique.

Und sie hob die Hand zu ihrem Herzen, als fiele es ihr schwer zu atmen. Maître Berne war ihr nahe. Doch sie war nicht sicher, ob er ihr zu Hilfe kommen könnte.

Die Stimme Kapitän Jasons schrie Befehle in englischer Sprache von der Höhe der Hütte.

Manigault schnaubte erleichtert.

„Übrigens, Ihr spracht vorhin von den Azoren. Du, Le Gall, der du häufiger die Meere befahren hast als ich, kannst du uns sagen, wann wir dort einlaufen werden? Ich brenne darauf, zu erfahren, ob meine dortigen portugiesischen Korrespondenten meine Überweisungen von der Gewürzküste erhalten haben."

Er klopfte auf die Taschen seiner weiten Joppe:

„Wenn ich mich wieder im Besitz meines Geldes fühle, kann ich auch endlich diesem unverschämten Piratenchef die Stirn bieten. Im Augenblick behandelt er uns wie arme Teufel. Als ob wir ihm die Hände zu küssen hätten. Aber wartet nur, bis wir auf den Karaiben angelangt sein werden. Es ist noch nicht gesagt, wer der Stärkere ist."

„Auf den Karaiben sind die Flibustier die Herren", sagte Berne bedenklich.

„Aber nein, mein Lieber. Die Sklavenhändler sind's. Und ich habe dort unten schon vorgesorgt. Sobald ich die Dinge erst einmal selbst in die Hand nehmen werde, rechne ich damit, das Sklavenmonopol zu erhalten. Was ist schon ein Schiff wert, das nur Tabak und Zucker nach Europa transportiert und nicht vollgestopft mit Negern aus Afrika zurückkehrt? Nun, dieses Schiff, auf dem wir uns befinden, ist kein Sklavenhändlerschiff. Es wäre sonst anders ausgerüstet. Außerdem habe ich das hier gefunden, als ich kürzlich vorgab, mich unter Deck verirrt zu haben."

Er öffnete die Hand, um zwei mit dem Bildnis der Sonne geprägte Goldmünzen zu zeigen.

„Sie gehören zu den Schätzen der Inkas. Die Spanier bringen zuweilen dergleichen mit. Und vor allem stellte ich fest, daß die anderen Verschläge mit merkwürdigen Apparaturen zum Tauchen in größere Tiefen angefüllt sind, mit besonderen Schiffshaken, Leitern, was weiß ich. Dagegen ist der für die übliche Fracht notwendige Raum für ein ehrbares Handelsschiff allzu karg bemessen."

„Was schließt Ihr daraus?"

„Nichts. Ich kann nur sagen, daß dieser Pirat von Pirateriereien lebt. Von welcher Art? Das ist seine Sache. Mir ist es jedenfalls lieber, als einen möglichen Konkurrenten vor mir zu haben. Pah! Diese Leute hier sind mutig, haben aber keine Ahnung von kaufmännischen Möglichkeiten. Sie sind es nicht, die in Zukunft die Meere beherrschen werden. Wir, Kaufleute von Beruf, werden sie nach und nach verdrängen. Deshalb würde es mir auch einiges Vergnügen bereiten, mich von Angesicht zu Angesicht mit ihm zu unterhalten. Er hätte wenigstens mich zum Souper einladen können."

„Man sagt, seine Räume im hinteren Deckaufbau seien luxuriös und mit Kostbarkeiten ausgestattet", bemerkte der Papierhändler.

Sie warteten auf eine Äußerung Angéliques, aber wie immer, wenn vom Rescator die Rede war, fühlte sie sich von einem leisen Unbehagen bedrängt und sagte kein Wort.

Warum hellte sich die Dunkelheit auf, statt sich zu vertiefen? Man hätte meinen können, ein neuer Morgen sei nahe.

Die Farbe des Wassers veränderte sich wieder. Von tintigem Schwarz, schien es in einiger Entfernung von einem weißlichgrünen Streifen durchschnitten, der an die Färbung des Absinths erinnerte. Als die *Gouldsboro* in diese Zone eindrang, zitterten ihre Flanken wie die eines Pferdes bei Annäherung der Gefahr.

Von der Hütte herunter erschollen Befehle.

Berne verstand plötzlich, was der Wachhabende oben im Mastkorb auf englisch herunterschrie.

„Schwimmender Eisberg an Steuerbord", wiederholte er.

Sie wandten sich mit der gleichen Bewegung um.

Eine riesige, gespenstische Masse erhob sich über das Schiff. Im gleichen Augenblick reihten sich längs der Reling auf dieser Seite Matrosen, um mit Bootshaken und Tauwülsten den tödlichen Zusammenstoß der Brigg mit dem Eisgebirge zu verhüten, dessen schneidender Kältehauch bis zu ihnen herüberdrang.

Glücklicherweise glitt das von Meisterhand geführte Fahrzeug in sicherer Entfernung an dem gefährlichen Hindernis vorbei. Jenseits des Eisbergs war der Himmel noch heller geworden, und das dämmerige Grau schien nun rosige Töne in sich aufzunehmen.

Stumm vor Betroffenheit und Angst, zweifelnd an dem, was sie sahen, bemerkten die Passagiere drei schwarze Punkte auf dem Eisberg, die sich schwerfällig von ihm lösten, größer wurden und sich in merkwürdige, weißgefiederte Formen verwandelten, während sie sich dem Schiff näherten.

„Engel!" flüsterte Le Gall heiser. „Der Tod . . ."

Gabriel Berne hingegen bewahrte seine Kaltblütigkeit. Er hatte einen Arm um Angéliques Schultern gelegt, ohne daß sie sich dessen bewußt war.

Trocken stellte er richtig:

„Albatrosse, Le Gall. Nur Albatrosse des Polarmeers."

Die drei riesigen Vögel folgten dem Schiff, bald es in großen Kreisen umfliegend, bald sich auf dem dunklen, unruhigen Wasser niederlassend.

„Zeichen des Unheils", sagte Le Gall. „Wenn ein Sturm uns überrascht, sind wir verloren."

Unversehens brach Manigault in Verwünschungen aus:

„Bin ich närrisch? Träume ich etwa? Ist es Tag? Ist es Nacht? Wer behauptet, daß wir uns auf der Höhe der Azoren befinden? Verdammt! Wir sind auf einer anderen Route!"

„Genau das habe ich gesagt, Monsieur Manigault."

„Konntest du es nicht früher sagen?!"

Le Gall ärgerte sich.

„Und was hätte es schon geändert? Ihr seid ja nicht der Herr dieses Schiffes, Monsieur Manigault."

„Das wird sich zeigen!"

Sie schwiegen, da die Nacht sie nun endgültig eingehüllt hatte. Die seltsame Morgendämmerung war erloschen.

Alsbald glommen auf dem Schiff Laternen auf. Eine von ihnen näherte sich der aus Angélique und den vier Männern bestehenden Gruppe auf der Back. In ihrem Lichtkreis tauchte das wie aus Holz geschnitzte Gesicht des alten arabischen Arztes Abd-el-Mecchrat auf. Die Kälte gilbte seine Haut, obwohl er bis an die Brillengläser eingemummelt war.

Er verneigte sich mehrmals vor Angélique.

„Der Herr läßt Euch bitten, ihn aufzusuchen. Er wünscht, daß Ihr die Nacht in seiner Kajüte verbringt."

In höflichstem Ton geäußert, war die Bedeutung dieses in französischer Sprache vorgebrachten Satzes nicht mißzuverstehen. Angélique schoß das Blut in die Wangen, die jähe Aufwallung erwärmte sie. Sie öffnete den Mund, um eine Forderung abzulehnen, die ihr beleidigend schien, als Gabriel Berne ihr zuvorkam.

„Schmutzige Wanze!" rief er mit vor Wut bebender Stimme aus. „Wo glaubt Ihr zu sein, daß Ihr Euch erlaubt, so unverschämte Vorschläge zu überbringen? Auf dem Markt von Algier vielleicht?"

Er hob die Faust. Die Bewegung öffnete von neuem seine Wunde. Mit Mühe ein Stöhnen unterdrückend, mußte er innehalten, zumal Angélique sich dazwischengeworfen hatte.

„Ihr seid toll! Man spricht nicht so mit einem Effendi."

„Effendi oder nicht, er beleidigt Euch. Gesteht Euch ein, Dame Angélique, daß man Euch für eine Frau hält . . . eine Frau, die . . ."

„Diese Burschen bilden sich wahrhaftig ein, ein Anrecht auf unsere Frauen und Töchter zu haben", rief der Papierhändler. „Das ist der Gipfel!"

„Beruhigt Euch", bat Angélique. „Es besteht kein Anlaß, sich aufzuregen, und schließlich bin ich allein betroffen. Seine Exzellenz, der große Arzt Abd-el-Mecchrat, hat mir nur eine ... eine Einladung überbracht, die man unter anderen Himmelsstrichen, im Mittelmeer, zum Beispiel, als eine Ehre ansehen könnte."

„Schrecklich!" stieß Manigault hervor, mit hilfloser Miene um sich blickend. „Kein Zweifel, wir sind in die Hände von Berbern gefallen. Nicht mehr und nicht weniger! Ein Teil der Mannschaft ist aus diesem Geschmeiß zusammengesetzt, und ich möchte wetten, daß selbst ihr Herr trotz seines spanischen Gehabens nicht frei vom Blut der Ungläubigen ist. Ein andalusischer Maure oder ein maurischer Bastard, das ist er."

„Nein, nein", protestierte Angélique heftig. „Ich verbürge mich dafür, daß er nicht zum Islam gehört. Wir sind auf einem christlichen Schiff."

„Christlich! Haha! Das übersteigt alles! Ein christliches Schiff! Dame Angélique, Ihr verliert den Verstand. Ihr habt übrigens allen Grund dazu."

Der arabische Arzt wartete gleichmütig und ein wenig verächtlich, in sein wollenes Gewand gehüllt. Seine Würde und die auffallende Intelligenz seiner dunklen Augen erinnerten Angélique an Osman Ferradji, und sie verspürte ein wenig Mitleid, ihn in der Kälte dieser Nacht am Ende der Welt so schlottern zu sehen.

„Edler Effendi, verzeiht mein Zögern und seid für Eure Botschaft bedankt. Ich verweigere die an mich ergangene Aufforderung, da sie für eine Frau meiner Religion unannehmbar ist. Aber ich bin bereit, Euch zu folgen, um selbst meine Antwort Eurem Herrn zu überbringen."

„Der Herr dieses Schiffes ist nicht mein Herr", erwiderte der alte Mann sanft. „Er ist mein Freund. Ich habe ihn vor dem Tod bewahrt, er hat mich vor dem Tod gerettet, und wir haben den Pakt des Geistes miteinander geschlossen."

„Ich hoffe, Ihr habt nicht die Absicht, auf diese freche Aufforderung auch noch zu antworten", mischte sich Gabriel Berne ein.

Angélique legte beruhigend eine Hand auf den Arm des entrüsteten Kaufmanns.

„Laßt mir die Möglichkeit, mich ein für allemal mit diesem Mann auseinanderzusetzen. Da er die Stunde gewählt hat, wollen wir sie annehmen. Ich weiß weder, was er will, noch kenne ich seine Absichten."

„Ich kenne sie dafür nur zu gut", grollte der Rochelleser.

„Das ist keineswegs sicher. Ein so seltsamer Mensch . . ."

„Ihr sprecht von ihm mit einer nachsichtigen Vertrautheit, als ob Ihr ihn schon seit langem kennt."

„Ich kenne ihn in der Tat genug, um zu wissen, daß ich nichts von ihm zu fürchten habe. Jedenfalls nicht das, was Ihr fürchtet."

Und mit leichtem Lachen fuhr sie ein wenig herausfordernd fort:

„Glaubt mir, Maître Berne, ich weiß mich zu verteidigen. Ich habe es mit Schlimmeren aufgenommen."

„Ich fürchte nicht seine Gewalttätigkeiten", sagte Berne gedämpft, „sondern die Schwäche Eures Herzens."

Angélique antwortete nicht. Sie sprachen miteinander, ohne sich zu sehen, da sie zurückgeblieben waren, während der die Laterne tragende Matrose sich bereits entfernte, gefolgt von dem arabischen Arzt, dem Reeder und dem Papierhändler. Vor der Luke, die ins Zwischendeck führte, fanden sie sich wieder zusammen.

Berne faßte einen Entschluß.

„Wenn Ihr zu ihm geht, werde ich Euch begleiten."

„Das wäre ein schwerer Fehler", erwiderte Angélique nervös. „Ihr werdet unnützerweise seinen Zorn erregen."

„Dame Angélique hat recht", warf Manigault ein. „Sie hat oft genug bewiesen, daß sie Haare auf den Zähnen hat. Übrigens wäre auch ich dafür, daß sie sich mit diesem Individuum auseinandersetzt. Daß er uns auf sein Schiff genommen hat, ist anerkennenswert. Plötzlich wird er jedoch unsichtbar, und danach finden wir uns in polaren Gewässern wieder. Was hat das zu bedeuten?"

„Die Art, wie der arabische Arzt sein Begehr vorbrachte, läßt nicht vermuten, daß Monseigneur le Rescator mit Dame Angélique über Längen- und Breitengrade zu sprechen wünscht."

„Sie wird ihn schon dazu zwingen", sagte Manigault vertrauensvoll. „Erinnert Euch, wie sie Bardagne in Schach hielt. Zum Teufel, Berne! Was habt Ihr von einem langen Schnapphahn zu fürchten, der als einziges Mittel der Verführung nur eine lederne Maske hat? Ich glaube kaum, daß sie auf die Damen sehr inspirierend wirkt, wie?"

„Ich fürchte das, was unter dieser Maske ist", sagte Berne gezwungen. Er hätte nur seine Kraft einzusetzen brauchen, um Angélique daran zu hindern, dem Rescator zu gehorchen. Denn er war tief empört, daß sie einer so zweideutig formulierten Einladung folgen wollte. Da er sich jedoch ihrer Besorgnis entsann, als seine Frau in ihren Entschlüssen gehemmt zu sein und nicht nach ihrem Willen handeln zu können, beschloß er, sich großzügig zu zeigen und seine mißtrauische Natur zu beherrschen.

„Geht also! Aber wenn Ihr in einer Stunde nicht zurück seid, werde ich Euch holen!"

Während sie die Stufen zum hinteren Deckaufbau hinaufstieg, waren Angéliques Gedanken ebenso chaotisch wie das Meer. Wie die unversehens wild sich bäumenden, aufeinanderprallenden Wogen gerieten ihre Gefühle in Verwirrung, und sie wäre nicht einmal fähig gewesen, sie zu definieren: Zorn, Furcht, Freude, Hoffnung und dann, ganz plötzlich, eine Todesangst, die schwer wie ein bleierner Mantel auf ihre Schultern sank.

Es würde etwas geschehen! Und es mußte etwas Schreckliches, Zerschmetterndes sein, von dem sie sich nicht erholen würde.

Sie glaubte, in den Salon des Rescators geleitet worden zu sein, und erst im Moment, in dem die Tür sich hinter ihr schloß, bemerkte sie, daß sie in einer schmalen Kabine stand. Eine Laterne erhellte sie, die in einem doppelten Rahmen aufgehängt war, um ihr Schaukeln zu verhindern.

Niemand befand sich in der Kabine. Während sie sie genauer betrachtete, kam Angélique der Gedanke, daß der Raum an die Gemächer des Kapitäns anstoßen müsse; denn obgleich schmal und niedrig, war er im Hintergrund mit einem hohen Fenster versehen, wie sie den Deckaufbau auszeichneten. Unter den die Wände bedeckenden Tapetenbehängen bemerkte Angélique eine Pforte, die sie in ihrem

Eindruck bestärkte, daß nebenan gewiß jener Salon liege, in dem sie schon einmal empfangen worden war. Die junge Frau drückte die Klinke hinunter, um sich dessen zu versichern, aber die Pforte widerstand. Sie war verschlossen.

Halb gereizt, halb ergeben zuckte sie mit den Schultern und ließ sich auf dem breiten Diwan nieder, der fast den ganzen Raum ausfüllte. Je mehr sie überlegte, desto überzeugter war sie, daß sie sich im Schlafzimmer des Rescators befand. Er mußte sich hier verborgen gehalten haben, als sie am Abend der Abfahrt auf dem orientalischen Diwan zu sich gekommen war und das Gewicht eines lauernd auf sie gerichteten Blicks gespürt hatte.

Daß er sie heute sofort in diesen Raum hatte führen lassen, war schon ziemlich unverschämt.

Aber sie würde die Dinge schon zurechtrücken. Sie wartete, nach und nach die Geduld verlierend. Als es ihr schließlich unerträglich wurde und sie zu dem Eindruck gelangte, daß er sich über sie lustig machte, erhob sie sich, um zu gehen.

Es überraschte sie unangenehm, die Tür, durch die man sie hereingeführt hatte, nun gleichfalls verriegelt zu finden. Sie fühlte sich an die Maßnahmen d'Escrainvilles erinnert und begann, an die hölzerne Füllung zu trommeln und zu rufen. Ihre Stimme wurde vom Pfeifen des Windes und dem Getöse des Meers übertönt. Der Wellengang hatte sich beträchtlich verstärkt, seitdem die Nacht hereingebrochen war.

Würde es einen Sturm geben, wie Le Gall prophezeit hatte?

Sie dachte an mögliche Zusammenstöße mit riesigen Eisblöcken und verspürte plötzlich Angst. Sich gegen die Wand stützend, gelangte sie zum Fenster, über das die große Hecklaterne einen schwachen Lichtschein warf. Das dicke Glas war ständig überströmt von Wellenspritzern, die schneeigen, nur langsam sich lösenden Schaum zurückließen.

Dennoch sah Angélique, als sie in einem unvermittelt eintretenden Moment der Ruhe einen Blick durchs Fenster warf, direkt auf dem Wasser, ganz nahe, einen weißen Vogel schaukeln, der sie mit grausam eisigem Blick anzustarren schien.

Fassungslos fuhr sie zurück.

„Vielleicht ist es die Seele eines Ertrunkenen. In diesen Gewässern müssen viele Schiffe gescheitert sein. Aber warum läßt man mich allein, eingeschlossen in dieser Kabine?"

Ein Stoß ließ sie von der Wand zurücktaumeln, und nachdem sie vergeblich versucht hatte, sich irgendwo festzuhalten, fand sie sich, heftig hingeschleudert, auf dem Bett wieder.

Es war mit einem dicken weißen Pelz von ansehnlichem Ausmaß bedeckt. Mechanisch vergrub Angélique ihre vor Kälte erstarrten Hände in ihm. Man erzählte, daß es im Norden Bären gab, die so weiß wie Schnee waren. Einer von ihnen mußte dieses Fell geliefert haben.

„Wohin bringt man uns?"

Über ihr tanzte die merkwürdige Vorrichtung mit der Laterne, die sie reizte, weil der Ölbehälter in ihrem Zentrum unbegreiflicherweise von der schwankenden Bewegung ausgeschlossen blieb.

Die Laterne selbst war ein seltsamer Gegenstand aus Gold. Weder in Frankreich noch in islamischen Ländern hatte Angélique etwas ähnliches gesehen. Wie eine Kugel oder ein Kelch geformt, ließ sie den gelblichen Schein des Dochtes durch ineinander verflochtene Ornamente sickern.

Zum Glück schien der Sturm nicht zuzunehmen. Immer wieder von den Geräuschen des Windes und des Meers unterbrochen, vernahm Angélique das Echo sich antwortender Stimmen. Anfangs vermochte sie nicht festzustellen, woher diese Stimmen kamen; eine war dumpf, die andere kräftig und tief, und zuweilen konnte sie einzelne Wörter unterscheiden. Befehle verhallten:

„Löst die Segel! Hißt Fock- und Briggsegel! Herum mit dem Ruder!"

Es war die Stimme Kapitän Jasons, die zweifellos die Anweisungen des Rescators weitergab.

Da sie annahm, sie seien im benachbarten Salon, trommelte Angélique von neuem an die Verbindungstür. Doch alsbald begriff sie, daß sie sich über ihr befanden, auf der Deckskajüte, im Kommandoraum.

Das stürmische Wetter rechtfertigte die Wachsamkeit zweier Kapitäne. Die Mannschaft mußte sich in Alarmzustand befinden. Aber warum hatte sie der Rescator zu einer Zusammenkunft – galanter oder ungalanter Natur – kommen lassen, obwohl er, als er ihr seine Botschaft sandte, durchaus hatte vorhersehen können, daß die Bedrohung des Schiffs ihn auf der Hütte festhalten würde?

„Ich hoffe, Abigaël oder Séverine wird sich um Honorine kümmern! Überdies hat Maître Gabriel gesagt, daß er Lärm schlagen würde, wenn ich in einer Stunde nicht zurück wäre", beruhigte sie sich.

Aber sie war schon weit länger als eine Stunde hier. Die Zeit verstrich, und niemand zeigte sich, um sie zu befreien. Des Krieges müde, streckte sie sich schließlich aus und wickelte sich sodann in das weiße Bärenfell, dessen Wärme sie schlaff machte. Sie fiel in einen unruhigen Schlummer, aus dem sie immer wieder jäh aufschreckte, und in diesen Momenten des Wachseins gaben ihr die von Spritzern überspülten Scheiben des Fensters die Illusion, sich auf dem Grunde der Wasser in irgendeinem unterseeischen Palast zu befinden. Die beiden Stimmen vor den Geräuschen des Sturms verbanden sich für sie mit dem Gedanken an gepeinigte Phantome, die durch die eisigen Gefilde einer Landschaft nahe dem Vorhimmel irrten.

Als sie die Augen wieder öffnete, schien ihr das Licht der Laterne gedämpfter. Der Tag brach an. Sie richtete sich auf.

„Was tue ich hier? Es ist unglaublich!"

Noch immer war niemand gekommen.

Ihr Kopf schmerzte sie. Ihr Haar hatte sich gelöst. Sie fand ihre Haube, die sie am Abend vor dem Niederlegen abgenommen hatte. Um nichts in der Welt hätte sie sich vom Rescator in so nachlässiger, liederlicher Aufmachung antreffen lassen. Vielleicht hatte er gerade darauf gewartet. Seine Listen waren undurchschaubar, seine Fallen und Absichten schwer zu entwirren, vor allem in bezug auf sie.

Sie beeilte sich, Ordnung in ihre Toilette zu bringen, und sah sich instinktiv nach einem Spiegel um.

Einer war an der Wand befestigt. Der Rahmen bestand aus massivem Gold. Das kostbare Kleinod schimmerte in diabolischem Glanz. Sie beglückwünschte sich, es nicht schon im Laufe der Nacht entdeckt zu haben.

In dem Geisteszustand, in dem sie sich befunden hatte, hätte es ihr Furcht eingejagt. Dieses runde Auge, das sie aus unergründlichen Tiefen fixierte, wäre ihr böswillig, Unglück verheißend erschienen. Der Rahmen stellte durch Regenbogen verbundene Girlanden von Sonnenscheiben dar.

Ihr Gesicht der schimmernden Fläche nähernd, sah Angélique das Bild einer Sirene mit grünen Augen, fahlen Lippen und Haaren, alterslos wie jene legendären Wesen, die durch die Jahrhunderte ihre ewige Jugend bewahren.

Sie bemühte sich, dieses Bild zu zerstören, indem sie ihr Haar flocht und es in der eng anliegenden Haube barg. Dann biß sie sich auf die Lippen, um ihnen ein wenig Farbe zu geben, und zwang sich zu einem weniger verstörten Ausdruck. Trotz allem fuhr sie fort, sich mit Mißtrauen zu betrachten. *Dieser Spiegel war nicht wie die anderen.*

Seine goldkäferfarbene Durchsichtigkeit verlieh dem Gesicht weiche Schatten, einen mysteriösen Glanz. Angélique fand, daß ihr selbst in der ehrbaren Haube der rochelleser Haushälterin das beunruhigende Aussehen eines Götzenbildes blieb.

„Bin ich wirklich so, oder ist es etwa ein Zauberspiegel?"

Als die Tür sich öffnete, hielt sie ihn noch in der Hand.

Sie verbarg ihn in den Falten ihres Rocks, indem sie sich gleichzeitig vorwarf, ihn nicht einfach an seinen Platz zurückgehängt zu haben. Schließlich hat eine Frau immer das Recht, sich im Spiegel zu betrachten.

Fünftes Kapitel

Es war die Verbindungstür, die sich geöffnet hatte. Der Rescator stand auf der Schwelle, mit einer Hand den Wandbehang beiseite schiebend.

Angélique richtete sich zu ganzer Größe auf und sah ihm mit eisiger Miene entgegen. „Darf ich fragen, Monsieur, warum Ihr mich hier zurückgehalten habt?"

Er unterbrach sie, indem er ihr ein Zeichen gab, sich zu nähern.

„Kommt hier herein."

Seine Stimme klang noch dumpfer als gewöhnlich, und er hustete zweimal. Sie entdeckte einen Ausdruck von Müdigkeit an ihm. Irgend etwas hatte sich an ihm verändert, das ihn weniger . . . „weniger andalusisch" erscheinen ließ, wie Monsieur Manigault sich ausgedrückt hätte. Er sah nicht einmal mehr wie ein Spanier aus. Sie zweifelte nicht länger, daß er französischer Herkunft war, was ihn keineswegs zugänglicher machte. An seiner Maske hafteten noch Tropfen, aber er hatte sich die Zeit genommen, trockene Kleidungsstücke überzustreifen.

Den Salon betretend, gewahrte Angélique den achtlos zu Boden geworfenen Rock, die Kniehosen und Stiefel, in denen er sich dem Sturm ausgesetzt hatte.

In Erinnerung an eine vor kurzem gefallene Bemerkung sagte sie:

„Ihr werdet Eure schönen Teppiche verderben."

„Wenn schon."

Er gähnte und streckte sich.

„Ha! Wie unerfreulich muß es für einen Mann sein, eine Hausfrau zur Seite zu haben. Wie kann man nur verheiratet sein!"

Er ließ sich in einen Sessel nahe einem Tischchen sinken, dessen Beine fest im Fußboden verankert waren. Das Rollen und Stampfen des Schiffes hatte mehrere Gegenstände von der Platte befördert. Angélique unterließ es eben noch, sie wieder aufzusammeln. Die vorhergehende Bemerkung des Rescators hatte ihr deutlich gemacht, daß er nicht gerade in liebenswürdigster Laune war und jede ihrer Gesten zum Anlaß nehmen würde, sie zu demütigen.

Er forderte sie nicht einmal auf, sich zu setzen. Die langen, in Stiefeln steckenden Beine von sich gestreckt, schien er nachzudenken.

„Was für ein Kampf!" sagte er endlich. „Das Meer, das Eis und unsere Nußschale mitten darin. Gott sei Dank ist der Sturm nicht ausgebrochen."

„Nicht ausgebrochen?" wiederholte Angélique. „Mir kam das Meer recht stürmisch vor."

„Bewegt, nicht mehr. Es war trotzdem nötig, wachsam zu sein."

„Wo sind wir?"

Er überhörte die Frage und streckte Angélique die Hand entgegen.

„Gebt mir den Spiegel, von dem Ihr Euch offenbar nicht trennen könnt. Ich war überzeugt, daß er Euch gefallen würde."

Er drehte ihn langsam zwischen seinen Fingern.

„Auch ein Teil des Schatzes der Inkas. Zuweilen frage ich mich, ob die Legende von Novumbaga nicht doch Wirklichkeit ist. Die große indianische Stadt mit kristallenen Türmchen, die Mauern mit goldenen Blättern und Edelsteinen bedeckt . . ."

Er sprach zu sich selbst.

„Die Inkas kannten kein Glas. Der Reflex dieses Spiegels wurde durch Überziehung des Goldes mit einer dünnen Quecksilberschicht erzielt. Darum verleiht er den Gesichtern, die sich in ihm spiegeln, den reichen Glanz des Goldes und die Vergänglichkeit des Quecksilbers. Die Frau entdeckt sich in ihm, wie sie ist: ein schöner, flüchtiger Traum. Dieser Spiegel ist ein sehr seltenes Stück. Gefällt er Euch? Wollt Ihr ihn haben?"

„Nein, ich danke Euch", sagte sie kalt.

„Liebt Ihr Schmuck?"

Er stellte ein eisernes Kästchen auf den Tisch, dessen schweren Deckel er zurückschlug.

„Seht!"

Er nahm Perlen heraus, herrliche Kleinodien von milchigem, irisierendem Glanz, an Schließen aus vergoldetem Silber befestigt. Nachdem er das Geschmeide vor ihr hatte aufleuchten lassen, legte er es auf den Tisch und nahm ein anderes, ein Halsband, dessen Perlen noch goldener schimmerten, alle von gleicher Größe, gleicher Klarheit, so viele, daß ihre Vereinigung an ein Wunder grenzte. Man hätte es sich zehnmal um den Hals legen können und noch genug für einen Strang bis zu den Knien gehabt.

Angélique warf einen bestürzten Blick auf diese Wunderdinge. Ihr Vorhandensein verhöhnte ihr bescheidenes Barchentkleid, ihr über ein Hemd aus grober Leinwand geschnürtes Mieder aus schwarzem Tuch. Sie fühlte sich in ihrer gewöhnlichen Kleidung plötzlich unbehaglich.

„Perlen? Ich habe ebenso schöne getragen, als ich noch am Hofe des Königs war", ging es ihr durch den Kopf. „Nicht ganz so schöne", widerrief sie sofort.

Ihr Mißbehagen verließ sie plötzlich.

„Es war eine seltene Freude, so schöne Dinge zu besitzen, aber es war auch eine schwere Last. Jetzt bin ich frei."

„Möchtet Ihr, daß ich Euch eins dieser Kolliers schenke?" fragte der Rescator.

Angélique musterte ihn fast erschrocken.

„Mir? Was sollte ich schon auf den Inseln, zu denen wir reisen, damit anfangen?"

„Ihr könntet es verkaufen, statt Euch selbst zu verkaufen."

Sie fuhr auf und fühlte ihre Wangen sich gegen ihren Willen röten. Sicherlich war sie niemals einem Mann begegnet – nein, nicht einmal Desgray –, der sie abwechselnd mit soviel unausstehlicher Unverschämtheit und wiederum so zarter Aufmerksamkeit behandelte.

Die rätselhaften Augen beobachteten sie wie die einer Katze.

Plötzlich seufzte er.

„Nein", erklärte er enttäuscht, „keine Begehrlichkeit in Eurem Blick, keiner jener verzehrenden Funken, wie sie sich in den Augen der Frauen entzünden, wenn man ihnen Schmuckstücke zeigt . . . Ihr seid aufreibend."

„Warum haltet Ihr mich zurück, noch dazu ohne die einfache Höflichkeit aufzubringen, mir Platz anzubieten, wenn ich so aufreibend bin?" entgegnete Angélique. „Ich gestehe Euch, daß es mir kein Vergnügen bereitet. Und warum habt Ihr mich diese ganze Nacht hindurch wie eine Gefangene gehalten?"

„In dieser Nacht", sagte der Rescator, „befanden wir uns in Lebensgefahr. Niemals habe ich die Eisberge so tief in diese Zone herunterkommen sehen, in der die Äquinoktialstürme sehr schlimm sind. Ich bin selbst überrascht worden und sah mich vor die Notwendigkeit gestellt, es gleichzeitig mit zwei Gefahren aufzunehmen, deren Zusammenwirken im allgemeinen kein Pardon kennt: dem Sturm und dem Eis, und ich füge hinzu, der Nacht. Wie ich Euch schon sagte, hat ein fast an ein Wunder grenzendes Umspringen des Windes es zum Glück verhindert, daß das Meer mit aller Gewalt losbrach. Wir konnten unsere Bemühungen darauf konzentrieren, den Eisbergen auszuweichen, und im Morgengrauen ist es uns schließlich gelungen. Aber gestern abend mußten wir uns auf die Katastrophe vorbereiten. Darum habe ich Euch kommen lassen ..."

„Aber weshalb?" wiederholte Angélique, die nicht begriff.

„Weil jede Aussicht bestand, daß wir sinken würden, und ich wollte, daß Ihr in der Stunde des Todes bei mir seid."

Angélique starrte ihn betroffen an. Es gelang ihr nicht, sich zu überzeugen, daß er in vollem Ernst sprach. Zweifellos gab er sich seiner Neigung zu makabren Scherzen hin.

Erstens hatte sie während der berühmten gefahrvollen Nacht geschlafen, ohne zu ahnen, daß ihnen der Tod so nahe war. Und wie konnte er außerdem behaupten, daß er ihre Gegenwart in der Stunde des Todes wünschte, während er sie gleichzeitig mit unverhohlener, kränkender Geringschätzung behandelte.

Sie sagte:

„Ihr scherzt, Monseigneur. Warum macht Ihr Euch über mich lustig?"

„Ich mache mich nicht über Euch lustig, und Ihr werdet den Grund bald erfahren."

Angélique faßte sich wieder.

„Falls die Gefahr wirklich so groß gewesen ist, wie Ihr sagt, hätte ich mir jedenfalls gewünscht, in einem solchen Augenblick bei meiner kleinen Tochter und meinen Freunden zu sein."

„Insbesondere bei Maître Gabriel Berne?"

„Gewiß", bestätigte sie. „Bei Gabriel Berne und seinen Kindern, die ich wie meine eigenen liebe. Hört also auf, mich als Euer Eigentum zu betrachten und über mich zu verfügen."

„Wir haben immerhin noch gewisse Schulden miteinander zu regeln. Ich habe es Euch von vornherein gesagt."

„Das ist möglich", räumte Angélique ein, die ihre Kraft zurückkehren fühlte, „aber ich muß Euch bitten, in Zukunft Eure Einladungen in weniger anstößigen Worten an mich zu richten."

„Welchen Worten?"

Sie wiederholte, was der arabische Arzt ihr mitgeteilt hatte: Der Rescator wünsche, daß sie die Nacht in seiner Kajüte verbringe.

„Aber genau darum handelte es sich. In meiner Kajüte befandet Ihr Euch zwei Schritte von der Hütte entfernt, und im Falle eines tödlichen Zusammenstoßes ..."

Er lachte hämisch auf. „Oder hattet Ihr Euch gar etwas anderes von dieser Einladung erhofft?"

„Erhofft? Nein", erwiderte Angélique hart, ihm mit gleicher Münze heimzahlend. „Befürchtet, ja. Um nichts in der Welt möchte ich mich den Huldigungen eines so wenig galanten Mannes unterwerfen, eines Mannes, der ..."

„Ihr habt nichts zu befürchten. Ich habe Euch nicht verborgen, daß Euer verändertes Äußere mich tief enttäuscht hat."

„Gott sei Dank."

„Ich meinerseits möchte annehmen, daß bei einer solchen Verwandlung eher der Teufel die Hand im Spiele hatte. Ein wahres Mißgeschick! Ich bewahrte die Erinnerung an eine verwirrende Odaliske mit sonnengoldenem Haar und finde eine Frau mit Haube wieder, Stütze der Familie, gescholtene Magd der Mutter Äbtissin ... Gebt zu, daß es einigermaßen verwunderlich ist, selbst für einen abgebrühten Piraten meiner Art, der schon allerlei erlebt hat."

„Ich bin untröstlich, daß Ihr Euch in der Ware geirrt habt, Monseigneur. Ihr hättet zusehen müssen, Euch diese Ware zu erhalten, als sie noch frisch war ..."

„Und mit dem Mund vorneweg dazu! Dabei seid Ihr im Batistan von Kandia so demütig und bescheiden gewesen ..."

Angélique durchlebte den Augenblick ihrer Schande von neuem. Den Augenblick ihrer den entflammten Blicken der Männer ausgesetzten Nacktheit.

„Und dennoch hatte ich das Schlimmste noch vor mir . . ."

Ein plötzlicher Ernst bebte in der seltsamen Stimme:

„Ah, Ihr wart so schön, Madame du Plessis, nur verhüllt von Eurem Haar, mit Augen, die denen eines gejagten Panthers glichen, der Rükken von den Mißhandlungen meines guten Freundes d'Escrainville gezeichnet . . . Es stand Euch gut, unendlich viel besser als Eure neue bürgerliche Überheblichkeit. Nimmt man den Glanz des Ansehens hinzu, der Euch als Mätresse des Königs von Frankreich umstrahlte, wart Ihr den Preis wert. Ohne Zweifel!"

Es empörte sie, wenn er ihr einen Titel an den Kopf warf, den sie nur der Verleumdung der Höflinge verdankte, und weit mehr noch, wenn er sie mit ihrer Vergangenheit verglich und ihr so zu verstehen gab, daß sie damals schöner gewesen war. Was für ein ungehobelter Kerl! Heiße Wut stieg in ihr auf.

„Ah, mein gezeichneter Rücken fehlt Euch? Nun, dann sperrt die Augen auf! Seht, was die Leute des Königs aus der angeblichen Mätresse Seiner Majestät gemacht haben!"

Hastig, mit bebenden Fingern, machte sie sich daran, die Schnüre ihrer Korsage zu lösen. Sie schob sie zurück, zerrte das Hemd von der nackten Schulter.

„Seht", wiederholte sie. „Sie haben mich mit der Lilie gezeichnet!"

Der Korsar erhob sich und näherte sich ihr. Er prüfte das Mal des glühenden Eisens mit der Aufmerksamkeit eines Wissenschaftlers, der ein seltenes Objekt entdeckt. Nichts an seinem Verhalten ließ die Gefühle erraten, die diese Enthüllung in ihm hervorriefen.

„Wahrhaftig!" murmelte er endlich. „Wissen denn die Hugenotten, daß sie einen Galgenvogel unter sich haben?"

Angélique bedauerte bereits ihre unüberlegte Geste. Der Finger des Rescators streichelte wie zufällig die kleine, verhärtete Narbe, aber schon diese leise Berührung ließ sie erbeben. Sie wollte ihr Hemd wieder zurechtziehen. Er hielt sie zurück, indem er mit hartem, unnachgiebigem Griff ihren Arm packte.

„Wissen sie es?"

„Nur einer weiß es."

„So zeichnet man im Königreich Frankreich die Prostituierten und Verbrecherinnen."

Sie hätte ihm sagen können, daß auch die reformierten Frauen so gezeichnet wurden und daß man sie für eine solche gehalten hatte. Aber Panik überfiel sie, jene Panik, die sie schon kannte und die sie in den Armen eines Mannes lähmte, wenn sie sein Verlangen zu spüren begann.

„Ah, was tut's!" stieß sie gereizt hervor. „Denkt von mir, was Ihr wollt, aber laßt mich los."

Doch wie an jenem ersten Abend preßte er sie so fest an sich, daß sie weder den Kopf zu der starren Maske heben noch sich genügend Bewegungsfreiheit verschaffen konnte, um ihn zurückzustoßen. Der Arm des Rescators besaß die Härte einer eisernen Klammer.

Mit der anderen Hand berührte er den Hals der jungen Frau, und seine Finger glitten sanft zu den Brüsten hinab, die das halb geöffnete Hemd enthüllte.

„Ihr verbergt Eure Schätze gut", murmelte er.

Seit Jahren schon hatte kein Mann eine so kühne Zärtlichkeit ihr gegenüber gewagt. Sie erstarrte unter seiner gebieterischen Hand, die sich ruhig ihrer Schönheit versicherte.

Die Hand des Rescators wurde drängender: Sie kannte ihre Macht.

Angélique vermochte sich nicht zu rühren, sie atmete kaum. Sie durchlebte einen seltsamen Augenblick. Wärme überflutete sie, und zu gleicher Zeit glaubte sie, sterben zu müssen.

Die Verteidigung ihres Innersten erwies sich jedoch als stärker. Es gelang ihr zu stammeln:

„Laßt mich! Laßt mich los!"

Ihr zurückgeworfenes Gesicht war wie das Gesicht einer Gefolterten.

„Flöße ich Euch solchen Abscheu ein?" fragte er.

Aber er preßte sie nicht mehr an sich.

Sie taumelte an die Wand zurück, an die sie sich lehnen mußte.

Er beobachtete sie, und sie erriet seine Verblüffung angesichts so heftiger Gegenwehr.

Sie hatte wieder einmal einen Mangel an Maß bewiesen, der in keinem Verhältnis zu ihrem sonstigen Wesen stand.

„Nie wieder wirst du eine echte Frau werden", raunte ihr eine innere Stimme voller Enttäuschung zu. Dann, sich von neuem fassend: „In den Armen dieses Piraten? Ah, nein, niemals! Er hat mir seine Verachtung deutlich gezeigt. Mißhandeln und streicheln – damit mag er bei orientalischen Frauen erfolgreich gewesen sein. Für mich ist das nichts. Wenn ich ihm in die Falle ginge, wäre er imstande, aus mir eine unglückliche, unterjochte Frau zu machen. Ich habe schon genug unter meinen Irrtümern gelitten – auch ohne ihn."

Doch seltsamerweise blieb eine leise Enttäuschung zurück. „Er allein wäre vielleicht fähig . . ."

Was war ihr eben geschehen? Jene köstliche Unruhe, die von seinen schmeichelnden, überredenden Fingern ausging, sie war – sie hatte es erkannt – das Erwachen ihrer Sinne gewesen, die Versuchung der Hingabe. Bei ihm hätte sie keine Angst verspürt. Sie war sich dessen sicher, und dennoch hatte er in ihren Augen etwas wie tödliches Erschrecken zu lesen geglaubt. Er wußte nicht, daß dieses Erschrecken nichts mit ihm zu tun hatte.

Noch jetzt wagte sie es nicht, den Blick zu ihm zu heben.

Als Mann von Geist schien der Rescator sein Mißgeschick philosophisch aufzunehmen.

„Wahrhaftig, Ihr seid ungebärdiger als eine Jungfer. Wer hätte das geglaubt?"

Er lehnte sich gegen den Tisch und kreuzte die Arme über seiner Brust.

„Nun, Eure Weigerung ist folgenschwer. Was habt Ihr mit unserem Handel vor?"

„Welchem Handel?"

„Als Ihr in La Rochelle zu mir kamt, hatte ich zu verstehen geglaubt, daß Ihr mir im Austausch gegen die Einschiffung Eurer Freunde eine Sklavin zurückerstatten würdet, von der ich noch nicht nach meinem Belieben und entsprechend meinen Rechten Gebrauch machen konnte."

Angélique fühlte sich schuldig wie ein Kaufmann, den man bei dem Versuch ertappt, die Klauseln eines Vertrags zu umgehen.

Als sie atemlos über die Heide gelaufen war, vom Regen gepeitscht und nur von dem einzigen Gedanken beherrscht, die vom König Verfolgten dieser verfluchten Erde zu entreißen, hatte sie gewußt, daß sie sich damit dem Rescator anbot. Alles war ihr damals leicht erschienen. Wichtig war allein die Möglichkeit, fliehen zu können.

Jetzt machte er ihr klar, daß die Stunde gekommen sei, ihre Schuld zu begleichen.

„Aber ... habt Ihr nicht gesagt, daß ich Euch mißfiele?" fragte sie mit hoffnungsvoller Miene.

Ihre Worte erregten die Heiterkeit des Rescators.

„Weibliche List und Unaufrichtigkeit sind niemals um Argumente verlegen, selbst nicht um unvorhersehbare", stieß er zwischen zwei Lachsalven hervor, deren Rauheit sie erschreckte. „Ich bin hier der Herr, meine Liebe! Ich kann mir erlauben, meine Ansicht zu ändern, selbst in bezug auf Euch. Es fehlt Euch nicht an verführerischem Reiz, wenn Ihr in Zorn geratet, und Eure Erregbarkeit hat ihren Charme. Ich gestehe, daß ich seit einigen Momenten davon träume, Euch von Eurer Nonnenhaube und Eurer Kutte zu befreien und ein wenig mehr von dem zu entdecken, was Ihr mir vor kurzem so sparsam gewährt habt."

„Nein!" rief Angélique, ihren Mantel um sich zusammenraffend.

„Nein?"

Er näherte sich ihr mit gespielter Gleichgültigkeit. Sein Gang schien ihr schwer und unaufhaltsam. Trotz seiner geschmeidigen Erscheinung, die ihn von dem Bilde des steifen spanischen Hidalgos unterschied, war er ein Mann aus Stahl. Zuweilen vergaß man es. Er konnte amüsieren, zerstreuen. Dann entdeckte man die ihm innewohnende unerschütterlich-beharrliche Kraft, und er jagte Furcht ein.

In diesem Augenblick wußte Angélique, daß ihr ihre ganze physische und moralische Kraft nichts nützen würde.

„Tut es nicht", sagte sie hastig, „es ist unmöglich! Ihr, die Ihr die Gesetze des Islam respektiert, erinnert Euch, daß man die Frau eines lebenden Mannes nicht nehmen darf. Ich habe mich einem meiner Begleiter versprochen. Wir werden heiraten ... in einigen Tagen ... auf diesem Schiff ..."

Sie sagte, was ihr gerade in den Sinn kam. Nur auf eins kam es an: In aller Eile einen Schutzwall zu errichten. Ganz gegen ihre Erwartung schien ihr Geständnis bei ihm zu wirken.

Er blieb stehen.

„Einem Eurer Begleiter, sagt Ihr? Dem Verletzten?"

„Ja."

„Dem, der weiß?"

„Der was weiß?"

„Daß Ihr mit der Lilie gezeichnet seid?"

„Ja, ihm."

„Zum Henker! Für einen Calvinisten fehlt es ihm nicht an Mut! Sich mit einer Dirne Eurer Art herauszuputzen!"

Der Angriff benahm ihr den Atem. Sie war darauf gefaßt gewesen, daß er ihre Ankündigung zynisch aufnehmen würde. Doch er schien betroffen.

„Gewiß, weil ich von den Gesetzen des Islam sprach, die ihm teuer sein müssen", sagte sie sich.

Als hätte er ihre Gedanken erraten, sagte er heftig:

„Die Gesetze des Islam bedeuten mir genausowenig wie die der christlichen Länder, aus denen Ihr kommt."

„Ihr seid ruchlos", murmelte Angélique erschrocken. „Sagtet Ihr nicht eben, daß wir mit Gottes Hilfe vor dem Sturm bewahrt wurden?"

„Der Gott, dem ich danke, hat nur wenig mit jenem Gott zu tun, der sich zum Komplicen der Ungerechtigkeiten und Grausamkeiten Eurer Welt macht ... Der wurmstichigen alten Welt", wiederholte er mit zornigem Nachdruck.

Diese Schmähung sah ihm nicht ähnlich. Angélique spürte, daß sie ihn getroffen hatte.

Sie war aufs höchste erstaunt wie David, der mit einer simplen Schleuder unversehens Goliath zu Fall gebracht hat.

Sie beobachtete ihn, während er sich schwerfällig an den Tisch setzte und ein Perlenkollier aus dem Kästchen nahm, das er zerstreut durch seine Finger gleiten ließ.

„Kennt Ihr ihn schon lange?"

„Wen?"

„Euren künftigen Gatten."
Wieder färbte Spott seine Stimme.
„Ja . . . seit langem."
„Seit Jahren?"
„Seit Jahren", erwiderte sie, sich des protestantischen Reiters erinnernd, der ihr auf der Straße nach Charenton aus Barmherzigkeit geholfen hatte, als sie auf der Suche nach den Zigeunern gewesen war, den Dieben ihres kleinen Cantor.
„Ist er der Vater Euer Tochter?"
„Nein."
„Nicht einmal das!"
Das Lachen des Rescators klang beleidigend.
„Ihr kennt ihn seit Jahren, was Euch nicht hinderte, Euch *ein Kind* von einem schmucken Liebhaber mit roten Haaren *machen zu lassen.*"
Sie begriff nicht einmal, was er meinte. „Was für ein Liebhaber mit roten Haaren?"
Dann stieg ihr das Blut in die Wangen, und sie hatte Mühe, sich zu beherrschen. Ihre Augen schleuderten Blitze.
„Ihr habt kein Recht, in diesem Ton mit mir zu sprechen. Ihr wißt nichts von meinem Leben. Nichts von den Umständen, unter denen ich Maître Berne kennenlernte. Nichts davon, wie ich meine Tochter bekam. Mit welchem Recht beleidigt Ihr mich? Mit welchem Recht fragt Ihr mich aus wie . . . wie ein Polizist?"
„Mit dem Recht dessen, dem Ihr gehört."
Er sagte es ohne Leidenschaft, in einem dumpfen, düsteren Ton, der ihr schrecklicher als Drohungen schien. „Mit dem Recht dessen, dem Ihr gehört."
Es klang unabwendbar. Und sie war um so weniger versucht, diese Worte leicht zu nehmen, als sie seine Beteiligung spürte.
„Aber ich werde mich ihm entziehen . . . Maître Berne wird mich verteidigen!"
Und sie sah um sich in dem unwirklichen Gefühl, sich außerhalb der Welt, außerhalb der Zeit zu befinden.

Sechstes Kapitel

Dem grauweißlichen Tageslicht war es noch nicht völlig gelungen, die dicken Scheiben zu durchdringen. Der Raum schwamm in einem Halbdunkel, das ihrer Unterhaltung abwechselnd einen mysteriösen und unheilvollen Charakter verliehen hatte. Jetzt, da sich der Rescator von ihr entfernt hatte, wirkte er auf sie wie ein düsteres Phantom, aufgehellt nur durch den schimmernden Strang des durch seine Finger gleitenden Kolliers, in dessen Perlen sich ein wenig Licht sammelte.

In diesem Augenblick war es, daß sie erkannte, warum er ihr heute verändert erschienen war. Er hatte sich den Bart abnehmen lassen. Er war es, und doch war es auch ein anderer.

Ihr Herz sank wie an jenem Abend, als sie eine wahnwitzige Wahrheit zu erkennen geglaubt hatte. Und ohne es sich einzugestehen, packte sie wieder die Angst, sich hier zu finden, vor diesem Mann, den sie nicht verstand und der eine behexende Macht über sie ausübte.

Durch diesen Mann würden namenlose Leiden über sie kommen.

Sie warf einen gehetzten Blick zur Tür.

„Laßt mich jetzt gehen", bat sie leise.

Er schien sie nicht zu hören. Dann hob er den Kopf.

„Angélique."

Seine dumpfe, heisere Stimme war das Echo einer anderen Stimme.

„Wie fern Ihr seid! Niemals mehr werde ich Euch erreichen können."

Sie verharrte unbeweglich, mit geweiteten Augen. Warum sprach er in diesem gedämpften, traurigen Ton zu ihr? Sie spürte in sich unversehens eine unendliche Leere. Ihre Füße schienen am Boden wie festgewurzelt. Sie hätte zur Tür laufen mögen, um den Zauberkünsten zu entfliehen, die er gegen sie entfesseln würde, vermochte es jedoch nicht.

„Ich bitte Euch, laßt mich gehen", bat sie noch einmal.

„Erst müssen wir dieser lächerlichen Situation ein Ende machen. Ich wollte heute morgen deswegen mit Euch sprechen. Doch unser Gespräch ist abgeirrt. Und nun ist die Situation noch lächerlicher als zuvor."

„Ich verstehe Euch nicht ... Ich verstehe nichts von dem, was Ihr mir sagt."

„Und da spricht man von der Intuition der Frauen, von der Stimme des Herzens. Was weiß ich? Das wenigste, was man sagen kann, ist, daß Ihr keine Spur davon besitzt. Nehmen wir also die Tatsachen aufs Korn. Als Ihr nach Kandia kamt, Madame du Plessis, behaupteten gewisse Leute, daß Ihr Euch irgendwelcher Geschäfte wegen auf diese Reise begeben hättet, andere glaubten dagegen zu wissen, Ihr hättet sie unternommen, um Euch mit einem Liebhaber zu treffen. Wieder andere endlich, daß Ihr auf der Suche nach einem Eurer Gatten gewesen wärt. Welches ist die richtige Version?"

„Warum fragt Ihr mich danach?"

„Antwortet", drängte er ungeduldig. „Wahrhaftig, Ihr wehrt Euch bis zum Schluß. Ihr sterbt vor Angst, aber Ihr könnt es nicht lassen, Euch widerborstig zu zeigen. Was fürchtet Ihr, durch meine Fragen zu erfahren?"

„Ich weiß es selbst nicht."

„Eine Eurer sonstigen Kaltblütigkeit wenig würdige Antwort, die zudem beweist, daß Ihr allmählich zu ahnen beginnt, worauf ich hinaus will. Madame du Plessis, habt Ihr diesen Gatten, den Ihr suchtet, gefunden?"

Sie schüttelte den Kopf, unfähig, einen Ton hervorzubringen.

„Nein? Und dennoch kann ich, der Rescator, der alle und jeden im Mittelmeer kennt, Euch versichern, daß er Euch sehr nahe gekommen ist."

Angélique fühlte, wie ihre Knochen nachgaben, wie ihr Körper sich auflöste.

Sie schrie, fast ohne sich dessen bewußt zu werden:

„Nein, nein, das ist nicht wahr ... Das ist unmöglich! Wenn er mir nahe gekommen wäre, hätte ich ihn unter Tausenden erkannt!"

„Nun, darin täuscht Ihr Euch. Seht selbst!"

Siebentes Kapitel

Der Rescator hatte die Hände zu seinem Nacken gehoben.

Bevor Angélique den Zweck seiner Geste begriff, lag die lederne Maske auf den Knien des Piraten, und er wandte ihr sein nacktes Gesicht zu.

Sie stieß einen Schreckensschrei aus und bedeckte ihre Augen mit beiden Händen.

Sie erinnerte sich, daß man im Mittelmeer von dem maskierten Piraten erzählte, seine Nase sei abgeschnitten.

Die Furcht, in dieses stumpfnasige Gesicht sehen zu müssen, beherrschte ihre erste Reaktion.

„Was ist mit Euch los?"

Sie hörte ihn aufstehen und zu ihr treten.

„Nicht schön, der Rescator, ohne seine Maske? Ich stimme Euch zu. Aber trotzdem! Ist die Wahrheit so schwer zu ertragen, daß Ihr ihr nicht ins Gesicht sehen könnt?"

Angéliques Finger glitten langsam über ihre Wangen herab. Zwei Schritte vor ihr stand ein Mann, der ihr fremd war und den sie dennoch kannte.

Sie stieß einen Seufzer der Erleichterung aus: Wenigstens hatte er noch seine Nase.

Sein dunkler, durchdringender, von buschigen Brauen beschatteter Blick hatte durchaus denselben Ausdruck wie der, den sie eben noch durch die Schlitze der Maske hatte glitzern sehen.

Seine Züge waren wie aus Holz geschnitzt, hart, und seine linke Wange trug die Spuren alter Narben. Dieser Spuren wegen, die ihn ein wenig entstellten, beeindruckte er, aber es war nichts Erschreckendes an ihm.

Als er sprach, war es die Stimme des Rescators.

„Betrachtet mich nicht mit solchen Augen! Ich bin kein Gespenst! Kommt hierher, ans Tageslicht ... Spaß beiseite! Es ist einfach nicht möglich, daß Ihr mich nicht erkennt!"

Er zog sie ungeduldig zum Fenster, und sie ließ es geschehen, den Blick noch immer geweitet, starr, ohne Begreifen.

„Seht mich genau an ... Wecken diese Narben keine Erinnerung in Euch? Ist Euer Gedächtnis ebenso ausgetrocknet wie Euer Herz?"

„Warum", murmelte sie, „warum habt Ihr mir eben gesagt, daß er ... daß er sich mir in Kandia genähert hätte?"

Unruhiger Glanz flackerte in den schwarzen Augen auf, die ihr Gesicht belauerten.

Er schüttelte sie grob.

„Wacht auf! Tut nicht, als ob Ihr nicht versteht. Ich ... ich habe mich Euch in Kandia genähert. Maskiert, das ist wahr. Ihr habt mich nicht wiedererkannt, und mir blieb keine Zeit, Euch meine Identität zu enthüllen. Aber heute? Seid Ihr blind oder närrisch?"

„Ja, närrisch ...", dachte Angélique. Sie hatte einen Mann vor sich, der es wagte, ihr dank einem diabolischen Zauber die Züge Joffrey de Peyracs vorzugaukeln, dieses so innig geliebte Gesicht, das sich, lange Zeit brennend im Grunde ihres Herzens bewahrt, allmählich von ihr entfernt hatte, um schließlich zu verlöschen, denn sie hatte niemals ein Porträt besessen, das es ihr in Erinnerung rief.

Jetzt war es umgekehrt: Es bildete sich vor ihr mit einer verwirrenden Übereinstimmung aller Details. Die feine, edle Nase, die vollen, spöttischen Lippen, das unter der gebräunten Haut der Männer Aquitaniens deutlich sich abzeichnende Gerüst der Backenknochen und Kiefer und die vertrauten Linien der Narben, die es entstellten und die sie früher zuweilen sanft mit den Fingern gestreichelt hatte.

„Ihr habt kein Recht, das zu tun", stieß sie mit tonloser Stimme hervor. „Ihr habt kein Recht, ihm zu ähneln, um mich desto leichter zu täuschen."

„Hört auf, zu faseln! Warum weigert Ihr Euch, mich zu erkennen?"

Sie wehrte sich gegen die gefährliche Vorspiegelung.

„Nein, nein, Ihr seid nicht er. Er hatte ... ja, er hatte dichtes schwarzes Haar, das üppig sein Gesicht umgab."

„Mein Haar? Es ist schon eine ganze Weile her, daß ich mir diese hinderliche Perücke habe schneiden lassen. Für einen Meerfahrer ist es keine geeignete Mode."

„Aber er . . . er hinkte!" rief sie. „Man kann sein Haar abschneiden lassen, man kann sein Gesicht maskieren, aber man kann ein zu kurzes Bein nicht verlängern."

„Ich bin dennoch einem Chirurgen begegnet, der solches Wunder an mir vollzog. Einem Chirurgen in scharlachroter Livree, mit dem auch Ihr in Berührung gekommen seid!"

Und da sie nicht verstand und stumm blieb, schleuderte er ihr entgegen:

„Dem Henker!"

Er begann wie im Selbstgespräch auf und ab zu gehen.

„Maître Aubin, dem Henker und wohlbestallten Scharfrichter der Stadt Paris. Ah, welch geschickter Mann, aufs beste darin erfahren, Nerven und Muskeln zum Reißen zu bringen und Euch auf das von unserem König befohlene rechte Maß zu reduzieren. Mein Hinken wurde durch eine Atrophie der Sehnen in der Kniekehle verursacht. Nach drei Sitzungen auf der Folterbank war die Stelle eine einzige klaffende Wunde, und mein verkrüppeltes Bein war wieder genauso lang wie sein Kollege geworden. Welch ausgezeichneter Henker und was für ein guter König! Zu behaupten, daß ich sofort nicht mehr gehinkt hätte, wäre allerdings eine Lüge. Vor allem schulde ich meinem Freund Abd-el-Mecchrat Dank, daß er ein so prächtig begonnenes Werk ebenso prächtig vollendete. Aber ich gebe zu, daß sich nach Vornahme einer gewissen kleinen Erhöhung im Innern meines Schuhs heute mein Gang kaum mehr von dem anderer unterscheidet. Eine sehr angenehme Empfindung, nach dreißig Jahren Krüppeldasein sich des Bodens unter den Füßen wieder sicher zu fühlen. Ich glaubte, dieses Vorrecht im Laufe meiner Existenz nicht mehr zu erleben. Ein normaler Gang, für so viele Leute ein alltäglicher Besitz, ist für mich die immer neue Freude jeder Stunde . . . Ich wäre gern gesprungen, hätte mich gern wie ein Possenreißer benommen – und konnte endlich den Gelüsten des verkrüppelten Jungen, später des abstoßenden Mannes freien Lauf lassen. Das um so mehr, als das Metier des Meeres dazu herausforderte."

Er sprach wie zu sich selbst, aber sein scharfer Blick verließ das wachsbleiche Gesicht der jungen Frau nicht eine Sekunde. Sie schien noch immer nicht zu hören, nichts zu verstehen. Er fand, daß die tiefe

Niedergeschlagenheit, die sie zur Schau trug, seine schlimmsten Befürchtungen überstieg.

Endlich bewegten sich Angéliques Lippen.

„Seine Stimme! Wie könnt Ihr behaupten . . . ? Seine Stimme war unvergleichlich. An sie erinnere ich mich genau."

Sie hörte jene mit strahlender Kraft aus der Vergangenheit herübertönende Stimme.

Am Ende einer langen Bankettafel erhob sich eine in roten Samt gekleidete Gestalt, das Antlitz von üppigem Haar in der Farbe schwarzen Ebenholzes umrahmt, die Zähne in einem funkelnden Lächeln entblößt, während die Töne des Belcanto unter den Wölbungen des alten toulouser Palastes widerhallten.

Ah, wie sie ihn hörte! Ihr ganzer Kopf schien schmerzhaft davon zu vibrieren. Leidenschaftlichkeit des Gesanges und verzweifelte Reue über das, was gewesen war, was hätte sein können . . .

„Wo ist seine Stimme? Die goldene Stimme des Königreichs?"

„Tot!"

Bitterkeit gab dem hart hervorgestoßenen Wort einen noch verzerrteren, unharmonischeren Klang. Nein, niemals würde Angélique dieses Gesicht mit dieser Stimme in Einklang bringen können.

Der Mann blieb vor ihr stehen und sagte fast sanft:

„Erinnert Ihr Euch? An Kandia? Daß ich Euch sagte, meine Stimme sei vor langer Zeit geborsten, als ich nach jemand rief, der allzu fern war: Gott . . . ? Daß er mir aber im Austausch das zugestanden habe, worum ich ihn bat: das Leben . . .? Es war auf dem Vorplatz von Notre-Dame. Ich glaubte, daß diesmal meine letzte Stunde gekommen sei, und ich rief nach Gott. Schrie zu stark, obwohl ich keine Kraft mehr hatte. Meine Stimme brach für immer. Gott gibt, Gott nimmt. Alles wird beglichen."

Plötzlich zweifelte sie nicht mehr.

Er hatte jene grausigen, unvergeßlichen Bilder zwischen ihnen erstehen lassen, die nur ihnen gehörten. Bilder eines Verurteilten, im Hemd, den Strick um den Hals, gekommen, um auf dem Vorplatz von Notre-Dame Vergebung zu erflehen, fünfzehn Jahre zuvor.

Dieser elende, im äußersten Grad der Erschöpfung angelangte Verurteilte, den Henker und Priester stützten, war eines der Glieder jener unwahrscheinlichen Kette, die den triumphierenden Herrn von Toulouse mit dem Abenteurer der Meere verband, den sie heute vor sich hatte.

„Dann seid Ihr also", stieß sie in einem Ton unsagbarer Verblüffung hervor, „... mein Mann?"

„Ich war es ... Was ist davon geblieben? Wenig genug, wie mir scheint."

Und da sich in seinen Zügen die Andeutung eines spöttischen Lächelns abzeichnete, erkannte sie ihn.

Der Ruf, den sie so oft in ihrem Innern ausgestoßen hatte: „Er lebt!" begann ihr Herz zu weiten, doch sein Widerhall klang traurig und ernüchtert. Nichts mehr vom blendenden Glanz ihrer Freude, von dem sich ihre Träume Jahre hindurch genährt hatten.

„Er lebt ... aber er ist auch tot. Der Mann, der mich liebte, der sang und nicht mehr singen kann. Diese Liebe, dieser Gesang, nichts wird sie mehr zum Leben erwecken ... Niemals."

Ihre Brust schmerzte sie, als ob ihr Herz wirklich zerspringe. Sie wollte Atem schöpfen, doch es gelang ihr nicht. Ein schwarzer Abgrund empfing sie, in den sie versank, bis in ihre Bewußtlosigkeit das Gefühl mitnehmend, daß ihr etwas Schreckliches und dennoch auch Wunderbares geschehen sei.

Achtes Kapitel

Als sie wieder zu sich kam, war es dieses Gefühl, das sie erfüllte. Der Nachhall einer nicht wiedergutzumachenden Katastrophe und eines namenlosen Glücks teilten sich in ihr Bewußtsein und verurteilten sie abwechselnd zu eisiger Kälte und wohltuender Wärme, zur Finsternis und zum Licht.

Sie öffnete die Augen.

Das Glück bot sich ihr in Gestalt eines Mannes, der neben ihrem Lager stand, in den Zügen eines Gesichts, das sie nicht mehr verleugnete.

Gehärtet, schärfer ausgeprägt, auch regelmäßiger, denn die Konturen der Narben hatten sich verwischt; von jener Patina überzogen, die die Reife den Männern verleiht, war es ganz ohne Zweifel das Gesicht Joffrey de Peyracs.

Das schlimmste war, daß es nicht lächelte.

Er betrachtete sie ohne Anteilnahme, mit einem so fernen Ausdruck, daß er es nun war, der sie nicht zu erkennen schien.

Dennoch – weil in ihrem umnebelten Kopf die Idee beharrlich fortbestand, daß das Wunder, von dem ihre Träume erfüllt gewesen waren, sich endlich erfüllt hatte – fühlte sie sich zu ihm hingezogen.

Er hielt sie mit einer Bewegung zurück:

„Bemüht Euch nicht, Madame. Glaubt Euch nicht verpflichtet, eine Leidenschaft zu heucheln, die einstmals vielleicht vorhanden war, ich leugne es nicht, die aber seit langem in unseren Herzen erloschen ist."

Angélique erstarrte, wie von einem Schlag getroffen. Die Sekunden verstrichen. Und in der Stille hörte sie überdeutlich das Pfeifen des Windes in den Tauen und Segeln, als sei es das schrille Echo der Klagen ihres eigenen Herzens.

Die letzten Worte hatte er mit der hochmütigen Miene des einstigen Grandseigneurs aus Toulouse gesprochen. Und sie hatte ihn in der Maskierung des Abenteurers der Meere wiedererkannt. Er war es wirklich.

Tödliche Blässe überzog ihr Gesicht.

Er entfernte sich, um etwas aus einem Möbel im Hintergrund des Salons zu holen. Von hinten war er der Rescator, und einen Augenblick lang hoffte sie, alles sei nur ein böser Traum. Doch er kehrte zurück, und im Dämmerlicht des trüben, nördlichen Tages schenkte ihr ein unerbittliches Schicksal von neuem das vergessene Gesicht.

Er reichte ihr ein Glas:

„Trinkt diesen Alkohol."

Sie schüttelte den Kopf.

„Trinkt", beharrte er mit seiner dumpfen, rauhen Stimme.

Um nichts mehr hören zu müssen und ein Ende zu machen, schluckte sie den Inhalt des Glases.

„Fühlt Ihr Euch besser? Warum dieses Unbehagen?"

Der Schluck war ihr in die falsche Kehle geraten. Angélique hustete und hatte Mühe, wieder zu Atem zu kommen. Die Frage ließ sie zu ihrer Geistesgegenwart zurückfinden.

„Wie? Warum? Ich finde den Mann, den ich seit Jahren beweine, lebend, sehe ihn vor Augen, und Ihr möchtet, daß ich ..."

Diesmal war es ein Lächeln, mit dem er ihre Worte bremste. Es enthüllte den Schimmer prachtvoll gebliebener Zähne. Es war gewiß das Lächeln des Letzten der Troubadours, doch verschleiert von einem melancholischen Gefühl der Enttäuschung und Ernüchterung.

„Fünfzehn Jahre, Madame! Denkt daran! Es wäre eine unwürdige und dumme Komödie, wenn wir versuchen wollten, uns zu belügen. Wir beide haben inzwischen andere Erinnerungen gesammelt. Andere Lieben ..."

Es war, als ob die Wahrheit, der sie sich ins Gesicht zu sehen weigerte, sie wie die geschärfte, eiskalte Spitze eines Dolches durchdrang. *Sie hatte ihn wiedergefunden, aber er liebte sie nicht mehr.* In den Träumen ihres ganzen Lebens hatte sie ihn immer gesehen, wie er ihr die Arme entgegenstreckte. Diese Träume – es wurde ihr heute klar – waren kindisch wie die meisten weiblichen Phantasievorstellungen. Das Leben prägt seine Spuren in einen härteren Stoff als das simple, weiche Wachs der Träume. Seine Form gestaltet sich in heftigen, einschneidenden Zuckungen, die verletzen und Schmerz bereiten.

„Fünfzehn Jahre, Madame! Denkt daran!"

Er hatte andere Lieben gekannt.

Hatte er gar eine andere Frau geheiratet? Eine Frau, in die er sich leidenschaftlich verliebt hatte, viel mehr zweifellos, als er in sie verliebt gewesen war?

Kalter Schweiß feuchtete ihre Schläfen; sie fürchtete, von neuem schwach zu werden.

„Warum habt Ihr Euch mir heute eröffnet?"

Er lächelte ironisch.

„Ja, warum heute statt gestern oder morgen? Ich sagte es Euch bereits: Um einer lächerlichen Situation ein Ende zu machen. Ich wartete darauf, daß Ihr mich erkennen würdet, aber ihr müßt mich wohl schon endgültig verscharrt haben, denn nicht einmal der leiseste Verdacht schien Euch zu streifen. Ihr verschwendetet Eure Sorge an Euern lieben Patienten und seine Kinder, und, wahrhaftig, obwohl ein Ehemann selten eine so hübsche Gelegenheit findet, inkognito dem Treiben einer flatterhaften Gattin beizuwohnen, begann die Komödie mir mit der Zeit in puncto Geschmack zweifelhaft zu werden. Sollte ich etwa darauf warten, daß Ihr mich als den Kapitän des Schiffes und deshalb einzigen Repräsentanten des Gesetzes an Bord bitten würdet, Euch mit dem Kaufmann zusammenzugeben? Das hieße den Scherz doch ein wenig zu weit treiben, glaubt Ihr nicht, Madame de Peyrac?"

Er brach in jenes geborstene Gelächter aus, das sie nicht mehr ertragen konnte.

„Schweigt!" rief sie, die Hände an die Ohren hebend. „Das alles ist furchtbar."

„Ich bin es nicht, der Euch Anlaß zu solcher Feststellung gibt. Sollte es ein Aufschrei des Herzens sein?"

Er fuhr fort, sie zu verspotten. Er ertrug mit Leichtigkeit, was sie wie ein Unwetter verheerte. Er hatte Zeit gehabt, sich daran zu gewöhnen; denn seit Kandia wußte er, wer sie war. Außerdem mußte es ihm schon ein wenig gleichgültig sein. Man sieht die Tatsachen einfacher, wenn man nicht mehr liebt.

So ungewiß und dramatisch ihre Situation auch war, es schien durchaus möglich, daß er sich im Grunde sogar darüber amüsierte!

Auch darin erkannte sie ihn. Hatte er nicht selbst im Gerichtssaal gelacht, als man ihn zum Scheiterhaufen verurteilte?

„Ich glaube, ich werde wahnsinnig", stöhnte sie.

„Sicher nicht!"

Er gab sich mit beruhigender Gleichgültigkeit.

„Ihr werdet nicht wegen einer solchen Kleinigkeit wahnsinnig werden. Ihr hättet schon mehr Grund dazu gehabt! Eine Frau, die Moulay Ismaël die Stirn bot, und die einzige christliche Sklavin, der es jemals glückte, aus einem Harem und dem Königreich Marokko zu fliehen ... Allerdings hat Euch ein tapferer Begleiter geholfen, jener König der Sklaven von legendärem Ruf. Wie hieß er doch noch? Ah, richtig: Colin Paturel."

Er wiederholte, indem er sie nachdenklich ansah:

„Colin Paturel ..."

Der Name und der seltsame Ton, in dem er ausgesprochen wurde, durchdrang den Nebel, gegen den sich Angéliques Geist wehrte.

„Warum sprecht Ihr mir plötzlich von Colin Paturel?"

„Um Euer Gedächtnis aufzufrischen."

Der schwarze, funkelnde Blick hielt den ihren gefangen. Mit unüberwindlicher Kraft zog er sie an, und während einiger Sekunden war Angélique unfähig, sich von ihm zu lösen, wie ein von der Schlange gebannter Vogel.

Im Licht dieses Blicks löste sich in feurigen Lettern, unübersehbar, ein Gedanke:

„Er weiß also, daß Colin Paturel mich geliebt hat und daß ich ihn liebte ..."

Sie hatte Angst und fühlte sich bedrückt. Ihr ganzes Leben erschien ihr als eine Folge nicht wiedergutzumachender Irrtümer, die er sie teuer bezahlen lassen würde.

„Auch ich habe andere Lieben gekannt, aber sie zählen nicht", hatte sie Lust, ihm mit der großartigen Unbekümmertheit einer Frau zuzurufen.

Wie sollte sie ihm das erklären? Alle ihre Worte waren ungeschickt.

Ihre Schultern sanken nach vorn. Das Leben lastete auf ihnen mit seinem steinernen Gewicht.

Niedergeschmettert barg sie ihr Gesicht in den Händen.

„Ihr seht, meine Teure, daß Proteste zu nichts führen", murmelte er mit seiner dumpfen Stimme, die ihr nach wie vor fremd erschien. „Ich wiederhole Euch, daß mir nichts an einer trügerischen Komödie liegt, wie ihr Frauen sie so ausgezeichnet spielt. Ich ziehe es vor, Euch ohne Skrupel zu sehen, wie ich selbst ohne Skrupel bin. Und um Euch völlig zu beruhigen, werde ich sogar soweit gehen, Euch zu gestehen, daß ich Eure Verwirrung begreife. Es ist nicht gerade angenehm, im gleichen Augenblick, in dem man sich anschickt, einen neuen Erwählten seines Herzens zu heiraten, unversehens einen total vergessenen Gatten auftauchen zu sehen, der zudem noch Rechenschaft zu fordern scheint. Nun, faßt Euch, davon ist keine Rede. Habe ich etwa gesagt, daß ich Euren ehelichen Absichten Hindernisse in den Weg legen werde, wenn Euer Herz so daran hängt?"

Daß er ein solches Maß an Nachsicht bewies, war die schlimmste Beleidigung, die er ihr zufügen konnte. Wenn es ihm nichts ausmachte, sie mit einem anderen verheiratet zu sehen, bedeutete das klarer, als Worte es zu sagen vermochten, daß er nicht nur keinen Wert mehr auf sie legte, sondern auch leichten Herzens eine wirkliche Ketzerei ins Auge faßte. Er war ein abgebrühter, zynischer Sünder geworden. Es war unbegreiflich! Er verlor den Verstand, oder sie war es, die ihn verlor!

Die Demütigung riß sie aus ihrer Benommenheit. Sie richtete sich auf und warf ihm einen Blick voller Hochmut zu, während sie mechanisch die Hand umklammerte, an der sie einst ihren Ehering getragen hatte.

„Monsieur, Eure Worte sind für mich ohne Sinn. Fünfzehn Jahre mögen verstrichen sein, aber da Ihr lebt, ändert sich nichts daran, daß ich in den Augen Gottes, wenn nicht in denen der Menschen, Eure Frau bleibe."

Der Rescator unterdrückte eine flüchtige Bewegung. Unter den Zügen der Frau, die als die seine anzuerkennen er sich weigerte, war ihm das trotzige junge Mädchen von edler Rasse erschienen, das er in seinem Palast in Toulouse empfangen hatte.

Und mehr noch: Das Bild, das sie ihm in einer Art blendend aufstrahlender Vision geboten hatte, war das der *großen Dame*, die sie gewesen sein mußte, damals in Versailles. „Die schönste aller Damen", so hatte man ihm berichtet, „königlicher als die Königin selbst".

In einer blitzartigen Vorstellung befreite er sie von ihren schweren, groben Kleidungsstücken und stellte sie sich vor in ihrem Glanz, den schneeigen, im Licht der Lüster schimmernden Rücken, die vollkommenen Schultern, die die Last des Geschmeides trugen, während sie sich mit der gleichen biegsamen, unbezwinglichen Bewegung aufrichtete.

Und das war unerträglich.

Er erhob sich, denn trotz seines Vorsatzes, kaltes Blut zu bewahren, sprang die Spannung des Augenblicks in alle Fasern seines Körpers über.

Dennoch wandte er sich nach langem Schweigen mit demselben harten, undeutbaren Ausdruck an Angélique:

„Ihr habt recht", gab er zu. „Ihr seid tatsächlich die einzige Frau, die ich jemals geheiratet habe. In dieser Hinsicht habt Ihr Euch an mir kein Beispiel genommen, denn wenn ich meinen Informationen glauben darf, bin ich sehr schnell ersetzt worden!"

„Ich glaubte Euch tot."

„Plessis-Bellière", murmelte er, als suche er sich zu erinnern. „Ich habe für meinen Teil immer ein recht gutes Gedächtnis besessen, und ich erinnere mich, daß Ihr mir von diesem kleinen, seiner Schönheit wegen gerühmten Cousin erzähltet, in den Ihr schon damals ein wenig verliebt wart. Was für eine ausgezeichnete Gelegenheit also, einmal von dem durch Euren Vater Euch aufgezwungenen, krummbeinigen und zudem noch vom Pech verfolgten Gatten befreit, einen lange heimlich gehüteten Traum zu verwirklichen!"

Angélique hob in einer ungläubigen Geste beide Hände zum Mund.

„Ist das alles, was Ihr von der Liebe haltet, die ich Euch entgegenbrachte?" fragte sie schmerzlich.

„Ihr wart sehr jung. Ich habe Euch eine Zeitlang zerstreut. Und ich gebe zu, daß man keine charmantere Gattin hätte finden können. Aber selbst in jenen Tagen habe ich niemals geglaubt, daß Ihr für die Treue geschaffen seid. Aber lassen wir das. Es scheint mir müßig, die Vergangenheit zu analysieren, und vergeblich, den Versuch zu machen, sie von neuem zu beleben. Da Ihr indessen, woran Ihr mich soeben mit

Recht erinnert habt, noch meine Frau seid, werde ich Fragen an Euch richten müssen, die auch andere angehen als uns und deren Wichtigkeit die unsere bei weitem übertrifft . . ."

Die schwarzen Brauen zogen sich zusammen und verdüsterten die Augen, die fast golden schienen, wenn Heiterkeit, selbst geheuchelte, sie erhellte. Doch Zorn oder Argwohn ließen sie finster und durchbohrend erscheinen.

Mehr und mehr erkannte Angélique das Spiel der Wandlungen einer Physiognomie, die sie einstmals so fasziniert hatte. „Ah, er ist es! Er ist es wirklich!" sagte sie sich, durch diese Enthüllung erschüttert, ohne zu wissen, ob vor Verzweiflung oder Freude.

„Was habt Ihr mit meinen Söhnen gemacht? Und wo sind sie?"

Sie wiederholte, als verstehe sie nicht:

„Eure Söhne?"

„Mir scheint, ich habe mich klar genug ausgedrückt. Ja, meine Söhne. Auch die Euren! Die, deren Vater ich tatsächlich bin. Der älteste, Florimond, geboren in meinem Schloß im Béarn. Der zweite, den ich nicht kennenlernte, aber von dessen Existenz ich erfuhr: Cantor. Wo sind sie? Wo habt Ihr sie gelassen? Ich weiß nicht warum, aber ich bildete mir ein, daß ich sie unter den Verfolgten finden würde, die auf mein Schiff zu nehmen Ihr mich batet. Eine Mutter, die ihre Söhne einem ungerechten Geschick zu entziehen sucht – das wäre eine Rolle gewesen, die meinen Beifall gefunden hätte. Aber keiner der Knaben, die mit Euch kamen, kann einer von ihnen sein. Übrigens scheint Ihr auch nur um Eure Tochter besorgt. Wo sind sie? Warum habt Ihr sie nicht mit Euch genommen? Bei wem habt Ihr sie gelassen? Wer kümmert sich um sie?"

Neuntes Kapitel

Ihm Antwort zu geben, hieße sich selbst kreuzigen. Die Worte würden die Abwesenheit der beiden für immer verschwundenen fröhlichen kleinen Jungen endgültig machen. Für sie hatte sie sich abgemüht, hatte sie gelitten. Sie hatte sie vor der Not schützen, hatte sie rehabilitieren wollen. In ihren Träumen waren sie groß, schön, gesichert, glänzend gewesen. Sie würde sie niemals heranwachsen sehen. Auch sie hatten sie verlassen.

Mühsam sagte sie:

„Florimond ist schon vor langer Zeit fortgegangen. Er war damals zwölf. Ich habe nie erfahren, was aus ihm geworden ist. Cantor . . . ist gestorben, im Alter von neun Jahren."

Ihre monotone Stimme konnte gleichgültig scheinen.

„Ich habe diese Antwort erwartet. Ich ahnte es. Das ist es, was ich Euch niemals verzeihen werde", sagte der Rescator, die Kiefer zornig aufeinandergepreßt, „Eure Gleichgültigkeit gegenüber meinen Söhnen. Sie erinnerten Euch an eine Zeit, die Ihr zu vergessen wünschtet. Ihr schobt sie beiseite. Ihr lieft Euren Vergnügungen, Euren Lieben nach. Und jetzt bekennt Ihr ohne Bewegung, daß Ihr selbst von dem, der wahrscheinlich noch lebt, nichts wißt. Ich hätte Euch vieles verziehen, vielleicht, aber das nicht. Niemals!"

Angélique war wie vor den Kopf geschlagen, dann richtete sie sich jäh und bleich vor ihm auf.

Von allen Anklagen, mit denen er sie überhäuft hatte, war diese bei weitem die hassenswerteste, die ungerechteste. Er warf ihr vor, ihre Söhne vergessen zu haben, und das war falsch, sie verraten zu haben, und das war leider zum Teil wahr, sie niemals geliebt zu haben, und das war ungeheuerlich.

Aber sie würde es nicht zulassen, als eine schlechte Mutter zu gelten, zumal sie zuweilen geglaubt hatte, ihr Blut für ihre Söhne zu geben. Sie war vielleicht keine sehr zärtliche, immer für sie bereite Mutter gewesen, doch Florimond und Cantor waren stets im Zentrum ihres Herzens geblieben, zusammen mit ihm. Mit ihm, der ihr heute Vorwürfe entgegenzuschleudern wagte, während er jahrelang über die Meere gefahren war, ohne sich weder um sie noch um seine Kinder zu kümmern, um die er plötzlich so besorgt zu sein schien. War er es etwa, der sie aus dem Elend gezogen hatte, in das die Unschuldigen durch seinen Sturz geraten waren? Sie würde ihn fragen, durch wessen Schuld der stolze, kleine Florimond immer ein Kind ohne Namen, ohne Titel gewesen war, tiefer gesunken als ein Bastard. Sie würde ihm enthüllen, unter welchen Umständen Cantor gestorben war. Durch seine Schuld! Ja, durch seine Schuld. Denn sein Piratenschiff war es gewesen, das die französische Galeere versenkte, auf der sich der kleine Page des Herzogs von Vivonne befunden hatte.

Sie erstickte vor Empörung und Leid. Als sie eben zu sprechen beginnen wollte, hob eine größere Woge als die vorhergegangenen das Schiff und ließ sie taumeln. Sie mußte sich am Tisch festhalten. Sie war nicht so standfest wie der Rescator, der in den Dielenbrettern verankert schien.

Dieser kurze Aufschub hatte genügt, Angélique davor zu bewahren, nicht wiedergutzumachende Dinge zu sagen, die ihr über die Lippen wollten. Konnte sie einem Vater eröffnen, daß er selbst am Tode seines Kindes schuldig war?

Hatte das Schicksal Joffrey de Peyrac nicht schon mehr als genug mit Feindschaft verfolgt? Man hatte ihn töten wollen, hatten ihn seines Besitzes beraubt, hatte ihn verbannt und in einen Umherirrenden verwandelt, der keine anderen Rechte besaß als die, die er sich mit seinem Degen erobern konnte.

Wer durfte sich heute darüber entrüsten, daß er schließlich ein anderer Mensch geworden war, zurechtgeschmiedet durch das unversöhnliche Gesetz derer, die töten müssen, um nicht getötet zu werden? Ihre Naivität, die sie das Gegenteil hatte erträumen lassen, war zum Weinen. Die harte Realität gehorchte anderen Erfordernissen. Wozu konnte es dienen, so vielem Unheil noch ein weiteres hinzuzufügen, indem sie ihm enthüllte, daß er den Tod seines Kindes verursacht hatte?

Nein, sie würde es ihm nicht sagen. Nein, *niemals!* Aber sie würde ihm, wie es ihr in den Sinn kam, enthüllen, was er nicht wahrhaben zu wollen schien. Ihre Tränen, die Verzweiflung der ohne Erfahrung in den Sturm des Elends und der Verlassenheit geworfenen jungen Frau. Sie würde ihm nicht sagen, wie Cantor gestorben, aber wie er geboren war: am Abend des Scheiterhaufens auf der Place de Grève, und wie sie, eine Unglückliche, mit einem zweirädrigen Karren durch die eisigen Gassen von Paris gezogen war, aus dem, blau vor Kälte, die kleinen, runden Gesichter ihrer Söhne herausgeschaut hatten.

Dann würde er sie vielleicht verstehen. Er verurteilte sie, aber nur, weil er ihr Leben nicht kannte.

Konnte er ungerührt bleiben, wenn er es kennen würde? Wäre es nicht möglich, daß ihre Worte den Funken wieder anfachten, der vielleicht noch unter der Asche eines Herzens glomm, in dem sich zu viele Trümmer angesammelt hatten? Eines Herzens, so verwüstet wie das seine?

Aber sie wenigstens blieb zur Liebe fähig. Dann würde sie eben vor ihm auf die Knie fallen und ihn anflehen. Sie würde ihm alle die Worte sagen, die sich auf ihre Lippen drängten. Daß sie ihn immer geliebt hatte. Daß sie ohne ihn nur Erwartung, nur Unzufriedenheit gewesen war ... War sie nicht wie eine Wahnwitzige auf die Suche nach ihm gegangen, gegen den Willen des Königs, und hatte sie sich nicht seinetwegen in namenlose Gefahren gestürzt?

Plötzlich bemerkte sie, daß die Aufmerksamkeit des Rescators sich von ihr abgewandt hatte. Gespannt beobachtete er die Tür des Salons, die sich allmählich öffnete. Das war ungewöhnlich. Der Maure hielt gute Wacht. Wer konnte es sich erlauben, ohne Anmeldung die Räume des Schiffsherrn zu betreten? Der Wind oder der Nebel?

Eisiger Hauch drang zugleich mit einem Nebelfetzen herein, der sich in der Wärme auflöste.

Aus diesem ungreifbaren Schleier tauchte eine kleine Gestalt auf: Mütze aus apfelgrünem Satin, feuerfarbenes Haar. Die beiden Farbtöne leuchteten besonders intensiv auf dem grauen Grund der Außenwelt. Hinter ihr steckte die berberische Schildwache ihr vermummtes Gesicht herein, das die Kälte gilbte.

„Warum hast du sie eintreten lassen?" fragte der Rescator arabisch.

„Das Kind suchte seine Mutter."

Honorine hatte sich auf Angélique gestürzt.

„Mama, wo warst du? Komm!"

Angélique nahm sie nur mit Mühe wahr. Wie betäubt betrachtete sie das ihr zugewandte runde Gesichtchen, die schrägen, wachen schwarzen Augen.

Das seltsame Auftauchen ihrer Tochter kam ihr so ungelegen, daß sie während eines kurzen Moments die gleichen Empfindungen überfluteten, die sie damals erfüllt hatten: Abscheu vor diesem Wesen, das man ihr aufgezwungen hatte, Widerwille gegen die Zumutung, es als ihr eigen anzusehen, Verleugnung ihres eigenen Blutes, das sich in diesem Kind mit einer unreinen Quelle mischte, Empörung gegen das, was ihr widerfahren war, brennende Scham.

„Mama! Mama! Die ganze Nacht warst du fort, Mama!"

Das Kind wiederholte beharrlich diesen Namen, den es doch sonst so selten gebrauchte. Der Instinkt der Verteidigung seines Besitzes, so ungebärdig im Herzen eines Kindes, gab ihm das schreckliche Wort ein, das einzige, das die Mutter ihm wiedergeben, sie diesem schwarzen Mann entreißen konnte, der sie gerufen und in seinem mit Schätzen angefüllten Schloß eingesperrt hatte.

„Mama! Mama!"

Honorine war da. Sie war das Zeichen des gänzlich Unverzeihlichen, das auf die verschlossene Pforte eines verlorenen Paradieses gedrückte Siegel, wie die Siegel des Königs auf den Türen des Palastes in Toulouse einstmals das endgültige Ende einer Welt, einer Epoche, eines Glücks bedeutet hatten.

Die Bilder verschwammen vor Angéliques Augen.

Sie nahm Honorines Hand.

Joffrey de Peyrac betrachtete das Kind. Er schätzte sein Alter: Drei Jahre? Vier? Es war also nicht die Tochter des Marschalls du Plessis. Von wem also dann? Sein ironisches, verächtliches Lächeln – kein Lächeln, nur eine Andeutung – ließ sie seine Gedanken erraten. Eine flüchtige Liebelei. „Ein schmucker Liebhaber mit roten Haaren!" Man dichtete der schönen Marquise du Plessis, der Mätresse des Königs von Frankreich und Witwe des Grafen Peyrac, so viele an. Und auch in dieser Hinsicht würde sie ihm niemals die Wahrheit bekennen können. Ihr Schamgefühl rebellierte bei dem bloßen Gedanken. Solche Beflekkung einzugestehen, wäre das gleiche gewesen wie die Bloßlegung einer schimpflichen, abstoßenden Wunde. Sie würde sie für sich behalten, immer verborgen, zugleich mit den untilgbaren Narben ihres Körpers und ihres Herzens, der Brandwunde an ihrem Bein, die Colin Paturel behandelt hatte, dem Tod des kleinen Charles-Henri ...

Mit Honorine, einer anonymen Vergewaltigung entsprungen, zahlte sie für die Umarmungen, die sie hingenommen oder gesucht hatte.

Philippe, die Küsse des Königs, die archaische, erregende Leidenschaft des armen Normannen, Fürsten der Sklaven, die derben und fröhlichen Vergnügungen, die sie dem Polizisten Desgray verdankte, die weit raffinierteren, die sie mit dem Herzog de Vivonne genossen hatte. Ah, sie vergaß Rakoski und zweifellos auch andere!

So viele vergangene Jahre ... durchlebt von ihm, von ihr. Man konnte nicht verlangen, daß sie sich in nichts auflösten.

Mit einer mechanischen Geste strich er über sein Kinn. Sein vor kurzem abgenommener Bart fehlte ihm sichtlich.

„Gebt zu, meine Liebe, daß die Situation einigermaßen mißlich ist."

Wie konnte er weiterhin spotten, während die Qualen ihres Herzens es ihr schwer machten, sich auch nur aufrechtzuhalten.

„Ich stelle fest, daß unsere Bemühungen, sie aufzuhellen, nur dazu geführt haben, sie noch undurchsichtiger zu machen. Alles trennt uns."

„Komm, Mama! So komm doch, Mama", wiederholte Honorine, indem sie am Rock ihrer Mutter zerrte.

„Ihr legt gewiß keinen Wert mehr auf eine Annäherung, die vor ein paar Stunden ohnehin kaum Eure Gedanken beschäftigt haben dürfte, da diese um einen andern kreisten ..."

„Komm, Mama!"

„Sei ruhig!" stieß Angélique hervor. Sie hatte das Gefühl, daß ihr Kopf platzen müsse.

„Was mich betrifft ..."

Er sah sich mit zweifelnder Miene um, die Kajüte ins Auge fassend, in der er zu seiner Freude kostbare Möbel, auserlesene Instrumente, das Dekor einer vielfältigen, schwierigen, leidenschaftlichen Existenz zusammengetragen hatte und in der für Angélique kein Platz war.

„... Ich bin ein alter Adler der Meere, seit langem an Einsamkeit gewöhnt. Abgesehen von den kurzen Ehejahren, die ich einst in Eurer charmanten Gesellschaft verlebte, haben Frauen in meinem Leben nur episodische Rollen gespielt. Es schmeichelt Euch vielleicht, das zu erfahren. Andererseits schafft es Gewohnheiten, die kaum dazu geneigt machen, sich in der Haut eines Musterehemanns wiederzufinden. Dieses Schiff ist nicht groß, meine Räumlichkeiten sind beschränkt. Ich schlage Euch vor, für die Dauer der Fahrt die geworfenen Würfel einzusammeln und die Partie für nichtig anzusehen."

„Nichtig?"

„Behalten wir unsere beiderseitigen Plätze. Ihr bleibt als Dame Angélique unter Euren Gefährten, und ich ... ich bleibe bei mir."

Er verleugnete sie also, stieß sie von sich. Im Grunde würde er nicht wissen, was er mit ihr an seiner Seite anfangen sollte. Deshalb schickte er sie zu denen zurück, die während der letzten Monate die Ihren geworden waren.

„Und Ihr verlangt nicht einmal von mir, die Eröffnung zu vergessen, die Ihr mir gemacht habt?" fragte sie sarkastisch.

„Vergessen? Nein. Aber jedenfalls nicht auszuplaudern."

„Komm, Mama", wiederholte Honorine und zog sie zur Tür.

„Je mehr ich's mir überlege, desto besser scheint es mir in der Tat, Euren Freunden nichts davon zu erzählen, daß Ihr, wenn auch in längst vergangener Zeit, meine Frau gewesen seid. Sie würden sich einbilden, Ihr wäret auch meine Komplicin."

„Eure Komplicin? Wobei?"

Er antwortete nicht. Er grübelte mit gerunzelter Stirn.

„Kehrt zu ihnen zurück", sagte er in kurz angebundenem Befehlston. „Sprecht nicht. Es wäre sinnlos. Außerdem würde man Euch ganz einfach für närrisch halten. Gebt zu, daß diese Geschichte von dem verschwundenen und wiedergefundenen Gatten, der Euch auf sein Schiff nimmt, ohne daß Ihr ihn sofort erkennt, reichlich verdächtig scheint."

Er wandte sich zum Tisch und nahm seine Ledermaske auf, die schützende Rinde seines gezeichneten Gesichts, das den salzigen Biß des Gischtes und auch die spionierende Neugier der Menschen fürchtete.

„Sagt nichts. Gebt ihnen keinen Anlaß zu Argwohn. Zudem flößen mir diese Leute kein Vertrauen ein."

Angélique war schon fast bei der Tür angelangt.

„Seid versichert, es beruht auf Gegenseitigkeit", gab sie zurück.

Im Türrahmen stehend, ihre Tochter an der Hand, wandte sie sich um und verschlang ihn mit den Augen. Er hatte seine Maske wieder angelegt. Das half ihr, sich klarzumachen, was er ihr hatte zu verstehen geben wollen.

Er war er und ein anderer. Joffrey de Peyrac und der Rescator. Ein geächteter Grandseigneur und ein Pirat der Meere, der sich, um leben zu können, von seinen einstigen Bindungen befreit hatte, um sich die eine einzige rauhe Gegenwart zu eigen zu machen.

Überraschenderweise schien er ihr viel näher als im Augenblick zuvor. Es erleichterte sie, sich nur an den Rescator wenden zu müssen.

„Meine Freunde beunruhigen sich", sagte sie. „Sie fragen sich mit Sorge, Monseigneur le Rescator, wohin Ihr sie führt. Man ist es nicht gewöhnt, stellt Euch vor, Eisbergen auf der Höhe von Afrika zu begegnen, wo wir uns befinden müßten."

Er hatte sich einem mit seltsamen Zeichen besternten Globus aus schwarzem Marmor genähert. Er legte die noch immer patrizische, doch wie die eines Arabers gebräunte Hand auf ihn und folgte mit dem Finger irgendwelchen mit Gold inkrustierten Linien. Nachdem er sie eine Weile studiert hatte, schien er sich ihrer Gegenwart wieder zu erinnern und antwortete gleichgültig:

„Sagt ihnen, daß die nördliche Route auch zu den Inseln führt."

Zehntes Kapitel

Graf Joffrey de Peyrac, auch Rescator genannt, glitt durch die Luke und stieg rasch die schlüpfrige Leiter hinab, die in die Eingeweide des Schiffes führte. Hinter dem weißen Burnus des Mauren, der eine Laterne trug, schob er sich in das Labyrinth der schmalen Gänge.

Die Bewegung des Schiffes unter seinen Füßen bestätigte ihm seinen beruhigenden Eindruck: Die Gefahr war vorüber. Trotz der Fahrt durch dichten, eisigen Nebel, der überall auf den Rahen und Decks eine feine Rauhreifschicht hinterließ, wußte er, daß alles gut ging. Die *Gouldsboro* glitt mit der Leichtigkeit eines Fahrzeugs dahin, das sich nicht bedroht fühlt.

Er, der Rescator, kannte ihr Erbeben, ihr verschieden tönendes Knarren in Rumpf und Mast, in allem, was den großen Körper seines Schiffes ausmachte, das für die Polarmeere erdacht worden war, dessen Pläne er selbst gezeichnet und das er in Boston hatte bauen lassen, dem besten Werftplatz Nordamerikas.

Während er sich voranbewegte, tasteten seine Hände über das feuchte Holz, weniger um Halt zu suchen, als um den Kontakt mit dem unbezwinglichen Gebälk des tapferen Schiffes zu bewahren.

Er atmete seinen Geruch, den des Sequoieholzes aus den Klamathbergen des fernen Oregon, den der Weymouthskiefern vom Oberlauf des Kennebec und vom Mount Kathadin in Maine – „seinem" Maine –, Düfte, die die Durchdringung des Salzes nicht hatte auslöschen können.

„Kein Wald in Europa, der so schön wäre wie die Wälder der Neuen Welt."

Die Höhe und Wuchtigkeit der Bäume, die glasierte Pracht des Laubwerks waren für ihn eine Offenbarung gewesen.

„Die Entdeckung der Welt ist ohne Ende", dachte er wieder. „Wir stellen jeden Tag fest, daß wir nichts von ihr wissen. Man kann immer von neuem beginnen. Die Natur und die natürlichen Elemente sind dazu da, uns zu unterstützen und vorwärtszustoßen."

Indessen hatte der die ganze vergangene Nacht hindurch anhaltende

Kampf gegen die Feindschaft des Meeres und der Eisberge in seinem Herzen nicht die gewohnte Befriedigung über den zu guter Letzt doch noch errungenen Triumph und die Bereicherung eines inneren Schatzes hinterlassen, den niemand ihm entreißen konnte. Sicherlich, weil er seitdem einem anderen Sturm ausgesetzt gewesen war, der, obwohl er sich dagegen verwahrte, Verwüstungen in ihm verursacht hatte.

Konnte man sich eine Farce vorstellen, in der das Widerwärtige sich mit dem Geschmacklosen um den Vorrang stritten? Er weigerte sich noch, das Wort „Drama" auszusprechen.

Er hatte immer versucht, jedem Ereignis seine ihm zukommenden Proportionen zu geben. Frauengeschichten gehörten im allgemeinen mehr in den Bereich der Posse als des Dramas. Obwohl es sich um die eigene Frau handelte, eine Frau, die ihn – zu seinem Schaden – mehr als die andern gezeichnet hatte, machte es ihm Mühe, sein spöttisches Gelächter zu unterdrücken, während er die Gegebenheiten der Komödie zusammenstellte: Eine seit fünfzehn Jahren vergessene Ehefrau tauchte plötzlich auf, forderte, ohne ihn wiederzuerkennen, Passage auf seinem Schiff und schickte sich zu allem Überfluß auch noch an, seinen Segen zur Verehelichung mit einem neuen Liebhaber zu erbitten. Man weiß es, der Zufall ist nicht knauserig, wenn eine spaßhaft aufgelegte Phantasie die Unkosten trägt. Aber in diesem Fall tat er des Guten wahrhaft zuviel. Mußte man ihn nicht dennoch segnen? Ihm vielleicht danken? Diesem humoristischen, Grimassen schneidenden Zufall Vertrauen schenken, der vor seinen Augen das fade gewordene Trugbild einer schönen Jugendliebe schwenkte?

Weder er noch sie wünschte die Rückkehr dorthin. Warum hatte er aber dann an diesem Morgen gesprochen? Wäre es nicht, da sie ihn nicht erkannte, das einfachste gewesen, sie zu ihrem lieben Protestanten gehen zu lassen?

Die unvermutete Helligkeit des Ortes, den er betrat, blendete ihn mit dem gleichen schmerzenden Licht, mit dem ein unabweisbarer Gedanke seinen Geist durchdrang.

„Dummkopf! Was hätte es genützt, hundert Leben gelebt und noch häufiger den Tod gestreift zu haben, wenn du noch immer nicht darüber hinauswärst, dich vor deinen eigenen Wahrheiten zu verstecken? Gib zu, daß du es nicht zulassen könntest, weil du es *nicht zu ertragen vermöchtest.*"

Von Zorn erfüllt, warf er einen düsteren Blick um sich. Ein paar Männer schliefen erschöpft in Hängematten oder auf primitiven Pritschen zwischen den Lafetten der Kanonen. Da es dieser in einem engen Zwischendecksraum verborgenen zweiten Batterie an Belüftung fehlte, waren die Stückpforten geöffnet worden. Joffrey de Peyrac hatte sich gezwungen gesehen, auf dieser Fahrt einen Teil der Mannschaft hier unterzubringen, um das Backzwischendeck den Passagieren überlassen zu können.

Von Zeit zu Zeit schlugen die Spritzer einer aufklatschenden Woge herein, und einer der Schläfer grunzte.

Hier befand man sich nahe der Wasserlinie. Man hörte die flüsternden, klatschenden Geräusche der Wellen und hätte sie wie große, gezähmte Tiere mit der Hand streicheln können.

Er näherte sich einer der Öffnungen. Das eindringende Tageslicht nahm infolge der Nachbarschaft des Meeres eine graugrüne Färbung an.

So sehr er sich um das Wohlbefinden seiner Mannschaft sorgte, war Joffrey de Peyrac im Augenblick doch mit anderem beschäftigt. Die langen blaßgrünen, von dunklen Schatten durchzogenen Wogen, in denen man unaufhörlich gleitende Eispartikelchen flüchtig aufleuchten zu sehen glaubte, riefen unwiderstehlich die Erinnerung an Augen wach, deren Wirkung auf ihn er gern geleugnet hätte.

„Nein, ich könnte es nicht ertragen", wiederholte er. „Dazu müßte sie mir völlig gleichgültig geworden sein ... Aber sie ist mir nicht gleichgültig!"

Das Geständnis, das er sich da machte, würde ihm sein künftiges Handeln nicht erleichtern. Klare Einsicht führte nicht immer zur leichtesten Lösung. In einem Alter angelangt, in dem der Mensch die zweite Hälfte seines Daseins betritt, durfte er sich sagen, daß er es stets verstanden hatte, seinen inneren Konflikten mit einer gewissen heiteren Ruhe zu begegnen. Die Wege des Hasses, der Verzweiflung, des Neides waren ihm immer zu steril erschienen, als daß er Genuß daran hätte finden können, sie zu betreten. Bis zu dem Tage, an dem ein Bote ihm die Nachricht gebracht hatte, seine „Witwe", Madame de Peyrac, habe sich fröhlich mit dem sehr schönen und sehr ausschweifenden Marquis du Plessis-Bellière wiederverheiratet, war es ihm gelungen, auch die Wege der Eifersucht zu ignorieren. Und auch damals hatte er seine Enttäuschung rasch überwunden. Wenigstens glaubte er es.

Die Wunde saß zweifellos tiefer, gehörte zu jenen bösen, allzu schnell sich schließenden Verletzungen, unter deren Vernarbung das Fleisch faulig wird oder abstirbt. Sein Freund, der arabische Arzt, hatte es ihm erklärt, während er sein Bein behandelte, indem er die klaffende Wunde offenhielt, bis Nerven, Muskeln und Sehnen, ihrem von der Natur bestimmten Wachstumsrhythmus folgend, wieder vorhanden waren.

Wie dem auch sein mochte, er hatte für eine Frau gelitten, die nicht mehr existierte und auch nicht neu erstehen konnte.

An diesem Punkt seiner Überlegungen angelangt, dachte er im Anblick des Meers an unergründliche grüne Augen und schloß heftig den hölzernen Laden.

Der hinter ihm wartende Maure Abdullah schickte sich an, die Laterne zu löschen.

„Nein. Geh voran. Wir steigen tiefer hinunter", sagte er ihm.

Und selbst eine Falltür im Fußboden der Batterie öffnend, verschwand er hinter dem Araber in der Düsternis eines weiteren Schachts. Diese Übungen waren ihm allzu vertraut geworden, als daß sie seine Gedanken hätten ablenken können.

An diesem Morgen hätte es seine ganze Willenskraft nicht vermocht, das quälende Bild Angéliques zu verdrängen. Übrigens war sie zum Teil der Grund, warum er sich in die Tiefen des Schiffsrumpfes begab.

Gereiztheit, Groll, Ratlosigkeit – er wußte nicht mehr, welches Gefühl ihn beherrschte. Jedenfalls – leider – nicht Gleichgültigkeit! Als ob die Empfindungen, ausgelöst durch eine Frau, die seit fünfzehn Jahren nicht mehr seine Frau war und ihn auf jede Weise verraten hatte, nicht schon verwickelt genug gewesen wären, auch ohne daß sich ihnen das Verlangen zugesellte!

Warum hatte sie sich zu jener außerordentlichen, von ihm so wenig erwarteten Geste hinreißen lassen, ihre Korsage herunterzuzerren, um ihm den Stempel der Lilie auf ihrer Schulter zu zeigen?

Es war weniger die Entblößung des entehrenden Mals gewesen, die ihn plötzlich angerührt hatte, als die Schönheit ihres königlichen Rükkens. Er, der so schwer zufriedenzustellende Ästhet, der es gewöhnt war, die Schönheit der Frauen zu zergliedern, war durch sie geblendet worden.

Damals hatte sie noch nicht diesen vollkommenen Rücken besessen, da sie kaum aus den grazilen Formen der Jugend herausgewachsen war. Sie war erst siebzehn Jahre alt gewesen, als er sie geheiratet hatte. Er erinnerte sich jetzt, daß er beim zärtlichen Streicheln dieses jungen, frischen Körpers zuweilen an die Schönheit gedacht hatte, die Angélique erreichen würde, wenn das Leben, die Mutterschaft und auch die Ehren sie voll entfaltet haben würden.

Und nun waren es andere gewesen, die sie zur Vollkommenheit hatten aufblühen lassen. In dem Augenblick, in dem er es am wenigsten erwartete, schenkte ihm Angélique ihren Anblick. Befreit von ihren düsteren, schlecht geschnittenen Kleidungsstücken, weckte das wenige, was sie enthüllt hatten, unwiderstehlich die Erinnerung an jene Statuen, die man auf den Inseln des Mittelländischen Meers den Göttinnen der Fruchtbarkeit errichtet. Wie viele Male hatte er sie bewundert, indem er sich sagte, wie selten es leider sei, unter den Frauen solche Modelle zu finden.

Doch im Halbdämmer hatte es ihm stärker getroffen als in Kandia. Der Glanz ihrer milchweißen Haut, der durch die Traurigkeit des gleichfalls milchigen nordischen Tagesanfangs brach, die Bewegung der vollen, fleischigen und dennoch zart und rein geformten Schultern, die glatten, kräftigen Arme, der aus dem seidigen Haar sich lösende Nacken, dem eine winzige Furche eine Art Unschuld verlieh, all das hatte ihn beim ersten Blick verführt, und er hatte sich ihr genähert, durchdrungen von einem Gefühl äußersten Erstaunens darüber, daß sie schöner als früher war und daß sie ihm gehörte!

Wie sie sich empört, wie sie sich verteidigt hatte! Was war an ihm, was sie so sehr erschreckt hatte? Seine Maske? Seine verborgene Persönlichkeit? Oder der Verdacht, daß er nicht zögern würde, ihr irgend etwas Unerfreuliches zu eröffnen?

Das wenigste, was sich sagen ließ, war, daß sie sich nicht von ihm angezogen fühlte. Ihre Gelüste drängten deutlich in eine andere Richtung.

„Geh, geh", rief er dem Mauren zu. „Ich habe dir doch gesagt, wir steigen ganz hinunter, bis zum Verschlag der Gefangenen."

„Sie haben sie mit der Lilie gezeichnet", dachte er. „Für welches Verbrechen? Für welche Prostitution? Wie tief ist sie gesunken? Warum? Was für Ereignisse mögen es gewesen sein, die sie unter den Einfluß dieser w nderlichen Hugenotten geraten ließen? Eine reuige Sünderin? Ja, das wäre möglich. Der Geist einer Frau ist so schwach ..."

Er zweifelte an der Möglichkeit, eine plausible Antwort auf diese Fragen zu finden, und die Bilder, die sie weckten, quälten ihn um so mehr.

„Mit der Lilie gezeichnet ... Ich kenne die Höhle des Henkers, den kalten Schrecken jener Örtlichkeiten, in denen man Schmerz und Erniedrigung erzeugt. Die Angst, die ein Kohlenbecken einflößen kann, über dem seltsame Folterinstrumente sich glühend röten. Was für eine Prüfung für eine Frau! Wie ist sie ihr begegnet? Warum? Schützte sie ihr königlicher Liebhaber nicht mehr?"

Sie waren unten angelangt. Hier, in der tiefen Finsternis, waren nicht einmal mehr die Geräusche des Meers zu vernehmen. Man spürte es nur noch schwer und dicht hinter der dünnen Holzwand des Schiffes. Die Feuchtigkeit durchdrang alles. Joffrey de Peyrac rief sich die sik-kernden Gewölbe der Folterkammern der Bastille und des Châtelet ins Gedächtnis zurück. Unheilvolle Stätten, die jedoch während all der Jahre, die seiner Verhaftung und seinem Prozeß in Paris gefolgt waren, nie seine Träume beunruhigt hatten. Daß er noch lebend aus ihnen hervorgegangen war, genügte, um ihn aufzuheitern.

Aber eine Frau? Noch dazu Angélique! Er weigerte sich, sie sich an diesen Orten des Schreckens vorzustellen.

Hatte man sie auf die Knie gezwungen? Hatte man ihr das Hemd ausgezogen? Hatte sie aufgeschrien? Vor Schmerz gebrüllt? Er stützte sich gegen einen klebrigen Balken, und der Araber, im Glauben, er wolle die Ladung des Verschlages prüfen, der sich an dieser Stelle auf den Gang öffnete, hob die Laterne.

Ihr Licht fiel auf übereinandergetürmte, mit eisernen Reifen und Nägeln beschlagene Truhen, aber auch auf sorgfältig verstaute schimmernde Gegenstände, deren Umrisse zuerst schwer auszumachen waren.

Dann unterschied man überrascht Ornamente, Verzierungen: Sessel, Tische, Vasen, Objekte aller Art, die meisten aus massivem Gold, einige aus „petit argent", wie Platin genannt wurde. Die Flamme der Laterne tanzte und weckte die gleißende Pracht der edlen Metalle, die weder das Wasser noch das Salz des Meeres verderben kann.

„Betrachtest du deine Schätze, o Herr?" fragte der Maure mit gutturaler Stimme.

„Ja", antwortete Peyrac, der in Wirklichkeit nichts sah.

Er setzte seinen Weg fort und fühlte, als er am Ende des schmalen Ganges auf eine schwere kupferne Pforte stieß, plötzlich eine Welle der Gereiztheit in sich aufquellen.

„Ah, diese ganze Ladung überflüssigen Goldes!"

Seine Korrespondenten in Spanien würden vergebens seine Ankunft erwarten. Der Rochelleser wegen hatte er den Rückweg antreten müssen, ohne die Fahrt vollendet zu haben, an deren Ziel er seine letzte Goldladung hatte übergeben und die Verhandlungen über seine zukünftigen kommerziellen Beziehungen hatte zum Abschluß bringen wollen. Alles um einer Frau willen, an der ihm angeblich nichts mehr lag. Immerhin hatte ihn noch keine zuvor je solche geschäftlichen Schnitzer begehen lassen. Aber die Hugenotten würden zahlen! Sie würden es sogar sehr teuer zu bezahlen haben. Und dann würde alles zum besten sein.

Elftes Kapitel

Mit einem Finger schob er geräuschlos die Klappe beiseite, die ein vergittertes Guckloch verbarg, und näherte sein Gesicht dem Gefangenen, um ihn zu beobachten.

Dieser hockte auf dem Fußboden neben einer primitiven Laterne, die ihm zugleich Licht und Wärme liefern mußte, beides in kümmerlicher Menge. Die mit Ketten beladenen Hände ruhten auf seinen Knien, und seine Haltung drückte Geduld aus. Doch Joffrey de Peyrac traute dem Frieden nicht. Er war allzu vielen verschiedenen Exemplaren der Menschheit begegnet, um einen Mann nicht auf den ersten Blick beurteilen zu können. Daß Angélique mit ihrem einst so kultivierten Geschmack imstande sein sollte, diesen derben und kalten Hugenotten zu lieben, versetzte ihn in schwarze Wut.

Gewiß hatte er Hugenotten in fast allen Teilen der Welt bei ihrer Arbeit beobachten können. Als Partner waren sie nicht eben bequem, mit ihnen umzugehen bedeutete keine Annehmlichkeit; aber es waren Männer und Frauen von gutem Schlag. Er bewunderte ihre von der ganzen Gemeinschaft geübte kommerzielle Rechtschaffenheit, ihre ausgedehnte Bildung, ihre Sprachenkenntnisse, während so viele seiner einstigen Standesgenossen und Glaubensbrüder ständig ihre betrübliche Unwissenheit bewiesen und sich nicht einmal vorstellen konnten, daß außerhalb ihrer engen Sphäre denkende Wesen existierten.

Vor allem schätzte er die Kraft des Zusammenhalts, den eine strenge und noch immer bedrohte Religion unter ihnen schuf. Die verfolgten Minderheiten repräsentierten das „Salz der Erde". Aber was, zum Teufel, tat eine katholische Frau von edler Abkunft wie Angélique bei diesen sittenstrengen, grämlichen Händlern? Hatte sie, nachdem sie wie durch ein Wunder den Gefahren des Islam entronnen war – in die sie sich Gott weiß warum gestürzt haben mochte –, ihr tatenreiches Leben bei Hof nicht wieder aufgenommen? Wenn er an sie dachte, sah er sie immer in königlicher Pracht unter den kristallenen Lüstern von Versailles, und oft hatte er sich sogar gesagt, daß sie dafür geschaffen sei. Hatte die kleine Ehrgeizige, die sich ihrer Macht bewußt zu werden begann, etwa schon damals, als er mit ihr zur Hochzeit Ludwigs XIV. nach Saint-Jean-de-Luz gereist war, darauf spekuliert, sich bis zum Thron des Königs zu erheben? Im Glanz ihres Schmucks war sie bereits die Schönste gewesen, aber konnte er sich rühmen, dieses junge Herz für immer gewonnen zu haben? Wußte man, aus welchen unterschiedlichen Träumen die Frauen ihr Glück schmiedeten? Für die eine war der Gipfel ein Perlenkollier, für eine andere war es der Blick des Königs, für eine dritte die Liebe eines einzigen Wesens, für andere wiederum waren es die bescheidenen Befriedigungen der Hausfrau, das Gelingen des Eingemachten, zum Beispiel . . .

Aber Angélique? Er hatte niemals genau gewußt, was hinter der glatten Stirn dieses Weib-Kindes verborgen lag, das er neben sich hatte schlafen sehen, müde und gesättigt von den ersten Erfahrungen der Liebe.

Viel später, sehr viel später hatte er dann erfahren, daß sie in Versailles an ihr Ziel gelangt war, und er hatte sich gesagt: „Das ist Gerechtigkeit. Im Grunde war sie dafür geschaffen!" Hatte man sie nicht sofort die schönste Sklavin des Mittelmeers genannt?

Bis in ihre Nacktheit blieb sie von einer Pracht ohnegleichen. Sie plötzlich in den Röcken einer Dienstmagd wiederzufinden, an der Seite eines die Bibel lesenden Händlers in Branntwein und gesalzenem Fleisch, genügte, um einen den Verstand verlieren zu lassen. Niemals würde er vergessen, wie er sie zum erstenmal wiedergesehen hatte, durchnäßt, erschöpft und so enttäuschend, daß sie ihm nicht einmal Mitleid hatte einflößen können.

Der Malteser, der den Verschlag bewachte, hatte sich ihm mit seinem Schlüsselbund in der Hand genähert.

Auf ein Zeichen des Schiffsherrn öffnete er die mit Kupfer beschlagene Pforte.

Der Rescator betrat den Kerker.

Gabriel Berne hob den Blick zu ihm. Trotz seiner Blässe waren seine Augen klar.

Sie musterten sich schweigend. Der Rochelleser beeilte sich nicht, Erklärungen wegen der unmenschlichen Behandlung zu fordern, der man ihn unterworfen hatte. Der Augenblick war nicht dazu angetan. Wenn die düstere, maskierte Gestalt sich der Mühe unterzog, ihm einen Besuch abzustatten, geschah es vermutlich nicht, um ihm nur Vorwürfe zu machen oder ihn zu bedrohen. Etwas anderes richtete sich zwischen ihnen auf: eine Frau.

Gabriel Berne prüfte die Kleidung seines Kerkermeisters mit geschärfter Aufmerksamkeit. Er hätte bis auf einen Louisdor ihren Wert schätzen können. Jedes einzelne Stück war vom Besten: Leder, Samt, auserlesene Stoffe. Stiefel und Gürtel kamen aus Córdova und mußten auf Bestellung angefertigt worden sein. Der Samt des Rockes stammte aus Italien, aus Messina; er wäre jede Wette eingegangen. Trotz der Bemühungen Monsieur Colberts war es in Frankreich noch nicht gelungen, Samte dieser Qualität zu fabrizieren. Sogar die Maske war auf ihre Art ein handwerkliches Kunstwerk: haltbar und dünn zugleich. Was für ein Gesicht sich auch hinter dieser Maske verbergen mochte, in der Kleidung von düsterem Luxus und in der Haltung dessen, der sie trug, war etwas, was eine Frau schon verführen konnte. „Sie sind alle so oberflächlich", dachte Maître Berne bitter, „selbst die scheinbar Verständigsten ..."

Was war in dieser Nacht zwischen dem Piraten, der so gut Worte zu machen verstand und es gewohnt war, sich Frauen zu nehmen, wie er Schmuck oder Federn nahm, und Dame Angélique, der armen Exilierten, von allem Entblößten, vorgegangen?

Der Gedanke allein genügte, um in Maître Bernes blutloses Gesicht leichte Röte zu treiben, während er die Fäuste ballte.

Der Rescator beugte sich zu ihm, berührte mit der Hand den von geronnenem Blut starren Rock des Kaufmanns und sagte:

„Eure Wunden haben sich wieder geöffnet, Maître Berne, und Ihr befindet Euch hier unten. Die elementarste Vernunft hätte Euch raten müssen, wenigstens in dieser Nacht die Borddisziplin zu wahren. Wenn ein Schiff bedroht ist, gehört es zu den selbstverständlichen Pflichten der Passagiere, keinen Zwischenfall hervorzurufen und in keiner Weise durch Behinderung der Manöver das Leben aller zu gefährden."

Der Rochelleser ließ sich nicht einschüchtern:

„Ihr wißt, warum ich so handelte. Ihr haltet ungebührlich eine unserer Frauen bei Euch zurück, die Ihr wie eine Sklavin in Eure Kajüte zu befehlen die Frechheit hattet. Mit welchem Recht?"

„Ich könnte Euch antworten, mit dem Recht des Fürsten."

Und der Rescator lächelte sein höhnisches Lächeln:

„... Dem Recht des Chefs auf die Beute!"

„Aber wir haben uns Euch anvertraut", sagte Berne, „und ..."

„Nein!"

Der Schwarzgekleidete hatte einen Schemel herangezogen und setzte sich, ein paar Schritte von dem Gefangenen entfernt. Das rötliche Licht der Laterne hob die Unterschiede der beiden hervor: der eine massiv, wie aus einem Stück geformt, der andere verschlossen, geschützt durch den Panzer seiner Ironie. Als der Rescator sich niederließ, war Berne die Geste aufgefallen, mit der er seinen Mantel zurückschlug, die sichere und natürliche Anmut der Hand, die sich wie aus Versehen auf den silbernen Kolben der langen Pistole legte.

„Ein Edelmann", sagte er sich. „Ein Bandit, aber ein Mann von hohem Rang, ohne Zweifel. Was bin ich neben ihm?"

„Nein!" wiederholte der Rescator. „Ihr habt Euch mir nicht anvertraut. Ihr kanntet mich nicht, Ihr habt keinen Kontrakt mit mir geschlossen. Ihr seid zu meinem Schiff gelaufen, um Euer Leben zu retten, und ich habe Euch aufgenommen, das ist alles. Glaubt jedoch nicht, daß ich die Pflichten der Gastfreundschaft, die ich Euch eingeräumt habe, verweigere. Ihr seid besser untergebracht, werdet besser ernährt als meine eigene Mannschaft, und keine Eurer Frauen und Töchter kann sich beklagen, auch nur belästigt worden zu sein."

„Dame Angélique ..."

„Dame Angélique ist nicht einmal Hugenottin. Ich habe sie schon gekannt, bevor sie sich damit befaßte, die Bibel zu zitieren. Ich betrachte sie nicht als eine Eurer Frauen ..."

„Aber sie wird bald die meine sein", warf Berne ein. „Und in dieser Eigenschaft schulde ich ihr Schutz. Gestern aber versprach ich, sie Euren Klauen zu entreißen, falls sie nicht nach einer Stunde zurückkehren würde."

Er beugte sich vor, und die Bewegung ließ die Ketten an Händen und Füßen klirren.

„Warum ist die Tür des Zwischendecks verriegelt gewesen?"

„Um Euch das Vergnügen zu bereiten, sie mit der Schulter einrennen zu können, wie Ihr es getan habt, Maître Berne."

Der Rochelleser begann die Geduld zu verlieren. Seine Wunden bereiteten ihm Schmerzen, und die Qualen seines Geistes und seines Herzens schienen ihm noch schlimmer. Er hatte die hinter ihm liegenden Stunden in einem halben Delirium durchlebt, in dem sein eigenes Bild zuweilen blitzartig vor ihm aufgetaucht war, wie er in seinem Lagerhaus in La Rochelle, den Gänsekiel in der Hand, über seinen Rechnungsbüchern saß. Er vermochte nicht mehr an das rechtschaffene, geregelte Leben zu glauben, das bis vor kurzem das seine gewesen war. Alles begann auf diesem verfluchten Schiff mit dem ätzenden Brennen einer verzehrenden Eifersucht, die seine Gedanken zersetzte. Ein Gefühl, dem einen Namen zu geben ihm nicht gelang, da er es nie zuvor verspürt hatte. Nur allzu gern hätte er es wie ein Nessushemd abgestreift. Wie ein Messerstich war es gewesen, als der andere ihm erklärt hatte, daß Angélique nicht zu ihnen gehöre. Denn es traf zu. Sie war unter sie getreten, sie war im Mittelpunkt ihrer Revolte und ihres Kampfes gewesen, um sie zu retten hatte sie ihr eigenes Leben aufs Spiel gesetzt, und doch blieb sie außerhalb ihres Kreises, ein Geschöpf aus einem anderen Stoff.

Ihr so greifbares und dennoch unzugängliches Mysterium erhöhte noch ihren Zauber.

„Ich werde sie heiraten", sagte er entschlossen. „Was tut's, ob sie unsern Glauben annimmt oder nicht! Wir sind nicht so unduldsam wie ihr Katholiken. Ich weiß, daß sie unsere Achtung verdient, daß sie zuverlässig und tapfer ist. Was sie Euch gewesen ist, unter welchen Umständen Ihr sie kennengelernt habt, Monseigneur, ist mir unbekannt, aber ich weiß, was sie meinem Haus und den Meinen bedeutet hat, und das genügt mir!"

Heimweh packte ihn nach den vergangenen Tagen, nach der unauffälligen, sorgenden Gegenwart der Magd, die ganz allmählich, ohne daß sie sich dessen bewußt geworden wären, ihr Dasein erhellt hatte.

Es hätte ihn überrascht zu erfahren, daß er in seinem Gegenüber den eigenen sehr ähnliche Empfindungen weckte: Eifersucht, Bedauern. Der

Kaufmann kannte also Züge von ihr, von denen er nichts wußte. Er war da, um ihn daran zu erinnern, daß sie für andere bestanden und daß er sie seit Jahren verloren hatte.

„Kennt Ihr sie seit langem?" fragte er laut.

„Nein, in Wahrheit nicht länger als ein Jahr."

Angélique hatte ihn also schon in diesem Punkt belogen. Zu welchem Zweck?

„Wie habt Ihr sie kennengelernt? Wie ist sie dazu gekommen, bei Euch als Dienstmagd einzutreten?"

„Das ist meine Angelegenheit", entgegnete Berne mürrisch. „Und geht Euch nichts an", fügte er hinzu, da er spürte, daß seine Antwort den Maskierten getroffen hatte.

„Liebt Ihr sie?"

Der Hugenotte blieb stumm. Die Frage stellte ihn vor verbotene Horizonte. Unversehens schockierte sie ihn wie eine Schamlosigkeit. Das mokante Lächeln seines Gegners verriet, daß dieser sein Unbehagen ahnte.

„Ah, wie hart kommt es einen Calvinisten an, das Wort Liebe auszusprechen! Es würde Euch die Lippen verbrennen."

„Für Gott allein dürfen wir Liebe empfinden, Monsieur. Das ist der Grund, warum ich dieses Wort nicht aussprechen werde. Unsere irdischen Bindungen sind seiner nicht würdig. Gott allein lebt in unseren Herzen."

„Aber die Frau lebt in unserem Unterleib", sagte Joffrey de Peyrac brutal. „Wir alle tragen sie in unseren Lenden. Und wir vermögen nichts dagegen zu tun, weder Ihr noch ich, Maître Berne ... Calvinist oder nicht."

Er erhob sich und stieß den Schemel ungeduldig zurück. Dem Hugenotten zugewandt, fuhr er zornig fort:

„Nein, Ihr liebt sie nicht. Männer Eurer Art lieben eine Frau nicht. Sie dulden sie. Sie bedienen sich ihrer und sie verlangen nach ihr, aber das ist nicht dasselbe. Ihr verlangt nach dieser Frau, und darum wollt Ihr sie heiraten, um mit Eurem Gewissen im reinen zu sein."

Gabriel Bernes Wangen färbten sich dunkelrot. Er versuchte, sich aufzurichten, doch es gelang ihm nur halb.

„Männer meiner Art brauchen keine Belehrungen von solchen Eurer Art, Piraten, Banditen, Leichenfledderern."

„Was wißt Ihr davon? Für einen Mann, der sich anschickt, eine Frau zu heiraten, um die ihn Könige beneiden würden, könnten auch die Ratschläge eines Piraten recht nützlich sein. Habt Ihr sie überhaupt einmal genauer betrachtet, Maître Berne?"

Dem Kaufmann war es gelungen, auf die Knie zu kommen. Er stützte sich gegen die Wand und wandte Joffrey de Peyrac einen Blick zu, in dem das Fieber die flackernde Glut des Wahnsinns entfacht hatte. Sein Geist irrte ab.

„Ich habe versucht zu vergessen", stieß er hervor, „jenen ersten Abend zu vergessen, an dem ich sie mit gelösten, auf die Schultern fallenden Haaren sah ... auf der Treppe ... Ich wollte sie nicht in meinem Hause beleidigen, ich habe gefastet, gebetet. Aber oft genug bin ich aufgestanden, von der Versuchung getrieben, da ich sie unter meinem Dach wußte und darum nicht einmal in Frieden schlafen konnte."

Er keuchte, vornübergebeugt weniger unter der Wirkung des physischen Schmerzes als unter der Demütigung seiner Geständnisse, und Peyrac beobachtete ihn überrascht.

„Kaufmann, Kaufmann, du bist mir näher, als du glaubst", dachte er. „Auch ich kam damals nicht zur Ruhe, als dieses wilde Zicklein mir noch den Brotkorb hoch hängte und mich vor ihre Tür verbannte. Gewiß, ich habe weder gebetet noch gefastet, aber ich betrachtete traurig mein wenig einnehmendes Gesicht im Spiegel und schalt mich einen Dummkopf."

„Ja, es ist hart, sich zu beugen", murmelte der Rescator, als spräche er zu sich selbst. „Sich allein und schwach angesichts der Elemente zu finden: des Meers, der Einsamkeit, des Weibes ... Wenn die Stunde der Gegenüberstellung kommt, weiß man nicht, was man anfangen soll. Aber den Kampf verweigern? Unmöglich."

Berne war auf seinen Strohsack zurückgesunken. Er atmete schwer, und der Schweiß perlte ihm an den Schläfen. Die Worte, die er vernahm, besaßen für ihn einen so neuen Klang, daß er an der Wirklichkeit der Szene zweifelte. In diesem stinkenden, schmutzigen Verschlag nahm die im ungewissen Licht der Laterne auf und ab gehende Gestalt des Rescators mehr denn je das Aussehen eines bösen Engels an. Er, Berne, verteidigte sich wie Jakob.

„Ihr sprecht von diesen Dingen auf gottlose Art", sagte er, allmählich wieder zu Atem kommend. „Als ob die Frau ein Element sei, eine überpersönliche Kraft."

„Sie ist es. Es ist weder gut, ihre Macht zu mißachten, noch ihr zuviel Macht einzuräumen. Auch das Meer ist schön. Aber Ihr riskiert es, unterzugehen, wenn Ihr seine Gewalt leicht nehmt und wenn es Euch nicht gelingt, es zu zähmen. Seht, Maître Berne, ich verneige mich immer vor den Frauen, seien sie jung oder alt, schön oder häßlich."

„Ihr macht Euch über mich lustig."

„Ich vertraue Euch die Geheimnisse der Verführung an. Was werdet Ihr damit anstellen, Herr Hugenotte?"

„Ihr mißbraucht Euren Rang, um mich zu erniedrigen und zu beleidigen", stieß Berne hervor, keuchend im Gefühl seiner Demütigung. „Ihr verachtet mich, weil Ihr ein hochgestellter Edelmann seid – oder zumindest seid Ihr es gewesen –, während ich nur ein einfacher Bürger bin."

„Ihr irrt. Wenn Ihr Euch die Mühe nähmt, nachzudenken, bevor Ihr mich haßt, würde Euch klar werden, daß ich von Mensch zu Mensch zu Euch spreche, auf gleicher Ebene also. Es ist lange her, daß ich lernte, im anderen nur seinen menschlichen Wert zu schätzen. Zwischen Euch und mir besteht ein einziger Unterschied: Ich habe den einen Vorteil vor Euch, daß ich weiß, was es bedeutet, keinen Kanten Brot zu besitzen, nichts, nur den schwachen Hauch des Lebens. Ihr, ihr habt es noch nicht gelernt, aber Ihr werdet es lernen. Und was nun die Beleidigungen betrifft, habt Ihr Euch mir gegenüber auch nicht gerade schüchtern verhalten: Bandit, Leichenfledderer . . ."

„Gut. Ich gebe es zu", sagte Berne, mit Anstrengung atmend. „Aber im Augenblick habt Ihr die Macht, und ich bin in Eurer Gewalt. Was werdet Ihr mit mir tun?"

„Ihr seid kein leichter Gegner, Maître Berne, und wenn ich auf mich hörte, würde ich Euch ohne viel Federlesens aus dem Wege räumen. Ich könnte Euch hier verfaulen lassen oder . . . Ihr kennt wohl das Verfahren der Piraten, mit denen Ihr mich vergleicht? Die Planke, über die man denjenigen, dessen man sich entledigen will, mit verbundenen Augen gehen läßt? Aber es hat niemals zu meinen Gewohnheiten gehört, alle Chancen auf meine Seite zu bringen. Die Partie gefällt mir. Ich bin Spieler. Zuweilen, muß ich zugeben, ist es mir ziemlich teuer zu stehen gekommen. Trotzdem wollen wir dieses eine Mal noch die Würfel rollen lassen. Wir haben mehrere Fahrtwochen vor uns. Ich werde Euch Eure Freiheit zurückgeben. Wenn wir am Ziel unserer Reise angelangt sind, werden wir Dame Angélique bitten, zwischen Euch und mir zu wählen. Wählt sie Euch, sei sie Euch überlassen ... Warum diese zweifelnde Miene? Ihr scheint Eures Sieges wenig sicher."

„Seit Eva fühlt sich die Frau durch das Böse angezogen."

„Ihr scheint die, die Ihr Euch als Gattin wünscht, nicht eben hoch einzuschätzen. Haltet Ihr die Waffen, über die Ihr zu ihrer Eroberung verfügt, für so wenig wirksam, die des Gebets, zum Beispiel, des Fastens, was weiß ich? Den Anreiz des ehrlichen Lebens, das Ihr einer Frau an Eurer Seite bietet? Selbst in jenen fremden Ländern, zu denen wir uns begeben, hat die Achtbarkeit ihren Preis. Dame Angélique könnte dafür ansprechbar sein."

Der Kapitän sprach mit spöttischer Stimme. Der Protestant fühlte sich wie auf glühenden Kohlen. Der Hohn des Rescators zwang ihn, den Grund seines eigenen Herzens zu durchforschen, und der Schrecken packte ihn im voraus bei dem Gedanken, dort den Zweifel zu entdecken. Denn er zweifelte jetzt an sich selbst, an Angélique, am Wert der Eigenschaften, die er ihr darbringen würde, um die infernalische Macht dessen auszugleichen, der ihm den Handschuh zugeworfen hatte.

„Haltet Ihr all das für unerheblich bei der Eroberung einer Frau?" fragte er bitter.

„Vielleicht ... Aber Ihr seid durchaus nicht so übel daran, wie Ihr glaubt, Maître Berne, denn Ihr besitzt andere Waffen."

„Welche?" forschte der Gefangene mit einem fast ängstlichen Gesichtsausdruck, der ihn sympathisch machte.

Der Rescator beobachtete ihn. Er dachte, daß er einmal mehr im besten Zuge sei, eine Unklugheit zu begehen und aus reinem Vergnügen eine sich eben entspinnende Partie zu komplizieren, die für ihn nicht wenig bedeutete. Aber würde er jemals wissen, wer Angélique wirklich war, was sie dachte, was sie wollte, wenn der Gegner nicht die volle Freiheit in der Nutzung seiner Möglichkeiten besaß?

Er beugte sich lächelnd vor.

„Wißt, Maître Berne, daß ein Verletzter, der es fertigbringt, eine Tür einzurennen, um seine Vielgeliebte einem infamen Verführer zu entreißen, und der noch in Ketten über genug, nun, sagen wir, Temperament verfügt, um bei ihrer bloßen Erwähnung wie ein Stier um sich zu stoßen, ein Mann ist, der meiner Ansicht nach die besten Trümpfe besitzt, um die weibliche Unbeständigkeit seßhaft zu machen. Das Siegel des Fleisches, da habt Ihr den wichtigsten Trumpf unserer Macht über die Frauen ... über jede Frau! Ihr seid ein Mann, Berne, ein wahrer, ein starker Mann, und deshalb, ich bekenne es, bereitet es mir keine Herzensfreude, Euch das Recht zu überlassen, Eure Partie zu spielen."

„Schweigt!" brüllte der Rochelleser, plötzlich außer sich. Mit der Kraft seiner Empörung war es ihm geglückt, sich auf die Füße zu stellen. Er zerrte an seinen Ketten, als wolle er sie zerbrechen. „Wißt Ihr nicht, daß geschrieben steht: ‚Alles Fleisch ist wie Gras und seine Pracht wie die Blüte der Felder. Das Gras verdorrt, die Blüte fällt, wenn der Wind des Ewigen über sie streicht.'"

„Möglich. Aber gebt zu, daß die Blüte recht begehrenswert ist, solange der Ewige nicht geblasen hat."

„Wenn ich ein Papist wäre", sagte Berne, zum äußersten gebracht, „würde ich mich bekreuzigen, denn Ihr seid vom Dämon besessen."

Die schwere Pforte schloß sich bereits. Er horchte auf die sich entfernenden Schritte seines Quälgeistes und auf die arabischen Laute der beiden Stimmen, die nach wenigen Augenblicken verstummten. Gleich darauf sank er zusammen und fiel unbeholfen auf seinen Strohsack zurück. Es schien ihm, als habe er in wenigen Tagen eine Spanne durchmessen, die dem Tode glich. Er trat in ein neues Leben ein, in dem die alten Werte keinen Raum mehr hatten. Was blieb ihm noch?

Zwölftes Kapitel

Angélique war in einem dem Schlafwandeln ähnlichen Zustand in das Zwischendeck zurückgekehrt, in dem die Protestanten hausten. Sie fand sich in der Ecke sitzend, in der sie, nahe einer von Planen verhüllten Kanone, ihre wenigen Habseligkeiten aufbewahrte, ohne bewußt wahrgenommen zu haben, daß sie, Honorine an der Hand, die steile Leiter hinabgestiegen war, das Deck im dichten Nebel überquert und alle Hindernisse vermieden hatte: Taurollen, Zuber, Kalfaterpfannen und die mit der Säuberung des Schiffes beschäftigten Leute. Von alledem hatte sie nichts gesehen ...

Sie saß nun, und sie begriff noch weniger, was sie da tat.

„Dame Angélique! Dame Angélique! Wo wart Ihr?"

Das bekümmerte Gesicht des kleinen Laurier hob sich zu ihr. Séverine legte ihre mageren Arme um ihre Schultern.

„Antwortet uns!"

Die Kinder umdrängten sie. Alle waren sie in erbärmliche Fetzen eingemummelt, Fetzen von Röcken, die ihre Mütter zerrissen hatten, um sie einzuhüllen, Strohwischen, die man unter ihre Kleidungsstücke geschoben hatte. Ihre kleinen Gesichter waren weiß, die Nasen gerötet.

Aus Gewohnheit streckte sie ihre Hände nach ihnen aus und streichelte sie.

„Friert ihr?"

„O nein!" antworteten sie munter.

Der kleine Gédéon Carrère erklärte:

„Der Bootsmann, dieser Meerzwerg, hat gesagt, daß man's heute nicht wärmer haben könnte, ausgenommen, man zündet das Schiff an, weil wir nah am Pol sind, aber bald geht es wieder nach Süden."

Sie hörte sie, ohne sie zu verstehen.

Die Erwachsenen hielten sich abseits und warfen ihr zuweilen verstohlene Blicke zu, einige schaudernd, andere voller Mitleid. Was hatte ihre lange nächtliche Abwesenheit zu bedeuten? Ihre Verstörtheit bei der Rückkehr bestätigte leider die entsetzlichen Gerüchte und die Anklagen, die Maître Berne am vorhergehenden Abend gegen den Schiffsherrn vorgebracht hatte.

„Dieser Bandit glaubt, auf uns alle Rechte erheben zu können, auf uns, auf unsere Frauen ... Wir wissen es jetzt, Brüder, daß wir nicht auf der Route der Inseln sind."

Und da Angélique nicht zurückkehrte, hatte er sie suchen wollen. Zu seiner grimmigen Wut hatte er die Tür verriegelt gefunden. Trotz seiner Verletzungen war er darangegangen, die dicke Holzfüllung einzurennen, und schließlich war es ihm mit Hilfe eines Hammers geglückt, das Schloß aufzusprengen. Da Manigault sah, daß er anders nicht zu beruhigen war, hatte er sich bereitgefunden, ihm Beistand zu leisten.

Der eisige Wind war in den Schiffsraum hinuntergefahren und die Mütter protestierten, da sie nicht wußten, wie sie ihre Kleinen schützen sollten.

Mittlerweile war mit einem wütenden Schwall holperig hervorgestoßener Flüche der schottische oder baltische Bootsmann aufgetaucht, und von drei Matrosen handfest eingerahmt, war Berne ins Dunkel hinausgeschleppt worden.

Seitdem hatte man ihn nicht mehr gesehen.

In aller Stille waren zwei Zimmerleute erschienen, um die Tür zu reparieren, worauf sie von neuem eingeschlossen wurden. Das Schiff stampfte hart.

Frauen und Kinder hatten instinktiv die Gefahren der Nacht gespürt. Sie hatten sich aneinandergedrängt und verhielten sich still, doch die Männer hatten lange darüber diskutiert, wie sie sich verhalten sollten, falls von ungefähr einem der ihren, Maître Berne oder seiner Magd, Unheil widerfahren würde.

Da sie bemerkten, daß Angélique sich ganz ungekünstelt den Kindern zuwandte, beschlossen Abigaël und die junge Bäckerin, die sie sehr liebten, sich ihr zu nähern.

„Was hat er Euch getan?" flüsterte Abigaël.

„Was er mir getan hat?" wiederholte Angélique. „Wer?"

„Er! ... Der ... der Rescator."

Der Name brachte Angélique in die Gegenwart zurück, und sie hob beide Hände an die Schläfen, während sich ihr Gesicht vor Schmerz verzog.

„Er?" sagte sie. „Aber er hat mir überhaupt nichts getan. Warum fragt Ihr danach?"

Die armen Mädchen blieben stumm und schienen äußerst geniert.

Angélique versuchte nicht einmal, den Grund ihrer Verwirrung zu begreifen.

Ein einziger Gedanke drehte sich unablässig in ihrem Kopf: „Ich habe ihn wiedergefunden, und er hat mich nicht erkannt. Er hat mich nicht als die seine erkannt", berichtigte sie sich. „Wozu habe ich also geträumt, geseufzt, gehofft . . .? Heute erst bin ich Witwe geworden."

Dann erschauerte sie.

„All das ist wahnwitzig, völlig unmöglich . . . Ich bin in einem Alptraum, und ich werde erwachen."

Von seiner Frau gedrängt, näherte sich ihr der Reeder Manigault.

„Dame Angélique, wir müssen miteinander reden. Wo ist Gabriel Berne?"

Sie sah ihn verständnislos an, dann rief sie aus:

„Ich weiß davon nichts!"

Er berichtete ihr von dem Vorfall während der Nacht, den ihre Abwesenheit verursacht hatte.

„Vielleicht ist er von diesem Piraten ins Meer gestürzt worden", warf der Advokat Carrère ein.

„Ihr seid verrückt!"

Allmählich faßte sie wieder in der Wirklichkeit Fuß. Während sie in dieser Nacht bei dem Rescator geschlafen hatte, war Berne also nichts besseres eingefallen, als einen Skandal zu provozieren, um ihr zu Hilfe zu kommen. Der Rescator mußte es gewußt haben. Warum hatte er ihr kein Wort davon gesagt? Allerdings hatten sie über anderes zu reden gehabt.

„Hört", sagte sie, „es ist unnütz, Euch den Kopf heiß zu machen und die Kinder durch so unwahrscheinliche Vermutungen zu erschrekken. Wenn es wahr ist, daß Maître Berne diese Nacht durch seinen Zorn die Mannschaft oder den Kapitän aufgebracht hat, während sie schon genug mit dem Sturm zu tun hatten, möchte ich annehmen, daß sie ihn in irgendeinen Winkel eingeschlossen haben. Aber keinesfalls hat man ihm ans Leben gewollt. Dafür garantiere ich!"

„Leider verfährt die Gerichtsbarkeit dieser dunklen Existenzen reichlich hurtig", bemerkte der Advokat düster. „Und man kann nichts dagegen tun."

„Ihr seid töricht!" schrie Angélique, die Lust verspürte, sein talgfarbenes Gesicht zu ohrfeigen.

Es tat ihr wohl zu schreien, und es befriedigte sie gleichfalls, sie einen nach dem anderen zu betrachten und sich zu sagen, daß das Leben trotz allem weiterging. Im trüben Licht des Zwischendecks, dessen Stückpforten man der Kälte wegen geschlossen hielt, wandten sie ihr schrecklich alltägliche Gesichter zu. Wie immer und überall, klammerten sie sich auch hier an ihre persönlichen Hoffnungen und Sorgen. Sie würden ihr nicht die Muße lassen, über ihrem eigenen Drama zu brüten und ihm unangemessene Proportionen zu verleihen.

„Nun, Dame Angélique", begann Manigault von neuem, „wenn Ihr meint, daß Ihr Euch über die Behandlung durch diese Piraten nicht zu beklagen habt, um so besser für Euch. Was jedoch uns anbetrifft, so sind wir über Bernes Schicksal sehr beunruhigt. Wir hofften, daß Ihr auf dem laufenden wärt."

„Ich werde mich erkundigen", sagte sie, indem sie sich erhob.

„Bleib, Mama, bleib!" zeterte Honorine, die sich einmal mehr für lange Stunden verlassen sah. Sie hinter sich herziehend, verließ Angélique den Raum.

Auf Deck stieß sie alsbald auf Nicolas Perrot, der auf einer Taurolle saß und seine Pfeife rauchte, während sein Indianer mit gekreuzten Beinen vor ihm hockte und wie ein kleines Mädchen mit schräg gehaltenem Kopf sein langes schwarzes Haar flocht.

„Schlimme Nacht", sagte der Kanadier mit verständnisvoller Miene.

Angélique fragte sich erstaunt, was er wohl wissen mochte. Dann begriff sie, daß er lediglich auf die gefahrvollen Stunden anspielte, die Sturm und Eis ihnen bereitet hatten. Die Situation war also für die gesamte Mannschaft prekär gewesen.

„Waren wir dem Untergang so nah?"

„Dankt Gott, daß Ihr nichts davon gewußt habt und noch am Leben seid", erklärte er, sich bekreuzigend. „Verfluchte Gegend hier. Ich kann's nicht erwarten, meine Heimat am Hudson wiederzusehen."

Sie fragte ihn, ob er ihr Aufklärung über einen der ihren geben könne, Maître Berne, der im Laufe dieser stürmischen Nacht verschwunden sei.

„Ich habe sagen hören, daß man ihn wegen Insubordination ins Eisen gesteckt hat. Monseigneur le Rescator ist eben unten, um ihn zu verhören."

So konnte sie den anderen berichten, daß ihr Freund nicht über Bord geworfen worden war.

Die Kombüsengehilfen erschienen mit dem unvermeidlichen Zuber Sauerkraut, Scheiben gesalzenen Fleisches sowie Stücken eingemachter Orangen und Zitronen für die Kinder.

Die Passagiere ließen sich geräuschvoll nieder. Die Mahlzeiten und der nachmittägliche Spaziergang auf Deck waren die einzigen Zerstreuungen des ganzen Tages.

Angélique erhielt einen Napf, aus dem Honorine eifrig die besten Stücke herauspickte, nachdem sie ihren eigenen geleert hatte.

„Du ißt nicht, Mama?"

„Ruf mich nicht immer Mama", sagte Angélique gereizt. „Früher hast du es nie getan."

Ihre Ohren nahmen Gesprächsfetzen auf.

„Ihr seid also sicher, Le Gall, daß wir die Kapverdischen Inseln nie passieren werden?"

„Ich garantier's, Patron. Wir sind im Norden. Sehr weit im Norden."

„Wohin gelangen wir, wenn wir diesen Kurs halten?"

„In die Zone der Dorschfischer und Walfischfänger."

„Fein! Wir werden Walfische sehen!" schrie einer der kleinen Jungen und klatschte in die Hände.

„Wo, meint Ihr, werden wir landen?"

„Kann man's wissen? In der Gegend von Neufundland oder in Neufrankreich."

„In Neufrankreich?" stieß die Frau des Bäckers hervor. „Dann werden wir ja wieder in die Hände der Papisten fallen."

Sie begann zu jammern.

„Jetzt ist es gewiß, daß der Bandit entschlossen ist, uns zu verkaufen!"
„Schweigt, dumme Gans!"
Madame Manigault mischte sich nachdrücklich ein.
„Wenn Ihr für zwei Sous Verstand im Kopf hättet, müßtet Ihr Euch sagen, daß er sich nicht die Mühe gemacht hätte, sein Schiff unter den Mauern La Rochelles aufs Spiel zu setzen und einen Anker dort zu lassen, nur um uns auf der anderen Seite des Ozeans auszuliefern, ob Bandit oder nicht."
Angélique betrachtete Madame Manigault überrascht. Die Frau des Reeders thronte, eindrucksvoll wie immer, auf einer Kufe, einer Art umgestürztem Zuber. Der Sitz mochte für ihre umfängliche Person unbequem sein, aber sie aß nichtsdestotrotz mit einem silbernen Löffel aus einem entzückenden Delfter Suppenteller.
„Sieh einer an, selbst bei der Einschiffung hat sie es fertiggebracht, das Ding unter ihren Röcken zu verstecken", dachte Angélique mechanisch.
Doch Manigault nahm es verdrossen auf sich, sie aufzuklären.
„Ihr erstaunt mich sehr, Sarah! Daß der Herr dieses Schiffes es für richtig hielt, Euren übertriebenen Neigungen zu schmeicheln, indem er Euch diesen Teller schickte, ist noch lange kein Grund, deswegen den Verstand zu verlieren. Ich erinnere mich, daß Eure Schlußfolgerungen früher schärfer durchdacht waren."
„Meine Schlußfolgerungen sind nicht weniger wert als die Euren. Ein Mann, der auf den ersten Blick Rang und Stand zu unterscheiden versteht und weiß, an wen er zuerst seine Aufmerksamkeiten zu richten hat, ist ... nun, ich behaupte nicht, daß er deswegen ein Mann sein muß, der Vertrauen einflößt, aber ein Dummkopf ist er jedenfalls nicht."
Von ihrer Neugier getrieben, fügte sie hinzu:
„Und was denkt Dame Angélique darüber?"
„Von wem sprecht Ihr?" fragte diese, da sie nicht hatte folgen können.
„Aber von Ihm!" riefen alle Frauen auf einmal. „Dem Herrn der *Gouldsboro*, dem maskierten Piraten ... dem Rescator. Dame Angélique, Ihr, die Ihr ihn kennt, sagt uns, wer er ist."
Angélique starrte sie verwirrt an. Es konnte nicht wahr sein, daß man

ihr eine solche Frage stellte! Ihr! In die Stille hinein forderte die dünne Stimme Honorines:

„Ich will einen Stock. Ich will ihn tot machen, den schwarzen Mann!"

Manigault hob die Schultern und blickte zur Decke, als wolle er sie zum Zeugen der weiblichen Dummheit aufrufen.

„Es geht nicht darum zu wissen, *wer* er ist, sondern *wohin* er uns führt. Könnt Ihr uns etwas darüber sagen, Dame Angélique?"

„Er hat mir noch heute morgen bestätigt, daß er uns zu den Inseln bringen würde. Die nördliche Route eigne sich ebensogut dazu wie die südliche."

„Potztausend!" murmelte Manigault. „Was hältst du davon, Le Gall?"

„Ja, wahrhaftig, es wäre immerhin möglich. Es ist eine Route, die man selten benützt, aber wenn man längs der amerikanischen Küste südwärts segelt, müßte man sich schließlich im Antillenmeer wiederfinden. Wahrscheinlich zieht unser Kapitän diese Route der anderen, belebteren vor."

Unmittelbar darauf ließ sich der kurzbeinige Bootsmann blicken und bedeutete ihnen durch Gesten, daß alle Welt an Deck kommen könne. Einige Frauen blieben zurück, um ein wenig Ordnung zu machen.

Angélique versenkte sich wieder in ihre Gedanken.

„Warum schläfst du, Mama?" fragte Honorine, als sie sah, daß Angélique ihr Gesicht in ihren Händen verbarg.

„Laß mich jetzt."

Allmählich schwand das Gefühl der Betäubung. Doch es war ihr noch immer, als habe sie hinterrücks einen Schlag erhalten. Trotzdem begann sich die Wahrheit in ihrem Geist einzunisten. Nichts war geschehen, wie sie es erträumt hatte, aber es war geschehen. Ihr so lange beweinter Gatte war kein Trugbild mehr, das sich in irgendeinem unzugänglichen Teil des Globus verbarg, sondern befand sich nur wenige Schritte von ihr entfernt. Wenn sie an ihn dachte, sagte sie: Er. Sie konnte sich nicht dazu entschließen, ihn Joffrey zu nennen, so verschieden schien er ihr von dem zu sein, den sie einstmals so genannt hatte. Aber ebensowenig war er auch der Rescator, der mysteriöse Fremde, der sie so angezogen hatte.

Dieser Mann liebte sie nicht, liebte sie nicht mehr.

„Aber was habe ich denn getan, daß er mich nicht mehr liebt? Daß er jetzt an mir zweifelt? Könnte ich ihm jene Jahre vorwerfen, in denen es für mich keinen Platz in seinem Leben gab? Wir haben diese Trennung nicht gewollt, weder er noch ich. Warum nicht also versuchen, sie auszulöschen, zu vergessen? Aber es scheint, daß ein Mann anders denkt. Aus welchem Grund auch immer, ob Philippes oder des Königs wegen, er liebt mich nicht mehr . . . Schlimmer noch: Ich bin ihm gleichgültig."

Grausame Unruhe packte sie.

„Vielleicht bin ich gealtert? Das ist es. Bei all den verzehrenden Sorgen, die unserer Flucht aus La Rochelle vorausgingen, muß ich während dieser letzten Wochen unversehens gealtert sein."

Sie betrachtete ihre aufgesprungenen, rissigen Hände, wahre Dienstbotenhände. Sie allein genügten, um den mit ausgeprägtem Schönheitssinn begabten Grandseigneur abzuschrecken.

Angélique hatte ihrer Schönheit niemals übermäßiges Gewicht beigelegt. Als Frau von Geschmack hatte sie sie natürlich gepflegt, war sie um ihre Erhaltung besorgt gewesen, aber niemals hatte die Furcht sie gestreift, sie verlieren zu können. Dieses Geschenk der Götter, dessen man sie seit ihrer Kindheit rühmte, schien ihr immer währen zu müssen, ebenso lange wie ihr Leben. Zum ersten Male fühlte sie sich plötzlich vergänglich. Sie brauchte Ermutigung.

„Abigaël", sagte sie, erregt zu ihrer Freundin tretend, „habt Ihr einen Spiegel?"

Ja, Abigaël hatte einen. Die sittsame Jungfer, für die Anstand und eine ordentlich aufgesetzte Haube Tugenden waren, hatte als einzige daran gedacht, sich mit einem Requisit auszurüsten, das die Kokettesten vergessen hatten.

Sie reichte ihn Angélique, die sich begierig musterte.

„Ich weiß wohl, daß ich ein paar weiße Haare habe, aber er hat sie unter meiner Haube noch nicht sehen können, ausgenommen am ersten Abend, an dem ich mich auf die *Gouldsboro* begab, aber damals waren sie feucht und deshalb nicht zu bemerken."

Sie war weit entfernt von der Ungezwungenheit, mit der sie sich in dem stählernen Spiegel des Rescators betrachtet hatte, als es sich nicht darum gehandelt hatte, ihm zu gefallen.

Sie streifte mit einem Finger über ihre Wangen. Wurde ihre Haut etwa welk? Nein. Ihr Gesicht war ein wenig zu mager, aber war der warme Fleischton, den ihr die frische Luft verlieh, nicht eine der besonderen Eigenheiten ihres Teints gewesen, den man in Versailles bewundert und um den Madame de Montespan sie beneidet hatte?

Doch wie konnte man wissen, was ein Mann von ihr dachte, der sie in seiner Erinnerung mit dem Bilde eines jungen Mädchens verglich?

„Ich habe inzwischen soviel gelebt, und das Leben mußte mich zeichnen."

„Mama, such mir einen Stock", forderte Honorine. „Der Mann mit der schwarzen Maske ist ein böser Werwolf. Ich will ihn tot machen!"

„Halt dich ruhig! Abigaël, sprecht offen zu mir, kann man von mir noch sagen, ich sei eine schöne Frau?"

Abigaël faltete mit Bedacht Kleidungsstücke zusammen. Sie ließ nicht erkennen, ob und wie bestürzend Angéliques Benehmen ihr erschien. Was sollte man auch davon halten, daß sie nach ihrem Verschwinden während der Nacht – einem Verschwinden, das das Schlimmste vermuten ließ – nur erklärte, es sei ihr nichts geschehen, gleich darauf aber einen Spiegel verlangte.

„Ihr seid die schönste Frau, die ich jemals gesehen habe", antwortete das junge Mädchen in sachlichem Ton, „und Ihr wißt es recht gut."

„Nein, ich weiß es leider nicht mehr", seufzte Angélique und ließ den Spiegel entmutigt sinken.

„Ist es nicht Beweis genug, daß alle Männer sich von Euch angezogen fühlen, selbst die, die es nicht wissen?" fuhr Abigaël fort. „Sie wollen Eure Ansicht hören, suchen Euer Einverständnis zu dem, was sie unternehmen, ein Lächeln von Euch. Wenigstens das. Einige wollen Euch für sich allein. Der Blick, den ihr anderen schenkt, läßt sie leiden. Bevor wir La Rochelle verließen, hat mein Vater oft gesagt, daß es eine schreckliche Gefahr für unsere Seelen wäre, Euch mitzunehmen. Er drängte Maître Berne, Euch noch vor Antritt der Reise zu heiraten, um Auseinandersetzungen zu vermeiden, die Euretwegen entstehen müßten . . ."

Angélique hörte diese Worte, die sie zu einem anderen Zeitpunkt verwirrt hätten, nur halb. Sie hatte wieder nach dem kleinen, bescheidenen Spiegel gegriffen.

„Mein Teint könnte einen Umschlag von Amaryllisblättern vertragen ... Unglücklicherweise habe ich alle meine Kräuter in La Rochelle zurückgelassen."

„Ich ... ich werde ihn töten", wiederholte Honorine halblaut.

Die zurückkehrenden Passagiere umringten Maître Berne. Zwei Matrosen stützten ihn. Man führte ihn zu seinem Lager. Er schien schwach, aber nicht niedergeschlagen. Eher in seinem Willen zur Auflehnung bestärkt. Seine Augen schleuderten Blitze.

„Dieser Mensch ist der Dämon in Person", erklärte er den ihn Umgebenden, sobald die Leute der *Gouldsboro* sich zurückgezogen hatten. „Er hat mich in unwürdiger Weise behandelt. Er hat mich gefoltert ..."

„Gefoltert? Einen Verletzten! Der Feigling!"

Die Ausrufe schollen durcheinander.

„Sprecht Ihr vom Rescator?" fragte Madame Manigault.

„Von wem sollte ich sonst wohl sprechen?" erwiderte Berne außer sich. „In meinem ganzen Leben habe ich niemals mit einem so widerwärtigen Menschen zu tun gehabt. Ich war an Händen und Füßen angekettet, und er kam, um mich zu geißeln, mich über dem Rost hin und her zu drehen ..."

„Hat er Euch wirklich gefoltert?" fragte Angélique, indem sie mit vor Entsetzen geweiteten Augen neben ihn glitt.

Der Gedanke, daß Joffrey solcher Grausamkeiten fähig sein sollte, brachte sie vollends zur Verzweiflung.

„Hat er Euch wirklich gefoltert?"

„Moralisch, möchte ich sagen. Ah, seht mich nicht so an, Dame Angélique!"

„Er hat wieder Fieber", flüsterte Abigaël. „Wir müssen ihn verbinden."

„Man hat mich schon verbunden. Der alte berberische Arzt ist von neuem mit seinen Mittelchen gekommen. Sie haben mich losgemacht und auf Deck gebracht. Niemand hätte den Körper besser behandeln und die Seele schlimmer zerstören können. Nein, rührt mich nicht an!"

Er schloß die Augen, um Angélique nicht mehr zu sehen.

„Laßt mich, ihr andern. Ich will schlafen."

Seine Freunde entfernten sich. Angélique blieb an seinem Lager. Sie fühlte sich für den Zustand, in dem er sich befand, verantwortlich. Durch ihre unfreiwillige Abwesenheit hatte sie ihn zu seiner gefährlichen Unternehmung angestachelt. Kaum von seinen Wunden genesen, von neuem blutend, hatte er in der Tiefe des Schiffsrumpfs unter ungesunden Verhältnissen lange Stunden verbringen müssen, und schließlich war der Rescator – ihr Mann – gekommen und schien ihn völlig gebrochen zu haben. Was mochten diese beiden so unähnlichen Männer einander zu sagen gehabt haben? Berne verdiente es nicht, daß man ihn leiden ließ, dachte sie mit heißem Herzen. Er hatte sie aufgenommen, er war ihr Freund gewesen, ihr Ratgeber, er hatte sie verschwiegen geschützt, und sie hatte im Frieden seines Hauses Ruhe gefunden. Er war ein gerechter und aufrechter Mann, von einer starken moralischen Kraft beseelt. Nur ihretwegen war die strenge Würde, hinter der er die Heftigkeit seiner Natur verbarg, wie ein vom Meer unterspülter Deich geborsten. Getötet hatte er für sie . . .

Während sie jene Stunden heraufbeschwor, die zu einem anderen Dasein gehörten, entging es ihr, daß Gabriel Berne die Augen wieder geöffnet hatte. Er betrachtete sie wie eine Vision, von der Entdeckung aus dem Gleichgewicht gebracht, daß sie in so kurzer Zeit alles andere aus seinem Blickfeld verdrängt hatte. In solchem Maße, daß ihn sein eigenes Schicksal nicht mehr interessierte, daß es ihm gleich war, wohin sie segelten und ob sie jemals ankommen würden. Gegenwärtig wollte er nur eins: Angélique dem dämonischen Einfluß jenes anderen entreißen.

Sie nahm ihn völlig in Anspruch. Alles dessen beraubt, was ihn bis dahin ausgefüllt hatte – seines Geschäfts, der Liebe zu seiner Stadt, der Verteidigung seines Glaubens –, entdeckte er erschauernd die Wege der Leidenschaft.

Die Stimme wiederholte in ihm:

„Es ist hart, sich zu beugen, sich vor der Frau zu neigen, sie mit dem Siegel des Fleisches zu zeichnen ..."

Das Blut pochte in seinen Schläfen. „Vielleicht ist das der einzige Weg", sagte er sich, „um mich zu retten und sie an mich zu fesseln."

Das böse Fieber, das die Worte des Rescators in ihm entzündet hatten, verzehrte ihn. Es verlangte ihn danach, Angélique in eine finstere Ecke zu ziehen, sie sich zu unterjochen, weniger in einem Akt der Liebe als der Rache und des Aufbegehrens gegen die Macht, die sie über ihn gewonnen hatte.

Denn es war nun zu spät für die Möglichkeit, mit ihr gemeinsam die Gestade der Wollust zu erreichen. Er, Berne, würde für die Vergnügungen des Fleisches niemals die lächelnde Ungeniertheit des anderen aufbringen!

„Wir sind die Kinder des Sündenfalls", wiederholte er sich, während er sich dessen wie einer Verwünschung bewußt wurde. „Das ist es, warum ich niemals erlöst sein werde. Er ist frei ... und sie ist es auch."

„Ihr seht mich plötzlich an, als sei ich Eure Feindin", murmelte Angélique. „Was ist geschehen? Was hat er Euch gesagt, daß Ihr so verändert seid, Maître Berne?"

Der rochelleser Kaufmann stieß einen tiefen Seufzer aus.

„Es ist wahr, ich bin nicht mehr ich selbst, Dame Angélique. Wir müssen heiraten. Sehr schnell. So bald wie möglich!"

Bevor sie antworten konnte, rief er den Pastor Beaucaire:

„Pastor! Kommt her! Hört mich an. Es ist unumgänglich, daß wir ohne Aufschub unsere Ehe schließen."

„Wollt Ihr Euch nicht wenigstens gedulden, bis Ihr wiederhergestellt seid?" fragte der alte Geistliche beruhigend.

„Nein. Ich werde erst ruhig sein, wenn es geschehen ist."

„Dort, wohin wir reisen, muß die Zeremonie gesetzlich sein. Ich kann Euch zwar im Namen des Herrn segnen, aber der Kapitän allein repräsentiert die weltliche Obrigkeit. Wir müssen seine Genehmigung erbitten, Eure Verehelichung im Bordbuch zu registrieren, und eine Bestätigung erlangen."

„Er wird diese Genehmigung erteilen!" rief Berne wild. „Er hat mir zu verstehen gegeben, daß er sich unserer Vereinigung nicht widersetzen würde."

„Das ist unmöglich!" schrie Angélique. „Wie kann er auch nur eine einzige Sekunde solche Maskerade ins Auge fassen? Es ist wahrhaftig, um den Verstand zu verlieren! Er weiß sehr gut, daß ich Euch nicht heiraten kann. *Ich kann nicht, und ich will nicht.*"

Sie entfernte sich, aus Angst, vor ihnen von einer Nervenkrise überwältigt zu werden.

„Eine Maskerade", murmelte Berne bitter. „Ihr seht nun, wie es mit ihr steht, Pastor. Zu denken, daß wir diesem elenden Hexenmeister und Piraten preisgegeben sind. Auf dieser Nußschale auf seine Gnade angewiesen. Es gibt keinen anderen Ausweg als das Meer, die Einsamkeit. Wie läßt sich das erklären, Pastor? Er ist mir zugleich als Versucher und als mein eigenes Gewissen erschienen. Als ob er mich zum Bösen drängte und mir zugleich all das Böse enthüllte, das in mir ist und von dem ich nichts wußte. Er sagte mir: ‚Wenn Ihr Euch nur bemühtet, mich nicht zu hassen ...' Ich wußte nicht einmal, daß ich ihn haßte. Ich habe niemals Haß gekannt, selbst nicht für die, die uns verfolgten. Bin ich nicht bis zu diesem Tage ein gerechter Mensch gewesen, Pastor? Jetzt weiß ich's nicht mehr."

Dreizehntes Kapitel

Sie erwachte wie nach einer überstandenen Krankheit: mit einem Rest von Unbehagen, aber auch mit einem Gefühl der Erleichterung. Sie hatte geträumt, er hielte sie am Ufer in seinen Armen und riefe lachend: „Da seid Ihr endlich! Natürlich die letzte, tollkühn, wie Ihr seid!" Sie verharrte einen Moment unbeweglich, um den in ihr verhallenden Echo dieses Traums nachzulauschen. Und wenn er Wirklichkeit gewesen wäre?

Sie durchforschte ihre Erinnerung, um den flüchtigen Augenblick von neuem zu beleben. Als er sie in seine Arme genommen hatte, hatte er zweifellos in ihr seine Frau gesehen. Auch als seine aufmerksamen Augen sie damals in Kandia durch die Schlitze der Maske zu ermutigen suchten, war sie, seine Frau, es gewesen, die er beschützte, die er den Klauen der gefährlichen Mädchenhändler entreißen wollte, denn er wußte, wer sie war.

Er hatte sie damals also nicht verachtet, trotz seines Grolls ihrer vermuteten oder erkundeten Untreue wegen.

„Aber damals war ich auch schön!" sagte sie sich.

Gewiß, aber an der Küste bei La Rochelle? Kaum eine Woche war es her, obwohl es schien, als sei seitdem eine Welt zusammengestürzt, zwischen der Morgendämmerung dieses selben Tages, an dem er die Maske hatte fallen lassen, und dem Abend, der nun hereinbrach.

Denn der Sonnenuntergang war nahe. Angélique hatte nur wenige Stunden geschlafen. Durch die offene Tür im Hintergrund der Batterie fiel kupferfarbenes Licht. Die Passagiere hatten sich zum Abendgebet auf Deck versammelt.

Sie erhob sich steif und mit schmerzenden Gliedern, als habe man sie geschlagen.

„Ich kann es nicht hinnehmen. Wir müssen darüber sprechen."

Ihr armseliges Kleid glatt streichend, betrachtete sie lange den dunklen, groben Stoff. Trotz der beruhigenden Erinnerung an die Küste von La Rochelle und ihren Traum vermochte sie sich nicht von ihrer

Angst zu lösen. Allzuviel Unbekanntes herrschte in dem Mann, dem sie sich nähern wollte, Bereiche undurchdringlichen Dunkels.

Sie hatte Angst vor ihm.

„Er hat sich so verändert! Es ist schlimm, dergleichen zu sagen, aber mir wäre es lieber, wenn er noch hinkte. Dann hätte ich ihn sofort wiedererkannt, schon in Kandia, und er könnte mir meinen angeblichen Mangel an Instinkt und Herz nicht vorwerfen. Als ob das so einfach wäre mit seiner Maske. Ich bin eine Frau, kein Hund der Polizei des Königs, wie Sorbonne."

Der wenig passende Vergleich ließ sie nervös auflachen. Doch dann überwältigte sie ihr Kummer von neuem. Von allen Vorwürfen, die er ihr gemacht hatte, verletzten sie die, die sich auf ihre Söhne bezogen, am meisten.

„Mein Herz blutet jeden Tag bei dem Gedanken, sie verloren zu haben, und er maßt sich an, mich für gleichgültig zu halten! Er kennt mich also nicht. Im Grunde hat er mich nie geliebt . . ."

Ihre Migräne verschlimmerte sich, und alle ihre Nerven schienen sich schmerzhaft zu verkrampfen. Sie klammerte sich an die Erinnerung ihrer Begegnung bei der Einschiffung, an jene des ersten Abends auf der *Gouldsboro*, als er ihr Kinn gehoben und auf seine unnachahmliche Weise gesagt hatte: „Das kommt davon, wenn man Piraten durch die Heide nachläuft." Schon damals hätte sie ihn erkennen müssen. Es sah ihm so ähnlich, trotz seiner Maske und seiner veränderten Stimme.

„Warum bin ich so blind gewesen, so töricht? Ich war wie benebelt von dem Gedanken, daß wir alle am nächsten Tag verhaftet werden würden und daß wie fliehen müßten, um jeden Preis."

Sie fuhr auf, denn ein neuer Gedanke schoß ihr durch den Kopf.

„Was tat er eigentlich so nahe La Rochelle? Konnte er wissen, daß ich mich dort befand? Hat ihn nur der Zufall in jene Bucht geführt?"

Sie entschloß sich endgültig.

„Ich muß ihn unbedingt sehen, mit ihm sprechen. Selbst wenn ich ihm lästig sein sollte. Die Dinge können nicht so bleiben, oder ich werde noch verrückt."

Nach einigen Schritten blieb sie vor Maître Berne stehen. Auch er schlief. Sein Anblick löste einander widersprechende Gefühle in ihr aus. Einerseits wünschte sie, daß sie ihm niemals begegnet wäre, und zugleich zürnte sie Joffrey de Peyrac, daß er einen Mann mißhandelte, der sich nichts anderes hatte zu Schulden kommen lassen, als daß er ihr Freund gewesen war und sie heiraten wollte.

„Wenn ich mich während all der Jahre, in denen er verschwunden war, nur auf Monsieur de Peyrac hätte verlassen können . . ."

Er mußte erfahren, was sie erduldet hatte und daß ihr hauptsächlich nur deshalb daran gelegen gewesen war, Philippe zu heiraten und von der Hofgesellschaft aufgenommen zu werden, weil sie ihre Söhne einem traurigen Schicksal entreißen wollte. Sie würde sprechen, sie würde ihm alles sagen, was sie auf dem Herzen hatte!

Draußen senkte sich die Dämmerung über das Hauptdeck. Die in einer Gruppe zusammengedrängten Protestanten hoben sich in ihrer düsteren Kleidung kaum von den dichter werdenden Schatten zwischen den Schiffsaufbauten ab. Man hörte das dumpfe Murmeln ihrer Gebete. Doch als Angélique die Augen hob, gewahrte sie ihn oben auf der Höhe der Kajüte, deren Fensterscheiben wie Rubine glänzten, und ihr Herz begann unruhig zu schlagen. Maskiert und rätselhaft, lehnte er im Licht der letzten Sonnenstrahlen, aber er war es, und die ekstatische Freude, die sie am Morgen hätte empfinden müssen, erfüllte sie nun jäh und fegte allen Groll beiseite.

Sie kletterte die nächstbeste Leiter hinauf und hastete über die Laufbrücke, ohne auf die Spritzer der aufprallenden Wogen zu achten. Diesmal würde sie sich weder durch einen spöttischen Blick noch durch ein eiskaltes Wort hindern lassen. Er mußte sie anhören!

Als sie indessen das Deck der Kajüte betrat, brachen alle ihre Entschlüsse angesichts des Anblicks, der sich ihr bot, zusammen. Ihre Freude verflog, und es blieb nichts als Angst.

Honorine war da, wie am Morgen ungebeten wie ein bösartiger Kobold zwischen ihnen auftauchend.

Winzig zu Füßen des Rescators, sah sie mit ihrem runden, verkniffenen Gesicht herausfordernd zu ihm auf, während sie ihre kleinen Fäuste energisch in die Taschen ihrer Schürze bohrte. Angélique mußte sich ans Geländer klammern, um sich aufrecht zu halten.

„Was machst du da?" fragte sie tonlos.

Der Klang ihrer Stimme veranlaßte den Rescator, sich umzudrehen. Wenn er seine Maske trug, fiel es ihr noch immer schwer, an den zu glauben, den sie verbarg.

„Ihr kommt im rechten Augenblick", sagte er. „Ich war eben dabei, über das beunruhigende Erbe dieser jungen Dame zu meditieren. Stellt Euch vor, sie hat mir für zweitausend Livres Edelsteine gestohlen."

„Gestohlen?" wiederholte Angélique entsetzt.

„Als ich bei mir eintrat, fand ich sie dabei, ihre Auswahl aus dem Kästchen zu treffen, das ich heute morgen für Euch geöffnet hatte und das sie bei ihrem Besuch bemerkt haben muß. In flagranti ertappt, hat das charmante Fräulein nicht nur keinerlei Zerknirschung gezeigt, sondern mir auch ohne Umschweife zu verstehen gegeben, daß sie mir mein Eigentum nicht zurückgeben würde."

Unglücklicherweise sah sich die von den bedrängenden Ereignissen des Tages mitgenommene Angélique außerstande, den Vorfall leicht zu nehmen. Für sich selbst wie für Honorine beschämt, stürzte sie sich auf das Kind, um ihm den Raub abzujagen. Während sie versuchte, ihm die fest zusammengekrampften Hände zu öffnen, verfluchte sie die graue Alltäglichkeit des Daseins. Als Liebende gekommen, mußte sie sich mit einer unerträglichen Göre abplagen, die durch den Zwang der Umstände ihr gehörte, die lebte, während ihre Söhne tot waren, mit Honorine, ihrer sichtbaren Schande in den Augen des Mannes, den sie sich von neuem erobern wollte. Und zu allem andern hatte sie sich noch mit unglaublicher Frechheit zu ihm begeben, um ihn zu bestehlen. Sie, die niemals etwas genommen hatte, nicht einmal aus dem Speiseschrank!

Es glückte ihr, die kleinen Finger auseinanderzubiegen und zwei Diamanten, einen Smaragd und einen Saphir zu Tage zu fördern.

„Du bist gemein!" schrie Honorine.

Wütend über ihre Niederlage wich sie zurück, allen beiden grimmige

Blicke zuwerfend, die bei einer so winzigen Person recht drollig wirkten.

„Du bist mehr als gemein. Ich werd' dir einen Stoß geben . . ."

Sie suchte nach einer außergewöhnlichen Rache, die dem Ausmaß ihres Zorns entsprach.

„Ich werd' dir einen Stoß geben, daß du bis nach La Rochelle fliegst. Hinterher wirst du zurücklaufen müssen, bis hierher."

Der Rescator brach in sein rauhes Gelächter aus.

Angéliques Nerven gaben nach: Sie ohrfeigte ihre Tochter ohne Überlegung.

Honorine starrte sie mit offenem Munde an, dann stieß sie ein gellendes Geheul aus. Sich wie närrisch um sich selbst drehend, schoß sie plötzlich auf die zum Laufsteg führende Leiter zu und begann, noch immer heulend, mit der Geschwindigkeit eines Irrwischs die schmale Planke entlangzulaufen. Eine aufschäumende Woge übersprühte sie, als das Schiff sich tief nach Backbord neigte.

„Haltet sie!" schrie Angélique wie in einem Alptraum, unfähig, sich zu bewegen.

Honorine rannte noch immer. Wie gehetzt lief sie dahin, um dem engen Universum der Planken und Segel zu entfliehen, diesem Schiff, auf dem ihr seit Tagen nur Leid und Ungerechtigkeit widerfuhren.

Der verblassende blaue Himmel war über ihr, jenseits der Reling aus starkem Holz. Am Ende des Steges angelangt, kletterte sie auf einen hohen Stapel Tauwerk. Oben trennte sie nichts mehr von der Weite des Himmels und dem schäumenden Wasser unter ihr. Das Schiff neigte sich von neuem, und die durch die Geschwindigkeit des Vorgangs an ihre Plätze gebannten Zuschauer sahen mit Entsetzen, wie die Kleine schwankte. Im nächsten Augenblick war sie verschwunden.

Dem wahnwitzigen Aufschrei Angéliques antworteten die entsetzten Rufe der Flüchtlinge und der Mannschaft. Ein Matrose, der sich auf dem großen Querbaum des Besanmastes befand, schoß wie ein Pfeil in die Tiefe. Zwei andere stürzten zu der auf Deck festgezurrten Schaluppe, um sie zu Wasser zu lassen. Le Gall und der Fischer Joris, die in der Nähe standen, eilten ihnen zu Hilfe. Die Leute liefen zur Reling. Das Schiff drehte bei. Séverine und Laurier riefen weinend nach Honorine.

Kapitän Jason befahl dröhnend durch sein Sprachrohr, beiseite zu gehen, damit das Boot über Bord gehievt werden könne.

Angélique sah und hörte nichts. Sie war wie blind zur Reling gestürzt, und es hatte einer kräftigen Faust bedurft, um sie zu hindern, sich gleichfalls ins Meer zu stürzen. Vor ihren Augen tanzte verschwommen die violette, von grünen und weißen Streifen durchzogene Weite. Endlich entdeckte sie eine schwarze, struppige Kugel, neben der eine kleine grüne Kugel schwamm. Die schwarze Kugel war der Kopf des Matrosen, der vom Besanmast getaucht war, die grüne Honorine mit ihrer Mütze.

„Er hält sie", sagte die Stimme des Rescators. „Es gilt nur noch zu warten, bis das Boot sie auffischt."

Angélique sträubte sich noch immer, aber er hielt sie mit eiserner Hand.

Vom Knirschen der Taljen begleitet, hob sich das Boot, schwankte und glitt schließlich an der Flanke des Schiffes hinab.

Im gleichen Moment erhob sich von neuem ein Schrei.

„Die Albatrosse!"

Gleichsam dem Schaum der Wogen entstiegen, stießen zwei riesige Vögel herab und ließen sich dicht neben den Köpfen des Matrosen und des Kindes auf dem Wasser nieder, sie mit ihren weißen Schwingen verbergend.

Angélique schrie verzweifelt auf. Die scharfen Schnäbel würden die ihnen wehrlos preisgegebene Beute zerfleischen.

Ein Musketenschuß dröhnte. Der Rescator hatte dem sich hinter ihm haltenden Mauren Abdullah die Waffe entrissen. Mit einer durch das Schwanken des Schiffes nicht beeinträchtigten Zielsicherheit war es ihm geglückt, einen der Vögel zu töten. Ein zweiter Schuß dröhnte. Der Schütze war diesmal Nicolas Perrot, dem der Indianer eine schon geladene und entsicherte Waffe zugereicht hatte.

Der zweite Albatros schlug wild mit den Flügeln um sich, aber auch er war zu Tode getroffen.

Der Matrose, der Honorine über Wasser hielt, konnte sich von dem Vogel lösen, ihn beiseite stoßen und dem Boot entgegenschwimmen, das sich ihnen näherte. Bald darauf hielt Angélique ein kleines, triefendes, spuckendes, halberstícktes Bündel in den Armen.

Sie drückte es leidenschaftlich an sich. Während dieser schrecklichen Augenblicke, die ihr wie eine Ewigkeit vorgekommen waren, hatte sie sich verwünscht, weil sie den Zorn des Kindes erregt hatte.

Das Kind war unschuldig. Die in ihre törichten Konflikte verstrickten Erwachsenen hatten es im Stich gelassen. Und es hatte sich auf seine Weise gerächt.

Angéliques Ängste und Gewissensbisse wandelten sich in eine Woge des Zorns gegen den, dessen unbarmherziges Verhalten sie, die Mutter, dazu gebracht hatte, ihr Kind bis zur Verzweiflung leiden zu lassen.

„Es ist Eure Schuld!" rief sie, ihm zugewandt, die Züge vor Zorn verzerrt. „Weil Ihr mich halb verrückt gemacht habt mit Eurer Boshaftigkeit, habe ich um ein Haar meine Tochter verloren. Ich verabscheue Euch, wer Ihr auch hinter Eurer Maske seid. Wenn es nur darum ging, Euch in einen solchen Menschen zu verwandeln, hättet Ihr ebensogut sterben können."

Sie flüchtete sich zum anderen Ende des Schiffes, wie ein verletztes Tier in ihren Winkel im Zwischendeck zurückkehrend, wo sie Honorine entkleidete. Die unruhigen Bewegungen des Kindes verrieten ihr, daß es noch recht lebendig war, aber möglicherweise hatte es sich im eisigen Wasser etwas Böses zugezogen.

Die Auswanderer umringten sie, und jeder schlug ein Mittel vor, dessen Anwendung aus Mangel am notwendigen Zubehör unterbleiben mußte: Blutegel für die Füße, ein Senfpflaster auf den Rücken.

Der Arzt Albert Parry erbot sich, die Kleine zur Ader zu lassen. Ein Einschnitt ins Ohrläppchen genüge bereits. Doch als sie die Klinge des Federmessers vor sich sah, stieß Honorine schrille, vogelartige Schreie aus.

„Laßt sie. Sie ist schon mitgenommen genug", sagte Angélique.

Sie begnügte sich mit ein wenig Rum, den man einmal täglich an die

Männer verteilte, um den kleinen, eiskalten Körper damit abzureiben. Dann hüllte sie Honorine in die warme Decke. Endlich trocken, mit geröteten Wangen und herausforderndem Blick, nutzte Honorine die eingetretene Ruhe, um eine stattliche Portion Salzwasser herauszuwürgen.

„Du bist gehässig", sagte Angélique.

Und plötzlich, angesichts dieser trotzigen Stirn, dieses drolligen, kleinen, unbezähmbaren Gesichts, schwand ihre Gereiztheit. Nein, sie würde sich nicht verrückt machen lassen. Weder Joffrey de Peyrac noch Gabriel Berne noch dieser kleinen Teufelin würde es gelingen, sie um ihren Verstand zu bringen. Sie hatte die Stunden der Verirrung, die sie seit dem Morgen durchlebt hatte, allzu teuer bezahlen müssen. Ihr Mann war wieder aufgetaucht und liebte sie nicht mehr. Und wenn schon! So heftig der Schock auch war, sie mußte ihre Nervenkraft bewahren, um ihrer Tochter willen.

Mit der größten Ruhe ging sie von neuem daran, Honorine abzutrocknen. Fürs erste war die Decke unbenutzbar. Eine Art Pelzmantille, warm und behaglich anzusehen, die die alte Rebecca ihr reichte, kam ihr sehr gelegen.

„Der Schiffsherr hat sie mir zum Wärmen meiner alten Knochen geschenkt, aber für diese Nacht kann ich mich schon ohne das Ding behelfen."

Allein geblieben, kniete sich Angélique neben das Kind, dessen rosiges Gesichtchen aus dem dunklen Pelzwerk hervorsah. Seine langen roten Haare trockneten und nahmen im Licht der an der Decke aufgehängten Laternen kupferne Töne an. Angélique überraschte sie bei dem Versuch eines Lächelns.

Das Verhalten ihrer Tochter, die es fertiggebracht hatte, sich in einem jähen Wutanfall ins Meer zu stürzen, erfüllte sie zugleich mit Schrekken und Bewunderung.

„Warum hast du das getan, mein Liebchen? Warum?"

„Ich wollte fort von diesem schmutzigen Schiff", antwortete Honorine mit heiserer Stimme. „Ich will nicht hierbleiben. Ich will fort. Hier bist du immer so böse zu mir . . ."

Angélique wußte nur zu gut, daß sie recht hatte. Sie dachte an Honorines Auftauchen in der Kajüte, in der sie und ihr Gatte an diesem Morgen einander gegenübergestanden hatten.

Das Kind hatte sich allein auf die Suche nach ihr gemacht; denn niemand hatte sich auch nur einen Augenblick um die Kleine gekümmert. Auf dem durch den nächtlichen Sturm um seine strenge Ordnung gebrachten Schiff hätte sie zwanzigmal in eine offene Luke stürzen und sich die Knochen brechen, ja sie hätte sogar ins Meer fallen können. Und niemals hätte man erfahren, was aus dem kleinen, namenlosen Mädchen, aus dem verfluchten Kind geworden war! Der Maure mit dem dunklen Gesicht war es schließlich gewesen, der mit dem Instinkt seiner Rasse ahnte, wonach es im Morgennebel zwischen all den Hindernissen und Fallen suchte, und es zu seiner Mutter führte.

Und später hatte Angélique, hineingerissen in den wilden Strudel ihrer Gedanken, es von neuem vergessen. Sie rechnete ein wenig damit, daß die andern ihre Tochter überwachen würden: Abigaël, die protestantischen Frauen, Séverine . . . Aber auch die andern waren mit ihren eigenen Sorgen beschäftigt. Die Atmosphäre der *Gouldsboro* zersetzte die Geister. Nach diesen ersten Wochen der Reise hätte keiner von ihnen seine Seele in einem Spiegel wiedererkannt.

Die Abklärung der Leidenschaften brachte vergessene Tatsachen an den Tag. Bewußt oder unbewußt erkannten sie, daß Honorine wie auch Angélique nicht zu ihnen gehörte.

„Du hast nur mich!"

Angélique verspürte ein Schuldgefühl, weil sie sich so tief hatte verwunden lassen. Sie hätte sich sofort erinnern müssen, daß seit der Abtei von Nieul das Schlimmste hinter ihr lag. Was auch geschehen mochte, Schmerzliches oder Freudiges, sie hatte gelernt, daß es aus allem einen Ausweg gab. Warum also diese törichte Verstörtheit, die sie wie ein Tier mit dem Kopf gegen Mauern rennen ließ?

„Nein, ich werde mich von ihnen nicht verrückt machen lassen."

Sie beugte sich über ihre Tochter und streichelte die gewölbte Stirn.

„Ich werde nicht mehr böse sein, Honorine, und du wirst nicht mehr stehlen. Du weißt genau, daß du etwas sehr Schlimmes getan hast, als du dir die Edelsteine nahmst."

„Ich wollte sie nur in mein Schatzkästchen tun", sagte das kleine Mädchen, als ob diese Auskunft alles erklärte.

Der brave Nicolas Perrot hatte sich ihnen genähert und hockte sich neben Angélique. Sein Indianer war ihm mit einem Napf warmer Milch für die Gerettete gefolgt.

„Ich soll mich nach dem Befinden des jungen Mädchens mit dem Siedekopf erkundigen", erklärte der Kanadier. „Diesen Zunamen würde man ihr bestimmt in den Zelten der Irokesen geben. Außerdem soll ich ihr dieses Gebräu zu trinken geben, das ein paar Tropfen eines Arzneitranks enthält, die sie beruhigen werden, wenn sie es nicht schon ist. Es gibt wahrhaftig nichts Besseres für schlechte Charaktere als kaltes Wasser. Was haltet Ihr davon, mein Fräulein? Werdet Ihr noch einmal Tauchen spielen?"

„O nein. Das Wasser ist zu kalt und salzig dazu ..."

Die Aufmerksamkeit des bärtigen Mannes mit der Pelzmütze machte sie überglücklich. Um sich ihm dankbar zu erweisen, gab sie die schmollende Miene auf, mit der sie ihre Mutter hatte strafen wollen, und trank folgsam ihre Milch.

„Ich möchte Kastanienschale sehen", forderte sie sodann.

„Kastanienschale?"

„Ich nenn' ihn so, weil es so hübsch kratzt, wenn ich mich an seiner Backe reibe", sagte Honorine entzückt. „Er war im Wasser, dann hat er mich die Leiter hochgetragen."

„Sie meint Tormini, den Sizilianer", erklärte Nicolas Perrot. „Den Matrosen, der sie aufgefischt hat."

Er erzählte ihr, daß der Mann sich habe verbinden lassen müssen, da er durch einen der gefräßigen Albatrosse an der Schläfe verletzt worden sei. Um ein weniges sei er erblindet.

„Ihr könnt Euch rühmen, Jungfer Honorine, zwei Eliteschützen zu Eurer Verfügung gehabt zu haben. Euren ergebenen Diener, der zu den besten Schützen unter den Prärieläufern zählt, und Monseigneur le Rescator."

Angélique zwang sich, das Zittern zu beherrschen, das sie beim bloßen Klang dieses Namens befiel. Sie hatte sich geschworen, ihrem Gefühl nicht nachzugeben.

Honorine bestand nicht mehr auf ihrem Freund Kastanienschale. Die Augen fielen ihr zu. Sie versank in tiefen Schlaf. Der Kanadier und der Indianer entfernten sich auf die gleiche lautlose Art. Angélique verharrte noch lange in ihrer Stellung und betrachtete ihre schlummernde Tochter.

Drei Jahre!

„Wie können wir es wagen, etwas für uns zu fordern, während unsere Kinder zu leben beginnen?" sagte sie sich.

Ihr Herz war noch immer von Schmerz erfüllt. Sie würde noch mehrere Tage brauchen, um sich klar zu machen, was zugleich ihr Glück und ihr Unglück war. Die wundersame Enthüllung gefolgt von einem solchen Zusammenbruch!

Dennoch blieb, als sie sich, vor Kälte bebend, neben dem Kind ausstreckte und die ersten Schleier des Schlafes auf sich herabsinken fühlte, von diesem seltsamen und schrecklichen Tag nur ein unbestimmter Eindruck der Hoffnung.

„Wir sind uns zugleich fern und nahe. Keiner von uns kann sich vor dem andern retten. Das Schiff, das uns über den Ozean trägt, zwingt uns zudem, beieinanderzubleiben. Wer kann also wissen, was noch geschieht?"

Bevor sie einschlief, dachte sie noch: „Er hat in meiner Nähe sterben wollen. Warum?"

Vierzehntes Kapitel

„Ich glaube, wir sind uns einig", sagte Joffrey de Peyrac, indem er von neuem zu der pergamentenen Landkarte griff. Er breitete sie auseinander und beschwerte, um zu verhindern, daß sie sich wieder zusammenrollte, die Ecken mit vier gewichtigen, matt und harzig glänzenden Mineralien. „Die Reise, für die Ihr mich um Passage gebeten habt, hat ihre Früchte getragen, mein lieber Perrot, denn selbst ohne an Land gegangen zu sein, habt Ihr den Gesellschafter gefunden, den Ihr in Europa suchen wolltet. Dieses silberhaltige Bleierz nämlich, das Ihr am oberen Mississippi entdeckt habt, scheint mir ausreichende Garantien für die Auswertung durch Zerschrotung und einfaches Auswaschen zu bieten, so daß es sich lohnen dürfte, Euch dorthin zu begleiten und die Finanzierung der ganzen Expedition zu übernehmen. Ihr selbst verfügt weder über das notwendige Kapital noch über die Kenntnisse, Eure Entdeckung auszunutzen. Ihr schießt, wie Ihr mir sagtet, diese Entdeckung ein, ich liefere das Gold, um ihr zu ihrem Wert zu verhelfen. Nach gründlicher Prüfung an Ort und Stelle werden wir uns über die Teilung des Gewinns einigen."

Ihm gegenüber strahlte das sanfte Gesicht Nicolas Perrots Zufriedenheit aus.

„Um die Wahrheit zu bekennen, Herr Graf, als ich erfuhr, daß Ihr nach Europa segeln würdet, und Euch bat, mich an Bord zu nehmen, hatte ich schon eine kleine, versteckte Idee im Kopf, denn Ihr standet drüben im Ruf, sehr gelehrt zu sein, besonders, was diese Bergbaugeschichten betrifft. Da ich nun weiß, daß Ihr nicht nur die notwendigen Finanzen, sondern auch Euer unschätzbares Wissen beisteuern werdet, hat sich für mich, den armen, ziemlich unwissenden Prärieläufer, alles geändert. Denn wie Ihr wißt, bin ich an den Ufern des St. Lorenz-Stroms geboren, und die Bildung, die einem dort zuteil wird, ist der Europas bei weitem unterlegen."

Joffrey de Peyrac warf ihm einen freundschaftlichen Blick zu.

„Gebt Euch keinen allzu großen Illusionen über den geistigen Reichtum der Alten Welt hin, mein Junge. Ich kann ein Lied davon singen und weiß, daß er nicht den halben Schwanz eines Eurer Kojoten wert ist. Die huronischen und irokesischen Wälder sind voll von meinen Freunden. Die Despoten Europas und ihre liebedienernden Höflinge, das sind die wahren Wilden für mich ..."

Der Kanadier schien nicht unbedingt überzeugt. In Wirklichkeit hatte er sich sehr darauf gefreut, Paris kennenzulernen, wo er sich bereits mit seiner Pelzmütze und seinen Stiefeln aus Robbenfell zwischen den vergoldeten Karossen lustwandeln sah. Das Schicksal hatte es anders gewollt, und da er für gewöhnlich ein Realist war, sagte er sich, daß alles so zum Besten sei.

„Ihr nehmt mir also den Streich, den ich Euch recht unfreiwillig gespielt habe, nicht mehr übel", sagte der Graf, immer schnell zur Hand, die Gedanken seiner Gesprächspartner zu erraten, und nahm die Unterhaltung wieder auf. „Ich selbst bin durch ... nun, unvorhersehbare Ereignisse veranlaßt worden, meine ursprünglichen Pläne zu ändern und meine Zuflucht zu Improvisationen zu nehmen. Übrigens hättet Ihr, genau genommen, bei La Rochelle an Land gehen können."

„Die Küste schien mir dort nicht allzu gastfreundlich. Außerdem war es nicht der rechte Augenblick, Euch in schwierigen Umständen im Stich zu lassen. Und da Ihr Euch für meine Projekte interessiert, tut's mir nicht leid zurückzukehren, selbst ohne einen Fuß auf den Boden des Vaterlands gesetzt zu haben, aus dem wir vom St. Lorenz-Strom alle stammen. Vielleicht wäre es mir nicht einmal gelungen, jemand für meine fernen Ländereien zu interessieren, und man hätte mich bis auf den letzten Taler ausgeplündert. Es scheint, als ob die Leute in Europa nicht gerade von beispielhafter Ehrlichkeit sind."

Er unterbrach sich für einen Moment und horchte zum Fenster hin.

„Da fangen diese Spitzköpfe doch wieder an, uns mit ihren Psalmen die Ohren zu massakrieren", sagte er dann. „Zuerst durften sie es nur abends, jetzt machen sie's dreimal am Tag. Als ob sie's drauf abgesehen hätten, den Teufel durch verstärkten Einsatz von Beschwörungen vom Schiff zu treiben."

„Vielleicht ist es wirklich ihre Absicht. Soweit ich mich habe überzeugen können, stehen wir bei ihnen nicht gerade im Ruf der Heiligkeit."

„Eine grämliche, widerspenstige Sippschaft", schimpfte Perrot. „Hoffentlich denkt Ihr nicht daran, sie uns als Kompagnons bei der Förderung des Erzes tausend Meilen von der Küste entfernt in den irokesischen Wäldern zuzuteilen."

Es beunruhigte ihn, daß der Graf lange Zeit schweigsam blieb. Doch schließlich schüttelte dieser verneinend den Kopf:

„Nein", sagte er, „ganz gewiß nicht."

Nicolas Perrot unterdrückte eine zweite Frage:

„Was fangt Ihr dann mit ihnen an?"

Er spürte die innere Spannung und plötzliche Verschlossenheit seines Partners.

Es war nicht abzuleugnen, daß die vom Meerwind herübergetragenen Psalmengesänge, die sich dem unaufhörlichen Rhythmus der Wellen anzupassen schienen, etwas an sich hatten, das die Seele durchdrang und melancholisch, ja sogar unbehaglich stimmte. „Kein Wunder, daß man nicht wie alle Welt ist, wenn man von Kindesbeinen an auf diese Art erzogen wurde", dachte Perrot, der nur ein recht lauer Katholik war.

Er durchwühlte seine Taschen nach seiner Pfeife und gab es schließlich entmutigt auf.

„Schnurriger Zuwachs, den Ihr Euch da eingehandelt habt, Monseigneur. Ich bring's nicht zuwege, mich an sie zu gewöhnen. Ganz abgesehen davon, daß die Gegenwart all dieser Frauen und Mädchen die ganze Mannschaft durcheinanderbringt. Sie waren schon unzufrieden, weil ihnen der versprochene Aufenthalt in Spanien entgangen ist und sie umkehren mußten, ohne Eure Beute abgesetzt zu haben."

Der Kanadier seufzte erneut, denn Joffrey de Peyrac schien ihn nicht zu hören. Doch plötzlich fühlte er dessen durchdringenden Blick auf sich gerichtet.

„Warnt Ihr mich vor einer Gefahr, Perrot?"

„Nicht direkt, Herr Graf. Ich weiß nichts Bestimmtes. Aber wenn man wie ich sein Leben damit verbracht hat, allein die Wälder zu durchstreifen, spürt man die Dinge ..."

„Ich weiß."

„Um offen zu sein, Herr Graf: Ich habe niemals begriffen, wie Ihr

Euch mit den Quäkern von Boston verstehen und Euch zugleich mit so von ihnen verschiedenen Leuten verbinden könnt, wie ich es bin. Meiner Ansicht nach gibt's zwei Arten Menschen auf der Welt: Leute wie sie und Leute nicht wie sie. Wenn man sich mit den einen versteht, versteht man sich nicht mit den andern. Ausgenommen Ihr. Warum?"

„Die Quäker von Boston sind in ihren Berufen sehr tüchtig: im Handel und Schiffsbau unter anderem. Ich beauftragte sie, mir ein Schiff zu bauen, und habe ihnen ihren Preis bezahlt. Das einzige, was Euch bei dieser Angelegenheit verwundern müßte, wäre das Vertrauen, das sie mir entgegenbrachten, mir, der mit einer alten, von Stürmen und Piratenkämpfen mitgenommenen Schebecke aus dem Orient kam. Ich werde auch nie vergessen, daß es ein Quäker, ein einfacher Spezereihändler aus Plymouth, war, der mir meinen Sohn zuführte und zu diesem Zweck ohne zu zögern eine Reise von mehreren Wochen unternahm. Denn er schuldete mir nichts."

Der Graf erhob sich und zupfte den Kanadier scherzhaft am Bart.

„Glaubt mir, Perrot, man braucht von allem, um eine neue Welt zu bauen. Bärtige wie Ihr, skrupellos und ungesellig, Gerechte wie sie, bis zur Unmenschlichkeit hart, aber stark durch ihre Gemeinschaft. Während diese da – die unsrigen – ihre Prüfung noch nicht bestanden haben."

Mit einer Bewegung des Kinns in Richtung der Tür bezeichnete er die unsichtbare Versammlung der Psalmensänger.

„Diese da sind keine Engländer. Mit den Engländern verhält es sich einfacher. Kommen sie nicht voran, wandern sie aus und siedeln sich irgendwo anders an. Wir Franzosen dagegen haben die Manie, alles von allen Seiten zu sehen. Man will wohl auswandern, möchte aber zu gleicher Zeit auch bleiben. Man weigert sich, dem König zu gehorchen, fühlt sich jedoch als seinen besten Diener ... Ich gebe zu, es ist nicht einfach, brauchbare Bundesgenossen aus ihnen zu machen. Sie werden sich gegen alles sträuben, wobei Gott nicht auf seine Rechnung kommt. Allein für Gottes Ruhm zu wirken, ist aber auch nicht ihre Sache. Die Taler spielen bei ihnen durchaus eine Rolle, aber sie sagen es nicht gerne laut."

Merkbar ungeduldig, schritt Joffrey de Peyrac in der Kajüte auf und ab. Die Ruhe mit der er sich noch vor kurzem über die Karte gebeugt hatte, hatte ihn verlassen, seitdem sich die sehnsüchtigen Stimmen der auf Deck versammelten Protestanten erhoben.

Der wackere Kanadier spürte, daß sich die Aufmerksamkeit des Schiffsherrn von ihm abgewandt und auf die Gemeinschaft der nicht eben einnehmenden Zeitgenossen konzentriert hatte, die dennoch von ihm an Bord genommen worden war. Er grübelte offensichtlich mit der gleichen Intensität über sie nach, mit der er eben noch seinen Spekulationen über die ihm sich eröffnenden Möglichkeiten des Bergbaus nachgegangen war.

Ein wenig verärgert über diese Zurücksetzung, erhob sich der Kanadier seinerseits und verabschiedete sich.

Fünfzehntes Kapitel

Joffrey de Peyrac hielt ihn nicht zurück. Es bereitete ihm Mißvergnügen, eine Art von Gereiztheit zu verspüren, die ihn die Kontrolle über sich verlieren ließ, sobald sich im Ablauf des Tages die eintönigen, dem Rhythmus des Meeres und seiner Feierlichkeit erstaunlich angepaßten Psalmengesänge erhoben. „Perrot hat recht. Diese Protestanten übertreiben. Soll ich es ihnen verbieten? Ich kann es nicht ..."

Und er gestand sich ein, daß er sich von diesen Gesängen angezogen fühlte. Sie trugen ihm das Echo einer von der seinen verschiedenen, verschlossenen und kaum begreiflichen Welt zu, die ihn wie alles, was sich in der Natur als Rätsel darbot, neugierig machte. Sie drängten ihm auch das Bild Angéliques auf, jener Frau, die seine Frau gewesen und die seinen Augen nun unkenntlich geworden war; denn es gelang ihm weder in ihrem Herzen noch in ihren Gedanken zu lesen. Hatte sie der Einfluß der hugenottischen Umgebung trotz ihrer einstmals starken Persönlichkeit wirklich so umgeformt, oder spielte sie nur eine neue Rolle in einer Komödie? Um was zu verbergen? Eine kokette, eine eigennützige oder eine verliebte Frau? Verliebt in diesen Berne?

Er kam immer von neuem darauf zurück und verwunderte sich jedesmal über die kalte Wut, in die ihn dieser Gedanke versetzte. Sodann bemühte er sich darum, Abstand zu gewinnen, indem er die Frau, die er geliebt hatte, mit der verglich, die ihm vor kurzem wieder begegnet war.

War es so erstaunlich, eine Frau, die man verlassen hatte und seit Jahren nicht mehr liebte, verändert wiederzufinden? Er brauchte sich nur zu sagen, daß es sich um eine seiner ehemaligen Mätressen handelte.

Warum dann aber diese Ungeduld und das Verlangen, alles zu erforschen, was sie betraf?

Sobald die Gesänge der Hugenotten sich in das bleiche Licht des Morgens oder in die klare, gefrorene Dämmerung erhoben, mußte er sich zurückhalten, um nicht sofort zu der Plattform zu laufen, die das Deck beherrschte, und zu ergründen, ob SIE sich unter ihnen befand.

Auch diesmal legte er seine Maske an, um hinauszugehen, besann sich jedoch.

Wozu sollte er sich quälen? Gewiß, er würde sie sehen. Und was dann? Sie würde ein wenig abseits sitzen, ihre Tochter auf den Knien, in ihrem schwarzen Mantel und der weißen Haube all jenen regungslosen Frauen ähnlich, die an Witwen erinnerten. Sie würde ein wenig ihr patrizisch-anmutiges Profil neigen. Und dann, ganz schnell, würde sie ihr Gesicht dem hinteren Kajütenaufbau zuwenden, als ob sie hoffte – oder fürchtete –, ihn dort zu entdecken.

Er trat zum Tisch und griff nach einem der Brocken silberhaltigen Bleis.

Nach und nach fühlte er seinen Geist freier werden, während er das Erz in der Hand wog.

Das wiedergefundene Metier. Das war schon viel! Perspektiven auf Jahre hinaus, neue Arbeit auf jungfräulicher Erde, deren Natur auszuspüren, deren Schätze zu erforschen, deren Möglichkeiten zu erkunden, um sie im großen auszuwerten, seine Aufgabe sein würde.

Angesichts des zu seiner Verurteilung zusammengetretenen Tribunals, aus dem ihn Dummheit, Unwissenheit, beschränkter Fanatismus, feige Untertanengesinnung, Heuchelei und Bestechlichkeit angestarrt hatten, war Joffrey de Peyrac, während er das Todesurteil vernahm, das ihn wie einen Hexenmeister zum Scheiterhaufen verdammte, vor allem von dem folgerichtigen Abschluß des Dramas betroffen gewesen, das sich ihm in seinen Grübeleien nach und nach enthüllt hatte.

Während endloser Stunden hatte er in seinem Kerker alle Gegebenheiten dieses Dramas gründlich untersucht. Und wenn er trotz seines durch die Folterungen gebrochenen Körpers mit rasender Willenskraft hatte überleben wollen, war es weniger aus Furcht vor dem Tode gewesen als aus Empörung gegen das von einem Irrtum gelenkte Geschick, das sein Dasein in eine ausweglose Sackgasse führte, bevor er noch seine Fähigkeiten hatte nutzen können.

Sein Aufschrei auf dem Platz vor Notre Dame hatte kein Erbarmen, sondern Gerechtigkeit gefordert. Er richtete sich nicht an einen Gott, dessen Gebote er oft genug übertreten hatte, sondern an Jenen, der ganz Geist und ganz Wissen ist. „Du hast nicht das Recht, mich zu verlassen, denn ich habe dich nicht verraten ..."

Dennoch hatte er in diesem Augenblick geglaubt, daß er sterben müsse.

Seine Überraschung, sich lebend und fern von dem Geheul des Pöbels auf einer Uferböschung der Seine wiederzufinden, hatte ihn das ganze Ausmaß dieses Wunders ermessen lassen.

Der Rest? Es war eine schwierige Angelegenheit gewesen, von der er jedoch nicht allzu schlechte Erinnerungen bewahrte. Er hatte sich ins kalte Wasser des Flusses gleiten lassen, während die mit seiner Bewachung betrauten Musketiere schnarchten, war zu einer im Schilf verborgenen Barke geschwommen, hatte sie losgemacht und sich von der Strömung davontreiben lassen.

Für kurze Zeit mußte er bewußtlos gewesen und dann wieder zu sich gekommen sein. Er hatte sich des Hemdes der zum Tode Verurteilten entledigt und die bäuerlichen Kleidungsstücke übergestreift, die er in der Barke gefunden hatte.

Danach hatte er sich allmählich nach Paris geschleppt, über gefrorene Straßen, elend und hungrig, da er es nicht wagte, in den Bauernhöfen um Brot zu betteln, und nur von einem Gedanken erfüllt: „Ich lebe, und ich werde ihnen entkommen ..."

Mit seinem verkrüppelten Bein verhielt es sich seltsam um diese Zeit. Zuweilen drehte es sich in seinem Gelenk, ohne daß er dessen gewahr wurde, und sein Fuß bewegte sich richtungslos wie der eines Hampelmanns. Aus Spalierlatten, die er in einer Hecke gefunden hatte, hatte er sich behelfsmäßige Krücken gezimmert. Jedesmal, wenn er sich wieder in Marsch setzen mußte, verspürte er unerträgliche Schmerzen, und während der ersten Meile mußte er an sich halten, um nicht bei jedem Schritt laut aufzuschreien. Die in den kahlen Apfelbäumen sitzenden Raben sahen dieses aus den Fugen gegangene, dem Zusammenbrechen nahe Wesen mit unheilverkündender Anteilnahme an sich vorüberziehen. Nach und nach war der Schmerz einer Art von Betäubung gewichen, und es war ihm sogar gelungen, schnell voranzukommen. Seine Nahrung bestand aus im Straßengraben aufgelesenen gefrorenen Äpfeln oder von Karren gefallenen Rüben. Mönche, die er um ein Unterkommen gebeten hatte, waren hilfsbereit gewesen, hatten es sich jedoch in den Kopf gesetzt, ihn in ein benachbartes Aussätzigenspital zu bringen, und es hatte ihn einige Mühe gekostet, sich unbeobachtet davonzumachen. Er hatte seinen humpelnden Weg wieder aufgenommen, die wenigen Bauern, die ihm begegneten, durch seine blutigen Lumpen und das Taschentuch erschreckend, hinter dem er sein Gesicht verbarg.

Als er eines Tages nicht imstande gewesen war, auch nur einen Schritt zu tun, hatte er seinen ganzen Mut zusammengenommen, um sein verfluchtes Bein zu untersuchen. Nachdem es ihm unter unsäglichen Mühen gelungen war, den blutdurchtränkten, verhärteten Stoff seiner Hose zu zerreißen, hatte er in der Kniekehle zwei aus einer klaffenden Wunde herausragende weißliche, abgefetzte Stümpfe aus einer an Walfischbarten erinnernden Materie bemerkt, deren unaufhörliches Scheuern eine Qual verursachte, die ihn mehrere Male hatte ohnmächtig werden lassen. Zum äußersten getrieben, entschloß er sich, diese peinigenden Überreste, die nichts anderes als Sehnen waren, mit Hilfe einer am Wege gefundenen Messerklinge abzuschneiden. Sein Bein war alsbald fühllos geworden. Mehr als je drehte es sich wie das eines Hanswursts in alle Richtungen; er vermochte es nicht mehr zu kontrollieren, aber im Grunde ging es auf diese Weise viel besser.

Die Kirchtürme von Paris tauchten vor ihm auf. Einem vorgefaßten Plan folgend, umging Joffrey de Peyrac die Stadt. Als er die Kapelle von Vincennes vor sich erblickte, hatte er ein erstes Gefühl des Triumphes empfunden.

Im Walde verborgen, war das bescheidene Sanktuarium als einziges unter den einstmals zahllosen Besitztümern des Grafen von Toulouse den Siegeln des Königs entgangen. Er hatte den Stein seiner Mauern zärtlich gestreichelt, während er dachte: „Du gehörst mir noch, du wirst mir helfen ..."

Die kleine Kapelle war ihm aufs beste zu Hilfe gekommen. Alles, was er früher insgeheim durch saftig bezahlte Arbeiter hatte vorbereiten lassen, hatte glänzend funktioniert: der unterirdische Gang, durch den er nach Paris hineingelangt war, der Brunnen, durch dessen Schacht er mitten ins Herz seines verlassenen Hauses, des Hotels du Beautreillis, hatte eindringen können, das Versteck im Betraum, in dem er, durch eine Ahnung veranlaßt, vorsorglich ein Vermögen an Gold und Geschmeide verborgen hatte. Die Kassette an die Brust gedrückt, hatte er von neuem das triumphierende Gefühl verspürt, eine weitere Etappe seines Rückwegs aus der Hölle hinter sich gebracht zu haben. Mit diesem Reichtum in Händen war er nicht mehr wehrlos. Für einen Diamanten würde er ohne Mühe einen Karren auftreiben, für zwei Goldstücke ein Pferd ... Für eine volle Börse würden sich Männer, die ihn gestern noch verleugneten, auf seine Seite schlagen, er würde fliehen und das Königreich verlassen können.

Doch gleichzeitig spürte er, daß der Tod nach ihm griff. Niemals, weder vorher noch seitdem, hatte er den Tod so nahe gefühlt wie in jenem Augenblick, in dem er auf den Fliesen zusammengebrochen war, angstvoll auf das Nachlassen seines Herzschlags lauschend. Auch das verzweifeltste Aufbäumen seiner Willenskraft, er wußte es, würde ihm nicht erlauben, noch einmal den Weg durch den Brunnen und den unterirdischen Gang zu nehmen. Konnte er den alten Pascalou zu Hilfe rufen, der das Haus bewachte? Aber der ein wenig sonderbar gewordene Alte, der ihn kurz zuvor bemerkt und offensichtlich für ein Gespenst gehalten hatte, war davongelaufen und alarmierte vielleicht schon die Nachbarschaft.

Wo sonst konnte er nach einem hilfreichen Arm suchen? Diese Frage hatte die Erinnerung an einen mageren Arm heraufbeschworen, der ihn auf seinem Todesweg gestützt hatte, den des kleinen Lazaristenpriesters, der ihm als Beichtvater der letzten Stunde zugewiesen worden war.

Es gibt Wesen, die weder mit Rubinen noch mit Gold zu kaufen sind. Diese Wahrheit war dem Grandseigneur aus Toulouse, der seine Mitgeschöpfe zu beobachten liebte, gleichfalls bekannt, und er akzeptierte sie ebenso wie die Bestechlichkeit der Mehrzahl der Menschen. Es gibt Wesen, in denen Gott die Flamme des Engels entzündet hat. Der kleine Lazarist gehörte zu ihnen. Denn die Unglücklichen brauchen trotz allem ein Refugium auf dieser Erde, zu dem sie sich flüchten können.

Seine letzten Kräfte zusammenraffend, hatte er das Hotel du Beautreillis durch die Pforte der Orangerie verlassen, deren Schloß ihm bekannt war – sie war für den Wächter unversiegelt geblieben –, und einige Augenblicke später läutete er am Tor des nahegelegenen Klosters der Lazaristen.

Er hatte für den Père Antoine einen Satz vorbereitet, eine Art Scherz, wie ihn nur Geistliche verstehen: „Ihr müßt mir helfen, Abbé. Denn Gott will nicht, daß ich sterbe, und ich bin ihm schon sehr nahe." Aber kein Wort entrang sich seiner gepeinigten Kehle.

Er hatte schon seit einigen Tagen bemerkt, daß er stumm geworden war.

Joffrey de Peyrac schüttelte den Kopf, und als er unter seinen Stiefeln die sich bewegenden Planken seiner *Gouldsboro* spürte, glitt ein Lächeln um seine Lippen. „Dieser Père Antoine! Mein bester Freund vielleicht. Der aufopferndste, uneigennützigste auf jeden Fall."

Er, Peyrac, der über Aquitanien regiert und eines der größten Vermögen des Königreichs Frankreich besessen hatte, er war während vieler Tage und Wochen auf jene schmalen, zerbrechlichen, aus den Ärmeln einer abgetragenen Soutane herausragenden Hände angewiesen gewesen. Der Priester hatte ihn nicht nur gepflegt und verborgen, er war auch auf die geniale Idee verfallen, ihn Platz und Namen eines Sträflings in dem Galeerensklaven-Transport übernehmen zu lassen, den er nach Marseille begleiten mußte. Dieser Sträfling, ein Spitzel der Polizei, war von seinen Kumpanen ermordet worden. Père Antoine, seit kurzem zum Almosenier und Prediger der unglücklichen Galeerensklaven ernannt, hatte die Unterschiebung organisiert. Auf das faulige Stroh eines Karrens geworfen, brauchte Joffrey de Peyrac von seinen Elendsgenossen keinen Verrat zu befürchten, da sie nur allzu froh waren, so leichten Kaufes davongekommen zu sein. Die schwerfälligen, brutalen Wachen stellten sich keine Fragen über die Galgenvögel, die sie eskortierten. Und Père Antoine verbarg in seinem armseligen Gepäck zusammen mit dem tragbaren Zubehör für die Messe die Kassette, die das Vermögen des Grafen enthielt.

„Der brave Mann!"

In Marseille hatten sie Kouassi-Ba, den gleichfalls zu den Galeeren verurteilten schwarzen Sklaven, angetroffen. Wieder war es der Almosenier gewesen, der ihn zu seinem kranken Herrn geführt hatte. Ihrer beider Flucht war um so leichter zu bewerkstelligen gewesen, als der an den unteren Gliedmaßen halb gelähmte Joffrey de Peyrac von den mit der Zusammenstellung der Rudermannschaften beauftragten Vögten als unbrauchbar angesehen wurde und aus diesem Grunde der ersten Einteilung für eine in See gehende Galeere entging.

Mit seinem Sklaven ins orientalische Viertel der großen Hafenstadt geflüchtet, wohl frei, doch noch immer bedroht, solange er auf französischem Boden blieb, hatte er lange Zeit nach einer Möglichkeit, sich einzuschiffen, gesucht. Er wollte sich zuvor einer neuen Identität und schützender Verbindungen versichern, die es ihm erlauben würden, ohne weiteres Risiko seinen Weg bei den Barbaresken zu machen.

So hatte er eine Botschaft an den Sehr Heiligen Mufti Abd-el-Mecchrat gesandt, einen arabischen Gelehrten, mit dem er Jahre hindurch eine lebhafte Korrespondenz über die letzten chemischen Entdeckungen geführt hatte. Aller Wahrscheinlichkeit zum Trotz hatte der Bote den weisen Muselmanen auch wirklich in Fez, der legendenumwobenen Hauptstadt des Maghreb, angetroffen. Er hatte mit der Heiterkeit der großen Geister geantwortet, für die die einzigen zwischen Menschen gezogenen Grenzen diejenigen sind, die Dummheit von Intelligenz, Unwissenheit von Wissen trennen.

In einer mondlosen Nacht glitt der riesige Neger Kouassi-Ba mit seinem kranken Herrn auf den Schultern über die nackten Felsen einer kleinen Bucht in der Umgebung von Saint-Tropez. Berber erwarteten sie dort in ihren weißen Burnussen, um sie auf das vor der Küste kreuzende Schiff zu bringen. Sie waren im übrigen Stammgäste dieses Orts, den sie häufig aufsuchten, um auf schöne Provenzalinnen mit bleicher Haut und kohlschwarzen Augen zu lauern. Die Fahrt war ohne Hindernisse vonstatten gegangen. Ein neues Leben tat sich für das dem Scheiterhaufen entrissene Opfer königlicher Willkür auf: seine Freundschaft mit Abd-el-Mecchrat, seine Genesung unter dessen geschickten Händen, die Beziehungen zu Moulay Ismaël, der ihn zur Ausbeutung von Goldvorkommen in den Sudan geschickt und sodann mit einer Gesandtschaft zum Großtürken betraut hatte, die Organisation des Silberhandels, dank dem er zu einem der Großen unter den Korsaren des Mittelmeers geworden war ... Ein Strauß begeisternder, leidenschaftlich durchlebter Erfahrungen, eine Fülle von Erkenntnissen, die jeder neue Tag seinem gierigen Geiste darbot. Gewiß, er bedauerte nichts von dem, was hinter ihm lag. Weder die Verluste noch die Niederlagen. Alles, was er durchgemacht und unternommen hatte, schien ihm interessant und würdig, durchlebt und noch einmal durchlebt zu werden, ebenso wie das Unbekannte, das sich nun vor ihm breitete. Der Mensch aus gutem Holz fühlt sich im Abenteuer, ja sogar in der Katastrophe zu Hause. Die Haut seines Herzens ist zäh wie Leder. Es gibt nur weniges, wovon ein Menschenherz sich nicht wieder erholt.

Das der Frauen ist zerbrechlicher, selbst wenn sie mutig Schicksalsschläge und Sorgen auf sich nehmen. Der Tod einer Liebe oder der eines Kindes kann für immer ihre Lebensfreude verdüstern.

Seltsame Wesen, diese Frauen, verletzlich und grausam zugleich. Grausam, wenn sie lügen, und mehr noch, wenn sie aufrichtig sind. Wie Angélique, als sie ihm gestern ins Gesicht geschleudert hatte: „Ich verabscheue Euch! Ihr wäret besser gestorben ...“

Sechzehntes Kapitel

Es war die Schuld des rothaarigen Kindes. Eine außerordentliche kleine Person, alles in allem, die die Züge und das Lächeln ihrer Mutter besaß. Der Mund war größer und weniger vollkommen, aber so ähnlich in seinem Ausdruck, daß es für ihn trotz ihres unterschiedlichen Haars und der schwarzen Augen – klein und schräg geschnitten, während die ihrer Mutter riesig und klar wie Quellwasser waren – bei ihrer ersten Begegnung keinen Zweifel gegeben hatte, die Tochter Angéliques vor sich zu haben.

Geboren aus ihrem Fleisch und dem Fleisch eines anderen. Aus der Vereinigung mit einem Manne, den Angélique liebend in ihren Armen empfangen, mit jenem wie geblendeten, ohnmächtig hingegebenen Antlitz, das sie ihm, ohne es zu ahnen, am ersten Abend auf der *Gouldsboro* offenbart hatte.

Hinter einem Wandbehang verborgen, hatte er sie belauscht, während sie erwachte und sich über ihr Kind neigte. Eifersucht hatte sein Innerstes zerfressen, weil sie ihm nun, im Lichte der sinkenden Sonne, viel schöner schien, als er geglaubt hatte, und weil er sich fragte, welche Erinnerung an welchen Geliebten sie in den Zügen des schlummernden kleinen Mädchens wohl wiederzufinden suchte. Während er schon drauf und dran gewesen war, zu ihr zu treten und sich zu demaskieren, hatte ihn plötzlich das Bewußtwerden des Abgrunds, der sie voneinander trennte, gelähmt.

Er hatte sie zärtliche Worte murmeln und ganz leise zu dem Kind sprechen hören. Niemals hatte sie sich so über Florimond, seinen Sohn, geneigt. Er hatte sie gehen lassen, ohne sich ihr zu zeigen.

Als er nach Anlegung der Maske mit seinem Sextanten auf die Brücke hinaustrat, bemerkte Joffrey de Peyrac sofort, daß die Protestanten endlich ihre religiöse Versammlung beendet und sich vom Deck zurückgezogen hatten. Er empfand eine mit Enttäuschung vermischte Erleichterung. Den Mantel um sich zusammenraffend, schickte er sich an, auf die Deckskajüte zu steigen, um die tägliche Ortung vorzunehmen, als ihm das Verhalten des Mauren Abdullah auffiel.

Der marokkanische Diener, der seit zehn Jahren zum Schatten seines Herrn geworden war, schien dessen Anwesenheit nicht bemerkt zu haben.

Auf die Balustrade aus vergoldetem Holz vor den verglasten Türen der Privaträume des Kapitäns gestützt, starrte er mit seinen großen, nachtschwarzen Augen vor sich hin, doch trotz seiner ungezwungenen Haltung erriet der mit den geheimsten Regungen dieser zugleich passiven und leidenschaftlichen Rasse vertraute Joffrey de Peyrac, daß er sich in einem Zustand heftiger Erregung befand. Er wirkte wie ein zum Sprung bereites Tier, und seine dicken malvenfarbenen Lippen bebten in dem Gesicht aus dunklem Gold.

Unversehens gewahrend, daß sein Herr ihn beobachtete, senkte er verschlossen den Blick, schien sich zu entspannen und fand sogleich zu der undurchdringlichen Miene der Lehrzeit seiner jungen Jahre zurück, als man ihn dazu abgerichtet hatte, den Sultan Moulay Ismaël zu beschützen. Einer der stattlichsten und geschicktesten Schützen der Leibgarde des Königs von Marokko, war er dem großen Magier Jeffa-el-Khaldum, den der Sultan mit seiner Freundschaft ehrte, zum Geschenk gemacht worden.

Seitdem zog er mit ihm über alle Meere des Erdballs. Mehrmals täglich bereitete er ihm den Kaffee, jenes Getränk, das ein Seefahrer der Levante ungern entbehrt, sobald er sich einmal daran gewöhnt hat. Er schlief quer vor seiner Tür oder am Fuß seines Bettes, folgte ihm ständig im Abstand von zwei Schritten mit geladener Muskete, und unzählig waren die Gelegenheiten: Kämpfe, Stürme, Komplotte, bei denen Abdullah das Leben des großen Magiers gerettet hatte.

„Ich begleite dich, o Herr", sagte er.

Aber er fühlte sich unbehaglich, denn er wußte aus Erfahrung, daß der Blick Jeffa-el-Khaldums die Macht besaß, seine Gedanken zu erraten.

Und wirklich wandte sich der Blick seines Herrn in die Richtung, in die er selbst vor kurzem gestarrt hatte. Sah er, was er gesehen und was trotz der Kälte eine Löwenbrunst in seinen Lenden entfacht hatte?

„Hast du es so eilig, unser Ziel zu erreichen, Abdullah?" fragte der Graf.

„Hier oder dort, was liegt daran?" murmelte der Araber düster. „*La il la ha, il la la, Mohammed rossul ul la ...*"

Und aus seiner Djellaba einen kleinen Beutel ziehend, entnahm er ihm mit den Fingerspitzen eine Art weißliches Pulver, dessen er sich bediente, um Stirn und Wangen zu zeichnen. Der Rescator beobachtete ihn.

„Woher diese Melancholie, alter Freund, und wozu diese Maskerade?"

Die Zähne des Mauren glänzten in einem plötzlichen Lächeln auf.

„O Herr, du bist zu gütig, mich als deinesgleichen zu behandeln. Möge Allah mich davor bewahren, dir zu mißfallen. Und wenn ich sterben muß, werde ich ihn bitten, mir die Gnade zu gewähren, daß es von deiner Hand geschehe. Denn im Koran steht geschrieben: ‚Wenn der Herr das Haupt seines Sklaven abschlägt, wird dieser ins Paradies der Gläubigen eingehen.'"

Und von neuem aufgeheitert, folgte Abdullah seinem verehrten Herrn. Doch statt auf die Deckskajüte, stieg der Rescator einige Stufen zu dem Laufsteg hinab, der zur Back hinüberführte.

Abdullah bebte am ganzen Leibe. Wieder einmal hatte sein Herr seine geheimsten Gedanken erraten. Mit einem aus Ungeduld und fatalistischer Todesangst gemischtem Gefühl schritt er hinter ihm her. Denn er wußte seinen Tod nahe.

Siebzehntes Kapitel

Auf der Back wuschen die protestantischen Frauen ihre Wäsche. Ihre weißen Hauben erinnerten an einen Schwarm auf schmalem Küstenstreifen versammelter Möwen. Sich ihnen nähernd, schwenkte der Rescator grüßend den Hut vor Madame Manigault, Madame Mercelot, Tante Anna, dem alten Fräulein, dessen mathematische Gelehrsamkeit er schätzte, der sanften, errötenden Abigaël und den jungen Mädchen, die ihn nicht anzusehen wagten und sittsame Mienen aufsetzten.

Dann postierte er sich gegenüber dem Großmast und begann, mit seinem Sextanten zu manipulieren.

Sehr bald schon spürte er, daß *sie* hinter ihm war.

Er wandte sich um.

Die Überwindung, die Angélique sich auferlegte, ließ sie erblassen:

„Ich habe gestern abscheuliche Dinge zu Euch gesagt“, erklärte sie. „Ich hatte Angst um mein Kind, und ich war nicht ich selbst. Ich möchte mich deswegen entschuldigen.“

Er verneigte sich und erwiderte:

„Ich danke Euch für Eure Höflichkeit, zu der Euer Pflichtgefühl Euch drängte, obwohl sie gewisse Worte nicht auszulöschen vermag, die ohne Zweifel das Verdienst hatten, aufrichtig zu sein. Glaubt mir, daß ich sie verstanden habe.“

Sie warf ihm einen rätselhaften Blick zu, in dem sich Schmerz und Zorn mischten.

„Nichts, gar nichts habt Ihr verstanden“, murmelte sie.

Dann senkte sie mit einem Ausdruck unendlicher Müdigkeit die Lider.

„Früher hätte sie sich anders verhalten“, dachte er. „Sie hätte furchtlos um sich geblickt, selbst in Momenten der Angst. Verdankt sie dieses, wie ich gestehen muß, recht anrührende Spiel der Wimpern weltläufiger Heuchelei oder hugenottischer Sittsamkeit? Eines wenigstens finde ich in ihrem Anblick wieder. Jenes Air von Kraft und Gesundheit, das von ihr ausstrahlt wie das Leuchten einer sommerlichen Sonne. Und, bei Gott, sie hat entschieden sehr schöne Arme.“

Unter seinem scharf beobachtenden Blick erlitt Angélique tausend Tode.

Protest wollte ihr über die Lippen, aber Zeit und Ort waren schlecht gewählt, um ihn auszusprechen. Die Wäscherinnen beobachteten sie, desgleichen die Männer der Besatzung, deren Augen immer auf den Schiffsherrn gerichtet waren, wenn er an Deck erschien.

So manches Mal seit dem Morgen hatte sie zu ihm gehen und mit ihm sprechen wollen. Ein aus Stolz und Furcht gemischtes Gefühl hatte sie zurückgehalten. Es war dieselbe Furcht, die sie nun vor ihm lähmte. Verlegen rieb sie sich ihre nackten Arme, die die Sonne wärmte.

„Hat sich das Kind erholt?" fragte er noch.

Sie antwortete bejahend und entschloß sich, zu ihrem Zuber zurückzukehren.

So war nun einmal das Leben! Die Wäsche mußte gewaschen werden. Um so schlimmer, wenn es Monsieur de Peyrac entsetzte, sagte sich Angélique empört. Wenn er sie am Zuber sah, verstände er vielleicht besser, daß sie häufiger Gelegenheit gehabt hatte, schwere Arbeiten zu verrichten, als am Hofe des Königs zu tanzen, und daß man sich um den Schutz seiner Frau zu bemühen hatte, wenn man sie sich unbescholten und mit allen Gaben der Verführung ausgerüstet zur alleinigen Verfügung erhalten wollte.

Er hatte ihr zu verstehen gegeben, daß sie einander fremd geworden waren. Es war nicht unmöglich, daß sie eines Tages Feinde würden. Schon begann sie, ihn seiner Absicht, sie zu erniedrigen, seiner gleichgültigen Herablassung wegen zu hassen. Kein Zweifel, daß sie längst versucht hätte, sich möglichst weit von ihm zu entfernen, wenn sie sich auf festem Boden begegnet wären, um ihm zu beweisen, daß sie nicht die Frau war, sich an jemand zu klammern, der sie zurückstieß.

Glücklicherweise, sagte sie sich, während sie energisch das Linnen bürstete, befanden sie sich auf demselben Schiff und konnten nicht voreinander fliehen.

Ihre gegenwärtige Lage hielt sich zwischen Glück und Qual, da er trotz allem da war, in Fleisch und Blut. Und ihn zu sehen, von ihm zu sprechen, war bereits wie ein Wunder. Also würden auch andere Wunder geschehen.

Die Augen hebend, sah sie ihn von hinten, die Schultern kraftvoll unter dem Samt des Rocks, die Taille von einem ledernen Gürtel umschlossen, eine Pistole mit silberbeschlagenem Kolben im Halfter an seiner Hüfte.

Er war es. Ah, wie schmerzlich, ihn so nah und zugleich so fern zu wissen. „Und dennoch habe ich an diesem Herzen geruht, bin ich in diesen Armen Frau geworden. In Kandia wußte er, wer ich war. Er hielt mich bei den Schultern und sprach zu mir mit bezaubernder Güte. Aber in Kandia war ich anders. Was kann ich für das Böse, das das Leben mir antat? Das der König mir antat? Jener König, dessen Geliebte gewesen zu sein er mich anklagt, um einen Vorwand zu haben, mich zu verachten und zu verwerfen. Und während ich gegen den König kämpfte, hielt er andere Frauen in seinen Armen. Ich kenne seinen Ruf vom Mittelmeer her. Ich wog nicht schwer in seiner Erinnerung. Jetzt belaste ich ihn. Auch er zöge es vor, wenn ich ein für allemal gestorben wäre, in der Wüste, durch den Biß der Schlange. Aber ich habe nicht sterben wollen. Genau wie er. Wir ähneln uns also. Und wir sind Mann und Frau gewesen. Im Guten und Bösen einander verbunden, über die Trennung hinaus. Es ist unmöglich, daß dergleichen vergeht. Und daß unsere Liebe nicht wieder auflebt, denn wir leben ja beide."

Ihre Augen brannten in der starren Intensität des auf ihn gerichteten Blicks.

Jede seiner Bewegungen erregte ihre Sinnlichkeit in einem Maße, das sie erzittern ließ.

„Ihr macht Schaum beim Reiben", brummte Marcelle Carrère, ihre Nachbarin, „als ob man Seife zum Verschwenden hätte."

Angélique hörte sie nicht.

Sie sah, wie er seinen Sextanten hob, sein maskiertes Profil dem Horizont zuwandte, mit dem Bootsmann sprach. Er drehte sich um, näherte sich von neuem den Frauen. Mit der Feder seines Hutes den Boden streifend, grüßte er die Wäscherinnen mit soviel Anmut, als handelte es sich um Damen des Hofes. Er wandte sich an Abigaël, die Angélique so fern stand, daß sie ihren noch dazu vom Winde davongetragenen Wortwechsel nicht verstehen konnte.

Er bannte die Augen des jungen Mädchens, dessen Wangen sich angesichts dieser ihr ungewohnten männlichen Aufmerksamkeit färbten, in seinen Blick.

„Wenn er sie anrührt, schreie ich", dachte Angélique.

Der Rescator nahm Abigaëls Arm, und Angélique erbebte, als sei sie es, die auf ihrem Fleisch die Berührung seiner Finger spürte.

Er zog Abigaël mit sich zum Bug des Schiffes und zeigte ihr etwas in der Ferne, eine undeutliche weiße Barriere, die die Strahlen der Sonne fing, Eismassen, an die man in der plötzlichen Milde des Wetters schon nicht mehr dachte.

Zwanglos gegen die Reling gelehnt, ein Lächeln auf den noch immer ausdrucksvollen, verführerischen Lippen, die die Maske freiließ, lauschte er sodann aufmerksam auf die Worte seiner Gesprächspartnerin.

Angélique konnte sich vorstellen, wie Abigaël allmählich Mut fassen und, anfangs erschreckt durch das ihr zugewandte Interesse einer so beunruhigenden Persönlichkeit, dem Charme seines Geistes erliegen würde. Durch sein Verständnis bestärkt, hingerissen, ermuntert, das Beste in sich hervorzukehren, würde sie sich aus ihrer Verschlossenheit lösen, und ihre durch strenge Erziehung verdeckte intelligente Anmut würde ihr sanftes Gesicht zum Aufblühen bringen. Sie würde bemerkenswerte, auserlesene Dinge sagen und in den auf sie gerichteten Augen das Vergnügen an ihren Äußerungen lesen.

Von einer einfachen Unterhaltung mit ihm würde sie die Erinnerung bewahren, einen Augenblick in einer anderen Welt als ihre Begleiter gelebt zu haben.

So fand der Verführer unfehlbar den Weg zu den Herzen der Frauen.

„Aber nicht zu dem meinen jedenfalls", wütete Angélique. „Das wenigste, was man sagen kann, ist, daß er sich nicht gerade Mühe gegeben hat, mir zu gefallen."

Ebenso unfehlbar, wie er zu verführen wußte, hatte er es verstanden, sie zu verletzen.

„Was hofft er zu erreichen, indem er sich vor meinen Augen mit Abigaël befaßt? Mich eifersüchtig zu machen? Mir seine Gleichgültigkeit zu beweisen? Mir zu bedeuten, daß wir einer wie der andere frei sind? Und warum Abigaël? Ah, er glaubt sich über menschliche und göttliche Gesetze, besonders die der Ehe, erhaben. Nun, er wird lernen, daß diese Gesetze bestehen. Ich bin seine Frau, und ich werde es bleiben. Ich werde mich an ihn klammern ..."

„Klopft nicht so tüchtig mit Eurem Waschholz", mahnte wieder Madame Carrère, die den Zuber und das sparsam zugeteilte Wasser mit ihr teilte. „Ihr nützt das Linnen ab. Wir werden sobald nichts zum Wechseln bekommen."

Glaubte er, daß sie so plumpen Berechnungen zugänglich wäre, daß sie zusehen würde, wenn er sich auf solche Weise an ihr rächte? Sie hatte bei Hof gelebt, in der Schlangengrube. Sie war selbst den giftigsten Intrigen nicht auf den Leim gegangen. Auch jetzt würde sie nicht unterliegen, obwohl sie im Innersten getroffen war, denn er war ihre große, ihre ewige Liebe gewesen.

Nein, sie würde sich nicht an ihn hängen, wenn er es nicht wünschte, ebensowenig wie sie sprechen und ihre Beweise ausbreiten würde, von denen er nichts zu ahnen schien. Man hielt einen Mann nicht mit Gewalt zurück, und seine Gewissensbisse zu wecken, um wieder von ihm aufgenommen zu werden, war ebenso armselig wie ungeschickt. Was würde es nützen, ihn daran zu erinnern, daß sie seinetwegen in die tiefsten Tiefen der Erniedrigung gesunken war? Hatte er damals nicht sein eigenes Leben verteidigen müssen? Unter furchtbaren Bedingungen, die ihr unbekannt waren? Wie sie wußte auch er nur allein, was er durchlitten hatte. Wenn sie ihn wahrhaft liebte, würde sie seinen vergangenen Leiden keine neuen hinzufügen.

Entschlossen, in Zukunft die Fassung zu bewahren, bemühte sich Angélique, ihre stürmischsten Gedanken und Gefühle zu bändigen. Sie dämpfte die Hoffnung zugleich mit der Mutlosigkeit und der Empörung und wollte nur Geduld und Ruhe gelten lassen.

Und sie begann die alte *Gouldsboro*, die es nicht zuließ, daß sie voreinander davonliefen, wie ein menschliches Wesen, einen guten Freund zu lieben.

Das knarrende Schiff, winzig und einsam auf dem bleifarbenen Ozean, zwang sie, zusammenzubleiben und schützte sie vor nicht wiedergutzumachenden Reaktionen.

Wäre es nach ihr gegangen, hätte die Fahrt ewig dauern können.

Der Rescator hatte sich von Abigaël verabschiedet. Er verließ die Plattform über die Stiege zur Rechten.

Madame Carrère stieß Angélique mit dem Ellbogen an und beugte sich zu ihr, um ihr etwas zuzuflüstern.

„Seit meinem sechzehnten Jahr hab' ich von einem Piraten wie diesem geträumt, der mich entführen und übers Meer auf eine wunderschöne Insel bringen würde."

„Ihr?" fragte Angélique verdutzt.

Die Frau des Advokaten zwinkerte ihr lustig zu. Sie war eine schwarze Ameise, immer regsam und ohne eine Spur von Anmut. Ihre hohe, für das Angoumois charakteristische, stets aufs beste gestärkte Haube schien durch ihre bloße Höhe einen Körper zu erdrücken, der trotz seiner Schmächtigkeit nicht weniger als elf Kinder hervorgebracht hatte. Ihre Augen funkelten hinter ihrer Brille, während sie versicherte:

„Ja, ich. Ich habe immer viel Phantasie gehabt, was meint Ihr! Zuweilen denke ich noch an den Piraten meiner Träume. Deshalb macht's mir auch solchen Eindruck, wenn ich einen bloß ein paar Schritte entfernt vor mir sehe. Schaut Euch die Pracht seiner Kleidung an. Und dann diese Maske! Mir läuft förmlich ein Schauder den Rücken hinunter."

„Ich werde Euch sagen, wo er her ist, meine Schönen", erklärte Madame Manigault in einem Ton, mit dem man schwerwiegende Neuigkeiten ankündigt. „Hoffentlich mißfällt es nicht Dame Angélique, wenn ich mich frage, ob ich nicht mehr darüber weiß als sie."

„Das würde mich wundern", murmelte Angélique zwischen den Zähnen.

„Was wißt Ihr also?" fragten die Frauen, während sie sich neugierig näherten. „Ist er Spanier? Italiener? Türke?"

„Nichts von alledem. Er ist einer von uns!" ließ die Gevatterin triumphierend vernehmen.

„Einer von uns? Aus La Rochelle?"

„Habe ich was von La Rochelle gesagt?" rief Madame Manigault, indem sie ihre üppig gepolsterten Schultern hob. „Ich sagte: von uns, was bedeutet, aus meiner Gegend."

„Angoulême!" schrien die entrüsteten und skeptischen Rochelleserinnen wie aus einem Mund.

„Nicht ganz, mehr südlich. Tarbes oder Toulouse, ja, vermutlich eher Toulouse", fügte sie bedauernd hinzu. „Aber immerhin ist er ein Seigneur aus Aquitanien, ein Gaskogner", murmelte sie mit einem Stolz, der ihre schwarzen, in eine Fettschicht eingebetteten Augen aufblitzen ließ.

Angélique spürte, wie sich ihre Kehle zusammenzog. Sie hätte die dicke Frau umarmen mögen. Sie schalt sich, indem sie sich sagte, daß es absurd sei, sich von Dingen anrühren zu lassen, um die es sich nicht mehr lohnte. Was hatten in der Tat schon jene Reminiszenzen an die Grenzen des Meers der Finsternis zu bedeuten, wo man an den eisigen Abenden perlmuttfarbene Nordlichter wie Morgenröte leuchten sah? Sie waren wie getrocknete Blumen mit ein wenig Heimatstaub an den Wurzelfasern, wie sie jedermann an seinem Herzen trug.

„Wie ich es erfahren habe?" fuhr die Frau des Reeders fort. „Nun, man hat's oder hat es nicht, meine Herzchen. Eines Tages sagte er mir, als wir auf Deck aneinander vorbeigingen: ‚Dame Manigault, Ihr habt den Akzent von Angoulême!' Und von da kamen wir auf die Gegend zu sprechen . . ."

Nachdem ihre Neugier befriedigt war, wollte Madame Mercelot, die Frau des Papierhändlers, nicht allzu enthusiastisch scheinen.

„Aber er hat Euch nicht verraten, meine Liebe, warum er eine Maske trägt, warum er Begegnungen ausweicht und warum er sich seit so vielen Jahren fern von seiner Heimat herumtreibt."

„Alle Welt kann nicht zu Hause bleiben. Der Wind des Abenteuers weht, wohin er will."

„Sagen wir lieber: der Wind des Plünderns."

Sie beobachteten Angélique aus den Augenwinkeln. Der Eigensinn, mit dem sie sich weigerte, sie eingehender über die *Gouldsboro* und ihren Kapitän zu unterrichten, wurde ihnen jeden Tag verdächtiger. Gleichsam zwangsweise auf ein Schiff ohne Flagge mit unbekanntem Ziel verfrachtet, glaubten sie ein Anrecht auf Erklärungen zu haben.

Angélique blieb verschlossen und tat, als habe sie nichts gehört.

Schließlich entfernten sich die Damen, um das Ergebnis ihrer Arbeit auf Leinen zum Trocknen aufzuhängen. Man mußte die letzten Stunden dieses prächtigen Sonnenscheins nutzen. Nach wenigen Augenblicken der Dämmerung würde die Kälte der nordischen Nacht folgen, die auch das letzte noch feuchte Hemd in einen stahlharten Panzer verwandelte. Doch während des Tages schuf die außerordentliche Trockenheit der Luft bei wolkenlosem Himmel Stunden milden Trostes.

„Wie warm es ist!" rief die junge Bertille Mercelot, während sie aus ihrem Mieder schlüpfte.

Und da ihre Haube verrutscht war, riß sie auch die herunter und schüttelte ihr blondes Haar.

„Weil wir am Ende der Welt sind, ist die Sonne ganz nah und heizt uns ein! Sie wird uns noch rösten!"

Sie lachte schrill auf. Ihr kurzärmeliges Hemd ließ ihre hübschen, hoch angesetzten, spitzen Brüste und noch zarte, aber schon gerundete, feste Schultern ahnen.

Die in ihre Gedanken versunkene Angélique hob die Augen zu dem jungen Mädchen.

„Ich muß ihr ähnlich gewesen sein, als ich siebzehn war", sagte sie sich.

Eine der Freundinnen Bertilles tat es ihr unversehens nach, indem sie gleichfalls ihr Mieder und den leinenen Kittel auszog, den sie darunter trug.

Sie war nicht so schön wie die Tochter der Mercelots, doch bereits fleischig und in ihren Formen ganz Frau. Ihr weit geöffnetes Hemd verdeckte eben noch ihre Brust.

„Ich friere!" rief sie. „Oh, es beißt mich, und zugleich streichelt mich die Sonne. Wie gut das tut!"

Auch die anderen jungen Mädchen lachten auf eine ein wenig gezwungene Art, die ihre Geniertheit und ihren Neid verbergen sollte.

Angélique fing Séverines hilfesuchenden Blick auf. Jünger als die andern, fühlte sich die kleine Berne durch die unpassende Handlungsweise ihrer älteren Kameradinnen aufs tiefste schockiert. In unwillkürlichem Protest zog sie ihr schwarzes Busentuch fest um sich zusammen.

Angélique begriff, daß etwas Ungewöhnliches vorging. Sich umwendend, gewahrte sie den Mauren.

Auf seine silberbeschlagene Muskete gestützt, betrachtete Abdullah die jungen Mädchen mit einem Ausdruck, der seine Gefühle nur allzu deutlich verriet.

Übrigens war er nicht der einzige, der sich von dem charmanten Anblick anlocken ließ.

Einzelne Angehörige der Mannschaft mit braungebrannten Galgengesichtern begannen sich längs der Haltetaue mit gespielter Unbefangenheit zu nähern.

Ein Pfiff des Bootsmanns jagte sie auf ihre Posten zurück. Der Gnom warf einen haßerfüllten Blick zu den Frauen hinüber und entfernte sich, nachdem er kräftig in ihre Richtung gespuckt hatte.

Triumphierend blieb Abdullah als einziges männliches Wesen zurück. Sein Gesicht, das Gesicht eines afrikanischen Götzen, wandte sich gebieterisch der Frucht zu, nach der er gierte, der blonden Jungfrau, die er seit mehreren Tagen mit einem durch den Zwang des Meeres lange um seine Erfüllung betrogenen Verlangen begehrte.

Angélique erkannte, daß sie die einzige Erwachsene unter diesen leichtsinnigen jungen Vögeln war, und nahm die Angelegenheit in die Hand:

„Zieht Euch wieder an, Bertille", sagte sie trocken. „Auch Ihr, Rachel. Ihr seid närrisch, Euch so auf Deck zu entkleiden."

„Aber es ist so warm!" rief Bertille, ihre himmelblauen Augen treuherzig aufreißend. „Wir hatten es bisher kalt genug, um heute die gute Gelegenheit nicht zu nützen."

„Darum handelt sich's nicht. Ihr lenkt die Aufmerksamkeit der Männer auf Euch, und das ist unklug."

„Der Männer? Welcher Männer?" protestierte das Mädchen mit einem plötzlich hörbar werdenden grellen Ton in der Stimme. „Oh, er!" fügte sie hinzu, als ob sie Abdullah erst jetzt bemerkte. „Oh, er tut uns nichts ..."

Sie brach in ein silberhelles Gelächter aus, das wie die Anschläge eines Glöckchens dahinperlte.

„Ich weiß, daß er mich bewundert. Er kommt jeden Abend, wenn wir uns an Deck zusammenfinden, und wenn die Gelegenheit sich gibt, nähert er sich mir. Er hat mir schon kleine Geschenke gemacht: Halsketten aus buntem Glas, ein Stückchen Silber. Ich glaube, er hält mich für eine Göttin. Ich finde es hübsch."

„Ihr irrt Euch. Er hält Euch für das, was Ihr seid, das heißt, für eine ..."

Sie unterbrach sich, um Séverine und die anderen jüngeren Mädchen nicht zu beunruhigen. Die kleinen, bisher nur mit der Bibel genährten und durch die dicken Mauern ihrer protestantischen Behausungen geschützten Dinger waren allzu naiv.

„Zieht Euch wieder an, Bertille", beharrte sie freundlich. „Glaubt mir, wenn Ihr erst mehr Erfahrung habt, werdet Ihr den Sinn dieser Bewunderung verstehen, die Euch jetzt schmeichelt, und Ihr werdet über Euer Betragen erröten."

Bertille wartete das größere Maß an Erfahrungen erst gar nicht ab, um bis zu den Haarwurzeln rot zu werden. Ihr anmutiges Gesicht verwandelte sich unter der Auswirkung ihres Ärgers, und sie erwiderte mit boshafter Miene:

„Ihr redet so, weil Ihr eifersüchtig seid. Weil ich es bin, die er anstarrt, und nicht Ihr. Diesmal seid Ihr nicht die Schönste, Dame Angélique ... Bald werde ich schöner sein als Ihr, selbst in den Augen der anderen Männer, die Euch heute bewundern. Seht, was mir Eure Ratschläge wert sind."

Sie wandte sich mit einer raschen Bewegung zu Abdullah und schenkte ihm ein strahlendes Lächeln, das ihre hübschen Perlenzähne zeigte.

Der Maure zitterte am ganzen Körper.

Seine Augen funkelten, während seine Lippen sich seltsam verzogen und dieses Lächeln erwiderten.

„Oh, dieser kleine Dummkopf!" rief Angélique gereizt aus. „Hört sofort mit Euren Albernheiten auf, Bertille, oder ich werde Eurem Vater davon erzählen."

Die Drohung tat ihre Wirkung. Maître Mercelot verstand in Dingen der Schicklichkeit keinen Spaß und war in allem, was seine einzige, vergötterte Tochter betraf, überaus empfindlich. Widerwillig griff sie daher zu ihrem Mieder. Rachel hatte sich schon nach den ersten Ermahnungen Angéliques schleunigst angekleidet, denn wie fast die gesamte Jugend der kleinen Gemeinschaft brachte sie der Magd Maître Bernes tiefstes Vertrauen entgegen. Das unverschämte Benehmen Bertilles ihr gegenüber bedrückte die jungen Mädchen wie ein Sakrilegium.

Doch die von einer lange unterdrückten Eifersucht geplagte Bertille wollte sich noch nicht geschlagen geben.

„Ah, ich sehe schon, warum Ihr so sauer seid", begann sie von neuem. „Der Schiffsherr hat nicht geruht, Euch einen Blick zu schenken. Und dabei weiß man, daß Ihr die Nächte in seiner Kajüte verbringt ... Aber heute hat er es vorgezogen, Abigaël den Hof zu machen."

Sie brach in ihr nervöses Gelächter aus.

„Er hat nicht viel Geschmack! Diese vertrocknete alte Jungfer! Was kann er schon an ihr finden?"

Zwei oder drei ihrer Freundinnen kicherten unterwürfig.

Angélique seufzte resigniert.

„Meine armen Kinder, die Dummheit eures Alters übersteigt jede Vorstellung. Ihr versteht nichts von dem, was um euch herum vorgeht, und trotzdem redet ihr darüber. Laßt euch wenigstens sagen, wenn ihr schon nicht fähig seid, euch selbst ein Urteil zu bilden, daß Abigaël eine schöne und anziehende Frau ist. Wißt ihr, daß ihre Haare bis zu den Hüften reichen, wenn sie sie löst? Ihr werdet niemals so schöne haben, selbst Ihr nicht, Bertille. Und zudem besitzt sie noch Qualitäten des Herzens und Geistes, während die durch eure

Jugend angezogenen Anbeter eurer Albernheit bald überdrüssig sein werden."

Tief gekränkt und kaum überzeugt, doch fürs erste am Ende ihrer Argumente angelangt, schwiegen die kleinen Schwätzerinnen. Da der Maure sich nicht von seinem Platz gerührt hatte – eine düstere Statue in schneeweißem, windgepeitschtem Burnus –, zog sich Bertille bewußt langsam an.

Angélique rief ihm gebieterisch in seiner Sprache zu:

„Was machst du da? Geh! Dein Platz ist bei deinem Herrn!"

Er erbebte, als erwache er aus einem Traum, und betrachtete erstaunt die Frau, die arabisch zu ihm sprach. Dann malte sich unter Angéliques grünem Blick Furcht auf seinem Gesicht, und er antwortete wie ein bei einem Fehler ertapptes Kind:

„Mein Herr ist noch hier. Ich warte darauf, daß er sich entfernt, um ihm zu folgen."

Erst jetzt bemerkte Angélique, daß der Rescator am Fuß der Stiege von Le Gall und dreien seiner Freunde aufgehalten worden war und noch mit ihnen sprach.

„Gut. Dann werden eben wir gehen", entschied sie. „Kommt, Kinder!"

Sie entfernte sich, die jungen Mädchen vor sich her treibend.

„Der Neger", flüsterte Séverine entsetzt. „Habt Ihr's bemerkt, Dame Angélique? Er betrachtete Bertille, als wollte er sie lebendig verschlingen."

Achtzehntes Kapitel

Vier der Protestanten hatten sich dem Rescator genähert, während er von der Back herunterstieg. Der Umstand war selten. Seit der Abfahrt aus La Rochelle hatte keiner der Hugenotten versucht, ihn anzusprechen und sich mit ihm zu unterhalten. Die Ursache dafür war die grundlegende Unvereinbarkeit ihres Wesens mit dem, was er in ihren Augen repräsentierte.

Der Mann der Meere, wurzellos, ohne Vaterland, ohne Treu und Glauben, dem sie, die Gerechten, zu allem Überfluß auch noch ihr Leben verdankten, konnte ihnen nur Widerwillen einflößen.

Außer seinem Gespräch mit Gabriel Berne hatte es keine Berührung gegeben, und da Tag für Tag die unausgesprochene Spannung wuchs, wie sie sich zwischen mißtrauisch einander beobachtenden Fremden ergibt, wurden sie allmählich zu Feinden.

Infolgedessen blieb der Rescator in der Defensive, als Le Gall und drei seiner Gefährten auf ihn zutraten.

Wie er Nicolas Perrot gesagt hatte, täuschte er sich bei aller Wertschätzung der grundlegenden Qualitäten der Reformierten nicht über die Tatsache hinweg, daß es schwierig sein würde, sie sich zu Bundesgenossen zu machen. Von allen Menschengattungen, die studieren zu können er den Vorzug gehabt hatte, war diese vermutlich die unzugänglichste. Der Blick eines Indianers oder eines semitischen Schwarzen enthielt weniger Rätsel, weniger abweisende Zurückhaltung als der eines Quäkers, der sich ein für allemal entschlossen hat, im andern die Verkörperung des Bösen zu sehen.

Nun standen sie vor ihm, die runden Hüte vor den Magen gedrückt, das Haar kurz und sorgfältig geschnitten. Das ganze Elend einer Flucht, auf die sie nur das Hemd, das sie auf dem Leibe trugen, hatten mitnehmen können, reichte nicht aus, um ihnen das von der Mannschaft so geschätzte zerlumpte Aussehen zu geben. Hätte er seinen Männern eine Schere und ein Rasiermesser von feinstem Stahl geschenkt, wären sie deshalb nicht weniger mit Stoppelkinn und struppigem Schopf herumgelaufen; denn die meisten stammten aus den Mittelmeerländern.

Diese Überlegungen ließen ihn lächeln, während die vier Hugenotten ihre hölzernen Mienen bewahrten. Man hätte über mehr als gute Augen verfügen müssen, um in ihrem Blick Freundschaft, Gleichgültigkeit oder Haß zu lesen.

„Monseigneur", sagte Le Gall, „die Zeit wird uns lang, da wir untätig sind. Wir sind gekommen, Euch um die Gunst zu bitten, uns in Eure Mannschaft aufzunehmen. Ihr habt mich bei der Durchquerung des Kanals vor La Rochelle als Steuermann bei der Arbeit gesehen. Zuvor bin ich zehn Jahre zur See gefahren. Ich war ein guter Marsgast. Ich könnte Euch nützlich sein, und diese andern hier ebenfalls, denn wir wissen, daß La Rochelle Euch einige Verwundete gekostet hat, die ihren Dienst noch nicht wieder aufgenommen haben. Meine Gefährten und ich werden sie ersetzen."

Er stellte sie vor: den Schiffszimmermann Bréage, Charron, seinen Teilhaber im Fischereigeschäft, auch er ein einstiger Matrose, und seinen Schwiegersohn Marengouin, der stumm wie ein Maulwurf, aber durchaus nicht taub war und, wie jedermann wußte, als Seemann auf einem Handelsschiff gedient hatte, bevor er darauf verfallen war, sich mit Fischen und Langusten zu beschäftigen.

„Das Meer kennt uns, und die Finger jucken uns danach, auf den Rahen oben ein paar Taue zu spleißen."

Le Gall hatte einen offenen Blick, Joffrey de Peyrac vergaß keineswegs, daß er die *Gouldsboro* durch das schwierige Fahrwasser des bretonischen Kanals gesteuert hatte, und wenn sich zwischen dem Schiff und den Protestanten überhaupt eine Verbindung anspinnen konnte, dann war allein Le Gall dazu imstande.

Dennoch zögerte er lange, bevor er den Bootsmann rufen ließ und ihn mit dem Ersuchen seiner neuen Rekruten bekannt machte.

Weit entfernt, das Mißtrauen seines Herrn zu teilen, zeigte sich der mißgestaltete Gnom im Gegenteil äußerst befriedigt. Eine Grimasse, die einem Lächeln ähnelte, öffnete seinen wie mit einem Säbelhieb gezogenen Mund über verdorbenen Zähnen. Er bekannte, daß es ihm an Männern fehle. Sein Mannschaftsbestand sei von Anfang an nicht ausreichend gewesen, und die fünf Verletzten von La Rochelle hätten ihn in eine prekäre Lage gebracht. Genau gesagt, manövriere man mit der Hälfte der Männer, die eigentlich nötig gewesen wären. Daher seine schlechte Laune, die zu unterdrücken ihn reichliche Mühe gekostet habe. Homerisches Gelächter seitens der Matrosen, die das Gespräch hatten belauschen können, begrüßte dieses Geständnis. Denn Eriksons schlechte Laune war chronisch, unverwüstlich und unüberhörbar, und man fragte sich mit Schrecken, was er wohl noch zu bieten haben würde, falls er sie einmal nicht unterdrückte.

„Es ist gut. Ihr seid eingestellt", erklärte der Rescator den vier Rochellesern. „Versteht ihr englisch?"

Sie verstanden genug, um die Befehle des Bootsmanns zu begreifen. Er ließ sie in Eriksons Händen und wandte sich der Treppe zum Heck zu.

An die Balustrade aus vergoldetem Holz gelehnt, vermochte er seinen Blick nicht von dem Lichtstrahl abzuwenden, den der Spalt über der Tür, hinter der die Protestanten hausten, ins Dunkel des plötzlich von der Nacht überfluteten Decks filterte. Dort unten, zwischen jenen Menschen, deren Feindschaft er spürte, lebte Angélique. War sie auf ihrer Seite und gegen ihn? Oder allein wie er, allein zwischen zwei Welten? Weder hier noch woanders?

Die jäh angebrochene Finsternis umhüllte das Schiff. Fackeln und Schiffslaternen wurden angezündet. Kniend, mit den behutsamen Bewegungen des Primitiven, der über das ewige Feuer wacht, blies Abdullah in den irdenen Topf, in dem sich glühende Kohlen unter seinem Hauch röteten.

Die bedrückende Trauer des Nordens, die Beklemmung angesichts der Grenzen der Erde, die die Herzen der Wikinger und aller kühn das unbewegliche Gestirn zum Leitstern ihrer Fahrt wählenden Seeleute in ihren Bann geschlagen hatten, wehten nun über das unsichtbar gewordene Meer.

Von den Eisbergen war nichts mehr zu befürchten. Nichts wies auf einen nahenden Sturm hin. Und doch fand Joffrey de Peyrac keine Ruhe.

Zum erstenmal in seinem Dasein als Seemann gab es in seinen Gedanken keinen Platz für sein Schiff. Eine Trennungslinie teilte ihn in zwei Hälften. Auch seine Männer fühlten sich nicht wohl. Sie spürten die Bedrängnis ihres Herrn. Es stand nicht mehr in seiner Macht, sie zu beruhigen.

Die Last all der Leben, für die er die Verantwortung trug, wog schwer auf seinen Schultern, und er war müde.

Er hatte schon zuvor an Kreuzwegen des Daseins gestanden, Stunden erlebt, mit denen ein Lebensabschnitt endete, in denen man eine neue Richtung einschlagen, alles von vorn beginnen mußte. Doch im Innersten seines Wesens wußte er, daß es niemals ein neues Beginnen gab. Er schritt nur auf dem ihm bestimmten Wege voran, dessen Perspektiven sich nach und nach seinem Blick enthüllten. Doch jedesmal mußte er die Formen eines alten Lebens abstreifen, wie eine Schlange sich ihrer alten Haut entledigt, Fetzen von Bindungen, von Freundschaften zurücklassen.

Diesmal würde er Abdullah seiner Wüste zurückgeben müssen, denn der nordische Wald wäre nicht das rechte für ihn. Jason würde ihn und den alten Marabut Abd-el-Mecchrat wieder zu den goldenen Horizonten des Mittelmeers bringen. Abdullah, sein wachsamer Leibwächter, hatte ihm so manches Mal das Leben gerettet. Er brachte den Gewohnheiten seines Herrn den Respekt entgegen, den man heiligen Riten schuldet. „Werde ich jemals einen Mohikaner finden, der mir meinen Kaffee bereitet? Nein, sicher nicht! Du wirst dich ohne ihn behelfen müssen, alter Berber, zu dem du geworden bist." Was Abd-el-Mecchrat betraf, so sah er ihn in der Kajüte vor sich, die man unter dem Heckzwischendeck speziell für ihn mit jeder nur möglichen Bequemlichkeit eingerichtet hatte.

Den gebrechlichen, von Kasteiungen verzehrten Körper in Pelzwerk gehüllt, schrieb er zweifellos unermüdlich. Mit siebzig Jahren war sein Verlangen nach Wissen noch immer so brennend, daß er seinen Freund Peyrac fast angefleht hatte, ihn zum Studium der Neuen Welt mitzunehmen, als dieser das Mittelmeer verließ. Der weise Marabut hätte nur zu gern den Planeten völlig umrundet, um das Material seiner Betrachtungen zu vermehren: eine bei Muselmanen verhältnismäßig selten anzutreffende Offenheit des Geistes. Abd-el-Mecchrat war viel zu fortgeschritten, um einem Fanatiker wie seinem Souverän Moulay Ismaël zu gefallen.

Joffrey de Peyrac war dieser Umstand nicht verborgen geblieben, und deshalb hatte er auch den Bitten des Alten nachgegeben, in dem Bewußtsein, ihm, den er liebte, bei dieser Gelegenheit vermutlich auch das Leben zu retten.

Abd-el-Mecchrat hatte ihn in der prunkvollen Medrese, der Koranschule, empfangen, die er damals besaß, der Vornehmste unter den Gelehrten und Heiligen, von ganz Fez respektiert. Auf der Streu einer von Maultieren getragenen Sänfte war Joffrey de Peyrac aus Salé gekommen. Er sah sich wieder zu Füßen seines arabischen Freundes liegen, noch immer nicht ganz davon überzeugt, daß er die gefährliche Reise lebend überstanden hatte und daß er, ein Christ, ein schimpflicher Ungläubiger, sich im Herzen des geheimnisvollen Maghreb befand: bettlägerig, durch die Strapazen der Reise und der hinter ihm liegenden physischen Leiden erschöpft, auf Unterstützung durch seinen treuen Neger Kouassi-Ba angewiesen, den der Umstand, sich unter den Seinen wiederzufinden, in ziemlichen Schrecken versetzte. „Die Leute hier sind alle Wilde", murmelte er, seine weißen Augäpfel rollend, und der Graf hatte sich manches Mal gefragt, was ihn wohl am Ziel dieser endlosen Irrfahrt erwartete.

Es war wirklich Abd-el-Mecchrat gewesen, sein Freund. Er war ihm zuvor schon in Spanien, in Granada begegnet. Er erkannte die zarte, in eine schneeige Djellaba gehüllte Gestalt des arabischen Arztes und seine kahle Stirn über großen, in Stahl gefaßten Brillengläsern, die ihm das Aussehen einer drolligen Eule verliehen.

„Ich kann es nicht glauben, daß ich mich vor Euch und in Fez befinde", sagte Joffrey de Peyrac mit leiser Stimme. Trotz aller Bemühungen vermochte er keinen lauten Ton hervorzubringen. „Ich hatte mir vorgestellt, daß wir uns insgeheim irgendwo an der Küste begegnen würden. Führt das Königreich Marokko den Ruf der Unzugänglichkeit zu Unrecht oder übersteigt Eure Macht die des Sultans, für den ein Christ nur als Sklave oder tot existiert? Die Ehren, mit denen man mich umgibt, haben mir die Überzeugung vermittelt, weder das eine noch das andere zu sein. Wird diese Illusion dauern?"

„Wir hoffen es, mein Freund. Eure Lage ist in der Tat ungewöhnlich, denn Ihr genießt den Schutz geheimer Gönner, dessen Erlangung ich wenigstens zum Teil Eurer Wissenschaft verdanke. Um jedoch die Hoffnungen, die man auf Euch gesetzt hat, nicht zu enttäuschen, müßt Ihr zunächst so schnell wie möglich wieder gesunden. Ich bin beauftragt, Euch zu heilen. Ich muß hinzufügen, daß es dabei für Euch wie für mich um Leben und Tod geht, denn auch mich kann ein Mißerfolg den Kopf kosten."

Seinem Wunsch entgegen, mehr über die Mächtigen zu erfahren, die der alte Marabut trotz seiner Frömmigkeit und Gelehrsamkeit fürchtete, mußte der Verletzte fast bis zu seiner völligen Wiederherstellung warten, um ein Anrecht auf weitere Erklärungen zu haben.

Für den Augenblick bestand seine, Peyracs, Aufgabe darin zu genesen, und er widmete sich ihr mit der hartnäckigen Willenskraft, die die Grundlage seines Charakters bildete.

Mutig unterwarf er sich allen Vorschriften, Maßnahmen und Übungen, die sein umsichtiger Freund ihm auferlegte. Die Tatsache, in eigener Person Gegenstand einer wissenschaftlichen Erfahrung zu sein, gewann sein Interesse und half ihm durchzuhalten, wenn Unsicherheit und Schmerzen Zweifel in ihm weckten.

Anfangs hatte sich Abd-el-Mecchrat mit betroffenem Gesicht über seine Wunden gebeugt, doch allmählich war seine Miene trotz des wenig erfreulichen Anblicks heiterer geworden.

„Allah sei gelobt!" rief er aus. „Die Wunde des linken Beins, die schlimmste, ist offen geblieben."

„Und das seit Monaten ..."

„Allah sei dafür gesegnet", hatte der Gelehrte wiederholt. „Ich garantiere jetzt nicht nur Eure Wiederherstellung, ich sehe sogar voraus, daß Ihr dank diesem Umstand von einem Gebrechen befreit sein werdet, das Euch während Eures ganzen Lebens behinderte. Erinnert Ihr Euch noch an unser Gespräch in Granada, nachdem ich Euer Bein untersucht hatte? Ich sagte Euch, daß Ihr nie gehinkt hättet, wenn Ihr als Kind von mir behandelt worden wärt."

Und er erklärte ihm, daß sich die Ärzte Europas nur mit den Äußerlichkeiten des Übels befaßten, daß sie sich angesichts einer Wunde nur darum bemühten, sie möglichst rasch an der Oberfläche vernarben zu lassen. Was tat es, wenn unter diesem hauchdünnen Häutchen, das die Natur selbst aufs schnellste zu bilden suchte, Höhlungen zurückblieben, fauliges Fleisch, Anlässe zu Atrophien und nicht wiedergutzumachenden Mißbildungen? Die arabische Heilwissenschaft hingegen, gestützt auf das uralte Wissen der Magier, afrikanischen Medizinmänner und ägyptischen Balsamierer, gestand jedem Wundelement seinen eigenen Vernarbungsrhythmus zu. Je tiefer die Wunde, desto mehr mußte man besorgt sein, den Heilungsprozeß zu verzögern, statt ihn zu aktivieren. Die Stränge des Empfindungsvermögens und des Handelns ließen sich nicht auf die gleiche Weise heilen.

Von den ersten Erfolgen seiner Maßnahmen sehr befriedigt, erklärte ihm Abd-el-Mecchrat weiter, daß sich die zerrissenen Fasern und Sehnen infolge des segensreichen Ausbleibens jedes chirurgischen Eingriffs bereits wieder auf zufriedenstellende Weise verknüpft hätten. Da er, dem Himmel sei Dank, der schrecklichen Gefahr des Brandes entronnen sei – der einzigen wirklichen Gefahr solcher ausgedehnten Heilungsprozesse –, fiele ihm, Mecchrat, lediglich die Aufgabe zu, das durch Maître Aubin, den Henker des Königs von Frankreich, so sachkundig begonnene und durch die vielfachen Reisen des Verurteilten auf der Flucht vor seinen Verfolgern so glücklich fortgesetzte Werk zu vollenden.

Abd-el-Mecchrat führte sein Werk mit der peinlichen Genauigkeit eines arabischen Goldschmieds durch. Er sagte: „Euer Gang wird es bald mit dem des arrogantesten spanischen Fürsten aufnehmen können!"

Von seinen Leiden zermürbt, hätte Joffrey de Peyrac schon ein bescheideneres Ergebnis genügt. Er hatte sich früher so weitgehend mit seinem lahmenden Bein abgefunden, daß er durchaus zufrieden gewesen wäre, auch in Zukunft mehr oder weniger hinkend gehen zu müssen, wenn sich die Heilung nur schnell und verbunden mit der allgemeinen Wiederkehr seiner gewohnten Vitalität ergab. Er hatte genug davon, sich als Wrack zu fühlen und seine Kräfte täglich abnehmen zu sehen. Um ihn immer von neuem von der Notwendigkeit zu überzeugen, sich bis zur endgültigen Genesung seinen Anordnungen zu unterwerfen, machte ihm Abd-el-Mecchrat klar, wie sehr er selbst daran interessiert sein müsse, sich vor seinen Feinden hinter einer ungewohnten äußeren Erscheinung zu verbergen. Wer würde, wenn er eines Tages wieder im Königreich Frankreich Fuß zu fassen suche, in einem Menschen, der sich wie alle Welt fortbewege, denjenigen erkennen, den man einstmals den Großen Hinkefuß des Languedoc genannt habe? Die Vorstellung einer so einfachen und dabei so unerwarteten List bekehrte und amüsierte den Verletzten, und er erwies sich von nun an ebenso hartnäckig wie sein Arzt bei dem Versuch, zu einem der Vollendung möglichst nahen Ergebnis zu gelangen. Trotz wohlriechender Balsame und beruhigender Tränke hatte er ein langes Martyrium zu erdulden. Das versehrte Bein zu bewegen, es zu zwingen, von neuem Muskeln zu bilden, während es noch in höchstem Maße empfindlich war, verursachte ihm unerträgliche Schmerzen. Abd-el-Mecchrat ließ ihn Stunden hindurch in einem Bassin schwimmen, um seinen Körper geschmeidig und vor allem die Wunde offen zu halten. Während ihn nur danach verlangte zu schlafen, zwang man ihn, die Taten seiner Flucht zu wiederholen. Der Arzt und seine Gehilfen waren unerbittlich. Zum Glück vermochte der mit Sensibilität und Scharfsinn begabte arabische Gelehrte trotz der Schranken zweier Zivilisationen, die sie hätten trennen können, seinen Patienten auch zu verstehen. Beide hatten schließlich schon mehrere Schritte zueinander getan. Der Marabut sprach perfekt französisch und spanisch. Der Graf von Toulouse verfügte über Kenntnisse der arabischen Sprache, die er rasch vervollkommnete.

Wie viele Tage verstrichen so in der weißen Stille des Hauses in Fez? Auch heute wußte er es noch nicht. Wochen? Monate? Ein Jahr? Er hatte die Tage nicht gezählt. Die Zeit war aufgehoben gewesen.

Kein Lärm drang in das verschlossene Palais, durch dessen Räume nur ergebene, schweigsame Diener glitten. Die Außenwelt schien keine Wirklichkeit mehr zu besitzen. Die jüngste Vergangenheit mit der Düsternis und dem eisigen Hauch der Kerker, dem Gestank von Paris und des Bagnos der Galeerensklaven schwand aus dem Bewußtsein des französischen Edelmanns, bis diese Bilder nur noch überspannte Phantasmagorien zu sein schienen, geboren aus den Alpträumen eines Kranken. Seine Wirklichkeit war nun die des blau-schwarzen Himmels im Ausschnitt eines Patios, des Duftes der Rosen, gesteigert in der Wärme des Tages, berauschend in der Dämmerung, sich mischend mit dem des Oleanders, zuweilen mit dem des Jasmins.

Er lebte.

Neunzehntes Kapitel

Es kam die Zeit, in der Abd-el-Mecchrat ihm endlich von den Gönnern sprach, deren Macht er, der Christ, es verdankte, im Herzen des Islams in einem Zauberkreis zu leben, in dem ihm nichts Böses geschehen konnte. Dieser Umstand ließ ihn begreifen, daß sein Arzt die Partie für gewonnen hielt und seine Heilung nur noch eine Frage von Tagen war.

Der arabische Gelehrte hatte damit begonnen, ihm von den Kriegen und Aufständen zu erzählen, die das Königreich Marokko mit Blut befleckten. Er erfuhr zu seinem größten Erstaunen, daß auch in Fez immer wieder spektakuläre Hinrichtungen stattfanden. Tatsächlich hätte er nur ein wenig über die Mauern des Palastes zu blicken brauchen, um voll besetzte Galgen und Kreuze zu entdecken, deren „Kundschaft" häufig wechselte. Diese Zuckungen waren dem Todeskampf der Herrschaft des Moulay Archiz zu verdanken, dem sein Bruder Moulay Ismaël mit der Raubgier eines jungen Geiers die Macht entriß.

Moulay Ismaël hatte sich nun zum alleinigen Herrscher aufgeschwungen. Er wünschte sich der Dienste des großen christlichen Gelehrten zu versichern.

„Er oder vielmehr der, der ihn repräsentiert und die Handlungsweise des jungen Prätendenten seit seiner Kindheit bestimmt, sein Minister, der Eunuche Osman Ferradji."

Graue Eminenz einer noch auf unsicherer Basis ruhenden Macht war Osman Ferradji, semitischer Neger, als Sklave marokkanischer Araber geboren. Intelligent und listig, wußte er, daß seine rassischen Voraussetzungen ihm ständig vorgeworfen werden würden, wenn er sich nicht unersetzlich machte.

Er verfolgte deshalb tausend verschiedene Projekte mit der Emsigkeit und Präzision einer Spinne in ihrem Netz, bald einen Faden lösend, bald einen neuen knüpfend, bis die kunstvoll wehrlos gemachte Beute erstickte.

Der schwarze Minister wachte achtsam über die Intrigen der Fürsten und das Treiben des aus Arabern, Berbern und Mauren zusammengesetzten Volkes, die allesamt von Planung und Wirtschaft nichts verstanden, den Handel verachteten und sich durch Kriege und Verschwendungssucht ruinierten, während sich der geschliffene Verstand des Eunuchen gerade in den Angelegenheiten des Handels und verwickelten wirtschaftlichen Manipulationen zu Hause fühlte.

Ismaëls Eroberungen hatten es dem neuen Sultan erlaubt, die Hand auf legendäre Gebiete an den Ufern des Niger zu legen, wo die Sklaven der Königin von Saba einstmals Gold gewonnen hatten. Die Macht des neuen Herrschers erstreckte sich hinfort bis zu den Dschungeln der Gewürzküste, in denen nackte Schwarze im Schatten gigantischer Wollbäume gleichfalls Gold aus Rinnsalen wuschen oder es in zertrümmertem Felsgestein und auf dem Grunde hundert Meter tiefer Stollen suchten.

Osman Ferradji sah in diesem Gold ein Mittel, die Macht seines Zöglings zu festigen, denn die Herrschaft des bisherigen Sultans war vor allem an dessen Unfähigkeit, die Finanzen des Staates in Ordnung zu halten, gescheitert. Sein Nachfolger war in dieser Hinsicht kaum erfahrener; aber wenn es gelang, die durch sein Schwert eroberten Minen so produktiv wie zu Zeiten Salomos und der Königin von Saba zu machen, glaubte Osman Ferradji, sich für die Dauerhaftigkeit seines Regimes verbürgen zu können.

Eine erste Enttäuschung war ihm zuteil geworden, als ihm seine in den Süden entsandten Boten von der auffälligen Lässigkeit und dem bösen Willen der schwarzen Stämme berichtet hatten. Diese waren ausschließlich an dem Gold interessiert, um es ihren Göttern darzubringen und gelegentlich Schmuckstücke, einzige Bekleidung und Zierde ihrer Frauen, herzustellen. Wer es versuchte, sie zu anderen Auffassungen zu bekehren, wurde schnellstens vergiftet.

Nur sie, die Neger des jungfräulichen Dschungels, kannten die Geheimnisse des Goldes. Unternähme man es, Gewalt anzuwenden, würden sie die Minen ungenutzt lassen und nichts mehr produzieren. So lautete das Ultimatum der Besiegten.

Die Sorgen des Obereunuchen waren bis zu diesem Punkt gediehen, als seine Spione den Brief Joffrey de Peyracs an den Marabut von Fez abgefangen hatten.

„Wenn Ihr nur einer meiner ungläubigen Freunde gewesen wärt, hätte ich einige Mühe gehabt, Euch zu verteidigen", erklärte Abd-el-Mecchrat, „denn eine Woge der Unduldsamkeit wird sich in kurzem über Marokko ergießen. Moulay Ismaël bezeichnet sich als Mohammeds Schwert! Zum Glück spieltet Ihr auf unsere früheren Arbeiten über die Edelmetalle an. Es konnte sich gar nicht besser fügen."

Die von Osman Ferradji befragten Gestirne verkündeten ihm, daß Peyrac ein Bote des Schicksals sei. Sie hatten ihn bereits wissen lassen, daß die Herrschaft des durch seine Bemühungen auf den Thron gelangten Usurpators anhaltend und gedeihlich sein werde; nun verrieten sie ihm, daß ein Magier, obwohl ein verächtlicher Fremder, zu diesem Gedeihen Wesentliches beitragen würde, denn wie Salomo sei ihm Kenntnis von den Geheimnissen der Erde gegeben. Von ihm befragt, hatte Abd-el-Mecchrat die Prophezeiung bestätigt. Sein Freund, der christliche Gelehrte, sei allen Zeitgenossen in der Wissenschaft des Goldes weit voraus. Er sei imstande, es dank gewisser chemischer Verfahren selbst Gestein zu entziehen, dessen feinste Zermahlung nicht die geringste Spur glänzender Materie ergebe.

Befehle wurden alsbald erteilt, um sich dessen zu versichern, den ein – für Moulay Ismaël – günstiges Geschick aus seiner Heimat, dem Lande der Franzosen, vertrieb.

„Eure Person ist hinfort in den islamischen Ländern geheiligt", fügte der arabische Arzt noch hinzu. „Sobald ich Euch für wiederhergestellt erkläre, brecht Ihr mit einer Eskorte oder einer Armee, je nachdem, was Ihr für nötig haltet, zum Sudan auf. Alles wird Euch zugestanden werden. Im Austausch werdet Ihr möglichst schnell einige Goldbarren an die Adresse Seiner Exzellenz, des Obereunuchen, gelangen lassen."

Joffrey de Peyrac überlegte. Offenbar hatte er keine andere Wahl als das Anerbieten anzunehmen und sich in den Dienst des muselmanischen Fürsten und seines Wesirs zu stellen. Die Vorschläge, die man ihm machte, erfüllten seine Wünsche als Gelehrter und Reisender. Die Länder, in die man ihn schickte und aus denen Kouassi-Ba, der ihm oft von ihnen gesprochen hatte, stammte, erschienen ihm seit Jahren in seinen Träumen.

„Ich wäre bereit", sagte er endlich, „ich wäre mit Freuden, ja mit Leidenschaft bereit, wenn ich sicher sein könnte, daß man darüber hinaus nicht von mir verlangte, Maure zu werden. Es ist mir nicht unbekannt, daß der Starrsinn der Euren dem der Meinen gleichkommt. Seit mehr als zehn Jahrhunderten liefern sich Kreuz und Halbmond Schlachten. Ich für mein Teil habe stets die Form der Riten respektiert, durch die seinen Schöpfer zu ehren jedweder Mensch für richtig hält. Ich möchte, daß man mir gegenüber genauso verfährt. Denn so tief der Name meiner Vorväter mit mir auch gesunken sein mag, ich kann ihm nicht auch noch den Titel des Abtrünnigen hinzufügen . . ."

„Ich habe Euren Einwand vorausgesehen. Wenn es sich nur um Moulay Ismaël handelte, hättet Ihr in der Tat kaum Aussicht auf Erhörung Eures Wunsches. Er zöge es zweifellos vor, einen neuen Diener Allahs auf Erden als Gold in seinen Kassen zu wissen. Osman Ferradji, obwohl überaus gläubig, verfolgt andere Ziele. Er ist es vor allem, dem Ihr dienen müßt. Er wird nichts von Euch verlangen, was Ihr nicht akzeptieren könnt."

Und der zarte Greis hatte in heiterem Ton geschlossen:

„Natürlich begleite ich Euch. Ich muß über Eure so kostbare Gesundheit wachen, Euch bei Eurer Arbeit unterstützen, und vielleicht werde ich Euch vor mancherlei Fallstricken bewahren können, denn unser Land ist zu verschieden von dem Euren, als daß ich daran denken könnte, Euch den Zufällen der Ereignisse und unserer Pfade zu überlassen."

Die folgenden Jahre hatten den französischen Edelmann unablässig die glühenden Gebiete des Sudan und die schattigeren, aber nicht weniger gefährlichen der Wälder Guineas und des Elefantenlandes durchstreifen sehen.

Seine Aufgaben als Goldsucher und -gräber vermehrten und komplizierten sich durch die des Forschers. Er hatte die Bereiche unbekannter Völkerschaften zu durchqueren, denen der Anblick der Musketen seiner Leibgarde, der Garde Scherifs, des Erhabenen, eher Gefühle der Auflehnung als Vertrauen einflößte. Eine nach der anderen wußte er durch das einzige Band fügsam zu machen, das zwischen ihm und diesen nackten Wilden bestehen konnte: die tiefe Neigung zur Erde und ihren Wundern. Als ihm die ererbte Leidenschaft klar wurde, die seit Generationen die Schwarzen dieser Regionen dazu trieb, unter Lebensgefahr in die Eingeweide der Erde hinabzusteigen, um zuweilen nur einige Goldstückchen heraufzubringen, ihrem aus Holz geschnitztem Fetisch als Geschenk bestimmt, fühlte er sich wahrhaft als ihr Bruder.

Zuweilen geschah es, daß er ganze Monate allein in ihren Wäldern verbrachte, die seine Begleiter, Männer der Wüste und des Sahel, erschreckten. Selbst Kouassi-Ba blieb an ihrem Rand zurück. Er behielt nur Abdullah, den jungen Fanatiker, der sich ein für allemal zu der Ansicht bekehrt hatte, daß der weiße Zauberer die „baraka", den magischen Talisman besitze. Und wirklich geschah ihm nie etwas. Die scherifische Garde war in erster Linie dazu bestimmt, die in den Norden abgehenden Goldbarren-Karawanen zu eskortieren.

Schließlich redete ihm Abd-el-Mecchrat zu, in den Norden zurückzukehren. Der mit den Arbeitsergebnissen seines weißen Zauberers mehr als zufriedene Eunuch Osman Ferradji hatte ihnen den Wunsch Moulay Ismaëls übermittelt, sie in seiner Hauptstadt Miquenez zu empfangen. Inzwischen war es dem Sultan gelungen, seine Herrschaft vollends zu festigen. Die Wohltaten seiner neuen Gesetzgebung ließen sich bereits bis in jene entlegenen Gegenden spüren. Durch seine Mutter selbst negroider Abkunft und mit einer Sudanesin als erster Gemahlin verbunden, hatte er zudem unter den besten Kriegern des Sudans, des Niger und des oberen Nil den Kern einer Armee rekrutiert, die ihm völlig ergeben war.

Joffrey de Peyrac ließ die Gebiete, die er in chaotischem Zustand vorgefunden hatte, bei seiner Abreise nach Fez in voller Aktivität zurück. Die kleinen örtlichen Sultane hatten sich überzeugen lassen und ermunterten nun ihre Untertanen, mit der Arbeit zur Zufriedenheit der Herren des Nordens fortzufahren, von denen sie im Austausch allerlei Schundwaren, Stoffe und Musketen erhielten; die letzteren Schätze wurden sparsam an die Getreuesten verteilt.

Nach den roten, barbarischen Palästen der Ufer des Niger bot das belebte, reiche, schöne Miquenez mit seinen wundersamen Gärten einen höchst zivilisierten Anblick.

Die Prunkliebe der Araber kam Peyracs eigenen Neigungen entgegen. Er selbst beeindruckte Moulay Ismaël außerordentlich, als er mit seiner in prächtige Stoffe gekleideten und mit auserlesenen, von portugiesischen Händlern an der Küste oder ägyptischen Kaufleuten im Innern erworbenen Waffen ausgerüsteten Eskorte in die Stadt einrückte.

Ein eifersüchtiger Souverän hätte ihn seinen Aufwand vermutlich teuer bezahlen lassen. Der Graf von Toulouse hatte unter anderem Himmel mit Ludwig XIV. diese Erfahrung gemacht. Doch war das kein genügender Grund, sich zu verleugnen, dachte er. Und als er in seinem Mantel aus silberbesticktem weißem Leinen auf schwarzem Pferd die Stadt durchquerte, wurde er sich bewußt, daß er die christlichen Sklaven, die unter den Geißelhieben der Joldaks, der Elitetruppe des Befehlshabers der Gläubigen, mühselig ihre Lasten schleppten, nur mit gleichgültigen Blicken streifte.

Moulay Ismaël empfing ihn mit Pomp. Weit entfernt, das Auftreten des christlichen Gelehrten übelzunehmen, fühlte er sich überaus geehrt, von ihm so wertvolle Dienste erlangt zu haben, ohne ihn durch Zwang oder Folter demütigen zu müssen. Von Osman Ferradji, der zu dieser

Zusammenkunft nicht erschien, unterrichtet, vermied es der Sultan, vor seinem Gast die Frage zu erörtern, die ihm am meisten am Herzen lag: wie es möglich sei, einen Menschen von großen Fähigkeiten, den das Schicksal auf seiten des Irrtums hatte aufwachsen lassen, dem Islam zuzuführen.

Drei festliche Tage besiegelten ihre Freundschaft. Am letzten dieser Tage eröffnete Moulay Ismaël Joffrey de Peyrac, daß er ihn als Gesandten zum Großtürken nach Konstantinopel zu schicken gedenke.

Als der französische Edelmann erwiderte, daß er sich für eine solche Mission nicht geeignet fühle, verdüsterte sich der andere. Er mußte eingestehen, daß er noch immer Vasall des Sultans von Konstantinopel sei und daß eigentlich dieser das Verlangen geäußert habe, den weißen Zauberer bei sich zu sehen. Der Großtürke wolle ihn auffordern, das Wunder des Goldes, das er für seinen erlauchten Getreuen, den König von Marokko, bewirkt habe, für das Silber zu wiederholen.

„Diese Entarteten, diese Lässigen im wahren Glauben bilden sich ein, daß ich dich in einen Turm einschließe und du für mich aus Kamelmist Gold machst", rief Moulay Ismaël, indem er seinen Mantel als Zeichen seiner Verachtung zerriß.

Joffrey de Peyrac versicherte dem Sultan, daß er seiner Sache treu bleiben und keinen Vorschlag annehmen werde, der dem Herrscher Marokkos schaden könne.

Wenig später traf er in Algier ein. Nach drei Jahren ans Fabelhafte grenzender Reisen durch das dunkelste Afrika fand sich der einstmals zum Tode Verurteilte, der wie durch ein Wunder den Kerkern des Königs von Frankreich entrissene Gefangene, mit neu zu Kräften gekommenem Körper und tief gezeichneter Seele an den Ufern des Mittelmeers.

Hatte er während dieser langen Jahre viel an Angélique, seine Frau, gedacht? Hatte ihn das Schicksal der Seinen unaufhörlich beschäftigt? Die Wahrheit war, daß ihm jede Frau mit vollster Berechtigung hätte vorwerfen können, nicht seine ganze Zeit bitteren Klagen und schmerzlichen Tränen gewidmet zu haben. Aber er war ein Mann, und seine Natur hatte ihn immer dazu gedrängt, die Gegenwart intensiv zu leben. Mehr noch: Die einzige ihm zugewiesene Aufgabe – zu überleben – hatte sich als erdrückend erwiesen. Joffrey de Peyrac erinnerte sich an Stunden, in denen das physische Elend sogar die Flamme seines Geistes ausgelöscht hatte. Nur die Wahrnehmung eines tödlich sich um ihn schließenden Kreises war damals übriggeblieben, des Hungers, der Krankheit, der gegen ihn gerichteten Verfolgung, einer Umschlingung, der er entrinnen mußte. Und immer hatte er sich ein wenig weiter geschleppt.

Ein Wiedererstandener bewahrt nur eine schwache Erinnerung an seinen Gang durchs Reich der Toten. Als er in Fez seine Gesundheit wiedererlangt hatte, stellte sich der Edelmann keine Fragen mehr. Die Verpflichtung, die er auf sich genommen hatte, dem Herrscher Marokkos im Sudan zu dienen, vermittelte ihm die Sicherheit eines zukünftigen Lebens. Denn wozu wäre es in der Tat gut gewesen, von neuem zu leben, wenn er sich in der Haut eines von allen Zurückgestoßenen, eines, dem man keinen Platz unter den Lebenden zugestand, wiedergefunden hätte? Doch nun ging er wie alle andern. Ein erstaunliches, überraschendes Gefühl für ihn! Sein Arzt hatte ihn ermutigt, in den Sattel zu steigen, und er unternahm lange Ritte in die Wüste, während er in Gedanken sorgfältig die geplante Expedition bis in alle Einzelheiten vorbereitete. Ein Mensch, der nichts als eine durch Gönner gebotene Chance besitzt, kann sich nicht den Luxus leisten, diese Gönner durch Nachlässigkeiten und Ablenkungen zu enttäuschen, die einer anderen Ordnung als der der Arbeit zugehören, für die man verpflichtet ist.

Eines Abends indessen, als er in die für ihn bestimmten Räume in der Villa Abd-el-Mecchrats in Fez zurückkehrte, wurde ihm die Überraschung zuteil, im Licht des Mondes ein hübsches Mädchen zu entdecken, das ihn auf den Kissen erwartete.

Durch den leichten, gazeartigen Schleier schimmerten die schönen Augen einer Hirschkuh und das granatene Rot sanft geschwungener, voller Lippen; das durchsichtige Gewand ließ einen vollkommenen Körper ahnen.

Der einstige Herr der Liebeshöfe des Languedoc dachte so wenig an Tändelei, daß er annahm, es handele sich um den Scherz einer Dienerin, und sie fortschicken wollte. Doch sie erklärte ihm, der heilige Marabut selbst habe sie beauftragt, seinen Gast, dessen Kräfte er für soweit wiederhergestellt halte, daß er sich den Frauen widmen könne, während der Nächte zu zerstreuen.

Zuerst lachte er darüber. Er sah ihr zu, wie sie mit der erfahrenen, halb koketten, halb natürlichen Selbstverständlichkeit ihrer Profession aus den Schleiern ihres Gewandes schlüpfte. Dann erkannte er am raschen, heftigen Pulsieren seines Blutes das in ihm erwachende Verlangen nach einer Frau.

Wie er Brot begehrt hatte, als er Hunger litt, eine Quelle, als er vor Durst zu sterben vermeinte, so entdeckte er in dieser Nacht, an die safranfarbene, mit Ambra und Jasmin parfümierte Haut des Mädchens gepreßt, daß er unzweifelhaft lebte.

In dieser Nacht war es auch, daß ihn die Erinnerung an Angélique zum erstenmal seit vielen Monaten wieder überfiel, scharf und schneidend, so daß er keinen Schlaf zu finden vermochte.

Das Mädchen schlief auf dem Teppich wie ein junges Tier, so friedlich, daß selbst sein Atem kaum vernehmlich war.

Auf den orientalischen Kissen ausgestreckt, versank er in Erinnerungen.

Das letztemal, daß er eine Frau in seinen Armen gehalten hatte, war *sie* es gewesen, Angélique, seine Frau, seine kleine Fee aus den poitevinischen Sümpfen, seine kleine Göttin mit den grünen Augen.

Was damals gewesen war, verlor sich im Dunkel der Zeit. Zuweilen hatte er sich blitzartig nach ihrem Schicksal befragt. Er beunruhigte sich nicht. Er wußte sie in ihrer Familie, geschützt vor Einsamkeit und Not. Denn vor kurzem erst hatte er Molines, seinen ehemaligen Geschäftspartner im Poitou, damit beauftragt, sich um die finanziellen Angelegenheiten seiner jungen Frau zu kümmern, falls ihm ein Unglück zustoßen sollte. „Sie muß sich mit ihren beiden Söhnen in die Provinz geflüchtet haben", sagte er sich.

Plötzlich jedoch gab er sich nicht mehr mit ihrer Abwesenheit, mit jenem Abgrund von Schweigen und Ruinen zufrieden, der sich zwischen ihnen geöffnet hatte. Er verlangte nach ihr mit einer Heftigkeit, die ihn sich auf seinem Lager aufrichten ließ, nach dem Zaubermittel suchend, das ihm helfen würde, den Kreis der Zerstörung zu überspringen und jene längst vergangenen Tage wiederzufinden, jene Nächte, in denen er sie, atemlos hingestreckt, in seinen Armen gehalten hatte.

Als er sie in Toulouse zur Frau nahm, war er auf die Entdeckungen nicht gefaßt gewesen, die diese Angelegenheit, dieser Vertrag – um mehr hatte es sich ursprünglich nicht gehandelt – ihm, dem mit dreißig Jahren durch Abenteuer mit Frauen schon reichlich Verwöhnten, bescheren würde. Durch ihre Schönheit überrascht, war er womöglich noch überraschter gewesen, als er sie unberührt fand. Sie hatte vor ihm keinen Mann gekannt. Die Einführung dieses entzückenden, erstaunlich sinnlichen und dennoch wie ein wildes Zicklein widerspenstigen Mädchens in die Geheimnisse der Liebe war seine schönste galante Erinnerung.

Die anderen Frauen, gegenwärtige wie vergangene, hatten aufgehört, für ihn zu existieren. Es wäre ihm schwer gefallen, sich ihre Namen, ja selbst ihre Gesichter ins Gedächtnis zurückzurufen.

Er hatte sie die Liebe, die Wollust gelehrt. Er hatte sie noch andere Dinge gelehrt, von denen er angenommen hatte, daß sie ein Mann einer Frau nicht mitteilen könne. Ihre Herzen und ihr Geist waren miteinander verwoben. Er hatte die Veränderung ihres Blicks, ihres Körpers, ihrer Bewegungen verfolgt. Fünf Jahre hindurch hatte sie in seinen Armen gelegen. Sie hatte ihm einen Sohn geschenkt, ein zweites Kind trug sie von ihm. War es geboren?

Er war ihrer niemals müde geworden. Nur sie gab es noch für ihn. Und nun hatte er sie verloren.

Am folgenden Tag erschien er so mißgestimmt, daß Abd-el-Mecchrat sich diskret erkundigte, ob die Zerstreuungen, denen er sich hingegeben, ihn zufriedengestellt, ob sie ihn enttäuscht oder gar eine Besorgnis hinterlassen hätten, der die ärztliche Wissenschaft abhelfen könne. Joffrey de Peyrac beruhigte ihn, vertraute ihm jedoch den Grund seiner Qual nicht an.

Trotz der Gemeinsamkeiten, die sie verbanden, wußte er, daß der

Arzt ihn nicht verstehen würde. Das auf Auswahl zielende Gefühl ist bei Muselmanen selten, für die die Frau, Objekt des Genusses und ohne anderes als fleischliches Interesse, sich noch am besten durch eine andere Frau ersetzen läßt.

Mit Pferden und Freunden verhält es sich anders.

Joffrey de Peyrac bemühte sich nach Kräften, die ihn quälenden Gedanken zu verjagen, derentwegen er sich ein wenig verachtete. Er hatte es immer verstanden, sich rechtzeitig aus sentimentalen Verstrickungen zu lösen, überzeugt, es sei Schwäche, den Angelegenheiten der Liebe den Vortritt vor seiner persönlichen Freiheit und seiner Arbeit zu lassen. Es schien wahrhaftig, als habe Angélique ihn mit ihren zarten Händen und dem Lachen ihrer Perlenzähne behext.

Was konnte er tun? Zu ihr laufen? Ohne Gefangener zu sein, wußte er, daß es trotz der Aufmerksamkeiten, mit denen man ihm umgab, nicht in seinem Belieben stand, den Schutz so mächtiger Gönner wie des Sultans Moulay Ismaël und seines Wesirs Osman Ferradji zurückzustoßen, in deren Händen sein Schicksal lag.

Er bestand die Prüfung. Zeit und Geduld, so sagte er sich, würden ihm eines Tages erlauben, diejenige wiederzufinden, die er niemals vergessen würde.

So war es, nachdem er an den Ufern des Mittelmeers angelangt war, sein erstes Bestreben, einen Boten nach Marseille zu schicken, um Neuigkeiten über seine Frau und seinen Sohn – oder seine Söhne – zu erhalten. Nachdem er reiflich nachgedacht hatte, beschloß er, sich keinesfalls seinen ehemaligen Freunden unter den Pairs von Frankreich zu offenbaren. Es war anzunehmen, daß sie ihn seit langem vergessen hatten.

Er wandte sich also an Père Antoine, Seelsorger der königlichen Galeeren, und bat ihn, sich nach Paris zu begeben und dort den Advokaten Desgray aufzusuchen. Der wendige und intelligente Bursche, der ihn während seines Prozesses nicht ohne Mut verteidigt hatte, flößte ihm Vertrauen ein.

Danach trat er die Reise nach Konstantinopel an.

Zuvor hatte er sich bei einem spanischen Handwerker in Bône Masken aus dünnem, steifem Leder anfertigen lassen, die sein Gesicht verbargen. Er legte keinen Wert darauf, erkannt zu werden. Der Zufall würde ihn zweifellos mit Untertanen Seiner Majestät des Königs von Frankreich sowie mit Angehörigen der zahlreichen Verwandtschaft zusammenführen, die er als Edelmann hoher Abkunft unter dem ausländischen Adel besaß. Allein bei den Malteserrittern befanden sich zwei Vettern.

Das Mittelmeer, die große Arena der Kämpfe gegen die Ungläubigen, zog die Wappen Europas an.

Unter den berberischen Bannern blieb die Situation des einstigen Grandseigneurs aus Toulouse recht zweideutig. Von den Seinen verjagt, ordnete er sich der genau entgegengesetzten Welt, dem Islam, ein, der seit Jahrhunderten in einer Art von Balancespiel durch sein Vordringen jedes Zurückweichen der Christenheit markierte. Den geistigen Verfall der letzteren hatten die ottomanischen Türken durch Einbruch in bis dahin zutiefst christliche Länder beantwortet: Serbien, Albanien, Griechenland. In wenigen Jahren sollten sie an die vergoldeten Gitter des katholischen Wiens hämmern. Den Rittern des heiligen Johannes zu Jerusalem war nach dem Verlust Kretas und Rhodos' nur das winzige Malta geblieben.

Joffrey de Peyrac begab sich also zum Großtürken. Keine Skrupel behelligten sein Gewissen. In der Tat handelte es sich auch nicht darum, als Christ die Feinde eines Glaubens zu unterstützen, den er nicht verleugnete. Er hatte eine andere Idee im Kopf. Es schien ihm klar, daß das wahnwitzige Chaos, das in den mittelmeerischen Gewässern herrschte, ebenso in den finanziellen Manipulationen des christlichen Europa wie in den berberischen Räubereien und ottomanischen Eroberungen seine Ursache hatte. Alles in allem konnten es die Gaunereien eines in kommerziellen Dingen relativ unbewanderten Türken jedoch niemals mit denen eines venezianischen, französischen oder spanischen Bankiers aufnehmen. Die Gesundung der Währungen stellte daher eine friedensfördernde Aufgabe dar, an die niemand dachte. Um sie zu bewältigen, konnte sich Joffrey de Peyrac der beiden wichtigsten

Hebel der Epoche bedienen, des Goldes und des Silbers, und er wußte auch schon, wie er es bewerkstelligen würde.

Nach Unterredungen mit dem Sultan der Sultane und den Ratgebern des Staatsrats richtete er sein Hauptquartier auf Kandia, in einem Palais der näheren Umgebung der Stadt ein. Er gab dort eben ein Fest, als sich der aus Frankreich zurückgekehrte Bote bei ihm melden ließ. Die Angelegenheiten des Augenblicks wurden unwichtig. Er verließ seine Gäste, um sich zu dem wartenden Araber zu begeben: „Komm! Tritt rasch ein! Sprich ..."

Der Mann übergab ihm einen Brief Père Antoines. Der Geistliche berichtete ihm kurz und in bewußt unpersönlichem Stil über die Ergebnisse seiner Nachforschungen in Paris. Durch den Advokaten Desgray sei ihm bekannt geworden, daß die einstige Gräfin Peyrac, Witwe eines Edelmanns, den alle Welt tot und auf dem Scheiterhaufen des Grèveplatzes verbrannt glaube, sich mit einem ihrer Vettern, dem Marquis du Plessis-Bellière, wiederverheiratet habe. Sie habe von ihm einen Sohn und lebe bei Hof in Versailles, wo sie ehrenvolle Ämter bekleide.

Er hatte den Brief in der Hand zerknüllt.

Zuerst konnte er es nicht glauben! Unmöglich! Allmählich jedoch drängte sich ihm der Tatbestand auf, während er, als ob ein Vorhang vor ihm zerrisse, entdeckte, wie naiv es von ihm gewesen war, nicht mit einer solchen Konsequenz zu rechnen. War es nicht wirklich das selbstverständlichste? War es denn anzunehmen, daß sich eine Witwe von strahlender Schönheit und Jugend in einem alten Provinzschloß verkroch und wie Penelope endlos an einem Gewand webte?

Umschwärmt, umworben, geheiratet, am Hof des Königs von Frankreich paradierend, das war ihr als Schicksal ausersehen. Warum hatte er nicht früher daran gedacht? Warum hatte er sich auf diesen Schock nicht vorbereitet? Warum litt er so?

Die Liebe macht dumm. Die Liebe macht blind. Nur der erfahrene, kluge Graf Peyrac wußte nichts davon.

Er hatte sie nach seinem Geschmack geformt. Aber war das Grund genug für sie, sich niemals der Bindung an ihn zu entziehen? Das Leben und die Frauen sind ungewiß. Er hätte es wissen müssen. Er hatte durch Anmaßung gesündigt.

Daß sie seine Frau gewesen war, vertiefte zudem noch das Gefühl, das sie in ihm zu wecken verstanden hatte: daß sie nur durch ihn und für ihn existierte. Er hatte sich in die Falle der subtilsten Genüsse lokken lassen, die ihm der reiche und heitere Geist der jungen Frau bot, flink und sprudelnd wie das Wasser der Gießbäche. Kaum hatte er Geschmack daran gefunden, sie sich auf ewig verbunden zu wissen, als sie auch schon durch Schicksalsmacht getrennt worden waren. Wie konnte er, ein Ausgestoßener, nun Machtloser, die Beständigkeit des Erinnerns von ihr fordern? Die Frau, die er liebte, seine Frau, sein Werk, sein Schatz, hatte sich andern angeboten.

Was war natürlicher, wiederholte er sich. Hatte sie ihn so geblendet, daß er niemals auf den Verdacht gekommen war, es könnten andere Neigungen in ihr keimen? Eine Frau, die soviel von der Natur empfangen hat, ist für die Treue nicht begabt. Kannte er nicht die Macht ihres Zaubers, die er ja selbst verspürt hatte, die zarte Aureole, die ihren Gang und jede ihrer Bewegungen, auch die leiseste, umgab und gleichsam die Essenz ihrer Anmut war? Seltener, als man glaubt, finden sich Frauen, die dazu geboren sind, den Mann zu fesseln. Nicht einen einzigen, erwählten Mann, sondern alle, die sich ihnen nähern. Angélique war von dieser Art. Unbewußt, unschuldig ... Wenigstens hatte er sie so gesehen! Welche Berechnungen mochte sie wohl schon damals angestellt haben, als er sie zur Hochzeit des Königs geführt hatte?

Obwohl noch jung, dem Mädchenalter kaum entwachsen, war ihm dennoch nicht entgangen, daß sie um so gefährlichere, faszinierendere Eigenschaften besaß: einen stählernen Charakter, intuitive Intelligenz und List.

Bis wohin konnte sie steigen, wenn sie all das in den Dienst ihres Ehrgeizes stellte?

Bis zum schönen Marquis du Plessis, dem Günstling Monsieurs, Bruder des Königs.

Bis zum König selbst. Warum nicht?

Wie sehr hatte er recht gehabt, sich um ihretwillen keine Sorgen zu machen ...

Versteinert vor Angst, hatte sich der Bote vor den funkelnden Augen seines Herrn zu Boden geworfen. Joffrey de Peyrac preßte den Brief in seiner Faust, als wolle er seine verkrampften Finger um Angéliques weißen Hals schließen.

Dann war er in Gelächter ausgebrochen. Aber das Lachen blieb in seiner Kehle, und er rang nach Atem. Denn er vermochte nicht mehr frei zu lachen, seitdem seine Stimme geborsten war. Auch Abd-el-Mecchrat hatte in diesem Punkt nicht helfen können. Er hatte ihm nur einen volleren Sprachklang zurückgegeben. Nicht mehr lachen. Nicht mehr singen. Ihm war, als sei er in einem Halseisen gefangen.

Der Gesang löst den Schmerz der Seele. Noch immer, Jahre später, füllte sich seine Brust mit den Schreien, die ihr nicht mehr entfliehen konnten. Er hatte sich an diese Verstümmelung gewöhnt, doch in den Stunden der Herzensnot ertrug er sie schwer. Stunden der Herzensnot, die er nur Angélique verdankte! Der Rest, er hatte es sich hundertmal wiederholt, berührte ihn nicht: Qualen des Fleisches, Exil, Ruin – er hätte sich mit allem abgefunden. Aber es hatte *sie* gegeben.

Sie war seine einzige Schwäche gewesen. Die einzige Frau, die ihn hatte leiden lassen. Und auch deshalb grollte er ihr.

Litt man denn für eine Liebe? Litt man denn für eine Frau?

Zwanzigstes Kapitel

Und nun hatte sie die *Gouldsboro* fern von allem, was ihre Vergangenheit gewesen war, wieder vereint und trug sie in eine ungewisse Nacht. Würde er sich jetzt, da er nur noch der Rescator war, ein vom Salz der Ozeane, von harten Abenteuern, Gefechten, Intrigen, vom Haß in Machtkämpfe verstrickter Männer, von Eisen, Feuer, Gold und Silber ausgebrannter Korsar, jetzt, da Angélique sich in eine andere Frau verwandelt hatte, so verschieden von der, die ihn hatte leiden lassen, von neuem von den alten Fallstricken der Qualen und Schmerzen einfangen lassen, von denen er sich befreit glaubte?

Zornig begann er auf dem Teppich seiner Kajüte auf und ab zu gehen.

Vor einer Truhe blieb er stehen, öffnete sie und entnahm ihr, nachdem er die sie umhüllenden Filz- und Seidentücher sorgsam beiseitegeschoben hatte, eine Gitarre. In Cremona gekauft, zu einer Zeit, in der er noch hoffte, seine Stimme wiederzufinden, war sie wie er oft genug stumm geblieben. Zuweilen hatte er ihre Saiten gezupft, um gelegentlichen Gefährtinnen einen Gefallen zu tun, aber das Spiel ohne Gesang enttäuschte ihn, obwohl er seine einstige Meisterschaft bewahrt hatte. Er spielte mehr als nur begabt: verzaubernd, ungezwungen und gelöst. Doch immer kam der Augenblick, in dem er, hingerissen von der Musik, spürte, wie seine Lungen sich füllten und der Gesang ihn auf seinen Flügeln davontragen wollte.

Auch jetzt versuchte er es wieder. Seine geborstene, rauhe und ungeschickte, die Melodie verschandelnde Stimme ließ ihn innehalten. Er schüttelte den Kopf. „Kindereien!" Ah, der alternde Mensch war niemals bereit, zu verzichten. Je älter er wurde, desto mehr wollte er alles bewahren, alles umarmen. Bestimmte nicht das Gesetz, daß eine neue Erwerbung die frühere ersetzte? Konnte man zugleich die Freuden der Liebe und die Freiheit des Herzens erfahren?

Von einer Ahnung getrieben, durchquerte er den Raum und öffnete jäh die Tür, die auf die Galerie hinausführte.

Sie war da, Phantom jener anderen Frau, und ihr aus der Nacht sich hebendes weißes Gesicht, priesterlich in der Umrahmung des schwarzen Schleiers, erinnerte, ohne es zum Leben zu wecken, an das, das er beschworen hatte.

Absurde Verwirrung erfüllte ihn bei dem Gedanken, daß sie gekommen sei, um ihn bei seinen ungeschickten Versuchen zu überraschen. Der Groll verlieh seiner Stimme einen besonders unhöflichen Ton.

„Was treibt Ihr hier? Bringt Ihr es nicht über Euch, die Borddisziplin zu respektieren? Die Passagiere dürfen nur zu den vorgeschriebenen Stunden an Deck erscheinen. Ihr allein erlaubt Euch, zu kommen und zu gehen, wie es Euch beliebt. Mit welchem Recht?"

Verblüfft durch die Strafpredigt, biß sich Angélique auf die Lippen. Eben noch, während sie sich der Kajüte ihres Gatten genähert hatte, war sie durch die gedämpften Gitarrenklänge aus der Fassung geraten. Doch andere Sorgen führten sie her.

Sich zur Ruhe zwingend, sagte sie:

„Ich habe ernsthafte Gründe, die Borddisziplin zu durchbrechen, Monsieur. Ich wollte mich nach Abdullah, Eurem Diener, erkundigen. Ist er bei Euch?"

„Abdullah? Warum?"

Er wandte den Kopf, suchte die in die weiße Djellabah gehüllte Gestalt des Mauren und fand sie nicht.

Sie bemerkte seine ärgerliche Überraschung und beharrte angstvoll:

„Ist er nicht da?"

„Nein. Warum? Was ist geschehen?"

„Eins der jungen Mädchen ist verschwunden, und ich fürchte für sie . . . dieses Mauren wegen."

Einundzwanzigstes Kapitel

Séverine und Rachel hatten sich zu Angélique geschlichen.

„Dame Angélique, Bertille ist nicht da."

Sie begriff nicht, worauf die Kleinen hinauswollten. Rachel erzählte ihr, daß Bertille in dem Augenblick, in dem sie sich in die Batterie des Zwischendecks hätten zurückziehen müssen, die ihnen allen als Unterkunft diente, beschlossen habe, noch draußen zu bleiben.

„Warum?"

„Oh, sie ist im Moment ein bißchen närrisch", erklärte Rachel. „Sie behauptete, daß sie genug davon habe, mit so vielen zusammen in einem engen Schiffsraum eingepfercht zu sein, und daß sie ein wenig Einsamkeit brauche. In La Rochelle hatte sie ein Zimmer für sich ganz allein", fügte die älteste Tochter der Carrère mit neidvoller Bewunderung hinzu. „Ihr versteht also . . ."

„Aber das ist schon zwei Stunden her, und sie ist noch immer nicht zurück", fiel Séverine beunruhigt ein. „Vielleicht hat eine Welle sie fortgespült."

Angélique erhob sich und begab sich zu Madame Mercelot, die mit zwei Nachbarinnen in ihrer Ecke strickte. Man hatte bereits Gewohnheiten angenommen und empfing sich von einer Ecke zur anderen.

Madame Mercelot schien überrascht. Sie hatte angenommen, Bertille sei bei ihren Freundinnen. Alsbald wurde alle Welt alarmiert, und man mußte sich die Tatsache eingestehen, daß das junge Mädchen abwesend war.

Maître Mercelot stürzte wütend hinaus. Bertilles Benehmen ließ seit einigen Tagen zu wünschen übrig. Sie sollte zu ihrem Nachteil lernen, daß ein Mädchen unter allen Breitengraden und in allen Umständen ihren Eltern Gehorsam schuldete.

Wenig später kehrte er besorgt zurück. Er hatte sie nicht finden können. Auf diesem verdammten Schiff sah man kaum die Hand vor Augen, und die Matrosen hatten ihn auf seine Fragen mit der stumpfsinnigen Miene von unvernünftigen Tieren angestarrt, die sie waren.

„Helft mir, Dame Angélique. Ihr kennt die Sprache dieser Leute. Sie müssen uns bei unseren Nachforschungen unterstützen. Bertille ist vielleicht in eine Luke gestürzt und hat sich etwas gebrochen."

„Die See geht hoch", bemerkte der Advokat Carrère. „Das junge Mädchen kann von einer Woge entführt worden sein wie neulich die kleine Honorine."

„Großer Gott!" flüsterte Madame Mercelot und sank auf die Knie.

Die Nervosität der Passagiere machte sich Luft. Das unruhige Licht der Lampen fiel auf bleiche, angespannte Gesichter. Es war die dritte Woche der Überfahrt und die moralische Widerstandskraft durch die Schwierigkeiten bereits so geschwächt, daß der geringste Vorfall, etwas, was einem von ihnen widerfuhr, genügte, um ihre scheinbare Gelassenheit zu zerbrechen.

Angélique hatte keine Lust, dem Papierhändler aufs Deck zu folgen. Mondsüchtig wie alle Mädchen ihres Alters, hatte sich Bertille gewiß in irgendeinem entlegenen Winkel zielloser Träumerei hingegeben, ohne sich auch nur einen Augenblick vorzustellen, daß man sich ihretwegen beunruhigen könnte. Ihr Verlangen nach Einsamkeit war im Grunde sehr verständlich. Jeder verspürte es. Dennoch bat Angélique in einem vagen Gefühl der Verantwortung Abigaël, während ihrer Abwesenheit auf Honorine zu achten.

Auf Deck fand sie Mercelot, Berne und Manigault in lebhaftem Gespräch mit dem Bootsmann, der sie durch Gesten aufforderte, in ihre Unterkunft zurückzukehren. Er verweigerte jede Erklärung. Auf ein Zeichen von ihm packten seine Leute die drei Protestanten unter den Achseln.

„Faßt mich nicht an, ihr Banditen!" brüllte Manigault. „Oder ich bringe euch um!"

Er war doppelt so stark wie die olivfarbenen Malteser, die ihn zur Vernunft bringen wollten, aber diese besaßen Messer. Sie zögerten nicht, sie aus ihren Gürteln zu ziehen. Der Auftritt war um so verwirrender, als man einander kaum zu sehen vermochte.

Im letzten Moment verhinderte das friedliche Eingreifen des Kanadiers Nicolas Perrot das drohende Blutvergießen. Angélique teilte ihm mit, was geschehen war. Er übersetzte dem unzugänglichen Erikson ihre

Worte, aber der Bootsmann hatte seine Befehle: Nach Anbruch der Nacht keine Passagiere an Deck. Nichtsdestoweniger schüttelte er verblüfft den Kopf, als er erfuhr, daß einer der weiblichen Passagiere verschwunden sei.

Von Zeit zu Zeit hob Mercelot die Hände wie ein Sprachrohr zum Mund und rief: „Bertille, wo bist du?" Nur der Wind und das unaufhörliche Ächzen des auf den schwarzen Wogen tanzenden Schiffs antworteten ihm.

Die Stimme des Papierhändlers erstickte.

Schließlich gestand Erikson das Verbleiben des Vaters zu. Die andern, sagte er, müßten ins Zwischendeck zurück, wo sie ohne viel Federlesens eingeschlossen wurden.

Angélique war bei Nicolas Perrot geblieben.

„Ich habe Angst", gestand sie ihm halblaut. „Ich bekenne Euch, daß ich weniger Angst vor dem Meer als vor diesen Männern habe. Vielleicht hat einer von ihnen das einsame junge Mädchen entdeckt und irgendwohin verschleppt."

Der Kanadier sprach mit dem Bootsmann darüber. Erikson knurrte, doch nachdem er unschlüssig von einem seiner kurzen, krummen Beine aufs andere getreten war, entfernte er sich, ein paar Worte über die Schulter zurückwerfend.

„Er sagt, daß er alle Angehörigen der Mannschaft zum Appell rufen werde, von denen im Mastkorb bis zu denen, die Freiwache haben. Inzwischen können wir das Deck durchsuchen."

Er war es wiederum, der ihnen Laternen verschaffte. Die kleinste Taurolle wurde untersucht, und Nicolas Perrot durchstöberte sogar das Innere der Schaluppe und des Rettungsbootes.

Als sie das Mannschaftslogis unter der Schanze erreichten, rief der Bootsmann sie an.

„Alle Männer sind auf ihren Plätzen", sagte er ihnen. „Keiner fehlt."

Matrosen schlürften im ungewissen Licht der Öllampen ihre Suppe. Die vom Qualm der Pfeifen vernebelte Luft war mit Messern zu schneiden. Es stank nach Tabak und Alkohol. Als sich die gebräunten Gesichter mit den dunklen, funkelnden Augen ihm zuwandten, wurde sich Maître Mercelot erst bewußt, daß das Meer nicht die einzige Gefahr war, die Bertille drohte. „Glaubt Ihr, daß eins dieser Individuen sich an der Keuschheit meiner Tochter vergangen haben kann?" murmelte er, indem er ebenso weiß wie sein Hemdkragen wurde.

„Keins von diesen da jedenfalls, da sie alle zur Stelle sind."

Doch einmal losgelassen, kannte die Phantasie des Papierhändlers kein Halten mehr.

„Das beweist nichts. Nach begangener Untat kann sie erwürgt und ins Meer geworfen worden sein, um zu verhindern, daß sie spricht ..."

Seine Schläfen bedeckten sich mit Schweißperlen.

„Ich bitte Euch", beschwor ihn Angélique, „setzt Euch dergleichen nicht in den Kopf. Erikson ist bereit, uns Leute zur Verfügung zu stellen, um das Schiff von oben bis unten durchsuchen zu können." Und während sie noch sprach, fiel ihr blitzartig der Maure Abdullah ein.

Impulsiv und im Gefühl, das Richtige getroffen zu haben, kletterte Angélique zum oberen Deck hinauf.

Der Maure befand sich nicht, wie es die Regel war, auf seinem Posten vor der Tür seines Herrn.

Angélique blieb unbeweglich stehen, während sie stumm flehte: „Mein Gott, laß es nicht das sein. Es wäre zu schrecklich für uns alle."

Hinter den Scheiben klangen die Töne einer Gitarre. Dann tauchte Joffrey de Peyrac hart und unbarmherzig vor ihr auf.

Er verhielt sich so seltsam, daß sie den Ausbruch seines Zorns erwartete, während sie ihn nach Abdullah fragte.

Aber ganz im Gegensatz zu ihrer Befürchtung schien er seine gewohnte Kaltblütigkeit wiederzufinden. Im Zeitraum eines Augenblicks wurde er zum umsichtigen, wachsamen Herrn des Schiffs.

Er warf einen Blick zu dem Platz, an dem sich Abdullah für gewöhnlich aufhielt und den der maurische Sklave seit Jahren niemals ohne Befehl verlassen hatte. Seine Brauen runzelten sich in einem Ausdruck der Besorgnis, und er fluchte:

„Zum Henker! Ich hätte ihn überwachen müssen. Beeilen wir uns."

Er verschwand noch einmal und kehrte mit einer Blendlaterne zurück.

Joffrey de Peyrac hatte das untere Deck erreicht, die „grand'rue". Eigenhändig schob er den Riegel einer Luke zurück. Er glitt durch die Öffnung und begann, abwärts zu steigen, sich nur mit einer Hand stützend, während die andere die Laterne hielt. Angélique war so erregt, daß sie ihm folgte, ohne auf die abschüssigen Stufen zu achten. Nicolas Perrot schloß sich ihnen an und nach ihm, mehr schlecht als recht, Maître Mercelot, den die Angst, ohne daß er dessen gewahr wurde, zu körperlichen Leistungen trieb, die er seit langem nicht mehr für möglich gehalten hätte.

Der Abstieg schien kein Ende zu nehmen. Niemals hätte Angélique geglaubt, daß ein Schiff so tief sein könne. Ein brackiger, feuchter Geruch benahm ihnen den Atem.

Endlich hielten sie vor einem dunklen, schlauchartigen Gang. Joffrey de Peyrac legte die Hand über die Öffnung der Laterne, um das Licht zu dämpfen.

Ganz am Ende des Schlauchs bemerkte Angélique nun ein anderes, rötliches Licht, das von einer hinter einem purpurnen Vorhang brennenden Flamme herzurühren schien.

„Ist er da?" flüsterte Nicolas.

Joffrey de Peyrac machte ein bejahendes Zeichen. Maître Mercelot kletterte mühselig die letzten Sprossen hinunter, unterstützt von einem schweigsamen, hilfreichen Schatten, dem des Indianers, der seinem Herrn gefolgt war.

Der Graf reichte dem Kanadier die Laterne, ihm durch Gesten bedeutend, er möge den Abstiegsweg des Papierhändlers beleuchten.

Dann drang er mit lautlosen Schritten in den Gang ein. Er bewegte sich schnell voran, und in der vom dumpfen und scheinbar fernen Grollen des Meers eingehüllten Stille glaubte Angélique die Laute eines seltsamen, eintönigen Sprechgesangs zu vernehmen, der anschwoll, wieder verklang, abfiel vom Schrei zum Murmeln, eben noch rauh, nun gedämpft, verschleiert.

Nein, sie träumte nicht.

Die Beschwörung wurde deutlicher, je mehr sie sich näherten, erfüllte wie der Nachhall eines bösen Traums den engen, dunklen und schmierigen Gang.

Dieser Schrei nahm den brutalen Ton einer Forderung an, erstarb sodann fast, zog sich in die Länge, gesättigt mit einer schmerzlichen und drohenden Zärtlichkeit, die Angélique an die nächtlichen Brunstschreie der wilden Tiere im Rif erinnerte.

Sie fühlte, wie ihr Haar sich sträubte, und mit einer unbewußten Geste klammerte sie sich an den Arm ihres Gatten.

Dieser hatte den in Fetzen herabhängenden roten Vorhang berührt und zog ihn beiseite.

Das Schauspiel, das sich ihren Augen bot, war erschreckend und zugleich von einer so ungewöhnlichen Schönheit, daß selbst Joffrey de Peyrac einen Augenblick wie gebannt verharrte, als zögere er, einzugreifen.

Dieses Loch in den tiefsten Tiefen des Schiffs, dieser nur vom trüben, schwankenden Licht eines silbernen Nachtlämpchens erhellte Verschlag war der Schlupfwinkel des Mauren.

In ihm hatte er seine Schätze aufgehäuft, seinen Beuteanteil an den Piratenzügen langer Jahre. Mit einem Sammelsurium von Kleinigkeiten gefüllte lederne Truhen, Teppiche, stockige Seidenkissen, blaue, rote oder schwarze Flaschen und Gläser aus grobem Glas und alte emaillierte Schüsseln, deren Muster wie Stickereien wirkten. Aus einem Beutel von Ziegenleder rieselten goldene Schmuckstücke und kostbare Steine auf den schmutzigen Boden. In der Feuchtigkeit halb verfaulte Hanfbündel hingen an den Wänden, für die Nargilehpfeife – eine Wasserpfeife – bestimmt, deren kupferne Beschläge im Halbdunkel schimmerten. Ein fast unerträglicher Moschusgeruch vermischte sich mit dem frischen der Minze und dem durchdringenden des Meersalzes, das die von dem Sohn der Wüste hier angesammelten Reichtümer verdarb und schwärzte.

Und mitten in diesem prächtigen und erbärmlichen Durcheinander lag ohnmächtig Bertille.

Ihr blondes Haar breitete sich über den Teppich und die verstreuten Schmuckstücke. Ihre zur Seite gesunkenen Arme ähnelten weißen, kraftlosen Stengeln.

Der Maure hatte sie nicht entkleidet. Nur ihre Beine waren entblößt, bleich, matt glänzend wie Perlmutt, so schlank und grazil, daß sie einem Traumgeschöpf zu gehören schienen, einer durchscheinenden Nymphe, von der Hand eines Gottes in Alabaster modelliert.

Über dieses zerbrechliche Wesen gebeugt, psalmodierte der Maure mit keuchendem Atem.

Sein nackter Körper glich einer herrlichen, von Schauern und konvulsivischen Zuckungen geschüttelten Bronzestatue. Von seinem Hals baumelte das Ledersäckchen, das die Talismane seiner „baraka" enthielt. Wie zwei schwarze, unerschütterliche Säulen schienen seine aufgestützten Arme die geraubte Beute gefangen zu halten.

Er wirkte riesig in der engen Begrenzung des Raums, die Muskeln seines Körpers geschwellt von der sinnlichen Kraft, die ihn besaß.

Im Schein des Lichtes ließ jede seiner Bewegungen längs seines Rückgrats und der in Schweiß gebadeten Lenden goldene Schlangen aufzucken.

Der Sprechgesang seiner halb geöffneten Lippen wurde schneller, dringlicher, von einem fast hysterischen Rhythmus gejagt . . .

„Abdullah!"

Der diabolische Gesang verstummte jäh.

Die heisere Stimme seines Herrn entriß den Wahnwitzigen seiner Ekstase.

„Abdullah!"

Der Maure erbebte wie ein Baum unter der Axt. Und plötzlich richtete er sich mit einem Knurren auf, warf sich zurück, mit glühenden Augen und Schaum auf den Lippen.

Seine Hände packten einen an der Wand hängenden krummen Türkensäbel.

Angélique stieß einen gellenden Schrei aus. Es schien ihr, als sei die Klinge kaum zwei Finger breit vom Kopf Joffrey de Peyracs vorbeigezischt. Dieser hatte sich blitzschnell geduckt. Von neuem sauste die mörderische Klinge auf ihn nieder. Wieder wich er ihr aus, dann glückte es ihm, den Besessenen zu umschlingen. Er redete in seiner Sprache auf ihn ein, um ihn zur Vernunft zu bringen. Doch der Araber beherrschte ihn. Angst und enttäuschtes Verlangen verliehen ihm unglaubliche Kraft.

Nicolas Perrot stürzte sich dazwischen, und während einiger Augenblicke war der enge Verschlag von einem wilden und ungewissen Kampf erfüllt.

Das Öllämpchen wurde umgestoßen. An der Schulter verbrannt, heulte Abdullah auf. Und plötzlich schien er zu sich zu kommen.

Die Leidenschaft, die ihn gleichsam zum Offizianten eines ewigen Ritus gemacht hatte, verließ ihn. Er fiel in den Stand eines einfachen Sterblichen, eines unzuverlässigen Dieners zurück und sah mit erschrocken rollenden Augen um sich. Sein hochgewachsener Körper begann zu zittern, während er langsam, wie unter dem Druck der Hand seines Herrn, auf die Knie glitt. Unversehens sank er völlig nach vorn, die Stirn zwischen den vorgestreckten Armen an den Boden gepreßt, und murmelte rauhe, traurige, seine Ergebenheit bekundende Worte.

Angélique hatte sich über Bertille gebeugt. Nur der Schreck hatte das junge Mädchen ohnmächtig werden lassen. Es war nicht geschlagen worden. Höchstens ein wenig erstickt durch die Hand, die seine Schreie gedämpft hatte, während der Maure mit herkulischer Kraft seine Beute bis zum Grunde des Schiffes trug.

Angélique richtete das Mädchen halb auf, schüttelte es sanft und beseitigte rasch die Unordnung seiner Kleidung. Doch nicht schnell genug, um zu verhindern, daß Maître Mercelot die ganze Bedeutung der sich ihm bietenden Szene erkannte.

„Entsetzlich! Schändlich!" rief er. „Meine Tochter, mein armes Kind! Allmächtiger!"

Er sank neben Bertille auf die Knie, drückte sie an sich, sprach verzweifelt auf sie ein, sprang wieder auf, stürzte sich auf den liegenden Mauren und begann, auf ihn einzuschlagen. Dann bemerkte er den türkischen Säbel und bemächtigte sich seiner, bevor man ihm hätte zuvorkommen können.

Die Faust Joffrey de Peyracs hielt die mörderische Klinge auf. Er selbst, Nicolas Perrot und der Indianer hatten alle Mühe, den empörten Vater zu überwältigen. Dieser gab sich schließlich geschlagen und unterwarf sich.

„Verflucht sei der Tag, an dem wir dieses Schiff betraten", murmelte er mit verstörtem Blick. „Ich werde diesen Elenden mit eigener Hand töten. Ich schwöre es."

„Nach Gott bin ich allein Herr an Bord", erwiderte der Rescator hart. „Nur mir kommt es zu, Recht zu sprechen."

„Auch Euch werde ich töten", stammelte Mercelot. „Wir wissen jetzt, wer Ihr seid. Ein Bandit, ein verächtlicher Händler mit Menschenfleisch, der sich nicht scheut, unsere Frauen und Töchter als Preise an die Mannschaft zu verteilen und uns, Großbürger La Rochelles, als Sklaven zu verkaufen. Aber wir werden Eure Pläne durchkreuzen ..."

Sein keuchender Atem füllte die lastende Stille. Joffrey de Peyrac stand noch immer vor dem zusammengesunkenen, ächzenden Schwarzen. Er lächelte auf seine seltsame Art, ein Lächeln, das seine narbigen Züge entstellte und ihn erschreckend aussehen ließ.

„Ich begreife Eure Erregung, Maître Mercelot", sagte er ruhig. „Ich beklage diesen Zwischenfall ..."

„Ein bloßer Zwischenfall!" stieß der Papierhändler hervor. „Die Entehrung meiner Tochter! Das Martyrium eines unglücklichen Kindes, das ..."

Er schluchzte auf, sein Gesicht in den Händen verbergend.

„Ich bitte Euch, Maître Mercelot", sagte Angélique, „hört uns an, bevor Ihr Euch in einen solchen Zustand versetzt. Dank dem Himmel sind wir eben noch rechtzeitig erschienen. Bertille ist mit der Angst davongekommen. Und die Lektion wird sie lehren, sich in Zukunft vorsichtiger zu zeigen ..."

Doch der Papierhändler schien die an ihn gerichteten Worte nicht zu hören, und da man nicht wußte, wozu er sich von seiner Verzweiflung hinreißen lassen würde, wagten sie nicht, ihn loszulassen. Die zu sich kommende Bertille brachte ihn wieder zur Besinnung.

„Vater! Vater!" rief sie.

Er trat zu ihr, um sie zu beruhigen.

Bertilles Rückkehr ins Zwischendeck vollzog sich unter allgemeiner Aufregung und Bestürzung.

Von ihrem Vater und dem Indianer getragen, stöhnte sie wie eine Sterbende und schrie zuweilen hysterisch auf.

Man bettete sie auf ihr unbequemes, aus aufgehäuftem Stroh und Mänteln bestehendes Lager.

Ihre Mutter stieß sie zurück, klammerte sich jedoch, ohne daß sich erkennen ließ, warum, an Angélique, die sich auf diese Weise gezwungen sah, bei ihr zu bleiben, während sich Fragen, Ausrufe, Berichte und höchst unwahrscheinliche Einzelheiten der Affäre über ihren Köpfen kreuzten.

„Eure Ahnungen waren richtig, Manigault", sagte der niedergeschlagene Papierhändler. „Und mein armes Kind ist ihr erstes Opfer geworden ..."

„Ahnungen?" wiederholte Manigault. „Gewißheiten wollt Ihr sagen, mein armer Freund. Was Le Gall über die Pläne dieser Verbrecher in Erfahrung gebracht hat, läßt keinen Zweifel an ihren Absichten zu. Wir sind alle Gefangene, einem schrecklichen Los bestimmt."

Frauen begannen zu weinen. Bertilles Gejammer verstärkte sich, während sie sich gegen einen unsichtbaren Gegner zu wehren schien.

„Habt Ihr es endlich fertiggebracht, alle Welt hysterisch zu machen?" rief Angélique.

Sie packte den Papierhändler an den Rockaufschlägen und schüttelte ihn ohne den geringsten Respekt.

„Wie oft muß ich Euch wiederholen, daß ihr nichts Ernstliches geschehen ist. Sie ist ebenso unberührt wie am Tage ihrer Geburt. Muß ich Euch genau sagen, wie die Dinge standen, als wir dazwischentraten, da Ihr offenbar nicht imstande seid, auch nur das kleinste Wörtchen zu verstehen und Eure Frau und Eure Tochter zu beruhigen?"

Maître Mercelot hielt es für besser, klein beizugeben. Im Zorn war Angélique eine Gegnerin, mit der man es nur ungern aufnahm. Der Advokat Carrère löste ihn ab.

„Ihr gebt selbst zu, daß Ihr eben noch rechtzeitig dazwischengetreten seid", spottete er, „was darauf hinausläuft, daß das unglückliche Kind, wenn Ihr nicht dazwischengetreten wärt ..."

„Das ‚unglückliche Kind' hat alles getan, dieses Mißgeschick selbst hervorzurufen. Und Bertille weiß es sehr gut", sagte Angélique mit einem Blick auf das Opfer, dessen Tränen plötzlich versiegten. Offensichtlich fühlte es sich höchst unbehaglich.

„Wollt Ihr behaupten, daß meine Tochter die widerlichen Huldigungen dieses Schwarzen provoziert habe?" fragte Madame Mercelot, die Krallen gezückt.

„Allerdings, ich behaupte es. Ich habe Bertille sogar Vorwürfe deswegen gemacht. Ihre Gefährtinnen waren dabei."

„Das ist wahr", warf Rachel schüchtern ein.

„Ah, gerade Ihr wollt uns Moralunterricht erteilen!"

Angélique spürte die böswillige Absicht, ließ sie jedoch unbeachtet. Die Leute hatten ja Grund, durcheinander zu sein.

„Über das mehr oder weniger gesittete Betragen eines leichtsinnigen jungen Mädchens kann man in der Tat nur richten, wenn man einige Lebenserfahrung besitzt. Jedenfalls ist das alles kein Grund, eine ganze Mannschaft und ihren Kapitän niederträchtigster Absichten anzuklagen."

Ein Gemurmel erhob sich.

Manigault drängte sich schwergewichtig zwischen den andern durch und pflanzte sich vor ihr auf.

„Wen verteidigt Ihr da, Dame Angélique?" fragte er in kaltem Ton. „Eine Mannschaft von Banditen und abscheulichen Lüstlingen? Oder, was noch schlimmer wäre, ihren Kapitän, den verdächtigen Burschen, dem Ihr uns ausgeliefert habt?"

Seine Worte betäubten sie. Verlor er den Kopf? Neben ihm zeigten die anderen Männer die gleichen verschlossenen, harten Gesichter, und das spärliche Licht im Zwischendeck betonte noch die Starrheit ihrer unter gerunzelten Brauen hervordringenden Blicke, unversöhnliche, richtende Blicke, die Rechenschaft forderten. Sie suchte Berne und entdeckte ihn aufrecht zwischen seinen Gefährten, auch er eisig und argwöhnisch.

Eine Bewegung der Ungeduld entfuhr ihr. Durch das ewige Wiederkäuen ihrer Beschwerlichkeiten und Sorgen in der erzwungenen Untätigkeit der Überfahrt waren sie darauf verfallen, sich Feinde zu suchen. Vielleicht fehlten ihnen Papisten, die sie hätten verfluchen können.

„Ich verteidige niemand. Ich rücke nur die Dinge an ihren rechten Platz zurück. Hätte sich Bertille in dieser Weise im Hafen aufgeführt, wäre sie in dieselben Gefahren geraten. Sie hat es an Zurückhaltung fehlen lassen und Ihr, ihre Eltern, an Wachsamkeit. Und was Eure Behauptung betrifft, ich hätte Euch ausgeliefert ..."

Ihre Ruhe verließ sie.

„Habt Ihr schon vergessen, warum Ihr aus La Rochelle geflohen seid? Warum Ihr hier seid? Ihr habt also nicht begriffen? Ihr wart verurteilt ... alle!"

Und sie schrie ihnen in einer sich überstürzenden Flut von Worten zu, was sie zwischen den Klauen Baumiers und Desgrays hatte erdulden müssen. Die Polizisten wußten alles von ihnen. Für sie, die Hugenotten, war schon Platz in den Kerkern des Königs, auf den Galeeren geschaffen. Nichts hätte sie gerettet.

„... Wenn Eure Brüder Euch verraten und verkauft haben, beschuldigt nicht die dafür, die Euch halfen. Ich habe Euch nicht ausgeliefert. Ich mußte im Gegenteil den Herrn der *Gouldsboro* bitten, Euch an Bord zu nehmen. Ihr seid mit den Dingen des Meers genügend vertraut, um ermessen zu können, was die Einschiffung von fünfzig zusätzlichen Passagieren für ein Schiff bedeutet, das nicht darauf eingerichtet ist. Seine Leute essen seit dem ersten Tag Zwieback und Eingesalzenes, damit die frischen Nahrungsmittel Euren Kindern vorbehalten bleiben."

„Und was bleibt unseren Frauen vorbehalten?" spöttelte der Advokat.

„Und ihm selbst?" überbot ihn Manigault. „Treibt Ihr die Naivität so weit, Dame Angélique, zu glauben, er habe uns diesen Dienst erwiesen, ohne eine Entschädigung zu fordern?"

„Gewiß nicht. Darüber müßt Ihr mit ihm verhandeln."

„Mit einem Plünderer und Banditen verhandeln?"

„Ihr schuldet ihm immerhin das Leben. Ist das nicht schon viel?"

„Pah, Ihr übertreibt!"

„Nein. Und Ihr wißt es recht gut, Monsieur Manigault. Habt Ihr nicht von jener Schlange geträumt, die Euch erstickte und die den Kopf des Sieur Thomas, Eures Kompagnons, trug? Jetzt aber, da Ihr der schlimmsten Gefahr entgangen seid, möchtet Ihr nicht einmal mehr die Verpflichtung zur Dankbarkeit diesen Fremden gegenüber anerkennen, die so freundlich waren, Euch zu retten, Euch, den geachtetsten und gefürchtetsten Bürger von La Rochelle. Und warum? Ganz einfach, weil er keiner der Euren ist, weil er Euch nicht ähnelt. Der Samariter hat Euch unterstützt und Eure Wunden verbunden, aber er bleibt deswegen in Euren unfehlbaren Levitenaugen trotzdem nur ein Samariter. Was kann schon Gutes aus Samaria kommen?"

Außer Atem geraten, wandte sie sich hochmütig ab.

„Wenn sie wüßten, wie ich ihm verbunden bin", dachte sie, „würden sie mich zweifellos töten. Ich würde selbst den schwachen Kredit verlieren, den ich noch bei ihnen habe ..."

Trotz allem hatten ihre Worte sie in ihren Überzeugungen erschüttert. Ihr Einfluß behielt seine Kraft und kämpfte gegen ihr Mißtrauen. Starke Erregung befiel sie bei dem Gedanken, daß sie für *ihn* stritt, daß sie ihn zu verteidigen hatte. Obwohl er sie verachtete, nahm sie, ohne zu fragen, seine Partei und würde auch weiterhin versuchen, die Drohungen zu ersticken, die sich gegen ihn erheben mochten. Ein Umstand wenigstens stärkte sie. Die Frauen hatten bei der Auseinandersetzung geschwiegen. Es war gewiß schwierig für sie, sich auf die eine oder andere Seite zu schlagen. Das Dekor ihres Universums war allzu plötzlich zusammengestürzt. Es war Verwirrung in ihrer Haltung und die Schwierigkeit, zwischen den Gefahren der Vergangenheit und denen der Zukunft zu wählen.

„Es trifft nichtsdestoweniger zu", brummelte Manigault nach einigen Momenten gespannten Schweigens, „daß die Projekte des Monseigneurs le Rescator in bezug auf uns höchst verdächtig sind. Le Gall ist sich absolut sicher, Bréage und Charron sind es gleichfalls ... Unter die Mannschaft gemischt, sind ihnen Anspielungen zu Ohren gekommen, die uns keinerlei Zweifel lassen. Man bringt uns nicht zu den Inseln. Man hat niemals die Absicht dazu gehabt."

„Vielleicht schafft man uns nach China", spekulierte der Arzt. „Gewisse Leute scheinen zu glauben, der Rescator habe die nördliche Route zum mythischen Cathay entdeckt, jene Meerenge, die Seeleute und Konquistadore vergeblich suchten."

Sie starrten sich an, von einem neuen Schrecken überwältigt. Das Ende ihrer Leiden war also noch immer nicht erreicht. Inmitten des aufgewühlten Ozeans fanden sie sich allein auf ihre Kräfte gestellt.

In der Stille war das Weinen Bertilles zu vernehmen, und aller Aufmerksamkeit wandte sich ihr zu.

„Meine Tochter wird gerächt werden", sagte Mercelot. „Wenn wir alles mit uns geschehen lassen und das Verbrechen dieses Mauren ungestraft bleibt ..."

Auf ein Zeichen Manigaults verstummte er jäh.

Die Männer besprachen sich eine Weile mit gedämpften Stimmen. Angélique konnte sich den Ernst der Lage nicht verhehlen. Sie fühlte sich verantwortlich.

Die Augen senkend, empfand sie Mitleid mit den Kindern, deren Gesichter ihre Unruhe widerspiegelten. Einige hatten sich wie zum Schutz gegen das aufgeregte, unverständliche Gebaren der Erwachsenen wie Vögelchen zusammengedrängt, die Kleinsten in den Armen der Älteren geborgen.

Sie kniete bei ihnen nieder, drückte Honorine an sich und bemühte sich, sie zu zerstreuen, indem sie ihnen von den Pottwalen erzählte. Die Matrosen hatten versprochen, ihnen bei erster Gelegenheit welche zu zeigen.

Sie war es auch, die schließlich die übererregten Mütter an die Notwendigkeit erinnerte, die Kleinen zu Bett zu bringen. Nach und nach stellte sich die Ordnung wieder her. Bertille hatte entdeckt, daß sie sich, abgesehen von der entsetzlichen Angst, die sie verspürt hatte, als sie von den kraftvollen Armen des Negers fortgeschleppt worden war, und einem vagen Bedauern kaum an irgend etwas erinnerte, und daß ihr eigentlich so gut wie nichts geschehen war.

Der Pastor Beaucaire hielt sich mit Abigaël abseits. Nachdem sie ihre Tochter versorgt hatte, trat Angélique zu ihnen.

„Oh, Pastor", murmelte sie erschöpft. „Was haltet Ihr von all dem? Warum fügen sich die Prüfungen des Zweifels und der Uneinigkeit zu denen, die wir ohnehin erdulden müssen? Sprecht zu ihnen."

Der alte Mann bewahrte seine sanfte Ruhe.

„Wir sind im Zentrum eines Strudels", sagte er. „Ich horche, und ich höre nur unzusammenhängendes Geschrei. Worte sind von schwachem Gewicht angesichts der Mauer der sich aufbäumenden Leidenschaften. Es kommt der Tag, an dem das Beste und Schlimmste im Herzen der

Menschen einander herausfordern müssen. Für einige ist dieser Tag schon gekommen ... Ich kann nur beten und den Ausgang dieses Kampfes des Guten mit dem Bösen erwarten. Er hat nicht erst heute begonnen."

Der alte Pastor allein veränderte sich nicht, wenn er auch ein wenig magerer und weißhaariger durch die Mühseligkeiten der Reise zu sein schien.

„Eure Weisheit ist groß, Pastor."

„Ich bin oft im Gefängnis gewesen", erwiderte der alte Mann mit einem Seufzer.

Wenn er ein Geistlicher ihrer eigenen Religion gewesen wäre, hätte sie ihm gerne gebeichtet, ihm unter dem Siegel des sakramentlichen Geheimnisses die ganze Wahrheit gesagt und ihn um seinen Rat gebeten. Aber selbst diese geistige Hilfe war ihr versagt.

Sie wandte sich zu Abigaël, deren Haltung die ihres Vaters spiegelte. Sanfte Ruhe, Geduld.

„Was wird geschehen, Abigaël? Wohin wird uns der Haß führen, der sich zwischen uns einzunisten beginnt?"

„Haß ist oft die Frucht des Leidens", murmelte das junge Mädchen.

Seine resignierten Blicke suchten jemand hinter Angélique.

Die massive Gestalt Gabriel Bernes hob sich schwarz vom Schein der Laternen ab.

Angélique wollte ihm aus dem Weg gehen, doch er folgte ihr und zwang sie unerbittlich, sich mit ihm in den dunkelsten Winkel des Zwischendecks zurückzuziehen.

Entfernt von den andern, konnten sie unbelauscht ein paar Worte wechseln, was ihnen in dem ständigen Gewühl so vieler Menschen selten möglich war.

„Entzieht Euch nicht schon wieder. Ihr flieht mich. Die Tage vergehen, und ich existiere nicht mehr vor Euren Augen!"

Es traf zu.

Jeden Tag fühlte Angélique ihr ganzes Wesen überflutet von der Persönlichkeit, der Gegenwart dessen, den sie geliebt hatte, den sie noch immer liebte und an den sie trotz allem gebunden war. Es konnte in ihr keinen Raum mehr für einen anderen Mann geben, und sei es auch nur die Spur eines sentimentalen Interesses, und fast ohne sich dessen bewußt zu werden, hatte sie es Abigaël überlassen, sich um die Gesundheit Maître Bernes zu kümmern, dessen Verletzungen sie zu Beginn der Reise so beunruhigt hatten.

Jetzt war er geheilt, denn er stand vor ihr, und seine Bewegungen ließen keine Behinderung mehr erkennen.

Er hatte sie fest am Arm gepackt, und sie sah seine Augen schimmern, ohne die Züge seines Gesichts unterscheiden zu können. Der ungewohnte fiebrige Glanz dieses Blicks war das einzige, was ihn von dem Mann unterschied, bei dem sie in La Rochelle so friedlich gelebt hatte. Aber er genügte, um sich durch seine Nähe bedrängt zu fühlen. Zudem empfand sie den Vorwurf ihres eigenen Gewissens.

„Hört mich an, Dame Angélique", begann er wieder in beherrschtem Ton. „Ihr müßt Eure Wahl treffen! Wer nicht mit uns ist, ist gegen uns. Mit *wem* seid Ihr?"

Sie antwortete prompt.

„Ich bin mit den Menschen guten Willens gegen die Einfaltspinsel."

„Euer geistreiches Geplänkel mag in den Salons am Platze sein, aber nicht hier. Ihr spürt es selbst. Und was mich betrifft, ist mir gewiß nicht danach zumute, darüber zu lachen. Antwortet mir, ohne zu scherzen."

Er preßte ihren Arm, daß sie fast aufgeschrien hätte. Von seinen Verletzungen war offensichtlich nichts zurückgeblieben. Er hatte seine volle Rüstigkeit wiedererlangt.

„Ich scherze nicht, Maître Berne. Angesichts der Panik, die Euch alle zu erfassen droht und zu bedauerlichen Auswirkungen führen kann, bin ich für die, die der Zukunft Vertrauen schenken, ohne die Schwierigkeiten, die sie erwarten, aufzubauschen und sich so den Kopf verdrehen zu lassen, daß sie selbst unsere Kinder mit ihrer Narrheit anstecken."

„Und wenn wir eines Tages feststellten, daß wir getäuscht worden wären, bliebe noch immer Zeit, unsere Naivität zu bedauern. Kennt Ihr die Absichten des Piratenchefs, der uns in seiner Gewalt hat? Hat er sie Euch auch nur angedeutet? Ich bezweifle es. Was für einen Vertrag könnt Ihr mit ihm geschlossen haben?"

Er schüttelte sie fast, aber ihre Sorge war zu groß, um es zu bemerken.

„Was weiß ich wirklich von ihm?" fragte sie sich. „Auch mir ist er unbekannt. Zu viele Jahre sind verstrichen, seitdem ich den Mann, dem wir heute ausgeliefert sind, zu kennen glaubte. Und sein Ruf im Mittelmeer? Er war nicht sehr beruhigend . . . Der König sandte Galeeren gegen ihn aus. Sollte er wirklich ein Mensch ohne Skrupel, ein Missetäter und Verbrecher geworden sein?" Sie blieb stumm.

„Warum weigert er sich, uns zu empfangen?" beharrte Berne. „Und warum beantwortet er unsere Beschwerden mit Verachtung? Ihr glaubt an ihn? Trotzdem könnt Ihr Euch nicht für seine Handlungsweise verbürgen."

„Er war bereit, Euch auf sein Schiff zu nehmen, als Euer aller Leben bedroht war. Das genügt!"

„Ich sehe schon, Ihr werdet ihn immer verteidigen", grollte er, „selbst wenn er uns als Sklaven verkaufte. Durch welchen Zauber hat er Euch so zu verwandeln vermocht? Welche verschwiegenen Bindungen, welche Gemeinsamkeiten der Vergangenheit bringen es zuwege, Euch zu seinem Geschöpf zu machen, Euch, deren Rechtschaffenheit nichts antasten zu können schien, als wir noch in La Rochelle waren."

Der Name klang im Dunkel, die Süße jener Tage heraufbeschwörend, in denen Angélique in der Stille des Hauses Berne wie eine verletzte Wölfin ihre Wunden kuriert hatte. Diese beiden Erinnerungen mußten schmerzlich und unaussprechlich im Herzen des Protestanten leben.

Angélique war bei ihm, und er hatte anfangs nicht gewußt, daß sie in sich, in ihrem leuchtenden Lächeln alle Köstlichkeiten der Welt trug. Einer von ihm nie geahnten – vielmehr, so sagte er sich, in den Grund eines seiner selbst zu sicheren Herzens verbannten Welt, eines Herzens, das in der Frau nur den gefährlichen Fallstrick, die sündhafter Versuchung schuldige Eva sehen wollte. Mißtrauen, Vorsicht, leise Verachtung waren ihm zur Regel geworden. Nun wußte er – weil ein Räuber ihm jenen Schatz entrissen hatte, neben dem die verlorenen materiellen Reichtümer nicht mehr zählten. An jedem Tage dieser höllischen Fahrt grub sich die unerträglich schmerzende Wunde tiefer in ihn ein. Er haßte den rätselhaften, mit ungewöhnlichem Zauber begabten Mann, der nur aufzutauchen brauchte, um die Gesichter der Frauen wie im Aufflattern eines Möwenschwarms sich zugewandt zu finden. „Alles Weibsbilder ohne Seele", sagte er sich empört. „Selbst die besten. Selbst diese." Und trotz ihres Widerstands drückte er Angélique an sich. Die Wut verdoppelte seine Kräfte, und sein Verlangen betäubte ihn so, daß er nicht einmal die Worte vernahm, die sie ihm sagte, während sie ihn vergeblich zurückzustoßen versuchte. Das Wort „Skandal" drang endlich in sein Begreifen.

„Genügt ein Skandal nicht für diesen Abend?" flehte Angélique. „Habt Mitleid, Maître Berne. Faßt Euch, seid stark. Beherrscht Euch. Benehmt Euch, wie es das Vertrauen aller in Euch fordert, als ein Vater."

Er wußte nur eins: daß sie ihm ihre Lippen verweigerte, die ihm zu überlassen ihr das Dunkel erlaubt hätte.

„Warum verteidigt Ihr Euch so heftig?" flüsterte er. „Besteht zwischen uns kein Heiratsversprechen?"

„Nein, nein. Ihr habt es mißverstanden. Es ist unmöglich. Es wird niemals geschehen. Jetzt gehöre ich nur ihm. Ihm."

Wie von einem tödlichen Schlag getroffen, ließ er die Arme sinken.

„Eines Tages werde ich Euch alles erklären", begann sie von neuem, um die tragische Wirkung ihrer Erklärung zu mildern. „Ihr werdet verstehen, daß die Bande, die mich an ihn fesseln, nicht zu denen gehören, die man zerreißen kann . . ."

„Ihr seid eine Elende!"

Sein Atem war sengend. Sie flüsterten, da sie ihre Stimmen nicht heben konnten.

„Warum habt Ihr all dies Leid verursacht? All dies Leid?"

„Welches Leid?" fragte sie schluchzend. „Ich habe versucht, Euer aller Leben zu retten, und dabei mein eigenes aufs Spiel gesetzt."

„Das ist noch schlimmer."

Er machte eine Geste, die sie zu verfluchen schien. Er wußte nicht mehr, was er ausdrücken wollte: Das Leid, das sie ihm angetan hatte, weil sie so schön war, weil sie sie selbst war, eben diese Frau, die imstande war, sich für andere aufzuopfern, und weil sie sich von ihm abwandte, nachdem sie ihn das Paradies, sie zu besitzen, mit ihr als Gefährtin zu leben, hatte von ferne sehen lassen.

Auf ihrem Lager hielt Angélique die Augen weit geöffnet. Um sie herum waren die Gespräche allmählich verstummt. Ein einziges Flämmchen wachte unter der niedrigen Decke aus dicken, mit Ringen und Haken gespickten Balken.

„Ich muß Gabriel Berne unbedingt erklären, was mich mit Joffrey de Peyrac verbindet. Er ist ein rechtschaffener, die Sakramente respektierender Mann. Er wird sich beugen, während er sich zu verzweifelten Entschlüssen treiben lassen wird, um mich dem Einfluß des Schiffsherrn zu entreißen, solange er mich nur für das Opfer eines Abenteurers hält."

Nur aus Furcht, den Befehlen zuwider zu handeln, die ihr derjenige gegeben hatte, den sie auch weiterhin beharrlich als ihren Gatten ansah, war sie vorhin stumm geblieben. Er hatte ihr gesagt: „Sprecht nicht!"

Und um nichts in der Welt hätte sie es gewagt, diese mit unbeteiligter Stimme geäußerte Weisung zu mißachten, einer Stimme, die ihr einen Schauer über den Rücken gejagt hatte.

„Sprecht nicht. Es ist mir wichtig, daß Ihr sie überwacht. Wenn sie wüßten, würden sie Euch für meine Komplicin halten ..." Und ihren eigenen Versicherungen den Protestanten gegenüber zum Trotz konnte sie nicht umhin, sich peinigend vergeblich nach dem Sinn dieser beunruhigenden Worte zu fragen.

„Wenn es wahr wäre, daß er uns getäuscht hätte, daß seine Pläne verbrecherisch wären, daß er kein Herz mehr besäße ... Weder für mich noch für überhaupt jemand."

Weit entfernt, Klarheit zu schaffen, vertiefte die verstreichende Zeit die Dunkelheit noch mehr.

„Ah, ich habe Angst vor ihm! Und dennoch zieht er mich an!"

Sie schloß die Augen, warf den Kopf wie in der Hingabe gegen die harte Holzwand zurück. Hinter diesem Schutzwall stampfte das Meer, unaufhörlich und gleichgültig.

„Meer, Meer, das uns davonträgt, höre uns . . . Meer, bring uns einander näher."

Um nichts in der Welt hätte sie woanders sein mögen. Bedauerte sie, nicht mehr die in ihrem Schloß von Ehrerbietung und Reichtümern umgebene junge Gräfin Peyrac zu sein? Gewiß nicht. Sie zog es vor, hier zu sein, auf einem Schiff ohne Ziel, denn diesen Alptraum umschwebte der Ruch des Wunderbaren. Sie durchlebte etwas zugleich Entsetzliches und Herrliches, das sie zu zerreißen schien. Den auf sie einstürzenden Ungewißheiten und Ängsten zum Trotz bewahrte sie die Hoffnung der Liebe, einer Liebe so weit außerhalb dessen, was sie bisher erfahren hatte, daß es der Mühe wert war, sie unter solchen Schmerzen wachsen zu sehen.

In der Hellsichtigkeit des Schlummers gewahrte sie die Verbindungen der Wirklichkeiten, die ihren Augen verborgen blieben, wenn sie wach war.

Denn dieses Schiff trug die Liebe, wie es den Haß trug. Angélique sah sich aufwärts klettern über nicht endende Stufen, die sich schwankend in die Nacht erhoben. Eine übermenschliche Kraft stieß sie zu ihm. Doch eine riesige Welle packte sie und warf sie in einen gähnenden, noch schwärzeren Abgrund. Von neuem begann sie, sich an zahllose Stufen zu klammern, nun zusätzlich von dem bohrenden Gefühl gequält, etwas sehr Kostbares verloren zu haben, das allein sie hätte retten können.

Es war qualvoll: Der alles beherrschende Sturm, das doppelt tiefe Schwarz der unter ihren Füßen klaffenden Schlünde, die Nacht darüber, sie selbst in ihr, hinaufgeschleudert und zurückgeworfen durch das unaufhörliche Rollen, und vor allem das unerträgliche Gefühl des Suchens nach dem Sesam, dem Zauberspruch, der ihr den Schlüssel des Traums und das Mittel ausliefern würde, mit dessen Hilfe sie sich ihm entziehen könnte.

Und plötzlich fand sie den Schlüssel: die Liebe. Die von den giftigen Kräutern des Stolzes und der Furcht befreite Liebe. Unter ihren Fingern verwandelten sich die hölzernen Stufen in harte, unbeugsame Schultern, an die sie sich mit nachlassenden Kräften klammerte. Schwäche befiel ihre Beine. Nichts hielt sie mehr über der Leere als Arme, die sie schmerzhaft umfingen. Und sie war ihm verbunden wie eine geschmeidige Liane dem festen Stamm. Sie lebte nicht mehr durch sich. Lippen lagen auf den ihren, und sie sog gierig deren Atem ein. Ohne den Kuß dieser Lippen wäre sie tot gewesen. Ihr ganzer Körper dürstete nach dem unerschöpflichen Geschenk der Liebe, das der unsichtbare Mund ihr spendete. Alle ihre Schutzwehren waren gefallen. Ihr hingegebener, der fordernden Überwältigung eines Liebeskusses ausgelieferte Leib war wie eine im Strom endloser Nacht dahintreibende Alge. Nichts anderes zählte mehr als die Berührung zweier warmer Lippen, die sie erkannte. O ja, sie kannte sie ...

Sie erwachte in Schweiß gebadet, atemlos, und sich auf ihrem Lager aufrichtend, preßte sie eine Hand auf ihre Brust, um den Schlag des Herzens zu dämpfen, bestürzt darüber, durch Vermittlung eines alle Schleier zerreißenden Traums ein so mächtiges Gefühl der Wollust verspürt zu haben. Dergleichen war ihr seit langem nicht mehr geschehen.

Zweifellos hatte es seinen Grund in den Ereignissen in den Tiefen des Schiffes. Der rituelle Sprechgesang des Primitiven angesichts der Erfüllung seines Verlangens war überall zu vernehmen, mischte sich in das grollende Atmen des Meeres und spukte in den Träumen der Schlafenden.

Noch immer von den Bildern des Traums nicht frei, sah sie um sich und entdeckte neben ihrem Lager die Umrisse eines knienden Mannes: Gabriel Bernes.

„Seid Ihr es?" stammelte sie. „Habt Ihr, habt Ihr mich ... Habt Ihr mich geküßt?"

„Geküßt?"

Flüsternd, betroffen wiederholte er das Wort und schüttelte den Kopf.

„Ich hörte Euch im Schlummer stöhnen. Ich konnte nicht schlafen. Ich bin gekommen."

Hatte ihm die Dunkelheit ihre unbewußte Ekstase verborgen? Sie sagte:

„Es war nichts. Ich habe nur geträumt ..."

Doch er rückte ihr auf den Knien näher.

Ihr ganzer Körper atmete die wahnwitzige Liebe, die sie empfunden hatte, und in dem Zustand, in dem er sich befand, konnte er nur der Anziehungskraft einer Lockung erliegen, die so alt wie die Welt war.

Von neuem fühlte sich Angélique von Armen umschlungen, aber diesmal war es kein Traum mehr, und es war nicht *er*. Sie war wach genug, um es zu wissen. Trotz des Fiebers, das sie noch immer durchbebte, fand sie die Kraft, sich gegen die fremde Umarmung zu wehren. Sie flehte:

„Nein."

Aber sie war wie gelähmt. Sie erinnerte sich, daß Maître Berne ungewöhnlich stark war. Sie war dabeigewesen, als er einen Menschen erwürgt hatte.

Schreien! Kein Laut verließ ihre zugeschnürte Kehle. Zudem war dies alles so entsetzlich und unbegreiflich, daß sie sein Tun nicht zu glauben vermochte.

Sie versuchte, ihn abzuschütteln.

„Wir werden alle toll auf diesem Schiff", dachte sie verzweifelt.

Die Nacht verhüllte sie, die Vorsicht der Bewegungen verbarg deren Ziel, doch sie spürte, wie die stumme Hartnäckigkeit des Mannes sie allmählich überwältigte.

Noch einmal bäumte sie sich auf, streifte mit der Wange eine nackte Hand, wandte blitzschnell den Kopf und biß zu.

Er suchte sich ihr zu entziehen, und als es ihm nicht gelang, grollte er dumpf vor Schmerz:

„Wilde Hündin!"

Blut rann in Angéliques Mund. Als sie endlich losließ, sank Gabriel Berne, von der Wirkung der Pein übermannt, zusammen.

„Geht!" flüsterte sie. „Entfernt Euch von mir. Wie konntet Ihr es wagen? Nur zwei Schritte von unseren Kindern entfernt ..."

Er wich zurück.

Die kleine Honorine rührte sich in ihrer Hängematte. Eine Woge klatschte dumpf gegen die Schiffswand. Angélique fand ihren Atem wieder. Die Nacht würde schließlich zu Ende gehen und dem Tage weichen. Vorfälle wie dieser waren während der Überfahrt im eichenen Kerker dieses Schiffes, in dem sich ungestüme Menschen mit ungewisser Zukunft gezwungenermaßen vereint fanden, unvermeidlich. Doch ihr Geist beruhigte sich schneller als ihr Körper. Verwirrt und benommen, konnte sie nicht vergessen, daß sie sich beim Erwachen in den Klauen der Begierde befunden hatte.

Sie erwartete einen Mann. Aber nicht diesen. Von dem, den sie liebte, war sie getrennt, und sie streckte ihm die Arme entgegen. „Drück mich an dich. Erlöse mich, du, der du so stark bist . . . Warum habe ich dich verloren? Wenn du mich zurückstößt, werde ich sterben!"

Sie stammelte kaum hörbare Worte, eingehüllt in die Wärme ihres wiedergefundenen Gefühls. Wie hatte sie in seiner Nähe kalt bleiben können? Benahm sich so eine liebende Frau? Er hatte glauben müssen, daß sie ihn nicht mehr liebte. Doch in ihrem Traum hatte sie seine Lippen wiedererkannt.

Joffreys Küsse! Wie hatte sie sie vergessen können! Sie erinnerte sich ihrer Überraschung bei seinem ersten Kuß, dann ihres Entzückens. Als junge Frau hatte sie den sanfteren Rausch der Lippen lange dem der völligen Hingabe vorgezogen. In seinen Armen, von seinem Mund bezwungen, kostete sie von jener äußersten Selbstaufgabe der Liebenden, die dank des Geliebten nichts als namenloses Glück ist.

Danach hatten keine anderen Männerlippen sie in solchem Maße zu erfüllen vermocht. Der Kuß bedeutete für sie eine Vertrautheit, die mit einem anderen als ihm zu teilen sie nicht das Recht besaß. Allenfalls nahm sie ihn hin als unumgängliches Vorspiel für ein zum Äußersten gediehenes Abenteuer.

Den Küssen, die man ihr raubte, entglitt sie so schnell wie möglich und der Beendigung der Riten zu, jener Lust, in der sie sich geschickt und leidenschaftlich wußte. Liebhaber hatten sie befriedigt, aber an keines Lippen erinnerte sie sich mit Vergnügen.

Während all der Jahre hatte sie sich, fast ohne es zu wissen, die Erinnerung an jene verzehrenden und wundervollen Küsse bewahrt, die sie in der nun so fernen Zeit in Toulouse lachend und niemals gesättigt tauschten ... und die sie der Schlaf, der zuweilen das Vergangene von seinen Schleiern befreit, wie durch ein Wunder neu hatte erleben lassen.

Zweiundzwanzigstes Kapitel

Und er war da, so düster unter seiner Maske, daß man im bleichen, vom Qualm der erloschenen Laternen vernebelten Morgenlicht von einem Mann aus Stahl hätte sprechen können.

Sein plötzliches Erscheinen machte die Passagiere unruhig. Sie waren kaum aus ihrem schweren, vom Auf und Ab der Wellen geschüttelten Schlaf erwacht. Sie froren. Kinder husteten und klapperten mit den Zähnen.

Mit Musketen bewaffnete Matrosen umgaben den Rescator.

Sein durch die Schlitze der Maske blitzender und darum noch durchdringender wirkende Blick glitt über die Flüchtlinge.

„Die Männer mögen sich versammeln und an Deck kommen."

„Was wollt Ihr von uns?" fragte Manigault, der seinen zerknitterten Rock zuknöpfte.

„Ihr werdet es gleich erfahren. Reiht Euch dort auf."

Er trat tiefer in den niedrigen Raum und musterte die Frauen. Vor Sarah Manigault gab er seine starre Haltung auf, um sie höflich zu begrüßen.

„Madame, ich wäre Euch gleichfalls verbunden, wenn Ihr uns begleiten wolltet. Desgleichen Ihr, Madame", fügte er hinzu, der Frau des Papierhändlers zugewandt.

Diese Auswahl und das besondere Zeremoniell waren dazu angetan, auch die Mutigsten besorgt zu machen.

„Es ist gut. Ich komme", entschied Madame Manigault, sich in ein schwarzes Umschlagtuch wickelnd. „Aber ich möchte zuvor gern erfahren, was Ihr mit uns vorhabt."

„Nichts Angenehmes, Madame, und ich bedauere es als erster. Aber es ist nötig, daß Ihr dabei anwesend seid."

Er blieb noch vor Tante Anna und vor Abigaël stehen, sie mit einer Geste auffordernd, sich zur Gruppe der Männer zu gesellen, die, von bewaffneten Matrosen flankiert, in der Nähe der Tür wartete.

Dann begab er sich zu Angélique, die ihm stumm vor Angst entgegensah. Mit ironischem Lächeln vollführte er eine noch tiefere Reverenz.

„Auch Euch, Madame, ersuche ich um die Gefälligkeit, mir zu folgen."

„Was geschieht?"

„Begleitet mich, und Eure Neugier wird befriedigt werden."

Sie wandte sich zu Honorine, um sie auf den Arm zu nehmen, aber er verwehrte es ihr.

„Nein. Keine Kinder an Deck. Glaubt mir. Das Schauspiel ist nichts für ihre Augen."

Honorine begann aus Leibeskräften zu heulen. Plötzlich tat der Rescator etwas Unerwartetes. Er fuhr mit der Hand in den an seinem Gürtel hängenden Almosenbeutel und zog einen blauen, nußgroßen Saphir heraus, der im einfallenden Licht Funken versprühte. Er reichte ihn dem Kind.

Honorine schwieg überwältigt. Sie bemächtigte sich des Saphirs und zeigte für nichts anderes mehr Interesse.

„Was Euch betrifft", nahm er den Faden wieder auf, indem er sich neuerlich Angélique zuwandte, „kommt und fürchtet nicht, Euer letztes Stündlein sei gekommen. Ihr werdet in kurzem wieder bei Eurer Tochter sein."

Auf dem Deck der Back hatte sich die Mannschaft in ihrer buntscheckigen, der Phantasie jedes einzelnen überlassenen Kleidung versammelt. Die Südländer waren deutlich an ihren Scherpen und lebhaft gefärbten Halstüchern, die Angelsachsen an ihren Wollmützen und Pelzwämsern zu unterscheiden. Zwei Schwarze und ein Araber unterbrachen die Reihe der rötlichen, fahlhaarigen Gesichter der Engländer. Der Bootsmann und die für die einzelnen Wachmannschaften Verantwortlichen waren an diesem Morgen in rote, mit goldenen Tressen besetzte Röcke gekleidet, eine Uniform, die ihre Rolle als Bordunteroffiziere unterstrich.

Der kupferhäutige Indianer neben dem bärtigen Nicolas Perrot vervollständigte ein Panorama menschlicher Rassen, dem es nicht an pittoresken Einzelzügen fehlte.

Angélique hatte nicht geglaubt, daß sie so zahlreich wären. Zumeist auf den Rahen und im Netzwerk der Taue verteilt, gewöhnte man sich daran, sie nur als affenähnliche, flinke, im Hochwald der Masten und Segel verlorene Silhouetten zu sehen, deren Gelächter, Rufe und Lieder über den Köpfen verhallten.

Heute von ihren Höhen herabgestiegen, schienen sie sich auf dem zwar bewegten, aber dennoch festen Boden des Decks unbehaglich zu fühlen. Sie verloren die verblüffende, akrobatische Leichtigkeit „derer von den Segeln" und wirkten plötzlich ungeschickt und wie ausgeliehen. Ihre Gesichter waren tief gezeichnet, eher ernst als heiter, und ihrer aller Augen, ob hell oder dunkel, hatten den besonderen Glanz an mißtrauische Beobachtung der Horizonte gewöhnter Blicke, die vorgeschobene Brauenbögen vor den Strahlen der Sonne schützen.

Angélique spürte, daß auch ihre Gefährten unangenehm beeindruckt waren. Es war eine Sache, fröhliche Seeleute über die Quais von La Rochelle schlendern zu sehen, und eine andere, sie unter dem Himmel ihrer Einsamkeit zu entdecken, getrennt von allen Annehmlichkeiten der Erde und eben darum noch ausgeprägter „Mann" als alle die, die täglich in den Straßen Frauen und Kinder streiften und sich abends an ihren Kamin setzten. Sie so von Angesicht zu Angesicht vor sich zu sehen, erfüllte sie mit Mitleid und Entsetzen. Sie gehörten zu einer anderen menschlichen Gattung. Für sie zählte allein das Metier des Meers, die Landratten waren ihnen völlig fremd.

Der Wind blähte den großen dunklen Mantel des Rescators. Er war ein wenig vorgetreten. Sie dachte, daß er der Herr dieser seltsamen Fremdlinge sei, daß er es fertigbrachte, die harten Köpfe zu beugen, sich dem in diesen groben Körpern eingeschlossenen finsteren Geist verständlich zu machen.

Welchen Einfluß mußte er auf das Leben, die Elemente und sich selbst besitzen, um sich diesen irrenden Herzen, diesen ausgebrannten Hirnen, diesen Ungeselligen, Feinden der ganzen Erde, aufzuzwingen?

Außer dem Wind und seiner großen Symphonie im Tauwerk war auf dem Schiff nichts zu vernehmen. Die Männer, regungslos, die Blicke gesenkt, schienen im Bann eines unerklärlichen, nur ihnen gemeinsamen Gefühls wie versteinert. Ihre Bedrücktheit griff schließlich sogar auf die Protestanten, die Landratten, über, die sich am anderen Ende des Decks nahe der Balustrade zusammendrängten.

Ihnen wandte sich der Rescator zu, als er zu sprechen begann.

„Monsieur Mercelot, gestern abend verlangtet Ihr Sühne der Schmach, die Eure Tochter betroffen hat. Ihr könnt Euch zufrieden geben. Das Urteil ist vollstreckt."

Die Geste, die er machte, ließ sie die Augen heben. Ein Gemurmel des Schreckens kam über ihre Lippen.

An der Rahe des Fockmastes, zehn Meter über ihnen, baumelte eine Gestalt.

Abigaël verbarg ihr Gesicht in den Händen.

Auf ein Zeichen wurde das Seil gelöst, an dem der Gerichtete hing. Der Leichnam landete in der Mitte des Decks und blieb dort ausgestreckt und regungslos liegen.

Die angeschwollenen Lippen des Mauren Abdullah hatten sich zu einem schmalen Spalt geöffnet und enthüllten den Glanz seiner weißen Zähne. Das gleiche tote, perlmuttene Weiß filterte durch seine halbgeschlossenen Lider. Die kraftvollen Glieder schienen wie im Schlaf gelöst, doch sein Fleisch hatte eine graue Tönung angenommen, und der Anblick seiner Nacktheit ließ die Zuschauer unter dem eisigen Wind des Morgens erschauern.

Angélique erinnerte sich des nackten, in seiner Hilflosigkeit am Boden liegenden Mannes, und sie vernahm seine rauhe Stimme, die arabischen Wörter, die er zu Füßen seines Herrn geflüstert hatte.

„Ich habe Hand an dich gelegt, doch es ist deine Hand, die mich bestrafen wird. Allah sei gelobt!"

Die beiden Schwarzen traten vor, gemeinsam Beschwörungen murmelnd, die in sehnsüchtigen Anrufungen endeten. Sie hoben den Leichnam ihres Bruders auf, befreiten ihm von dem schimpflichen Seil und entfernten sich mit ihm in Richtung des Bugspriets. Die Reihe der Matrosen schloß sich hinter ihnen.

Der Rescator blieb den Protestanten zugewandt.

„Ich habe Euch nun etwas zu sagen, ein für allemal. Ich habe diesen Mann hängen lassen, nicht weil er der Tugend Eurer Tochter zu nahegetreten ist, Monsieur Mercelot, sondern weil er *mir nicht gehorcht* hat. Als Ihr an Bord meines Schiffes gekommen seid, Ihr, Eure Frauen und Eure Kinder, habe ich meiner Mannschaft einen ausdrücklichen Befehl erteilt. Keiner meiner Männer durfte sich den Frauen und Mädchen nähern und es an Respekt ihnen gegenüber fehlen lassen. Bei Strafe des Todes. Abdullah wußte also, was er riskierte, als er den Befehl übertrat. Er hat jetzt bezahlt."

Er näherte sich ihnen, blieb vor Manigault stehen und musterte nacheinander Berne, Mercelot und Pastor Beaucaire, die das allgemeine Verhalten ihrer Gefährten als die Führer der Gemeinschaft zu bezeichnen schien. Unter dem vom Wind zurückgeschlagenen Mantel waren seine behandschuhten Hände zu sehen, die sich um die Kolben zweier im Gürtel steckender Pistolen schlossen.

„Ich will noch etwas hinzufügen", fuhr er in dumpfem, drohendem Ton fort, „damit Ihr Euren Gewinn daraus zieht. Messieurs, Ihr seid Rochelleser, Ihr kennt die Gesetze des Meers. Ihr wißt, daß ich auf der *Gouldsboro* nach Gott der einzige Herr bin. Alle an Bord, Offiziere, Angehörige der Mannschaft, Passagiere schulden mir Gehorsam. Ich habe diesen Mauren, meinen treuen Diener, gehängt, weil er meinen Befehlen zuwiderhandelte. Wißt, daß ich *Euch gleichfalls* hängen werde, falls *Ihr* ihnen eines Tages zuwiderhandelt!"

Dreiundzwanzigstes Kapitel

Sie betrachtete ihn bestürzt, verschlang ihn mit den Augen. Wie allein er war!

Allein im Wind. So wie sie ihn allein auf der Heide gesehen hatte.

Allein, wie es die Menschen sind, die nicht unter ihresgleichen weilen.

Und dennoch trug er seine Einsamkeit mit der gleichen Ungezwungenheit wie seinen großen schwarzen Mantel, dessen schwere Falten er so gut im Winde flattern zu lassen verstand.

Alle Lasten des Lebens hatte er so auf seinen Schultern getragen und, arm oder reich, mächtig oder ausgestoßen, krank oder kraftvoll, sein Dasein bewältigt, ohne sich zu beugen oder zu klagen, und sie wußte, daß darin sein Adel beruhte.

Er würde immer Grandseigneur bleiben.

Und sie verspürte den Wunsch, sich zu dieser unerschütterlichen Kraft zu flüchten, um sich von ihr in ihrer eigenen Schwäche stützen zu lassen, und zugleich, sie an sich zu ziehen, damit er endlich ausruhen könne.

Ein Pfiff hatte die Mannschaft zerstreut. Die Matrosen kehrten auf ihre Posten zurück.

Von der Deckskajüte brüllte Kapitän Jason Befehle durch sein kupfernes Sprachrohr.

Die Rahen bedeckten sich wieder mit Leinwand. Das Schiff begann von neuem zu leben.

Wortlos hatten die Protestanten das Deck verlassen. Angélique war ihnen nicht gefolgt. In diesem Augenblick gab es nur sie und ihn und den grenzenlosen Horizont.

Als Joffrey de Peyrac sich umwandte, bemerkte er sie.

„Derlei Statuierungen eines Exempels zur Aufrechterhaltung der Disziplin gehören zu den Alltäglichkeiten des Meers", sagte er. „Kein Grund zur Aufregung, Madame. Ihr, die Ihr mit Piraten und Sklavenhändlern das Mittelmeer befahren habt, solltet es wissen."

„Ich weiß es."

„Die Macht hat ihre unerfreulichen Seiten. Disziplin zu schmieden und intakt zu halten, ist ein hartes Handwerk."

„Ich weiß auch das", sagte sie.

Und sie erinnerte sich mit Erstaunen, daß sie einen Krieg geführt und Männer in den Kampf geschickt hatte.

„Auch der Schwarze wußte es", begann sie nachdenklich von neuem. „Ich habe verstanden, was er Euch gestern abend sagte, als wir ihn überraschten."

Und plötzlich empfand sie wieder die Schamlosigkeit der ihnen offenbarten Szene und ihre leidenschaftliche, ungewöhnliche Atmosphäre, und ihre Verwirrung färbte ihre Wangen.

Sie erinnerte sich, daß sie ihre Hand ausgestreckt und den Arm dessen gepackt hatte, der ihr zur Seite stand.

Auf der Haut ihres Handtellers spürte sie noch die Berührung des von harten Muskeln durchzogenen Fleisches unter dem Stoff des Wamses. Ihre Liebe!

Er war da!

Die Lippen, von denen sie geträumt hatte, bewahrten unter der Starrheit der Maske ihre warme, lebendige Form.

Sie brauchte das flüchtige Bild einer Erinnerung nicht mehr verzweifelt zu verfolgen.

Er war da!

All das, was sie trennte, waren nur Lappalien. Es würde ganz von selbst verschwinden.

Die Gewißheit einer Wirklichkeit, der sie allzu lange in ihren Träumen nachgejagt war, durchdrang sie mit einem übermächtigen Glücksgefühl.

Regungslos stand sie vor ihm, blind für alles, was nicht er war.

Am anderen Ende des Schiffs würde man an diesem Abend den Leichnam des Gerichteten in die Fluten versenken.

Die Liebe ... der Tod. Die Zeit fuhr fort, ihr Gespinst zu weben, Schicksale zwischen die Fäden zu flechten, Leben zu schaffen und zu zerstören.

„Ich glaube, es wäre gut, wenn Ihr in Eure Unterkunft zurückkehrtet", sagte endlich Joffrey de Peyrac.

Sie senkte die Augen, durch ein Zeichen andeutend, daß sie verstanden hatte und folgsam war.

Gewiß, noch waren alle Hindernisse zwischen ihnen nicht gefallen. Aber sie waren bedeutungslos. Die unüberwindlichsten, die, hinter denen sie nicht aufgehört hatte, nach ihm zu rufen, die des Todes und der Trennung, waren verschwunden.

Was bedeutete schon der Rest? Eines Tages würde ihre Liebe wiedererstehen.

Madame Manigault wandte sich plötzlich zu Bertille um und verabfolgte ihr eine schallende Ohrfeige.

„Schmutziges kleines Weibsbild! Seid Ihr jetzt zufrieden? Ihr habt den Tod eines Menschen auf dem Gewissen."

Ein Tumult erhob sich. Trotz der Rücksicht, die sie der Frau des Reeders schuldete, schlug sich Madame Mercelot auf die Seite ihres Kindes.

„Ihr seid immer auf die Schönheit meiner Tochter eifersüchtig gewesen, während die Euren . . ."

„So schön sie auch sein mag, Eure Bertille, es schickt sich nicht für sie, vor einem Neger Spielchen mit ihrem Mieder zu veranstalten. Man möchte glauben, daß Ihr niemals gelebt habt, Gevatterin!"

Man trieb sie nicht ohne Mühe auseinander.

„Gebt Ruhe, ihr Frauen!" grollte Manigault. „Es hilft uns nicht, aus diesem Wespennest zu entkommen, wenn Ihr Euch gegenseitig die Hauben herunterreißt."

Zu seinen Freunden gewandt, fügte er hinzu:

„Als er heute morgen auftauchte, glaubte ich, er hätte entdeckt, was wir vorbereiten. Glücklicherweise ist keine Rede davon."

„Nichtsdestoweniger argwöhnt er etwas", brummelte der Advokat besorgt.

Sie verstummten, da Angélique erschien. Hinter ihr schloß sich die Pforte, und man vernahm das Geräusch der Ketten, mit denen sie verriegelt wurde.

„Wir brauchen uns keine Illusionen zu machen. Wir sind gemeine Gefangene", fügte Manigault noch hinzu.

Einer fehlte: Gabriel Berne.

Zwei Matrosen hatten ihn draußen zurückgehalten. Sie waren beauftragt, ihn respektvoll, doch unverzüglich Monseigneur le Rescator vorzuführen.

Seltsam, dachte er. Als ich vor kurzem zu ihr sprach, sah sie mich an wie eine Liebende. Kann man sich in einem solchen Blick täuschen?

Er war noch dabei, jene unvergleichliche Minute zu überdenken, die so flüchtig gewesen war, daß er zweifelte, sie durchlebt zu haben, als der Hugenotte eintrat.

„Nehmt Platz, Monsieur", sagte Joffrey de Peyrac, auf einen Stuhl ihm gegenüber weisend.

Gabriel Berne setzte sich. Die Höflichkeit seines Gastgebers sagte ihm nichts Gutes, und er hatte recht.

Nach einem ziemlich langen Schweigen, in dem sich die Gegner beobachteten, begann das Duell.

„Wie weit sind Eure Heiratspläne mit Dame Angélique?" fragte die dumpfe Stimme mit einem Anklang von Spott.

Berne reagierte nicht. Mißvergnügt nahm Peyrac seine Selbstbeherrschung zur Kenntnis. „Der dicke Brummbaß reißt vor den Pfeilen nicht aus", sagte er sich. „Er schießt sie ebensowenig zurück. Aber wer weiß, ob seine Schwere mich schließlich nicht mitreißen und ins Stolpern bringen wird."

Endlich schüttelte Berne den Kopf.

„Ich sehe keine Notwendigkeit, über diese Dinge zu sprechen", erwiderte er.

„Ich ja. Ich interessiere mich für diese Frau. Ich möchte deshalb darüber reden."

„Habt Ihr gleichfalls vor, sie zu heiraten?" fragte Berne, nun seinerseits spöttisch.

„Gewiß nicht."

Das Gelächter seines Gesprächspartners war dem Hugenotten unverständlich und verdoppelte seinen Haß. Dennoch blieb er ruhig.

„Vielleicht habt Ihr mich rufen lassen, Monsieur, um durch mich zu erfahren, ob Dame Angélique Eurem Zynismus erliege und bereit sei, ihr Leben und ihre Freundschaften zu zerstören, um Euch zu gefallen?"

„In der Tat lag es ein wenig in meiner Absicht. Nun, was antwortet Ihr?"

„Ich halte sie für zu vernünftig, um sich in Eure Fallen locken zu lassen", versicherte Berne mit um so größerer Heftigkeit, als er an seinen Worten zweifelte. „Sie hat nach einem bewegten Leben bei mir Vergessen gesucht. Sie kennt den Preis des Friedens zu genau. Sie kann all das, was uns verbindet, nicht in den Wind werfen. Die Tage der Freundschaft, des Verstehens, der gegenseitigen Hilfe . . . Ich habe das Leben ihrer Tochter gerettet."

„Ah! Nun, ich auch. Wir sind also Rivalen um zwei Frauen statt um eine."

„Die Kleine zählt sehr viel bei ihr", sagte Berne drohend, als ob er einen Popanz schwenke. „Dame Angélique wird sie niemals opfern! Für niemand!"

„Ich weiß. Aber ich habe hier einiges, was junge Damen verführt."

Den Deckel eines Kästchens zurückschlagend, ließ er amüsiert Geschmeide durch seine Finger gleiten.

„Ich glaubte festzustellen, daß das Kind für das Glitzern kostbarer Steine empfänglich ist."

Gabriel Berne ballte die Fäuste. Angesichts dieses Menschen konnte er sich der Gewißheit nicht entziehen, es mit einem höllischen Wesen zu tun zu haben. Er machte ihn für das Böse verantwortlich, das er in sich fühlte, wie für das quälende Unbehagen über die neuerliche Begegnung mit seinen Dämonen. Die glühende Erinnerung an das kurze Drama, das sich in der vergangenen Nacht zwischen Angélique und ihm abgespielt hatte, verfolgte ihn in einem Maße, daß er dem Schauspiel der Hinrichtung des Mauren Abdullah nur wie ein Automat beigewohnt hatte.

„Wie geht es Euren Verletzungen?" erkundigte sich Joffrey de Peyrac übertrieben liebenswürdig.

„Ich spüre sie nicht mehr", antwortete er kurz.

„Und diese da?" fügte der Dämon hinzu, auf den geröteten Fetzen weisend, mit dem die von den Zähnen der jungen Frau verwundete Hand des Kaufmanns umwickelt war.

Berne lief rot an und erhob sich. Joffrey de Peyrac tat das gleiche.

„Der Biß einer Frau", murmelte er. „Dem Herzen giftiger als dem Fleisch."

Joffrey de Peyrac wußte, daß er einen schweren Fehler beging, wenn er diesen gedemütigten Mann gegen sich aufbrachte. Auch bezüglich der Vorführung Bernes waren die elementarsten Gebote der Klugheit von ihm in den Wind geschlagen worden, aber er hatte an diesem Morgen die verbundene Hand bemerkt und dem Wunsch nicht widerstehen können, eine Vermutung zu prüfen, die sich nun als richtig erwies.

„Sie hat ihn zurückgestoßen", sagte er sich triumphierend, „sie hat ihn zurückgestoßen. Er ist also nicht ihr Geliebter." Eine Genugtuung, die er gewiß sehr teuer würde bezahlen müssen, denn Berne vergaß nicht, Berne würde sich rächen. In seinen Augen, den Augen eines schlauen Kaufmanns, sammelte sich schon unversöhnliche Rachsucht.

„Was glaubt Ihr erraten zu haben, Monseigneur?"

„Etwas, was Ihr selbst nicht leugnet, Maître Berne. Dame Angélique ist scheu und ungebärdig."

„Seht Ihr darin schon den Triumph Eurer Sache? Ihr lauft Gefahr, Euch zu täuschen. Ich wäre erstaunt, wenn sie Euch zugestände, was sie allen Männern verweigert."

„Getroffen", dachte Joffrey de Peyrac, der sich Angéliques Widerstand in seinen Armen erinnerte.

Aufmerksam beobachtete er das wieder gleichmütig-verschlossene Gesicht seines Gegners.

„Was weiß er von ihr, das ich nicht weiß?"

Berne hatte seine Betroffenheit gespürt. Er wollte seinen Vorteil nutzen. Er sprach.

Seine Stimme weckte die Schrecken eines Berichts, dessen Wirkung alles andere als gering war, zu neuem Leben.

Ein in Flammen stehendes Schloß, ermordete Diener, eine gepeinigte, von Landsknechten vergewaltigte Frau, die in ihren Armen ein hingeschlachtetes Kind trug. Seit jener furchtbaren Nacht vermochte sie die Liebe nicht mehr zu empfangen, ohne die erduldeten Grausamkeiten wieder zu durchleben.

Und schlimmer noch: Das Kind, ihre Tochter, verdankte jenem Verbrechen ihr Dasein. Sie würde niemals erfahren, welcher von jenen stinkenden Söldnern ihr Vater war.

„Woher habt Ihr dieses Märchen?" fragte der Maskierte barsch.

„Aus ihrem Mund. Ihrem eigenen Mund."

„Unmöglich."

Schon konnte Berne seine Rache genießen. Sein Gegner wankte, obwohl er aufrecht blieb und nichts an ihm seine Gefühlsbewegung verriet.

„Die Dragoner des Königs, sagt Ihr? Das sind Schwätzereien Unwissender. Eine Frau ihrer Stellung, Freundin Seiner Majestät und aller großen Namen des Königreichs, konnte nicht zum Opfer der Soldateska werden. Warum hätte man sie auch angegriffen? Ich weiß, daß man die Hugenotten in Frankreich verfolgt, aber sie gehört nicht zu ihrer Konfession."

„Sie half ihnen."

Der Kaufmann atmete schwer, Schweißtropfen perlten auf seiner Stirn.

„Sie war die ‚Rebellin des Poitou'", murmelte er. „Ich habe es immer geahnt, und Eure Worte geben mir jetzt Gewißheit. Wir wußten, daß eine große, einstmals bei Hof geachtete Dame sich mit ihren Leuten gegen den König erhoben und schließlich die ganze Provinz, Hugenotten und Katholiken, in ihre Revolte hineingerissen hatte. Fast drei Jahre hat es gedauert. Endlich wurde sie besiegt. Das Poitou war verwüstet, die Frau verschwunden. Auf ihren Kopf war ein Preis von fünfhundert Livres gesetzt . . . Ich erinnere mich. Sie war es gewiß."

„Geht!" sagte Joffrey de Peyrac mit fast unhörbarer Stimme.

Das war es also, womit jene fünf Jahre ihres Lebens ausgefüllt waren, von denen er nichts wußte und während derer er geglaubt hatte, sie sei entweder tot oder nach Frankreich zurückgekehrt, von neuem dem König unterworfen.

Ein Aufruhr gegen den König – die Wahnwitzige! Die entsetzlichsten Schändlichkeiten! Und dabei hatte er sie in Kandia in seiner Gewalt gehabt. Er hätte ihr all das ersparen können.

In Kandia war sie noch das Abbild derer gewesen, die er gekannt, und ihre Begegnung hatte ihn bis ins Mark bewegt. Welch Augenblick, als er sie durch die Rauchschwaden des orientalischen Batistans entdeckt hatte!

Ein Kaufmann hatte ihn aufmerksam gemacht, als er vor der Insel Mylos Anker warf. Der Verkauf einer prachtvollen Sklavin sei im Batistan von Kandia angekündigt. Man wußte, daß er sich für „ausgewählte Stücke" interessierte. Tatsächlich übertrieb man ein wenig, aber der in seiner Situation notwendige arabische Aufwand forderte, daß er auch Frauen nicht verschmähte.

Er gefiel sich in spektakulären Gesten, die zu der sich um ihn bildenden Legende beitrugen und ihm bei den wollüstigen Orientalen zunehmende Achtung verschafften. Sein Geschmack in der Auswahl schöner menschlicher Vergnügungsobjekte war ohnedies berühmt. Die Erregung der Auktionen und der sich hitzig steigernden Gebote, seine Neigung, unter der schönen fleischlichen Hülle die schüchterne menschliche Flamme jener gedemütigten Frauen zu entdecken, sie wiederaufleben zu sehen, ihre Kindheits- und Elendsberichte aus allen vier Ecken der Welt zu hören – Tscherkessinnen, Moskowiterinnen, Griechinnen, Äthiopierinnen –, lenkten ihn von seiner harten und gefährlichen Arbeit ab. Er genoß in ihren Armen Ruhe, ein kurzes Vergessen, zuweilen das Vergnügen neuer Sinnenlust. Sie wurden schnell seine Freundinnen, ihm bis in den Tod ergeben. Kleine, charmante Nippesfiguren, die zu ergründen oder zu liebkosen ihn für einen Moment zerstreute, oder schöne, ungezähmte Tiere, die zu bändigen ihn reizte. Einmal erobert, verloren sie schnell an Interesse für ihn. Er hatte zu viele Frauen gekannt, als daß eine von ihnen ihn hätte fesseln können. Doch bevor er sie verließ, bemühte er sich, ihnen eine neue Lebenschance zu geben:

sie in das Land, aus dem man sie geraubt hatte, zurückzubringen, die seit ihrer Kindheit der käuflichen Liebe Unterworfenen zu beschenken, um ihnen die Möglichkeit zu verschaffen, aus eigenem Entschluß ihren Weg zu wählen, zuweilen auch Kinder einer Mutter zuzuführen, die sie verloren hatte.

Aber wieviele klammerten sich an ihn und flehten: „Behalte mich für immer, ich falle dir nicht zur Last. Ich brauche wenig Platz. Das ist alles, worum ich dich bitte."

Von da an mußte er sich vor ihren Listen und Zaubertränken, die sie ihm heimlich einzuflößen versuchten, in acht nehmen.

„Du bist zu geschickt", seufzten sie, wenn er ihnen auf die Schliche gekommen war, „du siehst alles, du bekommst alles heraus. Das ist nicht gerecht. Ich bin so klein. Ich bin nur eine Frau, die in deinem Schatten bleiben will."

Er lachte dann, küßte schöne, fleischige Lippen, die ihm nicht mehr bedeuteten als eine rasch genossene süße Frucht, und kehrte auf See zurück.

Gelegentlich erregte die Reputation einer neuen Schönheit seine Neugier, und er suchte sie zu erwerben.

Der Händler von Mylos hatte ihn mit seinem levantinischen Enthusiasmus über die Qualität der „Ware" amüsiert, als das Gespräch auf die Sklavin mit den grünen Augen gekommen war. Einzigartig! Bewundernswert! Chamyl Bey, der weiße Eunuche, Lieferant für die Harems des Großtürken, werde auch anwesend sein. Schon aus diesem Grunde schulde es sich Monseigneur le Rescator, den Kampf aufzunehmen. Er werde keinesfalls enttäuscht sein. Er möge selbst urteilen. Die Rasse? Eine Französin, das besage alles. Qualität? Überwältigend. Es handele sich um eine authentische Nobeldame des Hofes Ludwigs XIV. Unter der Hand und für die, die wirklich entschlossen seien mitzubieten, flüstere man sich zu, daß es sogar eine der Favoritinnen des Königs von Frankreich sei. Ihr Gang, ihre Haltung, ihre Ausdrucksweise trögen nicht und vereinten sich mit allen Schönheiten, die man nur verlangen könne: goldenes Haar, Augen, die klar wie Meerwasser seien, der Körper einer Göttin. Ihr Name? Nun, warum solle man ihn nicht nennen, um die Glaubwürdigkeit eines großen Geheimnisses zweifelsfrei zu belegen: Marquise du Plessis-Bellière. Ein sehr großer Name, sage man. Rochat, der französische Konsul, der sie gesehen und sich mit ihr unterhalten habe, sei in diesem Punkt absolut überzeugt.

Der Rescator war aufs äußerste betroffen gewesen.

Nachdem er sich durch ein scharfes Kreuzverhör darüber klar geworden war, daß der Mann nicht phantasierte, hatte er sich ohne Rücksicht auf die laufenden Geschäfte buchstäblich aufs Schiff gestürzt, um nach Kandia auszulaufen. Unterwegs hatte er die näheren Umstände erfahren, unter denen die junge Frau in die Hand der Sklavenhändler gefallen war.

Sie sei in Geschäften nach Kandia unterwegs gewesen, andere behaupteten, um einen Liebhaber zu treffen. Die französische Galeere, auf der sie reiste, habe Schiffbruch gemacht, und der Marquis d'Escrainville, jener übel berüchtigte Seeräuber, habe sie auf einer Barke aufgefischt und mit ihr die größte Chance seines armseligen Piratendaseins.

Jedermann prophezeite, daß die Gebote schwindelnde Höhen erreichen würden.

Dennoch hatte er sie sehen müssen, um es zu glauben. Trotz seiner Kaltblütigkeit bewahrte er nur eine ungenaue Erinnerung an jenen Augenblick, in dem er zugleich gewußt hatte, daß sie es wirklich war und daß sie schon im Begriff stand, dem letzten der Bietenden zugeschlagen zu werden. Deshalb hatte er unverzüglich eingegriffen, hatte mit einer einzigen Zahl den Handel an sich gerissen. Fünfunddreißigtausend Piaster! Ein wahrer Irrsinn!

Dann hatte er sie verhüllt, hatte sie den Blicken entzogen.

Danach erst hatte er sie gefühlt, hatte er gespürt, daß sie lebendig, wirklich war. Und mit dem ersten Blick hatte er gesehen, daß sie sich an der äußersten Grenze ihrer Nervenkraft befand, eine Frau am Ende ihrer Widerstandsfähigkeit, zermürbt durch die Drohungen und Brutalitäten dieser gemeinen Händler mit Menschenfleisch, eine Frau wie alle jene, die er zuckend, halb ohnmächtig auf den Märkten des Mittelmeers aufgelesen hatte. Verwirrt und toll vor Angst, erkannte sie ihn nicht ... Darum hatte er beschlossen, mit seiner Demaskierung zu warten, sie erst der lüsternen, neugierigen Versammlung zu entführen, die sie umgab. Er würde sie in seinen Palast bringen, würde sie sorglich zur Ruhe betten, und wenn sie erwachte, wäre er da, an ihrem Lager.

Leider war sein romantischer Plan von Angélique selbst durchkreuzt worden. Konnte er sich vorstellen, daß ein so gehetztes, so am Ende seiner Kräfte angelangtes Geschöpf die Möglichkeit finden würde, ihm fast unmittelbar nach Verlassen des Batistans zu entweichen? Sie hatte Komplicen gehabt, auf deren Konto das Feuer im Hafen kam. Nach und nach trat aus dem Rauch der brennenden Trümmer die Wahrheit ans Licht. Ein Boot mit Sklaven war beobachtet worden, das die Verwirrung des Brandes benutzt hatte, um das Weite zu suchen. Sie war unter ihnen gewesen! Verwünscht! Seine Wut von damals verband sich mit der, die er heute empfand. Und er konnte sich sagen, daß er Angélique nicht nur seine größten Schmerzen, sondern auch seine heftigsten Zornausbrüche verdankte.

Wie in Kandia begann er wieder, das Schicksal zu verfluchen. Sie war entflohen, und fünf Jahre hatten genügt, ihn sie für immer verlieren zu lassen. Gewiß, sie war ihm wiedergegeben, aber erst, nachdem sie sich in eine ganz neue Frau verwandelt hatte, die ihm nichts mehr schuldete.

Wie sollte man die zarte Elfe der Moore des Poitou, ja selbst die rührende Sklavin von Kandia in einer Amazone erkennen, an der ihm alles, sogar die Sprache, unverständlich war. Sie war wie besessen von einer seltsamen Glut, deren Natur er sich nicht zu erklären vermochte.

Noch heute fragte er sich, warum sie mit solcher Hartnäckigkeit, solch fiebriger Entschlossenheit „ihre" Protestanten hatte retten wollen, als sie zäh, durchnäßt und mit wild zerzaustem Haar zu ihm gekommen war.

Sie war nicht einmal ein vom Leben umhergeworfenes Wrack gewesen. In diesem Fall hätte sie ihm wenigstens Mitleid eingeflößt. Ihr Verlangen wäre ihm begreiflicher erschienen, wenn die bloße Furcht, den Leuten des Königs in die Hände zu geraten, falls es zutraf, daß ein Preis auf ihren Kopf gesetzt war, sie ihm zu Füßen geworfen hätte, um ihr Leben und das ihrer Tochter zu retten. Er hätte sie besser empfangen: kraftlos, starr vor Angst, erniedrigt und nicht so völlig ihrer

Vergangenheit entfremdet. Erniedrigt! Nach allem war sie es jetzt. Eine Frau, die sich wer weiß wo herumgetrieben hatte, gleichgültig gegen das Schicksal ihrer Söhne, und die er nun mit einem Bastard wiederfand, von einem Unbekannten gezeugt.

Es hatte ihr also nicht genügt, auf den Spuren irgendeines Galans leichtsinnig das Mittelmeer zu durchstreifen. Jedesmal, wenn er erschien, um sie vor den Folgen eines törichten Schritts zu bewahren, fand sie ein Mittel, sich unbesonnen davonzumachen, um sich in noch größere Gefahren zu stürzen: Mezzo Morte, Moulay Ismaël, der Ausbruch ins Rif. Sie schien aus purem Spaß die schlimmsten Abenteuer zu sammeln. Unbedachtheit, die an Dummheit grenzte. Leider mußte man sich den Tatsachen beugen. Ja, sie war dumm, das Gebrechen der meisten Frauen. Nicht zufrieden, sich schadlos aus der Affäre gezogen zu haben, hatte sie eine Rebellion gegen den König von Frankreich angezettelt. Von welchem Teufel war sie denn besessen? Welch Genie der Selbstzerstörung! War es die Aufgabe einer Frau, der Mutter einer Familie, Armeen auszuheben? Konnte sie nicht auf ihrem Schloß bleiben und Wollfäden aus dem Spinnrocken zupfen, statt es der Soldateska auszuliefern? Oder zur Not bei Hofe in Versailles die Kokette spielen?

Man durfte niemals die Frauen allein ihr Geschick bestimmen lassen. Angélique fehlte zu ihrem Unglück jene muselmanische Tugend, die er zu respektieren gelernt hatte: Zu verstehen, sich zuweilen dem Schicksal auszuliefern, die unbezwinglichen Kräfte des Universums für sich handeln zu lassen. Nein. Angélique mußte die Ereignisse lenken, sie voraussehen und nach ihrem Geschmack dirigieren. Da lag das Übel bei ihr. Sie war zu intelligent für eine Frau.

Zu diesem Punkt seiner Überlegungen gelangt, legte Joffrey de Peyrac den Kopf in die Hände und sagte sich, daß er nichts, schon absolut nichts von den Frauen im allgemeinen und seiner eigenen im besonderen verstand.

Der Großmeister in der Kunst des Liebens, den die Troubadoure des

Languedoc um Rat anzugehen pflegten, hatte ebensowenig alles gesagt, da er das Leben nicht genugsam gekannt hatte. Und auch ihn, Joffrey, hatten die Bücher, die philosophischen Lehren und die Erfahrungen der Wissenschaft bei weitem noch nicht alles gelehrt. So blieb das Herz des Menschen immer jungfräuliches Wachs, so weise er sich auch vorkommen mochte.

Er stellte fest, daß er in diesen wenigen Minuten seine Frau beschuldigt hatte, zu dumm und zu intelligent zu sein, sich dem König von Frankreich hingegeben und gegen ihn gekämpft zu haben, sich über die Maßen schwach und widernatürlich tatkräftig zu zeigen, und er mußte sich gestehen, daß die ganze kartesianische Disziplin, die er mit Überzeugung für sich in Anspruch nahm, ihm, dem Mann mit dem klaren, männlichen Verstand, nicht aus seiner Unfähigkeit herauszuhelfen vermochte, in sich selbst klar zu sehen.

Er spürte nur seinen Zorn und seinen Schmerz.

Gegen alle Logik erschien ihm jene Vergewaltigung, die sie erduldet hatte, als der schlimmste Verrat; denn Eifersucht und primitiver Besitzerinstinkt bäumten sich am wildesten in ihm auf. Er empörte sich, er schrie im Grunde seines Herzens: „Konntest du dich nicht so verhalten, daß du dich für mich bewahrt hättest?"

Wenn sie sich wenigstens nicht exponiert hätte, da er schon ein vom Schicksal Geschlagener war und sie nicht verteidigen konnte!

Die ganze Bitternis seiner Niederlage kostete er erst jetzt. Vae victis!

Plötzlich verstand er das Gefühl, das gewisse wilde Stämme Afrikas dazu treibt, ihre eigenen Frauen zu entstellen, ihre Lippen durch kupferne Scheiben zu verzerren, damit der Sieger, der sie raubt, nur scheußliche Kreaturen in den Armen hält . . .

Sie war zu schön, zu reizvoll. Gefährlicher noch, wenn sie sich nicht bemühte, es zu sein, und wenn die Macht ihrer Augen, ihrer Stimme und ihrer Bewegungen ihr zu entspringen schien wie eine natürliche Quelle.

Im Grunde die schlimmste der Koketterien, die entwaffnendste!

„Monseigneur, vergebt!"

Kapitän Jason, sein Freund, stand vor ihm.

„Ich habe mehrmals geklopft. Da ich Euch abwesend glaubte, bin ich eingetreten."

Wenn er auch fähig war, jähen Zorn zu verspüren, ließ der große Seefahrer, zu dem der Rescator geworden war, ihn doch selten nach außen dringen. Seine innere Spannung gab sich denen, die ihn gut kannten, durch seinen für gewöhnlich heiteren oder leidenschaftlichen, unversehens jedoch verwandelten, starr und schrecklich gewordenen Blick zu erkennen.

Jason täuschte sich nicht. Übrigens gab es, wie er wußte, eine ganze Reihe von Gründen, die den Stimmungsumschwung seines Herrn bewirken mochten. Nichts an Bord nahm den rechten Verlauf! Um so besser, wenn es zu einer Auseinandersetzung kam. Sie würde es ermöglichen, die Dinge zurechtzurücken, bevor sie sich zu Schlimmerem entwickelten.

Mit einer Handbewegung wies Kapitän Jason mürrisch auf einen gewaltigen Ballen, den die ihn begleitenden Matrosen abgestellt hatten, bevor sie sich schleunigst davonmachten.

Der äußeren Hülle, einer alten Kamelhaardecke, entquoll ein unglaubliches Sammelsurium ausgefallenster Dinge: Rohdiamanten, deren harziger Schimmer mit dem gewöhnlicher Karaffenstöpsel wetteiferte, primitive goldene Schmuckstücke, ein nach Ziegenbock stinkender, mit einem Rest verdorbenen Süßwassers gefüllter Schlauch, ein fett- und stockfleckiger Koran, an dem das Amulett, die „baraka", hing.

Joffrey de Peyrac beugte sich vor, um das Ledersäckchen aufzuheben, und öffnete es. Es enthielt ein wenig Moschus aus Mekka und ein Armband aus Giraffenfell, an dem als Anhängsel zwei Fangzähne der Hornviper befestigt waren.

„Ich erinnere mich jenes Tages im Lande der Aschantis, an dem Abdullah die Viper tötete, die mich angreifen wollte", sagte er gedankenvoll. „Ich frage mich . . ."

„Ja, ich täte es auch", unterbrach ihn Jason gegen alle übliche Disziplin. „Wir werden also die ‚baraka' auf seine Brust legen und ihn in seine schönste Djellabah einnähen."

„In der Dämmerung wird man ihn ins Meer versenken. Obwohl seine Seele glücklicher wäre, wenn man ihn beerdigt hätte ..."

„Trotzdem wird es seine muselmanischen Brüder an Bord zufriedenstellen, die darauf gefaßt sind, daß er als Gehängter wie ein Hund behandelt wird."

Joffrey de Peyrac musterte seinen Untergebenen aufmerksam. Pokkennarbiges Gesicht, bitterer Mund. Seine Augen waren kalt und ließen an Achatsteine denken. Zehn Jahre gemeinsamer Seefahrt banden ihn an diesen stämmigen, schweigsamen Burschen.

„Die Mannschaft murrt", sagte Jason. „Natürlich sind's weniger unsere Leute aus dem Orient, die böses Blut machen, als die neuen, vor allem die, die wir in Kanada und in Spanien haben an Bord nehmen müssen, um unseren Bestand zu ergänzen. Wir sind beinahe sechzig. Es ist schwer, solches Pack im Zaum zu halten. Um so mehr, als sie gern wissen möchten, was Ihr auskocht. Sie beklagen sich, daß sie nicht lange genug an Land gekommen wären und daß sie ihren Teil an dem von unsern Tauchern vor Panama aufgefischten spanischen Gold nicht erhalten hätten. Sie sagen auch, Ihr hättet verboten, daß sie mit den Frauen an Bord anzubandeln versuchten, während Ihr Euch die Schönste leistet."

Dieser ernste Vorwurf, den sich der andere nicht aus den Fingern sog, ließ den Herrn der *Gouldsboro* schallend auflachen.

„Weil es die Schönste ist, nicht wahr, Jason?"

Er wußte, daß sein Gelächter den Kapitän, den nichts auf der Welt zu erheitern vermochte, vollends außer sich bringen würde.

„Es ist doch die Schönste?" wiederholte er beharrlich.

„Ich weiß verdammt nichts davon", knurrte der andere wütend. „Ich weiß nur, daß sich allerlei üble Dinge auf diesem Schiff ereignen und daß Ihr sie nicht seht, weil Ihr von dieser Frau besessen seid."

Joffrey de Peyrac zuckte bei diesem Wort zusammen und runzelte die Stirn.

„Besessen? Habt Ihr mich je von einer Frau besessen gesehen, Jason?"

„Gewiß nicht. Von keiner. Aber von dieser doch. Hat sie Euch nicht in Kandia und danach genügend Dummheiten machen lassen? Wie viele ziellose Schritte! Wie viele vernachlässigte Geschäfte, nur weil

Ihr sie um jeden Preis wiederfinden wolltet, ohne Euch um den Rest zu kümmern."

„Gebt zu, daß es durchaus normal ist, hinter einer Sklavin herzujagen, die Euch fünfunddreißigtausend Piaster gekostet hat."

„Es ist aber auch etwas anderes dabei", sagte Jason störrisch. „Etwas, was Ihr mir niemals anvertraut habt. Was tut's! Das gehört in die Vergangenheit. Ich glaubte sie gut und gern vergessen, tot, beerdigt. Und plötzlich taucht sie wieder auf."

„Jason, Ihr seid ein verstockter Weiberfeind. Weil Euch einstmals eine Dirne, die zu heiraten Ihr töricht genug wart, auf die Galeeren geschickt hat, um mit ihrem Liebhaber von der vollkommenen Liebe zu naschen, widmet Ihr dem weiblichen Geschlecht einen Haß, der Euch um manche erfreuliche Gelegenheit gebracht hat. Wie viele an traurige Megären gekettete Ehemänner würden Euch um Eure wiedergewonnene Freiheit beneiden, von der Ihr einen so schlechten Gebrauch macht!"

Jason blieb düster.

„Es gibt Frauen, die Euch mit einem Gift impfen, von dem es keine Heilung gibt. Ihr selbst, Monseigneur, seid Ihr sicher, Euch immer vor solchen Qualen schützen zu können? Eure Sklavin aus Kandia jagt mir Angst ein, das ist es."

„Ihr gegenwärtiges Aussehen sollte Euch eigentlich beruhigen. Ich war sehr erstaunt und sogar ein wenig enttäuscht, muß ich gestehen, sie unter der Haube einer sittsamen Bürgerin wiederzufinden."

Doch Jason schüttelte energisch den Kopf.

„Nur eine Falle, Monseigneur! Mir ist eine Odaliske in ihrer Nacktheit lieber als diese Duckmäuserinnen, die sich verschleiern und Euch mit einem einzigen Blick das Paradies zu versprechen scheinen. Ihr grobes Gift wird dann zur feinen Essenz, zu fein, als daß man sie bemerken und sich gegen sie wappnen könnte. Essenz? Was sage ich? Quintessenz!"

Joffrey de Peyrac hörte ihm zu, während er nachdenklich sein Kinn rieb.

„Seltsam, Jason", murmelte er, „sehr seltsam. Ich glaubte, sie interessiere mich nicht mehr, überhaupt nicht mehr."

„Wenn es nur stimmte", meinte Jason trübe. „Aber leider sind wir weit davon entfernt ..."

Joffrey de Peyrac nahm ihn beim Arm, um ihn hinaus auf die Galerie zu ziehen.

„Kommt! Die ‚Reichtümer' meines armen Abdullah verpesten meine Kajüte."

Angesichts des Himmels, der in orangenen Pastelltönen leuchtete, während das Meer seine kalten, harten Farben bewahrte, versank er in Betrachtung.

„Versucht, die Leute zu beruhigen. Macht ihnen klar, daß das spanische Gold noch immer an Bord ist. Sobald wir in einigen Tagen die Küste berühren, werde ich ihnen einen Vorschuß auf die nächsten Abschlüsse auszahlen lassen."

„Sie werden ihr Geld bekommen, weil es immer so gewesen ist. Aber sie spüren, daß sie eine verlorene Überfahrt hinter sich haben. Warum dieser überstürzte Aufbruch bei La Rochelle? fragen sie sich. Warum sind diese Leute an Bord genommen worden, die uns vollstopfen, für die man sich das Brot vom Mund abspart und von denen man nicht einen einzigen Heller sehen wird, weil man nur die Augen aufzusperren braucht, um zu wissen, daß sie nicht mehr als das Hemd auf dem Leibe haben!"

Und da Joffrey de Peyrac stumm blieb, nahm Jasons Miene einen unglücklichen Ausdruck an.

„Ihr findet mich vermutlich recht indiskret, Monseigneur. Und Ihr gebt mir zu verstehen, daß wir uns nicht in Eure Angelegenheiten zu mischen haben. Das ist es eben, wo der Sattel uns drückt. Die Leute der Mannschaft und ich, wir spüren, daß Ihr abwesend seid ... Vor allem die Matrosen sind empfindlich in diesem Punkt. Zu welcher Rasse sie auch gehören, Ihr wißt, wie sie sind. Sie glauben an Zeichen und halten sich viel mehr ans Unsichtbare als an Äußerlichkeiten. Sie sagen immer wieder, daß Ihr sie nicht mehr schützt."

Ein Lächeln spielte um die Lippen des Rescators.

„Beim nächsten Sturm werden sie sehen, ob ich sie nicht mehr schütze."

„Ich weiß. Noch seid Ihr unter uns. Aber sie spüren schon, daß Ihr Euch entfernt."

Mit einer Bewegung des Kinns wies Jason zum vorderen Teil des Schiffs.

„Nehmen wir an, Ihr wollt mit diesen Individuen, die Ihr Euch da aufgeladen habt, Eure im Osten erworbenen Ländereien bevölkern. In welcher Weise betrifft das uns, uns Seeleute von der *Gouldsboro?*"

Der Graf Peyrac legte seine Hand auf die Schulter seines Freundes. Sein Blick durchstreifte noch immer den Horizont, aber er drückte das muskulöse Fleisch über dem massiven Knochengerüst, auf das er sich im Laufe ihrer endlosen Kreuzfahrten über die Meere der Welt oft gestützt hatte.

„Jason, mein guter Gefährte, als wir uns begegneten, war ich schon ein Mann, der mehr als die Hälfte seines Daseins hinter sich hatte. Ihr wißt nicht alles von mir, wie ich behaupte, nicht alles von Euch zu wissen. Erfahrt also, daß in meinem Leben, seitdem ich auf der Welt bin, zwei Leidenschaften einander ablösen: die für die Schätze der Erde und die für die Reize des Meers."

„Und die für die Schönen?"

„Man übertreibt. Sagen wir, daß die Schönen gelegentlich an dem einen oder anderen Abenteuer beteiligt waren. Die Erde und das Meer, Jason. Zwei Ganzheiten. Anspruchsvolle Geliebte. Wenn ich einer zuviel gab, forderte die andere. Mehr als zehn Jahre sind es her, daß mich der Großtürke mit der Monopolisierung des Silberhandels beauftragte, daß ich das Deck nicht mehr verließ. Ihr habt mir Eure Stimme geliehen und mir so erlaubt, den launischen Elementen zu befehlen. Und vom Mittelmeer bis zum Ozean, von den Polarmeeren bis zu dem der Karaiben haben wir die grandiosesten Erfahrungen durchlebt."

„Und jetzt seid Ihr von neuem von dem Verlangen besessen, in die Eingeweide der Erde hinabzusteigen?"

„Genau das ist es!"

Der Satz fiel wie ein Keulenschlag.

Jason senkte den Kopf.

Er hatte gehört, was er zu hören fürchtete. Seine starken, mit rötlichem Flaum bedeckten Hände klammerten sich um das Geländer aus vergoldetem Holz.

Joffrey de Peyrac verstärkte den freundschaftlichen Druck seiner Hand.

„Ich lasse Euch das Schiff, Jason."

Der andere schüttelte den Kopf.

„Das wäre nicht dasselbe. Ich brauche Eure Freundschaft, um zu überleben. Eure Leidenschaft, Eure Lebensfreude haben mich immer überwältigt. Ich brauche das, um selbst existieren zu können."

„Solltet Ihr sentimental sein, hartgesottener alter Sünder? Seht um Euch. Das Meer wird Euch bleiben."

Doch Jason hob nicht einmal die Augen, um einen Blick über die wogende, graugrüne Weite zu werfen.

„Ihr könnt mich nicht verstehen, Monseigneur. Ihr seid ein Mensch aus Feuer. Ich bin aus Eis."

„Dann brecht das Eis."

„Zu spät."

Jason stieß einen Seufzer aus.

„Ich hätte früher das Geheimnis erfahren müssen, das Euch erlaubt, in jedem Augenblick die Welt neu zu sehen. Was ist es?"

„Es gibt keine Geheimnisse", sagte Joffrey de Peyrac, „oder sie sind zumindest verschieden. Jeder besitzt die seinen. Was soll ich Euch sagen? Immer fähig sein, alles von neuem zu beginnen. Nie hinnehmen, nur ein einziges Leben zu besitzen. Unerschütterlich überzeugt sein, es seien derer viele . . ."

Vierundzwanzigstes Kapitel

Die endlose Fahrt ging weiter. Wenn die Passagiere im grauenden Morgen das Deck betraten, sahen sie immer noch nur das Meer und immer das Meer. Nur hatte es erneut sein Aussehen verändert. Es schien nun wie ein See, fast unbewegt. Obwohl fast alle Segel gehißt waren, rührte sich das Schiff kaum vom Fleck, was die Bewohner des Zwischendecks für wenige Augenblicke hatte vermuten lassen, daß es vor Anker läge. Stimmen hatten sich voller Hoffnung erkundigt: „Sind wir am Ziel?"

„Betet zum Herrn, daß es nicht so ist!" hatte Manigault gerufen. „Wir sind noch nicht tief genug im Süden, um in der Nähe Santo Domingos zu sein. Es bedeutet also, daß wir uns vor der menschenleeren Küste Neuschottlands befinden, und niemand vermöchte zu sagen, welches Los uns dort erwartet."

Mit einer Mischung aus Enttäuschung und Erleichterung betrachteten sie die trostlose Weite vor ihnen. Die Segel hingen schlaff herab, und die einzige Bewegung in den Rahen war die der Mannschaft, die sich bemühte, die höchsten Segel zu entfalten, um einen Hauch des kaum vorhandenen Windes einzufangen.

Die von den Seeleuten gefürchtete Plage der völligen Windstille trat ein. Das Wetter war verhältnismäßig warm. Der Tag schien lang. Und als die Passagiere bei ihrem abendlichen Erscheinen an Deck den betrüblichen Zustand der Segel beobachten konnten, die trotz der Bemühungen der Mannschaft nach wie vor schlaff und faltig, von keinem Lüftchen bewegt wurden, gab es tiefe Seufzer.

Jenny, die älteste Tochter der Manigaults, die ein Kind erwartete, begann zu schluchzen.

„Wenn dieses Schiff nicht vorankommt, werde ich noch verrückt. Es soll landen, ganz gleich wo, wenn nur diese Fahrt endlich zu Ende ist!"

Sie stürzte zu Angélique und flehte:

„Sagt mir, sagt mir, daß wir bald ankommen werden!"

Angélique geleitete sie zu ihrem Lager und tat ihr möglichstes, um sie zu trösten. Die Jüngeren unter den Flüchtlingen bezeugten ihr ein Vertrauen, das ihr ein wenig zur Last fiel, da sie sich nicht recht imstande fühlte, ihm zu entsprechen. War sie es denn, nach der sich Wind und Meer und die Geschicke der *Gouldsboro* richteten? Niemals hatte sie die Zukunft so ungewiß gesehen, war sie so wenig fähig gewesen, die richtige Entscheidung zu treffen. Und dennoch schien man von ihr zu erwarten, daß sie die Ereignisse in die eine oder andere Richtung lenkte.

„Wann werden wir an Land gehen?" fragte Jenny, die sich nur langsam beruhigte.

„Ich kann es Euch nicht sagen, Liebste."

„Ah, warum sind wir dann nicht in La Rochelle geblieben? Seht unser Elend. Zu Hause hatten wir so schöne Leintücher, extra für meine Aussteuer aus Holland bestellt."

„In diesem Moment liegen die Pferde der Dragoner des Königs auf Euren holländischen Leintüchern, Jenny. Ich habe gesehen, daß sie es in den Häusern der Hugenotten im Poitou taten. Sie wuschen die Hufe ihrer Gäule im Wein der Keller und rieben sie mit Mechelner Spitzen trocken. Euer Kind war dazu bestimmt, in einem Gefängnis geboren und Euch alsbald genommen zu werden. Jetzt wird es frei zur Welt kommen. Man muß immer bezahlen, was man erwirbt."

„Ich weiß es ja", murmelte die junge Frau, ihre Tränen bekämpfend, „aber ich wünschte mir so, daß wir schon auf festem Boden wären. Dieses ewige Schwanken des Meers macht mich krank. Und dann bereitet sich auf diesem Schiff Schlimmes vor. Blut wird fließen, ich weiß es. Und vielleicht wird mein Mann unter den Toten sein..."

„Ihr faselt, Jenny. Woher kommen Euch diese Besorgnisse?"

Jenny schien erschrocken und sah angstvoll um sich. Sie fuhr fort, sich an Angélique zu klammern.

„Dame Angélique", flüsterte sie, „Ihr, die Ihr den Rescator kennt, werdet über uns wachen, nicht wahr? Ihr werdet dafür sorgen, daß nichts Schreckliches passiert."

„Was fürchtet Ihr?" wiederholte Angélique betroffen.

In diesem Augenblick legte sich eine Hand auf ihre Schulter, und sie bemerkte Tante Anna, die ihr ein Zeichen machte.

„Kommt, meine Liebe", sagte das alte Fräulein. „Ich glaube zu wissen, was Jenny quält."

Angélique folgte ihr zum äußersten Ende der Batterie. Dort stieß sie eine wurmstichige Pforte auf, hinter der zu Beginn der Fahrt Ziegenmeckern und Schweinegrunzen zu vernehmen gewesen waren. Seit geraumer Zeit schon waren Ziegen und Schweine verschwunden, aber der Verschlag bewahrte noch immer einen Stallgeruch, der angenehme Vorstellungen weckte.

Scheinbar achtlos in einen Winkel geworfene Lumpen und ein paar Strohbündel beiseite schiebend, enthüllte Madame Anna etwa ein Dutzend Musketen sowie Säckchen mit kleinem Blei und ein Pulverfaß.

„Was haltet Ihr davon?"

„Das sind Musketen ..."

Angélique betrachtete die Waffen mit Unbehagen.

„Wem gehören sie?"

„Ich weiß nicht. Aber mir will scheinen, als sei dies nicht der rechte Ort zur Aufbewahrung von Waffen, noch dazu auf einem Schiff, dessen Kapitän auf strenge Disziplin hält."

Angélique wehrte sich angstvoll dagegen, zu verstehen.

„Mein Neffe macht mir Sorgen", begann Tante Anna von neuem, scheinbar zu einem anderen Gesprächsgegenstand übergehend. „Ihr, Dame Angélique, seid der Veränderung seines Wesens nicht fremd. Aber seine Enttäuschung darf ihn nicht zu unvernünftigen Handlungen treiben."

„Wollt Ihr damit sagen, daß Maître Berne die Waffen hier deponiert haben könnte? Zu welchem Zweck? Und wie wäre es ihm möglich gewesen, sie sich zu verschaffen?"

„Ich weiß davon nichts", sagte kopfschüttelnd das alte Fräulein. „Aber ich hörte kürzlich, wie Monsieur Manigault erklärte: ‚Einen Plünderer plündern ist keine Sünde.'"

„Ist es denkbar?" murmelte Angélique. „Unsere Freunde trügen sich mit der Absicht, demjenigen zu schaden, der sie gerettet hat?"

„Sie verdächtigen ihn, Schlimmes mit ihnen vorzuhaben."

„Warum warten sie nicht ab, bis sie dessen sicher sind?"

„Sie sagen, daß es hinterher zu spät sein könnte."

„Was planen sie?"

Das Gefühl, beobachtet zu werden, ließ sie innehalten. Hinter sich gewahrten sie zwei wie durch ein Wunder aus dem Dunkel des Verschlages aufgetauchte Matrosen, die sie mißtrauisch musterten. Ihre Mienen drückten alles andere als Zufriedenheit aus, während sie sich näherten und einen Schwall spanischer Wörter auf sie herabprasseln ließen. Angélique verstand ihre Sprache genügend, um deren Sinn zu begreifen.

Sich mit Tante Anna zurückziehend, flüsterte sie ihr zu:

„Sie behaupten, daß es ihre Waffen seien, daß wir uns nicht darum zu kümmern hätten und daß man schwatzhaften Frauen die Zungen abschnitte . . ."

Ein wenig erleichtert fügte sie hinzu:

„Seht Ihr, Eure Vermutungen treffen nicht zu. Es handelt sich um Waffen der Mannschaft."

„Waffen der Mannschaft versteckt man nicht unter Strohbündeln", erklärte Tante Anna entschieden. „Ich weiß, wovon ich rede. Unsere Vorfahren waren Korsaren. Und warum drohten diese Tölpel wohl, uns die Zunge abzuschneiden, wenn sie ein reines Gewissen hätten? Dame Angélique, wollt Ihr nicht gelegentlich Monseigneur le Rescator von dem berichten, was ich Euch heute zeigte?"

„Glaubt Ihr mich so in seiner Gunst, daß ich es wagen könnte, ihm Ratschläge bezüglich des Verhaltens seiner Leute zu erteilen? Ich würde allerlei zu hören bekommen. Er ist zu stolz und hochmütig, um sich von einer Frau, wer sie auch sei, etwas sagen zu lassen."

Ihre Verbitterung brach durch. Jedesmal, wenn man sich an sie wie an eine Art grauer Eminenz der Macht wandte, wurde ihr deutlich, in welchem Maße sie der Mann, mit dem sie Herz an Herz ein neues Leben hätte beginnen müssen, in Wirklichkeit außerhalb seines Daseins hielt.

„Ich hätte angenommen, daß . . .", sagte Madame Anna nachdenklich. „Dennoch gibt es zwischen Euch und jenem Mann irgend etwas Verbindendes. Es ist Eure Vergangenheit, nicht wahr? Ihr seid ihm ähnlich. Vom ersten Augenblick an, in dem ich ihn sah, begriff ich, daß mein armer Gabriel keine Aussichten bei Euch hatte. Andererseits muß ich aber gestehen, daß Euer Kommandant meinen Glaubensgenossen nicht wenig Besorgnis einflößt und daß er sich keine Mühe gibt, sie zu zerstreuen. Trotzdem bringe ich seinen Absichten Vertrauen entgegen. Es ist seltsam. Ich bin überzeugt, daß es die eines klugen Mannes sind, der unser Wohl will. Außerdem ist er ein großer Gelehrter."

Ihre Wangen röteten sich, als werfe sie sich ihren verdächtigen Enthusiasmus vor.

„Und er hat mir außergewöhnliche Bücher geliehen."

Aus einer seidenen Schärpe, in die sie sie ehrfurchtsvoll gewickelt hatte, zog sie zwei in Leder gebundene Bände mit rotem Schnitt.

„Es sind ganz seltene Exemplare: ‚Prinzipien der analythischen Geometrie' von Descartes und ‚De revolutionibus orbium coelestium' von Kopernikus. In Frankreich träumte ich immer davon, sie zu lesen. Aber selbst in La Rochelle habe ich sie nie bekommen können. Und nun leiht sie mir der Rescator inmitten des Ozeans. Seltsam!"

Madame Anna installierte sich auf ihrem über den Boden gebreiteten Mantel, den mageren Rücken unbequem gegen eine Seitenwand gelehnt.

„Heute abend mache ich die Promenade nicht mit. Ich möchte diese Abhandlungen so schnell wie möglich beenden. Er hat versprochen, mir weitere zu leihen."

Angélique begriff, daß das gelehrige Fräulein selten so glücklich gewesen war wie jetzt.

„Joffrey hat es immer verstanden, sich die Frauen geneigt zu machen", sagte sie sich. „Was das anbelangt, erkenne ich ihn wieder."

Sie erkannte auch seine Begabung wieder, die Leute durcheinanderzubringen, einen ruhigen Menschen wie Maître Berne in einen Rasenden und eine Megäre wie Madame Manigault in eine beinah duldsame Frau zu verwandeln.

Alles war verändert, alles verkehrt. Auf festem Land hatte Angélique immer die Männer für sich gehabt, während die Frauen ihr saure Mienen machten. Nun schienen die Frauen sich ihr zu nähern, während die Blicke der Männer sie als Feindin behandelten. Ein alter, zweifellos tief verwurzelter Instinkt warnte sie, daß ein Frauenräuber – und zudem noch einer von anderer Art als der ihren – sich zwischen sie und ihre Gefährtin geschoben hatte. Bis wohin würde sie dieser Groll, zu dem Mißtrauen und weit greifbarere Zweifel gestoßen waren, noch führen?

Die kleine Honorine platzte schier vor heimlichem Stolz. Sie hatte endlich einen männlichen und zudem noch mächtigen Beschützer an Bord dieses Unglücksschiffes, das sie nicht nur immerfort und in allen Richtungen zu Boden schleuderte – sie hatte schon Schrammen auf der Nase und Beulen an der Stirn –, sondern sie auch noch um das Interesse aller Leute, ihre Mutter inbegriffen, gebracht hatte.

Um dieser Welt zu entfliehen, die schlimmer als böse, nämlich gleichgültig war, hatte sie den Sprung ins Meer getan, dessen Wellen sie zu einem Lande tragen sollten, in dem sie große und starke Jungs finden würde, die ihre Brüder wären, und einen noch größeren und stärkeren Mann als Vater.

Aber auch das Meer hatte sie verraten und ihre vertrauenden Füße versinken lassen.

Das Meer, das weiterhin Eisschollen und Vögel trug, hatte sie nicht tragen wollen. Die Vögel waren bösartig geworden und hatten versucht, ihr die Augen auszuhacken. Da aber war aus den Fluten ein Freund mit dem Gesicht eines Stacheligels aufgetaucht. Es war „Kastanienschale". Er hatte den Meervogel verjagt und sie gerade in dem Augenblick in seine Arme genommen, in dem das böse, salzige Wasser in ihren Mund gedrungen war.

Dann hatte Kastanienschale sie auf das Schiff zurückgebracht, wo ihre Mutter während des ganzen Abends um sie gewesen war. Und jetzt war ihr wenigstens Kastanienschale geblieben, der schwarze Pflaster an den Stellen trug, wo der Vogel ihn verwundet hatte. Honorine strich mit ihren kleinen Fingern zart über sie hin. „Damit du gesund wirst", sagte sie.

Seinerseits war der Sizilianer durch die Medaille der Jungfrau betroffen gewesen, die sie um den Hals trug.

„Per Santa Madonna, è cattolica, ragazzina carina?"

Honorine verstand ihn nicht und kümmerte sich auch nicht darum. Der Ton genügte, um sie mit Glückseligkeit zu erfüllen.

„Bist du mein Vater?" fragte sie, von einer jähen Hoffnung gepackt.

Der Sizilianer schien zuerst erstaunt, dann brach er in Gelächter aus. Er schüttelte verneinend den Kopf und gab wortreiche Erklärungen von sich, durch eine herzzerreißend trübselige Miene unterstrichen, der sie entnahm, daß er nicht ihr Vater sei, es aber zutiefst bedauere.

Einen vorsichtigen Blick um sich werfend, griff er zum Gürtel und zog sein Messer heraus. Aus seinem weiß und rot gestreiften Hemd angelte er einen Gegenstand, zerschnitt das Band, an dem er befestigt war, und hing ihn der höchst interessierten Honorine um den Hals. Um sich das Vergnügen zu verschaffen, sie bei besserem Licht zu betrachten, schob er sie sodann in einen rötlichen Sonnenstrahl. Die Wirkung schien ihn zu befriedigen. Er raunte:

„Du nicht sagen, wer dir hat gegeben. Du es schwören. Sputo! Sputo!"

Und da Honorine nicht verstand, spuckte der Matrose auf den Boden und forderte sie mit einer Bewegung auf, es ihm nachzumachen, was sie mit Wonne tat. Einen Finger auf die Lippen drückend, machte sich der Matrose davon, denn er bemerkte Angélique auf der Suche nach ihrer Tochter.

Honorine war doppelt glücklich. Denn sie hatte noch einen anderen Freund, und man begann schon wieder, ihr Geschenke zu machen. Sie wühlte in der Tasche ihrer Schürze und fand den glänzenden Stein, den ihr der schwarze Mann gegeben hatte. Mit trotziger Miene schob sie ihn hastig zurück, als sie ihre Mutter auftauchen sah, und tat, als ob sie sie nicht bemerke.

Im Sonnenstrahl leuchtete das Rot des Haars ihrer kleinen Tochter, und Angélique bemerkte sofort im Kontrast dazu den Glanz eines Goldkettchens am Hals des Kindes, eines Kettchens mit broschenähnlichem Verschluß, der zweifellos Reliquien enthielt: Stückchen des wahren Kreuzes oder des Folterwerkzeugs eines heiligen Märtyrers, denn deutlich waren Holzsplitter zu erkennen.

„Wo hast du diesen Schmuck gefunden, Honorine?"

„Jemand hat ihn mir geschenkt."

„Wer?"

„Der schwarze Mann war's nicht."

„Wer dann?"

„Ich weiß nicht."

Außer dem goldenen Kettchen war da noch die kleine Zinnmedaille, von den Nonnen des Spitals von Fontenay-le-Comte dem Findelkind um den Hals gelegt und von Angélique nie abgenommen, der Erinnerung wegen und als Zeichen der Sühne.

„Lüge nicht. Dieses Kettchen ist schließlich nicht vom Himmel gefallen."

In ihrer Phantasie sah Honorine, wie der graue Ozean dem Himmel das Schmuckstück raubte. Sie verkündete mit unerschütterlicher Miene:

„Doch. Der Vogel hielt's in seinem Schnabel. Er mußte es loslassen, und dann ist es um meinen Hals gefallen."

Darauf spuckte sie auf den Boden und sagte störrisch:

„Per Santa Madonna, ich es schwören!"

Angélique wußte nicht, ob sie lachen oder sich ärgern und ihre Nachforschungen fortsetzen sollte. Hatte das Kind von neuem gestohlen?

Sie nahm es in ihre Arme und drückte es an sich. Sie spürte, daß es ihr entglitt.

„Ich möchte so gern meinen Vater finden", sagte Honorine. „Er muß sehr gut sein, weil du so böse bist."

Angélique seufzte. Kein Zweifel! Weder ihre Tochter noch ihr Gatte waren geneigt, ihr auch nur die geringste ihrer Schwächen zu verzeihen.

„Schön, dann behalte deinen Schmuck!" sagte sie. „Du siehst, nach allem bin ich doch nicht so schlimm."

„Doch, du bist sehr, sehr schlimm", beharrte Honorine unversöhnlich. „Du läufst immer fort, oder wenigstens dein Kopf läuft fort und läßt mich allein. Dann muß ich immer denken, daß ich sterben werde, und ich langweile mich."

„Man langweilt sich nie, wenn man ein kleines Mädchen ist. Das Leben ist schön. Du siehst, der Vogel hat dir schon ein Geschenk gebracht."

Kichernd drückte Honorine ihr Gesicht an Angéliques Schulter. Sie war entzückt, ihre Mutter so gutgläubig zu finden. Alles war prächtig an diesem Abend.

„Das Schiff ist artig", sagte sie. „Es rührt sich nicht mehr."

„Das ist wahr."

Angélique unterdrückte einen neuerlichen Seufzer, während sie einen Blick über die ungewohnt glatte, ölige Fläche des Meeres warf.

Der Abend sank im ungewissen Licht eines Weltbeginns, orangen und sanft, schwer und dennoch kalt wie eine Drohung.

Schwarze und graue Inseln tauchten gleich Luftspiegelungen auf und versanken wieder in goldkäferfarbenem Wellengekräusel. Ihr unaufhörliches Auf und Ab wirkte wie ein Ballett.

„Ich träume", sagte sich Angélique, die in Versuchung geriet, sich die Augen zu reiben.

Eine Stimme klang von den Rahen herunter, die des Sizilianers:

„Ohé, bambini. Pottwale!"

Die Kinder, die auf dem Oberdeck Tricktrack gespielt hatten, stürzten zur Reeling.

Angélique fand sich plötzlich von einer hüpfenden, kreischenden Schar umringt. Die Größeren halfen den Kleineren, sich an der Reling hochzuziehen, um das Schauspiel bewundern zu können.

Das, was sie eben für Inseln gehalten hatte, waren in der Tat Pottwale. Die riesigen, schwarzglänzenden Körper hoben sich aus den Wellen, tauchten wieder unter und glitten geschmeidig durchs Wasser, dessen Durchsichtigkeit ihre monströsen Umrisse noch vergrößerte.

Einer von ihnen schoß jäh aus der Tiefe empor, eine herrliche schwarze Silhouette mit mächtigem, kuppelartig gebogenem Rücken, gekrönt von einem Geiser sprühenden Wassers, den starken Schwanz wie ein Steuerruder aufgerichtet.

„Der Wal des Jonas!" schrie strampelnd ein kleiner Junge. „Der Wal des Jonas!"

Er konnte sich vor Freude nicht lassen.

„Ich möchte immer auf diesem Schiff leben", sagte eines der kleinen Mädchen.

„Ich möchte niemals ankommen", überbot sie eine andere.

Angélique, die das Treiben der Pottwale gleichfalls leidenschaftlich genoß, vernahm verdutzt die Äußerungen der kleinen Fräuleins.

„Ihr seid also zufrieden, auf der *Gouldsboro* zu sein?" fragte sie.

„O ja!" riefen die Kinder im Chor.

Sie wartete auf die Zustimmung der Älteren.

Die für gewöhnlich so verschlossene Séverine wagte sich vor:

„Ja, hier haben wir Ruhe. Wir brauchen keine Angst mehr zu haben, daß man uns ins Kloster steckt. Niemand langweilt uns mehr mit all den theologischen Büchern, die mir meine Tante auf der Ile de Ré zum Lernen gab. Hier haben wir das Recht, selbst zu denken."

Sie seufzte erleichtert auf. Die furchtsame Séverine hatte sich frei gemacht. Die Last der Angst, die sie seit ihrer Kindheit mit sich herumschleppte, war wie ein bleierner Mantel von ihren schwachen Schultern gefallen.

„Außerdem ist keine Gefahr mehr, daß man uns ins Gefängnis wirft", sagte Martial.

Seit den ersten Tagen der Reise hatte sich Angélique über den Mut der Kinder im allgemeinen gewundert. Sie waren weder zänkisch, noch jammerten sie, wie man hätte erwarten können. Wenn sie erkrankten, waren sie vernünftig genug, rasch wieder gesund zu werden. Ihre Eltern waren es, die im Gegensatz zu ihnen stöhnten und sich über die Unbändigkeit ihrer Nachkommenschaft beklagten. Wahrhaftig, die Kinder wußten, daß sie dem Schlimmsten entwischt waren. Zudem waren sie niemals so ungebunden gewesen wie auf diesen paar Quadratmetern hölzerner Planken. Keine Schule mehr, keine langen Zwangssitzungen vor dem Schreibzeug oder der Bibel.

„Wenn unsere Väter uns ein bißchen in die Rahen klettern und bei den Manövern mitmachen ließen, wäre es noch schöner", bemerkte Martial.

„Mir hat ein Matrose Knoten beigebracht, die ich noch nicht kannte", sagte einer der Söhne des Advokaten Carrère.

Die Älteren ließen jedoch leise Zurückhaltung erkennen. Séverine fragte:

„Ist es wahr, Dame Angélique, daß der Rescator unser Unglück will?"

„Ich glaube es nicht."

Sie legte ihre Hand auf die schmächtige Schulter. Séverines erhobenes Gesicht atmete Vertrauen und Hoffnung. Wie in La Rochelle verspürte

Angélique beim Anblick der Kinder ein Gefühl der Beständigkeit, das sie über die Flüchtigkeit des Daseins beruhigte. Ihnen zum Überleben zu verhelfen, rechtfertigte ihre Existenz.

„Erinnert ihr euch denn nicht, daß er und seine Leute euch vor den Dragonern des Königs gerettet haben, die uns verfolgten?"

„Doch. Aber unsere Väter sagen, daß sie nicht wüßten, wohin er uns führt."

„Eure Väter sind beunruhigt, weil der Rescator und seine Leute sehr verschieden von uns sind. Sie sprechen eine andere Sprache, sie haben andere Sitten. Es ist manchmal schwierig, sich zu verstehen, wenn man sich nicht ähnelt."

Martial fand ein Wort tiefer Weisheit:

„Aber das Land, zu dem wir fahren, ist auch von dem verschieden, das wir gekannt haben. Wir müssen uns einfach daran gewöhnen. Wir segeln anderen Himmeln entgegen."

Der kleine Jérémie, den Angélique liebte, weil er sie an Charles-Henri erinnerte, schüttelte die blonde Strähne beiseite, die seinen blauen Blick verschleierte, und rief:

„Er bringt uns zum Land der Verheißung!"

Angélique fühlte ihr Herz leichter werden. Über den erbitterten Kampf, der gegen die Elemente und die entfesselten menschlichen Leidenschaften geführt werden mußte, erhoben sich die Stimmen der Kinder gleich einem Engelschor und wiederholten:

„Wir fahren zum Land der Verheißung."

„Ja", bestätigte sie fest. „Ja, ihr, nur ihr habt recht, meine Kleinen."

Mit der ihr längst vertraut gewordenen Bewegung wandte sie sich zum Heck des Schiffes – und erbebte, denn *er* stand dort drüben, auf der Deckskajüte, und sie hatte den Eindruck, daß er zu ihr herübersah.

Fünfundzwanzigstes Kapitel

Sie von Kindern umdrängt zu sehen, die lebhaft zu ihr sprachen und denen sie lächelnd antwortete, bedeutete für ihn die Entdeckung einer ganz neuen Frau, und diese Entdeckung bestürzte ihn.

Der braune Mantel, der in langen Falten von Angéliques Schultern fiel, ließ sie größer erscheinen, als sie war. Selbst dieses abgetragene Kleidungsstück, an das er sich schließlich gewöhnt hatte, vermochte ihre Haltung nicht zu verbergen. Seine Schmucklosigkeit betonte noch ihr Geheimnis und den Adel ihrer Züge.

Sie hielt ihre rothaarige kleine Tochter an der Hand. Aber vor kurzem erst hatte er sie in ihren Armen gesehen.

Wo nahm sie die Kraft her, dem Kinde zuzulächeln und es so leidenschaftlich zu lieben, wenn es zutraf, daß es einer Tragödie entsprossen war und sein Anblick sich mit unauslöschlichen Schreckensbildern verband?

Von Berne wußte er, daß man ihren letztgeborenen Sohn vor ihren Augen ermordet hatte. Das also war aus dem kleinen du Plessis-Bellière geworden . . .

Warum hatte sie sich dem Protestanten anvertraut, während sie ihm, ihrem Gatten gegenüber, schwieg? Warum hatte sie nicht, wie es so viele andere an ihrer Stelle getan hätten, die Jammergeschichten ihrer traurigen Erfahrungen vor ihm ausgebreitet, die sie in seinen Augen entschuldigen mußten?

Schamhaftigkeit der Seele und des Körpers. Sie würde niemals darüber sprechen. Ah, wie er ihr deswegen grollte!

Nicht so sehr, weil sie geworden war, was sie war, sondern weil sie es durch andere und ohne ihn geworden war.

Ja, er grollte ihr wegen ihrer heiteren Ruhe, ihrer Widerstandskraft, und weil sie es wagte, nachdem sie tausend Gefahren durchstanden und furchtbare Stunden erlebt hatte, dieses glatte Gesicht zu zeigen, das einem schönen, bezaubernd geschwungenen Küstenstrich glich, über den Ebbe und Flut hinweggehen konnten, ohne Spuren zu hinterlassen, ohne seinen perlmuttenen Glanz zu dämpfen. War dies dieselbe Frau, die Moulay Ismaël getrotzt, die Folter, Hunger und Durst erduldet hatte?

„Und was erfuhr ich noch? Daß sie ihre Bauern gegen den König führte! Daß sie mit der Lilie gezeichnet wurde! Und dabei lächelt sie dort unten zwischen den Kindern, während sie die Manöver der Wale bewundert."

„Kann ich behaupten, sie habe nicht gelitten? Wie wäre sie dann zu erklären? Weder erniedrigt noch feige, noch gleichgültig."

Eine Frau von Qualität.

Der Teufel sollte ihn holen, wenn er sich in dieser Unbekannten zurechtfand. Sein sonst so sicheres Ahnungsvermögen ließ ihn diesmal im Stich, und doch nannte man ihn den „Magier". Wie konnte er sie da wiedererobern?

Eine Äußerung Jasons hatte ihm über seine eigenen Widersprüchlichkeiten die Augen geöffnet.

„Ihr seid von dieser Frau besessen . . .!"

Besessen. Man mußte Angélique zugestehen, daß ihr Zauber, sosehr er sich auch verbarg, nur noch größer geworden war. Er verströmte sich nicht wie billiges Parfüm. Ob von diabolischer, fleischlicher oder mystischer Art, dieser Zauber existierte, und Monsieur de Peyrac, den man Rescator nannte, hatte sich trotz heftigsten Widerstandes von neuem in ihm verfangen, verstrickt in quälende Fragen, die nur sie allein ihm beantworten, durch mancherlei Verlangen, das nur sie allein erfüllen konnte.

Vergeblich war es, sich einzubilden, alles von einem Menschen zu wissen, noch ihm das Recht verweigern zu können, bestimmte Wege einzuschlagen. Die, denen Angélique vor allem in den letzten fünf Jahren fern von ihm gefolgt war, waren mehr als überraschend.

Er sah sie an der Spitze der Bauernbanden reiten, die sie in den Kampf führte. Er sah sie, wie sie sich gleich einem verwundeten Vogel dahinschleppte, von den Leuten des Königs gejagt . . . Dort begann das Mysterium, das er vielleicht niemals ausloten würde, und es verstimmte ihn, sich eingestehen zu müssen, daß auch in dieser Art der Verwandlung, die sie durchgemacht hatte, das Ewig-Weibliche residierte.

Die Eifersucht, die er empfand, als er sah, wie sie sich für ihre Freunde aufopferte, als er ihre Tochter entdeckte und die leidenschaftliche Zärtlichkeit, die sie ihr entgegenbrachte, auch als er sie kniend, bestürzt neben dem Protestanten bemerkte, sanft die nackte Schulter des Verletzten berührend, war bohrender, als wenn er sie zynisch in den Armen eines Liebhabers überrascht hätte. Wenigstens hätte er sie verachtet und gewußt, was sie wert war. Und er hätte sie für das genommen, was sie war.

Aus welchem neuen Stoff war sie geformt? Welches neue Ferment trug zu ihrer reifen, wie durch die Sonne ihres Lebenssommers zur Vollkommenheit aufblühenden Schönheit bei, zu jenem zärtlichen, warmen Leuchten, das Lust darauf machte, die müde Stirn an ihre Brust zu legen, ihre Stimme sanfte und tröstende Dinge sagen zu hören?

Eine Art von Schwachheit, die er selten verspürte ... Warum mußte sie ihn gerade vor dieser Ungestümen, dieser Amazone, dieser Unverschämten mit der scharfen Zunge, dieser sinnlichen, dreisten Frau überwältigen, die ihn schamlos betrogen hatte?

Und als die Sonne hinter dem Horizont verschwand, fand Joffrey de Peyrac einen der Schlüssel, der ihm zu seinem großen Erstaunen das Geheimnis von Angéliques Verhalten in manchen Situationen und Gesprächen enthüllte.

„Ja, sie ist großmütig und großzügig", sagte er sich.

Es war wie eine Fata Morgana.

Die Nacht sank herab. Sie verbarg den Kindern das Meer und die Wale. Das Trappeln ihrer kleinen Füße war auf den Stufen zu vernehmen, die zum Zwischendeck hinunterführten.

Unbeweglich stand Angélique an der Reling und sah ins Dunkel.

Er war sicher, daß sie durch die dichter werdenden Schleier der Dämmerung zu ihm herübersah.

„Sie ist großmütig und großzügig. Sie ist gut. Ich habe ihrer Boshaftigkeit Fallen gestellt, und sie ist nicht gestrauchelt. Darum hat sie mir nicht vorgeworfen, die Ursache ihres Unglücks zu sein. Und darum ist sie bereit, lieber Ungerechtigkeiten und Vorwürfe von mir hinzunehmen, als mir jene schreckliche Beschuldigung entgegenzuschleudern, deren Berechtigung sie sich sicher glaubt: daß ich, der Vater, für den Tod meines Sohnes Cantor verantwortlich sei."

Sechsundzwanzigstes Kapitel

In der nächtlichen Ruhe seiner Kajüte und der so seltenen Ruhe des Meers, die seine Träume wiegte, erlebte er die dramatische Episode am Kap Passero von neuem. Man wäre zu jener Zeit sehr erstaunt gewesen, hätte man erfahren, daß Kampf und Niederlage des französischen Geschwaders, die an den Höfen Europas soviel Staub aufgewirbelt hatten, durch die Zugehörigkeit eines kleinen neunjährigen Pagen zur Hofhaltung des Admirals de Vivonne ausgelöst worden waren.

Als er vor Sizilien auf das französische Geschwader stieß, war die Macht des Rescators noch unangetastet. Der einstige Insasse des Marseiller Bagnos hatte überall Komplicen und Verbündete.

Um zu diesem Resultat zu gelangen, hatte er, obwohl er nur in Geschäften reiste, seine Schebecke als Kriegsschiff herrichten müssen. Kämpfe mit irgendwelchen Gegnern blieben nie aus. Er hatte einige der schlimmsten Piraten, darunter den tückischen Mezzo Morte, zur Vernunft gebracht. Zu seinem Bedauern war er gezwungen gewesen, sich gegen Angriffe der Malteserritter zu wehren, die darauf bestanden, in dem maskierten Korsaren, dessen Namen und Herkunft man nicht kannte, einen gemeinen Renegaten im Dienste des Großsultans von Konstantinopel zu sehen. Der Anschein gab ihnen recht. Es bestand keine Möglichkeit für eine unentschiedene Haltung zwischen Kreuz und Halbmond. Entweder war man für das eine oder das andere. Nur

Joffrey de Peyrac schuf sich wieder einmal ein drittes Zeichen, den symbolischen Silbertaler auf dem roten Tuch seiner Flagge.

Es war ihm auch nicht unbekannt, daß das vom Admiral de Vivonne befehligte Geschwader zu einer Strafexpedition aufgebrochen war, zu deren dringlichsten Zielen er selbst zählte. Denn seine Aktion hatte die Interessen Ludwigs XIV. gefährdet und einige große französische Vermögen erschüttert, die auf dem Tauschhandel mit minderwertigen, in Frankreich nicht abzusetzenden Waren beruhten.

Joffrey de Peyrac hatte also Spione ausgeschickt, um sich der vorgesehenen Route und der Stärke der königlichen Flotte zu versichern. Außerdem hatte er ihnen aufgetragen, so genau wie nur möglich eine Liste der Mannschaftsangehörigen der französischen Galeeren zu erstellen. So geschah es, daß seine Augen, während sie über die Aufstellung der Hofhaltung des Admirals de Vivonne glitten, auf einen Vornamen fielen, der ihn nachdenklich machte: Cantor de Morens, Page.

Cantor! War das nicht auch der Vorname des Sohns, der ihm nach seiner „Hinrichtung" geboren worden war und von dessen Existenz er durch den in Kandia erhaltenen Brief des Père Antoine erfahren hatte? Während der letzten Jahre hatte sich Peyrac zuweilen gefragt, ob das Kind, das Angélique erwartet hatte, ein Junge oder ein Mädchen gewesen war.

Unter den Sorgen, die ihn bedrängten, hatte diese nur wenig Platz eingenommen. Es war also ein Junge gewesen. Als er es erfuhr, hatte ihn die Tatsache nicht übermäßig beeindruckt, da sie von einer weit gewichtigeren, schmerzlichen Neuigkeit überschattet wurde: der Wiederverheiratung seiner Frau.

Doch jetzt geriet er vor diesem unversehens aufgetauchten Namen ins Grübeln: Cantor de Morens ... Es konnte sich doch nur um diesen „posthumen" Sohn handeln. Er ließ weitere Erkundigungen einziehen, und auch der letzte Zweifel wurde beseitigt. Das Kind war gerade neun Jahre alt. Es war der Stiefsohn des Marschalls du Plessis-Bellière.

Ursprünglich hatte es in der Absicht des Rescators gelegen, dem kriegerischen Vorhaben des Admirals de Vivonne auszuweichen. Aufs beste informiert, wollte er sich über Kandia und Rhodos hinaus zurückziehen und mit der Wiederaufnahme seiner Kreuzfahrten warten, bis das Geschwader seine Expedition beendet habe und der Verfolgung eines Phantoms überdrüssig geworden sei.

Die Anwesenheit des kleinen Cantor ließ ihn jedoch seine Pläne ändern. Das Meer schickte ihm seinen Sohn. Zu jeder Stunde, an jedem Tag überfiel ihn das Verlangen, diese Inkarnation seiner Vergangenheit vor sich zu sehen. Sein Sohn und der Sohn Angéliques. Gezeugt in einer jener tollen und köstlichen Toulouser Nächte, nach denen er sich gegen seinen Willen noch immer sehnte.

Damals, kurz vor ihrer Abreise nach Saint-Jean-de-Luz, wo er von den Sbirren des Königs heimtückisch verhaftet worden war, mußte die Entwicklung des winzigen Lebens in ihr begonnen haben. In der Hülle ihres weichen, fruchtbaren Fleisches, das seine Erinnerungen mit Unruhe erfüllte.

Diesen aus ihrer getrennten Liebe geborenen Sohn mußte er sehen. Und, vor allem, zurückgewinnen.

Unwiderstehlich brach sein Wille sich Bahn. Mit Bitterkeit hatte er bemerkt, daß man das Kind Morens und nicht Peyrac genannt hatte und daß man ihm Rücksicht schuldete, nicht weil er der Sohn eines aquitanischen Grandseigneurs, sondern der Stiefsohn des Marschalls du Plessis war.

Unverzüglich gab der Rescator den Befehl zum Aufbruch. Das französische Geschwader kam in Sicht. Er wollte verhandeln, einen Tausch anbieten. Doch als der Admiral de Vivonne erfuhr, daß der Pirat, den mit Mann und Maus zu versenken er Befehl hatte, auch noch die Kühnheit besaß, ihm auf diese Weise die Stirn zu bieten, ließ er seinen Parlamentär ins Meer werfen und ohne weitere Ankündigung eine Breitseite abfeuern.

Unter der Wasserlinie getroffen, durchlebte der *Meeradler* eine böse Viertelstunde. Zudem war er gezwungen, sich in einen Kampf einzulassen. Glücklicherweise manövrierten die schwerfälligen Galeeren wie mit Kieseln gefüllte Zuber. Auf einer von ihnen befand sich Cantor.

Joffrey de Peyrac gelang es, sie von den andern zu isolieren, konnte es jedoch nicht verhindern, daß sie im Eifer des Gefechts schwer beschädigt wurde. Toll vor Angst, da er wußte, mit welcher Schnelligkeit ein Schiff gleich einem Stein in den Fluten verschwindet, hatte er seinen ergebensten Janitscharen befohlen, die Galeere zu entern und um jeden Preis das Kind unter den auf dem Heck zusammengedrängten Passagieren zu finden, von denen sich einige bereits ins Meer zu werfen begannen.

Der Maure Abdullah war es, der ihm Cantor gebracht hatte. Eine dünne, helle Stimme schrie: „Mein Vater! Mein Vater!" Joffrey de Peyrac glaubte zu träumen. In den Armen des großen Abdullah schien sich der kleine Junge weder vor dem Tod, dem er mit knapper Mühe entgangen war, noch vor den dunklen Gesichtern, die ihn umgaben, den weißen Djellabahs und türkischen Krummsäbeln zu fürchten.

Mit seinen Augen, die grün wie Quellwasser waren, betrachtete er das schwarz maskierte Gesicht des großen Teufels von Piraten, zu dem man ihn führte, und nannte ihn „mein Vater", als wäre es die natürlichste Sache der Welt, als habe er diese Begegnung wie etwas Selbstverständliches erwartet.

Wie konnte man diesem Ruf nicht antworten?

„Mein Sohn!"

Cantor hatte sich als ein unaufdringlicher, friedfertiger Begleiter erwiesen, begeistert von dem Dasein, das er im Schatten seines bewunderten Vaters auf den Schiffsplanken führte. Er schien den Verlust seiner früheren Umgebung nicht zu bedauern. Joffrey de Peyrac hatte schnell bemerkt, daß das gutherzige, liebenswürdige Kind sehr verschlossen war. Er selbst brachte es nicht über sich, ihm die ihn quälenden Fragen zu stellen. Eine unklare Furcht hielt ihn zurück. Welche Furcht? Die, zuviel zu erfahren und ungeschickt an kaum vernarbte Wunden zu rühren.

Tatsächlich erklärte Cantor nicht ohne Stolz, als er zum erstenmal von seiner in Frankreich verbliebenen Familie sprach:

„Meine Mutter ist die Mätresse des Königs. Und wenn sie's noch nicht ist, wird sie's bald sein."

Naiv hatte er hinzugefügt:

„Das ist ganz natürlich. Sie ist die schönste Dame des Königreichs."

Nach diesem Schlag hatte Joffrey de Peyrac es vorgezogen, das Kind auch weiterhin nicht zu Äußerungen zu ermuntern, sondern es ihm zu überlassen, ob und wann es seine Erinnerungen hervorkramen wollte.

Die Bruchstücke, die ihm auf diese Weise zu Ohren kamen, ergaben wunderliche Bilder, durch die Angélique in prächtigem Staat, der Held Florimond, der kalte und höfische Marschall du Plessis-Bellière, für den Cantor Zuneigung empfand, der König, die Königin und der Dauphin paradierten, welch letztere ihm – seltsamer Umstand – gönnerhafte und ein wenig mitleidige Gefühle einflößten.

Cantor erinnerte sich sämtlicher Roben, die seine Mutter getragen hatte, und beschrieb sie wie auch ihren Schmuck bis in alle Einzelheiten.

Unter die Berichte des kleinen Pagen mischten sich finstere Geschichten von Vergiftungen, Ehebrüchen, von im Dunkel eines Gangs begangenen Verbrechen, von Perversionen und schmutzigen Intrigen, die ihn nicht im geringsten berührt zu haben schienen. Die Pagen des Hofs lernten das Leben hinter den Schleppen der Roben kennen, die sie tragen mußten. Man beachtete sie ebensowenig wie kleine Hunde.

Indessen gab Cantor zu, daß es ihm auf See viel besser als in Versailles gefiele. Das war sogar der Grund gewesen, der ihn dazu bestimmt hatte, seinen Vater zu suchen. Auch Florimond würde kommen, nur später! Daß Angélique sich zu ihnen gesellen könnte, schien er nicht in Betracht zu ziehen. So formte sich vor Joffrey de Peyracs Augen das Bild einer frivolen, ihren Söhnen gleichgültig gegenüberstehenden Mutter.

Eines Abends entschloß er sich, eine Frage zu stellen.

An diesem Tage war Cantor während des Gefechts mit einer von Mezzo Morte, einem seiner schlimmsten Feinde, gegen ihn ausgesandten algerischen Feluke durch einen Kartätschensplitter am Bein verletzt worden, und der Rescator machte sich an seinem Lager Vorwürfe, obwohl der kleine Kerl vor Stolz fast platzte, denn wie jeder gute Edelmann hatte auch er die Liebe zum Krieg im Blut.

War das Kind nicht noch zu jung, um inmitten rauher Männer ein Leben barbarischer Abenteuer zu führen?

„Vermißt du deine Mutter nicht, mein Kleiner?"

Cantor hatte ihn mit einer Art von Erstaunen betrachtet. Dann war sein Gesicht düster geworden, und er hatte von jener Zeit gesprochen, die er, ohne daß es dem Grafen Peyrac gelang, den Grund dafür herauszufinden, die „Zeit der Schokolade" nannte.

„In der Zeit der Schokolade", sagte er, „nahm Mama uns auf die Knie. Sie brachte uns Krapfen. Wir machten Pfannkuchen. Der Küchenjunge David Chaillou schwang mich auf seine Schultern, und sonntags gingen wir nach Suresnes, weißen Landwein trinken. Nicht wir, weil wir noch zu klein waren, aber Meister Bourgeaud und meine Mutter. Ich hab' die Zeit damals sehr gern gemocht. Aber später, als wir im Hotel du Beautreillis wohnten, mußte meine Mutter sich bei Hof zeigen, und wir mußten's auch. Da war's mit unserer Zeit der Schokolade aus."

So erfuhr Joffrey de Peyrac, daß Angélique das Hotel du Beautreillis bewohnt hatte, das er für sie hatte errichten lassen. Wie war es ihr gelungen, es wieder in ihren Besitz zu bringen? Cantor wußte es nicht.

Das Leben, das er nun führte, genügte vollauf, ihn zu beschäftigen, und an wehmütigen Erinnerungen fand er keinen Geschmack.

Joffrey de Peyrac hatte sehr schnell und nicht ohne Rührung die ursprüngliche Begabung seines Sohnes für Gesang und Musik entdeckt. Er, Joffrey, dessen Stimme tot war, fand von neuem Gefallen daran, die Saiten seiner Gitarre zu zupfen. Er komponierte für das Kind Balladen und Sonette und weihte es in die Instrumentalvariationen des Orients und Okzidents ein. Nach und nach kam er zu dem Entschluß, seinen Sohn während einiger Monate auf eine italienische Schule in Venedig oder Palermo auf Sizilien zu geben, deren insulare Lage sie zu beliebten Heimathäfen aller mehr oder weniger mit ihren Nationen verfeindeten Korsaren machte.

Cantor war unwissend wie ein Eselsfüllen. Er konnte kaum lesen und schreiben, nur wenig rechnen, und wenn das Leben bei Hof und später auf dem Korsarenschiff ihn auch zu einem prächtigen Jungen herangebildet hatte, der zu fechten wußte, mit den Segeln umzugehen verstand und sich bei passender Gelegenheit sogar durchaus gesittet und manierlich benahm, schien das dem Gelehrten, der sein Vater war, doch beklagenswert ungenügend.

Cantor war nicht faul. Es verlangte ihn danach zu lernen. Aber die Lehrer, von denen er bis dahin unterrichtet worden war, hatten sein Interesse fürs Studium nicht zu wecken vermocht, zweifellos ihrer trockenen und scholastischen Methodik wegen. Ohne allzu große Enttäuschung willigte er ein, als Schüler in das Haus der Jesuiten von Palermo einzutreten, das diese in ein Zentrum der Kultur verwandelt hatten. An den Ufern dieser von griechischer Zivilisation befruchteten Insel fand man ein wenig von der Atmosphäre der alten Humanitas wieder, die im 16. Jahrhundert so viele dieses Begriffes würdige Männer geformt hatte.

Noch ein weiterer Grund drängte den Rescator, ihn in sicherem Schutz zurückzulassen und sein Schicksal für einige Zeit von dem eigenen zu trennen. Die ihn umgebenden zahllosen Gefahren konnten eines Tages auch das Kind erreichen. Er stand vor der Notwendigkeit, seine hauptsächlichsten Feinde auf die Knie zu zwingen, und mußte aus diesem Grunde teils durch kriegerische Maßnahmen, teils durch diplomatische Manöver einen entscheidenden Feldzug gegen sie führen. War Cantor, während sie vor Tunis ankerten, nicht um ein Haar von Sendboten Mezzo Mortes, des Admirals von Algier, entführt worden, jenes sadistischen, vor Größenwahn halb verrückten Invertierten, der ihm nie verzieh, daß er seinen Einfluß im Mittelmeer zurückgedrängt hatte?

Wenn sein Anschlag geglückt wäre, hätte sich der Rescator demütigen, unter das kaudinische Joch beugen müssen. Was hätte er nicht alles hingenommen, um das Kind, das er leidenschaftlich in sein Herz geschlossen hatte, gesund und mit heiler Haut wiederzufinden!

Ihm nahe durch die Neigung zur Musik, faszinierte ihn Cantor andererseits durch all das, was ihm fremd war und was ihm unwiderstehlich Angélique und ihren widerspruchsvollen, nicht faßbaren Charakter ins Gedächtnis zurückrief. Wenig gesprächig im Gegensatz zu den Menschen aus dem Süden Frankreichs, dem er entstammte, ein heller Kopf, der seine Meinung notfalls zu vertreten verstand, im Blick jenen unergründlichen Abglanz der druidischen Wälder, machte er es seinen Mitmenschen schwer, seine Gedanken zu erraten und sein Tun vorauszusehen.

Besonders respektierte Joffrey de Peyrac in seinem zweiten Sohn eine aus Vorausahnung und zweitem Gesicht bestehende Begabung, die es ihm erlaubte, gewisse Ereignisse anzukündigen, bevor sie sich noch ereignet hatten. Er machte solche Voraussagen für gewöhnlich mit soviel Natürlichkeit, daß man glaubte, er sei auf irgendeine Weise unterrichtet worden. Zweifellos vermochte Cantor Traumwelt und Wirklichkeit nicht klar zu trennen.

Würde das Studium die Besonderheiten dieses originellen Charakters zerstören und entwerten? Die Musik und die außergewöhnliche Atmosphäre Palermos würden dazu beitragen, sie zu erhalten. Das blaue Meer würde ihn wiegen, und außerdem bliebe der getreue Kouassi-Ba bei ihm zurück, um eifersüchtig über ihn zu wachen.

Siebenundzwanzigstes Kapitel

Was Mezzo Morte mit der Entführung Cantors mißglückt war, gelang ihm mit Angélique, nachdem sie aus Kandia geflohen war und Malta wieder verlassen hatte.

Joffrey de Peyrac war entsetzt, als er erfuhr, daß seine aus irgendwelchen undurchsichtigen Gründen im Mittelmeer aufgetauchte Frau in die Hände seines schlimmsten Feindes gefallen sei. Gleichzeitig war er benachrichtigt worden, daß sie sich in Malta befand, und hatte, einigermaßen beruhigt, schon dorthin aufbrechen wollen.

Er mußte sich also zu Mezzo Morte nach Algier begeben. Der kalabrische Korsar wußte recht gut, daß der Rescator sich mit allem einverstanden erklären würde, was er vorschlug. Er kannte das Geheimnis, das er niemand anvertraut hatte: daß nämlich Angélique die christliche Gemahlin des Rescators war und daß er zu jedem Opfer bereit sei, sie wiederzugewinnen.

Zwanzigmal war Joffrey de Peyrac angesichts der Forderungen des berberischen Admirals in Versuchung gewesen, ihm seine Verachtung ins Gesicht zu schleudern und zu verzichten. Für eine Frau mußte er sich vor diesem widerlichen, abgegriffenen Burschen erniedrigen. Aber diese Frau war seine Frau, es war Angélique. Er vermochte sich nicht zur Ablehnung zu entschließen, die sie zum Tode, zu einem schrecklichen Schicksal verurteilen würde. „Ich werde dir, mein lieber Freund", sagte Mezzo Morte schleimig, „einen ihrer Finger schicken. Ich werde dir, mio carissimo, eine Locke ihres Haars oder, in einem prächtigen Schmuckkästchen, eins ihrer grünen Augen schicken . . ."

Kaltblütig nahm Joffrey de Peyrac seine Zuflucht zu allerlei Listen, verschwendete er seine schauspielerischen Talente auf diesen Elenden, der Italiener und in diesem subtilen und grimmigen Spiel erfahren war.

Gleichzeitig mit seiner Angst um sie stieg auch seine Wut gegen sie. Verdammtes Geschöpf, das nicht an seinem Platz bleiben konnte! Nachdem sie ihm in Kandia entwischt war, hatte sie Mittel und Wege gefunden, sich Hals über Kopf in die plumpen Fallen Mezzo Mortes zu stürzen. Ah, sie war es gewiß nicht, von der Cantor die Gabe des zweiten Gesichts geerbt hatte! Wie hätte es sonst geschehen können, daß sie ihn in Kandia nicht erkannte? Ohne Zweifel war sie zu sehr mit anderen Amouren beschäftigt, hinter denen sie herlief. Und während er verzweifelt um ihre Rettung rang, nahm er sich vor, sie rauh zu schütteln, wenn er sie wieder vor sich hätte.

Er war im Begriff, sein Leben zum zweitenmal für sie zu ruinieren. Mezzo Morte forderte die Herrschaft im Mittelmeer für sich allein. Der Rescator müsse verschwinden, erklärte er, das Meer verlassen. War er erst einmal aus dem Wege, konnte der alte Reigen von neuem beginnen: plündern, brandschatzen, wehrlose Menschen rauben, Sklaven, diese so bequeme und so begehrte Währung des Mare Nostrum, verkaufen.

Joffrey de Peyrac versuchte, ihn bei seiner Habsucht zu packen. Er schlug ihm Geschäfte vor, die ihm das Hundertfache dessen bringen würden, was er erzielte, wenn er seine Feluken christliche Kriegs- oder Handelsschiffe angreifen ließ. Aber das war es nicht, wonach der Renegat strebte. Er wollte der mächtigste, der gefürchtetste, der gehaßteste Pirat von allen sein . . .

Vor diesem Aberwitz spielten Vernunft und Interesse keine Rolle, verloren sie ihr entscheidendes Gewicht.

Der Kalabrese hatte alles vorausbedacht, selbst daß der Rescator, bevor sie sich einigten, erfahren könnte, was er mit Angélique getan hatte und wo sie sich befand. So geschah es auch. Durch Indiskretionen kam Joffrey de Peyrac zur Kenntnis, daß die Sklavin mit den grünen Augen dem Sultan Moulay Ismaël geschenkt worden sei. „Deinem besten Freund also. Ist es nicht schmeichelhaft?" spottete Mezzo Morte. „Aber nimm dich in acht. Wenn du Algier verläßt, ohne dein Wort gegeben zu haben, mir von nun an freie Hand zu lassen, wirst du sie nicht lebend wiedersehen! Einer meiner Diener hat sich unter die marokkanische Eskorte gemischt. Ich brauche ihm nur eine Botschaft zu senden. Noch in derselben Nacht wird er sie ermorden . . "

Schließlich ging Joffrey de Peyrac auf Mezzo Mortes Forderungen ein. Nun gut, er würde das Mittelmeer verlassen! Er vermied es, über die Dauer seiner Abwesenheit Abmachungen zu treffen, und verschwieg, daß er die Absicht hatte, vor der spanischen und marokkanischen Küste zu kreuzen und mit seinen Unterführern Kontakt zu halten, bis die Macht des „Admirals" gebrochen sein würde.

Allzu glücklich über diesen raschen Sieg, den er nicht mehr erhofft hatte, zeigte sich Mezzo Morte in seiner Freude fast naiv. So sei es ihm viel besser geglückt, als wenn er sich zum Beispiel durch Mord seines Rivalen entledigt hätte. Es sei wahr, daß er es mehrmals erfolglos versucht und angesichts des wiederholten Mißlingens der speziellen „baraka" des Zauberers abergläubische Verehrung entgegengebracht habe . . . Immerhin bleibe trotz allem der Zorn des Sultans von Konstantinopel zu fürchten, der bald genug erfahren werde, wer ihn um seinen geheimen Ratgeber und Großmeister seiner Finanzen gebracht habe.

Nachdem er ohne Schwierigkeiten Algier verlassen hatte, segelte der Rescator den Säulen des Herkules entgegen, überzeugt, die spanischen Kanonen von Céuta ohne besondere Mühe passieren zu können. Er wollte so Salé erreichen und von dort aus Miquenez.

Er blieb düster gestimmt. Angélique, der bösen Lust des sinnlichen und grausamen Moulay Ismaël ausgeliefert, den er so gut kannte, das war eine wenig erfreuliche Vorstellung. Abwechselnd verfluchte er Mezzo Morte und Angélique. Aber er konnte es sich nicht versagen, ihr mit einer Ungeduld zu Hilfe zu eilen, die nicht allein durch sein Pflichtgefühl einer leichtsinnigen Gattin gegenüber bestimmt war.

Dann erhielt er unversehens eine Botschaft Osman Ferradjis.

„Komm ... Die Frau, die die Sterne für dich ausersehen haben, ist in Gefahr."

In diesem Moment seines Erinnerns richtete sich Joffrey de Peyrac in seiner Kajüte der *Gouldsboro* plötzlich auf. Eine jähe Neigung des Schiffes, gleich darauf eine zweite, ließ ihn taumeln. Er murmelte: „Der Sturm ..."

Der Sturm, den das ölige Meer bei Sonnenuntergang angekündigt hatte, schickte seine ersten Boten voraus. Er blieb aufrecht stehen, die Beine gespreizt, um sich im Gleichgewicht zu halten.

Seine Gedanken hatten sich von der Beschwörung einer sonnenweißen, blutroten Vergangenheit noch nicht gelöst.

„Komm ... Die Frau, die die Sterne für dich ausersehen haben, ist in Gefahr."

So verknüpften sich die Fäden, um sie beide einander näher zu bringen.

Doch als er in Miquenez eintraf, war Osman Ferradji tot, von einem christlichen Sklaven erdolcht. Der Gestank der Leichen mischte sich in den Duft der Rosen über den Gärten.

Alle Juden der Mellah von den Kindern an der Mutterbrust bis zu den hundertjährigen Greisen hatten die schwarzen Leibwächter des Sultans über die Klingen ihrer Krummschwerter springen lassen. Man sprach von dem Ausbruch sieben christlicher Sklaven und vor allem von dem einer der Frauen des Harems.

„Was für eine Frau, mein Freund!" berichtete ihm Ismaël mit Augen, die vor fast mystischer Bewunderung förmlich aus ihren Höhlen quollen. „Sie hatte schon versucht, mich umzubringen. Sieh ..."

Er ließ ihn an seiner gebräunten Kehle eine kaum vernarbte Schmarre sehen.

„Und das mit meinem eigenen Dolch! Das ist Kunst! Für mich, dessen Seele leider so wenig empfindsam ist. Sie hat auch der Folter widerstanden. Ich begnadigte sie, weil sie wahrhaftig zu schön war und weil mein Obereunuch mir es inständig riet. Aber welches Gift hat sie diesem Unbestechlichen einzuflößen vermocht? Denn er, der so stark und weise war, ist an seiner Schwäche für sie gestorben. Es glückte ihr zu entfliehen. Sie war ein in eine Frau verwandelter Dämon."

Es war unnötig, nach dem Namen der Frau zu fragen. Joffrey de Peyrac hatte ihn ohnehin sofort erraten. Niedergeschmettert stimmte er der staunenden Bewunderung des Sultans zu:

„Ja, was für eine Frau, mein Freund!"

Er erklärte Moulay Ismaël, diese Frau sei in Wirklichkeit seine französische Gemahlin, und da er erfahren habe, daß sie in seinem Besitz sei, habe er sich zu ihm aufgemacht, um sie zurückzukaufen. Moulay Ismaël pries Allah dafür, daß der ungestüme Charakter Angéliques es ihm, dem Befehlshaber aller Gläubigen, erspart habe, seinem besten Freunde nicht wiedergutzumachende Schmach anzutun, um so mehr, als es für einen eifrigen Muselmanen nicht gut sei, sich einer Frau zu bedienen, deren Gatte noch lebe. Er werde sie ihm zurückerstatten und verlange nicht einmal Lösegeld. So wolle es das Gesetz des Korans.

Der Sultan gab noch seiner Hoffnung Ausdruck, daß man sie mit den Flüchtlingen zusammen wieder einfangen würde. Seine auf verschiedenen Spuren angesetzten Kundschafter hatten strenge Order erhalten, die männlichen Sklaven hinzurichten und die Frau lebend zurückzuschaffen.

Endlich traf Nachricht ein, und bald darauf waren die von getrocknetem Blut geschwärzten Köpfe zur Stelle. Moulay Ismaël sah sofort, daß der Kopf Colin Paturels fehlte.

„Und die Frau?" fragte er.

Die Soldaten berichteten, die Christen hätten vor ihrem Tode gesprochen. Bei ihrer Gefangennahme sei die Frau nicht bei ihnen gewesen. Die Französin sei schon lange zuvor an einem Schlangenbiß gestorben. Ihre Begleiter hätten sie in der Wüste verscharrt.

Moulay Ismaël zerriß seine Kleidung. In seinem Zorn mischte sich das Bedauern, den von ihm so hochgeschätzten Freund nicht durch eine großzügige Geste ehren zu können. Intuitiv begriff er den Schmerz, den das narbige Gesicht des Christen verbarg.

„Willst du, daß ich noch mehr töte?" fragte er Joffrey de Peyrac.

„Diese törichten Wachen, die nicht imstande waren, sie einzufangen, bevor sie starb, die sie haben entkommen lassen! Ein Zeichen von dir, und ich lasse ihnen den Kopf abschlagen."

Joffrey de Peyrac nahm dieses Angebot guten, blutdürstigen Willens nicht an. Der Ekel schnürte ihm die Kehle zu.

In diesen Palästen, in deren Winkeln noch die Gerüche der Brände und Massaker hingen, spukte der Geist des Obereunuchen, und er glaubte, seine wohllautende Stimme zu vernehmen: „Wir anderen, wir sind für Gott und das in seinem Namen vergossene Blut ... und du, du wirst allein bleiben."

Die eitle Vergeblichkeit all seiner Pläne, seiner Gedanken, selbst seiner Leidenschaften ging ihm unversehens auf. Wie lächerlich sie waren! Unhörbar war seine Sprache diesen einander gegenüberstehenden Welten, die, ob christlich oder muselmanisch, in Wirklichkeit nur einer einzigen überirdischen Idee gehorchten: der Macht Gottes.

Nun gut, er würde verschwinden. Er würde das Mittelmeer verlassen, nicht mehr, weil er sich Mezzo Morte gegenüber dazu verpflichtet hatte, sondern weil er sich seiner Fremdheit unter denen gewahr wurde, die ihm Jahre hindurch geholfen hatten, sein Leben neu aufzubauen. Er würde also Cantor holen und westwärts steuern, den neuen Kontinenten entgegen. Ein wieder sagenhaft gewordenes Vermögen preisgebend, ließe er zwei von Fäulnis angefressene Zivilisationen hinter sich, einander trotzend in ihrem siedenden Kessel, von dem gleichen religiösen Fanatismus beseelt, durch den sie mit der Zeit in ihren Exzessen und in ihrer Unduldsamkeit einander immer ähnlicher werden würden.

Er war dieses unfruchtbaren Kampfes müde.

Er widerstand der Lockung, auf der Suche nach einem elenden Grab die Wüste zu durchstreifen. Eine weitere Narrheit, die ihm nichts als Verzweiflung bringen mußte. Sich Gewißheit schaffen, ob sie wirklich gestorben war? Welche Gewißheit würde er erhalten? Spuren im Staub, denen er folgen würde, um einen anderen Staub zu suchen, der sein ganzes Leben hätte bedeuten können? Nichtigkeit der Dinge.

Die Sklaven, die Gefährten ihrer Flucht, waren tot. Er fühlte auch sie, Angélique, in der Unermeßlichkeit der grausamen Sonne verschwunden, die das Denken erstickt und dem Blick trügerische Bilder vorgaukelt. Sein Wille, sie zu erreichen, war vor diesem Anschein von Mythos, von flüchtigem Traum, mit dem sie sich für ihn zu umgeben schien, unwirksam geworden.

Das Schicksal, das sie getrennt hatte, verweigerte ihre Wiedervereinigung mit einer Beharrlichkeit, die irgend etwas bedeuten mußte. Aber was? Schließlich hatte er, so stark er war, weder das Herz noch genügend Kraft zur Resignation, um nach der Lösung eines Geheimnisses zu suchen, das ihm allein die Zukunft enthüllen würde, falls es überhaupt geschah. Sein langer Aufenthalt im Orient und in Afrika hatte aus ihm wenn nicht einen Fatalisten, so doch wenigstens einen Menschen gemacht, der wußte, daß man vor dem Schicksal wenig bedeutete ... Sein Sohn blieb die einzige Realität seines Lebens.

Wieder mit seinem Sohn in Palermo vereint, dankte er dem Himmel, daß er ihm wenigstens dieses Kind gelassen hatte, dessen Gegenwart ihn seinen verschwiegenen, diesmal kaum zu bezwingenden Qualen entriß.

Als er mit dem Ziel Amerika durch die Enge von Gibraltar in den Ozean einlief, behielt er nur sein Schiff, den *Meeradler*, und seine Mannschaft, soweit sie bereit gewesen war, sein neues Geschick mit ihm zu teilen.

Eine Ansammlung menschlicher Wracks, hatten die Rochelleser Großbürger verächtlich gesagt! Nun ja. Aber er kannte sie alle, wußte von den Dramen, die sie wie ihn selbst auf die Straßen der Welt geschleudert hatten. Er hatte nur die behalten, die er nicht fortschicken konnte, die, die lieber zu seinen Füßen geschlafen hätten, als mit ihrem mageren Bündel zwischen feindseligen Menschen auf irgendeinem Quai zurückzubleiben. Weil sie nicht wußten, wohin sie gehen sollten. Furcht vor der Sklaverei der Muselmanen oder der der christlichen Galeeren, Furcht, einem neuen, brutalen und gewinngierigen Kapitän in die Hände zu fallen, bestohlen zu werden, den Kopf zu verlieren und Dummheiten zu begehen, die sie allzu teuer würden bezahlen müssen.

Joffrey de Peyrac hatte Achtung vor diesen lichtscheuen Seelen, diesen toten Willen, diesen trauernden Herzen unter der Rauheit der Sitten, die sie zur Schau trugen. Er hielt sie streng, täuschte sie jedoch niemals, wußte ihr Interesse für ihre Aufgaben und die Zwecke ihrer Reisen zu wecken.

Er verbarg ihnen nicht, daß sie bei Verlassen des Mittelmeers aufhörten, in der Obhut eines allmächtigen Herrn zu stehen. Denn er mußte wieder von vorn beginnen. Sie waren bereit, das Abenteuer auf sich zu nehmen. Und übrigens vermochte er ihre Ergebenheit sehr schnell durch gewichtige Prämien zu belohnen.

Er hatte eine ganze Mannschaft maltesischer und griechischer Taucher mitgenommen und mit vervollkommneten Geräten ausgerüstet. Nun unternahm er es, im Karaibischen Meer zu kreuzen und tauchend die Schätze der seit mehr als einem Jahrhundert in diesen Gewässern von Freibeutern und Bukaniern versenkten spanischen Galeonen zu suchen. Diese bis dahin nur wenig bekannte, von ihm allein ausgeübte Tätigkeit trug wesentlich dazu bei, ihn zu bereichern. Er hatte Verträge mit den großen Piratenkapitänen der Schildkröteninsel sowie mit den Spaniern und Engländern, dem Kapitän Phipps unter anderen, abgeschlossen, die er nicht angriff und denen er einige der schönsten vom Meeresgrund geborgenen Stücke zum Geschenk gemacht hatte, wofür sie ihn in Ruhe ließen.

Unter ihrem wuchernden Algenhaar Werke der Inka- und Aztekenkunst zu entdecken, befriedigte zugleich seinen Schönheitssinn und die forschende Neugier des Gelehrten.

Nach und nach gelang es ihm, die bohrende Trauer zu überwinden, von der er sich bis in den Grund seines Wesens erfüllt fühlte: Angélique tot. Niemals würde er sie wiedersehen.

Er grollte ihr nicht mehr, weil sie so unbesonnen und vielleicht auch leichtfertig gelebt hatte. Ihr Tod vervollständigte ihre Legende. Sie war ein Wagnis eingegangen, das keine christliche Sklavin je unternommen hatte. Er konnte nicht vergessen, daß sie sich Moulay Ismaël verweigert und stolz der Folter getrotzt hatte. Was für ein Wahnwitz! Wer verlangte von Frauen Heroismus? fragte er sich verzweifelt. Wenn sie nur am Leben geblieben wäre, wenn er sie in seine Arme pressen, ihren warmen Körper dicht an seinem fühlen, wie in Kandia wieder von ihren Augen Besitz hätte nehmen können, dann, ja dann hätte er die an ihr haftenden Spuren ihrer Untreue vergessen, hätte er alles verziehen! Ja, sie lebend vor sich haben, die köstliche Glätte ihrer Haut schmecken, sie besitzen in einer wollüstigen Gegenwart, die sich weder um die Vergangenheit noch um das Morgen scherte, und sich ihren schönen Körper nicht ausgedörrt im Sand, in den letzten Zügen liegend, mit grauen Lippen, ohne Zuflucht im Angesicht des Himmels vorstellen müssen!

„Mein Schatz, wie ich dich liebte ..."

Das Heulen des Sturms nahm zu, seine Stöße erschütterten die Rahmen der Scheiben.

Sich stützend, um den jähen Sprüngen des toll gewordenen Bodens unter seinen Füßen widerstehen zu können, blieb Joffrey de Peyrac dem aus seinem Innern aufgestiegenen Schrei vergangener Tage zugewandt.

„Mein Schatz, ich liebte dich, ich beweinte dich ... Und nun habe ich dich lebend wiedergefunden und dir nicht die Arme geöffnet."

So ist der Mensch. Er leidet, gesundet und vergißt die Hellsichtigkeit und Weisheit, die der Schmerz ihm spendet. Überquellend von Leben, beeilt er sich, von neuem nach seinem Gepäck von Illusionen, kleinen Ängsten, zerstörendem Groll zu greifen. Weit entfernt, der, nach der er so lange gesucht hatte, die Arme zu öffnen, war er von dem Gedanken an das Kind, das sie von einem anderen hatte, an den König, an die verlorenen Jahre, an Lippen, die die ihren geküßt hatten, besessen gewesen ... Er hatte ihr vorgeworfen, eine Unbekannte zu sein. Und dennoch war es diese Unbekannte, die er heute liebte.

All die Fragen, die ein Mann an sich richtet, der im Begriff steht, eine Frau, die ihn lockt und nach der er verlangt, zu der seinen zu machen, stellte er sich jetzt.

„Wie werden ihre Lippen antworten, wenn ich sie suche? Wie wird sie sich verhalten, wenn ich sie in meine Arme nehme? Das Geheimnis ihres Fleisches wie das ihrer Gedanken ist mir unbekannt. Wer bist du? Was haben sie aus dir gemacht, schöner, nun eifersüchtig verhüllter Leib?"

Er träumte von ihrem auf die Schultern fallenden Haar, von der Ohnmacht, die sie befiel, wenn er sie an sich preßte, von dem feuchten Glanz ihrer in seinem Blick vergehenden grünen Augen.

Es würde ihm gelingen, sie sich zu unterwerfen. „Du gehörst mir, und ich werde es dich schon spüren lassen."

Doch es war notwendig, sie in ihren richtigen Maßen zu sehen. Es ist nicht leicht, die schwache Stelle einer in solchem Feuer gehärteten Frau auf der Höhe ihrer Reife zu entdecken.

Aber er würde es schaffen! Er würde sie ihrer Verteidigung berauben. Eins nach dem andern, würde er sie aus ihren Geheimnissen schälen, wie er sie auch aus ihren Kleidungsstücken schälen würde.

Er mußte seine ganze Kraft einsetzen, um die Tür gegen den Wind aufzustoßen. Draußen, in der stürmischen, vom Gischt der Wogen gepeitschten Nacht, hielt er einen Augenblick inne, an die Balustrade der Galerie geklammert, die knarrte und ächzte wie altes, sich spaltendes Holz.

„Wer bist du denn, Graf Peyrac, daß du deine Frau einem anderen überläßt, noch dazu, ohne um sie zu kämpfen? Zum Henker! Man soll mich nur diesem Teufel von Sturm die Zügel anlegen lassen, dann ... dann werden wir unsere Taktik ändern, Madame de Peyrac!"

Achtundzwanzigstes Kapitel

Aus dem entsetzlichen Chaos, in das der Sturm die Passagiere geschleudert hatte, stieg ein Schrei:

„Das Zwischendeck stürzt ein!"

Es war wie ein Alptraum. Das unheilvolle Knarren und Krachen über ihren Köpfen übertönte jetzt alle anderen Geräusche: den Anprall der Wellen, das Heulen des Windes, die Schreckensschreie der in totaler Finsternis durcheinandergeworfenen Unglücklichen.

Angélique kroch über den plötzlich wie eine Mauer sich aufrichtenden Boden. Sie prallte gegen die harte Lafette einer Kanone, und während sie in entgegengesetzter Richtung über die Planken rutschte, entsetzte sie der Gedanke, daß auch der zerbrechliche Körper Honorines dieser entfesselten Sarabande unterworfen war. Wo sollte sie sie finden, wie konnte sie ihr Stimmchen hören? Schreie und Klagerufe gingen im allgemeinen Getöse unter. Das Holz der Decke schien zu bersten. Ein Schwall salzigen Wassers ergoß sich über ihre Köpfe. Eine Frauenstimme schrie: „Herr, rette uns! Unser Ende ist nahe!"

Angéliques Hand stieß gegen einen harten, erhitzten Gegenstand: Eine der erloschenen Laternen, die ein Stoß zu Boden geschleudert hatte. Sie war nicht zerbrochen.

„Wir müssen klar sehen können", sagte sich die junge Frau, während sie sich festklammerte. Am Boden kauernd, mit all ihren Kräften dem infernalischen Schwanken des Schiffes Widerstand leistend, suchte sie tastend nach der Öffnung der Lampe, fand die Kerze noch ziemlich hoch und in dem kleinen Schubfach darunter das Reservefeuerzeug. Es glückte ihr, die Kerze anzuzünden. Der rötliche Schein verbreitete sich und enthüllte einen unbeschreiblichen Wirrwarr von Kleidungsstücken, Körpern und Gegenständen, der sich je nach der Richtung des wütenden Stampfens von rechts nach links, von vorn nach hinten wälzte.

Und vor allem über ihr die Umrisse einer klaffenden Bresche, die von Zeit zu Zeit schäumendes Wasser spie.

„Hierher!" schrie sie. „Der Stützbalken des Fockmastes hat die Decke durchbrochen."

Als erster tauchte Manigault aus dem Dunkel auf. Mit der Urkraft eines Goliath schob er sich unter die schon halb geborstenen Planken. Berne, Mercelot und drei der stärksten Männer gesellten sich zu ihm. Wie Titanen, die die Last der Welt auf ihren Rücken trugen, stemmten sie sich gegen das Holz, um Schlimmeres zu verhindern. Das Wasser sprudelte schon weniger. Schweiß rieselte über die angespannten Gesichter der Männer.

„Wir brauchen Zimmerleute", ächzte Manigault. „Sie sollen kommen. Mit Holz und Werkzeug. Wenn man den Mast stützen kann, wird die Bresche nicht größer."

Durch plätscherndes Wasser watend, war es Angélique gelungen, Honorine zu finden. Wie durch ein Wunder lag die Kleine noch immer in ihrer solide befestigten Hängematte, die die wahnwitzigen Stöße, die der Sturm der *Gouldsboro* versetzte, ohne allzu heftiges Schwanken ausglich. Obwohl wach, schien das Kind nicht sonderlich erschreckt.

Angélique lenkte den Schein ihrer Laterne auf Manigault und seine Gefährten, die, mit ihren Schultern die mächtigen Bohlen stützend, ein Bild boten, das Dantes Inferno zu entstammen schien. Wie lange würden sie noch standhalten können? Manigault, die Augäpfel von Blutäderchen durchzogen, rief ihr zu:

„Die Zimmerleute! Holt sie!"

„Die Tür ist verriegelt."

„Ah, die Verfluchten! Sie sperren uns ein und lassen uns wie Ratten in ihrem Loch ersaufen. Geht! Durch den Verschlag", ächzte er. „Dort ist eine Falltür."

Angélique begriff, daß es sich um die Falltür handeln mußte, durch die kürzlich die spanischen Matrosen hinter ihr und Tante Anna aufgetaucht waren.

Sie schob dem neben ihr stehenden Martial die Laterne in die Faust.

„Pack sie fest", mahnte sie. „Solange es Licht gibt, halten sie aus. Ich werde versuchen, den Kapitän zu verständigen."

Sie kroch auf den Knien zum Verschlag, fand den Riegel der Falltür und ließ sich in das finstere Loch gleiten. Sie stieg die Sprossen einer

Leiter hinab und folgte einem Gang, dessen Wände sie gleich einem Ball einander zuwarfen. Alle Knochen taten ihr weh. Schließlich gelangte sie an Deck. Das war schlimmer!

Wie konnten sich menschliche Wesen noch auf den unaufhörlich von riesigen Wogen überspülten Planken halten? Wie konnten sie noch existieren, an Rahen und Tauen hängend wie Früchte eines Baums, die der Wind im nächsten Augenblick abreißen und davontragen würde?

Und dennoch entdeckte sie im Licht der Blitze hin und her huschende Silhouetten, die alle Kräfte daran setzten, die durch den Ansturm der Wogen verursachten tödlichen Schäden zu reparieren.

An die Taue gekrallt, die den Laufsteg begrenzten, begann sie vorwärtszukriechen. Sie wußte jetzt, daß Joffrey sich drüben auf der Hütte am Steuer befand und daß sie sich um jeden Preis zu ihm durchschlagen mußte. Nur dieser Gedanke erfüllte sie. Triefend, sich anklammernd, Schritt für Schritt sich vorwärts kämpfend, durchquerte sie die Finsternis, wie sie den langen Tunnel der Jahre durchquert hatte, durch den sie bis hierher, bis zu ihm gelangt war.

„Bei ihm sterben. Wenigstens das vom Schicksal erzwingen." Endlich sah sie ihn vor sich, so aufgesogen von der Nacht, mit dem Sturm vereint, daß er fast wie die Inkarnation des Meergeistes wirkte. Seine Reglosigkeit inmitten der stürmischen Bewegung war erstaunlich.

„Er ist tot", sagte sie sich, „er ist aufrecht am Ruder gestorben!"

War er sich nicht bewußt, daß sie alle verloren waren? Keine Menschenmacht konnte sich vor der rasenden Wut des Ozeans behaupten. Eine Welle noch, zwei ... dann käme das Ende.

Sie schleppte sich bis zu ihm, berührte den im Stiefel steckenden Fuß, der am Boden festgewurzelt schien. Dann richtete sie sich mühsam auf, krallte sich mit beiden Händen an seinen breiten Ledergürtel. Er rührte sich nicht mehr als eine steinerne Statue. Dann sah sie in einem neuerlichen Aufblitzen des Gewitters, daß er den Kopf bewegte und die Augen senkte, um festzustellen, wer sich an ihn klammerte. Er erbebte, und sie erriet seine Frage mehr, als daß sie sie hörte:

„Was tut Ihr hier?"

Sie schrie:

„Die Zimmerleute! Schnell! Das Zwischendeck stürzt ein!"

Hatte er sie gehört, verstanden? Er konnte das Ruder nicht loslassen. Er beugte sich unter den Sturz einer Woge, der es, sich bäumend wie ein wütendes Tier, gelungen war, die hohe Reling der Hütte zu überspringen. Als Angélique wieder zu Atem kam, im Mund noch den bitteren Geschmack des Salzwassers, das ihr voll ins Gesicht geschlagen war, sah sie, daß Kapitän Jason neben dem Rescator stand. Gleich darauf näherte er sich der Reling und brüllte durch das Sprachrohr Befehle.

Im Schein des nächsten Blitzes bemerkte Angélique, daß sich das Gesicht ihres Gatten ihr von neuem zugewandt hatte. Er lächelte.

„Alles geht gut. Noch ein wenig Geduld, und es ist zu Ende."

„Zu Ende?"

„Zu Ende mit dem Sturm ..."

Sie hob die Augen in die rasende Finsternis. Dort, ganz oben, zeichnete sich eine seltsame Erscheinung ab: eine schneeige Girlande, die sich allmählich nach beiden Seiten ausbreitete in einer Art wuchernden diabolischen Blühens. Sie entfaltete sich quer über den Himmel, quer durch die Nacht. Angélique sprang auf.

„Da! Da!" schrie sie auf.

Auch Joffrey de Peyrac hatte es gesehen. Er wußte, daß diese scheinbar im Dunkel schwebende weiße Girlande nichts anderes als der schäumende Kamm einer monströsen, einer blindwütigen Woge war, die über ihnen zusammenschlagen würde.

„Die letzte", murmelte er.

Mit angespannten Muskeln, an Schnelligkeit mit dem heranjagenden Gebirge wetteifernd, drückte er das Ruder nach Backbord herum und blockierte es.

„Alle Mann an Backbord!" brüllte Jason.

Joffrey de Peyrac warf sich zurück. Mit einem Arm preßte er Angélique gegen sich, mit dem anderen umklammerte er den Besanmast.

Die Wassermassen brachen brutal über sie herein. Sich tief nach Steuerbord neigend, fast schon liegend, in schwindelerregender Schnelligkeit vorwärtsschießend, war die *Gouldsboro* nur noch ein armseliger hölzerner Spielball in der Gewalt der gigantischen Woge.

Dann gelang es ihr, den brodelnden Kamm zu überqueren. Gleich einer Sanduhr warf sie sich jäh auf die andere Seite, glitt den Abhang hinunter, einem bodenlosen Abgrund entgegen.

Angélique schien es, als ob der auf sie niederprasselnde Guß nie aufhören würde.

Die einzige Realität, die ihr Geist wahrzunehmen vermochte, war die eiserne Umschlingung des Arms, *seines* Arms, der sie hielt. Krampfhaft atmend, schmeckte sie das widerwärtige salzige Wasser. Sie waren auf dem Grunde des Meers, für immer einander verbunden, für die Ewigkeit vereint, und ein wundersamer Friede durchdrang ihr Herz und ihren müden Körper: „Das größte Glück. Jetzt ist es da. Endlich ..."

Sie war nicht ohnmächtig geworden, aber die wütenden, erstickenden Schläge, die sie erhalten hatte, ließen sie in einer Art Betäubung zurück, und sie vermochte nicht zu glauben, daß die Kraft des Sturms nachgelassen hatte und die Ruhe zurückgekehrt war.

Eine recht relative Ruhe. Das Schiff fuhr fort zu stampfen, aber im Vergleich zu dem, was es hinter sich hatte, schienen seine Bewegungen fast harmlos.

Die Kajüte des Rescators bot ein wunderbar friedliches Asyl.

Angélique war in ihren durchnäßten Kleidern zusammengesunken, ohne sich erinnern zu können, wie sie dorthin gelangt war.

„Ich müßte mich aufraffen und hinüberlaufen", sagte sie sich. „Die Zimmerleute ... sind sie noch zur rechten Zeit gekommen, um das Schlimmste zu verhüten? Ja, denn das Schiff ist nicht gesunken."

Plötzlich bemerkte sie im Raum einen Mann mit nacktem Oberkörper, der sich kräftig abrieb, während er ungeduldig sein dichtes Haar schüttelte, daß die Tropfen nur so stoben.

Nur in Kniehosen aus fest anliegendem Leder gekleidet, die seine lange Gestalt noch unterstrichen, waren auch seine Waden und Füße nackt.

Der Schein einer Lampe – Angélique hatte nicht bemerkt, wann sie angezündet worden war – ließ auf seinem Fleisch, das ebenfalls aus einem widerstandsfähigen Leder zu bestehen schien, Schmarren, Narben und tiefe Furchen erkennen, deren ungeordnete Linien das harmonische Spiel der Muskeln dicht unter der Haut zerschnitten.

„Nun, kleine Dame, kommt Ihr allmählich wieder zu Euch?" fragte die Stimme Joffrey de Peyracs.

Er fuhr fort, energisch seine Schultern zu frottieren, dann warf er das Handtuch beiseite und näherte sich Angélique, um sie mit auf die Hüften gestützten Händen zu betrachten. Niemals war er einem gefährlichen Piraten ähnlicher gewesen: mit nackten Füßen, von den Spuren vergangener Kämpfe zerrissener Haut und dem spöttischen Glanz der Augen unter dem in die Stirn hängenden feuchten, dunklen Haar. Obwohl kürzer geschnitten und weniger üppig, schien die einstige Haarpracht des Grafen Peyrac, aus dem Zwang des Kopftuchs aus schwarzem Atlas befreit, wieder auferstanden.

„Ah, Ihr seid es!" murmelte sie mechanisch.

„Ja ... Ich hatte keinen trockenen Faden mehr auf dem Leib. Ihr müßt dieses durchfeuchtete Zeug ebenfalls ausziehen. Was haltet Ihr von einem Sturm vor der Küste Neuschottlands? Prachtvoll, nicht wahr? Nicht zu vergleichen mit den Miniaturstürmen des kümmerlichen Mittelmeers. Glücklicherweise ist die Welt weit und kommt einem nicht nur mit Harmlosigkeiten."

Er lachte.

Dieses Lachen empörte Angélique so sehr, daß es ihr trotz des Bleigewichts ihres mit Wasser vollgesogenen Rocks gelang, sich aufzurichten.

„Ihr lacht!" rief sie zornig. „Ihr lacht über alle Stürme, Joffrey de Peyrac, über alle Qualen. Ihr singt auf dem Vorplatz von Notre Dame. Was kümmert's Euch, daß ich weine? Was kümmert's Euch, daß ich mich vor Stürmen ängstige, selbst denen des Mittelmeers, ohne Euch?"

Ihre Lippen zitterten. War es salziges Meerwasser oder Tränen, die ihr über die bleichen Wangen liefen? Weinte sie, die Unbezähmbare?

Er streckte die Arme nach ihr aus, zog sie an die Wärme seiner Brust.

„Beruhigt Euch, beruhigt Euch, kleine Dame! Ihr werdet doch nicht schon wieder die Nerven verlieren! Die Gefahr ist vorbei, der Sturm hat sich davongemacht."

„Aber er wird wiederkommen."

„Vielleicht. Dann werden wir ihn von neuem bezwingen. Habt Ihr so wenig Vertrauen zu meinen seemännischen Qualitäten?"

„Ihr habt mich verlassen", klagte sie, ohne recht zu wissen, auf welche Frage sie diese Antwort gab.

Ihre tastenden, eisigen Finger suchten die Falten der Kleidung, in die sie sich noch vor kurzem gekrallt hatten, und spürten nur die verwirrende Berührung der rauhen, warmen Haut. Und es war wie in ihrem Traum. Mit beiden Händen klammerte sie sich an unbezwingliche Schultern, und Lippen näherten sich den ihren.

Zu rasch brach der Aufruhr des Gefühls über sie herein, so daß sie seiner nicht Herr zu werden vermochte. Aufbäumend riß sie sich von ihm los. Er mußte ihrer Flucht zur Tür zuvorkommen.

„Bleibt!"

Angéliques weit geöffnete Augen begegneten fragend den seinen, ohne zu begreifen.

„Drüben ist alles in Ordnung. Die Zimmerleute sind noch zur Zeit gekommen. Der Fockmast mußte geopfert werden, aber das Deck ist schon repariert und das Wasser ausgeschöpft. Was Eure Tochter betrifft, habe ich sie ihrer ergebenen Amme, Tormini, dem Sizilianer, anvertraut, der sie anbetet."

Seine lange, schmale Hand berührte zart ihre Wange und zwang sie, ihr Gesicht an seiner Schulter zu bergen.

„Bleibt. Niemand braucht Euch jetzt ... nur ich."

Sie bebte an allen Gliedern. Sie vermochte an die Realität dieser plötzlichen Sanftmut nicht zu glauben.

Er küßte sie. *Er küßte sie!*

Und sie fühlte sich in einen Strudel gegensätzlicher Empfindungen hineingezogen, die sie zerbrachen wie vorhin der Sturm.

Sich von neuem lösend, schrie sie auf:

„Aber das ist unmöglich! Ihr liebt micht nicht mehr! Ihr verachtet mich, Ihr findet mich häßlich!"

„Hoppla! Wie Ihr gleich loslegt", sagte er lachend. „Sollte ich Euch so tief gekränkt haben?"

Er schob sie von sich weg, hielt sie mit ausgestreckten Armen und musterte sie mit seinem breiten, spöttischen Lächeln, dem etwas Undefinierbares beigemischt war. Melancholie, Zärtlichkeit und ein aufglühender Funke in den Tiefen seines schwarzen, glänzenden Blicks.

Beklommen berührte sie ihr kühles, starres Gesicht, ihr vom Meerwasser angeklatschtes Haar.

„Aber ich bin schrecklich", stöhnte sie.

„Ja, gewiß", stimmte er ironisch zu, „eine echte Sirene, durch meine Netze dem Meeresboden entführt. Ihre Haut ist bitter und gefroren, und sie hat Angst vor der Liebe der Männer. Welch sonderbare Verkleidung habt Ihr Euch da ausgesucht, Madame de Peyrac!"

Mit beiden Händen umfaßte er ihre Taille und hob sie in die Luft, als handele es sich um nicht viel mehr als einen Strohhalm.

„Närrin, liebste Närrin! Wer würde Euch nicht mögen? Es sind zu viele, die nach Euch verlangen, aber Ihr gehört nur mir."

Er trug sie zum Lager, und nachdem er sie sanft niedergelegt hatte, fuhr er fort, sie an sich zu drücken, ihre Stirn wie die eines kranken Kindes streichelnd.

„Wer würde Euch nicht mögen, meine Seele?"

Wie betäubt, vermochte sie sich in seinen Armen nicht zu verteidigen. Der furchtbare Sturm, dessen Grauen sie noch spürte, hatte ihr überraschenderweise diesen Augenblick gebracht, den sie nicht mehr erhofft, den zu ersehnen und zugleich zu fürchten sie nie aufgehört hatte. Warum? Durch welches Wunder?

„Los. Beeilt Euch, aus diesen Kleidungsstücken zu schlüpfen, wenn Ihr nicht wollt, daß ich sie Euch ausziehe."

Mit seiner gewohnten Sicherheit zwang er sie, sich der feuchten Stoffe zu entledigen, die an ihrem fröstelnden Körper klebten.

„Damit hätten wir anfangen müssen, als Ihr das erstemal bei La Rochelle zu mir gekommen seid. Man gewinnt nichts dabei, wenn man sich darauf einläßt, mit einer Frau zu diskutieren. Man verliert nur kostbare Zeit, die man viel besser hätte verwenden können. Meint Ihr nicht?"

Nackt an seine nackte Haut geschmiegt, begann sie seine Zärtlichkeiten zu spüren.

„Fürchte nichts", flüsterte er, „ich will dich nur wärmen."

Es gab keinen Grund mehr für sie, sich zu fragen, warum er sie so plötzlich mit eifersüchtiger Gewalt wieder an sich gezogen hatte, über Groll und Vorwürfe hinweg.

Er begehrte sie. *Er begehrte sie* ...

Er schien sie zu entdecken, wie ein Mann zum erstenmal eine Frau entdeckt, von deren Körper er lange geträumt hat.

„Was für schöne Arme du hast", raunte er staunend.

Und schon befanden sie sich an der Schwelle der Liebe.

Jener gewaltigen und herrlichen Liebe, die einstmals die ihre gewesen war. Von ihr zu ihm knüpften sich Bande des Fleisches, die sie, Wonnen und Erinnerungen spendend, über Raum und Zeit hinweg einander hatten suchen lassen.

Sich öffnend, konnten Angéliques Arme sich wiederum nur um ihn schließen, und sie entdeckte in ihrem Spiel vertraute und dennoch neue erregende Gesten. Sie erlag, bevor sie es noch erwidern konnte, dem unabweislichen Werben seines Mundes auf ihren Lippen. Dann auf ihrem Hals, ihren Schultern ...

Lippen, die sie mit immer glühenderen Küssen überfielen, als verlange ihn gierig danach, ihr Blut zu trinken.

Was von den vergangenen Schrecken geblieben war, war wie weggefegt. Der für sie erschaffene Mann hatte wieder zu ihr gefunden. Mit ihm war alles natürlich, einfach und schön. Ihm gehören, hier verharren, wie gelähmt, in der Überwältigung durch ihn, und plötzlich klar in einer Mischung aus scheuem Erschrecken und überwältigender Lust erkennen, daß sie endlich eins geworden waren ...

Der Tag brach an, einen Schleier der Dunkelheit nach dem anderen hebend und Angéliques brennenden Augen von neuem die Umrisse jenes gehärteten, gleichsam aus patiniertem Holz geschnitzten Faunsgesichts schenkend, das ihr noch immer mehr in das Reich der Träume als zur Wirklichkeit zu gehören schien.

Sie ahnte, daß sie seine Umarmungen, seine Zärtlichkeiten, den Ausdruck, den sie in seinen bis vor kurzem noch so harten Augen las, nicht mehr würde entbehren können.

Der Tag brach an, der Tag nach dem Sturm, an dem sich das Meer in jenem müden und wollüstigen Auf und Ab bewegte, das Angélique bis in die Tiefen ihres Wesens zu verspüren glaubte. Der Geruch des Meers verlor seine Schärfe. Angélique atmete den Duft der Liebe, den Weihrauch ihrer Vereinigung. Dennoch war sie nicht ohne Sorgen.

Nichts von dem, was ihr Herz erfüllte, war ihr über die Lippen gekommen.

Was dachte er von ihrer Stummheit? Ihrer Ungeschicklichkeit? Was würde er sagen, wenn er spräche? Er bereitete ein ironisches Scherzwort vor – sie war dessen sicher. Es ließ sich an den spöttischen Falten um seinen Mund erkennen.

„Nun", meinte er, „alles in allem war es für eine kleine Mutter Oberin nicht einmal übel. Aber unter uns, meine Teure, seit den Toulouser Tagen habt Ihr nicht gerade Fortschritte in der Liebe gemacht."

Angélique begann zu lachen. Immerhin war es besser, sich von ihm Ungeschicklichkeit als inzwischen erworbene Fertigkeiten vorwerfen zu lassen. Es verletzte sie nicht, daß er sich ein wenig über sie lustig machte. Sie spielte die Verlegene.

„Ich weiß. Ihr werdet mir manches von neuem beibringen müssen, mein liebster Herr. Fern von Euch habe ich nicht gelebt, nur überlebt. Das ist nicht dasselbe."

Er zog eine Grimasse.

„Hm! Ich vermag Euch nicht ganz zu glauben, Heuchlerin. Was tut's! Der Satz ist jedenfalls hübsch."

Er fuhr fort sie zu streicheln, die sanften und vollen Formen auskostend, die sich seinen Fingern boten.

„Es ist ein wahres Verbrechen, einen solchen Körper unter dem abgetragenen Zeug einer Dienstmagd zu verstecken. Ich werde dem abhelfen."

Sie sah ihn sich erheben und in einer Truhe nach Kleidungsstücken suchen, die er neben dem Bett auf den Boden warf.

„Von heute an werdet Ihr Euch anständig anziehen."

„Ihr seid ungerecht, Joffrey. Das abgetragene Zeug einer Dienstmagd, wie Ihr sagt, hatte auch sein Gutes. Seht Ihr mich im Galastaat auf Eure *Gouldsboro* flüchten, die Dragoner auf den Fersen? Ich bin nicht mehr Souveränin eines Königreichs."

Er legte sich wieder zu ihr. In nachdenklicher Haltung, die ihr die einstige Grazie des Tänzers wieder ins Gedächtnis rief – auf einen Ellbogen gestützt, mit der anderen Hand das angezogene Knie umfassend –, schien er zu träumen.

„Ein Königreich? Aber ich besitze eins. Es ist riesig, herrlich. Die Jahreszeiten überschütten es mit Smaragden oder Gold. Ein Meer von seltenem Blau badet seine Ufer, die in den Farben der Morgenröte schimmern ..."

Der poetische Geist der Troubadoure wurde unversehens in ihm wach.

„Wo befindet sich Euer Königreich, mein liebster Herr?"

„Ich führe Euch dorthin."

Sie erbebte, mit der Wirklichkeit ihrer gegenwärtigen Situation konfrontiert. Fast flüsternd wagte sie zu murmeln:

„Ihr bringt uns also nicht zu den Inseln?"

Er schien nicht zu hören. Dann, mit einem Zucken der Schultern:

„Den Inseln? Pah! Ich werde Euch Inseln geben, mehr als Ihr möchtet."

Sein Blick glitt zu ihr, er lächelte wieder. Seine Hand spielte mechanisch mit ihrem auf dem Kopfkissen ausgebreiteten Haar. Trocknend, hatte es seine gewohnte Färbung wiedergewonnen.

Joffrey de Peyrac beugte sich herab.

„Wie hell Euer Haar geworden ist!" rief er aus. „Wahrhaftig, hier und da sind weiße Spuren!"

„Ja", murmelte sie. „Jede Strähne ist die Erinnerung an eine tödliche Qual."

Mit gerunzelten Brauen fuhr er fort, sie aufmerksam zu mustern.

„Erzähle", sagte er gebieterisch.

Erzählen? Was? Das Leid, das ihren Weg fern von ihm begleitet hatte?

Ihre riesigen, unergründlichen Augen waren mit verzehrendem Blick auf ihn geheftet. Sanft strichen seine Fingerspitzen über ihre Schläfen. Sie wußte nicht, daß er mit dieser Geste die Tränen fortwischte, die aus ihren Augen quollen, ohne daß sie es merkte.

„Ich habe alles vergessen. Es gibt nichts zu erzählen."

Sie hob ihre nackten Arme, wagte es, ihn zu umfangen und an ihr Herz zu ziehen.

„Ihr seid soviel jünger als ich, Monsieur de Peyrac. Ihr habt Euer dichtes maurisches Haar behalten, dunkel wie die Nacht. Kaum ein paar graue Fäden . . ."

„Ich verdanke sie Euch."

„Ist es wahr?"

Im ungewissen Licht der Dämmerung sah er ihre geschwungenen Lippen in einem halb lächelnden, halb traurigen Ausdruck zittern. Und er dachte: „Mein einziges Leid, meine einzige Liebe." Ihr Mund hatte früher nicht soviel bebendes Leben, nicht soviel Kraft zur Verführung besessen.

„Ja, ich habe gelitten. Euretwegen, wenn Euch das befriedigt, Menschenfresserin."

Wie schön sie war! Schöner noch, weil sie eine menschliche Wärme barg, um die das Leben sie bereichert hatte. Er würde an ihrem Herzen ruhen. In ihren Armen würde er alles vergessen.

Er packte das schwere, schimmernde Haar, drehte es zusammen und wand es gleich einer Fessel um seinen Hals. Lippen an Lippen, begannen sie sich von neuem verlangend zu umarmen, als der Knall eines Musketenschusses die Stille des Morgens zerriß.

Zweiter Teil

Die Meuterei

Neunundzwanzigstes Kapitel

Als der Schuß – und gleich darauf weitere – an ihr Ohr drang, schien es Angélique, als durchlebe sie Szenen der Vergangenheit: die Polizei des Königs, die Dragoner. Alles verwischte sich, schob sich ineinander.

Mit geweiteten Augen betrachtete sie Joffrey, der aufgesprungen war und sich mit schnellen, präzisen Bewegungen ankleidete: die Jacke aus schwarzem Leder, die hohen Stiefel.

„Steht auf!" warf er ihr zu. „Schnell!"

„Was ist?"

Plötzlich fiel ihr ein, daß ein Piratenschiff die *Gouldsboro* angreifen könne. Zu ihrer Kaltblütigkeit zurückfindend, stürzte sie sich auf die Kleidungsstücke, die ihr Gatte an den Fuß des Bettes geworfen hatte. Sie befestigte eben den Brusteinsatz der Korsage, als ein heftiger Stoß die verglaste Tür der Kajüte erschütterte.

„Macht auf", röchelte eine Stimme von draußen.

Joffrey de Peyrac zog den Riegel zurück, ein schwerer Körper fiel gegen ihn und brach dann auf dem Teppich zusammen. Zwischen den Schultern des gestürzten Mannes zeigte sich ein großer dunkelroter Fleck, der sich langsam verbreiterte.

Die Hand des Rescators drehte den Mann um.

„Jason!"

Der Kapitän öffnete die Augen.

„Die Passagiere", ächzte er, „sie haben mich überfallen ... hinterlistig ... im Nebel. Sie sind Herren des Decks."

Durch die offengebliebene Tür wälzte sich dichter Nebel in zähen weißlichen Spiralen. Angélique sah, daß sich in ihnen eine bekannte Gestalt abzeichnete. Gabriel Berne erschien auf der Schwelle, in der Hand eine noch rauchende Pistole.

Seine bewaffnete Hand und die des Rescators hoben sich gleichzeitig.

„Nein!" wollte Angélique schreien.

Der Schrei drang nicht über ihre Lippen, aber sie hatte sich mit einem Satz nach vorn geworfen und den Arm ihres Mannes gepackt. Der auf den protestantischen Kaufmann gerichtete Lauf der Waffe wurde abgelenkt, und die Kugel schlug in die Deckentäfelung aus vergoldetem Holz über der Tür.

„Törin!" knirschte der Rescator zwischen den Zähnen.

Aber er stieß sie nicht zurück. Er wußte, daß seine Pistole nur eine einzige Kugel enthielt und daß er sie nicht wieder laden konnte. Angéliques Körper schützte ihn wie ein Schild.

Weniger gewandt als sein Gegner, war Maître Berne keine Zeit geblieben zu schießen. Er zögerte, während ein krampfartiges Zucken seine Züge verzerrte. Er konnte den, den er haßte, nicht mehr niederstrecken, ohne die Frau, die er liebte, zu verletzen oder gar zu töten.

Manigault trat ein, gefolgt von Mercelot und einigen mit ihnen im Bunde stehenden spanischen Matrosen.

„Nun, Monseigneur", sagte der Reeder ironisch, „jetzt sind wir am Ausspielen. Gebt zu, Ihr wart nicht darauf gefaßt, daß wir elenden Emigranten, gerade gut genug, von einem räuberischen Abenteurer verkauft zu werden, Euch mit einem so üblen Streich aufwarten könnten. Wacht und betet, denn ihr kennt weder Tag noch Stunde, heißt es in der Schrift. Ihr habt Eure Wachsamkeit von Dalila einschläfern lassen, und wir nutzten die Stunde Eurer Schwäche, auf die wir seit langem lauerten. Monseigneur, wollt mir Eure Waffe übergeben."

Angélique blieb zwischen ihnen, starr wie eine steinerne Statue.

Joffrey de Peyrac schob sie beiseite und reichte seine Pistole Manigault, der sie in seinem Gürtel barg. Der Rochelleser war wie seine Begleiter bis an die Zähne bewaffnet. Sie hatten die Oberhand, und der Herr der *Gouldsboro* war sich klar darüber, daß er durch Widerstand nichts gewinnen, sondern alsbald sein Leben verlieren würde. Ruhig knüpfte er sein Jabot zu und glättete die Spitzenmanschetten seines Hemdes.

Die Protestanten warfen verächtliche Blicke auf die luxuriöse Ausstattung des Salons, den verkommenen Menschen vor ihnen und die höchst aufschlußreiche Unordnung des orientalischen Diwans. Angélique kümmerte sich nicht um ihr Urteil über ihre Moral. Was soeben geschehen war, übertraf ihre schlimmsten Befürchtungen. Es hatte nicht viel gefehlt, daß der Graf Peyrac und Maître Berne einander vor ihren Augen getötet hätten. Und die niederträchtige Aktion ihrer Gefährten gegen ihren Gatten entsetzte sie.

„Oh, meine Freunde", murmelte sie, „was habt Ihr getan!"

Die Protestanten waren auf ihren Zorn gefaßt gewesen und hatten sich im voraus gegen erbitterte Vorwürfe Dame Angéliques gewappnet, die sie nicht wenig fürchteten. Durch ihr Gewissen bestärkt, waren sie entschlossen, ihnen zu trotzen, aber unter ihrem Blick zweifelten sie an ihrem guten Recht in diesem Abenteuer. Irgend etwas gab es, das ihrem Spürsinn entging.

Angesichts dieses Paares, das sie vor sich hatten – des Mannes mit dem unbekannten, befremdenden Gesicht, denn es war das erstemal, daß sie ihn ohne Maske sahen, und der in ihrer veränderten Kleidung gleichfalls unbekannten Frau –, witterten sie das Bestehen einer unzerstörbaren Bindung, einer anderen als der des Fleisches, deren sie sie beschuldigten.

Mit ihren durch einen Kragen aus venezianischen Spitzen kaum verhüllten Schultern, auf die ihr fahl schimmerndes Haar herabfiel, war Angélique nicht mehr die Freundin, die sie kannten, sondern jene große Dame, die Gabriel Berne intuitiv unter der Maske der Magd erahnt hatte. Sie hielt sich neben dem Rescator wie neben ihrem Herrn. Hochmütig und voller Verachtung, waren sie aus einem anderen Stoff, einer anderen Rasse, und die Protestanten befiel die flüchtige Besorgnis, daß sie sich geirrt haben könnten, daß sie dabei seien, einen Fehler zu begehen, den sie teuer würden bezahlen müssen. Die lapidaren Worte, die Manigault auf der Zunge gelegen hatten, entglitten ihm. Die Vorstellung, den rätselhaften und arroganten Rescator auf Gnade und Ungnade sich unterworfen zu sehen, hatte ihm hämisches Vergnügen bereitet. Vor ihnen war sein Jubel jedoch rasch verstummt.

Dennoch faßte er sich als erster.

„Wir verteidigen uns", erklärte er mit Nachdruck. „Es war unsere Pflicht, Monsieur, alles nur mögliche zu tun, um dem unheilvollen Geschick zu entrinnen, dem Ihr uns bestimmt habt. Dame Angélique hat uns dabei geholfen, indem sie Eure Wachsamkeit einschläferte."

„Spöttelt nicht, Monsieur Manigault", sagte sie ernst. „An dem Tage, an dem Ihr die Wahrheit erfahrt, werdet Ihr es bedauern, nach Schein und Vermutungen geurteilt zu haben. Heute seid Ihr nicht imstande, die Wahrheit zu hören. Ich hoffe indessen, daß Ihr bald wieder zur Vernunft kommen und die Torheit Eures Verhaltens begreifen werdet!"

Nur Ruhe und Würde konnten diese aufgebrachten Männer in Respekt halten. Sie spürte ihr Bedürfnis, zu töten und sich ihrer noch ungewissen Herrschaft über das Schiff zu versichern. Eine Bewegung, ein Wort, und das Unwiderrufliche mochte geschehen.

Sie hatte ihren Platz vor Joffrey de Peyrac wieder eingenommen. Sie würden es trotz allem nicht wagen, auf sie zu schießen. Auf sie, die sie über den Klippenweg geführt hatte . . .

Und wirklich zögerten sie.

„Tretet beiseite, Dame Angélique", sagte endlich der Reeder. „Jeder Widerstand ist nutzlos, Ihr seht es. Ich bin von nun an Herr an Bord, nicht mehr dieser Mann, den ihr unerklärlicherweise gegen uns, die Ihr vorhin Eure Freunde nanntet, verteidigen wollt."

„Was werdet Ihr mit ihm tun?"

„Uns seiner Person versichern."

„Ihr habt nicht das Recht, ihn ohne Urteil zu töten, ohne ihm seine Vergehen gegen Euch bewiesen zu haben. Es wäre das letzte an Schändlichkeit. Gott würde Euch strafen."

„Wir haben nicht die Absicht, ihn zu töten", sagte Manigault nach einigem Zögern.

Aber sie wußte, daß sie alle mit dieser Absicht gekommen waren und daß Joffrey de Peyrac, wäre sie nicht gewesen, schon auf dem Teppich neben Jason hingestreckt läge. Sie spürte, wie ihr der kalte Schweiß ausbrach.

Die Minuten verstrichen langsam.

Sie mußte sich Mühe geben, nicht zu zittern. Um zu erkunden, wie er auf seine demütigende und gefährliche Lage reagierte, wandte sie sich zu ihrem Gatten – und erbebte. Um den Mund des noblen Abenteurers spielte jenes rätselhafte Lächeln, mit dem er stets den jaulenden Hunden, der zu seiner Vernichtung sich sammelnden Meute begegnet war.

Was steckte in diesem seltsamen Menschen, das unaufhörlich den tödlichen Haß anderer Männer auf sich zog? Sie bemühte sich vergeblich, ihn zu verteidigen, ihm zu folgen. Er bedurfte keiner Hilfe, und vielleicht ließ es ihn sogar gleichgültig, sterben zu müssen, sie zu verlassen, die er eben erst wiedergefunden hatte.

„Seht Ihr nicht, was sie getan haben?" sagte sie fast zornig. „Sie haben sich Eures Schiffs bemächtigt."

„Noch ist nichts weniger bewiesen", erwiderte der Rescator mit amüsierter Miene.

„Wißt, Monsieur", informierte ihn Manigault, „daß der größte Teil Eurer Mannschaft unter Deck eingeschlossen ist, ohne auch nur die leiseste Möglichkeit, sich zu befreien, um Euch zu verteidigen. Bewaffnete bewachen jeden Ausgang, jede Luke. Wer dennoch versuchen sollte, die Nase herauszustrecken, wird ohne Mitleid niedergeschossen. Und was die Wachen an Deck betrifft, so waren die meisten mit Freuden bereit, sich eines tyrannischen und räuberischen Herrn zu entledigen, und hatten uns schon seit langem ihre Unterstützung versprochen."

„Ich bin entzückt, es zu erfahren", sagte der Rescator.

Sein Blick suchte die spanischen Matrosen, die bereits wie Wölfe durch die Kajüte schlichen, deren Reichtümer sie zum erstenmal entdeckten. Schon begannen sie, verstohlen kostbare Kleinigkeiten an sich zu nehmen, die ihre Begehrlichkeit reizten.

„Jason hatte mich gewarnt", fuhr er fort. „Wir haben den Fehler begangen, überstürzt die erstbesten Leute anzuheuern. Und wie Ihr seht, kommen einem Fehler immer teuer zu stehen ..."

Er sah auf die Leiche des Kapitäns Jason hinab, dessen Blut von der dicken Wolle des mit Blumen gemusterten Teppichs aufgesogen wurde. Seine Züge verhärteten sich, seine Lider verbargen den Glanz seiner schwarzen Augen.

„Ihr habt meinen Ersten Offizier getötet, meinen Freund seit zehn Jahren ..."

„Wir haben diejenigen getötet, die uns Widerstand leisteten. Aber wie ich Euch schon sagte, waren es nur wenige, die anderen machten mit uns gemeinsame Sache."

„Ich wünsche Euch nicht allzu viel Verdruß mit diesem aus dem übelsten und schlimmsten Gesindel von Cádiz und Lissabon aufgelesenen prächtigen Zuwachs", spottete Joffrey de Peyrac. „Manuelo!" rief er mit harter Stimme.

Einer der Meuterer fuhr zusammen, und der Rescator gab ihm auf spanisch einen Befehl. Sichtlich eingeschüchtert, beeilte sich der Mann, ihm seinen Mantel zu bringen.

Der Graf warf ihn sich über die Schultern und näherte sich mit entschlossenem Schritt der Tür.

Sofort umringten ihn die Protestanten, unbehaglich beeindruckt durch den Einfluß, den er trotz allem nach wie vor auf die Mitglieder seiner Mannschaft auszuüben schien.

Manigault drückte ihm den Lauf seiner Pistole zwischen die Schulterblätter.

„Versucht nicht, uns Furcht einzujagen, Monsieur. Obwohl wir noch nicht entschieden haben, welches Schicksal wir Euch vorbehalten, seid Ihr in unserer Hand und werdet uns nicht entkommen."

„Ich bin nicht dumm genug, die Verhältnisse, wie sie im Augenblick nun einmal sind, zu verkennen. Ich möchte mich nur über den Zustand des Schiffs mit eigenen Augen unterrichten."

Von den auf ihn gerichteten Musketen und Pistolen in Schach gehalten, trat er auf die Galerie hinaus und stützte sich auf die Balustrade aus geschnitztem Holz. Ein Stück von ihr war während der Nacht vom Sturm heruntergerissen worden.

Aufs Deck hinunterblickend, konnte sich Joffrey de Peyrac von der Verwüstung seines Schiffs überzeugen. Zerrissene Segel hingen herab. Am Ende einiger Rahen schwangen zu unentwirrbaren, monströsen Knäueln ineinander verstrickte Taue und drohten, jeden niederzumähen, der ihre sausende Bahn kreuzte. Auf der Back verlieh der Stumpf des mit Segeln, Rahen und Tauen umgeknickten und niedergestürzten Fockmastes der tapferen *Gouldsboro* das Aussehen eines hoffnungslos vom Sturm mitgenommenen Wracks.

Zu allen durch das Unwetter verursachten Zerstörungen fügten sich die des Kampfes, der kurz, aber erbittert gewesen war. Leichen lagen auf dem Deck herum, die die meuternden Matrosen ohne weitere Förmlichkeit über Bord zu werfen begannen.

„Ich sehe", sagte der Rescator mit kaum bewegten Lippen.

Er hob die Augen. Im Rahengestänge der beiden verbliebenen Masten bemühte sich die neue, ziemlich reduzierte, aber recht emsige Mannschaft, das Segelwerk zu reparieren, Taue zu entwirren und durch neue zu ersetzen. Einige protestantische Jünglinge legten dabei ihre erste Bewährungsprobe als Marsgäste ab. Die Arbeit ging nicht schnell vonstatten, aber das Meer, nun gnädig und sanft wie eine Katze, schien den Neulingen Zeit lassen zu wollen, ihr Metier zu erlernen.

Auf der Hütte hatte sich Le Gall, nachdem Jason im Schutz des Morgennebels aus dem Weg geräumt worden war, des Sprachrohrs bemächtigt. Manigault hatte dem einstigen Seemann das Kommando über die Manöver des Schiffs anvertraut, da der Bretone in diesem Handwerk der Erfahrenste war.

Breage hielt das Ruder. Alles in allem fiel es diesen Rochellesern, von denen jeder auf die eine oder andere Weise zur See gefahren war, nicht übermäßig schwer, sich in ihren neuen Aufgaben zurechtzufinden, und trotz der Größe der *Gouldsboro* konnte es ihnen mit Unterstützung der zwanzig zu ihnen gestoßenen Matrosen gelingen, sie zu bändigen und zu führen, vorausgesetzt, daß sie keine Ruhe brauchten, und vorausgesetzt, daß ...

Der Rescator wandte sich den Protestanten zu. Er fuhr fort zu lächeln.

„Gute Arbeit, Messieurs. Ich muß Ihnen gestehen, die Angelegenheit ist ausgezeichnet durchgeführt worden. Ihr habt es verstanden, den Umstand zu nutzen, daß meine von einer Nacht des Kampfes um die Rettung des Schiffs, ihres Lebens und auch des Euren erschöpften Leute in ihre Kojen krochen, ohne Wachen aufzustellen, um Eure räuberischen Pläne zu verwirklichen."

Dem sanguinischen Manigault trieb die Beleidigung das Blut in die Wangen.

„Räuberische Pläne! Ihr verkehrt die Rollen, wie mir scheint."

„He! Wie nennt Ihr dann einen Akt, der darin besteht, mit Gewalt den Besitz eines anderen, in diesem Fall mein Schiff, an sich zu bringen?"

„Ein Schiff, das Ihr andern gestohlen habt. Ihr seid es, der von Räubereien lebt."

„Ihr seid in Euren Urteilen recht kategorisch, meine Herren von der Religion. Begebt Euch nach Boston. Dort werdet Ihr erfahren, daß die *Gouldsboro* nach meinen Plänen gebaut und in guten, klingenden, vollgültigen Talern bezahlt worden ist."

„Dann sind eben diese Taler verdächtiger Herkunft, möchte ich wetten."

„Wer kann sich der redlichen Herkunft des Goldes rühmen, das sich in seiner Börse befindet? Ist das Vermögen, Monsieur Manigault, das Eure frommen Vorfahren, Korsaren und Kaufleute aus La Rochelle, Euch hinterließen, damit Ihr es mehrt, nicht mit den Tränen und dem Schweiß tausender schwarzer Sklaven getränkt, die Ihr an den Küsten Guineas kauftet, um sie in Amerika wiederzuverkaufen?"

An die Balustrade gelehnt und noch immer lächelnd, plauderte er, als befinde er sich in einem Salon, als seien nicht drohende, schußbereite Läufe auf ihn gerichtet.

„Wo seht Ihr da Unredlichkeit?" fragte Manigault verdutzt. „Ich habe die Sklaverei nicht erfunden. Man braucht Sklaven in Amerika. Ich liefere sie."

Der Rescator brach in ein so heftiges, brüskierendes Gelächter aus, daß Angélique sich die Ohren zuhielt. Überzeugt, daß Manigaults Pistole dieser Herausforderung antworten würde, wollte sie sich schon zwischen sie werfen. Doch nichts geschah. Die Protestanten waren von diesem Mann wie behext. Angélique spürte fast greifbar den Strom, der von ihm ausging. Er beherrschte sie durch eine unsichtbare Kraft, er brachte es fertig, das Gefühl für Ort und Zeit, die sie durchlebten, in ihnen auszulöschen.

„O unerschütterliches Gewissen der Gerechten!" rief er, wieder zu Atem kommend. „Werden den, der sich im sicheren Besitz der Wahrheit glaubt, je Zweifel an der Rechtlichkeit seiner Taten plagen? Aber lassen wir das", fügte er mit einer wegwerfenden, verächtlichen Geste hinzu. „Das gute Gewissen reinigt jede Handlung. Aber auf welches Motiv beruft Ihr Euch, um Euren Wunsch zu rechtfertigen, mich meines Besitzes und sogar meines Lebens zu berauben, wenn Ihr von Räuberei nichts wissen wollt?"

„Ihr habt die Absicht, uns nicht zum Ziel unserer Reise, nach Santo Domingo, zu bringen."

Der Rescator schwieg. Sein schwarzer, glänzender Blick wich nicht von dem Gesicht des Reeders. Sie forderten einander heraus. Der Sieg würde dem gehören, dem es gelänge, den andern zum Senken der Augen zu zwingen.

„Ihr leugnet also nicht!" fuhr Manigault triumphierend fort. „Glücklicherweise haben wir Eure Pläne durchschaut. Ihr wollt uns verkaufen."

„Pah! Sagtet Ihr nicht, der Sklavenhandel sei ein gutes und redliches Mittel, Geld zu verdienen? Aber Ihr täuscht Euch. Ich habe niemals die Absicht gehabt, Euch zu verkaufen. Das interessiert mich nicht. Ich weiß nicht, was Ihr in Santo Domingo besitzt, aber was ich besitze, übersteigt bei weitem allen Reichtum jener kleinen Insel, und was ich an Euren nicht eben verlockenden Reformiertenfiguren verdienen könnte, ist zu wenig, um dafür die Unbequemlichkeit auf sich zu nehmen, Euch und Eure Familien um sich zu haben. Ich würde es mich sogar etwas kosten lassen, wenn ich mir Euch vom Hals schaffen könnte", fügte er mit einem liebenswürdigen Lächeln hinzu. „Ihr überschätzt Euren Verkaufswert, Monsieur Manigault, trotz Eurer Erfahrung als Händler mit menschlichem Fleisch."

„Ah, genug davon!" schrie Manigault wütend. „Wir sind uns zu gut, Euch anzuhören. Eure Frechheiten werden Euch nicht retten. Wir verteidigen unsere Existenz, über die Ihr verfügen wolltet. Das Böse, das Ihr uns angetan habt . . ."

„Welches Böse?"

Straff aufgerichtet, die Arme über der Brust verschränkt, musterte der Graf Peyrac einen nach dem anderen, und unter seinem flammenden Blick blieben sie stumm.

„Ist das Böse, das ich Euch angetan habe, schlimmer als das, das die Euch mit blankem Säbel verfolgenden Dragoner des Königs im Sinne hatten? Ihr habt ein sehr kurzes Gedächtnis, Messieurs, falls Ihr nicht rundheraus undankbar seid."

Von neuem auflachend, fuhr er fort:

„Starrt mich nicht so mit aufgerissenen Augen an, als ob ich nicht begriffe, was Ihr durchmacht. Aber ich begreife, oh, ich begreife! Ich kenne das wirkliche Übel, das Ihr durch mich erfahren habt. Ich habe Euch Wesen vor Augen geführt, die Euch nicht ähneln, die für Euch das Böse repräsentieren und die Euch dennoch Gutes getan haben. Der Mensch fürchtet immer, was er nicht versteht. Jene ungläubigen Mauren, Christi Feinde, die ich an Bord habe, jene mittelmeerischen Lüstlinge, jene rauhen, ruchlosen Männer des Meers haben gutwillig die ihnen bestimmten Zwiebackrationen mit Euch geteilt, haben für Eure Kinder auf die frischen Nahrungsmittel verzichtet, die sie vor dem Skorbut bewahren. Unten im Schiff liegen noch zwei Männer, die vor La Rochelle verwundet wurden. Aber Ihr bringt es nicht zuwege, Freundschaft für sie zu empfinden, weil sie Eurer Meinung nach ‚schlecht' sind. Allenfalls macht Ihr Komplicen aus ihnen, wie aus den arabischen Sklavenhändlern, die an die Küsten kommen, um die im Innern Afrikas zusammengetriebenen Schwarzen zu verkaufen – im Innern Afrikas, das ich sehr gut kenne, Ihr jedoch nicht."

„Seid Ihr endlich damit fertig, mir meine Sklaven an den Kopf zu werfen?" brüllte der Reeder. „Man möchte meinen, Ihr klagt mich an, Verbrechen begangen zu haben. Ist es nicht besser, die heidnischen Wilden ihren Götzen und Lastern zu entreißen und sie den wahren Gott und die Ehre der Arbeit kennen zu lehren?"

Joffrey de Peyrac war überrascht. Er faßte sein Kinn mit einer Hand und schien kopfschüttelnd nachzudenken.

„Ich erkenne an, daß sich Euer Gesichtspunkt rechtfertigen läßt, obwohl es eines tief . . . religiösen Hirns bedarf, um so zu denken. Aber es widerstrebt mir. Vielleicht weil ich einstmals selbst Ketten getragen habe."

Er schob seine Spitzenmanschetten zurück und zeigte braune Handgelenke, auf denen noch die blassen Spuren tiefer Narben zu sehen waren.

Hatte er einen Fehler begangen? Die ihm betreten lauschenden Protestanten zuckten zusammen, und ihre Züge fanden zu ihrem harten, verächtlichen Ausdruck zurück.

„Ja", beharrte der Rescator, als genieße er ihre erschreckende Entdeckung, „ich selbst und meine Mannschaft, jedenfalls die meisten von ihnen, haben Ketten getragen. Deshalb sind uns Sklavenhändler wie Ihr unsympathisch."

„Sträfling!" schleuderte ihm Manigault entgegen. „Und Ihr verlangt noch, daß wir Euch und Euren Galeerengefährten Vertrauen schenken?"

„Ist ein Platz auf den Bänken des Königs in unserem Jahrhundert ein Titel der Ehrlosigkeit, Monsieur? Ich habe im Bagno von Marseille Menschen neben mir gehabt, deren einziges Verbrechen es war, zur calvinistischen Religion zu gehören, zur R. P. R., wie man im Königreich Frankreich sagt, aus dem Ihr geflohen seid."

„Das ist etwas anderes. Sie litten für ihren Glauben."

„Steht es Euch zu, zu richten, ohne zu wissen, für welche Gesinnung auch ich ein ungerechtes Urteil habe hinnehmen müssen?"

Mercelot brach in spöttisches Gelächter aus.

„Bald werdet Ihr uns glauben machen, Monseigneur, daß das Bagno von Marseille und die Bänke des Königs von Unschuldigen und nicht von Mördern, Banditen und Wegelagerern bevölkert sind, wo sie hingehören."

„Wer weiß? Es paßte in die Normen der dekadenten Alten Welt. Leider ‚ist es ein Übel, das ich unter der Sonne sah, herrührend von einem Fehler desjenigen, der regiert: Torheit nimmt die höchsten Stellen ein, und die Reichen verharren in der Erniedrigung. Ich habe Sklaven zu Pferde gesehen und Fürsten, die wie Sklaven durch den Staub schritten.' Ich zitiere die Schrift, Messieurs."

Er hob den Finger in einer nachdrücklichen, gleichsam prophetischen Geste, und in diesem Moment begriff Angélique.

Er spielte Komödie. Während keines Augenblicks dieses seltsamen Dialogs hatte er versucht, sich mit seinen Gegnern auseinanderzusetzen, sie in der trügerischen Hoffnung, daß sie ihr Unrecht einsehen würden, zu „bekehren". Selbst Angélique wußte, daß es sinnlos wäre, und deshalb hatte sie auch so angstvoll dem Wortwechsel gelauscht, der ihr unter diesen Umständen fast unpassend schien. Unversehens entdeckte sie nun sein Spiel. Die Neigung der Protestanten zu scholastischen Diskussionen richtig einschätzend, hatte er sie in eine Debatte über Gewissensfragen verstrickt, Scheinargumente benutzend und widersprüchliche Fragen aufwerfend, um ihre Aufmerksamkeit zu fesseln.

„Er will Zeit gewinnen", sagte sie sich. „Aber worauf hofft er, wartet er? Die treuen Leute der Mannschaft sind unter Deck eingeschlossen, und jeder, der herauszukommen versucht, wird ohne Mitleid niedergestreckt."

Sie zuckte schmerzlich zusammen, als ein Musketenschuß vom anderen Ende des Großdecks ihre Gedanken bestätigte.

Erriet Berne, dessen Spürsinn durch das heftige, folternde Gefühl, das er Angélique entgegenbrachte, empfindlicher geworden war, was in ihrem Kopf vorging, während er sie betrachtete?

„Freunde!" rief er. „Nehmt Euch in acht! Dieser dämonische Mensch sucht unser Mißtrauen einzuschläfern. Er hofft, daß seine Gefährten ihm zu Hilfe kommen werden, und tut sein möglichstes, unser Verdikt durch Worte aufzuschieben."

Sie näherten sich dem Rescator, umschlossen ihn dicht. Doch keiner wagte, Hand an ihn zu legen, um ihn zu halten und zu binden.

„Versucht nicht, uns noch einmal zu täuschen!" drohte Manigault. „Ihr habt nichts zu hoffen. Einige der Unseren, die früher zu Eurer Mannschaft gehörten, haben uns einen genauen Plan des Schiffs geliefert, und Maître Berne, den Ihr, wie Ihr Euch erinnert, habt in Eisen legen lassen, konnte in Erfahrung bringen, daß sein Verlies durch den Schacht der Ankerkette Luft erhielt. Durch diesen Schacht, dessen Öffnung wir erkundeten, haben wir Zugang zur Pulverkammer. Wir werden uns, wenn es nötig ist, unten in den Laderäumen schlagen, aber wir sind es, die über die Munitionsreserven verfügen."

„Meine Glückwünsche!"

Er blieb ganz Grandseigneur, und seine kaum verhüllte Ironie brachte sie auf und beunruhigte sie.

„Ich gebe zu, daß Ihr im Augenblick die Stärkeren seid. Ich betone ‚im Augenblick', denn mir stehen trotz allem fünfzig Männer unter meinen Füßen zur Verfügung."

Er klopfte mit seinem Stiefel auf die Planken.

„Glaubt Ihr, sie werden, wenn erst einmal das Moment der Überraschung verwunden ist, tagelang brav darauf warten, daß Ihr ihren Käfig öffnet?"

„Wenn sie erst wissen, daß sie keinem Kapitän mehr zu dienen oder keinen zu fürchten haben", sagte Gabriel Berne in unheilschwangerem Ton, „mag es sein, daß die meisten sich zu uns gesellen. Die anderen, die, die *ewig* treu bleiben wollen . . . um so schlimmer für sie!"

Angélique haßte ihn um dieses einzigen Satzes willen.

Gabriel Berne wollte den Tod Joffrey de Peyracs. Der letztere schien nicht übermäßig beeindruckt.

„Vergeßt nicht, Messieurs, daß Ihr wenigstens zwei Wochen schwieriger Seefahrt vor Euch habt, wenn Ihr Euch von hier aus zu den amerikanischen Inseln begeben wollt."

„Wir werden nicht so unklug sein, den Weg dorthin ohne Zwischenstation zurückzulegen", erwiderte Manigault, den der dozierende Ton seines Gegners ärgerte und der sich nicht enthalten konnte, ihm Erklärungen zu geben. „Wir nehmen Kurs auf die Küste und werden in zwei Tagen in Saco oder Boston sein."

„Wenn die Floridaströmung Euch keinen Strich durch die Rechnung macht."

„Die Floridaströmung?"

In diesem Augenblick glitten Angéliques Augen zur Back zurück, und von einer beunruhigenden Erscheinung gebannt, hörte sie auf, dem Gespräch zu folgen. Es war ihr vorgekommen, als verdichte sich der Nebel auf dieser Seite des Schiffs, doch nun gab es keinen Zweifel mehr. Es war kein Nebel, es war Rauch. Es ließ sich nicht erkennen, von wo die dicken Spiralen aufstiegen, die, sich verteilend, die Verwüstung des Decks verschleierten. Plötzlich stieß sie einen Schrei aus. Mit ausgestrecktem Arm wies sie auf die Tür des Zwischendecks, hinter der sich die Frauen und Kinder aufhielten. Durch die Risse filterte langsam weißer Qualm. Aus den Rillen zwischen den Planken des Deckbelags stiegen die gleichen bedrohlichen Rauchfäden auf. Dort unten im Innern des Schiffs mußte ein Brand ausgebrochen sein.

„Feuer! Feuer!"

Endlich vernahmen sie ihren Schrei und starrten in die angegebene Richtung.

„Das Feuer ist im Zwischendeck. Habt Ihr Eure Frauen herausschaffen lassen?"

„Nein", sagte Manigault, „wir haben ihnen befohlen, sich während unserer Aktion ruhig zu halten. Aber wenn es ein Feuer ist . . . warum kommen sie nicht heraus?"

Er brüllte mit aller Kraft:

„Kommt heraus! Kommt heraus! Es brennt!"

„Sie sind vielleicht schon erstickt", sagte Berne.

Und von Mercelot gefolgt, stürzte er zum Laufsteg.

Ihre Aufmerksamkeit hatte sich von dem Gefangenen abgewandt. Dieser sprang mit der lautlosen Geschmeidigkeit eines Tigers zurück. Ein dumpfes Röcheln war zu vernehmen. Der als Wache vor der Kajüte des Rescators postierte spanische Matrose brach zusammen, die Brust von der Spitze des Dolches durchbohrt, den der Flüchtende blitzschnell aus der Stulpe seines Stiefels gezogen hatte.

Herumfahrend, sahen sie nur den hingestreckten Körper. Der Rescator hatte sich in seiner Kajüte verschanzt, außerhalb ihrer Reichweite. Vermutlich hatte er sich schon seiner Waffen bemächtigt. Es würde nicht leicht sein, ihn von dort zu vertreiben.

Manigault begriff, daß er übertölpelt worden war, und ballte die Hände zu Fäusten.

„Der Verworfene! Aber ihm wird durch diesen Aufschub nichts erspart. Zwei von euch bleiben hier", befahl er einigen herbeigeeilten bewaffneten Matrosen. „Wir müssen zunächst zum Feuer hinüber und werden uns danach mit ihm beschäftigen. Er kann uns nicht entkommen. Bewacht die Tür und laßt ihn nicht lebend heraus."

Angélique hörte die letzten Worte nicht mehr. Der Gedanke, daß sich Honorine drüben inmitten der Glut befand, hatte sie zum bedrohten Teil des Schiffes hinübergetrieben.

Man vermochte kaum mehr zwei Schritte weit zu sehen.

Berne und Mercelot mühten sich hustend und halb erstickt, die Tür einzudrücken.

„Der Riegel ist innen vorgeschoben."

Sie bemächtigten sich einer Axt, und es gelang ihnen, den hölzernen Querbalken zu sprengen.

Schwankende Silhouetten erschienen, die Arme über die Augen gelegt. Krampfhaftes Husten, Niesen, Geschrei und Jammern stiegen aus den dichten Schwaden auf. Angélique tauchte blind hinein, stieß gegen unsichtbare Wesen, die wie in einem Alptraum um sich schlugen. Hände klammerten sich an sie. Sie zerrte ein paar niedergetrampelte Kinder hoch und schleppte sie hinaus. Mechanisch stellte sie fest, daß es trotz allem nicht nach Brand roch. Der Qualm reizte Augen und Kehle, aber sonst fühlte sie sich nicht allzu unbehaglich. Nun ganz ohne Angst, von einer Ohnmacht überwältigt zu werden, stürzte sie auf der Suche nach Honorine in den verrauchten, niederen Raum zurück. Heisere Stimmen begannen, um sie herum einander zu rufen.

„Sarah! Jenny! Wo seid ihr?"

„Bist du's?"

„Seid ihr krank?"

„Nein, aber wir konnten weder die Tür noch die Luken öffnen."

„Mir tut der Hals weh."

„Berne, Carrère, Darry, folgt mir. Wir müssen den Brandherd finden."

„Aber ... *es brennt ja nichts!*"

Plötzlich sah sich Angélique wieder in jene Nacht, in die Nacht des Brandes von Kandia, zurückversetzt. Von Schwaden gelblichen Rauches eingehüllt, war die Schebecke des Rescators vom Ufer abgetrieben, und Savary hatte geschrien:

„Diese Wolke dicht über dem Wasser, was bedeutet sie? *Was bedeutet sie?*"

Über den Boden kriechend, tastete Angélique nach Honorine. Ihre Besorgnis ließ nach. Es gab kein Feuer, keine Flammen. Sie hätte schon im voraus wissen müssen, daß es nur eine der Listen des Rescators, ihres Gatten, sein konnte, jenes gelehrten Grafen, dessen wissenschaftliche Experimente stets eine Aura von Argwohn und Schrecken um ihn erzeugt hatten.

„Öffnet die Stückpforten!" rief eine Stimme.

Kräftige Fäuste packten zu. Es gelang ihnen. Aber trotz des Zustroms frischer Luft löste sich der ungewöhnliche Nebel nur langsam, als klebe er an den Gegenständen und Wänden des Raums.

Endlich entdeckte Angélique die Kanone, neben der sie für die Überfahrt ihr Lager aufgeschlagen und Honorines Hängematte angebracht hatte. Sie war leer. Sie suchte in der näheren Umgebung und stieß gegen eine Frau, die, das Gesicht in den Händen verborgen, eine der Luken zu erreichen suchte, um atmen zu können.

„Abigaël! Wißt Ihr, wo meine Tochter ist?"

Das junge Mädchen wurde von einem Hustenanfall geschüttelt. Angélique führte es zu einer der Stückpforten.

„Es ist nichts. Es ist nicht gefährlich, glaube ich. Nur unangenehm."

Nachdem sie wieder zu Atem gekommen war, berichtete ihr Abigaël, daß sie gleichfalls nach Honorine suche.

„Der sizilianische Matrose, der sie beaufsichtigte, muß sie fortgebracht haben, kurz bevor dieser Rauch das Zwischendeck erfüllte. Ich sah von weitem, daß er sich erhob und im Hintergrund verschwand. Er trug irgend etwas, vielleicht das Kind. Ich habe nicht recht aufgepaßt. Wir sprachen von dem, was sich an Bord zutrug. Wir waren sehr unruhig. Verzeiht mir, Angélique, daß ich so schlecht über sie gewacht habe. Ich hoffe, daß ihr nichts geschehen ist. Dieser Sizilianer schien ihr sehr ergeben."

Sie hustete von neuem, wischte sich über die geröteten tränenden Augen. Wie der Nebel eines Sommermorgens sich unter den Strahlen der steigenden Sonne auflöst, wurden die dichten Rauchschwaden allmählich durchsichtiger. Schon traten die Umrisse des Raums hervor. Nirgends war eine Spur von Feuer, nirgends geschwärztes Holz zu sehen.

„Ich hielt Euch für ertrunken, Angélique, von diesem schrecklichen Sturm über Bord gespült. Welchen Mut habt Ihr bewiesen, als Ihr in dieser Nacht Hilfe holtet! Die Zimmerleute trafen ein, als Maître Mercelot eben einen Ohnmachtsanfall erlitten hatte. Wir alle versuchten, das Deck zu stützen, das über uns zusammenzubrechen drohte. Die Wogen überfluteten uns. Wir hätten nicht viel länger standhalten können. Jene Zimmerleute verhielten sich bewundernswert."

„Und heute morgen habt Ihr sie dafür ermordet", sagte Angélique bitter.

„Was ist geschehen?" flüsterte Abigaël entsetzt. „Wir schliefen erschöpft, und als wir aus dem Schlaf gerissen wurden, sahen wir alle unsere Männer in Waffen. Mein Vater sprach heftig auf Monsieur Manigault ein. Er meinte, dieser sei im Begriff, etwas höchst Unsinniges zu unternehmen."

„In der Tat. Sie haben sich des Schiffs bemächtigt, die Leute der Mannschaft, die auf Deck Wache hielten, getötet und die, die in ihren Kojen waren, unten im Schiff eingeschlossen."

„Und Monseigneur le Rescator?"

Angélique ließ in einer verzweifelten Geste die Arme sinken. Sie besaß nicht einmal mehr die Kraft, über Joffreys und Honorines Schicksal nachzudenken und sich Fragen über die Möglichkeiten zur Lösung dieser unglückseligen Situation zu stellen.

Die Ereignisse überstürzten sich und stießen sie vor sich her wie der Sturm.

„Was kann man schon gegen die Torheit der Menschen tun?" murmelte sie, Abigaël wie betäubt anblickend. „Ich weiß nicht, was werden soll."

„Wegen Eurer Tochter braucht Ihr Euch gewiß keine Sorgen zu machen", suchte die Freundin sie zu trösten. „Der Rescator gab dem Sizilianer Befehle, als er diese Nacht kam. Man hätte fast meinen können, er lege ihm Eure Tochter ans Herz, als sei es die seine. Vielleicht hängt er Euretwegen an ihr. Der Rescator liebt Euch, nicht wahr?"

„Ah, ist jetzt die rechte Zeit, von Liebe zu sprechen?" rief Angélique und ließ ihr Gesicht in ihre Hände sinken.

Doch ihr Schwächezustand war nur von kurzer Dauer.

„Sagtet Ihr, er ist diese Nacht gekommen?"

„Ja. Wir klammerten uns an ihn und schrien: ‚Rettet uns!' Und, wie soll ich es Euch erklären, Angélique? Ich glaube, er lachte, und plötzlich schwand unsere Furcht, und wir begriffen, daß wir für diesmal dem Tode entgehen würden. Er sagte: ‚Der Sturm wird Euch nicht verschlingen, Mesdames. Es ist ein ganz kleiner Sturm, und er hat keinen Appetit.' Wir fanden uns töricht, weil wir uns so gefürchtet hatten. Er überwachte und leitete die Arbeit der Zimmerleute, und dann . . ."

„Dann ist er zu mir zurückgekehrt", dachte Angélique, „und hat mich in seine Arme genommen. Nein, ich werde mich nicht entmutigen lassen. Das Schicksal hat mich nicht bis hierher geführt, in seine Arme, damit ich den Kampf aufgebe . . . aus Müdigkeit. Es ist die letzte Prüfung!" rief ihr eine innere Stimme zu.

„Das Schicksal will unsere Liebe nicht", sagte sie laut, „vielleicht weil sie zu schön, zu groß, zu mächtig ist. Aber man kann das Schicksal überwinden. Osman Ferradji hat es gesagt."

Ihre Züge strafften sich, sie richtete sich entschlossen auf.

„Kommt schnell", sagte sie zu Abigaël.

Sie sprangen über Strohsäcke und wild verstreut herumliegende Gegenstände. Der Rauch war jetzt fast völlig verschwunden. Nur ein kaum merkbarer Schleier blieb, ein scharfer Geruch.

„Woher, zum Teufel, ist dieser Dampf gekommen?" fragte Angélique.

„Von überallher, könnte man sagen. Anfangs war mir, als schliefe ich ein oder würde ohnmächtig. Oh, jetzt erinnere ich mich! Ich glaubte, den arabischen Arzt mitten unter uns zu sehen. Er trug eine riesige Flasche aus schwarzem Glas, die so schwer war, daß er sie kaum zu schleppen vermochte. Ich hielt es für einen Traum, aber vielleicht war es wirklich . . ."

„Ich habe ihn auch gesehen", versicherten mehrere Stimmen.

Auf Deck kamen die Frauen und Kinder nach und nach wieder zu sich. Sie waren benommen, schienen jedoch nicht mehr zu leiden. Viele hatten den Arzt Abd-el-Mecchrat in den Nebelschwaden auftauchen sehen, die sich zu verbreiten begannen.

„Wie hat er nur hereinkommen können und, vor allem, wieder hinaus? Gar durch Zauberei?"

Das Wort war kaum ausgesprochen, als sie auch schon entsetzte Blicke wechselten. Die seit der Einschiffung auf die *Gouldsboro* in ihnen lauernde Angst nahm Gestalt an.

Manigault hob die Faust gegen die blitzenden Scheiben dort drüben unter der Hütte.

„Zauberer! Er hat es gewagt, sich an unseren Kindern zu vergreifen, um unseren Zorn abzulenken und uns zu entkommen.

Angélique konnte es nicht mehr ertragen und drängte sich in ihre Mitte.

„Dummköpfe! Immer dieselben Worte, die man ihm seit fünfzehn Jahren an den Kopf wirft: Zauberer, Hexenmeister! Immer die gleichen Narreteien! Was nützen Euch Euer Glaube und die Belehrungen Eurer Pastoren, wenn Ihr genauso beschränkt bleibt wie jene schwerfälligen papistischen Bauern, die Ihr verachtet? ‚Wie lange noch wird der Mensch die Wissenschaft hassen ...' Bibelleser, die Ihr seid, habt Ihr niemals über diese Worte der Heiligen Schrift nachgedacht? Wie lange noch wird der Mensch das hassen, was ihn überragt, das höhere Wesen, das weiter sieht als die andern, den, den keine Furcht an der Erforschung des Universums hindert? Was nützt es Euch, einer neuen Welt entgegenzustreben, wenn Ihr an den Sohlen Eurer Schuhe den ganzen Schmutz der Dummheit, den unfruchtbaren Staub der alten mitschleppt?"

Ihre Feindschaft ließ sie gleichgültig. Sie hatte das Stadium der Furcht hinter sich. Sie fühlte, daß nur sie die Rolle der Vermittlerin zwischen diesen beiden einander trotzenden, durch jahrhundertealte Mißverständnisse getrennten Menschengruppen übernehmen konnte.

„Glaubt Ihr ernstlich, Monsieur Manigault, ein Phänomen aus dem Bereich der Hexerei vor Euch zu haben? Nein? Warum versucht Ihr dann, diese einfachen oder furchtsamen Geister mit verlogenen Behauptungen aufzuwiegeln? Seht, Pastor", rief sie, sich dem alten Mann zuwendend, der stumm blieb, „wohin es mit dem Geist der Gerechtigkeit und Wahrheit gekommen ist, auf den sich die Schäflein Eurer Herde in La Rochelle soviel zugute taten, als sie sich noch im Besitz all ihrer Güter und Bequemlichkeiten befanden! Heute lenken Besitzgier, Eifersucht und Niedertracht ihre Taten. Denn Ihr habt Euch nicht nur aus Angst, Euer Geld zu verlieren, zu diesem Handstreich entschlossen, Monsieur Manigault, sondern weil Ihr fürchtet, nicht genug davon zu haben, selbst auf den Inseln. Das prächtige Schiff verlockte Euch. Und um Euch zu entschuldigen, macht Ihr Euch vor, es sei ein frommes Werk, Gesetzlose zu erpressen."

„Das ist nach wie vor meine Meinung. Um so mehr, als man von Gesetzlosen alles befürchten muß und ihre Absichten in bezug auf uns mir höchst ungewiß schienen. Ich weiß, daß Ihr unsere Handlungsweise mißbilligt, Pastor. Ihr rietet uns zu warten. Doch worauf? Wie könnten wir uns verteidigen, wenn man uns an einer einsamen Küste aussetzte, ohne Hab und Gut, ohne Waffen? Ich habe oft genug von solchen Unglücklichen erzählen hören, die sich zur Fahrt in die Neue Welt einschifften und von den Schiffskapitänen an die zur Kolonisierung bestimmter Gebiete berechtigten Konsortien verkauft wurden. Wir haben uns gegen dieses Los gewehrt. Zudem kämpfen wir gegen einen Renegaten, einen Gottlosen, einen Menschen ohne Sitten und ohne Glauben. Man hat mir gesagt, daß er geheimer Ratgeber des Sultans von Konstantinopel gewesen sei. Wie diese Ungläubigen ist er grausam und verschlagen. Und hat er nicht eben noch versucht, unsere Frauen und unschuldigen Kinder auf abscheuliche Weise umzubringen?"

„Vor allem hat er versucht, Eure Aufmerksamkeit abzulenken, da Ihr sein eigenes Leben bedrohtet. Die List gehört zum Krieg."

„Unselige! Unsere Familien wie Ratten auszuräuchern! Ist solches Verfahren nicht bezeichnend genug für diesen Mann, für seine Grausamkeit, die vor nichts zurückschreckt?"

„Das Verfahren war harmlos, wenn ich den Mienen seiner anwesenden Opfer Glauben schenken darf."

„Aber wie konnte er nur das Feuer entzünden, mit nichts als einem Blick?" fragte zögernd einer der Bauern aus dem Weiler Saint-Maurice. „Er sprach mit uns, unten in unserer Ecke, und plötzlich stieg Rauch auf. Das kommt auf Hexerei heraus."

Manigault zuckte mit den Schultern.

„Speckkopf", brummte er. „Das ist wahrhaftig nicht schwer zu verstehen. Er hatte Komplicen, von denen wir nichts ahnten. Der alte arabische Arzt, der zu krank schien, um aus seiner Koje zu kriechen, und vermutlich auch der Sizilianer. Ich nehme an, der Rescator hatte ihn dort postiert, weil er schon Verdacht geschöpft hatte. Er hat seinen

Herrn benachrichtigen wollen. Glücklicherweise waren wir schneller als er. Aber er muß schon im voraus mit dem arabischen Arzt etwas abgesprochen haben, falls die Dinge eine schlechte Wendung nehmen würden. Ihr sagt, daß jener dreimal verfluchte Sohn Mohammeds eine große Flasche aus schwarzem Glas bei sich hatte?"

„Ja! Ja! Wir sahen ihn! Aber wir glaubten, es sei ein Traum."

„Was für ein Gift mag sie enthalten haben?"

„Ich weiß es", schaltete sich Tante Anna ein. „Es müssen Ammoniakdämpfe gewesen sein, eine Reiz erregende Salmiakverbindung, deren Verflüchtigung beim Austreten infolge der eigenartigen Ähnlichkeit mit Brandrauch Panik verbreitet."

Sie hüstelte diskret und wischte sich die durch die „Salmiakverbindung" noch immer entzündeten Augen.

„Hört Ihr? Hört Ihr?" rief Angélique eifrig.

Doch die Meuterer wollten die spröde, dozierende Stimme des alten Fräuleins nicht hören. Weit entfernt, sie zu besänftigen, stachelte die natürliche Erklärung ihre Wut noch an. Während sie der festen Überzeugung gewesen waren, Herren der Situation zu sein, hatte der Rescator sie wieder einmal mit einer Geschicklichkeit ausmanövriert, die man nur als teuflisch bezeichnen konnte. Er hatte sie durch lange Diskussionen hingehalten, in die sich verstricken zu lassen sie unvorsichtig genug gewesen waren. Inzwischen hatte die Zeit sich zu seinen Gunsten ausgewirkt, indem sie seinen Komplicen die Möglichkeit schaffte, den scheinbaren Brand vorzubereiten. Sich die unvermeidliche Verwirrung zunutze machend, die der Einbruch des Unheils an Bord hervorrief, war ihnen der Rescator entwischt.

„Warum haben wir ihn nicht sofort getötet!" stieß Berne rasend vor Zorn hervor.

„Wenn Ihr ihm auch nur ein Haar krümmt . . .", fauchte Angélique mit zusammengepreßten Zähnen, „wenn Ihr es wagen solltet, ihn zu berühren . . ."

„Nun, was werdet Ihr dann tun?" unterbrach sie Manigault herausfordernd. „Wir sind in der Übermacht, Dame Angélique, und wenn Ihr allzu offensichtlich für unsere Feinde Partei nehmt, werden wir auch Euch daran zu hindern wissen, uns zu schaden."

„Versucht nur, Hand an mich zu legen", schleuderte sie ihm wild entgegen. „Versucht es nur, und Ihr werdet sehen!"

Das war es, was sie gewiß nicht wagen würden. Sie würden versuchen, sie durch Drohungen einzuschüchtern. Sie wünschten inständig, sie zusammenbrechen zu sehen, womöglich stumm, denn jedes der Worte, die sie auf sie abschoß, war ein weiterer Pfeil, aber sie würden nicht wagen, sie zu belästigen. Es wäre ihnen wie ein Sakrileg erschienen. Keiner von ihnen hätte zu erklären vermocht, warum.

Angélique klammerte sich an den zerbrechlichen Vorteil des Einflusses, den sie trotz allem noch auf sie ausübte. Von neuem maß sie sie mit hartem Blick und kam zu einer Entscheidung.

„Kehren wir zur Kajüte zurück. Wir müssen um jeden Preis mit ihm verhandeln."

Fast gelehrig folgten sie ihr. Während sie über den Laufsteg hasteten, warfen sie einen Blick auf das Meer. Der Nebel war zurückgewichen und bildete einige Kabellängen entfernt rund um das einsame Schiff einen geschlossenen, schwefelfarbenen Kreis. Das Meer verhielt sich noch immer träge und sanft, und die Fahrt der vom Sturm gezeichneten *Gouldsboro* vollzog sich ohne Hemmnisse. Man hätte meinen können, daß sich die Elemente entschlossen hatten, den Menschen Zeit zur Erledigung ihrer Streitigkeiten zu lassen.

„Was fange ich mit den im Schiff eingesperrten Kerlen an, wenn wir unversehens in eine Klemme geraten?" dachte Manigault plötzlich. „Wir müssen sie so schnell wie möglich auf unsere Seite ziehen und uns zu diesem Zweck der Person des Rescators versichern, ihnen einreden, daß er tot sei. Das ist das einzige, was sie aus der Fassung bringen könnte. Solange sie annehmen, er lebe noch, werden sie ein Wunder von ihm erwarten. Solange er lebt . . ."

Dreißigstes Kapitel

Der Anblick, der sich ihnen bot, als sie auf die Galerie mit der vergoldeten Balustrade gelangten, wurzelte sie jäh am Boden fest, und Angéliques Herz begann angstvoll zu schlagen. Manigaults Befehl zuwiderhandelnd, hatten die spanischen Meuterer, die als Wachen vor der Kajüte des Rescators postiert worden waren, Tür und Scheiben eingeschlagen. Sich eines Herrn zu bemächtigen, den sie fürchteten und gegen den zu rebellieren sie die Kühnheit besessen hatten, war ihr erstes Ziel. Plündern das zweite.

Einer von ihnen, Juan Fernandez, den der Rescator früher einmal wegen Ungehorsams hatte an den Bugspriet binden lassen, erwies sich als der entschlossenste. Auch er spürte dunkel, daß der Sieg noch die Seiten wechseln könne, solange der Schiffsherr noch lebe. Dann Gnade den Meuterern! Die Rahen würden sich unter der Last der Gehängten biegen ...

Nachdem die Tür erbrochen war, hatten sie den Gegenstoß des hinter ihr Verschanzten erwartet. Dann waren sie vorsichtig eingedrungen, Musketen und Dolche in den Fäusten. Nichts.

Nun standen sie inmitten des großen Salons. Leer!

Sie waren so überrascht gewesen, daß sie nicht mehr daran dachten, sich die ihrer Gier anbietenden Kostbarkeiten anzueignen. Sie hatten die Möbel von ihren Plätzen geschoben und umgestülpt. Vergeblich. Wo verbarg sich dieser Teufel? Hatte er sich etwa auch in Rauch aufgelöst und sich als Wölkchen in diesem Wasserspeicher aus Inkakupfer verkrochen?

Manigault brach in Beschimpfungen aus und begann, sie mit Fußtritten zu traktieren.

Mit ausgiebiger Unterstützung durch gutturale Laute gelang es ihnen endlich, sich verständlich zu machen. Sie seien eingedrungen, sagten sie. Niemand. Vielleicht habe er sich in eine Ratte verwandelt. Bei einem solchen Menschen müsse man auf alles gefaßt sein.

Die Nachforschungen begannen. Mercelot öffnete die großen Fenster an der Rückseite, durch die Angélique an jenem wundersamen Abend der Abfahrt von La Rochelle die Sonne hatte sinken sehen. Über die Brüstung gebeugt, durchforschten sie die schäumenden Fluten unter dem Überhang des Hecks. Auf diesem Wege konnte er nicht entkommen sein, zumal er, wie jemand gescheit bemerkte, in diesem Fall die Fenster nicht wieder hätte schließen können.

Sie fanden die Lösung des Rätsels in dem anstoßenden kleinen Zimmer. Dort, unter dem zurückgeschlagenen Teppich, entdeckten sie eine Falltür. Verdutzt und schweigend starrten sie einander an. Manigault unterdrückte mit Mühe einen Fluch.

„Wir kennen noch nicht alle Geheimnisse dieses Schiffs", meinte Le Gall, der sich zu ihnen gesellt hatte. „Es gleicht dem Mann, der es hat bauen lassen."

Enttäuschung und Beunruhigung schwangen in seiner Stimme. Angélique nutzte die Gelegenheit.

„Da seht Ihr's! Ihr belügt Euch selbst, wenn Ihr den Rescator beschuldigt, ein Pirat zu sein. Im Grunde seid Ihr überzeugt, daß das Schiff ihm gehört und daß Ihr Euch recht gut mit ihm hättet verstehen können. Ich garantiere dafür, daß er Euch nichts Böses antun will. Ergebt Euch, bevor die Situation unhaltbar wird!"

Angélique hätte sich erinnern müssen. Die letzte Mahnung war ungeschickt gewesen. In allem, was ihre Ehre betraf, waren die Rochelleser empfindlich.

„*Uns ergeben?*" riefen sie wie aus einem Mund, plötzlich gegen sie vereint.

Und sie wandten ihr ostentativ den Rücken.

„Ihr seid dümmer als Austern, die sich an ihren Felsen klammern", sagte sie aufgebracht.

Joffrey befand sich für den Augenblick außer Reichweite. Das war ein gewonnener Punkt für sie. Aber die andern? Mit unterschiedlichen Gedanken betrachteten sie den Einschnitt der Falltür in dem aus kostbarem Holz gefertigten Fußboden. Mercelot kam auf die Idee, an dem Ring zu ziehen, der zum Öffnen diente, und zu ihrem Erstaunen tat sie sich mühelos auf. Eine Strickleiter hing in dem düsteren Schacht.

„Er hat vergessen, nach dem Schließen die Tür zu verriegeln", konstatierte Manigault befriedigt. „Vielleicht kann dieser Durchlaß auch uns nützlich sein. Das heißt, im Grunde müßten wir alle Ausgänge vernageln."

„Ich werde nachschauen, wohin dieser führt", sagte einer von ihnen.

Nachdem er mit dem Steinfeuerzeug die an seinem Gürtel hängende Laterne angezündet hatte, bemächtigte sich der, der gesprochen hatte, der Strickleiter und begann hinabzuklettern. Es war der junge Bäcker, Maître Romain, der sich an jenem Morgen in La Rochelle so mutig auf den Weg gemacht hatte, einen Korb mit Hörnchen und warmen Broten als einziges Gepäck mit sich führend.

Er befand sich etwa in der Mitte des Abstiegs, als eine Detonation von unten heraufdrang. Romain schrie auf wie ein getroffenes Tier, dann vernahmen sie das schreckliche Geräusch seines tief unten aufschlagenden Körpers und das Splittern seiner Laterne, deren Schein verlosch.

„Romain!" schrien sie.

Nichts antwortete. Nicht einmal der Hauch eines Ächzens. Nun wollte Berne mit Hilfe der Strickleiter hinuntersteigen.

Manigault hielt ihn zurück.

„Schließt die Falltür!" befahl er.

Und da sie wie versteinert reglos blieben, stieß er sie selbst mit einem Fußtritt zu und schob den äußeren Riegel vor.

Endlich begannen sie zu begreifen. Zwischen Deck und Schiffsinnerem war der Krieg ausgebrochen.

„Ich hätte Romain zurückhalten müssen", sagte sich Angélique. „Ich hätte mich erinnern müssen, daß Joffrey niemals etwas vergißt, daß sein Verhalten, seine Handlungen niemals Ergebnisse des Zufalls oder der Nachlässigkeit, sondern von genauer Berechnung diktiert sind. Er hat die Falltür nur deshalb offen gelassen, damit diese schreckliche Geschichte passieren mußte. Verrückt sind sie, sich mit ihm messen zu wollen. Und sie weigern sich, auf mich zu hören."

Sie stürzte hinaus, warf einen benommenen Blick auf das Chaos der wie ohnmächtig auf der nur schwach bewegten Oberfläche des Meers schwankenden *Gouldsboro*.

Von Schreien gejagt, bedroht von den aufblitzenden Klingen der aus den Gürteln der spanischen Meuterer aufgetauchten Dolche, lief jemand über das Deck. Die gebrechliche Gestalt, verstrickt in ihre weiße Djellaba, stolpernd, stürzend, sich an die Sprossen der Leitern klammernd, versuchte, der Meute zu entrinnen.

„Das ist er! Das ist er!" schrien die Verfolger. „Der Komplice! Der Türke! Der Sarazene! Er hat unsere Kinder ersticken wollen!"

Der alte arabische Arzt wandte sich um. Er sah den Ungläubigen entgegen. Unter ihnen jene schwarz gekleideten Christen der Sekte, die man die reformierte nannte, und Spanier, ewige Feinde des Islams. Ein schöner Tod für einen Sohn Mohammeds ... Er brach unter ihren Streichen zusammen.

Die Protestanten hatten sich zurückgehalten, doch die Spanier waren wild über ihn hergefallen, vom Blutrausch gepackt und vom jahrhundertealten Haß gegen den Mauren getrieben.

Angélique warf sich mitten unter sie.

„Haltet an! Haltet an! Feiglinge, die Ihr seid! Er ist ein Greis!"

Einer der Spanier stieß mit dem Messer nach ihr. Zum Glück zerriß die Klinge nur den Ärmel ihres Kleides und kratzte über die Haut ihres Arms. Gabriel Berne sah es und sprang hinzu. Er erschlug den Spanier mit einem Schlag des Pistolenkolbens und mußte dessen Genossen mit der Waffe auseinandertreiben.

Angélique kniete sich neben den alten Gelehrten und hob sanft seinen verschwollenen, blutenden Kopf. Sie sprach leise in arabischer Sprache zu ihm:

„Effendi, oh, Effendi, Ihr dürft nicht sterben. Ihr seid zu weit von Eurer Heimat entfernt. Ihr werdet Miquenez und seine Rosen wiedersehen und Fez, die goldene Stadt. Erinnert Euch!"

Der Alte öffnete mühsam die Augen, in denen es ironisch funkelte.

„Was nützen mir die Rosen, mein Kind", murmelte er französisch. „Ich bin auf dem Wege zu anderen, weniger irdischen Gestaden. Hier oder da, was tut's? Hat Mohammed nicht gesagt: ‚Trage die Wissenschaft zu jedem Ort ...'"

Sie wollte ihn aufrichten und versuchen, ihn in den Schutz der Kajüte Joffrey de Peyracs zu bringen, doch sie bemerkte, daß sein Herz aufgehört hatte zu schlagen.

Sie schluchzte, am Ende ihrer Kräfte.

„Er war ‚sein' Freund, ich fühle es, wie Osman Ferradji der meine war. Er hat ihn gerettet, hat ihn geheilt. Ohne ihn wäre Joffrey gestorben. Und sie haben ihn getötet."

Sie wußte nicht mehr, wen hassen und wen lieben. Die Menschen, alle Menschen, waren außerhalb der Vergebung. Sie verstand Gott, der, zum Äußersten getrieben, Feuer über die Städte und Sintfluten über die Erde schickte, um die undankbare Spezies auszutilgen.

Sie fand Honorine brav neben dem liegenden Sizilianer, der zu schlafen schien. Doch auch ihn hatte der Tod ereilt. In seinem Kopf, in dem wirren, struppigen Haar klaffte eine rote Wunde.

„Sie haben Kastanienschale Böses getan", sagte Honorine.

Sie sagte nicht: „Sie haben ihn getötet", aber das kleine Mädchen, dessen erstes Wort „Blut" gewesen war, wußte recht gut, was der kalte Schlaf ihres Freundes bedeutete.

So schien es also Angélique nie zu gelingen, das Kind der Gewalttätigkeit zu entreißen.

„Oh, was für ein schönes Kleid du trägst!" rief Honorine. „Was ist darauf gemalt? Sind es Blumen?"

Angélique hielt sie in ihren Armen. Sie hätte mit ihrer Tochter weit, weit fortgehen mögen. Glücklich die Zeit, in der sie sich in die heimatlichen Wälder hatten flüchten und jede Straße einschlagen können, die sich ihnen bot.

Hier konnte man nirgendwohin entfliehen. Man konnte sich auf diesem elenden Schiff, das bald von Leichen erfüllt, von Blut durchtränkt sein würde, nur im Kreise drehen.

„Mama, sind es Blumen?"

„Ja, es sind Blumen."

„Dein Kleid ist blau und dunkel wie das Meer. Dann sind es also

Meerblumen. Man würde sie sehen, diese Blumen, wenn man tief zum Grund des Wassers hinuntersteigt. Nicht wahr, Mama, man würde sie dort sehen?"

„Ja, man würde sie sehen!" antwortete Angélique mechanisch.

Der Rest des Tages verlief ruhig. Das Schiff zog folgsam seinen Kurs. Die mit ihrem Herrn, dem Rescator, im Innern des Schiffs eingeschlossenen Leute der Mannschaft hatten sich nicht gerührt. Dieses Ausbleiben jeden Widerstands hätte allein schon Beunruhigung wecken müssen, aber die durch die blutige, der Sturmnacht gefolgten Auseinandersetzung erschöpften Rebellen ergaben sich einer Art von Euphorie. Man wollte glauben, daß die scheinbare Ruhe des Meeres und der Lage an Bord für immer anhalten würde; wenigstens solange, bis man vor den amerikanischen Inseln Anker warf. Was die Protestanten in ihrer Narrheit bestärkte, war ihre fast hundertjährige, typisch rochellesische Gewohnheit, in einer immer bedrohten, streng abgeschlossenen Gemeinschaft zu leben. Von jüngsten Jahren an hatten sie schon in Frankreich in einem Zustand geheimen Krieges gelebt. So kannte sich jeder, kannte die Schwächen und Fehler des anderen, aber auch seine Qualitäten, und sie nutzten sie mit Erfolg. Auf solche Weise war es ihnen auch gelungen, sich trotz ihrer geringen Zahl eines Schiffs von vierhundert Tonnen mit zwölf Kanonen zu bemächtigen. Blieb das Problem der Disziplin, aufgeworfen durch die rund dreißig Männer, die den Rescator verraten und sich ihnen angeschlossen hatten. Mit ihnen verbündet zu sein, war fast ebenso gefährlich, als sie zu Feinden zu haben. Sie ließen gern hören, daß sie die eigentlichen Antreiber der Meuterei seien und infolgedessen Vorrang bei der Verteilung der Beute zu beanspruchen hätten. Der Umstand, daß Berne einen der ihren mit dem Kolben seiner Pistole niedergeschlagen hatte, hatte sie tief enttäuscht. Nachdem sie den Tod des Mannes festgestellt hatten, war ihnen allmählich klar geworden, daß sich ihre neuen Herren nicht so ohne weiteres würden beiseite schieben lassen, und für den Augenblick gebändigt, führten sie deren Befehle einigermaßen befriedigend aus.

Immerhin war es unumgänglich, sie im Auge zu behalten und ihren Absichten zu mißtrauen.

Ein Anschein von Frieden stellte sich ein.

Die Frauen begannen von neuem, ihren häuslichen Beschäftigungen nachzugehen, und halfen, von den Kindern begleitet, den Männern beim Aufräumen des Decks und Reparieren der zerrissenen Segel.

Gegen Abend jedoch lockten gedämpfte Musketenschüsse die Männer vom Deck zum Magazin, wo die Süßwasserreserven gelagert waren. Sie fanden die Tonnen durchbohrt; der Posten, der sie bewachte, war verschwunden.

Der vorhandene Trinkwasserrest reichte nur für zwei Tage.

Bei Tagesanbruch stieß die *Gouldsboro* auf die Floridaströmung.

Einunddreißigstes Kapitel

Erst Stunden später wurden sie sich dieser Tatsache bewußt. Angélique vernahm das sich nähernde Stimmengewirr der Männer, die das Kommando übernommen hatten.

„Ihr habt gut daran getan, Le Gall", sagte Manigault, „die kurze Aufklärung des nebligen Wetters zu nutzen. Aber seid Ihr dessen sicher, was Ihr behauptet?"

„Absolut sicher, Monsieur. Nicht einmal ein Schiffsjunge ließe sich täuschen, der sich statt eines Sextanten einer Armbrust bediente. Im Laufe fast eines ganzen Tages haben wir mit gutem Wind und klarem Westkurs mehr als fünfzig Meilen in nördlicher Richtung zurückgelegt. Es kann nur an irgendeiner vermaledeiten Strömung liegen, die mit uns nach ihrem Belieben verfährt, ohne daß es uns gelänge, sie zu überwinden..."

Manigault rieb sich nachdenklich die Nase. Keiner sah den andern an, aber jeder dachte an den vom Rescator abgeschnellten Partherpfeil. „Wenn die Floridaströmung Euch keinen Strich durch die Rechnung macht..."

„Habt Ihr Euch versichert, daß Euer Rudergast während der Nachtwache aus Unwissenheit oder Verräterei nicht auf Nordkurs gegangen ist?"

„Ich selbst war der Rudergast", antwortete Le Gall gereizt, „und seit dem Morgen hat Breage das Steuer übernommen. Ich habe es Euch wie Maître Berne bereits gesagt."

Manigault räusperte sich die Kehle frei.

„Wir haben uns schon Gedanken darüber gemacht, Le Gall – Maître Berne, unsere beiden Pastoren und andere Mitglieder unseres Stabes –, was angesichts des Trinkwassermangels getan werden kann. Und da die Situation ernst ist, haben wir beschlossen, uns unseren Frauen zu eröffnen, um auch ihre Ansichten über die einzuschlagenden Wege zur Lösung dieses Problems zu hören."

Bei diesen Worten erbebte Angélique, die sich ein wenig abseits hielt, und mußte sich auf die Lippen beißen, um Schweigen zu bewahren. Zu ihrer Erleichterung sprach Madame Manigault laut aus, was sie im stillen dachte.

„Unsere Ansichten? Ihr habt Euch kaum darum gekümmert, bevor Ihr die Waffen aufnahmt und Euch des Schiffs bemächtigtet. Daß wir uns ruhig verhalten sollten, was auch geschehen möge, war alles, was Ihr von uns verlangtet, und jetzt, da sich die Dinge nicht nach Eurem Gefallen entwickeln, kommt Ihr, Euch bei unsern schwachen Hirnen Rat zu holen. Ich kenne Euch, Euch Männer, Ihr habt in Euren Angelegenheiten nie anders gehandelt. Nur nach Eurem Kopf muß es gehen. Zum Glück war ich so manches Mal zur Stelle, um Eure Dummheiten wiedergutzumachen."

„Wie, Sarah?" protestierte Manigault, den Verdutzten spielend. „Habt Ihr mich etwa nicht mehrfach gewarnt, daß der Rescator uns nicht an unser Ziel bringen würde? Eine Ahnung, wie Ihr sagtet. Und jetzt erklärt Ihr, Ihr seid mit unserer Aktion, die uns zu Herrn der *Gouldsboro* machte, nicht einverstanden?"

„Genau das", sagte Sarah Manigault entschieden, durchaus gleichgültig gegen die Möglichkeit, inkonsequent zu erscheinen.

„Ihr hättet es also vorgezogen, in Quebec als Kolonistendirne verkauft zu werden?" brüllte ihr Gatte, die dicke Dame mit entrüsteter Miene anstarrend.

„Warum schließlich nicht? Dieses Schicksal ist nicht schlimmer als das, das uns dank Eurer wie üblich reichlich törichten Ideen erwartet."

Der Advokat Carrère mischte sich säuerlich ein.

„Der Augenblick verträgt weder zweifelhafte Scherze noch häusliche Szenen. Wir sind zu Euch Frauen gekommen, um unsere Entschlüsse im Einklang mit der Gemeinschaft zu fassen, wie es seit den ersten Tagen der Reform unter uns Tradition ist. Was sollen wir tun?"

„Zuerst diese eingeschlagene Tür reparieren", antwortete Madame Carrère. „Wir leben mitten im Luftzug, und unsere Kinder erkälten sich."

„Da haben wir die Frauen mit ihrem Hang zu unnützen Einzelheiten. Diese Tür wird nicht repariert", schrie Manigault laut, von neuem außer sich. „Wie oft ist sie seit unserer Abfahrt schon aufgebrochen worden, zwei, dreimal . . . Es scheint ihr Los zu sein. Unnütz zu versuchen, hier noch Bretter zusammenzunageln, während die Zeit drängt. Wir müssen in zwei bis drei Tagen an einer Küste landen, sonst . . ."

„An welcher Küste?"

„Das ist die Schwierigkeit! Wir kennen die nächsten Gestade nicht. Wir wissen nicht, wohin uns diese Strömung treibt, ob sie uns von den besiedelten Gebieten entfernt oder uns ihnen näher bringt, dorthin, wo wir landen und Wasser und Lebensmittel finden könnten. Rund heraus, wir wissen nicht, wo wir sind", schloß er.

Lastendes Schweigen breitete sich aus.

„Außerdem", begann er wieder, „befinden wir uns in der bedrohlichen Nachbarschaft des Rescators und seiner Mannschaft . . . Um zum Schluß zu kommen – ich habe daran gedacht, sie durch brennende Pechfackeln auszuräuchern, wie man die Sklavenrevolten auf den Negerschiffen unterdrückt. Aber dieses Verfahren scheint mir gegenüber Menschen meiner Rasse, was sie uns auch angetan haben mögen, unser nicht würdig."

„Sagt lieber, sie verfügen über so viele aufs Meer sich öffnende Stückpforten, daß sie durch Eure Räucherei kaum belästigt werden dürften", bemerkte Angélique, die ihre Boshaftigkeit nicht ganz unterdrücken konnte.

„Auch das trifft zu", gestand Manigault ein.

Er warf ihr einen schrägen Blick zu, und sie hatte das Gefühl, daß er nicht unzufrieden war, sie in ihrer Mitte und zudem überaus wach und beteiligt zu sehen.

„Es muß auch gesagt werden", fuhr der Reeder fort, „daß die Burschen im Schiff offenbar einige Waffen und Munition aufgetrieben haben. Gewiß nicht ausreichend, um uns in offenem Kampf anzugreifen, aber genug, um uns in Schach zu halten, wenn wir versuchten, ihnen unten den Garaus zu machen. Zudem wäre ein solches Unterfangen einigermaßen schwierig. Wir haben versucht, durch den Schacht der Ankerkette die Schotten zu durchbohren, sind jedoch unglücklicherweise auf eine Panzerung aus Bronze gestoßen."

„Die dort zweifellos als Vorsichtsmaßnahme gegen eine Revolte angebracht wurde", warf Angélique ein.

„Natürlich könnten wir versuchen, diesen Panzer mit einer Feldschlange oder einem Kartätschenschuß zu zerstören, aber das Schiff hat durch den letzten Sturm schon zu sehr gelitten, als daß wir es riskieren könnten, seinen Zustand noch zu verschlimmern und womöglich mit ihm unterzugehen. Vergessen wir auch nicht, daß das Schiff *uns* gehört, und vergessen wir gleichfalls nicht, daß Monseigneur le Rescator . . ."

Er warf Angélique einen niederschmetternden Blick zu.

„. . . nicht besser daran ist und daß er nur deshalb wie ein Bär in seiner Höhle verkrochen bleibt, weil es auch ihm an Wasser, Lebensmitteln und Munition fehlt. Er und seine Leute werden vor uns an Durst zugrunde gehen. Das ist sicher."

Um ihn bewegten die Frauen zweifelnd die Köpfe. Es gelang ihnen noch nicht, die Situation zu begreifen. Das Meer war ruhig, und das Schiff zog beschwingt seine Bahn durch den leichten Nebel, der nur den Horizont verschleierte. Ob sie südwärts oder nordwärts fuhren, vermochten sie nicht wahrzunehmen. Die Bemühungen des Rudergastes, sich der Gewalt der Strömung zu entziehen und Westkurs zu halten, entgingen ihnen.

Und die Kinder verlangten noch nicht zu trinken.

„Daß sie vor uns sterben, mag vielleicht ein Trost sein", sagte endlich Tante Anna, „aber ich zöge es vor, wenn wir uns alle retteten. Monseigneur le Rescator kennt, wie mir schien, diese uns unbekannten

Gewässer und dürfte zudem in seiner Mannschaft über kundige Lotsen verfügen, mit deren Hilfe wir die Küste anlaufen könnten. Ich schlage deshalb vor, mit ihm zu verhandeln, um die notwendige Unterstützung zu erlangen."

„Ihr habt gut gesprochen, Tante", rief Maître Berne, dessen Miene sich aufgehellt hatte, „und wir haben auch nichts weniger von Eurer Weisheit erwartet. Denn das eben ist die Lösung, auf die wir uns einigen wollten. Man verstehe uns richtig! Es handelt sich nicht darum zu kapitulieren. Wir wollen unserem Gegner vielmehr eine Vereinbarung vorschlagen. Wenn er uns zu einer gastlichen Küste bringt, werden wir ihm und den Leuten, die sich entschließen, ihm treu zu bleiben, im Austausch die Freiheit wiedergeben."

„Gebt Ihr ihm auch sein Schiff zurück?" fragte Angélique.

„Gewiß nicht. Dieses Schiff haben wir mit den Waffen erobert, und wir brauchen es, um nach Santo Domingo zu gelangen. Außerdem ist es schon viel, wenn wir ihm Leben und Freiheit lassen, da er in unserer Gewalt ist."

„Und Ihr bildet Euch ein, daß er einwilligen wird?"

„Er wird einwilligen! Weil sein Los mit dem unseren verknüpft ist. Ich bin gerecht genug einzugestehen, daß der Rescator ein hervorragender Seemann ist. Er kann also nicht übersehen, daß das Schiff in diesem Augenblick seinem Verderben entgegenfährt. So sehr wir uns bemühen, westwärts zu segeln – es schlägt immer wieder die Richtung nach Norden ein. Und wenn wir weiter nach Norden treiben, werden wir uns bald zwischen Eisbergen und vor froststarren Küsten befinden. Uns droht Stranden oder Schiffbruch an verlassenen Ufern, deren Gefahren wir nicht kennen, Mangel an Nahrung und notwendigen Hilfsmitteln, Kälte. Der Rescator weiß das alles, und er wird begreifen, wo sein eigenes Interesse und das seiner Leute liegt."

Die Diskussion wandte sich sodann dem oder denen zu, die die Verhandlung führen und sich dem Zorn des Piraten stellen sollten. Die kurzerhand erfolgte Exekution des armen Bäckers war eine Warnung. Da sie sich nicht zu einigen vermochten, gingen sie zu den verschiedenen Möglichkeiten über, mit den Leuten im Schiff unten Kontakt aufzunehmen.

Man schlug vor, in den Kettenschacht einzusteigen, durch den die Protestanten zur Pulverkammer gelangt waren, wo sie einen Posten zurückgelassen hatten. Dort würde man mittels des Seemannscode eine Botschaft an die Schott klopfen und die Entsendung einer Delegation anbieten.

Le Gall, der den Code kannte, stieg in Begleitung bewaffneter Matrosen hinab. Als er nach fast einer Stunde wieder auftauchte, war sein Gesicht düster.

„Er verlangt Frauen", sagte er.

„He?" stieß Manigault hervor.

Le Gall wischte sich den Schweiß ab, der über sein Gesicht lief. Es fehlte an Luft dort unten.

„Oh, versteht mich nicht falsch! Es handelt sich nicht um das, was Ihr glaubt. Ich hatte Mühe, den Kontakt herzustellen, und man kann sich mit einem Stück Holz gegen eine Schottwand nicht besonders gut ausdrücken. Aber ich verstand, daß der Rescator bereit ist, eine Delegation zu empfangen, vorausgesetzt, daß sie aus Frauen besteht."

„Warum?"

„Er sagt, wenn einer von uns oder den Spaniern erschiene, könne er seine Leute nicht hindern, ihn in der Luft zu zerreißen. Er verlangt außerdem, daß sich unter den Parlamentärinnen Dame Angélique befindet."

Zweiunddreißigstes Kapitel

Madame Manigault hatte mit von der Partie sein wollen, doch ihr starker Umfang hinderte sie daran.

Die in Code erteilten Anweisungen des Rescators empfahlen den Damen, sich der Falltür und der Strickleiter in seinen privaten Räumlichkeiten zu bedienen, falls sie ihn aufsuchen wollten.

„Wieder eine der unschicklichen Possen dieses Individuums", murrten die Protestanten.

Sie zweifelten am glücklichen Ausgang der Verhandlung, da sie den diplomatischen Fähigkeiten ihrer Frauen nur geringes Vertrauen entgegenbrachten.

Madame Carrère, deren zahlreiche Mutterschaften ihr die notwendige Geschmeidigkeit bewahrt hatten, übernahm die undankbare Aufgabe, den Wortführer für die Gemeinschaft zu spielen. Die kleine Frau, voller Lebenskraft und daran gewöhnt, ihr Hauswesen und ihre Dienstboten mit straffer Hand zu führen, würde sich nicht einschüchtern lassen und unerschrocken ihre Mission erfüllen.

„Laßt Euch keine unserer Bedingungen abhandeln", mahnte Manigault. „Das Leben und die Freiheit, mehr können wir ihnen nicht zugestehen."

Angélique, die sich außerhalb der Gruppe hielt, zuckte mit den Schultern. Niemals würde Joffrey solche Bedingungen akzeptieren. Wer also würde nachgeben? Zwischen zwei Granitblöcken hatte sich ein Kampf entsponnen. Auf dem Gebiet der List war Joffrey zweifellos besser gewappnet als seine unvorbereiteten Gegner, aber in bezug auf Starrköpfigkeit konnten er und seine Leute es mit dieser Handvoll Rocheleser nicht aufnehmen.

Abigaël hatte sich angeboten. Manigault lehnte sie ab. Die mißbilligende Haltung des Pastors hinsichtlich der Meuterei der Passagiere machte seine Tochter verdächtig. Doch dann besann er sich. Der Rescator hatte dem jungen Mädchen Achtung bezeigt. Vielleicht würde er sie mit Sympathie anhören. Was Angéliques Rolle betraf, vermieden sie es, gründlicher über sie nachzudenken. Keinem von ihnen gelang es herauszufinden, warum sie die einzige war, auf die sie Hoffnungen setzten. Niemand wagte, es sich einzugestehen, aber viele der Frauen hätten gern insgeheim ihre Hand ergriffen und sie beschworen: „Rettet uns!" Denn allmählich begannen sie, die ausweglose Lage zu begreifen, in der sich die *Gouldsboro* in den Händen unerfahrener Seeleute befand.

Unten angelangt, mußten die drei Frauen warten, bis sich die Falltür wieder über ihnen geschlossen hatte. Sie standen in völliger Dunkelheit. Endlich erschien vor ihnen am Ende eines schmalen Gangs ein Lichtstreifen, in dessen kümmerlichem Schein sie den Bootsmann Erikson erkannten. Er führte sie in einen ziemlich großen Verschlag, in dem sich fast alle Matrosen der belagerten Mannschaft versammelt zu haben schienen. Die Stückpforten waren geöffnet und ließen das graue Tageslicht ein. Die Männer spielten Karten, würfelten oder schaukelten in ihren Hängematten. Sie schienen ruhig und warfen auf die Ankömmlinge undeutbare, fast gleichgültige Blicke. Nur wenige Waffen waren zu sehen, was Angélique mit bedrücktem Herzen feststellte, sich selbst nicht klar darüber, ob es ihr lieber gewesen wäre, Manigaults Leute und die ihres Gatten einander unter gleichen Bedingungen gegenüberstehen zu sehen. In einem Kampf Mann gegen Mann mußten Joffreys Truppen trotz ihrer Zahl unterliegen.

Durch die offene Tür einer Nebenkammer drang die Stimme des Grafen Peyrac zu ihr. Ihr Herz klopfte. Ein Jahrhundert schien es her zu sein, seitdem sie sie gehört hatte.

Wie sie sie ergriff, diese Stimme, die nicht mehr zu singen vermochte! Es war die Stimme einer neuen Liebe. Der heisere, rauhe Ton ließ sie die andere mit ihrem herrlichen Klang vergessen, die der Vergangenheit, deren Echo allmählich in der Ferne verhallte, wie sich auch das Bild ihrer ersten Liebe verwischte.

Die Persönlichkeit jenes anderen, des Abenteurers mit dem sonnverbrannten Gesicht, dem verhärteten Herzen und den grauen Schläfen nahm nun den ganzen Vordergrund ein. Die geborstene Stimme hatte sie während jener unvorstellbaren Momente der Zärtlichkeit einer kurzen Liebesnacht am Rande des Sturms, die sie heute geträumt zu haben glaubte, aufrechtgehalten.

Jene mageren, patrizischen Hände, die so geschickt den Dolch zu handhaben wußten, hatten sie gestreichelt.

Ihr noch ein Fremder, war dieser Mann ihr Geliebter, ihre Liebe, ihr Gatte.

Hinter seiner Maske schien ihr der Rescator unversöhnlich, und obwohl er die drei Damen höflich begrüßte, forderte er sie nicht auf, sich zu setzen.

Er selbst blieb mit auf der Brust gekreuzten Armen wenig beruhigend neben der offenen Stückpforte stehen.

Gleichfalls stehend, rauchte Nicolas Perrot in einer Ecke des kleinen Raums seine Pfeife.

„Nun, Mesdames, Eure Eheherrn spielen sich zwar recht prächtig als Krieger auf, aber wie mir scheint, beginnen sie an ihren Fähigkeiten als Seeleute zu zweifeln."

„Meiner Treu, Monseigneur", erwiderte die beherzte Dame Carrère, „mein Mann ist Advokat und weder als das eine noch als das andere besonders tüchtig. Wenigstens ist das meine Meinung, wenn auch nicht die seine. Das hindert jedoch nicht, daß sie gut bewaffnet und entschlossen sind, ihren Vorteil zu nutzen, um sich nach den amerikanischen Inseln und nicht woandershin zu begeben. Darum wäre es vielleicht vernünftig, sich zu verständigen, damit jeder auf seine Rechnung kommt."

Und unerschrocken teilte sie ihm Manigaults Vorschläge mit.

Das Schweigen des Rescators ließ vermuten, daß er überlegte und den Bedingungen der Abmachung Interesse entgegenbrachte.

„Ein Lotse, der es Euch ermöglichen würde, die Küste anzulaufen, im Austausch für mein Leben und das meiner Mannschaft?" wiederholte er mit nachdenklicher Miene. „Nicht übel ausgedacht. Ein einziger

Umstand steht der Realisierung dieses bewunderungswürdigen Plans entgegen. Die Küste, an der wir entlangsegeln, ist unzugänglich. Die vortreffliche Floridaströmung schützt sie, indem sie die Kühnen, die von einer Landung träumen, hoffnungslos mit sich fortführt, ganz abgesehen von Klippen dicht unter der Oberfläche, einer lückenlosen, tödlichen Barre und ähnlichen Annehmlichkeiten. Zweitausendachthundert Meilen felsiger Buchten, Schluchten und Einschnitte auf zweihundertachtzig Meilen Luftlinie."

„Aber jede Küste, so schlimm sie auch sei, muß irgendeinen Hafen besitzen, in dem das Anlegen möglich ist", sagte Abigaël, indem sie versuchte, ihrer zitternden Stimme Festigkeit zu verleihen.

„In der Tat. Aber man muß ihn kennen."

„Und Ihr kennt ihn nicht? Ihr, der Ihr Eurer Route so sicher schient? Ihr, der Ihr nach allem, was wir von Eurer Mannschaft hörten, davon spracht, daß wir in ein paar Tagen an Land gehen würden?"

Die Erregung trieb rote Flecken auf Abigaëls Wangen, aber sie beharrte auf ihrer Frage mit einer Kühnheit, die Angélique niemals an ihr bemerkt hatte.

„Ihr kennt ihn nicht, Monseigneur? Ihr kennt ihn nicht?"

Ein Lächeln, das nicht ohne Sanftheit war, spielte um die Lippen des Rescators.

„Es ist schwierig, Euch ins Gesicht zu lügen, mein Fräulein. Schön, geben wir also zu, daß ich die Küste genügend kenne, um zu versuchen – ich sage ausdrücklich zu versuchen –, ohne Bruch an ihr zu landen. Aber haltet Ihr mich für dumm genug ..."

Der Ton seiner Stimme veränderte sich, wurde hart.

„... Euch zu retten, Euch und die Euren, nach allem, was Ihr mir angetan habt? Ergebt Euch, liefert die Waffen aus, gebt mir mein Schiff zurück. Danach werde ich mich, falls es noch nicht zu spät ist, mit seiner Rettung befassen."

„Unsere Gemeinschaft hat die Rückerstattung nicht vorgesehen", sagte Madame Carrère. „Es geht nur darum, dem Los zu entgehen, das uns alle bedroht: In kurzem schon verdursten und vor einer unbekannten Küste kentern oder im Eis zugrunde gehen, wohin uns diese wahnwitzige Strömung entführt. Ihr habt die Trinkwassertonnen durchbohrt, habt auch Euch verurteilt. Es gibt keinen anderen Ausweg, als irgendwo anzulegen und Wasser an Bord zu nehmen – oder zu sterben."

Der Rescator verneigte sich.

„Ich bewundere Eure Logik, Dame Carrère."

Noch lächelnd, glitten seine Augen über die so verschiedenen Gesichter der drei Frauen, die ihm mit dem gleichen angstvollen Ausdruck zugewandt waren.

„Nun, sterben wir also zusammen!" schloß er.

Er wandte sich zur Luke, durch die, lauter als auf Deck, das drohende Geräusch der von der Strömung gegen die Schiffswand getriebenen, wild aufschäumenden Wogen zu vernehmen war.

Angélique sah, wie ein Zittern durch die kleinen Hausfrauenhände Madame Carrères lief.

„Monseigneur, Ihr könnt nicht kalten Blutes . . ."

„Meine Männer sind einer Meinung mit mir."

Er sprach, ohne sie anzusehen, vielleicht, weil er nicht den Mut dazu hatte.

„Ihr fürchtet Euch vor dem Tod, Ihr Christen und Christinnen, die Ihr abhängt von einem Gott, den Ihr zu lieben vorgebt. Und dieser Schrecken, der Euch erfüllt, ist für mich und die, die in islamischen Ländern gereist sind, ein steter Anlaß des Erstaunens. Mein Ausblick ist ein anderer. Gewiß könnte man zuweilen der verfließenden Tage und der Menschen, denen man begegnet, müde werden, wenn es sich nur darum handelte, dieses Leben zu leben. Glücklicherweise handelt es sich auch ums Sterben. Das Jenseits erwartet uns, die entrückende Verlängerung aller Wahrheiten, die wir im Laufe unserer irdischen Existenz erfahren haben."

Sie lauschten ihm verwirrt und betroffen, wie sie den Faseleien eines Narren gelauscht hätten.

Die Frau des Advokaten hob ihre gefalteten Hände zu ihm.

„Mitleid! Habt Mitleid mit meinen elf Kindern!"

Wie von jäher Wut gepackt, wandte er sich ihr zu.

„Ihr hättet früher daran denken sollen. Ihr habt nicht gezögert, sie in das Wagnis Eures Unternehmens hineinzuziehen. Ihr wart also im voraus bereit, sie Eure Niederlage bezahlen zu lassen. Es ist zu spät. Jedem das Seine. Ihr wollt leben. Ich aber möchte hundertmal lieber sterben, als Euren Drohungen nachzugeben. Das ist mein letztes Wort. Richtet es Euren Gatten, Euren Pastoren, Euren Vätern und Euren Kindern aus."

Durch seinen Ausbruch wie betäubt, verließen Madame Carrère und Abigaël mit gesenkten Köpfen den Raum, geleitet von Nicolas Perrot, da sie nicht erkennen konnten, wohin sie ihre Füße setzten. Sie vermochten nicht mehr klar zu sehen. Die Tränen machten sie blind.

Angélique folgte ihnen nicht.

„Es gibt nur zwei Lösungen. Ich gebe nach, oder sie geben nach. Rechnet nicht auf die erste. Seht Ihr mich zitternd am Ruder, von den Musketen Eurer Freunde bedroht, um mich danach mit einigen Getreuen an einem verlassenen Ufer wiederzufinden? Ihr würdet mein Ehrgefühl mißachten, Madame, würdet mich nicht kennen."

Sie sah ihn leidenschaftlich an. Ihre Augen hatten die Tiefe und Wandelbarkeit des Meers, einziger Lichtschimmer im Halbdämmer der Kajüte.

„Oh! Und ob ich Euch kenne", sagte sie gedämpft.

Sie hatte die Hände ausgestreckt und auf seine Schultern gelegt, ohne sich ihrer Geste bewußt zu werden.

„Ich fange an, Euch kennenzulernen, und darum erschreckt Ihr mich. Ihr scheint zuweilen ein wenig verrückt, aber Ihr seid klarer als all die andern. Ihr allein wißt immer, was Ihr tut. Ihr wißt, was Ihr tut, wenn Ihr die Schrift zitiert. Ihr wartet auf den Augenblick, in dem Eure Komplicen nach Euren Anweisungen handeln werden. Ihr habt alles vorausgesehen, selbst, daß man Euch verraten würde. Worauf wartet Ihr, wenn Ihr zu diesen Frauen vom Jenseits sprecht? Unablässig spielt Ihr Euer Spiel, verfolgt Ihr ein Ziel. Wann seid Ihr je aufrichtig?"

„Wenn ich Euch in meinen Armen halte, meine Schönste. Nur dann weiß ich nicht mehr, was ich tue. Und das ist ein Fehler, den ich sehr teuer habe bezahlen müssen. Weil ich schwach genug war, damals, vor fünfzehn Jahren, bei Euch bleiben zu wollen, meine allzu verführerische kleine Gemahlin, bin ich nicht rechtzeitig den zu meiner Verhaftung erschienenen Schergen des Königs entflohen, und daß ich letzte Nacht in meiner Wachsamkeit nachließ, gab Euren Hugenotten die Zeit, ihre Falle vorzubereiten und mich hineintappen zu lassen."

Während er sprach, streifte er seine Maske ab. Überrascht bemerkte sie seinen entspannten Ausdruck. Er lächelte sogar, während er sie mit einem Blick voller Wärme betrachtete.

„Wenn ich mir überlege, wie sehr Ihr mir Unglück bringt, müßte ich Euch böse sein. Aber ich kann es nicht."

Er neigte sich zu ihr. Angélique fühlte sich von einem Schwindel ergriffen.

„Ich bitte Euch, Joffrey, unterschätzt nicht den Ernst der Situation. Werdet Ihr es zulassen, daß wir alle umkommen?"

„Was für kleinliche Sorgen Euch bedrängen, meine Schöne! Ich für mein Teil vergesse sie bei Eurem Anblick."

„Ihr habt Euch bereit erklärt zu verhandeln."

„Nur um Euch wiederzusehen, um Euch von neuem in Besitz zu nehmen."

Mit einer Sanftheit, die sie außer Fassung geraten ließ, nahm er sie in die Arme, zog sie an sich, berührte er ihre Wangen mit seinen Lippen.

„Joffrey, Joffrey, ich bitte Euch ... Ihr spielt noch immer ich weiß nicht welches schreckliche Spiel."

„Ist es wirklich ein Spiel, eine Komödie?" fragte er, sie heftiger an sich drückend. „Ihr laßt mich glauben, Madame, daß Ihr wenig von der Verwirrung zu wissen scheint, in die Eure Schönheit einen Mann versetzen kann, der Euch begehrt."

Seine Leidenschaft war nicht vorgetäuscht. Bezwungen durch die zitternde Wärme seiner Lippen, den Duft seines nahen Atems, der ihr vertraut wurde und sie dennoch überraschte wie jene Entdeckungen, die man, eine nach der anderen, im zärtlichen Zusammensein mit einem unbekannten Geliebten macht, verlor sie den Kopf.

Der Zweifel, der sie gequält hatte, schwand: „Er liebt mich also! Es ist wahr. Er liebt mich noch immer! Mich! MICH!"

„Ich liebe dich, du weißt es", murmelte er ganz leise. „Ich träume von dir seit letzter Nacht ... Es war so flüchtig, und du warst so unruhig. Ich konnte es nicht erwarten, dich wiederzusehen, um mich zu überzeugen, daß es kein Traum gewesen ist, daß du mir von neuem ganz und gar gehörst ... daß du dich nicht mehr vor mir fürchtest."

Sein Mund unterbrach seine Worte durch Küsse auf ihre Schläfen nahe dem Haaransatz.

„Warum verteidigst du dich noch. Umarme mich. Küß mich wirklich."

„Ich kann es nicht, nicht mit dieser Angst im Herzen. Oh, Joffrey, was für ein Mensch seid Ihr? Es ist nicht der Augenblick, um von Liebe zu sprechen."

„Wenn ich auf einen Augenblick ohne Gefahr hätte warten sollen, wäre mir im Laufe der letzten Jahre nicht viel Vergnügen zuteil geworden. Liebe zwischen zwei Stürmen, zwei Schlachten, zwei Verrätereien, das ist mein Los, und, wahrhaftig, ich habe es verstanden, mich dieses zusätzlichen Gewürzes zu erfreuen."

Die Erinnerung an die Abenteuer, die ihr Gatte fern von ihr, im Mittelmeer oder sonstwo, erlebt haben mochte, reizte Angélique. Plötzlich wurde sie zur Beute einer wilden Eifersucht, die auch den letzten Rest Zärtlichkeit auslöschte.

„Ihr seid ein Schuft, Monsieur de Peyrac, und Ihr verwechselt mich zu Unrecht mit den dummen Odalisken, bei denen Ihr Euch von Euren Kämpfen erholtet. Laßt mich los."

Er lachte. Wieder einmal hatte er sie in Zorn zu bringen versucht, und es war ihm geglückt. Angéliques Wut stieg, angestachelt von dem Gefühl, daß er sich über die Angst, die sie alle erfüllte, lustig machte.

„Laßt mich! Ich will Euch nicht mehr sehen! Ihr seid ein Ungeheuer."

Sie wehrte sich mit solcher Kraft, daß er sie losließ.

„Ihr seid wahrhaftig genauso beschränkt und unduldsam wie Eure Hugenotten."

„‚Meine' Hugenotten sind keine Chorknäblein, und wenn Ihr dafür Sorge getragen hättet, sie nicht zu provozieren, wären wir nicht da, wo wir sind. Stimmt es, daß Ihr niemals die Absicht hattet, sie zu den amerikanischen Inseln zu bringen?"

„Es stimmt."

Angélique erblaßte. Ihr Zorn verging, und er sah ihre Lippen wie die eines enttäuschten Kindes zittern.

„Ich habe für Eure Absichten gutgesagt, und Ihr habt mich getäuscht. Das ist schlimm."

„Haben wir denn einen genau formulierten Kontrakt über den Ort geschlossen, zu dem ich sie bringen sollte? Glaubtet Ihr, als Ihr mich in La Rochelle batet, ihnen das Leben zu retten, daß ich diese von allem entblößten Spitzköpfe, die niemals imstande sein werden, mir auch nur einen Sou für meine Mühe zu geben, nur um des Vergnügens willen an Bord nehmen würde, sie ihre Psalmen singen zu hören? Oder ihrer schönen Augen wegen? Ich bin nicht Monsieur de Paul, der Apostel der Mildtätigkeit."

Da sie ihn wortlos ansah, fügte er in weicherem Ton hinzu:

„Wenn Ihr es geglaubt habt, idealisiert Ihr die männliche Großmut, Madame. Ich bin kein Heros der Ritterlichkeit, ich bin es nicht mehr. Ich habe zu hart kämpfen müssen, um selbst zu überleben. Aber traut mir deswegen keine düsteren Absichten zu. Ich habe niemals im Sinn gehabt, diese Unglücklichen ‚zu verkaufen', wie sie es sich einbilden. Ich wollte sie nur als Kolonisten auf meine amerikanischen Ländereien bringen, wo sie sich schneller hätten bereichern können, als es ihnen jemals auf den Inseln gelungen wäre."

Sie kehrte ihm den Rücken und wandte sich zur Tür.

Er verlegte ihr den Weg.

„Wohin geht Ihr?"

„Zu ihnen."

„Warum?"

„Um sie zu verteidigen."

„Gegen wen?"

„Gegen Euch."

„Sind sie nicht die Stärkeren? Haben sie die Situation nicht in der Hand?"

Sie schüttelte den Kopf.

„Nein. Ich fühle, ich weiß es, daß Ihr ihr Schicksal in Händen haltet. Ihr werdet immer der Stärkere sein."

„Vergeßt Ihr, daß sie mir ans Leben wollten? Es scheint Euch weniger zu bewegen, als das ihre bedroht zu wissen."

Wollte er sie wahnwitzig machen, indem er ihr solche Fragen stellte, die sie innerlich zerrissen? Plötzlich nahm er sie wieder in seine Arme.

„Angélique, Liebste, warum sind wir einander so fern? Warum gelingt es uns nicht, zueinanderzukommen? Liebst du mich nicht? Küsse mich ... küsse mich ... Bleib bei mir."

Sie verteidigte sich um so rasender, als sie sich schwach fühlte, der Versuchung preisgegeben, sich an ihn zu pressen, zu vergessen, ihm Vertrauen zu schenken, sich seiner Kraft zu überlassen, wunschlos, für immer.

„Laßt mich. Ich kann nicht."

Er ließ sie los. Seine Züge verhärteten sich.

„Das ist es, was ich wissen wollte. Ihr liebt mich nicht mehr. Meine Stimme stößt Euch ab, meine Huldigungen erschrecken Euch. Eure Lippen haben letzte Nacht den meinen nicht geantwortet. Ihr wart kalt und zurückhaltend. Wer weiß, ob Ihr diese Rolle nicht übernommen hattet, um Euren Freunden Gelegenheit zu schaffen, ihren Plan auszuführen."

„Euer Verdacht ist kränkend und lächerlich", sagte sie mit bebender Stimme. „Erinnert Euch, Ihr wart es, der mich zurückhielt. Wie könnt Ihr noch an meiner Liebe zweifeln?"

„Bleibt bei mir. Ich werde es daran erkennen."

„Nein, nein. Ich kann nicht. Ich will hinauf. Ich will bei den Kindern bleiben."

Sie riß sich los und stürzte davon, ohne zu wissen, welchem Beweggrund sie gehorchte.

Trotz der Faszination, die er auf sie ausübte, der Versuchung, in seinen Armen zu vergehen, des Schmerzes, den seine Vorwürfe ihr bereiteten, wäre es ihr nicht möglich gewesen, bei ihm zu bleiben, während sich Honorine und die Kinder dort oben in tödlicher Gefahr befanden.

Das war es, was er nicht verstehen konnte. Sie bewohnten ihr Herz und waren ein Teil ihres Selbst. Und sie waren schwach und ohne Schutz. Der Durst belauerte sie, der Schiffbruch. Sie allein verdienten, daß man alles für sie opferte.

Auf dem Deck der *Gouldsboro* zwischen ihnen sitzend, überdachte sie das, was er ihr gesagt hatte. Niemals hatte er mit soviel Zärtlichkeit zu ihr gesprochen. Sie hielt Honorine auf ihren Knien. Laurier, Séverine und der blonde Jérémie saßen ihr zu Füßen. Einige der Kinder spielten und lachten verstohlen, doch die meisten schwiegen. Vom Instinkt der Vogeljungen getrieben, der sie in der Stunde des Unwetters unter einen schützenden Flügel kriechen läßt, hatten sie sich um sie versammelt. Jedes von ihnen erinnerte sie an Cantor, an Florimond. „Mutter, wir müssen fortgehen! Mutter, rette mich, schütze mich!" Sie glaubte das blutlose, der Farben des Lebens beraubte Antlitz des kleinen Charles-Henri vor sich zu sehen.

Für die Erwachsenen hatte sie kein Mitleid.

Sie alle wurden ihr gleichgültig, selbst Abigaël, die Gerechte, selbst Joffrey de Peyrac, ihr Mann, nach dem sie so lange gesucht hatte.

„Ich begreife allmählich, daß wir nicht mehr zueinander finden können, er und ich. Er hat sich allzu sehr verändert. Wenn er nicht immer schon so gewesen ist, ohne daß ich es wußte . . . Er würde also lieber sterben als nachgeben. Er hat genug gelebt, und es kümmert ihn wenig, diese Kinder mit sich in den Tod zu ziehen. Männer können sich das erlauben, aber nicht wir Frauen, die wir verantwortlich für diese kleinen Leben sind. Man hat nicht das Recht, wissentlich einem Kind das Leben zu nehmen. Es ist sein kostbarster Schatz. Es liebt das Leben schon. Und es kennt seinen Preis."

„Madame Manigault", sagte sie mit lauter Stimme, „Ihr müßt Euren Gatten aufsuchen und ihn bestimmen, sich in seinen Bedingungen weniger geizig zu zeigen. Erzählt mir nicht, daß er Euch mit seinem Geschrei Angst einjagt. Ihr seid schon mit anderem fertiggeworden, und er muß begreifen, daß der Rescator niemals einwilligen wird, wenn man ihm nicht sein Schiff zurückgibt."

Madame Manigault antwortete nicht, und Angélique sah zwei Tränen in den Winkeln ihrer Augen schimmern.

„Ich kann meinen Mann nicht bitten, sich zu ergeben, Dame Angélique. Das wäre sein Todesurteil. Würde der Rescator ihn schonen, wenn er wieder die Macht in Händen hielte?"

Sie sahen stumm einander an. Angélique verfolgte beharrlich ihr Ziel.

„Versucht es, Madame Manigault. Danach werde ich mein möglichstes tun. Ich werde hinuntergehen, um den Rescator zum Nachgeben zu veranlassen."

Die Frau des Reeders erhob sich seufzend. Nach der Rückkehr Abigaëls und Madame Carrères hatte sich der Generalstab der Protestanten im Kartenraum versammelt, um trotz allem die Anlegemöglichkeiten zu studieren und die Ansichten der erfahrenen Seeleute einzuholen.

Die spanischen Meuterer wurden unruhig. Sie begannen, sich zu fürchten. Angélique vernahm Wortfetzen, die sie in ihrer gutturalen Sprache einander zuwarfen. Sie redeten davon, sich der Schaluppe zu bemächtigen und dem verurteilten Schiff zu entfliehen.

Die Wahnwitzigen! Die Strömung würde sie auf der gleichen tödlichen Route nordwärts treiben, und ihre schwachen Kräfte würden nicht ausreichen, sich ihrer Gewalt zu entziehen, da, wo schon ein Schiff vergebens kämpfte.

Einöde der Nebel, Stille, eisiger Vorhimmel, in dem noch Lebende ihrem Untergang entgegenglitten.

Dann klang ein Ruf auf, entstand eine neue Bewegung unter den gespenstischen Schatten, die sich auf Deck bewegten. Irgend etwas hatte sich verändert. Eine Hoffnung. Die Frauen erhoben sich wartend.

Außer Atem tauchte Martial vor ihnen auf.

„Er nimmt an! Er nimmt an! . . . Der Rescator! Er hat sagen lassen, daß er einen Lotsen und drei Männer schickt, die die Küste, an der wir entlangsegeln, kennen und das Schiff aus der Strömung und in einen Hafen führen werden."

Dreiunddreißigstes Kapitel

Erikson war aus einer Luke aufgetaucht. Das Gesicht des stämmigen Gnoms blieb undurchdringlich. Auf seinen kurzen Beinen schaukelnd, erreichte er den Laufsteg und kletterte auf die Hütte.

Von einigen Frauen umgeben, wartete Angélique darauf, die lange Silhouette ihres Gatten erscheinen zu sehen. Doch er kam nicht. Statt seiner erschienen Nicolas Perrot und sein Indianer, danach zehn Getreue der Mannschaft, Engländer und drei Malteser. Einer der Matrosen gesellte sich zu Erikson auf der Hütte, die anderen ließen sich mit dem bärtigen Kanadier neben der großen Schaluppe nieder. Sie bewegten sich mit größter Ruhe und schienen die auf sie gerichteten Musketen nicht zu beachten. Nicolas Perrot zog sogar seine Pfeife hervor und stopfte sie unbekümmert. Er sah um sich.

„Wenn Ihr noch Männer für das Manövrieren der Segel braucht", sagte er, seinen Akzent hervorkehrend, „stehen unten noch mehr zu Eurer Verfügung."

„Nein", erwiderte Manigault, der sie argwöhnisch überwachte, schroff, „‚meine' Mannschaft wird schon damit fertigwerden."

„Und wie werdet Ihr den Marsgästen Eriksons Befehle übersetzen?"

Als sie ratlos schwiegen, seufzte er, seine Pfeife ausklopfend, als verzichte er nur widerwillig auf einen erfreulichen Augenblick süßen Nichtstuns.

„Schön, also werde ich's übernehmen. Ich verstehe übrigens nichts vom Meer, aber ich spreche alle Dialekte des Westens. ‚Man' hat mich beauftragt, meine Talente in Euern Dienst zu stellen. Sie sind nicht eben groß, das ist alles."

Er lüftete seine Pelzmütze und wandte sich seinerseits zum Heck. Manigault folgte ihm, nachdem er Wachen bei den behaglich sitzenden Männern zurückgelassen hatte. Im Grunde war jedermann zugleich enttäuscht und erleichtert, den Rescator nicht persönlich erscheinen zu sehen. Enttäuscht insofern, als seine nautischen Kenntnisse und die meisterliche Beherrschung des Schiffs, die er schon mehrmals unter Beweis gestellt hatte, den verängstigten Passagieren garantiert hätten, daß er ihnen auch diesmal aus ihrer üblen Lage heraushelfen würde. Erleichtert, weil seine bloße Gegenwart schon genügte, ihnen Angst einzujagen. In seiner Nähe begann selbst Manigault, am Gelingen seiner Rebellion zu zweifeln. Ihn durch sechs auf ihn gerichtete Musketen in Schach zu halten, hätte nicht ausgereicht. Seine untergeordneten Stellvertreter würden geringere Schwierigkeiten bereiten. Übrigens schienen sie müde und gleichgültig. Zweifellos zogen sie es vor, an irgendeinem Küstenstreifen ausgesetzt zu werden und statt des Lebens nur ihren Anteil an der Beute zu verlieren. Offenbar hatten sie es fertiggebracht, den eigensinnigen Rescator zu einem letzten Versuch zu bestimmen, sie alle zu retten, und diese halbe Übergabe erstaunte die Meuterer trotz allem.

„Man muß es eben verstehen, sich fest zu zeigen", erklärte der Advokat Carrère hochtrabend. „Dieser Maulheld hat vor unserer unerschrockenen Haltung die Flagge eingezogen. Wir haben die Partie gewonnen."

„Fuchtelt nicht so mit Eurer Pistole herum, ich bitte Euch", beruhigte ihn seine Frau.

Fröstelnd rieb sie sich die Hände unter ihrem Schal.

„Wenn Ihr selbst mit ihm gesprochen hättet, wie ich mit ihm gesprochen habe, würdet Ihr begreifen, daß es nicht Furcht vor dem Tod ist, weder für sich noch für die andern, die diesen Mann bestimmen konnte, uns einen Lotsen zu schicken."

„Was sonst?"

Die Frauen hoben die Schultern als Zeichen ihrer Unwissenheit. Ihre Hauben flatterten im grauen Nebel, den zuweilen eine gelbliche, ungewohnte Helligkeit durchdrang wie Licht hinter durchscheinendem Porzellan.

Das Haar Angéliques war schwer von Feuchtigkeit, aber wie die andern Frauen konnte sie sich nicht entschließen, den Schutz des Zwischendecks aufzusuchen. Sie warteten darauf, daß Erikson das Ruder übernahm. Auf der *Gouldsboro* stand das Ruder unmittelbar mit dem Steuer in Verbindung; es befand sich auf der Hütte am Heck und nicht darunter. Der Rudergast konnte also zur Not auf Sicht manövrieren.

Unter den Läufen der auf ihn gerichteten Waffen blieb der kleine Mann mit den steinernen Augen ungerührt. Er beschränkte sich darauf, das Ruder zu halten. Er träumte oder schlief mit offenen Augen. Ein paar Schritte von ihm entfernt kaute der Kanadier mit winddurchpflügtem Bart an seiner Pfeife, das einstige Sprachrohr Kapitän Jasons in Reichweite.

Nach einigen Stunden begannen die Passagiere und die unerfahrene Mannschaft, von neuem nervös zu werden. Der Auslug auf dem Topp des Marsmastes bestätigte, daß man noch immer in der Strömung klar nordwärts trieb, eher noch schneller als zuvor; denn Erikson hatte bei Übernahme des Ruders die Segel so richten lassen, daß sie allen Wind in dieser Richtung empfingen.

Der Verdacht kam ihnen allen, daß der machiavellistische Rescator ihnen nur darum einen Lotsen geschickt hatte, um sie noch rascher dem Tode entgegenzuführen.

„Haltet Ihr das etwa für möglich?" flüsterte Abigaël Angélique zu. „Glaubt Ihr, daß er dazu imstande wäre?"

Angélique schüttelte energisch verneinend den Kopf, doch in Wirklichkeit zweifelte auch sie. Wieder forderte man von ihr, für die Gedanken des Mannes, den sie liebte, geradezustehen. Sie mußte sich zugeben, daß sie nichts von ihnen wußte. Mit allen ihren Kräften wollte sie an den Mann der Vergangenheit glauben, den sie angebetet hatte. Doch was hatte sie selbst von diesem Mann der Vergangenheit gewußt? Das Leben hatte ihr nicht die Zeit gelassen, sich dem reichen, unruhigen, vielschichtigen Geist ihres Gatten zu verbinden oder, im Gegenteil, ihre Illusionen zu verlieren und im Laufe der Jahre gemeinsamen Lebens, auf die sie Anspruch gehabt hatten, zu erfahren, daß ein Mann und eine Frau, so nah sie sich auch sein mögen, sich wie im dichten Nebel des Meers vergebens suchen und daß ihr Einssein nur eine Täuschung und in der irdischen Welt nicht zu verwirklichen ist . . . „Wer bist du, in dessen Augen ich mein Glück suche? Und ich selbst, bin auch ich für dich ein unergründliches Rätsel?"

Wenn es zutraf, daß sich auch Joffrey Fragen über sie stellte, daß er in seinem Innern, hinter seinem harten, undurchdringlichen Panzer nach ihr rief, dann war nichts verloren.

Sie riefen sich, streckten einander durch die dichten, so schwer zu zerstreuenden Nebelschwaden, die sie trennten, die Arme entgegen.

Wenn sie sich nicht mit schwindelnder Schnelligkeit voneinander entfernten, mit der Schnelligkeit dieser scheinbar unbeeinflußbaren Strömung, die das Schiff immer weiter entführte, und man nicht wußte, wohin.

„Nein, er liebt mich nicht. Ich bin nicht in seinem Herzen verwurzelt. Nichts reicht über ein oberflächliches Verlangen hinaus, das ich ihm nach und nach eingeflößt habe. Zu wenig, als daß er sich dafür meinen Bitten erschlösse, daß er mich anhörte. Es ist schrecklich, machtlos zu sein, die Hände leer . . . Er ist allein. Und dennoch war ich seine Frau."

Die anderen sahen, daß sie die Lippen bewegte, murmelte und, ohne sich dessen bewußt zu werden, ihr falbes, von Wasserperlen schimmerndes Haar schüttelte. Sie bemerkte die stumme Bitte auf ihren Gesichtern.

„Oh, betet lieber", rief sie ihnen ungeduldig zu. „Es ist der rechte Augenblick dafür. Betet, statt von einer Unglücklichen wie mir ich weiß nicht welches Wunder zu erhoffen!"

Die Nacht sank herab und brachte nur die gedämpften Geräusche des Meers und des Windes, jede Minute unterbrochen vom dünnen Klang der Nebelglocke, die ein Schiffsjunge, Martial oder Thomas, vor Müdigkeit fröstelnd, läutete. Allmählich wurde das unablässige Bimmeln zur Qual.

„Sie sind hoffnungslos naiv, diese Männer, trotz ihrer kriegerischen Mienen. Die Nebelglocke läuten vor La Rochelle, vor der Bretagne oder Holland, das bedeutet etwas für sie. Man warnt so andere Schiffe, man ruft so die Küste, wo Signalfeuer wachen. Aber hier, in dieser Einsamkeit, läutet die Glocke nur zu unserem Zeitvertreib, um uns glauben zu machen, wir seien nicht allein auf der Welt . . ."

Es ließ sie an Totengeläute denken. Doch Honorines Arme umschlangen Angélique mit all ihren schwachen Kräften, und ihre schwarzen, weit offenen Augen erinnerten sie an die Nacht, in der sie sich mit ihr, einem winzigen Baby damals, durch den eisstarrenden Wald geschleppt hatte, durch den Wölfe und Soldaten strichen.

Sie erhob sich.

„Ich gehe hinunter, ja, ich gehe hinunter. Ich werde mit ihm sprechen. Wir müssen erfahren, was geschieht!"

In diesem Augenblick erklang die Stimme Nicolas Perrots, volltönend wie aus einer Meermuschel jenseits des Dunkels, und als sie die Blicke hoben, ahnten sie über sich die schlaff von den Rahen herunterhängenden Segel. Das Schiff knackte, während es in jähen Stößen schwankte, und gehorchte sich aufbäumend dem ihm aufgezwungenen Manöver. Befehle jagten einander. Die Matrosen liefen. Selbst die Spanier zeigten sich von einer Disziplin erfüllt, die man bei ihnen nicht gewohnt war.

Die Leute des Rescators, die bis dahin bei der Schaluppe gesessen hatten, waren plötzlich aufgesprungen. Sie folgten mit den Augen den Bewegungen des Segelwerks. Offenbar waren sie heraufgeschickt worden, um im Falle besonders schwieriger Manöver zuzugreifen, aber da sie sahen, daß diese ohne Hemmnisse vonstatten gingen, mischten sie sich nicht ein. Ein Weilchen später ließen sie sich mit beifälligen Mienen wieder nieder. Einer von ihnen entzündete mit seinem Feuerzeug eine Laterne und begann, ein Lied zu summen. Ein anderer zog eine Tabaksrolle aus seinem Gürtel und machte sich daran, sie in aller Seelenruhe zu kauen.

„Es scheint, als ob unsere Jungs nicht allzu üble Seeleute wären", meinte Madame Manigault, die ihr Mienenspiel beobachtet hatte. „Die da sehen mir ganz so aus, als ob sie ihnen ihr Prüfungszeugnis nicht vorenthalten würden. Trotzdem tut's mir leid, daß Eure Gefangenen nicht auf die gute Idee gekommen sind, sich in den Tauen zu verkrümeln, Maître Carrère. Ich wäre begierig darauf zuzusehen, wie Ihr sie wieder eingefangen hättet, Ihr, die Ihr so hübsch über ein Manöver zu sprechen wißt, ohne jemals dabei Hand angelegt zu haben."

Der Advokat, der eben zwischen seiner Büchse und seiner Pistole ein wenig eingenickt war, fuhr hoch, und es gab Gelächter. Man begann wieder, zu hoffen und sich gegenseitig zu ärgern. Etwas war inzwischen geschehen. Von neuem war in den Lüften über ihnen das Klatschen der gespannten Segel zu vernehmen.

Aber die Morgendämmerung brachte den erschöpften Frauen nur noch eine weitere Enttäuschung. Es war noch kälter als am Vortag, und das gleiche Gefühl, unwiderstehlich von der Strömung davongetragen zu werden, durchdrang sie bis ins Mark. Das Wasser, das man an sie verteilte, schmeckte nach faulendem Holz. Es kam vom Grunde der Tonnen. Niemand wagte, ein Wort darüber zu sagen, und als Le Gall mit freudigem Gesichtsausdruck das Zwischendeck betrat, starrten sie ihn an, als sei er unversehens von geistiger Verwirrung befallen worden.

„Gute Neuigkeiten", verkündete Le Gall. „Ich komme, um Euch zu beruhigen, Mesdames. Ich habe das Log fallen lassen, und es ist mir gelungen, unseren Standort zu ermitteln, nicht ohne Mühe übrigens, denn man sieht kaum die Umrisse der Sonne. Aber ich kann Euch versichern, daß wir den Kurs gewechselt haben und nun südwärts segeln."

„Südwärts? Aber es ist kälter als gestern!"

„Das kommt daher, weil wir seit zwei Tagen in der Gewalt einer lauen Strömung waren, der Floridaströmung, die uns erwärmte. Während wir uns jetzt in einer kalten Strömung befinden, die, möcht' ich wetten, aus der Hudsonbai kommt."

„Verfluchtes Land!" brummelte der alte Pastor, der plötzlich aus seiner Zurückhaltung herausfand. „Werdet Ihr Euch in diesem Warmen und Kalten zurechtfinden? Ich fange an, mich zu fragen, ob die Gefängnisse des Königs uns nicht wohltätiger gewesen wären als diese ungesunden Regionen, in denen sich Menschen und Elemente verkehrt benehmen."

„Vater!" rief Abigaël in vorwurfsvollem Ton.

Der Pastor Beaucaire schüttelte sein weißes Haupt. Noch war nicht alles entschieden, bei weitem nicht. Es war nicht das wichtigste, daß sie von einer warmen Strömung in eine kalte geraten waren, dachte er, sondern daß neues Blutvergießen vermieden wurde.

Seine Schäflein entglitten ihm völlig, und er selbst wußte nicht, was er ihnen sagen sollte. Was die anderen betraf, die Gottlosen, was vermochten die Ermahnungen seiner alten, pastoralen Stimme, seine Aufforderungen zu Gerechtigkeit und Hilfsbereitschaft über sie?

„Ich bin niemals eines Sinnes mit dem Pastor Rochefort gewesen, diesem unverbesserlichen Abenteuersucher, der uns alle über die weiten Ozeane treiben wollte. Wohl bekomm's ihm! Man sieht, wohin es führt ..."

Seine Stimme verlor sich im Gewirr der Fragen und der Antworten Le Galls.

„Werden wir bald anlegen?"

„Wo?"

„Was sagen Erikson und der Kanadier?"

„Nichts! Versucht einmal, diesen mürrischen Bären und diesen verdammten Bootsmann, der verschlossener und abweisender als eine Auster ist, zum Sprechen zu bringen. Aber ein großartiger Steuermann ist er, das muß man schon sagen. Gestern hat er offenbar einen Zusammenfluß der beiden Strömungen genutzt, um von einer in die andere hinüberzuwechseln. Ein wahres Kunststück, vor allem in dieser Nebelsuppe."

„Diesmal bin ich mir sicher", bemerkte Mercelot mit gelehrter Miene. „Er ist Holländer. Ich hielt ihn seiner Waffe, seines Breitschwerts wegen für einen Schotten, aber nur die Holländer haben dieses feine Gefühl für Strömungen. Sie lesen sie im Meer, sie erspüren sie mit der Nase ..."

Während er weitersprach, glaubte Angélique, ihn vor seinem Tintenfaß in La Rochelle zu sehen, seine kostbaren Annalen der Reformierten mit der Gänsefeder in kunstvoll gezirkelten Buchstaben auf auserlesenes Pergament schreibend. Heute war sein weißer Spitzenkragen nur noch ein schlampiger Lappen, sein schwarzer Rock war in den Schulternähten geplatzt, und, wahrhaftig, trotz der Kälte ging er mit nackten Füßen. Offenbar war er im Eifer des Gefechts in die Taue und, wer konnte es wissen, vielleicht gar hinauf bis zum Mastkorb geklettert.

„Ich habe Durst", sagte er. „Gibt's nicht irgend etwas zu trinken?"

„Ein Gläschen Branntwein von der Charente, mein Freund?" schlug ihm seine Frau mit einem wie gesprungenen, traurigen Lachen vor.

Die heraufbeschworene Erinnerung an die verlorene Behaglichkeit und die heimatliche Erde ließ sie träumen. Sie sahen die goldene Bernsteintönung des Branntweins vor sich, die reifen Trauben unter den Mauern Cognacs. Das Salz des Meeres brannte in ihrer Kehle. Ihre Haut war klebrig wie die saurer Heringe.

„Wir werden bald anlegen", sagte Le Gall. „An der Küste werden wir Quellen finden."

Dieses Wort ließ sie seufzen.

Angélique hielt sich abseits. Man tat, als sähe man sie nicht. Wenn die Dinge ihren geordneten Verlauf nahmen, richtete man kein Wort an sie. Sobald sie sich zum Schlechten wendeten, flehte man sie an, etwas zu tun. Sie begann sich an dieses Verfahren zu gewöhnen. Sie zuckte die Schultern.

Vierunddreißigstes Kapitel

Gegen die Tagesmitte, soweit die ungewisse Helligkeit die Bestimmung der Zeit zuließ, veranlaßte sie ein Wortwechsel auf Deck, ihren Unterschlupf zu verlassen.

Vor der großen Schaluppe waren Manigault und Nicolas Perrot in ein Gespräch vertieft.

„Wir werden die Schaluppe zu Wasser lassen, um die Küste zu erkunden", sagte der Kanadier.

„Wo sind wir?"

„Ich weiß es nicht besser als Ihr! Ich kann Euch nur versichern, daß die Küste nahe ist. Wir wären verrückt, uns weiter vorzuwagen, ohne zuvor nach einer Passage für das Schiff zu suchen. Jetzt heißt es, eine schützende Bucht zu finden und nicht noch in der Einfahrt zu zerschellen. Hört doch!"

Er schob die Pelzmütze aus der Stirn, schlug die Ohrenklappe zurück und neigte den Kopf, wie um auf ein fernes, nur ihm vernehmbares Geräusch zu lauschen.

„Hört . . ."

„Was?"

„Das Geräusch der Barre. Dieses dumpfe Rollen rührt von einer Barre her, die wir durchqueren müssen."

Ihre Ohren waren allzusehr vom Lärm der Wellen erfüllt.

„Wir hören nichts."

„Ich hör's", sagte der Kanadier. „Das genügt!"

Er sog den Nebel ein, der so dicht war, daß man den Eindruck hatte, etwas Festes in den Mund zu bekommen, sobald man ihn öffnete.

„Das Land ist nicht weit.. Ich fühl's."

Auch sie fühlten es nun. Unerklärbare Ausstrahlungen brachten ihnen in diese weiße Öde die Gewißheit einer furchtbaren und vertrauten Gegenwart. LAND!

Ein Ufer, Sand, Kiesel, vielleicht gar Gras und Bäume . . .

„Freut Euch nicht zu früh", spottete der Kanadier. „Weil es hier, müßt Ihr wissen, Fluten geben kann, die in zwei Stunden auf hundertzwanzig Fuß ansteigen."

„Hundertzwanzig Fuß! Ihr macht Euch über uns lustig. Das ist nicht möglich."

„Zweifelt daran, wenn Ihr wollt. Aber glaubt mir, es geht darum, den Moment der Einfahrt nicht zu verpassen. Inzwischen würde ich Euch raten, ins Wasser zu springen, bevor Eure Eierschale auf Grund stößt und auseinanderfällt. Wie man sagt, gibt's kaum eine felsigere Küste auf der Welt. Aber was könnt Ihr schon davon verstehen, Ihr mit Eurem kleinen La Rochelle und Eurer schäbigen, zwölf Fuß hohen Flut!"

Die Augen halb geschlossen, schien er sie zum besten halten zu wollen. Vom Bug her war das Rasseln der Ankerkette zu vernehmen.

„Ich habe keinen Befehl dazu gegeben!" schrie Manigault.

„Es bleibt uns nichts anderes übrig", meinte Le Gall. „Es stimmt schon, daß die Küste nahe ist. Aber zu wissen, wieviel Kabellängen, das ist eine andere Sache bei diesem Nebel."

Einer der Männer erschien, um zu melden, daß der Anker in vierzig Fuß Tiefe auf Grund gestoßen sei.

„War die höchste Zeit!"

„Es bleibt nichts anderes übrig", wiederholte Le Gall, „als zu tun, was sie sagen."

Mit dem Kinn wies er zu Nicolas Perrot und den Leuten des Rescators hinüber, die noch immer dabei waren, die Schaluppe vorzubereiten.

Sie nutzten eine hohe Welle, um das Boot zu Wasser zu lassen, und kletterten alsbald nach.

Manigault und Berne befragten sich mit Blicken, zögernd und fürchtend, von neuem überlistet zu werden.

„Wartet", sagte der protestantische Reeder. „Ich muß erst mit dem Rescator verhandeln."

Die Augen des Kanadiers bekamen den harten Glanz von Gewehrkugeln. Seine Hand fiel schwer auf Manigaults Schulter.

„Ihr irrt Euch, Freund. Ihr vergeßt, daß wir das bißchen Munition, das uns im Schiff unten bleibt, für Euch aufgespart haben, wie Ihr die Eure für uns aufspart. Ihr habt den Krieg gewollt, jetzt habt Ihr ihn. Und erinnert Euch, kein Pardon zwischen uns, wenn Ihr auch nur etwas von Eurem Vorteil aufs Spiel setzt."

Er schwang sich über die Reling und ließ sich an einem dünnen Tau zur Schaluppe hinabgleiten. Diese tanzte auf den schaumgekrönten Wogen eines Meers, das ihnen durch die Nebelschleier von prächtigstem Blau-Violett zu sein schien. Mit ein paar Ruderschlägen löste sich das Boot vom Schiff und entschwand ihren Augen. Doch wie mit dem Ariadnefaden blieb es durch das abrollende Tau mit der *Gouldsboro* verbunden.

Erikson war an Bord geblieben. Er überwachte das Manöver, ohne sich um die ihn umgebenden Protestanten zu kümmern, jene verächtlichen Passagiere und Süßwasser-Seeleute, die mit dem spanischen Lumpenpack gemeinsame Sache gemacht hatten, um ihn von seiner Hütte zu verdrängen.

Mit Pfiffen und Fußtritten jagte er zehn Männer zur Ankerwinde. Das Tau glitt rasch gleich einer Schlange in die Tiefen des Nebels und zog eine armdicke, um die Winde gewickelte Trosse nach. Nur ein kleiner Rest der Trosse war noch nicht abgerollt, als die Bewegung zum Stillstand kam. Die Schaluppe mußte irgendwo auf Land gestoßen sein. Die Trosse bewegte sich heftig.

„Sie befestigen sie an einem Felsen, um ihr Halt zu geben und uns danach durch die Einfahrt zu ziehen", murmelte Le Gall.

„Unmöglich. Wir haben Ebbe."

„Wer kann's wissen? Ich möchte annehmen, es handelt sich um eine überflutete Schwelle, die nur bei höchstem Wasserstand zu passieren ist. So wird's auch sein. Aber wann sind hier die Stunden von Ebbe und Flut?"

Sie warteten erregt, ohne noch an das Ende ihrer Ängste glauben zu können.

Ein rauher Schrei Eriksons war das Signal, das die Männer an der Winde veranlaßte, ihre ganze Kraft einzusetzen, um die Trosse wieder auf die Welle der Winde zu drehen. Zuvor schon hatte er Befehl zum Ankerhissen gegeben. Die *Gouldsboro* setzte sich sanft in Bewegung, wie von einer unsichtbaren Hand gezogen.

Die Männer stemmten sich mit aller Macht in die Sprossen, schweißbedeckt trotz der scharfen Kälte. Die straff gespannte Trosse bebte, als ob sie reißen wollte.

Schweigend wies Le Gall Manigault auf irgend etwas jenseits der Reling hin. Nahe genug, daß sie sie trotz des Nebels ausmachen konnten, hoben sich überall die Rücken schwarzer, zackiger Felsen aus dem sie schäumend überspülenden Wasser.

Doch ungefährdet, wie durch ein Wunder durch einen schmalen, tiefen Kanal getragen, verfolgte das große Schiff seine Bahn. Jeden Augenblick erwarteten sie einen Stoß, ein unheilvolles Krachen, den Schreckensschrei „Gestrandet!", der den Seefahrern der Meerengen so vertraut war. Aber nichts geschah, die *Gouldsboro* bewegte sich weiter voran, und der Nebel wurde noch dichter. Bald vermochten sie auf Deck einander kaum mehr zu sehen. Sie glaubten sich in diesem sie eng umschließenden, undurchsichtigen Gefängnis emporgehoben. Im selben Moment, in dem sie wieder zu fallen begannen, nahmen einige von ihnen eine leise Erschütterung wahr. Im nächsten Augenblick neigte sich die *Gouldsboro* halb nach Backbord, richtete sich plötzlich wieder auf und schaukelte auf unsichtbaren, träge wiegenden Wellen.

„Wir haben die Barre überquert", sagte Le Gall.

Und der gleiche Seufzer der Erleichterung entrang sich aller Brust, ob Freund oder Feind.

Irgendwo ertönte Eriksons heiserer Schrei, vom Klirren der fallenden Kette gefolgt. Von neuem vor Anker, fuhr die *Gouldsboro* fort, sich sanft und gutgelaunt zu wiegen. Sie warteten eine ganze Weile, auf das Klatschen der Ruder lauernd, das ihnen die Rückkehr der Schaluppe anzeigen würde.

Da sich nichts hören ließ, nahm Le Gall das Sprachrohr und rief. Dann gab er Befehl, die Nebelglocke zu läuten.

Einem jähen Einfall folgend, tastete sich Manigault zur Ankerwinde. Er zog an der Trosse, die schlaff nachgab.

„Die Trosse ist gerissen!"

„Wenn man sie nicht durchgeschnitten hat!"

Einer der Männer, die die Winde betätigt hatten, ein Hugenotte aus Saint-Maurice, näherte sich.

„Sie hat im gleichen Augenblick ihre Spannung verloren, in dem wir die Barre passierten. Die Burschen der Schaluppe müssen dafür gesorgt haben. Es war auch nötig, sonst wären wir auf die Felsen getrieben. Sie verstehen ihr Handwerk. Und wir sind in Sicherheit."

Sie zogen den Rest der Trosse herauf, die tatsächlich mit einer Axt durchschlagen worden war.

„War nicht mehr viel von ihr übrig. Gutes Handwerk", wiederholte der Mann aus Saint-Maurice bewundernd.

Angélique hörte jemand murmeln:

„Ja, gutes Handwerk, geschicktes Manöver zur Landung an unbekannter Küste."

Manigault fuhr auf.

„Aber wer, *wer* hielt das Ruder, während wir über die Barre glitten? Erikson stand hier, neben uns."

Sie hasteten zum Heck. Angélique folgte ihnen. Sie hätte überall zugleich sein mögen, um all den Gefahren die Stirn zu bieten, die sie auf sich zukommen fühlte. Die Elemente bedrohten sie nicht mehr. Trotzdem kehrte in ihr Herz keine Ruhe ein. Das Zusammengehörigkeitsgefühl in der gemeinsamen Abwehr des Meeres hatte Ziel und Sinn verloren. Eine neue entscheidende Auseinandersetzung zwischen den Protestanten und Joffrey de Peyrac bahnte sich an.

Nahe dem jetzt blockierten Steuerruder stießen sie auf den ausgestreckten Körper eines Spaniers, des unfähigsten unter den Meuterern, dessen Tunichtgut-Existenz ein gut gezielter Dolchstoß in den Rücken ein Ende gesetzt zu haben schien.

„Hatte Erikson diesen Halunken dazu bestimmt, das Ruder zu übernehmen?"

„Ausgeschlossen. Es sei denn, er wußte schon, daß ein anderer ihn ersetzen würde."

Betroffen durch die Worte, starrten sie einander an, ohne den Versuch zu machen, sich mit dieser plötzlichen Gewißheit auseinanderzusetzen oder sie zu ihrer eigenen Beruhigung zu leugnen.

„Dame Angélique", wandte sich Manigault endlich an die weibliche Gestalt am Rande ihrer Gruppe, „*er* war's, nicht wahr, der das Ruder hielt, während wir die Barre passierten?"

„Wie soll ich's wissen, Messieurs? Bin ich bei ihm, unten im Schiff? Nein. Ich bin bei Euch – nicht, glaubt mir's, weil ich Eure Handlungsweise gutheiße, sondern weil ich noch immer hoffen will, daß wir uns alle retten."

Sie senkten die Köpfe, ohne zu antworten. Ein so glücklicher Ausgang schien ihnen von nun an unwahrscheinlich.

Sie brüteten über den Worten des kanadischen Bärs: „Kein Pardon zwischen uns!"

„Sind wenigstens die Wachen, die ich bei den Luken aufgestellt habe, auf Posten geblieben?"

„Wir müssen's hoffen. Aber wir kennen nicht einmal all die Fallen, die in dieser Erbsensuppe möglicherweise auf uns warten."

Manigault ließ einen tiefen Seufzer hören.

„Ich fürchte, wir geben neben diesen Leuten reichlich armselige Kriegsmänner und Seeleute ab. Nun, der Wein ist abgezogen, wir müssen ihn trinken. Wachen wir, meine Brüder, und bereiten wir uns darauf vor, unsere Haut, falls nötig, so teuer wie möglich zu verkaufen. Wer weiß, vielleicht ist das Schicksal uns günstig. Wir haben Waffen. Sobald der Nebel sich hebt, werden wir feststellen können, wie es mit uns steht. Das Land ist nicht fern. Es liegt in dieser Richtung: man merkt es am Echo. Wir müssen also an einem geschützten Ort vor Anker liegen. Selbst wenn die Schaluppe nicht zurückkehrt, können wir das Ufer mit der kleinen Barke erreichen. Und wir sind zahlreich und bewaffnet. Selbst die Bordkanonen gehören uns. Wir werden die Küste erforschen, Trinkwasser an Bord bringen, auf das wir unzweifelhaft stoßen müssen, sodann im Schutz der Waffen den Rescator und seine Leute an Land schaffen und schließlich wieder in See gehen, den Inseln entgegen."

Seine Worte vermochten sie nicht zu ermutigen.

„Ich höre etwas wie Kettenklirren", sagte Mercelot.

„Das ist das Echo."

„Welches Echo?"

„Vielleicht ist ein anderes Schiff in der Nähe", vermutete Le Gall.

„Es hört sich eher an wie das Geräusch der Kette von La Rochelle, wenn sie von der Reede über den Hafeneingang zum Saint-Nicolas-Turm gespannt wurde."

„Ihr träumt."

„Ich hör's auch", sagte ein anderer.

Sie lauschten.

„Verfluchter Nebel! Wenn's wenigstens ein ehrlicher Nebel wie bei uns wäre. Aber niemals, wahrhaftig, niemals ist mir dergleichen vor Augen gekommen."

„Er muß durch die Begegnung der warmen und kalten Strömung entstanden sein, die uns in ihren Klauen hatte."

„Seltsam dabei ist, daß jeder Ton klingt und nicht nur gedämpft zu hören ist wie sonst bei dickem Nebel."

„Wo ist Erikson?" fragte Manigault plötzlich.

Sie fanden ihn nicht.

Als der junge Martial bei sinkender Nacht die erste Kerze entzündete, geriet er vor Staunen außer sich.

„Kommt her und seht!" rief er.

Männer, Frauen und Kinder stürzten hinzu und fanden die bescheidene Flamme durch die ziehenden Nebelschleier zu tausendfältiger Illumination vervielfacht. Plötzlich erstarrte Eiskristalle schmolzen in grünem, grüngoldenem, gelbem, rotem, rosigem und blauem Leuchten. Man schlug das Feuerzeug, um alle Laternen anzuzünden. Jedes Aufflackern einer neuen Flamme ließ neue, vielfarbige Phantasmagorien entstehen, die sie mit offenem Mund bestaunten, von Angst und Verwunderung ergriffen, während sie sich fragten: „Wo sind wir?"

Unfähig, Schlaf zu finden, tastete sich Angélique mehrmals aufs Deck hinaus.

Nach so langen Wochen der Fahrt war es verwunderlich, die relative Ruhe des vor Anker liegenden Schiffs zu spüren, das Rauschen einer Brandung auf einem nahen Strand zu hören.

Sie empfand ein Gefühl der Erwartung, das ihr die endlosen Stunden der Wache in der Bocage damals während ihrer Revolte und auch die Atmosphäre an Bord der königlichen Galeere oder der der Malteserritter kurz vor der feindlichen Attacke ins Gedächtnis zurückrief, jenes Vorgefühl des unmittelbar bevorstehenden Kampfes.

„Im Grunde bin ich eine Kriegerin. Joffrey weiß es nicht. Auch er weiß nichts von mir, nichts von der Frau, die ich geworden bin."

Im regenbogenfarbenen Leuchten der seltsam vervielfachten Lichter gewahrte sie froststarre Gestalten, in schwarze Mäntel gewickelt, wachend, die Augen der beunruhigenden Nacht geöffnet. Zuweilen hinterließ eine plötzlich über das Schiff hinwegziehende Nebelwolke auf ihren Schultern schimmernden Reif.

„Warum bin ich hier?" fragte sie sich. „Ich liebe sie nicht, liebe sie nicht mehr. Ich bin soweit gekommen, Berne, der einmal mein bester Freund gewesen ist, zu verabscheuen. Ich hätte ihm vieles verziehen, aber er hat Joffrey töten wollen. Das werde ich ihm nie verzeihen. Dennoch bin ich hier. Ich fühle, daß ich einen Grund habe, hier zu sein. Die Kinder, ja, Honorine. Ich könnte sie nicht verlassen. Joffrey ist stark. Er hat vom Leben alles gehabt, was ein Mensch haben kann. Er ist hart. Er kennt keine Schwäche, selbst nicht einmal die, mich zu lieben ..."

Sie verlangte nach seiner Gegenwart und fühlte sich fern von ihm ausgeschlossen. In der vergangenen Nacht war er so nah gewesen, so zärtlich. Trug oder Wirklichkeit? Sie wußte es nicht mehr.

Im ersten trüben Schein des Tages war sie erneut auf Deck gekommen, als eine Hand nach ihr griff und sie in den Schatten der Bordwand zog. Zwei Matrosen hielten sich hinter ihr. Sie erkannte die beiden, die sie mit Nicolas Perrot zusammen durch La Rochelle begleitet hatten. Auch sie waren also zu den Meuterern übergegangen. Doch schon im nächsten Moment entdeckte sie ihren Irrtum.

Der eine, zweifellos ein Malteser, neigte sich zu ihr und flüsterte ihr in der Mischsprache des Mittelmeers, die sie ziemlich gut verstand, zu:

„Der Patron schickt uns, um dich und das Kind zu schützen."

„Wovor schützen?"

„Rühr dich nicht!"

Zugleich packten sie fest ihre Handgelenke. Sie vernahm ein dumpfes Geräusch. Der Protestant, der die nächste Luke bewachte, war zusammengebrochen. Über ihm bemerkte Angélique ein sonderbares Wesen, das, obwohl unzweifelhaft ein Mensch, etwas von einem Tier, einem Vogel an sich hatte. Er wirkte riesig. Im ungewissen Licht richtete es sich mit einem schwirrenden Rauschen roter Federbüschel auf, umtanzt von buschigen Katzenschwänzen. Sein erhobener Arm schimmerte kupfern. Zum zweitenmal stieß es zu. Ein weiterer Posten fiel. Sie hatte ihn nicht kommen hören. Das Wesen bewegte sich mit der Schnelligkeit eines Gespenstes. Von überallher tauchten, die Reling überkletternd, lautlos neue Gestalten auf und überfluteten, wie durch Wolken gleitend, das Deck.

Ihre brandigen Federn und die wie flaumige Flügel von ihren Schultern flatternden blauen oder roten Pelzumhänge verliehen ihnen, wenn sie zum Stoß die Arme hoben, das Aussehen rächender Erzengel.

Angélique glaubte sich in einem bösen Traum befangen und wollte schreien. Die Leute des Rescators warnten sie.

„Kein Laut! Es sind unsere Indianer, unsere Freunde!"

Einer der Indianer sprang mit der Geschmeidigkeit eines akrobatischen Tänzers vor sie. In einer Hand schwang er einen kurzen, sehr breiten, mit roten Federfransen geschmückten Säbel, in der anderen eine Art hölzerner, mit kugeligem Eisenkopf versehener Keule, die einen primitiven Totschläger bildete. Angélique sah sein geheimnisvolles, mit blauen Linien bemaltes Gesicht, das mit einer Schicht aus rotem Ton bedeckt war, dicht vor sich.

Die Matrosen hoben die Hände und redeten in wohlklingender Sprache schnell auf den Indianer ein. Sie wiesen auf Angélique und auf die Tür zum Zwischendeck, die sie bewachten. Der Indianer gab durch ein Zeichen zu erkennen, daß er verstanden habe, und kehrte ins Getümmel zurück.

Noch immer hallten Schüsse und vereinzelte Schreie über das Deck, dann ertönte ein langes Geheul, alsbald gefolgt von einem seltsamen Schauspiel, das an festliche Abende in Hafentavernen erinnerte.

Geräuschvoll, gutgelaunt einander anrufend, kletterten andere, bärtige, wie Nicolas Perrot mit Pelzmützen ausstaffierte Männer über die Reling und faßten ihrerseits auf der *Gouldsboro* Fuß.

Angélique sah zwei Gestalten passieren, die mit ihren Degen, den europäischen Wämsern und großen, ein wenig altmodischen, aber stolz getragenen Hüten wie Edelleute wirkten. Mit sicherem Schritt wandten sie sich zum Heck und entschwanden ihrem Blick. Das Deck war von fiebriger Erregung erfüllt. Diese Leute schienen durch den dicken Nebelvorhang sehen zu können, an den sie gewöhnt waren. Nur wenige Minuten waren vergangen, und doch begriff Angélique, daß alles entschieden war. Der Sieg hatte die Seiten gewechselt, und die unsichere Überlegenheit der Protestanten war zusammengebrochen.

Manigault, Berne und ihre Helfer wurden mit auf dem Rücken gebundenen Händen auf das Hauptdeck geführt. Bartstoppeln hoben ihre

Blässe noch mehr hervor, ihre Kleider waren zerrissen. Der unvorhergesehene Angriff der Indianer hatte ihnen nicht die Zeit gelassen, sich zu wehren.

Von den Keulen des lautlos aufgetauchten Feindes betäubt, kamen sie erst allmählich zur Besinnung. Viele litten unter den erhaltenen Schlägen. Ihre Züge waren schmerzlich verzerrt.

Angélique empfand keinerlei Mitleid für sie. Sie grollte ihnen zu sehr, obwohl sie gewünscht hätte, daß sich die neuerliche Übernahme der Gewalt durch ihren Gatten ohne allzu viel Blutvergießen vollzog.

Im Grunde ihres Herzens hatte sie immer gewußt, daß er seine sicherlich entschlossenen und mutigen, vielleicht auch gewitzten, aber unerfahrenen Gegner letztlich doch überwältigen würde.

Er hatte seine scheinbare Niederlage nur hingenommen, um Zeit zu gewinnen. Mit seiner Kenntnis des Meers und des Küstenstrichs, vor den er sie entführt hatte, war es ihm mühelos gelungen, sie zu täuschen. Im Innern seines Schiffs verschanzt, hatte er den wahnwitzigen Weg der *Gouldsboro* durch die Floridaströmung verfolgt und im geeigneten Augenblick Erikson und Nicolas Perrot vorgeschickt. Unter der Vorgabe, nicht zu wissen, wo sie landeten, hatten sie das Schiff in die offene Falle, den Schlupfwinkel der Piraten, manövriert. Am Ufer hatten die Männer der Schaluppe ihre Komplicen wiedergefunden und die Indianer befreundeter Stämme alarmiert.

Gefangene dieser ihnen unbekannten Wüstenei der Nebel, waren die Protestanten ihnen auf Gnade und Ungnade ausgeliefert. Die Laternen auf dem im Schutz der Bucht liegenden Schiff hatten leichten Kanus aus Birkenrinde als Wegzeichen gedient, die Waffen und rothäutige Krieger, Trapper, Matrosen und zu den Piraten gestoßene Edelleute trugen, buntscheckige Bewohner dieser wilden Küste, allesamt Leute des Rescators.

Nun erschien auch er, düster aus dem Nebel tauchend. Er wirkte größer als die anderen, selbst neben hochgewachsenen Indianern, die ihn begrüßten, indem sie sich vor ihm niederwarfen, die geschmeidigen, raubtierhaften Bewegungen noch unterstrichen durch den Faltenschwung ihrer Mäntel aus prachtvollen Fellen und jene Schwänze von Tigerkatzen, die von den rasierten Schädeln auf ihre Schultern herabfielen.

Der Rescator unterhielt sich in ihrer Sprache mit ihnen. Auch hier noch, in diesem Land am Ende der Welt, war er zu Hause.

Er schien Angélique nicht zu sehen und blieb vor den Gefangenen stehen. Er betrachtete sie lange und ließ dann eine Art Seufzer hören.

„Das Abenteuer ist zu Ende, meine Herren Hugenotten", sagte er. „Ich bedauere für Euch, daß Euer Wert sich nicht in nützlicherer Weise für uns alle hat offenbaren können. Ihr wählt Eure Feinde schlecht und versteht nicht einmal, Eure Freunde zu erkennen. Es sind die üblichen Fehler Euresgleichen, die sehr teuer zu stehen kommen."

„Was werdet Ihr mit uns machen?" fragte Manigault.

„Das, was Ihr mit mir gemacht hättet, wenn Ihr siegreich geblieben wärt. Ihr habt mir einmal Worte der Schrift zitiert. Jetzt bin ich an der Reihe, Euch eins der Gesetze des Buches der Bücher zu bedenken zu geben: ‚Auge um Auge, Zahn um Zahn!'"

Fünfunddreißigstes Kapitel

„Dame Angélique, wißt Ihr, was er mit ihnen anfangen wird?"

Angélique erbebte und hob die Augen zu Abigaël. Im fahlen Morgenlicht schien das Gesicht des jungen Mädchens verwüstet. Zum erstenmal zeigte es sich vernachlässigt. Die Unruhe ließ keinen Raum für Koketterie in ihm. Abigaël hatte sich weder ihrer in langen, mit Laden und Musketenreinigen verbrachten Nächten schmutzig gewordenen Schürze entledigt noch ihre weiße Haube aufgesetzt, und ihr flächsernes, auf die Schultern herabfallendes Haar verlieh ihr das Aussehen hilfloser Jugend und ungewohnter Verwirrung. Angélique betrachtete sie, kaum sie erkennend. Der gequälte, angstvolle Ausdruck ihrer Augen erstaunte sie um so mehr, als die Tochter des Pastors Beaucaire weder gegen ihren Vater noch gegen ihren Vetter, deren Verhalten während der Rebellion maßvoll geblieben war, Repressalien zu fürchten hatte. Unter denen, deren Schicksal noch ungewiß blieb, hatte sie weder Sohn noch Gatten.

Sie zitterte um die Anführer der Meuterei: Manigault, Berne, Mercelot, Le Gall und die drei Männer, die sich in die Mannschaft des Rescators hatten aufnehmen lassen, um besser spionieren zu können. Man hatte sie seit dem Vortag nicht mehr gesehen. Die andern waren zu ihren Frauen und Kindern zurückgekehrt. Mit gesenkten Köpfen, müde und verbittert, hatten sie zögernd von den Früchten, den merkwürdigen Gemüsen und dem in Schläuchen transportierten Süßwasser gekostet, das man ihnen reichlich zugeteilt hatte.

„Ich fange an, mich zu fragen, ob wir uns nicht wie Dummköpfe verhalten haben", hatte Darry, der Arzt, gesagt, während er sich auf ein Strohbündel sinken ließ. „Statt gleich auf Manigault und Berne zu hören, hätten wir zuvor wenigstens mit diesem Piraten verhandeln können, der sich immerhin bereit erklärt hatte, uns an Bord zu nehmen, als wir uns in einer üblen Lage befanden."

Auch der Advokat Carrère brummelte vor sich hin. Wie immer ungeschickt, hatte er sich an seiner Muskete verletzt, und seine schmerzende Hand trug noch dazu bei, seine Laune zu verschlimmern.

„Was kümmert's uns im Grunde, hierhin oder dorthin zu kommen, zu den Inseln oder woandershin. Aber Manigault hatte Angst, sein Geld zu verlieren, und Berne hatte Angst, die Liebe einer gewissen Person zu verlieren, die ihm den Kopf und die Sinne verdreht hatte ..."

Zwischen seinen Nagetierzähnen murmelnd, warf der Advokat einen düsteren Blick auf Angélique.

„Wir haben uns von diesen beiden Narren verleiten lassen. Jetzt sitze ich wer weiß wie in der Tinte, noch dazu mit elf Kindern."

Niedergeschlagenheit lastete auf den schweigsamen Protestanten, und selbst die durch die letzten Ereignisse und die Rothäute erschreckten Kinder hatten noch nicht zu ihrer Unbekümmertheit zurückgefunden und verhielten sich still angesichts der sorgenvollen, traurigen Gesichter ihrer Eltern.

Das sanfte Schwanken des vor Anker liegenden Schiffes, die Stille draußen, die sie die Umklammerung des noch immer andauernden dichten weißlichen Nebels spüren ließ, trug nach den Tagen des Sturms und des Kampfes zu dem von allen geteilten Eindruck bei, einen Wachtraum zu durchleben. Abigaël hatte die Bedrohung des Morgens in solchem Maße empfunden, daß sie mit wild klopfendem Herzen erwacht war. Noch mit der schrecklichen Vision eines Alptraums vor Augen, der sie während des Schlafs bedrängt hatte, war sie wie unter einem Zwang aufgesprungen und zu Angélique gegangen.

Diese hatte gleichfalls kein Auge geschlossen, so eingesponnen in ihre eigenen Sorgen, daß die Feindseligkeit ihrer einstigen Gefährten aus La Rochelle sie nicht erreichte. Mehr um sie zu verteidigen, blieb sie unter ihnen, als in ihrer Mitte Zuflucht zu suchen. Ihre Gedanken wandten sich von Joffrey de Peyrac zu denen, für die sie sich gegen ihren Willen verantwortlich fühlte. Über das blasse Gesicht Lauriers gebeugt, hatte sie ihn beruhigend umfangen, aber weder die geschlossenen Lippen des Kleinen noch die Séverines oder Martials hatten irgendeine Frage laut werden lassen.

Von neuem in die unentwirrbaren Konflikte der Erwachsenen hineingezogen, litten die Kinder stumm.

„Habe ich sie den Kerkern des Königs etwa nur darum entrissen, daß sie nun doppelt Waisen werden, am Ende der Welt? Nein, unmöglich!"

Abigaëls plötzliches Auftauchen verlieh ihren Ängsten Gestalt. Angélique erhob sich und glättete entschlossen ihr Kleid. Die Krise nahte. Sie mußte sich ihr stellen und ihre Kräfte sammeln, um der drohenden Verzweiflung widerstehen zu können.

Hinter Abigaël hatten sich andere Frauen aufgerichtet. Die Bréages und Le Galls, der Seeleute, schüchtern und dennoch von ihrer Besorgnis getrieben, ohne es zu wagen, sich unter die anderen, die alteingesessenen Bürgerinnen La Rochelles zu mischen. Madame Mercelot, Madame Manigault und ihre Töchter, die unversehens zu einem Entschluß gelangt zu sein schienen, näherten sich Angélique mit harten Gesichtern. Sie sprachen nicht sofort, aber ihre fordernden Augen wiederholten dieselbe Frage, die schon Abigaël gestellt hatte:

„Was wird er mit ihnen anfangen?"

„Warum versetzt Ihr Euch in solchen Zustand, Abigaël?" murmelte Angélique, sich nur an das junge Mädchen wendend, dessen Verhalten sie beunruhigte. „Gott sei Dank hat sich weder Euer Vater noch Euer Vetter in eine Aktion gemischt, die sie mißbilligten. Ihnen kann nichts Böses geschehen."

„Aber Gabriel Berne!" rief das junge Mädchen mit herzzerreißender Stimme. „Wollt Ihr ihn gleichmütig umkommen lassen, Dame Angélique? Habt Ihr vergessen, daß er Euch in sein Haus aufnahm, und daß er nur wegen Euch, nur wegen Euch ..."

Fast etwas wie Haß glomm in dem wahnwitzigen Blick, den sie auf Angélique richtete. Auch die heiter-stille Maske der sanften Abigaël war nun geborsten. Angélique begriff.

„Ihr liebt ihn also, Abigaël?"

Mit einem erstickten Schrei verbarg das junge Mädchen sein Gesicht in den Händen.

„O ja, ich liebe ihn! Seit so vielen Jahren, so vielen Jahren ... Ich will nicht, daß er stirbt, selbst wenn Ihr ihn mir nehmt."

„Wie dumm ich bin", dachte Angélique. „Sie war meine Freundin, und ich wußte nichts von ihrem Herzen. Nur Joffrey hat es sofort begriffen, als er Abigaël am ersten Abend auf der *Gouldsboro* sah. Er hat in ihren Augen gelesen, daß sie in Maître Berne verliebt war."

Abigaël hob ihr von Tränen überströmtes Gesicht.

„Seid gnädig, Dame Angélique. Tut etwas, daß man ihn schont. Hört Ihr, dort oben?"

Unfähig, die über sie hereinbrechende Angst zu kontrollieren, überwand sie ihr Schamgefühl und fügte hinzu:

„Hört, diese Schritte, diese Hammerschläge! Sie treffen schon Vorbereitungen, ihn zu hängen. Oh, ich töte mich, wenn er stirbt!"

Das ihnen schon bekannte Bild sprang vor ihre Augen, und sie erlebten von neuem die grauenvolle Überraschung, die sie verspürt hatten, als sie an einem Morgen wie diesem die Leiche des Mauren Abdullah von einem Rahenende des Fockmastes hatten baumeln sehen. Der Beweis war erbracht, daß das Strafgericht des Schiffsherrn schnell und ohne Berufung erfolgen konnte. Mit aufwärts gewandten Gesichtern, die Züge gespannt, die Münder in stoßweisem Atmen, leicht geöffnet, lauschten sie auf die Schritte über ihren Köpfen.

„Eure Phantasie spielt Euch einen Streich, Abigaël", sagte Angélique endlich mit all der Ruhe, die sie aufzubringen vermochte. „Es kann sich nicht um die Vorbereitungen einer Erhängung handeln, da der Fockmast während des Sturms gebrochen ist."

„Ah, es bleiben noch genug Masten und Rahen auf der *Gouldsboro*, um sie aufzuknüpfen!" schrie Madame Manigault wütend. „Elende, Ihr seid es, die uns in all das hineingezogen, die uns Eurem Liebhaber, eurem Komplicen zu unserem Untergang ausgeliefert habt! Ich habe Euch übrigens schon immer mißtraut."

Mit erhobener Hand und geröteten Wangen drängte sie sich zu Angélique heran. Ein gebieterischer Blick der letzteren ließ sie innehalten.

Seitdem Angélique in einem neuen Kleid und mit auf die Schultern fallendem Haar wieder bei ihnen aufgetaucht war, mischte sich in ihren Groll eine Art von Respekt. In dieser Aufmachung wurden sie sich der Noblesse ihrer Bewegungen und ihrer Sprache deutlicher bewußt.

Die hochmütige Bürgerin neigte sich plötzlich gegen ihren Willen vor der großen Dame. Madame Mercelot griff nach dem Gelenk ihrer erhobenen Hand.

„Beruhigt Euch, Gevatterin", sagte sie, indem sie sie zurückzog. „Vergeßt Ihr, daß nur sie uns noch zu helfen vermag? Wir haben genug Dummheiten begangen, glaubt mir."

Angéliques Augen hatten sich verhärtet.

„Das ist wahr", sagte sie mit schneidender Stimme. „Ihr tut gut daran, die Verantwortung für Eure Fehler nicht immer auf andere abzuwälzen. Ihr selbst, Madame Manigault, habt gespürt, daß der Rescator Vertrauen verdiente, aber Ihr habt Eure irregeleiteten Ehemänner, von denen jeder Ziele und Interessen verfolgte, die vielleicht nicht weniger unerfreulich sind als die der von Euch so verachteten Piraten, weder zurückzuhalten noch zu überzeugen vermocht. Ja, es ist wahr, ich war beim Kapitän, als sie sich seiner bemächtigten. Sie bedrohten ihn mit dem Tod, sie ermordeten seine Gefährten vor seinen Augen. Welcher Mann könnte derlei vergessen? Er weniger noch als ein anderer! Und Ihr wißt es. Deshalb habt Ihr alle Angst."

Ihr Zorn ließ sie erbeben.

Die Frauen starrten sie an, und erst jetzt wurden sie sich des über sie hereingebrochenen Desasters voll bewußt. Und Madame Manigault selbst war es, die mit besiegter Stimme die bohrende Frage wiederholte:

„Und was wird er mit ihnen tun?"

Angélique senkte die Augen. Die ganze Nacht hindurch hatte sie nicht aufgehört, sich im trügerischen Frieden der beendigten Meuterei diese Frage zu stellen.

Plötzlich sank Madame Manigault schwerfällig vor Angélique auf die Knie. Und ihre vom gleichen Gefühl bewegten Gefährtinnen taten es ihr nach.

„Dame Angélique, rettet unsere Männer!"

Sie streckten ihre gefalteten Hände nach ihr aus.

„Ihr allein vermögt es", flehte Abigaël heiß. „Ihr allein kennt die geheimsten Wege seines Herzens, Ihr werdet die Worte finden, ihn alle Schuld vergessen zu lassen."

Angélique fühlte sich bei diesen Worten erblassen.

„Ihr täuscht Euch, ich habe keine Macht über ihn. Sein Herz ist unzugänglich."

Doch sie klammerten sich an ihr Kleid.

„Ihr allein vermögt es."

„Ihr vermögt alles!"

„Habt Mitleid mit unseren Kindern, Dame Angélique!"

„Laßt uns nicht im Stich. Geht zu dem Piraten."

Sie schüttelte heftig den Kopf.

„Ihr versteht nicht. Ich kann nichts tun. Ah, wenn Ihr wüßtet! Nichts vermag das Metall seines Herzens zu ritzen."

„Aber für Euch! Die Leidenschaft, die Ihr ihm einflößt, wird ihn erweichen."

„Ich flöße ihm leider keine Leidenschaft ein."

„Wie?" riefen sie im Chor. „Was sagt Ihr da? Nie zeigte sich ein Mann behexter durch eine Frau. Wenn er Euch betrachtete, brannten seine Augen wie Feuer."

„Wir waren alle eifersüchtig und gereizt", gestand Madame Carrère, die sich genähert hatte.

Sie umdrängten sie, klammerten sich an sie in blindem Vertrauen.

„Rettet meinen Vater", flehte Jenny. „Er ist unser aller Anführer. Was soll in diesem unbekannten Land ohne ihn aus uns werden?"

„La Rochelle ist so fern."

„Wir sind allein."

„Dame Angélique! Dame Angélique!"

Es schien Angélique, als höre sie in diesem Konzert bittender Stimmen nur die zarten, traurigen Séverines und Lauriers, obwohl sie nicht den leisesten Laut von sich gaben. Sie waren bis zu ihr geglitten und umfingen sie mit ihren dünnen Armen. Sie preßte sie gegen ihre Brust, um ihre angstvollen Augen nicht mehr sehen zu müssen.

„Arme, am Ende der Welt verlassene Kinder!"

„Was fürchtet Ihr, Dame Angélique? Euch kann er nichts Böses tun", murmelte Laurier mit seiner spröden, zögernden Stimme.

Sie konnte ihnen nicht sagen, daß noch unausgesprochener, verletzender Groll sie trennte. Der hitzige Disput, der trotz ihrer kurzen Versöhnung am Vortage zwischen ihnen aufgeflammt war, bewies es.

Auf die körperliche Anziehung, die sie auf ihren Gatten ausübte, konnte sie nicht bauen. Denn das wog nicht viel. Einen Joffrey de Peyrac legte man durch die Macht der Sinne nicht in Ketten. Sie wußte es besser als sonst irgend jemand hier. Es gab wenig Männer seiner Charakterstärke, die sie mit Raffinement auszukosten und sich zugleich mühelos aus ihrer Verstrickung zu lösen vermochten. Die Kraft seines Geistes und sein Geschmack für höhere Genüsse erlaubten ihm, sein Verlangen zu beherrschen und, wenn es sich als nötig erwies, leicht auf die flüchtigen Vergnügungen des Fleisches zu verzichten.

Was bildeten sich diese tugendhaften Frauen ein, die, vor ihr auf den Knien liegend, treuherzig auf ihre Fähigkeit zur Verführung hofften, um den Grimm eines Schiffsherrn abzulenken, dessen Mannschaft zum Aufruhr verleitet worden war.

Joffrey de Peyrac würde nicht verzeihen!

Ritterlich, wenn es der Anlaß gebot, den Traditionen seiner Vorfahren entsprechend, hatte er niemals gezögert, Blut zu vergießen, wenn es sein mußte, und zu töten, wenn er es für notwendig hielt.

Und sie sollte es wagen, gerade sie, vor ihn zu treten und die ganz offenbar Schuldigen zu unterstützen, die ihm eine tödliche Beleidigung zugefügt hatten? Ihr Schritt würde ihn vollends erzürnen. Er würde sie mit beißenden Worten davonjagen, ihr vorwerfen, mit seinen Feinden gemeinsame Sache zu machen.

Die Frauen und Kinder verfolgten ängstlich die Anzeichen des inneren Kampfes auf ihren Zügen.

„Ihr allein könnt ihn rühren, Dame Angélique! Solange es noch nicht zu spät ist . . . Bald wird es zu spät sein!"

Ihre infolge der durchlittenen Prüfungen überreizte Sensibilität ließ sie Vorbereitungen ahnen, deren Geräusche nicht bis zu ihnen drangen. Jede Minute, die verstrich, war eine verlorene Minute. Sie zitterten vor Furcht, die Tür sich öffnen zu sehen. Dann würde man sie heraustreten, sie auf Deck steigen lassen, und sie würden sehen! Es wäre zu spät zum Weinen und Flehen. Man würde das Unausweichliche hinnehmen, eine dumpf in sich versunkene Frau mit leeren Augen werden müssen wie Elvire, die junge Witwe des Bäckers, der im Verlauf der Meuterei getötet worden war. Seitdem hockte sie, unbeteiligt am Geschehen um sie her, in einem Winkel, ihre beiden Kinder an sich gedrückt.

Angélique riß sich zusammen.

„Ja. Ich werde gehen", sagte sie halblaut. „Ich muß es tun, aber – o mein Gott, wie hart es ist."

Sie fühlte sich ohne Kraft, die Hände leer, da sie selbst das zwischen ihnen geknüpfte schwache Band zerrissen hatte, als sie sich geweigert hatte, bei ihm zu bleiben. „Bleib bei mir", hatte er gemurmelt. Sie hatte „nein" gerufen und war geflohen. Er gehörte nicht zu den Männern, die verziehen. Dennoch wiederholte sie: „Ich werde gehen!" und schob sie beiseite.

„Laßt mich durch."

Rasch aufspringend, bemühten sich ihre Gefährtinnen schweigend um sie. Abigaël warf ihr ihren Mantel über die Schultern. Madame Mercelot drückte ihr die Hände. Sie begleiteten sie bis zur Tür.

Zwei Posten, Matrosen der *Gouldsboro*, bewachten die Schwelle. Bei Angéliques Anblick zögerten sie, ließen sie jedoch passieren, da sie sich erinnerten, daß sie die Gunst des Schiffsherrn besaß.

Langsam erstieg sie die Treppen, die zum Achterdeck führten. Die klebrigen, hölzernen Stufen, vom Salzwasser der Stürme und Blut der Kämpfe durchtränkt, waren ihr so vertraut geworden, daß sie sie erklomm, ohne dessen gewahr zu werden. Noch immer umfing der gleiche Nebel das in der unsichtbaren Bucht ankernde Schiff. Er war nun weniger dicht, doch von milchiger Weiße. Rötliche Reflexe und flüchtige goldene Funken schillerten in ihm auf, ohne daß Angélique sie bewußt wahrnahm.

Sie stieß gegen einen hochgewachsenen Mann in goldbesetzter Uniform und prächtig mit Federn geschmücktem Filzhut. Im ersten Moment hielt sie ihn für ihren Gatten und blieb wie angewurzelt stehen. Doch er grüßte sie sehr galant.

„Madame, erlaubt, daß ich mich vorstelle: Roland d'Urville, jüngster Sohn des Hauses de Valognes, normannischer Edelmann."

Seine französische Stimme, die Artigkeit seiner Manieren hatten trotz seines gebräunten Piratengesichts etwas Beruhigendes. Er erkundigte sich, ob sie den Grafen Peyrac zu sehen wünsche, und erbot sich, sie bis zu dessen Kajüte zu begleiten. Angélique stimmte zu. Sie fürchtete sich davor, unversehens einem der indianischen Krieger gegenüberzustehen.

„Ihr habt nichts zu besorgen", bemerkte Roland d'Urville. „Obwohl schreckliche Krieger während des Kampfes, sind sie doch, sobald sie die Waffen beiseite legen, sanft und voller Würde. Monsieur de Peyrac schickt sich eben an, zur Begrüßung ihres großen Häuptlings Massawa an Land zu gehen. Was habt Ihr?"

Auf der Galerie des hinteren Deckaufbaus angelangt, hatte Angélique die Augen gehoben.

Am Großmast hatte sie nackte Füße zwischen Himmel und Erde baumeln sehen.

„Ah, ja, Gehängte", sagte d'Urville, der ihrem Blick gefolgt war. „Das bedeutet nichts. Nur ein paar von diesen spanischen Meuterern, die, wie es scheint, unserem Chef und seinen Leuten während der Rückfahrt eine böse Viertelstunde bereiteten. Erregt Euch nicht, Madame. Auf See und in diesen wilden Gebieten muß die Rechtsprechung schnell und ohne Widerspruch erfolgen. Diese Elenden verdienen keinerlei Beachtung."

Angélique hätte ihn gern gefragt, was mit den andern, den Hugenotten, geschehen war, aber sie vermochte es nicht.

Als sie den Salon der Deckskajüte betrat, fühlte sie sich wie aufgelöst. Sie mußte sich gegen die Tür lehnen, nachdem diese durch den normannischen Edelmann, der sie eingelassen hatte, wieder geschlossen worden war, und blieb so einen Moment, bevor sie sich im Halbdunkel zurechtfand. Und dennoch war ihr auch dieser Raum vertraut, in dem die Düfte des orientalischen Luxus gegen den überwältigenden Geruch des Meeres ankämpften.

Was für Szenen, was für Dramen hatten sich seit jenem ersten Abend bei La Rochelle, an dem Kapitän Jason sie zum Rescator geführt hatte, in ihm abgespielt!

Sie bemerkte ihren Gatten nicht sofort. Als sie ihre Fassung wiedergewonnen hatte, suchte sie ihn mit den Augen und entdeckte ihn aufrecht im Hintergrund des Raums nahe dem großen Fenster, gegen das sich die flüchtigen Schwaden des schimmernden Nebels drängten. Die gedämpfte und dennoch überaus weiße, lichterfüllte Helligkeit, die durch die Scheiben drang, beleuchtete eine Schatulle auf einem Tisch, aus der Joffrey de Peyrac allerlei Geschmeide, Perlen und Diamanten genommen hatte.

Monsieur d'Urville hatte gesagt, daß sich der Herr der *Gouldsboro* anschicke, an Land einen angesehenen Häuptling zu empfangen. Zweifellos hatte er sich für diese Zeremonie an diesem Tag mit besonderer Pracht gekleidet. Angélique glaubte sich in die vergangenen Zeiten der Hoffestlichkeiten zurückversetzt, als sie seinen Mantel aus rotem, mit großen diamantenen Blumen besticktem Tuch, sein Wams und seine Kniehosen aus dunkelblauem Samt bemerkte, ohne Verzierungen die letzteren, aber von raffiniertem Schnitt, der seiner langen Gestalt eine bestechende Linie voller Verführung verlieh. Hatte ihn nicht schon damals, als er noch hinkte, der Ruf begleitet, trotz dieses Mangels einer der elegantesten großen Herren seiner Zeit zu sein? Seine sehr hohen spanischen Stiefel waren aus dunkel getöntem rotem Leder, desgleichen die auf dem Tisch liegenden Handschuhe und der Gürtel, an dem sein Pistolenhalfter und sein Dolch befestigt waren.

Das einzige, was ihn in der Tat von dem höfischen Grandseigneur unterschied, war das Fehlen eines Degens. Mit Perlmutt eingelegt, glänzte der silberne Kolben einer langen Pistole an seiner Seite.

Sie sah zu, wie er zwei Ringe auf seine Finger schob und an seinem Hals über dem Wams ein Sautoir aus Goldplättchen und Diamanten befestigte, wie dergleichen noch unter Ludwig XIII. die kriegerischen Grandseigneurs zu tragen pflegten, die den nutzlos gewordenen Küraß verschmäht und ihn in ein Schmuckstück umgewandelt hatten.

Er wandte ihr halb den Rücken zu. Hatte er sie eintreten hören? Wußte er, daß sie sich im Raum befand? Endlich schloß er die Kassette und wandte sich ihr zu.

In den ernstesten Augenblicken stellen sich zuweilen ungereimte Gedanken ein. Sie sagte sich, daß sie sich an diesen Bartkranz gewöhnen müsse, den er sich wieder hatte stehen lassen und der ihm das Aussehen eines Sarazenen gab.

„Ich bin gekommen . . .", begann sie.

„Ich seh's."

Er half ihr nicht und betrachtete sie ohne Wärme.

„Joffrey", sagte sie, „was werdet Ihr mit ihnen tun?"

„Geht es Euch darum?"

Sie neigte schweigend den Kopf, die Kehle wie zugeschnürt.

„Ihr kommt aus La Rochelle, Madame, Ihr seid im Mittelmeer gereist, und ich habe sagen hören, daß Ihr Euch für Fragen des Seehandels interessiert. Ihr kennt also die Gesetze des Meeres. Welches Schicksal behält man denen vor, die sich im Laufe einer Seefahrt der Disziplin des Kapitäns widersetzen und ihm nach dem Leben trachten? Man hängt sie. Hoch und ohne Federlesens und Richterspruch. Ich werde sie also hängen."

Er sagte es ruhig, aber sein Entschluß war unwiderruflich.

Angélique fühlte sich von eisiger Kälte gepackt, ein Schwindel überfiel sie. „Es ist unmöglich, daß es geschieht", sagte sie sich. „Ich werde alles tun, es zu verhindern. Ich werde mich ihm zu Füßen werfen . . ."

Sie durchquerte den Raum, und bevor er ihre Absicht ahnen konnte, lag sie vor ihm auf den Knien und umfing ihn mit ihren Armen.

„Schont sie, Joffrey. Ich bitte Euch darum, mein Geliebter, ich bitte Euch. Weniger um ihret- als um unsertwillen. Ich habe Angst, ich zittere, daß eine solche Tat das Gefühl verändern könnte, das ich Euch entgegenbringe, daß ich niemals vergessen könnte, wessen Hand sie in den Tod geschickt hat. Zwischen uns flösse das Blut meiner Freunde."

„Das Blut der meinen fließt bereits: Jasons, meines getreuen Begleiters während zehn langer Jahre, des alten Abd-el-Mecchrat, der grausam von ihnen ermordet wurde."

Seine beherrschte Stimme vibrierte vor Zorn, und seine Augen funkelten.

„Eure Forderung ist ungerecht, was mich betrifft, Madame, und ich fürchte, Euch treibt eine verächtliche Neigung zu einem jener Männer, die mich verrieten, mich, Euren Gatten, den Ihr zu lieben vorgebt."

„Nein, nein, Ihr wißt es nur zu gut. Ich liebe nur Euch. Ich habe immer nur Euch geliebt, genug, um daran zu sterben, mein Leben für Euch zu verlieren, mein Herz fern von Euch zu verlieren."

Er hätte sie gern zurückgestoßen, konnte es jedoch nicht, ohne sich brutal zu zeigen, denn sie klammerte sich mit verzehnfachter Kraft an ihn, und er spürte die Wärme ihrer Arme.

Starr blickte er über sie hinweg, die Begegnung mit ihren flehenden Augen verweigernd, aber dem bewegenden Klang ihrer Stimme vermochte er nicht zu widerstehen. Von all den Worten, die sie gesprochen hatte, brannte eines unablässig in ihm: „Mein Geliebter." Während er überzeugt gewesen war, gegen jede Nachgiebigkeit gewappnet zu sein, hatte er sich durch diesen unerwarteten Anruf, durch die Geste dieser Stolzen, die nun vor ihm auf den Knien lag, anrühren lassen.

„Ich weiß", sagte sie mit erstickter Stimme, „ihre Tat verdient den Tod."

„Dann begreife ich überhaupt nicht, Madame, warum Ihr halsstarrig darauf beharrt, sich für sie zu verwenden, wenn es wahr ist, daß Ihr ihren Verrat nicht billigt, und vor allem, warum Ihr Euch in solchem Maße mit ihrem Schicksal beschäftigt."

„Weiß ich es selbst? Ich fühle mich trotz ihrer Fehler und ihres Verrats an sie gebunden. Vielleicht, weil sie mich einstmals retteten und wiederum von mir gerettet wurden, als ich ihnen half, La Rochelle zu verlassen, wo sie verurteilt waren. Ich habe unter ihnen gelebt und ihr Brot geteilt. Ich war am Ende, als Maître Berne mir das Asyl seines Hauses bot. Wenn Ihr wüßtet, kein Baum, kein Strauch meines Poiteviner Waldes, der Landschaft meiner Kindheit, der nicht einen auf meinen Untergang versessenen Feind verbarg. Ich war ein gnadenlos gejagtes Tier, verraten von allen."

Mit einem Druck seiner Hand brachte er sie zum Schweigen.

„Was liegt an dem, was nicht mehr ist", sagte er hart. „Die Wohltaten der Vergangenheit können die Ungerechtigkeit der Gegenwart nicht vergessen machen. Ihr seid eine Frau. Ihr scheint nicht zu verstehen, daß die Männer, für die ich auf meinem Schiff und an dieser Küste, an der wir anlegten, verantwortlich bin, kein anderes Gesetz kennen als das, das ich ihnen auferlege und das zu respektieren ich sie zwinge. Disziplin und Gerechtigkeit müssen regieren, wenn sich Anarchie nicht ausbreiten soll. Nichts Großes, Bleibendes könnte ohne sie errichtet werden, und zudem ließe ich nur nutzlos mein Leben. Hier, wo wir sind, ist Schwäche unmöglich."

„Es handelt sich nicht um Schwäche, sondern um Barmherzigkeit."

„Gefährliche Nuance! Euer Altruismus, Euer Drang, Samariterdienste zu tun, führt Euch in die Irre und steht Euch schlecht."

„Und wie hättet Ihr gewünscht, mich wiederzufinden?" rief sie mit einem Aufbäumen der Empörung. „Hart? Bösartig? Unversöhnlich? Gewiß, vor nicht langer Zeit nur war ich nichts als Haß. Aber nun kann ich nicht mehr. Ich will das Böse nicht mehr, Joffrey. Das Böse ist der Tod. Ich liebe das Leben."

Sein Blick senkte sich offen zu ihr herab.

Ihr Aufschrei hatte seine letzten Schutzwehren weggewischt.

Während der Wechselfälle der kürzlichen Ereignisse hatte ihn der Gedanke an Angélique nie verlassen, seinem Geist unablässig das Mysterium derer vorführend, die er liebte. Also gab es in ihr weder Heuchelei noch Berechnung. Mit der üblichen, so merkwürdigen und doch so treffenden weiblichen Logik hatte sie ihn in bezug auf sich vor die Realität gestellt und forderte nun seine Entscheidung. Hätte er sie sich wirklich ehrgeizig, boshaft, gierig-egoistisch gewünscht wie so viele Frauen, deren Dasein nur dem eigenen Ich geweiht war? Was hätte er wohl heute mit einer kapriziösen, frivolen Marquise in großer Aufmachung angefangen, er, der Abenteurer, der sich noch einmal anschickte, die Würfel seines Glücks in die Waagschale zu werfen, indem er in unerforschte Gebiete vordrang?

Welchen Platz hätte es in diesem neuen Leben für die Angélique der Vergangenheit gegeben, jenes bezaubernde Mädchen, das seine blanken Augen auf ein Jahrhundert voller Verführung richtete und darauf brannte, ihre weiblichen Waffen zu erproben, oder für die Herrscherin über das Herz eines Königs, die aus der verderbten Welt des Hofes ihr Wirkungsfeld, die Schaubühne ihrer Taten gemacht hatte?

Das wilde, rauhe Land, in das er sie führte, forderte mehr als kleinliche, leere Herzen. Es bedurfte der Hingabe. Jener Fähigkeit zur Hingabe, die er in den zu ihm aufgehobenen Augen las. Überraschender Ausdruck, mußte er sich eingestehen, für einen Blick, der so viele Große dieser Welt abgeschätzt und schließlich behext hatte. Doch auf mysteriösen Pfaden, die sieben ihre Seele verhüllenden Schleier den zerrenden Sträuchern am Wegrand überlassend, war Angélique bis zu ihm gelangt.

Sie sah ihn unverwandt an, seinen Urteilsspruch erwartend, ohne zu wissen, was er dachte.

Er dachte: „Die schönsten Augen der Welt! Für solche Augensterne fünfunddreißigtausend Piaster, das war nicht zu teuer bezahlt. Ein König ist ihrem Glanz erlegen. Ein heißblütiger Sultan hat sich vor ihrer Macht geneigt."

Er legte eine Hand auf ihre Stirn, wie um dem Anruf der Augen zu entgehen, dann streichelte er langsam ihr Haar. Die Einwirkungen der Zeit schienen diese Haarflut nur gebleicht zu haben, um dem Leuchten ihrer grünen Augen einen neuen, überraschenden Rahmen zu geben. Selbst die Göttinnen des Olymps hätten sie um diesen fließenden Schmuck aus blassem Gold und Perlmutt beneidet.

Es begeisterte ihn insgeheim zu sehen, daß sie selbst in der Verwirrung der Ungewißheit schön blieb, wie er sie in der des Sturms oder der Liebe schön gefunden hatte. Denn ihre Schönheit gehörte nicht mehr zu jener, die ihre Vollkommenheit den Kunstfertigkeiten der Koketterie verdankt. Die Einfachheit paßte zu ihrem neuen, reifen Glanz, der zugleich aus heiterer Ruhe und einer erstaunlichen Leidenschaft zum Leben erwuchs.

Er hatte so lange gebraucht, sie zu entdecken, sie hinzunehmen. Seine

Erfahrung mit Frauen half ihm nicht, diese zu verstehen, denn er war niemals einer ähnlichen begegnet. Nicht, weil sie tief herabgesunken wäre, hatte er sie nicht wiedererkannt, sondern weil sie höher gestiegen war. Alles erklärte sich nun.

Sie mochte in grobes Barchent, in Fetzen gekleidet sein, wild zerzaust, vom Meer gepeitscht oder angstvoll und von Erschöpfung gezeichnet wie heute, oder nackt, schwach und hingegeben wie in jener Nacht, als er sie in seinen Armen gehalten hatte, sie, die weinte, ohne es zu wissen – immer würde sie schön sein, schön wie die Quelle, über die man sich neigt, um seinen Durst zu löschen.

Und er würde niemals wieder ein Einsamer sein können. Nein, niemals das!

Ein Leben ohne sie wäre eine Prüfung, die seine Kräfte überstieg. Schon sie fern von sich am anderen Ende des Schiffes zu wissen, war ihm unerträglich. Sie bebend zu seinen Füßen zu sehen, brachte ihn aus der Fassung.

Gott wußte, daß er „ihre" Protestanten nicht mutwillig zum Hängen verurteilte. Verschlossene, zu allem fähige Männer, gewiß, aber mutig, ausdauernd und, alles in allem, würdig eines besseren Geschicks. Dennoch drängte sich ihre Verurteilung auf. Im Laufe seines gefahrvollen Lebens hatte er teuer für die Erkenntnis zahlen müssen, daß den größten Niederlagen immer Schwäche zugrunde lag, daß sie tausendfaches Unheil nach sich zog. Ein verfaultes Glied beizeiten abzuschlagen, rettete Menschenleben.

In lastendem Schweigen wartete Angélique.

Die Hand auf ihrem Haar gab ihr Hoffnung, aber sie blieb auf Knien, da sie wußte, daß sie ihn nicht überzeugt hatte und daß er ihr um so hartnäckiger widerstehen, mißtrauen und sich womöglich noch unerbittlicher zeigen würde, je mehr er ihrer Lockung unterlag.

Was für Argumente konnte sie noch finden? Ihr Geist irrte in einer wüsten Leere, in der sich die Vision der an den Rahen des Großmastes erhängten Rochelleser mit der vom Stein der Feen vermischte, die an einem eisigen Morgen im Walde von Nieul vor ihren Augen aufgetaucht war. All diese tanzenden, sich drehenden, nun leblosen, stummen Körper umringten sie in einem makabren, schwindelnden Reigen. Und sie erkannte unter ihnen die abgezehrten Gesichter Lauriers, Jérémies und das Séverines, tragisch und bleich unter ihrer kleinen Haube.

Als sie zu sprechen begann, klang durch ihre Stimme das unruhige Pochen ihres Herzens.

„Beraubt mich nicht des einzigen, was mir bleibt, Joffrey, des Gefühls, bedrohten Kindern unentbehrlich zu sein. Alles ist meine Schuld. Ich habe sie vor einem Schicksal retten wollen, das schlimmer als Tod ist. Man tötete die Seelen. Damals in La Rochelle haben sie ihre Väter gedemütigt, verfolgt, von tausend Bedrückungen gequält, ins Gefängnis geworfen, mit Ketten beladen gesehen. Sollte ich sie so weit, bis ans Ende der Welt, entführt haben, damit sie nun ihrer schimpflichen Erhängung beiwohnen? Welcher Schlag für sie! Beraubt mich nicht, Joffrey, ich könnte ihren Schmerz nicht ertragen. Diesen jungen Wesen helfen, über ein tödliches Schicksal zu triumphieren, war mein Lebenszweck. Werdet Ihr ihn mir entreißen? Bin ich denn so reich? Was bleibt mir außer dieser Hoffnung, sie zu retten, sie auf die ihrem kindlichen Glauben versprochenen grünen Weiden zu führen? Ich habe alles verloren, meine Ländereien, mein Vermögen, meinen Rang, meinen Namen, meine Ehre, meine Söhne, Euch, Eure Liebe. Nichts ist mir geblieben als ein verfluchtes Kind."

Ein Schluchzen erstickte in ihrer Kehle. Sie biß sich auf die Lippen.

Die Finger Joffrey de Peyracs preßten ihren Nacken, bis es ihr weh tat.

„Glaubt nicht, mich durch Tränen rühren zu können."

„Ich weiß", murmelte sie. „Ich bin ungeschickt."

„O nein, im Gegenteil, nur zu geschickt", dachte er. Er konnte es nicht ertragen, sie weinen zu sehen. Sein Herz blutete, während er das krampfhafte Beben verspürte, das ihre Schultern durchlief.

„Erhebt Euch", sagte er endlich, „erhebt Euch. Ich kann Euch nicht länger so vor mir sehen."

Sie gehorchte. Sie war zu müde zu widersprechen. Er löste ihre Hände, die sich an ihn klammerten. Sie waren eisig. Er hielt sie einen Moment in den seinen. Dann ließ er sie los und begann, auf und ab zu gehen. Angélique beobachtete ihn. Sein Blick kreuzte den ihren, der ihm verzweifelt folgte. Ihre Wimpern waren feucht, ihre Wangen von Tränenspuren gezeichnet.

Er liebte sie in diesem Augenblick mit einer solchen Heftigkeit, daß er dem Zwang nicht widerstehen zu können glaubte, sie in seine Arme zu pressen, mit Küssen zu bedecken und ganz leise leidenschaftlich zu rufen: „Angélique! Angélique! Meine Seele!" Er wollte nicht, daß sie vor ihm zitterte, und dennoch hatte sie ihm vor kurzem getrotzt, und er hatte es ihr nur schwer verziehen.

Wie konnte sie zugleich so stark und so schwach, so anmaßend und so demütig, so hart und so sanft sein? Es war das Geheimnis ihres Zaubers. Er mußte sich ihm unterwerfen oder es auf sich nehmen, in immerwährender Einsamkeit zu leben, die kein Licht mehr erhellen würde.

„Setzt Euch, Frau Äbtissin", sagte er, jäh vor ihr stehenbleibend, „und erklärt mir also, da Ihr mich wieder einmal in eine unmögliche Situation zu bringen sucht, welche Lösung Ihr vorschlagt. Muß ich mich darauf gefaßt machen, daß mein Schiff, die Küste und der Stützpunkt bald der Schauplatz neuer blutiger Auseinandersetzungen zwischen Euren reizbaren Freunden, meinen Leuten, den Indianern, Waldläufern, spanischen Söldnern und der ganzen Fauna des Dämmernden Ostens werden?"

Die in seinen Worten spürbare leise Ironie erfüllte Angélique mit unaussprechlicher Erleichterung. Mit einem tiefen Seufzer ließ sie sich auf einen Sitz sinken.

„Haltet die Partie noch nicht für gewonnen", sagte der Graf. „Ich stelle Euch lediglich eine Frage. Was fangen wir mit ihnen an? Wenn sie wenigstens nicht denen ein Beispiel geben würden, die versucht sein könnten, sie nachzuahmen. Befreit, werden sie nur auf den rechten Augenblick warten, um Rache zu nehmen. Ich würde feindliche und gefährliche Elemente unter uns schaffen, in einem Land, das ohnehin schon voller Fallstricke steckt. Sicherlich könnte ich mich ihrer entledigen, wie sie es mit uns vorhatten, indem ich sie mit ihren Familien an einem verlassenen Punkt der Küste, weiter im Norden, zum Beispiel, zurückließe. Das hieße, sie einem ebenso sicheren Tod auszuliefern wie am Galgen. Was die Möglichkeit anlangt, sie zum Dank für ihre Verräterei brav zu den Inseln zu bringen, so ist das völlig ausgeschlossen. Auch Euch zu Gefallen nicht. Ich würde meinen Kredit ruinieren, nicht nur bei meinen Leuten, sondern auch in den Augen des gesamten Neuen Kontinents. Einfaltspinseln verzeiht man nicht."

Den Kopf gesenkt, dachte Angélique nach.

„Ihr wolltet ihnen vorschlagen, einen Teil Eures Territoriums zu kolonisieren. Warum wollt Ihr darauf verzichten?"

„Warum? Waffen in die Hände von Menschen legen, die sich als meine Feinde bekannten! Was garantierte mir Ihre Loyalität?"

„Das Interesse an der Aufgabe, die Ihr ihnen bietet. Ihr habt mir kürzlich erklärt, daß sie durch sie mehr Geld verdienen würden als auf den amerikanischen Inseln. Ist das wahr?"

„Es ist wahr. Aber hier fehlt noch alles. Alles ist aufzubauen. Ein Hafen, eine Stadt, Gewerbe und Handel."

„Ist Euch nicht darum die Idee gekommen, gerade sie zu wählen? Ihr wißt ohne Zweifel, daß die Hugenotten Wunder wirken, wenn es sich darum handelt, sich auf neuem Boden festzuklammern. Man hat mir gesagt, englische Protestanten, die sich Pilger nennen ließen, hätten kürzlich schöne Städte an einer bis dahin öden und wilden Küste gegründet. Die Rochelleser werden das gleiche tun."

„Ich bestreite es nicht. Aber ihre besondere, feindselige Mentalität läßt mich nichts Gutes für ihr künftiges Verhalten hoffen."

„Sie könnte auch ein Pfand für das Gelingen sein. Es ist gewiß nicht leicht, sich mit ihnen zu verstehen, aber es sind gute Kaufleute, und zudem sind sie mutig, intelligent. Ist nicht schon die Art bemerkenswert, wie sie ihren Plan entwarfen, sich zu Herrn eines Schiffs von vierhundert Tonnen zu machen, sie, die zunächst nichts hatten, weder Waffen noch Gold, kaum See-Erfahrung?"

Joffrey de Peyrac brach in Gelächter aus.

„Es anzuerkennen, forderte von mir viel Seelengröße."

„Ihr seid jeder Größe fähig", sagte sie mit Wärme.

Er unterbrach seinen Gang, um vor ihr stehenzubleiben und sie zu betrachten.

Die Bewunderung und Zuneigung, die er in Angéliques Augen las, waren nicht geheuchelt. Es war der Blick ihrer Jugend, mit dem sie rückhaltlos das Bekenntnis einer glühenden Liebe preisgab.

Er wußte, daß es für sie keinen anderen Mann auf Erden gab als ihn.

Wie hatte er daran zweifeln können? Freude stieg jäh in ihm auf. Er hörte kaum noch, daß Angélique in ihrer Verteidigungsrede fortfuhr.

„Es sieht so aus, als verziehe ich gleichmütig eine Tat, die an Euer Herz rührt, Joffrey, und deren Folgen durch den Tod Eurer treuen Freunde untilgbar bleiben. Die Undankbarkeit, die man gegen Euch bewiesen hat, empört mich. Trotzdem werde ich weiter dafür kämpfen, daß dies alles nicht zum Tod, sondern zum Leben führt. Es gibt zuweilen feindselige Gefühle, die aus der Tiefe der Seele steigen und nicht auszuschalten sind. Das ist hier nicht der Fall. Wir alle sind Menschen guten Willens. Wir sind nur Opfer eines Mißverständnisses gewesen, und ich fühle mich doppelt schuldig, nicht versucht zu haben, es aufzuklären."

„Was wollt Ihr damit sagen?"

„Als ich Euch in La Rochelle aufsuchte, ohne Eure Identität zu kennen, und Euch bat, diese Leute an Bord zu nehmen, die man in wenigen Stunden verhaften würde, habt Ihr Euch zunächst geweigert und dann, nachdem Ihr mich über ihre Berufe befragtet, zugestimmt. Der Gedanke war Euch also gekommen, sie als Kolonisten mitzunehmen. Ich bin überzeugt, daß sich hinter dieser von Euch getroffenen Entscheidung keinerlei Wunsch verbarg, ihnen Unrecht zu tun, daß Ihr im Gegenteil und ganz im Einklang mit Euren Interessen plantet, diesen Exilierten eine unverhoffte Chance zu geben."

„Gewiß, das ist wahr."

„Warum habt Ihr sie dann nicht sofort über Eure Absichten unterrichtet? Freundschaftliche Unterhaltungen hätten das spontane Mißtrauen beseitigt, das Ihr ihnen einflößtet. Nicolas Perrot sagte mir, daß es keine Menschen auf der Welt gäbe, deren Sprache zu verstehen Euch nicht gelänge, und daß Ihr es vermocht hättet, Euch die Indianer wie die Waldläufer oder die in den Kolonien Neuenglands ansässig gewordenen Pilger zu Freunden zu machen."

„Zweifellos flößten mir diese Rochelleser unmittelbare, offene und gegenseitige Feindschaft ein."

„Aus welchem Grund?"

„Euretwegen."

„Meinetwegen?"

„In der Tat. Eure präzise Darlegung klärt mich heute über die Abneigung auf, die uns sofort trennte. Stellt Euch vor", rief er, lebhaft werdend, „ich sah Euch mitten unter ihnen und wie zur Familie gehörig. Wie sollte ich nicht einen Liebhaber oder, schlimmer noch, einen Ehemann in ihrer Schar vermuten? Zudem entdeckte ich, daß Ihr eine Tochter hattet. War ihr Vater nicht an Bord? Ich sah Euch zärtlich über einen Verletzten geneigt, dessen Wohlergehen Euch so beschäftigte, daß Ihr jedes Ahnungsvermögen in bezug auf mich verlort."

„Er hatte mir eben das Leben gerettet, Joffrey!"

„Und dann kündigtet Ihr mir noch Eure Eheschließung mit ihm an! Ich versuchte, Euch zurückzugewinnen, ohne den Mut zu haben, meine Maske fallen zu lassen, da ich Euren Geist so fern fühlte. Wie sollte ich sie nicht hassen, diese halsstarrigen, argwöhnischen Puritaner, die Euch behext hatten? Was sie betraf, war alles an mir dazu angetan, sie zu ärgern. Und nun fügt die eifersüchtige Wut dieses Berne noch hinzu, den Ihr vor Liebe toll gemacht hattet."

„Wer hätte es geglaubt!" sagte Angélique betroffen. „Ein so ruhiger, so ausgewogener Mann! Welcher Fluch ist in mir, der die Menschen entzweit?"

„Helenas Schönheit verursachte den Trojanischen Krieg."

„Joffrey, sagt mir nicht, daß ich Schuld an so schrecklichem Unheil trüge."

„Frauen sind am größten, nie wiedergutzumachenden, unerklärlichsten Unheil schuld. Sagt man nicht, ‚Suchet die Frau'?"

Er hob ihr Kinn und strich mit leichter Hand über ihr Gesicht, wie um den Schmerz von ihm zu nehmen.

„Zuweilen aber auch am größten Glück. Im Grunde begreife ich, daß

Berne mich töten wollte. Ich verzeihe ihm nur, weil ich ihn besiegt weiß, weniger durch die Tomahawks meiner Mohikaner als durch Eure Wahl. Solange ich am Ausgang dieser Wahl gezweifelt hätte, wäre es vergeblich gewesen, an meine Milde zu appellieren. Da seht Ihr, was die Männer wert sind, meine Liebe. Nicht eben viel ... Versuchen wir also, Fehler zu beheben, an denen, wie ich zugebe, jeder von uns seinen Anteil hat. Morgen werden Kanus alle Passagiere an Land bringen. Manigault, Berne und die anderen werden uns in Ketten und unter Bewachung begleiten. Ich werde ihnen auseinandersetzen, was ich von ihnen erwarte. Wenn sie akzeptieren, werde ich sie auf die Bibel Treue geloben lassen. Ich denke, daß sie es nicht wagen werden, einen solchen Schwur zu mißachten."

Er nahm seinen Hut vom Tisch.

„Seid Ihr zufrieden?"

Angélique antwortete nicht. Sie vermochte noch nicht an ihren Sieg zu glauben. Ihr schwindelte.

Sie erhob sich und begleitete ihn bis zur Tür. Dort legte sie mit spontaner Geste ihre Hand auf seinen Arm.

„Und wenn sie nicht annehmen? Wenn es Euch nicht gelingt, sie zu überzeugen? Wenn ihre Rachsucht stärker ist?"

Er wandte die Augen ab. Dann zuckte er mit den Schultern.

„Man wird ihnen einen indianischen Führer, Pferde, Karren und Waffen zur Verfügung stellen, und sie werden losziehen, um sich woanders hängen zu lassen. Zum Teufel nach Plymouth oder Boston, wo Glaubensgenossen sie in Empfang nehmen werden ..."

Sechsunddreißigstes Kapitel

Kristallhelle Wellen, die sich durch den Nebel fortpflanzten, trugen Angélique oben auf der Deckskajüte die fernen Laute der Küste zu. Gesang oder Rufe? Die unbekannte Welt, die sich wenige Kabellängen weit erahnen ließ, war die, vor der Joffrey de Peyrac Anker geworfen, in der zu leben er sich entschlossen hatte. Aus diesem Grunde war Angélique ihr schon verbunden.

Sie horchte, während eine Welle freudiger Erregung sie überflutete und ihre Müdigkeit überwand. Der Begriff „Glück" war ihr fremd geworden, sonst hätte sie die Natur dieser Empfindung erkannt. Sie war flüchtig, zerbrechlich, aber es schien ihr, als ob sich ihre Seele in einem Gefühl unbeschreiblicher Fülle von ihren Kämpfen ausruhe. Der Augenblick war wichtig. Er würde vergehen, aber in ihrer Erinnerung haften bleiben und den Weg ihres Schicksals mit seinem Leuchten begleiten.

So erlebte Angélique die Erwartung inmitten des Nebels. Sie stand allein mit Honorine auf der Höhe der Hütte, wohin sie wieder gestiegen war, nachdem sie den angstvollen Frauen tröstliche Botschaft gebracht hatte.

Sie mußte allein sein. Zuviele Dinge rührten sich in ihr. Es war die Bedrückung des Unglücks, die sie verließ.

Joffrey de Peyrac hatte sich kaum entfernt, und schon erwartete sie seine Rückkehr.

Sie wartete auf den Klang seiner Stimme. Sie wartete auf das Plätschern des von den Rudern rieselnden Wassers, das die Annäherung eines Bootes anzeigen würde, vielleicht des seinen, sie wartete auf seinen Schritt. Es verlangte sie danach, an seiner Seite zu sein, ihm mit den Augen zu folgen, ihn zu hören. Sein Leben zu teilen, seine Sorgen, seine Träume, seine ehrgeizigen Wünsche. In seinem Schatten zu sein, in seinen Armen.

Plötzlich begann sie zu lachen.

„Verliebt! Verliebt! Ich bin schrecklich verliebt."

Die Freude des Liebens erfüllte ihr Herz. Sie verspürte Lust, singend über Hügel zu laufen. Aber sie mußte noch auf der Schwelle des Edens im Nebel warten, Gefangene des Schiffs, das sie über das Meer der Finsternisse getragen hatte. So erlebte sie jede seiner ihr zugedachten Gesten noch einmal, jedes der Worte, die er gesagt hatte. Seine nervöse, rassige Hand, die zärtlich ihr Haar streichelte, seine gedämpfte, wie angerührte Stimme, die plötzlich zu ihr sagte: „Setzt Euch, Frau Äbtissin ..."

„Er hätte meinem Bitten nicht so schnell, so völlig nachgegeben, wenn er mich nicht liebte. Er hat sie begnadigt! Er hat es vor mich hingeworfen wie ein fürstliches Geschenk, und ich habe ihn gehen lassen wie damals, als er mir ohne Aufhebens königliches Geschmeide bot und ich ihm nicht zu danken wagte. Wie seltsam! Er hat mir immer so etwas wie Furcht eingejagt. Vielleicht, weil er so verschieden ist von anderen Männern? Vielleicht, weil ich mich schwach vor ihm fühle? Weil ich Angst habe, mich beherrschen zu lassen? Aber was liegt daran, daß er mich beherrscht. Ich bin Frau. Ich bin seine Frau."

Sie aneinander schmiedend, hatte das Band der Ehe ihnen erlaubt, sich wiederzufinden. Trotz allem, was er ihren Verrat nannte, konnte sich der Graf Peyrac nicht gänzlich von derjenigen abwenden, die seine Gattin war. Er war ihr in Kandia zu Hilfe gekommen, hatte danach, von Osman Ferradji unterrichtet, alsbald den Weg nach Miquenez genommen. Und ebenfalls um ihr zu helfen, hatte er sich nach La Rochelle begeben.

Angélique schrak auf.

Jetzt war sie sicher, daß nicht der Zufall den Grafen Peyrac unter die Mauern La Rochelles geführt hatte. Er wußte, daß sie dort lebte. Durch wen hatte er es erfahren?

Sie faßte mehrere Möglichkeiten ins Auge und verharrte bei der, die ihr am glaubwürdigsten schien: den Schwätzereien des Sieur Rochat. In den großen, zum Orient und Okzident geöffneten Häfen wurde alles weitergetragen.

„Er hat immer versucht, mir zu helfen, wenn er mich in Schwierigkeiten wußte. Also hielt er zu mir, und ich habe ihm nur Sorgen gemacht."

„Mama, du zitterst, als ob du im Schlafen träumst", sagte Honorine in vorwurfsvollem Ton.

Sie sah keineswegs zufrieden aus.

„Du kannst nicht verstehen", erwiderte Angélique. „Es ist so wundervoll!"

Honorine zog eine Grimasse, die bewies, daß sie durchaus nicht dieser Ansicht war.

Angélique verspürte vage Gewissensbisse, während sie über das lange rote Haar ihrer Tochter strich. Honorine erriet immer, daß ihre Sicherheit in Gefahr war, wenn sich die Dinge zwischen dem Schwarzen Mann und ihrer Mutter zum Guten wandten. Ihre Mutter vergaß sie oder litt unter ihrer Gegenwart. Warum?

„Fürchte nichts", sagte Angélique halblaut, „ich werde dich nicht verlassen, mein Kind. Solange du mich brauchst, werde ich dich nicht im Stich lassen. Auch dein kleines Herz kennt die Qual. Aber ich werde immer für dich da sein."

Und während sie Honorines Kopf streichelte, erlebte sie von neuem ihrer beider Freundschaft, dieses unzerstörbare Band zwischen Mutter und Kind, so geheimnisvoll, das selbst sie dessen Natur nicht hätten benennen können.

„Ich werde dir etwas sagen, Honorine, mein Kleines. Du bist mein Liebling gewesen. Du hast mir mehr Liebe eingeflößt, als ich bis dahin für meine anderen Kinder empfunden hatte. Mir scheint, erst du hast mich gelehrt, Mutter zu sein. Ich sollte es nicht eingestehen, aber ich will, daß du es trotzdem weißt. Weil du bei deiner Geburt nichts bekommen hast."

Sie sprach sehr leise. Honorine verstand ihre Worte nicht, erriet ihren Sinn jedoch am Klang ihrer Stimme.

Ein Schatten war auf Angéliques Glück gefallen. Es gab andere, die noch nicht zerstreut waren: ihre Söhne, die schlecht verteidigt zu haben sie sich vorwarf, ihre Treulosigkeiten, deren ernsteste ihr jedoch nicht zur Last gelegt werden konnte.

Sie würde eines Tages den Mut aufbringen müssen, Joffrey zu sagen, daß sie niemals die Mätresse des Königs gewesen war. Daß sie niemals den geliebt hatte, der Honorines Vater war.

Sie mußten auch über Florimond sprechen. An ihnen, seinen Eltern, war es, den Versuch zu machen, den jungen Burschen wiederzufinden, der einst von Plessis geflohen war, glücklicherweise zur rechten Zeit, um dem Tod zu entgehen. Sie würde den Mut aufbringen müssen, schreckliche Stunden wachzurufen. Und wenn er von Cantor sprach? Es würde schmerzen! Warum hatte er, Joffrey, der immer wußte, was er tat, beim Angriff auf die königliche Flotte nicht gewußt, daß sich sein Sohn an Bord einer der Galeeren befand? Es war die einzige kriegerische Handlung, die er jemals unmittelbar gegen den König von Frankreich unternommen hatte. Das Unglück hatte es gewollt. Das Unglück? Oder etwa ein anderer Beweggrund?

Wie vor kurzem, als ihr Rochat eingefallen war, stand Angélique unter dem Eindruck, daß sie etwas Grundlegendes entdecken würde, das ihr seit langem hätte offenbar sein müssen.

Ihre Gedanken gerieten durcheinander.

Sie hob die Augen zum Himmel und empfand unversehens nackte Angst. Das Leuchten, das ständig zugenommen hatte, nahm violette, dann rote Tönungen an und wandelte sich schließlich zu unerträglichem Orange. Das Licht schien diffus, strahlte jedoch vom ganzen Himmelsgewölbe zugleich.

Mechanisch hob Angélique ihren Kopf noch mehr.

Ein riesiger orangefarbener Ball hing über ihr wie ein Schwamm. Sie verspürte eine Hitze, die ihr grausam zu sein schien und sie zwang, den Nacken zu beugen.

Honorine zeigte mit dem Finger.

„Mama, die Sonne!"

Angélique hätte fast aufgelacht. Nur die Sonne war es!

Dennoch war ihre Panik nicht lächerlich. Diese Sonne war wirklich seltsam. Sie färbte sich rot und blieb riesig, obgleich hoch am Himmel. Sie war wie von einer Anzahl von Vorhängen in verschiedenen Farben umgeben, perlenbesetzten, durchscheinenden, in sanften Kurven herabfallenden, vertikal hintereinander gestaffelten Schleiern.

Die Wärme des Gestirns stand im Gegensatz zu der stoßweise herangetragenen Kälte des Windes. Nachdem sie geglaubt hatte, das Feuer des Himmels falle auf ihr Haupt, fühlte sich Angélique in eine Statue aus Eis verwandelt. Sie wickelte Honorine in ihren Mantel und sagte, „Kehren wir rasch zurück", rührte sich aber nicht vom Fleck. Das Schauspiel, das sich vor ihr abspielte, fesselte sie an ihren Platz.

Die vielfarbigen Nebelvorhänge zergingen und lösten sich auf, als fielen oder teilten sich musselinene Schleier.

Sie glaubte, einen gewaltigen Smaragd zu erkennen, der auftauchte, sich aufblähte, riesig wurde und überallhin endlose Tastfäden mit rotglühenden Krallen ausstreckte. Und plötzlich war der Nebel verschwunden. Von einem eisigen Windhauch fortgeweht, war der letzte Schleier gefallen. Die gereinigte Luft vibrierte wie in einem Muschelgewölbe. Die erblaßte Sonne behielt ihre abgestufte Aureole in einem Himmel aus mannigfaltigem Blau, doch unter ihr erwies sich das, was Angélique als ein gewaltiger Smaragd erschienen war, als eine Hügellandschaft, bedeckt mit dichtem Wald, der sich bis zu den äußersten Spitzen des Kaps und der zahlreichen, den rötlichen Sandstrand säumenden Vorgebirge hinzog.

Der Wald schien wie gelackt und leuchtete selbst in weiterer Entfernung in lebhaften, ungewöhnlichen Farben, getupft vom Schwarz der Fichten, vom Türkisblau mächtig ihre Schirmkronen reckender Kiefern, vom goldenen Rot einzelner Sträucher, das den Herbst verkündete. Schon! Sie hatten kein Anzeichen des Sommers gesehen. Überall ringsum, in der Bucht und weiter draußen auf dem in intensivem Lavendelblau funkelnden Meer, erhoben rosig umrandete Inseln ihre belaubten Dome. Sie wirkten wie eine Schar von Haien, die die herrliche Küste mit der Drohung ihrer starrenden Klippen gegen die Begehrlichkeit der Menschen verteidigten. Sich zwischen ihnen hindurchzuschlängeln, um das Refugium zu erreichen, in dem das Schiff leise schaukelte, schien fast aussichtslos.

Nach den Tagen des bleifarbigen Nebels, die sie durchlebt hatten, schmerzte solche Farbenpracht fast die Augen. Es war eine Vision, wie man sie nur in Träumen zu sehen glaubt, und so stark war die Faszination, die Angélique bei diesem Anblick empfand, daß sie die Rückkehr der Schaluppe überhörte.

Joffrey de Peyrac stand hinter ihr. Er beobachtete sie und las auf ihrem Gesicht das Entzücken. Entschieden war sie eine Frau von guter

Rasse. Die Kälte und die Wildheit der Landschaft bewegten sie weniger als ihre übermenschliche Schönheit.

Als sie ihm ihre Augen zuwandte, wies er mit ausholender Bewegung in die Weite.

„Ihr wolltet Inseln, Madame. Da sind sie."

„Wie heißt dieses Land?" fragte sie.

„Gouldsboro."

Dritter Teil

Das Land der Regenbogen

Siebenunddreißigstes Kapitel

„Sind wir in Amerika?" fragte einer der Carrère-Jungen.

„Um die Wahrheit zu sagen: Ich weiß es nicht, aber ich glaube ja", meinte Martial.

„Es sieht nicht so aus, wie es der Pastor Rochefort beschrieb."

„Aber es ist dafür schöner."

Nur die Stimmen der Kinder erhoben sich, während sich die Passagiere schweigend an Deck versammelten.

„Werden wir an Land gehen?"

„Ja."

„Endlich!"

Sie sahen alle zum Wald hinüber. Die gelegentlich sich dazwischenschiebenden, in ihrer Dichte unterschiedlichen Nebelschwaden machten es schwer, die Entfernung zu schätzen. Angélique sollte in der Folge erfahren, daß sich das Panorama nur selten so vollständig enthüllte, wie es ihr zuerst in einer Vision erschienen war, die sie nie vergessen würde. Weit öfter zeigte es sich nur in Ausschnitten, immer einige unsichtbare und geheime Bereiche bewahrend, um Besorgnis oder Neugier zu wecken.

Das Wetter blieb indessen klar genug, um das Land und den Schwarm rot, braun und weiß bemalter Rindenkanus erkennen zu können, der vom Strand dem Schiff zustrebte.

Die Nähe des Meeres gab sich dagegen hauptsächlich durch das wütende Tosen der Brandung an der schmalen Durchfahrt und den Klippen zu erkennen, die die Bucht verriegelten.

In diese Richtung wandten sich die Blicke Manigaults, Gabriel Bernes und ihrer Gefährten, als sie das Zwischendeck verließen. Jenseits der Klippen spritzte eine Wand grollenden, fauchenden Wassers empor, und dieses apokalyptische Schaumungeheuer symbolisierte für die Gefangenen die Aussichtslosigkeit, je einem so wohlbehüteten Schlupfwinkel zu enfliehen.

Nichtsdestoweniger gingen sie festen Schrittes voran. Angélique begriff, daß sie noch nicht wußten, aus welchem Anlaß man sie von ihren Fesseln befreit und nach oben geführt hatte. Der Rescator verlängerte seine Rache, indem er sie in einer die Nerven bis zum Äußersten anspannenden Ungewißheit hielt, und sie hatten die Hilfeleistungen, mit denen sie zwei schweigsame Matrosen umgaben, für Hinrichtungsvorbereitungen halten müssen. Tatsächlich hatte man ihnen die notwendigen Gegenstände zum Rasieren zurückgegeben und frische Wäsche sowie ihre gewöhnliche, zwar abgetragene, aber gesäuberte und geglättete Kleidung gebracht.

Als sie erschienen, hatten sie fast ihr früheres Äußere zurückgewonnen. Angélique bemerkte gerührt, daß sie keine Ketten trugen, wie es ihr Gatte vorausgesagt hatte. Ihr Herz wandte sich ihm unwiderstehlich zu, weil sie wußte, *warum* er ihnen diese Demütigung vor ihren Kindern ersparte.

Es war *ihretwegen* geschehen, ihr zu Gefallen! Sie suchte ihn mit den Augen. Er trat nach seiner Gewohnheit unerwartet in Erscheinung, noch immer im selben weiten roten Mantel, den er schon am Vortag getragen hatte. Und die roten und schwarzen Federn seines Filzhuts fügten sich in die bebende Bewegung der Federn, die nun überall auftauchten. Die Indianer kletterten mit der Geschmeidigkeit von Affen schweigend an Bord. Ihre Stummheit und der rätselhafte Blick ihrer geschlitzten Augen bedrückten.

„Ich habe einmal einen roten Mann auf dem Pont Neuf gesehen", erinnerte sich Angélique. „Ein alter Matrose zeigte ihn als Kuriosität. Damals dachte ich nicht, daß auch ich den Neuen Kontinent betreten, mich unter ihnen befinden und vielleicht von ihnen abhängig sein würde."

Plötzlich bemächtigten sich die Indianer der jüngeren Kinder und verschwanden mit ihnen. Die verblüfften, bestürzten Mütter begannen zu jammern.

„He, beruhigt Euch, Gevatterinnen!" rief Monsieur d'Urville jovial, der eben mit der großen Schaluppe der *Gouldsboro* angelegt hatte. „Ihr seid zu viele, um Euch auf einmal einzuschiffen. Unsere mohikanischen Freunde nehmen die Kinder in ihre kleinen Rindenboote. Kein Grund zur Aufregung. Es sind keine Wilden!"

Seine gute Laune und seine französische Stimme beruhigten sie. Der Blick des normannischen Korsaren glitt aufmerksam über die Gesichter der Frauen.

„Da sind ein paar hübsche Frätzchen unter diesen Damen", bemerkte er schließlich.

„An mir ist es, dir zu sagen: Ruhe, mein Freund", bemerkte Joffrey de Peyrac. „Vergiß nicht, daß du mit der Tochter des großen Häuptlings verheiratet bist und daß du ihr Treue schuldest, wenn du dich nicht mit einem wohlgezielten Pfeil in deinem flatterhaften Herzen wiederfinden willst."

Monsieur d'Urville zog eine Grimasse, dann schrie er, es sei Zeit, sich zu entschließen, in die Boote hinabzusteigen, und er sei bereit, die mutigste der Damen in seinen Armen aufzufangen.

Durch ihn schien die beklommene Atmosphäre plötzlich aufgeheitert. In der Erkenntnis, daß die Fahrt beendet sei, hatte sich jeder schon mit den armseligen Habseligkeiten ausgerüstet, die er bei der Flucht aus La Rochelle mitgenommen hatte.

In der großen Schaluppe forderte man Angélique auf, Platz zu nehmen. Die Gefangenen kletterten ebenfalls hinein wie auch der Pastor Beaucaire, Abigaël, Madame Manigault samt ihren Töchtern, Madame Mercelot und Bertille, Madame Carrère und ein Teil ihrer Brut.

Joffrey de Peyrac sprang als letzter hinunter, postierte sich aufrecht im Bug und lud den Pastor ein, sich neben ihn zu setzen.

Drei von Matrosen geführte Boote hatten sich in den Rest der Passagiere geteilt.

Niemand hatte das Herz, sich im Davonfahren zu der vom Sturm zerrupften, sanft auf der bewegten Oberfläche tanzenden *Gouldsboro* zurückzuwenden. Alle sahen zur Küste hinüber.

Die Barken glitten voran, die Flottille der indianischen Kanus hinter sich herziehend, von denen sich ein dumpfer, dem Rhythmus der Wellen sich anpassender Gesang erhob. Die Melodie verlieh dem Augenblick eine Feierlichkeit, die sie alle verspürten. Nach den langen, qualvollen, zwischen Himmel und Wasser verbrachten Tagen erschien ihnen wieder die ererbte Erde.

Beim Nähern sahen sie eine buntscheckige Versammlung auf einem schmalen Streifen aus Sand und zartroten Muscheln. Rote, bis zu tiefem Purpur abgestufte Felsen zogen sich zur Küste und stiegen gleich einer Prozession bis zu einem Granithang an, über dem riesige Kiefern mit knochenweißen Birkenstämmen und wogenden Laubmassen gewaltiger Eichen abwechselten.

Am Fuße dieser Giganten schienen sich die menschlichen Wesen wie Ameisen zu regen. Sie wirkten, als seien sie zwischen den Wurzeln hervorgekrochen. Faßte man den Ort jedoch näher ins Auge, entdeckte man einen steilen Pfad, der zu einer auf halber Höhe befindlichen, leicht zum Meer geneigten großen Felsplatte führte. Ein paar Hütten und indianische Laubunterschlupfe befanden sich dort. Dann stieg der Pfad weiter bis zum granitenen Kamm, und man bemerkte eine Art Fort. Eine lange, zehn Fuß hohe Palisade aus Fichtenstämmen umgab ein höheres, von zwei viereckigen Türmen flankiertes Gebäude.

Die Palisade durchbrachen vier Schießscharten, hinter denen die runden Augen lauernder Kanonen zu ahnen waren.

Trotz dieser Spuren von Leben blieb der Ort wild und unmenschlich in seiner jedem Vergleich spottenden Schönheit. Es waren vor allem die wie gelackten, lebhaften und dennoch abgestuften, durch die ziehenden Nebelfetzen bereicherten Farben, die einen unwirklichen Eindruck vermittelten. Und dann das Ausmaß der Dinge. Alles schien riesig, zu groß, bedrückend.

Stumm sahen sie hinüber. Das Land füllte ihre Augen.

Von einer schäumenden Woge getragen, stieß die Schaluppe auf roten Kies, der sich im durchsichtigen Wasser violett verfärbte. Matrosen sprangen bis zum Leib in die Flut, um das Boot zum Strand zu ziehen.

Noch immer aufrecht im Bug, wandte sich Joffrey de Peyrac an den Pastor.

„Diese verlorene, allen Augen verborgene Bucht hat immer als Schlupfwinkel für Piraten gedient, Herr Pastor. Seitdem in der Nacht der Zeiten Seemänner aus dem Norden, die sich Wikinger nannten und heidnische Götter anbeteten, an dieser Küste landeten, sind diejenigen unter den aus Europa gekommenen Leuten, die der Reihe nach hier Zuflucht suchten, immer nur Banditen oder Abenteurer gewesen, außerhalb des Gesetzes Stehende, und ich rechne mich zu ihnen, denn obwohl ich weder Verbrechen noch Krieg anstrebe, gehorche ich nur einem Gesetz: dem meinen. Ich will damit sagen, Herr Pastor, daß Ihr der erste Diener Gottes seid, des Gottes Abrahams, Jakobs und Melchisedeks, wie es in den Heiligen Schriften heißt, der an diesem Ort anlegt und ihn in Besitz nimmt. Darum würde ich Euch bitten, Herr Pastor, als erster an Land zu gehen und die Euren auf die neue Erde zu führen."

Der alte Mann, der solche Aufforderung nicht erwartet hatte, erhob sich rasch. Er preßte die schwere Bibel, seinen ganzen Reichtum, fest an die Brust. Ohne auf Hilfe zu warten, sprang er mit unvermuteter Rührigkeit aus der Schaluppe und durchmaß im Wasser die kurze Entfernung, die ihn vom Ufer trennte.

Sein weißes Haar flatterte im Wind, denn er hatte seinen Hut im Laufe der Überfahrt verloren. Schwarz und mager schritt er dahin, und als er den Strand erreicht hatte, blieb er stehen, hob das heilige Buch über sein Haupt und stimmte ein Loblied an. Die anderen nahmen es gemeinsam auf.

Viele Tage waren es her, daß sie nicht zum Lobe des Herrn gesungen hatten. Ihre vom Salz verbrannten Kehlen, von Trauer zerbrochenen Herzen weigerten sich dem gemeinsamen Gebet. Um ihren Pastor versammelt, sangen sie mit zögernden, allmählich erst sich findenden Stimmen. Einige sanken nach zwei oder drei Schritten in die Knie, als stürzten sie. Die Indianer der Kanus führten die Kinder in ihre Arme. Wie bleich und elend wirkten die kleinen Europäer in ihrer zerschlissenen, den abgemagerten Körpern zu weit gewordenen Kleidung gegen ihre kupferfarbene Haut! Verdutzt sperrten sie ihre Augen auf.

Um sie herum, in weitem Kreis versammelt, um die Ankömmlinge zu mustern, präsentierte sich das erstaunlichste Menschengemisch, die „Fauna des Dämmernden Ostens", wie Joffrey de Peyrac gesagt hätte. Indianer und Indianerinnen, Dörfler oder Krieger, in ihrem Federschmuck, ihren Fellen, mit schimmernden Waffen, bemalt, die Frauen mit einem kleinen, farbigen Kokon auf dem Rücken, der ihr Baby war, sodann der bunte Haufen der Mannschaft vom dunkelhäutigen Mann des Mittelmeers bis zum bleichen nordischen Blondschopf, der untersetzte Erikson priemkauend neben einem Neapolitaner mit roter Mütze, während die Djellabas zweier Araber sich im Winde blähten, und alle trugen sie ihre Entersäbel, ihre Hirschfänger und Rapiere. Zwei oder drei Männer, bärtig wie Nicolas Perrot, in Leder gekleidet, Fellmützen auf dem Kopf, beobachteten, auf ihre Musketen gestützt, den Vorgang aus einiger Entfernung, während eine kleine Schar spanischer Soldaten, deren Kürasse und Helme aus schwarzem Stahl in der Sonne funkelten, sich mit ihren langen Piken steif wie bei einer militärischen Parade hielten.

Ein magerer Hidalgo mit einem auffallenden schwarzen Schnurrbart schien sie zu kommandieren. Angélique hatte ihn schon bei der Enterung, die die Hoffnungen der Protestanten vernichtete, auf der *Gouldsboro* gesehen. Er preßte die Lippen aufeinander und fletschte zuweilen mit wilder Miene seine Zähne. Zweifellos stand er als Untertan Seiner Allerkatholischsten Majestät wahre Höllenqualen aus, an dieser Küste Ketzer landen zu sehen. Von allen schien er Angélique am wenigsten hierher zu passen. Was tat er hier, der so wirkte, als sei er aus dem Goldrahmen eines kastilianischen Grandseigneurs herabgestiegen?

Ihre Aufmerksamkeit war so durch ihn und seine Soldaten in Anspruch genommen, daß sie beim Verlassen der Schaluppe strauchelte. Sie wollte sich wieder fangen. Was geschah? Alles drehte sich. Der Boden hob sich und entzog sich ihren Versuchen, Halt zu finden. Fast wäre auch sie in die Knie gesunken.

Ein kräftiger Arm hielt sie, und sie sah ihren lachenden Gatten vor sich.

„Der feste Boden verwirrt Euch. Ihr werdet Euch noch einige Tage lang wie auf Deck eines Schiffes vorkommen."

So betrat sie den Strand an seinem Arm. So zufällig seine Geste auch gewesen sein mochte, sie sah in ihr ein glückliches Vorzeichen.

Doch die Musketen, die die Matrosen der *Gouldsboro* auf die protestantischen Männer richteten, ließen keinen übertriebenen Optimismus zu.

Nach den ersten Augenblicken freudiger Erregung warteten diese Männer und ihre Familien nun angstvoll darauf, daß über ihr Schicksal entschieden würde. Hart gegen sich selbst wie gegen ihre Umwelt, gaben sie sich in bezug auf die ihnen bestimmte Zukunft keinen Illusionen hin. Hier mußte das Gesetz der Rache noch ausschließlicher regieren, und sie erhofften sich von einem Mann, dessen prompte Gegenmaßnahmen sie oft genug hatten erfahren müssen, keine Gnade. Fast verwunderte es sie, noch zu leben.

Indianer näherten sich und legten zu Füßen Manigaults und der Seinen zusammengebundene Garben von Maisähren, Körbe mit Gemüsen und kuriose, Getränke enthaltende Behälter von runder oder länglicher Form nieder, die aus leichtem Holz gefertigt waren, dazu gekochte Speisen auf Birkenrinde.

„Die ersten Anzeichen des Empfangs für den großen Häuptling", erklärte der Graf Peyrac. „Er ist noch nicht eingetroffen, wird aber nicht mehr lange auf sich warten lassen."

Manigault blieb auf der Hut.

„Was werdet Ihr mit uns anfangen?" fragte er. „Es ist an der Zeit, Euch zu äußern, Monsieur. Wozu diese ganze Empfangskomödie, wenn der Tod uns erwartet?"

„Seht Euch um. Ihr gewahrt nicht den Tod, sondern das Leben", sagte der Graf, indem er mit großer Geste auf die reiche Landschaft wies.

„Verstehe ich recht, daß Ihr unsere Hinrichtung aufschiebt?"

„Ich verschiebe sie in der Tat."

Die bleichen, müden Gesichter der Protestanten nahmen Farbe an. Sie hatten sich tapfer darauf vorbereitet, zu sterben, und zweifelten noch in Erinnerung an das unerbittliche „Auge um Auge, Zahn um Zahn", das er ihnen entgegengeschleudert hatte.

„Ich wäre neugierig zu erfahren, was Eure Milde verbirgt", murrte Mercelot.

„Ich werde es Euch ungeschminkt eröffnen und Eure Neugier befriedigen. Denn auf jeden Fall schuldet Ihr mir den Blutpreis, Messieurs, für die Männer, die Ihr mir getötet habt, darunter zwei, die meine besten Freunde waren."

„Welchen Preis müssen wir zahlen?"

Der Edelmann klopfte mit seinem roten Stiefel auf den roten Sand. „Bleibt hier und baut einen Hafen, reicher, größer und berühmter als La Rochelle."

„Ist das die Bedingung für unsere Rettung?"

„Ja. Sofern es die Rettung des Menschen ist, ein Lebenswerk zu errichten."

„Ihr macht uns zu Euren Sklaven?"

„Ich mache Euch das Geschenk eines riesigen Landes."

„Zunächst: Wo sind wir?" fragte Manigault.

Er antwortete ihnen, daß sie sich an einem Punkt der Küste des Dawn East befänden, eines Gebietes, das sich von Boston bis Port-Royal in Neuschottland erstrecke, im Süden an den Staat New York, im Norden an Kanada grenze und zu den dreizehn englischen Kolonien gehöre.

Der rochelleser Reeder, Berne und Le Gall sahen sich niedergeschmettert an.

„Was Ihr von uns verlangt, ist Wahnwitz. Diese gezackte Küste steht im Rufe, unzugänglich zu sein", sagte der Letztere. „Sie ist eine Todesfalle für alle Schiffe. Kein zivilisiertes Wesen kann auf ihr Wurzeln schlagen."

„Das ist sehr wahr. Ausgenommen an diesem Ort, zu dem ich Euch führte. Was Ihr für eine sehr schwierige Durchfahrt haltet, ist nur eine felsige Schwelle, die bei Flut schiffbar ist und in dieser ruhigen Bucht unverletzliche Zuflucht bietet."

„Ich bestreite es nicht, wenn Ihr an einen Schlupfwinkel für Piraten denkt. Aber für den Bau eines Hafens lassen die Berichte der Seefahrer keine Hoffnung. Selbst Champlain ist gescheitert, erinnert Euch. Er hat Entsetzliches berichtet. Die wenigen Kolonisierungsversuche dezimierten die Unglücklichen, die man ausgesandt hatte. Hunger, Kälte, die ungewöhnlichsten Springfluten der Welt, Schnee, den der Wind im Winter bis zum Meerufer treibt: das ist das Schicksal, das Ihr uns vorbehaltet."

Er betrachtete seine nackten Hände.

„Es gibt hier nichts, nichts, und Ihr verurteilt uns dazu, mit unseren Frauen und Kindern Hungers zu sterben!"

Kaum hatte er geendet, als Joffrey de Peyrac mit einer jähen Armbewegung ein Zeichen gab, das den in einem der Kanus gebliebenen Matrosen galt. Dann setzte er sich den roten Felsen zu in Bewegung, die in die Bucht hinaus verliefen.

„Kommt hier entlang."

Sie folgten ihm langsamer. Nachdem sie einen Moment geglaubt hatten, daß man ihnen den Strang um den Hals legen würde, wurde ihnen klar, daß dieser Teufel von einem Kerl sie lediglich zu einer Promenade am Strand einlud. Sie stießen an der äußersten Felsspitze zu ihm, wo das Kanu angelegt hatte.

Die Matrosen entfalteten ein Netz.

„Sind unter Euch berufsmäßige Fischer? Ich glaube, diese", sagte er, die beiden Männer aus dem Weiler Saint-Maurice an den Schultern nehmend, „und Ihr vor allem, Le Gall. Geht an Bord dieses Bootes, fahrt hinaus und werft Eure Netze."

„Gottloser!" grollte Mercelot. „Ihr wagt es, die Schrift zu parodieren."

„Dummkopf!" gab Peyrac gutgelaunt zurück. „Es gibt nicht zwei Arten, das gleiche Mittel zum gleichen Erfolg zu empfehlen."

Als die Fischer zurückkehrten, mußten sich alle zusammentun, um das schwere Netz einzuholen, in dem in der Tat ein wahrhaft wunderbarer Fang zappelte.

Der Überfluß an Fischen, ihre Mannigfaltigkeit und Größe verblüfften sie. Neben den üblichen Arten gleich denen an den Küsten der Charente gab es andere, die sie kaum kannten: Lachse, Flundern, Störe. Aber sie kannten ihren Wert in geräuchertem Zustand. Riesige stahlblaue Hummer wehrten sich wild zwischen den glitschig-glitzernden Leibern.

„Ihr könnt jeden Tag ähnliche Fischzüge machen. Zu gewissen Zeiten flüchten sich ganze Kabeljauschwärme in die tausend Falten der Küste. Die Lachse schwimmen die Flüsse aufwärts, um zu laichen.

„Wenn man diese Fische salzt oder räuchert, könnte man die anlaufenden Schiffe verproviantieren", sagte Berne, der bisher nicht den Mund geöffnet hatte.

Er sah nachdenklich vor sich hin und begann, sich dämmerige, nach

Salzlauge riechende Lagerhäuser auszumalen, in deren Schatten Fässer aufgereiht waren.

Der Graf Peyrac warf ihm einen verstehenden Blick zu, begnügte sich jedoch damit zuzustimmen.

„Gewiß. Jedenfalls zweifelt Ihr nicht mehr, vor dem Hunger bewahrt zu sein. Ohne noch von dem im Überfluß vorhandenen Wild, von der Beerenernte, dem Ahornzucker und der Vortrefflichkeit der indianischen Bodenkultur zu sprechen, von der ich Euch noch erzähle und die Ihr beurteilen werdet."

Achtunddreißigstes Kapitel

Der Strand, zu dem sie zurückkehrten, schien sich in eine Bankettafel zu verwandeln. Die Eingeborenen hatten inzwischen weitere gekochte Speisen, Körbe mit kleinen, aber aromatischen Früchten, riesigen Gemüsen, Kürbissen und Tomaten herangeschleppt. Feuer wurden angezündet, von denen der Duft frisch gebratenen Fischs aufstieg. Einige Indianer deuteten Tanzschritte an, indem sie ihre mit Federn geschmückten Tomahawks oder die mit einer steinernen oder eisernen Kugel versehene Waffe schwangen, deren sie sich bedienten, um ihre Feinde niederzustrecken.

„Wo sind unsere Kinder?" riefen die durch das barbarische Schauspiel plötzlich erschreckten Mütter.

„Mama", kreischte Honorine, während sie sich auf ihre Mutter stürzte, „komm, sieh dir die Krabben an, die ich mit Monsieur Crowley gefangen habe!"

Ihr Frätzchen war völlig blau verschmiert.

„Man möchte meinen, sie hätte Tinte getrunken."

Aber auch die anderen Kinder sahen nicht besser aus.

„Wir haben *strawberries* und *bilberries* gegessen."

„In ein paar Tagen werden sie alle englisch sprechen", sagten sich die Eltern.

„Das dort ist für den hungrigen Magen", sagte der Graf, indem er auf die Szene wies. „Für die Kälte gibt es Pelze und Holz zum Heizen im Überfluß."

„Dennoch ist Champlain gescheitert", wiederholte Manigault.

„Durchaus. Aber wißt Ihr, warum? Er kannte die Küstenbarre nicht, er war entsetzt über die Höhe der Fluten – hundertzwanzig Fuß – und den schrecklichen Winter."

„Habt Ihr diese Schwierigkeiten beseitigt?" spottete Manigault.

„Gewiß nicht. Die Flut steigt noch immer um hundertzwanzig Fuß, aber auf der anderen Seite dieses Vorgebirges von Gouldsboro, wo Champlain sein Lager aufgeschlagen hatte. Er klammerte sich an einen verfluchten Ort, während er nur eine halbe Galoppstunde weiter diesen Platz hier gefunden hätte, wo die Flut nur vierzig Fuß steigt."

„Vierzig Fuß? Das ist noch immer zuviel für einen Hafen."

„Falsch. Vierzig Fuß beträgt die Fluthöhe in Saint-Malo, dem prosperierenden bretonischen Hafen."

„Wo es keine schmalen Durchfahrten gibt", bemerkte Berne.

„Sicher, aber dafür gibt es die Rance, ihre Ebbe und ihren Schlamm."

„Hier gibt's keinen Schlamm", sagte Manigault, der seine Hand in das durchscheinende Wasser tauchte.

„Eure Chancen sind also weit größer als die Eurer Vorfahren, als sie sich entschlossen, einen unzugänglichen Hafen auf jenem Fels zu bauen, der La Rochelle wurde. Verteidigt von engen Durchlässen wie hier, aber bedroht durch den Schlamm, der ihn eines nahen Tages völlig ersticken wird. Wenn Ihr Rochelleser an diesem Platz, der Eurer Heimat so ähnlich ist, keinen Hafen bauen könnt, wer soll ihn dann bauen?"

Angélique bemerkte, daß sich die Protestanten um den gruppiert hatten, den sie nach wie vor mit dem Namen Rescator bezeichneten. Und wie alle Menschen, die mit jemand sprechen, dessen Kompetenz sie anerkennen, hatten sie in ihrer leidenschaftlichen Anteilnahme ihre prekäre Situation ihm gegenüber vergessen. Seine Frage rief ihnen die Wirklichkeit ins Gedächtnis zurück.

„Es ist wahr, daß Ihr uns in der Hand habt", sagte Manigault bitter. „Wir haben keine Wahl."

„Was für eine Wahl?" fragte Joffrey de Peyrac, ihren Blick festhaltend. „Nach Santo Domingo zu gehen? Was wißt Ihr von dieser Insel, zu der man nicht gelangen kann, ohne den karibischen Piraten Tribut zu zahlen, und die zudem regelmäßig von den Flibustiern und Seeräubern der Schildkröteninsel heimgesucht wird? Was können fleißige, aktive Männer wie Ihr, Männer des Meers und seines Handels, dort betreiben? Fischfang? In den dürftigen Bächen gibt's nur ein paar Gründlinge und an den Küsten blutgierige Menschenhaie."

„Immerhin habe ich Niederlassungen dort unten", sagte Manigault, „und Geld."

„Ich zweifle daran. Eure Niederlassungen brauchen nicht von Piraten geplündert worden zu sein, um Euch nicht mehr zu gehören. Vae victis, Monsieur Manigault. Ihr hättet Euch einen soliden Rückhalt in La Rochelle erhalten müssen, um hoffen zu können, bei der Landung auf den amerikanischen Inseln noch einigen Besitz vorzufinden. Seid Ihr nicht überzeugt, daß diejenigen, die einstmals in Santo Domingo wie in La Rochelle Eure braven, ergebenen, um Eure Gunst bemühten Mitarbeiter waren, sich schon längst in Euren Nachlaß geteilt haben?"

Manigault wurde unsicher. Er fand seine eigenen Befürchtungen in den Worten des Rescators ausgesprochen. Dieser fuhr fort:

„Ihr seid dessen selbst so sicher, daß einer der Gründe, die Euch veranlaßten, sich meines Schiffes zu bemächtigen, die Besorgnis war, auf den Inseln völlig verarmt dazustehen, noch dazu durch Verpflichtungen mir gegenüber belastet, der Euch an Euer Ziel gebracht hatte. Euer Piratenplan verschaffte Euch zwei Vorteile. Durch meine Beseitigung hättet Ihr zugleich einen Gläubiger beseitigt, und als Eigentümer eines schönen Schiffes hättet Ihr diejenigen teuer zahlen lassen können, die Euch als armselige Emigranten da unten schlechter als einen Hund empfangen hätten."

Manigault leugnete nicht. Er kreuzte nur die Arme über der Brust und verharrte mit gesenktem Kopf in einer Haltung angespannten Nachdenkens.

„Ihr behauptet also, Monsieur, daß meine Befürchtungen in bezug auf meine ehemaligen Mitarbeiter auf den Inseln und in La Rochelle berechtigt seien. Ist es Vermutung oder Gewißheit?"

„Gewißheit."

„Woher wißt Ihr das alles?"

„Die Welt ist nicht so groß, wie es den Anschein hat. An der spanischen Küste bin ich einem der größten Schwätzer vor dem Herrn begegnet, einem gewissen Rochat, den ich in der Levante kennengelernt hatte."

„Der Name sagt mir etwas."

„Er war der Handelskammer von La Rochelle zugeteilt. Er erzählte mir von dieser Stadt, die er eben verlassen hatte, erzählte mir von Euch, um mir darzutun, auf welche Art in La Rochelle Macht und Vermögen aus den Händen der reformierten Großbürger in die der Katholiken übergehen sollten. Schon zu dieser Zeit war das Urteil über Euch gesprochen, Monsieur Manigault. Aber als ich ihm damals zuhörte, wußte ich noch nicht, daß ich die Ehre haben würde" – er verbeugte sich ironisch –, „den Verfolgten, von denen er sprach, die Zuflucht meines Schiffes anzubieten."

Manigault schien ihn nicht zu hören. Dann stieß er einen tiefen Seufzer aus.

„Warum habt Ihr uns nicht früher davon unterrichtet? Vielleicht wäre dann kein Blut geflossen."

„Im Gegenteil. Ich glaube, Ihr wärt noch hartnäckiger darauf aus gewesen, mich zu berauben, um Eurer Rache über Eure Feinde sicher zu sein."

„Daß wir von unseren alten Freunden verraten und ohne Mittel waren, berechtigte Euch nich , über unser Leben zu verfügen."

„Ihr habt über unseres verfügt. Wir sind also quitt! Jetzt bedenkt eins. Abgesehen vom Zuckerrohr- und Tabakanbau, für die Ihr keinerlei Erfahrung mitbringt, hättet Ihr dort unten nur den Handel mit Negern ausüben können. Und ich für mein Teil werde niemals einen Sklavenhändler unterstützen. Hier habt Ihr solche schändliche Betätigung nicht nötig. Ihr könntet also die Grundlagen einer Welt schaffen, die nicht schon von Anfang an die Keime ihrer Zerstörung in sich trägt."

„Aber in Santo Domingo kann man Wein anbauen, und das war unsere Absicht", sagte einer der Rochelleser, der sich als Küfer für die alkoholischen Erzeugnisse der Charente betätigt hatte.

„Die Weinrebe kann in Santo Domingo nicht gedeihen. Die Spanier haben es vergeblich versucht. Um Trauben zu erzielen, bedarf es eines durch die Jahreszeiten bedingten Stockens des Saftes. Auf den Inseln ist der Saft ständig in Bewegung. Die Blätter welken nicht. Keine Jahreszeiten, keine Weinrebe."

„Der Pastor Rochefort hat aber in seinem Buch geschrieben ..."

Der Graf Peyrac schüttelte den Kopf.

„Pastor Rochefort, schätzenswerter und mutiger Reisender, dessen Weg ich zuweilen kreuzte, hat nichtsdestoweniger seinen Werken die ihm eigene Auffassung vom Dasein als Suche nach dem irdischen Paradies, nach dem Lande Kanaan, mitgeteilt. Was bedeutet, daß seine Berichte offenbare Irrtümer enthalten."

„Ha!" rief der Pastor Beaucaire aus, indem er heftig auf seine Bibel schlug. „Das ist auch meine Ansicht! Ich bin mit diesem Illuminaten niemals eines Sinnes gewesen."

„Verstehen wir uns recht. Die Erleuchteten haben ihr Gutes. Sie tragen dazu bei, die Menschen vorwärtsschreiten zu lassen, sie aus hundertjährigen Geleisen herauszuführen. Sie sehen Symbole. Anderen kommt es zu, sie zu interpretieren. Wenn der Schriftsteller Rochefort bedauerliche geographische Irrtümer beging und mit allzu naiver Bewunderung die Reichtümer der Neuen Welt beschrieb, bleibt dennoch die Tatsache, daß die Emigranten, die er auf die andere Seite des Ozeans lockte, nicht enttäuscht wurden. Sagen wir, daß der gute Pastor allzu viel von jenem symbolträchtigen Sinn in sich aufgenommen hatte, der der indianischen Denkungsart zugrunde liegt. Man findet ebensowenig saftige Trauben an den Trieben des wilden Weins wie goldbraune Brotlaibe an den Zweigen des Brotbaums, aber Glück, Wohlfahrt, Frieden der Seele und des Geistes können überall sprießen und sich entfalten. Bei allen, die imstande sein werden, die ihnen gebotenen wahren Reichtümer zu entdecken, sich ganz dem neuen Lande zu weihen und ihm nicht die fruchtlosen Zwistigkeiten der Alten Welt zuzutragen. Ist es nicht das, was hier zu suchen Ihr alle gekommen seid?"

Während dieser langen Rede hatte die Stimme Joffrey de Peyracs zuweilen versagt oder sich heiser verzerrt, aber nichts vermochte das Feuer seiner Worte zu dämpfen. Er leugnete die Unvollkommenheiten seiner Kehle, wie er sich früher, wenn er sich in Duellen schlug, über sein verkrüppeltes Bein hinweggesetzt hatte. Seine brennenden Augen unter den dichten Bögen der Brauen bannten seine Gesprächspartner und nötigten ihnen seine Überzeugung auf.

Einer der Mauren, der Abdullah in seinem persönlichen Dienst ersetzt hatte, näherte sich und reichte ihm eine der kuriosen, bauchigen, goldgelb leuchtenden Kürbisflaschen, die ein geheimnisvolles, von den Indianern mitgebrachtes Getränk enthielten. Er trank davon, ohne sich über ihren Inhalt zu vergewissern.

Von weitem drang das Gewieher von Pferden herüber. Gleich darauf erschienen zwei Indianer, die in einer Kiesellawine zum Strand herabglitten. Man ging ihnen entgegen. Sie überbrachten eine Botschaft. Der große Häuptling Massawa sei im Anmarsch, um die neuen Weißen zu begrüßen. In allen Sprachen wurden Befehle erteilt, um die Ausschiffung der Geschenke von der *Gouldsboro* zu beschleunigen, von denen schon ein großer Teil am Ufer aufgehäuft lag: brandneue Musketen, einige noch in ihrer Verpackung aus geölter Leinwand, Hieb- und Stoßwaffen und stählernes Werkzeug.

Gabriel Berne konnte sich nicht enthalten, den Hals nach den offenen Kisten auszustrecken.

Joffrey de Peyrac verfolgte sein Bemühen.

„Stahlwaren aus Sheffield", erklärte er. „Beste Qualität."

„Ich weiß", stimmte Berne zu.

Und zum erstenmal seit vielen Tagen entspannten sich seine Züge, und sein Blick belebte sich. Er vergaß, daß er mit einem verachteten Rivalen sprach.

„Sind sie nicht zu gut für Wilde? Sie würden sich mit minderem begnügen."

„Die Indianer sind schwierig in bezug auf die Qualität ihrer Waffen und Werkzeuge. Jeder Täuschungsversuch würde die Vorteile des Handels vernichten. Die Geschenke, die Ihr dort seht, sollen uns den Frieden in einem größeren Territorium als dem Königreich Frankreich erkaufen. Aber man kann sie auch gegen Pelzwerk tauschen oder für Gold und Edelsteine verkaufen, die die Indianer aus den alten Zeiten ihrer mysteriösen Städte bewahren. Kostbare Steine und Edelmetalle behalten an diesen Küsten ihren Wert, auch wenn das Gold nicht in europäische Münzen geprägt ist."

Berne kehrte gedankenverloren zu seinen Freunden zurück, die noch immer schweigend beieinanderstanden.

Dieses riesige Gebiet, das ihnen in die Hände fiel, ihnen, den von allem Entblößten, erdrückte sie. Unablässig sahen sie auf das Meer, die Felsen, glitten ihre Blicke zu den Hügeln mit den gigantischen Bäumen hinauf, und jedesmal fanden sie sich einem veränderten Bild gegenüber, dem die schwebenden Nebelfetzen bald lockende Sanftheit, bald unmenschliche Wildheit verliehen.

Der Graf beobachtete sie, die Hände auf der Gürtelkante, das durch die Narben der Wange leicht schlitzförmige Auge wie im Spott halb geschlossen. Seine Miene schien spöttisch, doch Angélique wußte nun, was dieses harte Äußere verbarg, und ihr Herz brannte in glühender Bewunderung.

Ohne sich zu ihr zu wenden, sagte er plötzlich halblaut:

„Seht mich nicht so an, schönste Dame. Ihr laßt mich an Dinge denken, die mich träge machen. Und das ist nicht der rechte Augenblick."

Dann wandte er sich an Manigault.

„Eure Antwort?"

Der Reeder fuhr sich mit der Hand über die Stirn.

„Ist es wirklich möglich, hier zu leben? Alles ist uns so fremd. Sind wir für dieses Land geschaffen?"

„Warum nicht? Ist der Mensch nicht für die ganze Erde geschaffen? Wozu würde es Euch nützen, zur höchsten Spezies der Lebewesen zu gehören, mit einer Seele begabt, die den sterblichen Körper mit jenem Glauben erfüllt, der, sagt man, Berge versetzen könne, wenn Ihr nicht einmal mit ebensoviel Mut und Intelligenz wie die Ameisen oder die blinden Termiten eine Aufgabe auf Euch zu nehmen vermöchtet? Wer hat gesagt, daß der Mensch nur an einem einzigen Platz leben, atmen und denken könne wie die Muschel am Felsen? Wenn ihr Geist sie klein macht, statt sie zu erheben, möge die Menschheit von der Erde verschwinden und ihren Platz den sich endlos vermehrenden, tausendfach zahlreicheren und tätigeren Insekten überlassen, die sie in künftigen Jahrhunderten mit ihren winzigen Spielarten bevölkern werden wie in den ersten Zeiten der noch ungestalteten Welt, als sie, auf der noch kein Mensch erschienen war, allein den monströsen Echsen gehörte ..."

Die an eine so bewegliche Sprache, so schweifende Gedanken nicht gewöhnten Protestanten starrten ihn verdutzt an, aber die Kinder sperrten weit ihre Ohren auf. Der Pastor Beaucaire drückte seine Bibel an sich.

„Ich verstehe", sagte er atemlos, „ich verstehe, was Ihr sagen wollt, Monsieur. Was nützt es dem Menschen, Mensch zu sein, wenn er nicht fähig ist, überall die Arbeit der Schöpfung fortzusetzen? Wozu wären die Menschen auf Erden sonst gut? Ich begreife Gottes Ratschluß, als er Abraham sagte: ‚Erhebe dich, verlasse dein Haus und die Familie deines Vaters und ziehe in die Länder, die ich dir zeigen werde.'"

Manigault hob seine kräftigen Arme, um sich zu Wort zu melden.

„Laßt uns nicht vom Weg abirren. Wir haben eine Seele, das versteht sich von selbst. Wir haben unsern Glauben, aber wir sind nur fünfzehn Menschen vor einer ungeheuren Aufgabe."

„Ihr rechnet falsch, Monsieur Manigault. Und Eure Frauen und Kinder? Ihr sprecht von ihnen stets wie von einer Herde blökender, verantwortungsloser Schafe. Und doch haben sie bewiesen, daß sie es an Vernunft, Zähigkeit und Mut mit Euch allen aufnehmen können. Bis hinunter zu Eurem kleinen Jérémie, der trotz der Entbehrungen und Härten der Überfahrt, denen Kinder dieses Alters so selten widerstehen, nicht starb. Er ist nicht einmal krank gewesen. Und bis hinunter zu dem Kind, das eine Eurer Töchter unter dem Herzen trägt, Monsieur Manigault, und das es der Zähigkeit seiner Mutter verdankt, sein kaum sich abzeichnendes Leben nicht verloren zu haben. Es wird also hier geboren werden, auf amerikanischem Boden, und dieses Land zu Eurem machen, denn da es kein anderes kennt, wird es in ihm seine Heimat lieben. Ihr habt eine mutige Nachkommenschaft, meine Herren aus La Rochelle, mutige Frauen. Ihr seid nicht nur fünfzehn Männer. Ihr seid schon ein ganzes Volk."

Die Speisen, die unablässig gekocht oder herangeschleppt worden waren, verbreiteten neue und appetitliche Düfte. Die Protestanten wurden plötzlich umringt und zum Essen aufgefordert. Die Indianerinnen, keck und lachlustig im Gegensatz zu ihren auf Abstand haltenden, undurchdringlichen Männern, berührten die Kleider der Frauen, schwatzten, stießen erstaunte Rufe aus. Sie legten ihnen die Hand auf den Leib, sprangen sodann beiseite und hoben dieselbe Hand mit fragender Miene in mehrfach gesteigerter Stufung, jedesmal eine Pause dazwischenlegend.

„Sie fragen, wieviel Kinder Ihr habt und welchen Alters", erklärte Nicolas Perrot.

Die Stufenleiter der Familie Carrère, begonnen mit dem kleinen Raphaël, erzielte ungeahnten Erfolg. Madame Carrère wurde von einem wahrhaften Reigen in die Hände klatschender, begeistert aufjuchzender Indianerinnen umringt.

Aber der Anlaß brachte sie wieder zu ihrer üblichen Sorge zurück:

„Wo sind die Kinder?"

Diesmal waren sie wirklich verschwunden. Nur ein paar von ihnen waren aufzutreiben. Nicolas Perrot erkundigte sich.

„Crowley hat sie alle zum Lager Champlains mitgenommen."

„Wer ist Crowley? Wo ist dieses Lager Champlains?"

So viele Dinge ereigneten sich im Verlaufe dieses Tages, der in den Annalen der Geschichte Maines von historischer Bedeutung werden sollte, daß niemand Zeit fand, sie auf sich zukommen zu sehen.

Angélique fand sich auf einem über schmale, mit trockenem Moos bedeckte Pfade dahingaloppierenden Pferd wieder, über sich Laubkronen, die Versailles' würdig waren, zur Seite eine felsstarrende Küste, gegen die sich das Meer mit der ungezügelten Wut eines brüllenden Tieres warf. Das Tosen des Meers und des Windes, das durch das Blattwerk sickernde Licht, der wechselnde Eindruck von bevölkerter oder verlassener Landschaft machten den Zauber der Gegend aus.

Die Waldläufer hatten sich bereit gefunden, die besorgten Mütter zu eskortieren. Für diejenigen, die nicht reiten konnten, hatte man Karren und Sänften aufgetrieben. Im letzten Augenblick war ein Teil der Männer zu ihnen gestoßen.

„Glaubt Ihr, daß Ich Euch mit diesen bärtigen Lüstlingen verschwinden lasse?" schrie der Advokat Carrère seiner Frau zu. „Daß Euch diese Mulattinnen Eurer elf Kinder wegen, die auch ein wenig die meinen sind, im Triumph herumgeschleppt haben, ist noch lange kein Grund, von nun an nach Eurem Kopf zu handeln. Ich begleite Euch."

Die durch das Übersetzen über einen Fluß und die Enge der Pfade aufgehaltene Reise dauerte indessen weniger als eine Stunde. Es war nicht mehr als ein Spaziergang, den die Kinder mit Begeisterung unternommen hatten, um sich die Beine zu vertreten. Zerfallene Hütten tauchten auf. Sie waren an die fünfzig Jahre zuvor von den unglückseligen Kolonisten Champlains errichtet worden. Seit langem aufgegeben, erhoben sich ihre Reste am Rande des Waldes auf einer großen, in sanfter Neigung zum korallenroten Strand abfallenden Lichtung. Aber weit entfernt, Schutz zu bieten, war dieser Strand von einer Ansammlung von Felsen bedeckt, über die unablässig wütende Wogen hereinbrachen.

Zwischen den Hütten jagten sich kreischend die Kinder.

„Mama", schrie Honorine, die ihnen wie ein Ball hüpfend entgegenkam, „ich habe unser Haus gefunden. Komm, schau's dir an, es ist das schönste. Überall sind Rosen. Und Monsieur Cro gibt es uns, dir und mir ganz allein."

„Uns auch!" schrie Laurier zornig.

„Ruhe, Ruhe, ihr kleinen, heulenden Kojoten", mischte sich eine seltsame Erscheinung ein, die wie ein Gastgeber beim Empfang schätzenswerter Besucherinnen am Ausgang des Pfades stand.

Die große Pelzmütze, die er in der Hand hielt, enthüllte struppiges Haar von schönstem Rot. Dafür war er glatt rasiert, abgesehen von zwei buschigen, die Backen umrahmenden feuerfarbenen Koteletten, die auf diese schottische Barttracht unvorbereitete Leute einigermaßen beeindrucken mußten.

Er drückte sich halb auf Französisch, halb auf Englisch aus, unterstützt durch indianische Mimik, und man verstand ihn schlecht.

„Das Kind hat recht, Mylady. My inn is for you. Mein Name ist Crowley, George Crowley, und in my store werdet Ihr every furniture for household finden. Seht meine wilden Rosen."

Doch man sah überhaupt nichts mehr, denn dicker Nebel hatte sich erhoben und rieselte in Myriaden glitzernder Tröpfchen über sie.

„Oh, dieser Nebel!" seufzte Madame Carrère. „Ich werde mich nie daran gewöhnen. Kinder, wo seid ihr?"

„Wir sind hier!" schrien die unsichtbaren Kinder.

„In diesem Land werden sie mir schreckliche Streiche spielen."

„Come in! Come in!" wiederholte der Schotte.

Es blieb nichts übrig, als ihm vertrauensvoll zu folgen.

„No Nebel", sagte er nachsichtig. „Kein Nebel to-day. Er kommt, er geht. Im Winter, yes, haben wir den dicksten Nebel der Welt."

Wie er vorausgesagt hatte, wurde der Nebel vom Wind vertrieben. Angélique fand sich vor einem hölzernen, strohgedeckten, von blühenden, zart duftenden Rosen umgebenen Haus.

„Das ist mein Haus", verkündete Honorine.

Und kreischend wie eine Schwalbe, lief sie zweimal um es herum.

Im Inneren loderte ein stattliches Feuer. Es gab sogar zwei Zimmer, ausstaffiert mit aus Knüppelholz gezimmerten oder roh aus Baumstümpfen gehauenen Möbeln, doch entdeckte man auch nicht ohne Überraschung einen Tisch aus schwarzem Holz mit schraubenförmig geschnitzten Beinen, der jedem Salon zur Zierde gereicht hätte.

„Geschenk des Herrn Grafen de Peyrac", erklärte der Schotte mit Genugtuung.

Er wies sie gleichfalls auf die Fensterscheiben hin, unbekannter Luxus in den anderen Hütten, deren Fensteröffnungen nie mit etwas anderem als mit Fischhaut überzogen gewesen waren, die nur schwaches Licht durchsickern ließ.

„Früher hab' ich mich damit zufrieden gegeben."

Dieses „früher" reichte ziemlich weit zurück. Crowley war Zweiter Offizier eines Schiffes gewesen, das vor dreißig Jahren an der unzugänglichen Felsenküste Maines zerschellt war. Einziger Überlebender, hatte sich der mit Wunden bedeckte Schiffbrüchige zum ungastlichen Gestade geschleppt. Es hatte ihm dort so gefallen, daß er geblieben war.

Sich als Herrn des Orts betrachtend, hatte er alle Piraten, die in der Bucht von Gouldsboro Zuflucht suchten, mit gut gezielten Pfeilschüssen aus den Wipfeln der Bäume empfangen. Die Indianer hatten ihm keinen Beistand geleistet. Friedlich, wie sie waren, hätten sie es nie gewagt, von sich aus Feindseligkeiten einzuleiten, aber der Schotte nahm es allein auf sich, die Eindringlinge zu verjagen.

Joffrey de Peyrac verdankte die Kenntnis des unangreifbaren Schlupfwinkels von Gouldsboro und der Ursache des auf ihm liegenden Fluches der Freundschaft eines mohikanischen Häuptlings, dem er bei Verhandlungen in Boston begegnet war. Es war ihm geglückt, mit dem bösen Geist ein Bündnis zu schließen, und Crowley hatte seine Vorschläge um so bereitwilliger aufgenommen, als er eben begann, nach Käufern für seine Pelzwaren zu suchen. Nach seiner Installierung in den verlassenen Hütten Champlains hatten ihn in der Tat Vorstellungen von allerlei Handelsmöglichkeiten heimgesucht. Seltsame Befähigung, aus einem Nichts an Besitz ein Vermögen zu gewinnen! Er hatte damit begonnen, den Eingeborenen Ratschläge zu verkaufen, wie sie Krankheiten heilen könnten, mit denen ihre Medizinmänner nicht zu Rande kamen. Danach verkaufte er Dudelsäcke, die er selbst aus Schilfrohr und den Harnblasen oder Mägen erlegter Tiere herstellte. Dann folgten die Konzerte, die er mit seinen Dudelsäcken gab. Aus Kanada kommende Waldläufer gewöhnten sich daran, bei ihm Rast zu machen und einige ihrer Pelze gegen gute Gespräche und seine musikalischen Darbietungen einzutauschen.

Joffrey de Peyrac nahm ihm seine Pelze ab und bezahlte ihn mit Kurz- und Spielwaren, die ihn alsbald zum Handelskönig des ganzen Gebietes machten. Davon erzählte er den um das Feuer versammelten Damen. Er wußte noch nicht, wie er sich zu den Neuankömmlingen stellen sollte, aber da er nicht gerade schweigsamer Natur war, sagte er sich, daß sie einstweilen immerhin Gesellschaft bieten konnten. Und wie erfreulich, endlich wieder Frauen mit weißer Haut und hellen Augen zu sehen! Er selbst hatte eine indianische Frau und „papooses" oder kleine Gören nach Belieben.

Diese boten den auf den Bänken sitzenden Damen Körbchen mit Johannisbeeren, Erdbeeren und Waldbeeren an, während Crowley in seiner Lokalchronik fortfuhr. Monsieur d'Urville, erzählte er, sei ein Hitzkopf, der sich nach einer reichlich dunklen Duellangelegenheit nach Amerika begeben habe. Hübscher Bursche, der er sei, habe er die Tochter des Häuptlings der Abenakis-Kakou erobert. In Abwesenheit des Herrn Grafen de Peyrac kommandiere er das Fort, das den Zugang zur Bucht von Gouldsboro verteidige.

Der Spanier? Don Juan Fernandez und seine Soldaten? Reste einer Expedition nach Mexiko, die in den undurchdringlichen Wäldern des Mississippi verschwunden sei. Samt und sonders massakriert bis auf diese paar, die zu Skeletten abgemagert, halbtot und ohne sich an das Durchlittene erinnern zu können, im Dawn East aufgetaucht seien.

„Dieser Don Fernandez macht einen grimmigen Eindruck", bemerkte Angélique. „Er zeigt immerfort die Zähne."

Crowley schüttelte lächelnd den Kopf. Er erklärte, der Spanier verziehe die Lippen infolge eines Ticks, den er von den bei den Irokesen erlittenen Foltern zurückbehalten habe, eines grausamen Stammes, des Volkes der langen Häuser, wie man sie hier wegen ihrer langgestreckten Hütten nenne, in denen mehrere Familien zusammenlebten.

Als Monsieur de Peyrac zu einer neuen Fahrt nach Europa aufgebrochen sei, habe er die Spanier in ihr Vaterland zurückbringen wollen. Seltsamerweise hätten diese sich jedoch geweigert. Die Mehrzahl von ihnen habe immer in Amerika gelebt und kenne kein anderes Metier als das, sich auf die Suche nach legendären Städten zu machen und Indianer zu Fleischpastetchen zu zerhacken. Abgesehen davon seien sie ganz friedlich.

Angélique würdigte pflichtgemäß den Humor des Erzählers.

Dieser bemerkte schließlich, daß das Wetter besser geworden sei, und da sich jedermann nun gewärmt habe, werde er ihnen ihre künftigen Wohnstätten zeigen.

„Es gibt hier noch vier oder fünf Hütten, die man bewohnbar machen kann. Follow me, please!"

Honorine hielt Angélique am Kleid zurück.

„Ich mag Monsieur Cro gern. Sein Haar ist von derselben Farbe wie meins, und er hat mich auf seinem Pferd mitgenommen."

„Ja, er ist sehr nett. Wie gut, daß wir gleich bei unserer Ankunft sein hübsches Haus vorfanden."

Honorine zögerte mit der Frage, die ihr auf den Lippen lag. Sie zögerte, weil sie die Antwort fürchtete.

„Ist er vielleicht mein Vater?" fragte sie endlich mit einem Blick voller Hoffnung, ihr kleines blauverschmiertes Schnäuzchen hebend.

„Nein, er ist es nicht", erwiderte Angélique, ihre Enttäuschung mitfühlend wie alles, was ihre Tochter betraf.

„Ah, wie böse du bist!" sagte Honorine matt.

Sie verließen das Haus, und Angélique wollte dem Kind die Rosen zeigen. Aber die Kleine ließ sich nicht ablenken.

„Sind wir nicht von der anderen Seite des Meers gekommen?" fragte sie einen Augenblick später.

„Ja."

„Wo ist dann mein Vater? Du hattest mir gesagt, daß ich ihn und meine Brüder jenseits des Meeres finden würde."

Angélique erinnerte sich nicht, jemals etwas Ähnliches gesagt zu haben, aber es war nicht leicht, mit Honorines Phantasie zu streiten.

„Séverine hat Glück", erklärte das Kind, während es spielerisch die Stiefelspitze in den Boden bohrte. „Sie hat einen Vater und Brüder, und ich habe keine."

„Sei nicht neidisch. Das ist nicht schön. Séverine hat einen Vater und Brüder, aber sie hat dafür keine Mutter. Und du hast eine."

Das Argument schien das kleine Fräulein zu überzeugen. Nach einem Augenblick der Überlegung verflog ihr Kummer, und sie stürzte davon, um mit ihren Freunden zu spielen.

„Da hätten wir eine Hütte, die recht solide aussieht", sagte Crowley und trat mit seinen Stiefeln kräftig gegen die Pfosten eines allen Winden geöffneten Bauwerks. „Richtet Euch ein!"

Es war beachtlich, daß diese Häuser so lange den Unbilden des Wetters hatten widerstehen können, ein Beweis dafür, daß sie mit Sorgfalt errichtet worden waren.

Nichtsdestoweniger betrachteten die rochelleser Bürger verwirrt diese Ruinen, die Tod, Krankheit, Not und Verzweiflung am Ende der Welt ihrem Schicksal überlassener Wesen heraufbeschworen und unaufhaltsam verfallen waren, vernichtet durch die feindliche Natur. Erstaunlich waren nur jene Rosen, die überall kletterten und sich ineinander verflochten und das Grollen des nahen Ozeans wie auch den bevorstehenden Winter mit seinen Stürmen, seinem Schnee, seinem die Felsen überziehenden Eis vergessen ließen, jenen Winter, der einst die Männer Champlains getötet hatte.

Der Schotte beobachtete sie, ohne den Grund für ihre langen Gesichter zu begreifen.

„Wenn wir uns alle an die Arbeit machen, werdet Ihr wenigstens vier Unterkünfte für die Nacht parat haben."

„Richtig! Wo werden wir heute nacht schlafen?" erkundigten sie sich.

„Es wird nur hier möglich sein", erklärte Nicolas Perrot, „denn das Fort ist bis unters Dach belegt, und Ihr müßtet sonst aufs Schiff zurückkehren."

„Niemals!" riefen sie wie aus einem Mund.

Die armseligen Hütten erschienen ihnen plötzlich wie Paläste. Crowley sagte, er könne ihnen Bretter, Werkzeug und Nägel verschaffen. Er übernahm die Leitung des Unternehmens und schickte Eingeborene aus, die Schilf für die Dächer schneiden sollten. Sie machten sich fieberhaft an die Arbeit.

Bald sank irisierender Nebel über sie, bald wehte er davon, bald enthüllte er die Weite des Meers, bald umschloß er die Lichtung, auf der sie arbeiteten, durchzittert von rötlichen oder grünen Reflexen, doch niemand hatte Zeit, sie zu bewundern.

Psalmen summend, führte Pastor Beaucaire den Hammer, als hätte er sein Leben lang nichts anderes getan.

Alle Augenblicke kamen andere Indianer den Pfad entlang und brachten Eier, Mais, Fische, Schaltiere und schließlich, an Stöcken hängend, prächtiges Federwild, Trappen und Truthennen. Crowleys Haus mit dem danebengelegenen „Magazin" diente als Hauptquartier.

Bald waren nacheinander zwei Häuser vollendet. In einem von ihnen konnte man ein Feuer entfachen, der Kamin zog bereitwillig. Angélique kam auf die Idee, einen Kessel mit Wasser zu füllen, über das Feuer zu hängen und einen Hummer hineinzutun. Dann ließ sie drei der jungen Mädchen Truthennen rupfen.

Hölzerne, durch Rindenfasern zusammengehaltene Rahmen wurden aufgestellt, die als Betten dienen sollten, auf die die Bärtigen schweres Pelzwerk breiteten.

„Ihr werdet heute nacht gut schlafen, kleine, bleiche, dem Meer entsprungene Fische, schöne, weiße Möwen, die ihr den Ozean überquert habt."

Aus dem Norden, den kanadischen Provinzen gekommen, sprachen sie ein bedächtiges, aber poetisches Französisch, in dem sich ihre im Laufe häufiger Palaver mit den Indianern übernommene Gewohnheit kundtat, sich in langen Umschreibungen und blumigen Bildern auszudrücken.

„Rochelleser! Rochelleser, seht!" rief Angélique.

Sie wies zum Kamin. Der riesige Hummer, der nicht sterben wollte, hob den Deckel des Kessels. Symbol des Überflusses für diese Menschen des Meers und der Küsten, reckte er seine Scheren über den Rand und wuchs, wuchs gleich einem von Dampf umwölkten, Schutz verheißenden Geist.

Sie brachen in Gelächter aus. Die Kinder stießen schrille Schreie aus. Sie stürzten, einander stoßend, hinaus, wälzten sich über den Boden, lachten, bis ihnen der Atem ausging.

„Sie sind betrunken!" zeterte Madame Manigault entsetzt. „Was hat man ihnen zu trinken gegeben?"

Die Mütter prüften besorgt die Becher, deren sich die Kinder bedient hatten. Aber sie waren nur trunken von reifen Beeren, Quellwasser und den im Kamin tanzenden Flammen.

„Sie sind trunken von der Erde", sagte der Pastor gerührt. „Der wiedergefundenen Erde. Welches auch ihr Aspekt sein mag, der Punkt des Weltalls, wo sie auftaucht – wie sollte sie nicht entzücken nach den langen, dunklen Tagen der Sintflut?"

Er zeigte auf die Farben des Regenbogens, die durch das Blattwerk zitterten, die Felsen des Ufers übersprangen und sich in den Fluten spiegelten.

„Seht, meine Kinder, seht das Zeichen des Neuen Bundes!"
Er breitete die Arme aus, und Tränen liefen über sein pergamentenes Gesicht.

Neununddreißigstes Kapitel

Bei sinkender Nacht erschien der Graf Peyrac, von seinen spanischen Soldaten eskortiert, im Lager Champlains. Er war zu Pferd und führte sechs Gäule mit sich, die den Protestanten zur Verfügung gestellt werden sollten.

„Pferde sind rar hier. Gebt acht auf sie."

Im Sattel begab er sich durchs Lager, musterte er die Hütten und bemerkte die geordnete Regsamkeit, die an dem vor kurzem noch verlassenen, unheimlichen Ort herrschte. Rauchschwaden wehten über die Dächer. Von den Indianern, die ihn begleiteten, ließ er schwere Kisten abstellen. Neue, sorgfältig umwickelte Waffen wurden herausgenommen.

„Eine Muskete für jeden Mann und jede Frau. Wer nicht schießen kann, wird es lernen. Ab morgen früh muß mit dem Schießunterricht begonnen werden."

Manigault, der sich ihm genähert hatte, nahm mißtrauisch eine der Waffen auf.

„Für uns?"

„Ich sagte es schon. Ihr teilt Euch gleichfalls in die Säbel und Dolche, und für die besten Schützen unter Euch gibt es sechs Pistolen. Mehr kann ich heute nicht tun."

Manigault sah verächtlich zu ihm auf.

„Wie soll ich das verstehen? Heute morgen noch waren wir in Ketten und sollten gehängt werden, und abends bewaffnet Ihr uns bis an die Zähne", sagte er, fast entrüstet über den jähen Umschwung, den er für die Äußerung eines inkonsequenten Charakters hielt. „Tut uns nicht den Schimpf an, uns so rasch für Eure Verbündeten zu halten.

Wir sind weiterhin nur gegen unseren Willen hier, und soviel ich weiß, haben wir Eure mit Zwang verbundenen Vorschläge noch nicht beantwortet."

„Zögert nicht zu lange mit Eurer Wahl, denn ich sehe mich bedauerlicherweise vor der Verpflichtung, Euch zu bewaffnen. Man hat mir gemeldet, daß ein Trupp Cayugas vom feindlichen Stamm der Irokesen auf uns gehetzt worden ist, um unsere Skalps zu nehmen."

„Unsere Skalps?" wiederholten die andern, unwillkürlich ihr Haar berührend.

„Das sind Unerfreulichkeiten, die sich hier von Zeit zu Zeit ereignen können. England und Frankreich sind sich über die Zugehörigkeit des Dawn East zur einen oder anderen Krone noch nicht einig geworden. Das hindert uns Kolonisten zwar nicht, in Frieden zu arbeiten, aber immerhin finanziert die Verwaltung in Quebec gelegentlich einen Kriegszug der ihr befreundeten Stämme, um die Weißen aus dem Lande jagen zu lassen, die sich ohne Ermächtigung des Königs von Frankreich niedergelassen haben könnten. England handelt genauso, aber es fällt ihm schwerer, Indianer zu rekrutieren, da ich mich der Unterstützung Massawas, des großen Häuptlings der Mohikaner, versichert habe. Doch ist kein Weißer des großen Waldgebiets völlig vor Überfällen des einen oder anderen abseits lebenden Stammes sicher."

„Charmant", bemerkte Mercelot sarkastisch. „Ihr rühmt uns Zauber und Reichtum ‚Eures' Besitzes, den Ihr uns so großzügig gönnt, habt jedoch vergessen, uns auf Gefahren hinzuweisen, und daß wir damit rechnen müssen, uns durch splitternackte Wilde massakrieren zu lassen."

„Wer hat Euch gelehrt, Messieurs, daß es einen Ort auf Erden gibt, wo der Mensch nicht um die Unantastbarkeit seines Lebens kämpfen muß? Das irdische Paradies existiert nicht mehr. Die einzige Freiheit des Menschen besteht darin, wählen zu können, wie und warum er leben, kämpfen und sterben will. Selbst die Hebräer haben mit Josua gerungen, um das Verheißene Land zu erobern."

Er wandte das Pferd und verlor sich in der Dunkelheit.

Im Westen schwammen schweflige Wolken gleich Rauchschwaden eines riesigen Brandes vor dem Hintergrund eines perlmuttweißen Himmels.

Das Meer war aus gebräuntem Gold, und die schwarzen Inseln schienen sich zu vermehren gleich einer Schar Haie, die sich längs seiner Ufer drängte.

Crowley näherte sich und erklärte, daß man vom letzten Schein des Tageslichts profitieren könne, um die Verteidigungslinien zu organisieren und Posten aufzustellen.

„Diese Geschichte von den Indianern stimmt also?"

„Es kann schon passieren. Es ist besser, vorbereitet zu sein und aufzupassen, als sich mit einem Pfeil zwischen den Schultern wiederzufinden."

„Ich glaubte, er scherze", meinte Manigault nachdenklich, während er die Waffen zu seinen Füßen betrachtete.

Der Pastor Beaucaire hatte die Hände vor die Augen geschlagen, wie von einem Blitz getroffen.

„Er scherzt, aber er kennt die Heilige Schrift", murmelte er. „Seine Scherze eröffnen Perspektiven zu immer neuen Betrachtungen. Haben wir denn eigentlich das Verheißene Land verdient, meine Brüder? Statt dem Herrn der Prüfungen wegen zu grollen, die Er uns sandte, sollten wir sie als gerechte Sühne für unsere Irrtümer hinnehmen, als Preis, den wir für unsere Freiheit zahlen müssen."

Angélique hörte auf das schwächer werdende Geräusch eines durch die Dunkelheit davongaloppierenden Pferdes. Atem des Windes und des Meers. Geheimnis der Nacht auf unbekannter Erde und ihrer Gefahren.

Diejenigen, die in dieser Nacht wachend die geringsten Geräusche belauerten, verwunderten sich über die Ruhe, die sie erfüllte. Die ungesunde Angst und die Zweifel hatten sie verlassen. Die Verantwortung für diese wenigen Fußbreit Boden, auf denen sie ihr unsicheres Obdach errichtet hatten, hatte sie plötzlich gestärkt. Die Hand auf dem Lauf der Waffe, die Augen in die Finsternis geöffnet, lösten die Protestanten einander bei der Wache ab, und ihre starren Silhouetten zeichneten sich vor dem Feuer neben denen der in zottigen Fellen steckenden Waldläufer ab. In blumigen, pittoresken Sätzen machten die Trapper sie mit der noch unzivilisierten Welt vertraut, die sie umgab. Die Rochelleser begannen, ihre Vergangenheit zu vergessen.

Bis zum Morgen gab es keinerlei Alarm, und sie verspürten leise Enttäuschung darüber.

Angélique fragte, ob sie eins der Pferde nehmen könne, um sich nach Gouldsboro zu begeben.

Von allen war sie heute vielleicht die Unruhigste. Ihr Gatte hatte ihr noch immer nicht den Platz an seiner Seite zugewiesen. Bei seinem Besuch am Vorabend hatte er weder versucht, sie zu sehen, noch sich nach ihr erkundigt. Zuweilen gab er sich ihr gegenüber mit der Vertrautheit eines Verbündeten, ein andermal überließ er sie ihrer Unabhängigkeit.

Solange diejenigen, die sie umgaben, nichts von ihrer Bindung wußten, war dieses Verhalten allerdings notwendig. Doch Angélique begann, die Geduld zur verlieren. Die Trennung von Joffrey de Peyrac war ihr unerträglich. Es verlangte sie danach, ihn zu sehen, zu hören.

Crowley mahnte sie, sich vor den Cayugas in acht zu nehmen. Sie zuckte mit den Schultern. Die Cayugas! Es fehlte nicht viel, daß sie Joffrey in ihrer gereizten Stimmung beschuldigt hätte, die Indianer als Vorwand zu benutzen, sie allein zu lassen.

„Der Herr Graf hat untersagt, daß sich irgend jemand aus dem Lager Champlain entfernt", fügte der Schotte noch hinzu.

Halsstarrig setzte sich Angélique darüber hinweg. Sie müsse unbedingt nach Gouldsboro, erklärte sie.

Als sie in den Sattel kletterte, brüllte Honorine so beharrlich, daß sie sie mitnehmen mußte.

„O Honorine, Honorine, mein armer Liebling, könntest du dich nicht einen Tag lang ruhig verhalten?"

Trotzdem barg sie das Kind fest an ihrer Brust und ritt davon. Sie erinnerte sich ihrer einstigen Ritte mit Honorine durch den Wald von Nieul.

Sie folgte dem mit trockenem Gras bedeckten Weg, in dessen Samt das Geräusch des Galopps erstickte. Der zu Ende gehende Sommer ließ einen Hauch von Haselnuß und warmem Brot über sie hinwehen. Vertrauter, köstlicher Duft. Es mußte Beeren im Unterholz geben.

Zur bekannten Schönheit der Eichen- und Kastanienwälder fügte sich der fremde Zauber der lichten Birken mit ihrer Haut wie aus zerrissener Seide und der ihren süßen Duft verströmenden Ahorne. In einem Sinnenrausch erkannte Angélique die Landschaft ihrer Neigung wieder. Doch das Mysterium dieses Waldes war von anderer Art als das von Nieul, ein anderer Zauber wob in ihm, der seiner Jungfräulichkeit. Nieul war durch seine druidische Vergangenheit beschwert. Hier verharrte die Erinnerung an die einzigen weißen Männer, die sich ihm in der Vergangenheit genähert hatten, am Saum der Küste in Gestalt seltsamer Türme aus schweren Steinen.

Der Wald hatte nicht einmal die Spur ihrer erobernden Schritte gekannt. Er kannte nur die der zahlreichen Tiere und des schleichenden Fußes der schweigsamen Indianer.

Angélique entging es, daß ihr Pferd einen anderen Pfad einschlug, der zum Gipfel eines Hügels führte. Der unerwartete freie Ausblick überraschte sie. Ein Maisfeld dehnte sich vor ihren Augen. Zwischen den hohen, knirschenden Blättern bemerkte sie auf einer hölzernen, durch ein Laubdach vor der Sonne geschützten Plattform einen kauernden Indianer, der reglos wie eine Statue mit seiner langen Birkenreisgerte die plündernden Vögel überwachte.

Zur Rechten gewahrte sie die Palisade eines indianischen Dorfes, über die der Rauch der Hütten aufstieg. Dahinter wechselten Felder mit Korn, Kürbissen und einer unbekannten Pflanze mit großen, glänzenden Blättern, die sie für Tabak hielt, miteinander ab. Überall blühten leuchtende Sonnenblumen. Doch sehr schnell schob sich wieder der Wald vor das ländliche Bild.

Das Pferd folgte weiter dem ansteigenden Pfad, als sei es an diese Route gewöhnt. Auf dem Gipfel angelangt, blieb es von selbst stehen. Angélique warf einen ängstlichen und dennoch neugierigen Blick über die sich zu ihren Füßen ausbreitende Landschaft. Überall zwischen den Felsen und Bäumen waren die spiegelnden Flächen unzähliger Seen und Teiche zu ahnen, ein weißblaues Mosaik, eingefaßt von steilen Felswänden, über die Kaskaden weiß sprühenden Wassers herabstürzten.

Sie wagte kaum zu atmen, während sie von dieser ungeheuren, von heiterer Ruhe erfüllten Landschaft Besitz nahm, die sie sich zu eigen machen mußte.

Es war in diesem Augenblick, daß Honorine sich rührte und ihren kleinen Arm ausstreckte.

„Da", sagte sie.

Ein Schwarm Vögel erhob sich weiter unten und strich mit heiseren Schreien dicht bei ihnen vorbei.

Doch Honorine zeigte weiter ins Tal hinunter. Es waren weniger die Vögel, auf die sie hatte aufmerksam machen wollen, als das, was sie aufgescheucht hatte.

Von der Höhe der Felswand entdeckte Angélique eine lange Reihe im Gänsemarsch längs eines Baches vorrückender Indianer. Die Entfernung und die sich dazwischenschiebenden Zweige erlaubten ihr nicht, sie deutlich zu unterscheiden, doch konnte sie ausmachen, daß es sehr viele und keinesfalls Bauern waren, die sich zu ihren Feldern begaben. Sie trugen keine Ackergeräte, sondern Bogen und Köcher.

„Vielleicht Jäger?"

Sie versuchte, sich Mut einzureden, aber sie hatte sofort an die Cayugas gedacht. Um sich nicht der Gefahr auszusetzen, bemerkt zu werden, zog sie sich ein wenig unter die Bäume zurück.

Die Indianer glitten mit vorsichtiger Behendigkeit längs des Baches dahin. Die roten und blauen Federn ihres Kopfputzes zogen sich wie eine lange, buntscheckige Schlange durch das Blattwerk. Es waren wahrhaftig sehr viele, zu viele! Ihre Kolonne stieß geradewegs zum Meer vor. Sie sah zu dem aus dunstiger Ferne auftauchenden Umriß des Forts Gouldsboro über der Bucht hinüber, deren glitzernde Fläche im strahlenden Sonnenlicht mit dem weißlichen Himmel verschmolz. Der von Gouldsboro zum Lager Champlain führende Weg war sichtbar.

„Wenn die Indianer dorthin gelangen, werden sie uns vom Fort abschneiden, und wir können uns nicht gegenseitig zu Hilfe kommen. Glücklicherweise hat Joffrey Waffen verteilt ..."

Im selben Moment, in dem sie an ihn dachte, entdeckte sie einen Reiter, der vom Fort her den Weg entlanggaloppierte. Bevor er sich noch genähert hatte, hatte ihr Instinkt ihn längst erkannt. Dieser flatternde schwarze Mantel, dieser Federbusch am breitkrempigen Hut ... Es war der Graf Peyrac. Allein!

Sie erstickte einen Aufschrei. Von ihrem Aussichtspunkt aus sah sie, daß die Indianer den Uferpfad erreichten und sich zu einer Gruppe sammelten. In wenigen Minuten mußte der in vollem Galopp dahinjagende Reiter auf sie stoßen. Nichts konnte ihn vor der Gefahr warnen.

Sie schrie mit all ihren Kräften. Aber ihre Stimme konnte ihn nicht erreichen und verlor sich im grenzenlosen Raum. Indessen warnte ihn, der auf seinen Reisen so oft dem Tode begegnet war, sein geschärfter Instinkt, oder hatte einer der Indianer zu früh den ersten Pfeil abgeschnellt oder ein anderer voreilig seinen Kriegsruf ausgestoßen? Sie sah ihn plötzlich sein Pferd so gewaltsam zügeln, daß es sich aufbäumte, dann seitwärts abspringen und, den Weg verlassend, eine kleine, felsige Anhöhe hinaufschießen, die den Wald beherrschte. Von dort aus musterte er mit schnellem Blick den Horizont, um sich über die Lage zu unterrichten. Sein Pferd bäumte sich noch einmal ohne erkennbare Ursache und brach zusammen. Angélique begriff, daß ein Pfeil das Tier getroffen hatte. Es waren also die gefürchteten Cayugas. Glücklicherweise hatte sich Joffrey de Peyrac rechtzeitig aus den Steigbügeln lösen und sich hinter die Felsblöcke zurückziehen können, die die Anhöhe krönten. Eine winzige weiße Wolke stieg auf, dann gelangte das Geräusch einer Detonation zu der jungen Frau. Er schoß, und jeder seiner Schüsse würde zweifellos sein Opfer finden. Aber er konnte nicht genug Munition mit sich führen, um den Feinden, die ihn zu umzingeln begannen, lange Widerstand zu leisten. Ein zweites Rauchwölkchen stieg auf.

Honorine streckte abermals ihren Arm aus.

„Da."

„Ja, da", wiederholte Angélique, verzweifelt in ihrer Ohnmacht.

Die Detonation drang an ihre Ohren mit dem dünnen, trockenen Laut, der das Knacken einer Nuß begleitet.

„In Gouldsboro wird es niemand hören. Es ist zu weit."

Sie wollte in Richtung des Kampfes reiten, doch das Unterholz hielt sie auf, und zudem war sie ohne Waffen. Von neuem schlug sie den Pfad ein, auf dem sie gekommen war, jagte den Hügel im Galopp hinunter. Ihr Pferd flog dahin. Als sie die indianischen Pflanzungen durchquerte, schrie sie dem unbeweglich unter seinem Schutzdach hokkenden Maiswächter zu:

„Die Cayugas! Die Cayugas!"

Wie ein Wirbelsturm brach sie ins Lager Champlain.

„Die Cayugas greifen meinen Mann auf dem Wege nach Gouldsboro an. Er hat sich hinter Felsen verschanzt, aber die Munition wird ihm bald ausgehen. Kommt schnell!"

„Wen greifen sie an?" fragte Manigault, der nicht ganz sicher war, richtig gehört zu haben.

„Meinen ... Den Grafen Peyrac."

„Wo ist er?" erkundigte sich der hinzugestürzte Crowley.

„Ungefähr eine Meile von hier."

Sie übergab Honorine mechanisch den ersten Armen, die sich ihr entgegenstreckten.

„Gebt mir rasch eine Pistole."

„Eine Pistole für eine Lady!" rief der Schotte entrüstet.

Sie entriß ihm die, die er in der Hand hielt, prüfte und spannte sie mit einer Sicherheit, die lange Praxis verriet.

„Pulver! Kugeln! Schnell!"

Ohne weiteres hatte der Schotte eine Muskete gepackt und schwang sich in den Sattel. Angélique folgte ihm längs des Ufers.

Bald vernahmen sie Detonationen und den Kriegsruf der Irokesen. Der kleine Mann drehte sich um und rief ihr mit freudigem Grinsen zu:

„Er schießt noch. Wir kommen zur rechten Zeit!"

An einer Biegung des Weges versperrte ihnen eine Gruppe Indianer den Weg. Aufs äußerste überrascht, fanden sie keine Zeit, die Bogen zu spannen. Von Angélique gefolgt, preschte Crowley zwischen ihnen hindurch, nach rechts und links schmetternde Kolbenhiebe verteilend.

„Halten wir an!" befahl er ein wenig weiter. „Dort drüben kommen noch mehr. Werfen wir uns in die Deckung der Bäume."

Es gelang ihnen eben noch, sich hinter die Stämme zurückzuziehen.

Pfeile zischten an ihnen vorbei und bohrten sich zitternd ins harte Holz.

Angélique und Crowley schossen abwechselnd.

Schließlich kletterten die Indianer in die Baumkronen, um den Weg überwachen zu können, ohne dabei ihr Leben zu verlieren. Aber Crowley traf sie noch zwischen den Zweigen, und leblose Körper purzelten schwer zur Erde.

Angélique wäre gern weiter vorgegangen. Crowley brachte sie davon ab. Sie waren nur zwei.

Plötzlich vernahmen sie die Annäherung galoppierender Pferde vom Lager Champlain her. Sechs bewaffnete Reiter tauchten auf. Es waren Manigault, Berne, Le Gall, Pastor Beaucaire und die beiden Waldläufer.

„Laßt Euch nicht aufhalten, Messieurs!" schrie Crowley ihnen zu. „Stoßt weiter vor und haut Monsieur de Peyrac heraus. Ich halte die Stellung, damit Ihr nicht von rückwärts angegriffen werdet."

Die Schar donnerte vorbei. Angélique schwang sich wieder aufs Pferd und schloß sich ihnen an. Gleich darauf wurden sie noch einmal aufgehalten, doch die wütende Attacke der Weißen jagte die Indianer auseinander. Diejenigen, die sich mit erhobenen Tomahawks auf sie stürzten, fielen unter den Schüssen der Pistolen.

Noch immer galoppierten sie voran. Erleichtert bemerkte Angélique, daß sie zu der Stelle gelangten, wo ihr Mann sich noch immer verteidigte. Ihrerseits mußten sie nun aus dem Sattel springen und in Deckung gehen. Aber ihre Gegenwart hemmte die Angreifer erheblich. Zwischen das Feuer des Grafen Peyrac auf der Anhöhe, das der Protestanten und Waldläufer und das Crowleys geraten, begannen sie, trotz ihrer Überzahl Zeichen der Unsicherheit zu zeigen.

„Ich öffne dir den Weg", sagte Manigault zu Le Gall, „und du schlägst dich nach Gouldsboro durch, gibst Alarm und führst Verstärkung heran."

Der Seemann hißte sich auf sein Pferd, und von einem Augenblick profitierend, in dem der Pfad infolge starken Streufeuers frei war, jagte er, flach auf dem Rücken des Tieres liegend, davon. Ein Pfeil pfiff an seinen Ohren vorbei und entführte ihm die Mütze.

„Geschafft", sagte Manigault. „Sie können ihn nicht verfolgen. Jetzt geht's nur noch darum, sich zu gedulden, bis Monsieur d'Urville und seine Leute eintreffen."

Die Cayugas begriffen allmählich, was ihnen drohte. Nur mit Pfeilen und Tomahawks bewaffnet, vermochten sie den Feuerwaffen der vereinigten Weißen nicht zu widerstehen. Ihr Überfall war mißglückt. Sie mußten den Rückzug antreten.

Kriechend begannen sie sich zum Wald hin zurückzuziehen, um sich dort in der Nähe des Baches zu sammeln. Von dort aus wollten sie den Fluß erreichen, wo ihre Kanus sie erwarteten. Das Eintreffen der aus Gouldsboro gekommenen Verstärkung verwandelte ihren Rückzug in völlige Auflösung. Zudem trafen sie auf die Eingeborenen des von Angélique alarmierten Dorfes, die sie mit Pfeilen überschütteten. Die Überlebenden mußten darauf verzichten, den Bach zu erreichen, und hatten keine andere Wahl, als sich in den Wald zu flüchten. Niemand kümmerte sich darum, was aus ihnen wurde.

Angélique war zur Anhöhe gelaufen, ohne auf die wie große Vögel mit königlichem Gefieder hingestreckten kupferfarbenen Gestalten zu achten, über die sie hinwegsteigen mußte. Ihr Gatte war nirgends zu erblicken.

Sie sah ihn schließlich über das verletzte Pferd gebeugt. Er hatte ihm den Fangschuß gegeben.

„Ihr lebt!" sagte sie. „Oh, ich hatte schreckliche Angst. Ihr rittet ihnen entgegen. Plötzlich habt Ihr angehalten. Warum?"

„Ich erkannte sie an ihrem Geruch. Sie schmieren sich mit einem Fett ein, dessen Ausdünstung der Wind zu mir trieb. Ich ritt auf diese Erhöhung, um festzustellen, ob mein Rückzugsweg noch frei sei. In diesem Augenblick wurde mein Pferd getroffen. Armer Soliman! Aber wie kommt es, daß Ihr hier seid, Unvorsichtige, und daß Ihr von diesem Scharmützel wißt?"

„Ich war dort drüben auf dem Hügel. Ich sah Euch in Schwierigkeiten und konnte noch Fort Champlain erreichen, um Hilfe zu holen. Sie sind gekommen."

„Was tatet Ihr auf dem Hügel?" fragte er.

„Ich wollte nach Gouldsboro und irrte mich im Weg."

Joffrey de Peyrac kreuzte die Arme über der Brust.

„Wann werdet Ihr bereit sein", sagte er mit beherrschter Stimme, „meine Befehle und die Disziplin, die ich Euch auferlege, zu respektieren? Ich hatte doch verboten, das Lager zu verlassen. Es war die schlimmste Unvorsichtigkeit, die Ihr hattet begehen können."

„Habt Ihr Euch nicht auf gleiche Weise der Gefahr ausgesetzt?"

„Das ist richtig, und ich hätte es beinah teuer bezahlen müssen. Zudem habe ich ein Pferd verloren. Aus welchem Grund habt Ihr das Lager verlassen?"

Ohne Heuchelei gestand sie:

„Ich hielt es nicht mehr aus, Euch nicht zu sehen. Ich wollte zu Euch."

Peyracs Haltung entspannte sich. Er lächelte schwach.

„Ich auch", sagte er.

Er nahm ihr Kinn und näherte sein vom Pulver geschwärztes Gesicht dem gleichfalls beschmutzten Gesicht Angéliques.

„Wir sind alle beide ein wenig närrisch", murmelte er zärtlich. „Findet Ihr nicht?"

„Seid Ihr verletzt, Peyrac?" schrie die Stimme Monsieur d'Urvilles. Der Graf kletterte über die Felsen und stieg zu den versammelten Männern hinab.

„Seid für Eure Intervention bedankt, Messieurs", sagte er zu den Protestanten. „Der Einfall dieser Banditen wäre durch ein kleines Gefecht abzuwehren gewesen, wenn ich nicht die Dummheit begangen hätte, mich ohne Eskorte aus dem Lager zu wagen. Es möge uns allen zur Lehre dienen. Solche Einfälle feindlicher Stämme bedeuten keine große Gefahr, wenn wir, rechtzeitig gewarnt, zusammenzubleiben und unsere Verteidigung zu organisieren verstehen. Ich hoffe, keiner von Euch ist verletzt worden."

„Nein. Nur um ein Haar", antwortete Le Gall, seine wieder aufgelesene Mütze betrachtend.

Manigault wußte nicht, welche Haltung er einnehmen sollte. Die Ereignisse folgten einander zu schnell.

„Dankt uns nicht", sagte er verdrossen. „Alles, was wir tun, ist so unlogisch."

„Glaubt Ihr?" erwiderte Peyrac, ihm offen in die Augen sehend. „Ich finde im Gegenteil, daß alles, was sich abgespielt hat, durchaus im Einklang mit der Logik des Dawn East steht. Vorgestern wolltet Ihr meinen Tod. Gestern wollte ich Euch hängen lassen. Abends jedoch bewaffnete ich Euch, damit Ihr Euch verteidigen könntet, und heute morgen habt Ihr mir das Leben gerettet. Was wäre logischer?"

Er tauchte die Hand in seine lederne Tasche und wies auf der offenen Handfläche zwei kleine, glänzende Kugeln vor.

„Seht", sagte er, „es sind mir nur zwei Kugeln geblieben."

Am Nachmittag folgte das gesamte Lager Champlain einer Aufforderung, den großen Häuptling Massawa in Gouldsboro zu empfangen. Die bewaffneten Männer marschierten zur Seite der Kolonne, Frauen und Kinder eskortierend.

An der Stelle, wo am Morgen der kurze Kampf gegen die Cayugas stattgefunden hatte, machten sie halt.

Das getrocknete Blut war schwarz geworden. Vögel kreisten über den liegengebliebenen Leichen.

Bild des Todes, das das bebende Leben der von einer sanften Brise bewegten Bäume und das Lied des nahen Meeres Lügen strafte.

Sie verharrten eine Weile schweigend.

„So wird unser künftiges Leben sein", sagte endlich Berne, ihre Gedanken aussprechend.

Sie waren nicht traurig, nicht einmal erschrocken. So würde ihr künftiges Leben sein.

Der Graf Peyrac erwartete sie vor dem Fort. Er kam ihnen entgegen, und wie am Tage ihrer Landung wies er ihnen ihren Platz am Strande zu. Er wirkte besorgt. Nachdem er die Damen höflich begrüßt hatte, schien er, die Augen zur Bucht gewandt, zu überlegen.

„Messieurs, die Vorfälle dieses Morgens haben mich über Euer Schicksal nachdenken lassen. Die Euch umgebenden Gefahren sind zu groß. Ich werde Euch wieder einschiffen und zu den amerikanischen Inseln bringen."

Wie von einer Wespe gestochen, fuhr Manigault auf.

„Niemals", knurrte er.

„Ich danke Euch, Monsieur", sagte der Graf mit einer Verneigung. „Ihr habt mir die Antwort gegeben, die ich von Euch erwartete. Und ich gedenke dankbar der wackeren Cayugas, deren Einfall in Eure Ländereien Euch des Wertes hat bewußt werden lassen, den Ihr ihnen bereits zumeßt. Ihr bleibt."

Manigault begriff, daß er wieder einmal in eine offene Falle getappt war, und wußte nicht recht, ob er sich ärgern sollte.

„Nun, ja, wir bleiben", brummte er. „Glaubt Ihr denn, daß wir uns allen Euren Launen beugen? Wir bleiben, und an Arbeit fehlt's ja nicht."

Die junge Frau des Bäckers mischte sich schüchtern ein.

„Ich habe da an etwas gedacht, Monseigneur. Wenn man mir gutes Mehl gäbe und mir hülfe, einen Erd- oder Steinofen zu bauen, könnte ich soviel Brot backen, wie gebraucht wird, denn ich habe meinem Mann bei seinem Handwerk geholfen. Auch meine Kleinen können Hörnchen und Milchbrötchen formen."

„Und ich", rief Bertille, „könnte meinem Vater helfen, Papier zu schöpfen. Er hat mich seine Herstellungsgeheimnisse gelehrt, denn ich bin seine einzige Erbin."

„Papier! Papier!" jammerte Mercelot. „Du bist närrisch, mein armes Kind! Wer braucht Papier in dieser Einöde?"

„Darin täuscht Ihr Euch", erwiderte der Graf. „Nach dem Pferd ist das Papier die schönste Eroberung des Menschen, der ohne Papier nicht zu leben vermag. Er kennt sich nicht, solange er seine Gedanken nicht ausdrücken und auf weniger vergängliche Art als durch das gesprochene Wort formulieren kann. Das Pergament ist der Widerschein, in dem er sich zu betrachten liebt gleich der Frau im Spiegel. Richtig, ich vergaß, Mesdames, daß ich Euch dieses unentbehrliche Requisit, ohne das Ihr schlecht Euer neues Dasein beginnen könntet, verschaffen ließ. Manuelo! Giovanni!"

Die gerufenen Matrosen näherten sich mit einer Truhe, die sie vorsichtig aus der Schaluppe gehoben hatten. Geöffnet, enthüllte sie zwischen schützenden Lagen trockener Kräuter Spiegel aller Formen und Größen.

Joffrey de Peyrac nahm sie heraus und überreichte sie den Damen und jungen Mädchen, sie eine nach der anderen grüßend wie am ersten Abend auf der *Gouldsboro*.

„Die Überfahrt ist zu Ende, Mesdames. Wenn sie auch getrübt und zuweilen mühselig war, möchte ich dennoch, daß Ihr von ihr nur diese Kleinigkeit in Erinnerung behaltet, in der Ihr Eure Züge betrachten könnt. Dieser kleine Spiegel wird Euch zum treuen Begleiter werden, denn ich unterließ es, Euch auf eine der charakteristischen Eigentümlichkeiten dieses Landes hinzuweisen. Es macht schön. Ich weiß nicht, ob dieses Phänomen der Frische seiner Nebel, dem magischen Fluidum von Meer und Wald zu verdanken ist, aber die Menschen, die es bewohnen, sind für die Schönheit ihrer Körper und Gesichter berühmt. Weniger als andere werdet Ihr diese Regel verleugnen. Seht Euch an! Betrachtet Euch!"

„Ich wag's nicht", sagte Madame Manigault, indem sie gleich an ihrer Haube rückte und hastig versuchte, ihr Haar darunterzuschieben. „Mir scheint, ich sehe zum Fürchten aus."

„Aber nein, Mutter. Ihr seid schön, wahrhaftig!" riefen die durch ihre Verwirrung gerührten Töchter im Chor.

„Bleiben wir", bat Bertille, mit dem Spiegel an silbernem Handgriff tändelnd, in dem sie sich eben betrachtet hatte.

Vierzigstes Kapitel

Sich auf seinem Schimmel nähernd, hielt der große Häuptling Massawa das Blinken der Spiegel, die die seltsam aufgeputzten Frauen mit den bleichen Gesichtern schwangen, für eine ihm bestimmte, besondere Manifestation des Willkommens.

Er war äußerst befriedigt darüber. Im gemessenen Schritt seines rassigen Pferdes kam er den Pfad herunter, umgeben von einer Garde von Kriegern und von überall herbeigeströmten Indianern, so daß er sich inmitten einer Wolke von Federn voranzubewegen schien. Der rhythmische Klang einer Trommel begleitete den Zug, dem Tänzer in geschmeidigen Sprüngen vorauseilten.

Am Fuße des Abhangs schwang er sich aus dem Sattel und trat mit wohlberechneter, feierlicher Gemessenheit auf die Gruppe zu. Er war ein alter Mann von hoher Gestalt mit kupferrotem, von tausend Fältchen durchzogenem Gesicht. Auf dem Scheitelpunkt seines rasierten, blau gefärbten Schädels prangten ein wahrhafter Geiser vielfarbener Federn und zwei buschig herabhängende, grau-schwarz gestreifte Schwänze, die von einer örtlichen Wildkatzenart herrühren mußten. Sein nackter Oberkörper, seine mit Reifen und Spangen geschmückten Arme, seine Beine waren mit so fein gearbeiteten Tätowierungen überzogen, daß man hätte meinen können, sie seien mit einem dünnen, blauen Netz bekleidet. Als Halsgehänge von den Schultern bis zu den Hüften trug er mehrere Stränge mit groben Perlen, Glaszierate in allen Farben. Ähnliche glitzerten auch an den Armen und den Federkränzen der Knöchel. Sein kurzer Schurz und der weite Mantel bestanden aus einem glänzenden Gewebe aus Pflanzenfasern, prächtig in Schwarz auf weißem Grund bestickt. Von den Ohrläppchen hingen bizarre Pendel aus aufgeblähten und rot bemalten Ledersäckchen.

Der Graf Peyrac ging ihm entgegen, und sie begrüßten sich mit priesterlichen Gesten. Nach einigen Minuten des Gesprächs setzte der Häuptling seinen Weg in Richtung auf die Protestanten fort, aber nun trug er sorgsam in beiden Händen einen langen, mit zwei weißen

Seemöwenflügeln verzierten Stab, der in einem goldenen Verschluß endete, aus dem ein dünner Rauchfaden kräuselte.

Vor Pastor Beaucaire, den ihm Peyrac bezeichnete, blieb er stehen.

„Herr Pastor", sagte der Graf, „der große Häuptling Massawa reicht Euch das, was die Indianer die Friedenspfeife nennen. Es ist nichts als eine lange, mit Tabak gestopfte Pfeife. Ihr müßt in seiner Gesellschaft ein paar Züge aus ihr machen, denn aus derselben Pfeife zu rauchen ist ein Zeichen der Freundschaft."

„Ich habe nur niemals geraucht", sagte der alte Mann besorgt.

„Versucht es trotzdem! Es zu verweigern, würde als eine Art Kriegserklärung angesehen."

Der Pastor hielt das Kalumet an seine Lippen und tat sein Bestes, seinen Abscheu vor ihnen zu verbergen. Nachdem der große Häuptling seinerseits lange Rauchspiralen von sich geblasen hatte, übergab er die Tabakspfeife einem schlanken Jüngling mit großen schwarzen Augen, der ihm auf Schritt und Tritt folgte, und ließ sich neben dem Grafen auf Teppichen im Schutze einer hundertjährigen Eiche nieder, deren mächtige Wurzeln sich wie Fangarme fast bis zum Meer erstreckten.

Auf einen Hinweis, den Nicolas Perrot ihnen weitergab, durften der Pastor und Manigault ihrerseits zur Linken des Häuptlings Platz nehmen.

Dieser verhielt sich weiterhin kühl und zurückhaltend, wie es die Gelegenheit erforderte. Er schien seine Aufmerksamkeit niemand und nichts im besonderen zuzuwenden. Doch seine unbehaarte, faltige Haut zitterte unmerklich.

Er bot fast ein Bild der Versteinerung, aber auch das eines auf der Lauer liegenden Menschen. Eine seiner Hände wühlte nachlässig in einem Perlen und blitzende Steine enthaltenden Kästchen, das ihm der Graf Peyrac geschenkt hatte, während die andere eine Axt mit einem einfachen Stiel aus Vogelkirschholz streichelte, deren Schneide jedoch aus schimmerndem mexikanischem Jaspis gefertigt war. Auch lief der Stiel in einen großen Smaragden aus. Es war weniger eine Kriegswaffe als ein symbolisches Spielzeug.

Für Sekunden verengte eine schnelle Muskelzusammenziehung seine schrägen Augen noch mehr, wenn sie heimlich auf seinem weißen Renner ruhten, während in anderen Momenten sein Blick mit der durchdringenden Schärfe eines Rasiermesserstreichs vom einen zum andern der Umstehenden glitt und den wenig empfindlichen Advokaten Carrère ebenso erbeben ließ wie den abgehärteten Berne.

Angélique verspürte den gleichen nicht zu benennenden Schock, und die Beklommenheit blieb auch dann, als der Häuptling sein Gesicht abwandte und sein offenbares Unbeteiligtsein durch einen Ausdruck herablassender Langeweile verbarg.

Zwei mit Schmuck bedeckte Indianer hielten sich aufrecht hinter ihm.

Nicolas Perrot stellte sie vor, als er in den Kreis trat, um die Worte des Häuptlings zu übersetzen. Den Protestanten zugewandt, fügte er einige Erklärungen hinzu:

„Der große Häuptling Massawa ist über Land aus der Umgebung von Neuamsterdam, das heißt von New York, gekommen. Massawa hat niemals seinen Fuß auf ein Schiff setzen wollen, obwohl er gern monatelang in Pirogen reist. Hier ist die äußerste Grenze seiner Gerichtsbarkeit, und er begibt sich nur selten hierher, aber die Begegnung mit dem Herrn Grafen de Peyrac nach seiner Rückkehr von Europa ist schon seit langem vorgesehen gewesen. Es ist gut, daß Ihr daran teilnehmt, wenn Ihr hierbleiben wollt. Die beiden andern, die Ihr dort seht, sind die Häuptlinge dieser Gegend, Kakou und Mulofwa, der eine Herr über die Abenakis, Fischer und Jäger dieser Küsten, der andere über die Mohikaner, Ackerbauer und Krieger des Hinterlandes."

Der große Häuptling begann zu sprechen, nachdem er Himmel und Sonne begrüßt hatte. Das, was er sagte, klang wie eine eintönige Litanei, die zuweilen eine dunkle Drohung auszudrücken schien.

„... Es ist nicht üblich, daß ein so großer Häuptling wie ich, Massawa, dessen Land sich bis zum fernen Süden erstreckt, wo der Tabak wächst und wo ich wider meinen Willen gegen den arglistigen Spanier kämpfte, der uns die Unterstützung seiner Kolonisten versprach, uns aber zu Sklaven und Heimatlosen machen wollte, bis in die Bereiche des hohen Nordens, in dem allein der Nebel die flüchtige Grenze meiner Herrschaft bildet – ich spreche von dem Land, in dem wir sind und in dem mein Vasall Abenaki-Kakou, großer Fischer und Robbenjäger, hier anwesend, ebenso wie mein nicht weniger tapferer Vasall, Häuptling der Mohikaner, gewaltiger Krieger und Rentier-, Hirsch- und Bärenjäger, gebieten ... Es ist also nicht an mir, dem großen Häuptling mächtiger und gefürchteter Häuptlinge, zu einem Bleichgesicht zu kommen, so berühmt es auch sei, um über Frieden oder Krieg zwischen uns zu beraten ..."

Pausen unterbrachen den Monolog, in denen der Häuptling einzuschlafen schien, während der Kanadier seine Worte übersetzte.

„... Aber ich werde nicht vergessen, daß ich meine Macht mit diesem von jenseits des Meeres gekommenen Herrn geteilt habe, denn er hat niemals gegen meine roten Brüder Gebrauch von seinen Waffen gemacht. Ich habe ihm die Vollmacht gegeben, meine Ländereien durch die Kunst der Bleichgesichter zum Aufblühen zu bringen, während ich das Recht behalte, meine Brüder nach unseren Traditionen zu regieren. So ist in meinem von so vielen Kämpfen und Enttäuschungen ermüdeten Herzen die Hoffnung erstanden. Ich werde seine Freunde in seinem Namen empfangen, weil er mich noch nicht getäuscht hat."

Das Palaver dauerte lange. Angélique beobachtete, daß ihr Gatte ihm mit außerordentlicher Aufmerksamkeit folgte und jede Gebärde der Ungeduld unterließ. Sie glaubte zu verstehen, daß es den Häuptling beunruhigte, wie sich die Neuankömmlinge in seiner oder seines Verbündeten Abwesenheit gegenüber den Eingeborenen des Küstengebietes verhalten würden.

„Werden sie nicht die Versprechungen vergessen, die du mir gemacht hast, und sich von ihrer Gier verleiten lassen, alle anderen Menschen um sich herum zu zermalmen und zu vernichten, jener unersättlichen Gier, die das Herz der Bleichgesichter bewohnt? Wenn du fern sein wirst?"

„Von welcher Abwesenheit spricht er?" fragte sich Angélique.

Der brennende Blick des großen Häuptlings streifte sie zuweilen, und dennoch hätte auch der aufmerksamste Beobachter nicht behaupten können, er habe seine Augen auf dieser Frau ruhen lassen.

„Ich muß ihn unbedingt sympathisch finden, sonst sind wir alle verloren", sagte sie sich noch. „Wenn er meine Angst oder meinen Argwohn spürt, werde ich ihn mir zum Feind machen."

Doch als Nicolas Perrot den Satz übersetzt hatte, in dem er von der im Herzen der Bleichgesichter wohnenden Gier, die andern zu vernichten, sprach, fand sie den Weg zu dieser fremden Rasse, wie ihn zuvor ihr Mann gefunden hatte.

„Er ist es, der Furcht hat und sich fragt. Er ist ein mutiger Mann, der, die Hände voller Gaben, den mit Eisen und Feuer gerüsteten Männern entgegentrat, die an seinen Küsten landeten. Und man zwang ihn, zu hassen und sich zu wehren."

Endlich erhob sich der zu Füßen Massawas sitzende schwarzäugige Jüngling, den sie schon bei der Ankunft der Indianer bemerkt hatte, nahm die kleine Axt aus Jaspis, die ihm der Häuptling reichte, und grub sie mit einem kurzen Schlag in den roten Sand.

Es war das Zeichen für eine neue Zeremonie. Jedermann erhob sich und begab sich zum Ufer des Meers. Massawa goß sich mehrmals eisiges Wasser über den Kopf, dann tauchte er ein Maisstrohbündel in eine mit Meerwasser gefüllte Kalebasse und bediente sich dieses Wedels, um seine ihn umringenden Untertanen wie auch seine alten und neuen Freunde reichlich zu besprengen, während er den indianischen Gruß wiederholte:

„Na pou tou daman asurtati ..."

Darauf ließen sich alle am Strande nieder, um das Festmahl miteinander zu teilen.

Einundvierzigstes Kapitel

Joffrey de Peyrac dachte an den alten Häuptling Massawa. Der nun zu Ende gehende Tag hatte ihm außer Anlässen zu großer Freude auch ernstliche Besorgnisse gebracht.

Die Bindung, die Massawa noch auf dem Wege der Revolte gegen die Europäer zurückhielt, war ihm diesmal besonders gefährdet erschienen, und er war um so besorgter darüber, als er die tausend Gründe begriff, die den großen Häuptling veranlassen konnten, sich in einen erbitterten Krieg zu stürzen, der nur ein Akt der Verzweiflung wäre. Massawa würde niemals verstehen, daß die Weißen, mit denen er sich verbunden hatte, in ihren Entschlüssen nicht frei waren, und daß die Mißbilligung ihrer fernen Regierungen sie zu verräterischen Handlungen gegen ihn zwingen konnte.

Glücklicherweise konnte der französische Edelmann hier, im Dawn East, abseits der bekannten Kolonisierungsgebiete, noch nach seinem Belieben handeln. Massawa kannte den Wert seines Wortes. Nicht umsonst hatte er das Kriegsbeil seinem jungen spanischen Schützling übergeben, dessen Eltern von den Angehörigen eines seiner Stämme umgebracht worden waren und den er aufgenommen und erzogen hatte, um ihn „das glückliche Leben" zu lehren. Mit dem Auftrag an ihn, die symbolische Axt im Sand zu begraben, bestätigte er erneut seinen Willen zu hoffen.

Mit Geschenken beladen, hatte er sich vor kurzem entfernt. Dem Gelärm des Tages war bedrückende Stille gefolgt. Sobald die Menschen verschwunden waren, fand die Umgebung zur ruhevollen Feierlichkeit der jungfräulichen Landschaft zurück.

Allein ging der Graf Peyrac den Strand entlang. Mit sicherem Schritt überstieg er die roten Felsen, die der Abend veilchenblau tönte, und hielt zuweilen an, um seinen Blick über die Bucht und ihre Vorgebirge gleiten zu lassen.

Die in den Nebelschwaden schlummernden Inseln ähnelten Wolken an einem lila gefärbten Firmament. Auf der Höhe verschmolz das von

Palisaden umgebene Fort mit dem Wald. Das in der Bucht ankernde Schiff entzog sich den Blicken. Das Dröhnen der Brandung schien zu tiefen Harmonien anzuschwellen. Das Meer, gebieterische Herrscherin über eine Küste, die sie zu jeder Jahreszeit nach dem Bilde ihrer Launen formte, trat wieder in seine Rechte. Bald würde der Winter die entfesselten Stürme und Schrecknisse des Neuen Kontinents bringen: Orkane, schwarze Kälte, Banden verhungernder Wölfe. Joffrey de Peyrac würde fern sein und dem gleichen Winter inmitten der Wälder und Seen des Hinterlandes Trotz bieten.

Auch die *Gouldsboro* würde fern sein. Er würde ihr Kommando Erikson übergeben, und in den letzten Tagen des Herbstes würde das Schiff nach Europa Segel setzen und die Pelze mitnehmen, einzige verkäufliche Ware, die das noch unentwickelte Land vorerst zu bieten hatte.

Der Graf verlor sich in Überlegungen. Und der von seinen Tauchern auf den spanischen Galeonen im Karibischen Meer geborgene Schatz der Inkas? Wäre Erikson fähig, ihn zu verkaufen? Oder war es besser, ihn für eine andere Reise am Waldrand im Sande zu vergraben? Oder ihn den Protestanten zu freier Verwendung zu übergeben, die Stück für Stück Gewinn aus ihm ziehen würden im Austausch gegen Waren eventuell in der Bucht vor Anker gehender Schiffe? Doch dabei ergab sich durch die Unerwünschten Gefahr. War es nicht besser, sie mit Blei statt mit Gold zu empfangen? In diesen Breiten ließen sich so gut wie ausschließlich nur Piraten blicken. Er würde an alle Rochelleser Musketen verteilen lassen, und d'Urville in seinem Fort würde zwischen zwei Schluck Ahorn- oder Maisbier die Verteidigung der Kolonisten mit seinen Kanonen sichern. Ein paar Leute der Mannschaft verblieben unter dem Befehl des normannischen Edelmanns, während die *Gouldsboro* die Mittelmeerleute und Mauren in die Alte Welt zurückbringen und dort versuchen würde, in erster Linie Nordländer und weitere Kolonisten zu rekrutieren. Er würde Erikson raten, sein Heimatland anzulaufen – man hatte nie genau erfahren, welches, aber im Norden lag es sicherlich – und vorzüglich Reformierte auszuwählen, die sich leichter in die neue Gemeinschaft einfügen konnten.

Und die Spanier des Juan Fernandez? Was fing man mit ihnen an, wenn sie, die nur im grausamen Schatten der Wälder der Neuen Welt leben zu können glaubten, darauf bestanden, nicht zu den verbrannten Hochflächen Kastiliens zurückzukehren? Sie d'Urville überlassen? Sie wären nicht zuviel, wenn es sich darum handelte, Lunten an die Kanonen zu halten, und schon gar nicht, wenn die Gärung der indianischen Aufstände auf die Abenakis und Mohikaner übergriff. Aber das friedliche Zusammenleben mit Don Juan Fernandez, diesem krankhaft Besessenen, und seinen wie Araber reizbaren, wie Inquisitionsrichter düsteren Männern war voller Fallstricke. D'Urville und der Häuptling Kakou hatten sich schon darüber beschwert. Was geschähe, zum Beispiel, wenn Don Juan es sich einfallen ließe, Pastor Beaucaire, den Ketzer, herauszufordern?

Er entschloß sich, sie mitzunehmen. Als kriegserfahrene Soldaten, die an die Zufälle und Gefahren von Expeditionen gewöhnt waren und mehrere indianische Dialekte sprachen, schienen sie dazu bestimmt, den Schutz der Karawane zu übernehmen. Aber die Spanier waren so verhaßt, daß ihre bloße Gegenwart Mißtrauen einflößen und den Plänen des Grafen schaden konnte. Indessen kannte man ihn dort bereits, wohin er sich begab, und wußte, daß er sich des Schutzes des großen Massawa erfreute. Man würde also auch die Spanier hinnehmen. Zweifellos wären sie die ersten, die sterben würden. Ein kleiner, aus dem Hinterhalt mit einem Pustrohr geblasener Pfeil ...

Warum wollten sie nicht nach Europa zurückkehren? Diese Überbleibsel, die sich unter seinen Schutz gestellt hatten, waren für Joffrey de Peyrac das Symbol eines Verfalls, der allmählich die größte Nation der zivilisierten Welt unterhöhlte. Spanien, dem er sich durch seine Herkunft aus dem Languedoc und verwandte Neigungen – Bergbau, Edelmetalle, Abenteuer des Meeres, Eroberungen – nahe fühlte, glitt einem Abgrund zu, in dem seine Hegemonie versinken würde. Wie wollte dieses Reich, das für die Vernichtung vieler Millionen Indianer und die Verwüstung beider Amerikas verantwortlich war, der durch dieses Verbrechen verursachten Gleichgewichtsstörung standhalten? Spanien würde mit den hingeschlachteten Opfern verschwinden. Der alte Massawa würde gerächt sein!

Doch wer würde es in der Neuen Welt ersetzen? Wo war das Volk, das dazu bestimmt war, die in alle Winde zerstreuten Kräfte zu sammeln, Ordnung in die Verschleuderung der Reichtümer durch gierige Plünderer zu bringen und das schwere Erbe der Metzeleien zu übernehmen? Die Zukunft zeichnete sich bereits ab. Die Chance schien nicht den Söhnen einer einzigen Eroberernation zuzufallen, sondern Angehörigen verschiedener Länder, die dasselbe Ziel einte: die neue Erde zum Aufblühen zu bringen und mit ihr selbst aufzublühen. Massawas Gebiet war schon das von Weißen bevölkertste Amerikas, aber die Spanier waren nicht in ihm vertreten. Es waren vor allem Engländer und Holländer, die eben Neuamsterdam verloren hatten, sich aber mit seiner neuen Bezeichnung New York versöhnten. Es gab auch Schweden, Deutsche, Norweger und zahlreiche tüchtige Finnen, die furchtlos von den Grenzen Europas nach einem Lande aufgebrochen waren, in dem sie denen ihrer Heimat ähnliche klimatische Bedingungen vorfanden. Peyrac war einer der wenigen Franzosen, die sich in diesem Niemandsland im Norden des Staates niedergelassen hatten. Der englische Einfluß und selbst der Bostons war hier kaum spürbar.

Anfangs mit Argwohn betrachtet, hatte er sich ihr Vertrauen durch absolute kommerzielle Redlichkeit erworben, unerwartet bei einem Mann, dessen Äußeres und Geist diese nordischen Anhänger der Reform alsbald dazu bewogen, ihn für einen gefährlichen Abenteurer zu halten.

Trotzdem hatte er sich gute Freunde geschaffen. Und während der Jahre, in denen er mit Bergungsarbeiten im Karibischen Meer beschäftigt gewesen war, hatte er häufig in Boston Zwischenstation gemacht, obwohl dort physisch wie moralisch ein ganz anderes Klima herrschte. Gerade dieser Gegensatz zog ihn an.

Seiner Meinung nach ließ sich auf den Karibischen Inseln noch für lange Zeit nichts Dauerhaftes aufbauen. Vermögen wurden dort mit dem Würfelbecher oder mit Spekulationen geschaffen und drohten täglich wieder zu zerrinnen, unterminiert von den Handstreichen der Flibustier oder Piraten, die sich oft genug zusammentaten. Den einen wie den andern Tribut zu zahlen, lief ins Geld. Das Fieber des spanischen Goldes verursachte und nährte Kriege. Abgesehen vom Zauber des Abenteuerns im prachtvollen Dekor der Inseln, ermüdete das Spiel durch seine Unergiebigkeit sehr schnell.

Ein Konflikt mit den spanischen Autoritäten ließ ihn auf das Vorhaben verzichten, seinen Sohn den Jesuiten in Caracas anzuvertrauen. Das im Norden einige dreißig Jahre zuvor von den Puritanern begründete Harvard stand im Ruf, die befähigsten Lehrkräfte zu besitzen. Zu seinem großen Erstaunen entdeckte Peyrac dort ein tiefes Verlangen nach Toleranz. „Ohne Unterschied der Rassen und Religionen" besagten die Statuten der Charta, die sich die englischen Kolonien zu geben suchten.

Es war ein weißhaariger Quäker, Professor für Arithmetik der genannten Universität, Edmund Andros, der ihm als erster riet, nach Maine zu gehen.

„Es ist ein Land, das Euch ähnelt. Unbesiegbar, exzentrisch, zu begabt, um nicht mißverstanden zu werden. Ich bin überzeugt, Ihr werdet es zu Eurer Wahlheimat machen. Seine Reichtümer sind gewaltig, verbergen sich jedoch unter einem bestürzenden Äußeren. Es ist meines Erachtens das einzige Land, auf das die gewöhnlichen Gesetze des Universums nicht exakt anwendbar scheinen und in dem man sich nicht durch eine Fülle kleinlicher, zwingender Regeln gebunden fühlt. Und dennoch werdet Ihr sehr schnell bemerken, daß diese Seltsamkeit zu einer höheren Ordnung der Dinge gehört, keineswegs zu einer anarchischen Herausforderung. Ihr werdet dort noch lange Zeit königlich allein und frei sein. Denn wenige Regierungen sind geneigt, sich dort niederzulassen. Das Land macht Angst. Sein Ruf ist fürchterlich. Fügsame und schwache Leute, die Furchtsamen, die Zarten, die Arglistigen und Egoisten, die zu simplen oder zu eigensinnigen Geister gehen dort rettungslos zugrunde. Dieses Land fordert echte Männer mit einem Hang zur Originalität. Notwendigerweise, denn das Land selbst ist originell, allein schon wegen seiner tausendfarbigen Nebel."

Er hatte ihn mit dem alten Massawa bekanntgemacht. Einer von dessen Söhnen zählte zu den Studenten der Universität.

Von den Plänen zur Kolonisierung der Küste war Joffrey de Peyrac zu denen der Erschließung des Hinterlandes übergegangen. Kein Territorium konnte gedeihen, wenn es sich nicht bald seiner unterirdischen Reichtümer versicherte. Die Währungsnotwendigkeiten zwangen die Kolonien in die Abhängigkeit von den großen, viertausend Meilen entfernten europäischen Staaten, den Königreichen von England oder Frankreich.

Nicolas Perrot hatte ihm von silberhaltigen Bleivorkommen an den Quellen des Mississippi berichtet.

An diesem Punkt seiner Überlegung angelangt, hob Joffrey de Peyrac den Kopf. Sein Blick, der seit einigen Minuten nachdenklich und, ohne es aufzunehmen, dem bewegten Spiel tintenblauer Wellen zu seinen Füßen folgte, nahm wieder Besitz von der ihn umgebenden Welt, und ein Name kam auf seine Lippen: Angélique.

Alsbald wurde es ihm leichter ums Herz, die Sorgen vergingen wie launenhafter Nebel, und das Vertrauen kehrte zurück.

Mehrmals wiederholte er: „Angélique! Angélique!" und verlor sich in Betrachtungen über dieses seltsame Phänomen. Jedesmal, wenn er ihren Namen aussprach, schien sich ihm der Horizont zu erhellen, die Einmischung der Könige von Frankreich oder England wurde unwahrscheinlich, und die beunruhigendsten Hemmnisse waren im Handumdrehen verschwunden.

Ohne Hintergedanken begann er zu lachen. Sie war da, und die Welt ringsum war hell. Sie war da, und alles entwickelte sich für ihn zum Guten. Sie liebte ihn, und nichts mehr blieb zu fürchten. Er sah wieder das zärtliche Leuchten ihrer Augen vor sich, als sie feurig gesagt hatte: „Ihr seid jeder Größe fähig ..."

Dieser Satz hatte ihn glücklich gemacht wie einen jungen Ritter, dem die auserwählte Dame während eines Turniers den Handschuh zuwirft.

Eitelkeit? Nein. Eher die Wiedergeburt eines Gefühls, das aus Mangel an Nahrung und eines seiner würdigen Objekts in ihm erloschen war: der Freude, von einer Frau geliebt zu werden und sie zu lieben.

Angélique war ihm zu einer Zeit zurückgegeben worden, als ihn schon das Übel der Männer belauerte, die viele Erfahrungen gesammelt und dennoch ihre Klarsicht nicht verloren haben: die Bitterkeit. Man geht durch die Welt, und überall gewährt die Schöpfung ihre Wunder, doch überall und immer begegnet man den gleichen, hinter den Werken des

Lebens verborgenen Todesdrohungen: ungenutzten Reichtümern, verschleuderten Talenten, ungerechten Schicksalen, der Schönheit der verachteten Natur, verhöhnter Gerechtigkeit, gefürchteter Wissenschaft, den Einfältigen, den Schwachen, trockenen Früchten, gleich der Wüste ausgedörrten Frauen.

Dann steigt zu gewissen Stunden die Bitterkeit zum Herzen. Zynismus schleicht sich in die Worte ein, Gift, das sie in giftige Früchte verwandelt. Es ist schon der Tod, der die Hand nach dir ausstreckt.

„Ich liebe das Leben", sagte Angélique.

Von neuem sah er ihr bleiches, leidenschaftliches Gesicht vor sich, ihre schönen Augen, und glaubte, die weiche Fülle ihres Haars unter seinen Fingern zu spüren.

„Wie schön du bist! ... Wie schön du bist, meine Freundin! Dein Mund ist ein versiegelter Quell. Ein Quell der Köstlichkeiten."

Angélique vereinte in sich alle Frauen. Er hatte sie weder mit anderen zu vergleichen noch ihrer müde zu werden vermocht.

Unter welchem Aspekt er sie auch erlebt hatte, immer hatte sie seine Neugier gereizt und seine Sinne erregt.

Als er damals in Kandia überzeugt gewesen war, sie ihres Verrates wegen nicht mehr zu lieben, hatte ihr Anblick genügt, ihn vor Verlangen und Zärtlichkeit aus der Fassung zu bringen. Er hatte geglaubt, sich so weit von ihr gelöst zu haben, daß er sie ohne Bedauern anderen überlassen könnte, und der bloße Gedanke, daß ein Berne sie zu küssen versucht hatte, versetzte ihn in eifersüchtige Wut.

Er wollte sie verachten und entdeckte plötzlich, daß sie die erste Frau war, deren Charakter ihm ehrliche Bewunderung einflößte. Er glaubte, nicht mehr nach ihr zu verlangen, und hörte nicht auf, an ihren Körper, ihren Mund, ihre Augen, ihre Stimme zu denken und nach einer List zu suchen, soviel widerborstige Schönheit von neuem für die Wollust zu gewinnen.

Warum jener Groll, in den ihn die grobe Kleidung aus La Rochelle versetzt hatte, wenn nicht deshalb, weil sie nur allzu gut Formen verhüllte, deren sanfte Geheimnisse er brennend wiederzufinden begehrte.

Die Versuchung, sie zu demütigen, zu verletzen, war das Fieber der Inbesitznahme.

Sie hatte ihn um seine gewohnte Beherrschung gebracht. Seine berechnende Menschenkenntnis, seine Erfahrung in weiblichen Listen waren wie Glas zerbrochen und hatten ihm nichts genützt.

Sie hatte ihn den Kopf verlieren lassen, das war's!

Und dafür zog er vor ihr den Hut und grüßte sie tief mit um so größerer Achtung, als sie ihren Sieg nicht zu bemerken schien.

Auch dadurch fesselte sie ihn.

Seine kühle Zurückhaltung war nicht leicht zu überwinden.

Sie gehörte nicht zu jenen geschwätzigen Frauen, die die Vertraulichkeiten ihrer intimsten Regungen in alle Winde posaunten. Man hielt sie für ungestüm, eigensinnig, doch ihr widriges Schicksal war es, das den ihr eingeborenen Stolz entwickelt hatte. Weniger aus Verachtung als aus Scham verzichtete sie darauf, sich preiszugeben, da sie wußte, wie vergeblich es war, in den Herzen der anderen Zuflucht zu suchen.

Sie senkte ihre langen Wimpern, sagte nichts. Sie zog sich in sich selbst zurück. In welchen geheimen Garten? Zu welchen Erinnerungen? Oder welchem Schmerz?

Angélique hatte seiner Fähigkeit, Gedanken zu lesen, die ihm von zahlreichen Wahrsagern bestätigt worden war und die er im Verkehr mit den Weisen des Orients noch entwickelt hatte, Schach geboten.

War es deshalb, weil er sie zu sehr liebte? Oder weil ihre eigenen kraftvollen Ausstrahlungen seine seherischen Kräfte störten?

Das war einer der Gründe, weswegen er Massawas Urteil so ungeduldig erwartet hatte.

Massawa, mit Hellsicht begabt wie alle Menschen, die in enger Berührung mit der Natur leben, durch ein langes Leben bereichert, das seine intuitiven Kräfte gesteigert hatte, würde sich nicht täuschen.

Peyrac hatte Angélique am Strand in der ersten Reihe der Protestanten plaziert. Massawa schien nichts wahrzunehmen, aber der Graf wußte aus Erfahrung, daß er alles bemerkte.

Noch lange nach der Zeremonie hatten sie über dieses und jenes miteinander geplaudert: über die Spanier im Süden, die Bostoner Quäker, den König von England, die große Entfaltung der Kräfte in diesem Gebiet und die Götter des Meeres, die sich geneigt zu stimmen nicht leicht ist.

„Wirst du dir die Gottheiten der Erde wie die des Meeres verbinden können, mein Freund? Tust du recht, diejenigen zu verlassen, die sich deiner Herrschaft unterworfen haben, um anderen eifersüchtigen und unbekannten Geistern zu begegnen?"

Beide saßen sie auf dem Vorgebirge vor dem Fort, von wo aus sie das Meer sehen konnten. Der Häuptling war von weither gekommen, um sich mit dem zu unterhalten, den er den Mann-der-das-Weltall-hört nannte. Man mußte ihm Zeit lassen. Joffrey de Peyrac antwortete ihm ruhig und respektierte seine langen schweigsamen Pausen.

Schließlich hatte der Häuptling gesprochen.

„Warum gesellt sich die Frau mit dem Lichthaar zu den Weißen mit den kalten Seelen?"

Und nach einem Augenblick der Überlegung:

„Sie gehört ihnen nicht. Warum befindet sie sich unter ihnen?"

Peyrac schwieg. Er wartete und bemerkte, daß sein Herz mit jugendlicher Unruhe klopfte. Der Häuptling sog lange an seiner Pfeife. Er schien ein wenig zu schlummern, dann belebte sich der Glanz seines Blicks von neuem.

„Diese Frau gehört dir. Warum läßt du sie im Exil bei ihnen? Warum verleugnest du dein Verlangen nach ihr?"

Seine Miene zeigte fast Entrüstung wie jedesmal, wenn sich ihm das unsinnige Betragen der Weißen enthüllte. Es waren die einzigen Gelegenheiten, bei denen sein gleichmütiges Gesicht seine Gefühle ausdrückte.

„Der Geist der Weißen ist undurchsichtig und steif wie ein schlecht gegerbtes Fell", erwiderte Joffrey de Peyrac. „Ich besitze nicht deinen durchdringenden Blick, o Häuptling, und ich bin unsicher wegen dieser Frau. Ich weiß nicht, ob sie würdig ist, unter mein Dach zu treten und mein Lager zu teilen."

Der alte Indianer nickte.

„Deine Vorsicht ehrt dich, mein Freund. Sie ist um so wertvoller, als sie selten ist. Die Frau ist das einzigste Wild, das auch der argwöhnischste Jäger für harmlos hält. Man muß viele Verletzungen durch sie erlitten haben, um zur Weisheit zurückzufinden. Dennoch werde ich dir die Worte sagen, die dein schon von Liebe ergriffenes Herz zu hören hofft. Diese Frau kann an deiner Seite schlafen. Sie wird dir weder deine Kraft rauben noch deinen Geist verdunkeln, denn sie selbst ist Kraft und Licht. Ihr Herz ist aus purem Gold, eine sanfte Flamme loht in ihm wie hinter der Borkenwand der Hütte, die des Herdes, an den der müde Krieger sich setzt."

„Großer Häuptling, ich weiß nicht, ob dieses Licht auch dich geblendet hat", sagte der Graf Peyrac lachend, „aber deine Worte übersteigen meine Erwartung, und ich frage mich, ob die von dir gerühmte Sanftheit nicht eine List ist, mit der sie sich schmückt. Vor dieser Frau, muß ich dir gestehen, haben Fürsten gezittert."

„Habe ich denn gesagt, daß sie für ihre Feinde keine Krallen hätte, schärfer als Dolche?" bemerkte der alte Massawa mit ärgerlicher Miene. „Aber du hast sie zu erobern verstanden und hast nichts von ihr zu fürchten. Du bist ihr Herr für immer."

Ein schwaches Lächeln glitt flüchtig über das Gesicht des alten Indianers.

„Ihr Fleisch ist aus Honig. Koste es."

„Dank, alter Massawa", dachte er. „Hättest du nur dies getan: meinen ‚undurchsichtigen und steifen' Geist zu erhellen, der sich durch Zweifel hat vergiften lassen, hättest du deinem Volke gut gedient. Denn solange ich lebe, werde ich alles tun, es zu verteidigen. Und wenn sie mir zur Seite steht, werde ich die Kraft haben, zu leben und zu verteidigen."

Weil ihr Verlust ihn einstmals hatte leiden lassen, hatte er sich von ihr das Bild einer frivolen, harten, treulosen Frau gemacht. Cantor hatte berichtet, daß ihre Mutter ihnen niemals von ihm erzählt habe. Er begann zu ahnen, daß andere Gründe als das Vergessen ihr Verhalten bestimmt haben mußten.

Die Nacht auf der *Gouldsboro* hatte ihm wenigstens eine beruhigende Gewißheit gebracht: ihre Körper waren füreinander geschaffen.

Der Hunger, den sie nach ihm empfand, war stärker als alle ihre Befürchtungen. Obwohl ihr schöner, adeliger Mund unter seinen Küssen geschlossen geblieben war, hatte er doch andere Zeichen des Einverständnisses beobachten können. Er blieb der einzige Mann, der fähig war, sie zu erregen, ihre Verteidigung zu überwinden. Und für ihn würde sie immer die einzige Frau bleiben, die – selbst erstarrt und zitternd wie in jener Nacht – ihm der Ekstase nahe Sinnengenüsse verschaffen konnte.

Er hatte geschickte Geliebte gehabt. Dennoch war es mit ihnen nie etwas anderes als ein charmantes Spiel gewesen.

Als er jedoch Angélique in die Arme genommen hatte, war es ihm vorgekommen, als sei er auf dem Wege zur Insel der Götter, zur Zone des Feuers, dem dunklen Abgrund, in dem man sich selbst verliert, dem blitzartig aufleuchtenden Paradies. Die Macht, die ihr sanftes, goldenes Fleisch auf das seine ausübte, grenzte an Magie.

Diese Macht hatte er einst heftig verspürt, damals noch über die Faszination verwundert, die dieses hübsche Geschöpf ohne Erfahrung für ihn besaß.

Fünfzehn Jahre später hatte er sie mit der gleichen Überraschung, ja dem gleichen Entzücken von neuem erfahren, im Laufe einer so ganz anderen Nacht, die sie, Ausgestoßene beide, einander fast Fremde, auf dem entfesselten Meer vereinte.

Von der Verzauberung ergriffen, murmelte er: „Du allein . . .!"

Das Dasein präsentierte sich strahlend. Maine war ein prächtiges Land voller Verheißung, Angélique die leidenschaftlichste aller Frauen. Er würde nicht genug Tage und Nächte finden, sie zu lieben, zu zähmen, zu besänftigen, mit ihr die ewige Trilogie zu erneuern: ein Mann, eine Frau, die Liebe.

Schwungvoll schritt er voran, den Mantel vom Wind gebläht, bewundernd um sich blickend.

Diese Küste mit ihrem Strand von der Farbe der Morgenröte schien ihm von außerordentlicher Schönheit. Ihre Betrachtung verband sich in ihm mit der Entdeckung einer Leidenschaft, wie er noch keine gekannt hatte. Die knisternde Flamme der Liebe entzündete sein Herz.

Was ihm das Leben damals gestohlen hatte, wurde ihm hundertfach zurückgegeben. Vermögen, Schlösser, Titel? Was waren sie neben dem Reichtum, ein Mann auf der Höhe seiner Kraft zu sein, an neuen Ufern, im Herzen eine große Liebe.

Zum Fort zurückgekehrt, ließ er ein Pferd satteln.

Angélique war natürlich im Lager Champlain. Sie handelte nur nach ihrem Kopf. Jahre der Unabhängigkeit hatten sie daran gewöhnt, selbst ihr Schicksal zu bestimmen. Es würde nicht ganz leicht sein, sie unter das eheliche Joch zurückzuführen. Der alte Massawa hatte gut reden: „Du bist ihr Herr." Wenn man mit Angélique zu tun hatte, tat man gut daran, überaus vorsichtig vorzugehen.

Er lächelte, während er dem ausgetretenen Fußpfad folgte, den die sinkende Nacht und das dichte Laubwerk der riesigen Bäume in Dunkelheit hüllten.

„Eine schwierige Eroberung verleiht der Liebe Kostbarkeit", so lehrte es Le Chapelain, der alte Meister der Liebeskunst. Fern war der heitere höfische Kreis, in dem er sich damit vergnügt hatte, die traditionellen Liebeskämpfe seines Landes wiederauferstehen zu lassen. Er trauerte ihm nicht nach. Immer hatte er ausgeschöpfte Vergnügungen rasch zu vergessen und sich unbeschwert neuen zuzuwenden gewußt. „Neue Liebe verjagt die alte ..."

Angélique allein hatte die Philosophie des Sprichworts Lügen gestraft.

Als Quell des Glücks wie des Schmerzes war sie in seinem Herzen geblieben.

Kurz vor dem Lager Champlain begegnete er einem in unruhigem Fackelschein sich nähernden Zug.

Es war Crowley, der sich mit seiner Frau, seinen Kindern und Dienern zum indianischen Dorf begab, um dort zu schlafen.

„Ich habe meine Hütte der bewundernswerten Lady überlassen, die so prächtig mit der Pistole umgeht und die die Indianer ‚Sommerlicht' getauft haben. Entschuldigt, Monsieur de Peyrac, wenn ich Euch beglückwünsche. Man sagt, sie sei Eure Geliebte."

„Nein, nicht Geliebte. Sie ist meine Frau."

„Ihr seid verheiratet?" rief Crowley verblüfft. „Unmöglich, sie? Eure Frau? Seit wann?"

„Seit fünfzehn Jahren", erwiderte der Graf und galoppierte davon.

Zweiundvierzigstes Kapitel

Im Lager angelangt, stieg er vom Pferd, überließ es dem Mann, der ihn begleitet hatte, und schlich ungesehen zu Crowleys Haus. Tanzende Lichter erhellten die kleinen Fenster mit den kostbaren Scheiben. Er beugte sich vor, um ins Innere zu blicken. Empfänglich für Schönheit und den Reiz des Weiblichen, fühlte er sich durch das Schauspiel, das er entdeckte, angerührt. Es war sehr einfach, doch sehr harmonisch.

Vor dem Kamin kniend, war Angélique eben dabei, die in einem Zuber vor ihr stehende Honorine zu waschen. Dem nackten, vom Schein der Flammen rosig überhauchten Kind mit dem über die Schultern spielenden langen, glänzenden Haar war die beunruhigende und naive Grazie jener kleinen, boshaften Wesen eigen, die von den Legenden so gern beschworen werden. Geister der Gestade oder der Wälder, mit Muschel- oder Blätterkränzen geschmückt, begleiten sie, heißt es, die verirrten Menschen, spielen ihnen tausend Possen, und wenn sie verschwinden, bleibt der Mensch trauernd zurück, als habe er seine Kindheit verloren.

Neben ihr wirkte Angélique gleichsam waffenlos. Ihre Schönheit hörte auf, gefährlich zu sein, war nur noch bezaubernd, und er begriff, daß Honorine es gewesen war, die aus ihr jene andere Frau gemacht hatte, deren Inneres zu entdecken ihm soviel Mühe bereitete.

Eine wahrhaft köstliche Frau! Zum erstenmal enthüllten ihm die einfachen Gesten, die sie ausführte, eine Art natürlicher Berufung. Er erinnerte sich, daß sie in der fast bäuerlichen Armut des Provinzadels aufgewachsen war. „Wildling", murmelte man in Toulouse, damals, als man sie ihm zugeführt hatte und er sie als seine Frau vorstellte. Aus jenen Tagen hatte sie sich die Fähigkeit bewahrt, nahe den Dingen zu sein und sich mit wenigem begnügen zu können.

Quellwasser über den schmalen Körper ihrer Tochter rieseln zu lassen, machte sie glücklich.

Hätte er sie denn böse gewollt, verbittert durch die Abgründe einer Existenz, die sie nach einem Zwischenspiel als Königin von Versailles von allem entblößt an die Küste eines noch halbwilden Landes geführt hatte? Hätte es ihre Schönheit ertragen, durch Groll und Enttäuschung gezeichnet zu werden? Haß steht nur der Jugend gut. Sie hätte sich beklagen können, doch das Leben hatte seinen Reiz für sie behalten. Das Band, das Mutter und Kind verknüpfte, war bewundernswert. Weder er noch irgend jemand sonst würde es zerreißen können. Im Orient gab es Völker, die an die Reinkarnation des Menschen glaubten. Jungfer Honorine, wer seid Ihr? Woher kommt Ihr? Wohin geht Ihr?

Das Kind wandte sein Gesicht zum Fenster, und ihm schien, als ob es lächelte.

Joffrey de Peyrac ging um das Holzhaus herum und klopfte an die Tür.

Angélique hatte sich das Haar gewaschen. Sie hatte auch Honorines gewaschen und das aller Kinder, die ihr in die Finger geraten waren. Zwanzigmal hätte sie, ohne sich zu beklagen, den Weg von der Quelle zur Hütte gemacht, so unerschöpflich war die Freude, die ihr der Überfluß und die Reinheit dieses weichen Wassers bereiteten.

Das Salz des Meers hatte Honorines Körper mitgenommen. Ihre Haut war von krankhafter Blässe und spannte sich straff über die Knochen der einstmals so Rundlichen.

„Großer Gott", flüsterte Madame Carrère, „noch ein wenig, und sie wäre uns in den Armen gestorben."

Doch alle hatten gesund und munter das verheißene Land erreicht.

In Crowleys Haus, behaglicher als die andern, waren auch die Frau des Advokaten und ihre jüngsten Kinder, die Frau des Bäckers und ihre beiden Jungen sowie die drei Berne-Kinder untergebracht worden.

„Da ist der Schwarze Mann", sagte Honorine. Und lächelnd fügte sie hinzu: „Ich mag ihn gern, den Schwarzen Mann."

Diese Erklärung bewirkte, daß Angélique einige Zeit brauchte, um sich klar darüber zu werden, welcher schwarze Mann gemeint war.

Der Anblick ihres Gatten verwirrte sie um so mehr, als er sich ihr nach der allgemeinen Begrüßung der Anwesenden näherte und halblaut erklärte: „Ich suchte Euch, Madame . . ."

„Mich?"

„Ja, Euch, so seltsam es Euch vorkommen mag. Als Ihr noch auf meinem Schiff wart, wußte ich wenigstens, wo ich Euch finden konnte, aber da Ihr nun einen ganzen Kontinent zur Verfügung habt, ist die Aufgabe ein wenig schwieriger geworden."

Sie lachte, doch der Blick, mit dem sie ihn streifte, blieb melancholisch.

„Soll ich verstehen, daß Ihr mich an Eurer Seite zu haben wünscht?"

„Zweifelt Ihr daran? Habe ich es Euch nicht schon gesagt?"

Angélique wandte sich ab. Sie hob Honorine aus dem Zuber und hüllte sie in eine Decke.

„Ich nehme so wenig Platz in Eurem Leben ein", sagte sie gedämpft. „Ich zähle so wenig, habe immer so wenig gezählt. Ich weiß nichts von Euch, von Eurem vergangenen und gegenwärtigen Leben. Ihr verbergt mir soviel. Wollt Ihr es leugnen?"

„Nein. Ich bin immer ein wenig Mystifizierer gewesen. Ihr zahlt es mir tüchtig zurück. Glücklicherweise hat der große Häuptling mir versichert, daß Ihr das klarste aller Geschöpfe seid. Ich frage mich nur, ob sich seine Menschenkenntnis nicht durch jene Macht hat täuschen lassen, der schon so viele andere unterlegen sind. Was denkt Ihr von ihm?"

Angélique trug Honorine zu dem Bett, das sie mit Laurier teilte. Sie deckte sie zu und gab ihr ihre Spielzeugschachtel. Es gibt ewige Gesten.

„Der große Häuptling? Er hat mich beeindruckt, beunruhigt. Dennoch weiß ich nicht, warum sein Anblick mir Schmerz bereitete."

„Ihr seid hellsichtig."

„Monseigneur", fragte Martial, „gehören Euch die Wälder, die uns umgeben?"

„Mein Bündnis mit Massawa gibt mir das Recht, über das zu verfügen, was nicht den ansässigen Indianern gehört. Abgesehen von den beschränkten Bezirken ihrer Dörfer und Äcker ist der Rest des Landes völlig unberührt. Der Untergrund ist niemals sondiert worden. Vielleicht enthält er Gold, Silber, Kupfer."

„Dann seid Ihr also reicher als ein König?"

„Was bedeutet Reichtum, mein Junge? Wenn er im Besitz eines Gebietes von der Größe eines Königreichs besteht, ja, dann bin ich reich. Aber ich habe weder ein Schloß aus Marmor noch goldene Teller. Ich besitze nur ein paar Pferde. Und wenn ich ins Innere reise, werde ich als Dach nur den besternten Himmel und die Zweige des großen Waldes über mir haben."

„Denn Ihr werdet reisen", unterbrach ihn Angélique. „Wohin? Warum? Vermutlich geht es mich nichts an. Ich habe weder das Recht zu wissen noch gar zu erfahren, ob Ihr mich mitnehmen wollt."

„Schweigt", sagte Joffrey de Peyrac, von ihrer Heftigkeit entzückt. „Die Damen werden Anstoß nehmen."

„Das ist mir ganz egal. Es ist nichts Anstößiges daran, wenn eine Frau ihrem Ehemann folgen will. Denn ich bin Eure Frau, und ich werde es überall hinausschreien. Ich habe genug von dieser Komödie. Und wenn Ihr mich zurücklaßt, werde ich meine eigene Truppe sammeln. Und Euch folgen. Ich bin's gewöhnt, im Wald und unter den Sternen zu leben. Seht meine Hände an. Es ist lange her, daß sie Schmuck getragen haben. Dafür können sie Brot in der Asche backen und mit der Muskete umgehen."

„Ihr könnt Euch wirklich dieser Waffe bedienen?" fragte der Graf zweifelnd. „Man hat's mir berichtet. Ihr scheint heute morgen mit den Cayugas ein prächtiges Jagdbild abgegeben zu haben. Beweist mir Euer Talent."

Er zog eine der schweren Pistolen mit silbernen Kolben aus ihrem Halfter und reichte sie ihr mit skeptischer Miene, die Angélique das Blut in die Wangen trieb.

Sie nahm die Waffe mit herausforderndem Blick und prüfte sie. Sie war nicht geladen. Sie zog den Pflock zurück, der zum Einstoßen der Vorladung diente.

„Wo ist der Wischer?"

„Was wollt Ihr mit ihm anfangen?"

„Wenn Staub im Lauf wäre, könnte er die Waffe sprengen."

„Meine Pistolen sind immer gesäubert, Madame, aber Eure Absicht verrät den guten Schützen."

Er löste seinen Gürtel und warf ihn samt allem, was daran hing, auf den Tisch: Pistolenhalftern, Dolch, ledernen Taschen, die Pulver oder Kugeln enthielten.

Angélique entdeckte den Wischer in einem der Halfter. Sie schraubte ihn mit geübten Bewegungen fest und schob den Pflock mehrmals in den Lauf. Dann prüfte sie das Funktionieren des Schlosses und versicherte sich des Funkens, indem sie die Waffe ins Dunkel hielt.

Nachdem sie die Pulverladung eingeführt hatte, wählte sie eine Kugel, die sie zwischen zwei Fingern drehte, um ihre vollkommene Rundung zu prüfen."

„Es fehlt feines Pulver für die Zündung."

„Verwendet statt dessen diese Plättchen türkischen Zunders."

Angélique gehorchte.

„Öffne das Fenster, Martial."

Die Nacht war erfüllt von dem eigentümlichen Licht des vom Nebel gedämpften Mondes.

„In jenem Baum dort drüben sitzt ein Vogel, der unablässig häßliche Schreie ausstößt."

Joffrey de Peyrac beobachtete sie neugierig. „Es trifft also zu, daß sie Krieg geführt hat", sagte er sich. „Gegen wen? Gegen den König?"

Die schmale Hand, die den silbernen Kolben umspannte, war ruhig, der Arm hob die gewichtige Pistole ohne Mühe.

Der Schuß krachte. Der krächzende Schrei des Vogels verstummte.

„Was für ein Auge!" rief der Graf. „Und welche Kraft", fuhr er fort, ihren Arm umspannend. „Auf mein Wort, Ihr habt Muskeln aus Stahl! Mehr und mehr zeigt es sich, wie sehr sich unser großer Häuptling in seinem Urteil geirrt hat."

Aber er lachte. Sie hatte den Eindruck, daß er stolz auf sie war. Die Kinder, die sich die Ohren zugehalten hatten, schrien „Bravo!" und wollten hinaus, um den geopferten Nachtvogel zu holen.

Die Nachbarschaft stürzte herzu, um sie daran zu hindern.

„Was ist geschehen? Die Indianer? Die Piraten?"

Der Anblick Angéliques mit der Pistole in der Hand inmitten einer Rauchwolke verursachte Überraschung.

„Es ist nur ein Spiel", beruhigte sie sie.

„Eins der Spiele, von denen wir genug haben", murmelten Stimmen.

„Mesdames, seid Ihr mit Eurer Unterbringung zufrieden?" erkundigte sich der Graf mit der Artigkeit eines um das Wohl seiner Gäste besorgten Hausherrn.

Die armen Frauen antworteten ihm, daß alles gut gehe. Sie betrachteten ihn mit einer Mischung aus Bewunderung und Furcht. Daß er den hochmütigen Bürgern La Rochelles erklärt hatte, ihre Frauen seien nicht weniger wert als sie, hatte sie für immer erobert.

Wieder war es Abigaël, die ihren Mut zusammenraffte und aussprach, was jeder dachte.

„Seid für die besondere Gnade bedankt, Monseigneur, die Ihr uns trotz unserer Irrtümer heute erwiesen habt. Die uns bedrängenden Verfolgungen, der Schmerz, Heim und Herd verlassen zu müssen, die Furcht, nirgends auf helfende brüderliche Hände zu stoßen, versetzten uns in Unsicherheit und Verwirrung. Aber Ihr habt es verstanden und uns geschont."

Er lächelte ihr herzlich zu. Vor Abigaël streckte er stets die Waffen. Während sie ihn beobachtete, verspürte Angélique fast Eifersucht. Er verneigte sich vor dem jungen Mädchen.

„Ihr seid sehr gütig, mein Fräulein, Irrtümer auf Euch zu nehmen, die Ihr nicht gutgeheißen habt. Ich weiß, Mesdames, daß Ihr versuchtet, Eure Gatten von einem verbrecherischen Plan abzubringen, dessen Scheitern Ihr voraussaht. Was man auch sagen mag, Ihr seid es, die das Erbteil der Hellsicht besitzt. Nutzt es mit gutem Vorbedacht und zeigt Euch energisch, denn Ihr befindet Euch in einem Lande, das sich nicht betrügen läßt."

Der Rat des Grafen wurde seinem Wert entsprechend gewürdigt. Er wünschte ihnen eine geruhsame Nacht, und sie zogen sich zurück. Madame Carrère stürzte ihnen nach, um ihnen in der Dunkelheit eine Neuigkeit zuzuflüstern, die richtig verstanden zu haben sie nicht ganz sicher war: Monseigneur Le Rescator und Dame Angélique seien verheiratet oder würden heiraten oder hätten soeben geheiratet . . . Auf alle Fälle lag eine Hochzeit in der Luft.

„Ich weiß nicht, ob Eure Ratschläge ihren Männern morgen einen angenehmen Tag bereiten werden", sagte Angélique nachdenklich.

„Sicherlich nicht. Und ich bin entzückt darüber. Das ist meine Art von Rache. Ist es letzten Endes nicht fürchterlicher, sich den energischen Fäusten ihrer Frauen auszuliefern als denen des Henkers?"

„Ihr seid unverbesserlich", sagte sie lachend.

Er packte sie mit beiden Händen um die Taille, hob sie hoch empor und schwenkte sie herum.

„Lacht, lacht, meine kleine Äbtissin ... Ihr habt ein so hübsches Lachen!"

Angélique stieß einen Schrei aus. Von seinen Händen umklammert, fühlte sie sich leichter als ein Strohhalm.

„Ihr seid närrisch!"

Wieder zur Erde zurückgekehrt, drehte sich ihr der Kopf, und sie konnte wirklich nichts anderes tun als lachen.

Die Kinder waren begeistert. Niemals war ihnen soviel Unterhaltung geboten worden, schon gar nicht zur Stunde des Schlafengehens. Das neue Land gefiel ihnen immer besser. Sie würden sich hüten, es zu verlassen.

„Mama", rief Honorine, „gibt es etwa wieder Krieg?"

„Krieg? Nein. Gott behüte uns davor. Warum fragst du?"

„Du hast mit der großen Pistole geschossen."

„Das war nur zum Spaß."

„Aber Krieg ist sehr spaßig", sagte Honorine mit enttäuschter Miene.

„Wie?" rief ihre Mutter aus. „Es gefällt dir, all diesen Lärm zu hören, verwundete und tote Menschen zu sehen?"

„Ja, es gefällt mir", versicherte Honorine.

Angélique betrachtete sie mit dem Erstaunen aller Mütter, die das geheime Universum ihres Kindes entdecken.

„Aber ich glaubte, es hätte dich traurig gemacht, als du Kastanienschale tot sahst ..."

Das Kind schien sich an etwas zu erinnern. Ein Schatten glitt über sein Gesicht. Es seufzte.

„O ja, es ist ein bißchen langweilig für Kastanienschale, daß er tot ist ..."

Ihr Lächeln kehrte wieder zurück.

„... aber es ist lustig, wenn alle schreien und laufen und hinfallen. Alle machen böse Gesichter. Der Rauch riecht gut. Das Gewehr macht klick, klack, klick, klack! Du streitest dich mit Monsieur Manigault, und er wird ganz rot, und du suchst mich überall und nimmst mich in deine Arme. Wenn Krieg ist, liebst du mich mehr. Du stellst dich vor mich, damit die Soldaten mich nicht stoßen. Weil du nicht willst, daß man mir mein Leben nimmt. Es ist noch zu klein. Dein Leben ist schon lang ..."

Angélique schwankte zwischen Besorgnis und Stolz.

„Ich weiß nicht, ob es mütterliche Eitelkeit ist, aber mir scheint, sie gibt für ihr Alter ganz außerordentliche Erklärungen."

„Wenn ich groß bin", fuhr Honorine fort, die Tatsache nutzend, daß man ihr endlich einmal aufmerksam zuhörte, „werde ich immer Krieg machen. Ich werde ein Pferd und einen Säbel und zwei Pistolen haben. Wie du", wandte sie sich an Joffrey de Peyrac, „aber die Kolben von meinen werden aus Gold sein, und ich werde besser schießen als ... besser noch als du", schloß sie mit einem herausfordernden Blick zu ihrer Mutter.

Sie dachte nach.

„Blut ist rot. Eine schöne Farbe."

„Schrecklich, was sie da sagt", murmelte Angélique.

Der Graf lächelte, während er sie betrachtete, überrascht, sie so verschieden zu finden. Die Zärtlichkeit, das mütterliche Gefühl, die sie angesichts ihrer Tochter entwaffneten, umgaben sie mit dem Glanz jugendlicher Naivität. Niemals war sie die gebieterische Rivalin der Montespan, die an der Spitze ihrer Truppen die Hohlwege durchstreifende Rebellin gewesen, die mit kalter Sicherheit ihren mit einer schweren Pistole bewehrten Arm hob ... Hatte es niemals sein können.

Sie hob die Augen zu ihm, wie um ihn in einer Situation, die ihre Kräfte überstieg, nach seiner Meinung zu befragen, dann suchte sie sich zu beruhigen.

„Sie liebt den Krieg ... Immerhin ist es ein nobles Gefühl. Meine Vorfahren hätten sie nicht getadelt."

In solchem Maße vergaß sie die bösen Tage, daß sie nicht an die Möglichkeit dachte, ein anderes Erbe als das ihre könne diese überspannte, beunruhigende Neigung in ihre Tochter gesenkt haben. Der Rescator dachte daran, sagte jedoch kein Wort.

Er zog einen mit einem großen Diamanten verzierten Goldring von seinem Finger und reichte ihn Honorine. Das Kind nahm ihn begierig an sich.

„Ist er für mich?"
„Ja, mein Fräulein."
Angélique mischte sich ein.
„Das ist ein Schmuckstück von großem Wert. Sie kann unmöglich damit spielen."
„Die Wildheit der uns umgebenden Natur läßt uns den Wert der Dinge neu einschätzen. Ein Maisfladen, ein gutes Feuer können unter Umständen kostbarer sein als ein Ring, für den man in Versailles seine Seele verkaufen würde."
Honorine drehte den Ring hin und her. Sie legte ihn auf ihre Stirn, schob ihn über ihren Daumen, preßte ihn endlich zwischen beiden Händen.
„Warum tust du das für mich?" fragte sie plötzlich eifrig. „Weil du mich liebst?"
„Ja, mein Fräulein."
„Warum liebst du mich? Warum?"
„Weil ich Euer Vater bin."
Honorines Gesicht wandelte sich bei dieser Enthüllung. Sie blieb stumm. Ihr rundes Frätzchen spiegelte alle Schattierungen höchster Überraschung, heftigster Freude, unaussprechlicher Erleichterung, grenzenloser Liebe.
Mit hochgerecktem Kopf betrachtete sie voller Bewunderung die schwarze Erscheinung des Condottiere neben ihrem Bett, und das braune, von Narben gezeichnete Gesicht erschien ihr verführerischer als alle, die sie bisher gesehen hatte.
Sie wandte sich plötzlich zu Angélique.
„Siehst du, ich hatte dir ja gesagt, daß ich ihn jenseits des Meeres finden würde!"
„Meint Ihr nicht, daß es jetzt richtig wäre zu schlafen?" fragte er sie, ohne von der Achtung abzugehen, die er ihr bezeigte.
„Ja, Vater."
Mit verblüffender Fügsamkeit glitt sie, eine Hand fest um den Ring geschlossen, unter die Decke und schlief fast sofort mit glückseliger Miene ein.
„Mein Gott", sagte Angélique betroffen, „wie habt Ihr erraten, daß das Kind seinen Vater sucht?"

„Die Träume der kleinen weiblichen Herzen haben mich immer interessiert, und es macht mir Vergnügen, sie im Rahmen meiner Möglichkeiten zu erfüllen."

Angélique nahm die in einem hölzernen Gestell befestigte Öllampe und trug sie fort, um der Lauriers und Honorines Schlaf beschützenden Dunkelheit Raum zu geben.

Im Nebenzimmer brachten die beiden Frauen die anderen Kinder zu Bett. Joffrey de Peyrac näherte sich dem Kamin.

Angélique gesellte sich zu ihm und warf ein Scheit ins Feuer.

„Wie gut Ihr seid", sagte sie.

„Wie schön Ihr seid!"

Sie lächelte ihm dankbar zu, wandte sich jedoch mit einem Seufzer wieder ab.

„Ich hätte es gern, wenn Ihr mich zuweilen ebenso betrachtetet, wie Ihr Abigaël anseht. Mit Freundschaft, Vertrauen und Sympathie. Man möchte meinen, daß Ihr von mir ich weiß nicht welche Verräterei befürchtet."

„Ich habe um Euretwillen gelitten, Madame."

Angélique deutete eine abwehrende Geste an.

„Seid Ihr denn fähig, um einer Frau willen zu leiden?" meinte sie skeptisch.

Sie setzte sich auf die Kamineinfassung. Er zog einen Schemel heran und setzte sich zu ihr, die in die knisternden Flammen starrte. Es verlangte sie danach, ihm die Stiefel auszuziehen, ihn zu fragen, ob er hungrig oder durstig sei, ihm zu dienen. Sie wagte es nicht. Sie wußte nicht mehr, was diesem fremden Ehemann gefallen mochte, den sie zuweilen nah, zuweilen fern fühlte, als sei er ihr Feind.

„Ihr seid dazu geschaffen, allein und frei zu leben", sagte sie schmerzlich. „Eines Tages hättet Ihr mich verlassen, ich weiß es jetzt, hättet Ihr Toulouse verlassen, um einem anderen Abenteuer nachzulaufen. Eure Neugier auf die Dinge der Welt war unersättlich."

„Ihr hättet mich als erste verlassen, meine Liebe. Die verkommene Welt, die uns umgab, hätte Euch, einer der schönsten Frauen des Königreichs, keine Treue gestattet. Man hätte Euch auf tausend Arten ermutigt, Eure Macht, Eure Verführungskraft bei andern zu erproben."

„War unsere Liebe nicht stark genug, um zu triumphieren?"
„Man hätte ihr nicht die Zeit gelassen, sich zu festigen."
„Das ist wahr", murmelte sie. „Verheiratet sein ist eine Aufgabe ohne Ende."

Die Hände auf den Knien gefaltet, ließ sie ihren Blick sich im Spiel der Flammen verlieren, aber auch so war sie sich bis in die Fingerspitzen seiner Gegenwart bewußt, des Wunders dieser Gegenwart, die jene fernen langen Abende im Languedoc heraufbeschwor, die sie, einander nah, durchplaudert hatten. Sie hatte ihren Kopf auf seine Knie gelegt, bezaubert von seinen Worten, die ihr stets unbekannte Horizonte öffneten, aufmerksame, verhalten-leidenschaftliche Augen auf ihn richtend bis zu dem Moment, in dem er unmerklich vom Ernst zum Scherz und vom Scherz zur Liebe hinüberglitt. Wie selten waren diese köstlichen Stunden gewesen . . .

So oft hatte sie von seiner unmöglichen Rückkehr geträumt! Selbst damals, als sie ihn tot geglaubt hatte, hatte sie wundervolle Wiederbegegnungen erfunden, wenn sie allzu traurig gewesen war. Der König verzieh, Joffrey erhielt seinen Rang, seine Ländereien, seinen Reichtum zurück, sie selbst lebte an seiner Seite, erfüllt, verliebt. Sehr rasch hatte die Wirklichkeit solche Trugbilder verjagt. Ließ sich denn vorstellen, daß der eigenwillige Graf Peyrac um Vergebung für das Verbrechen bat, die Eifersucht seines Souveräns auf sich gezogen zu haben? Joffrey de Peyrac unterworfen, als Höfling in Versailles? Nein, undenkbar. Niemals hätte der König die Rückkehr in seine Machtstellungen gestattet, und niemals hätte Joffrey de Peyrac sich gebeugt. Sein Bedürfnis, zu schaffen, zu handeln, war ununterdrückbar. Er hätte nur andere Feindseligkeiten, andere Verdächtigungen auf sich gelenkt.

Ein kleines, müdes Lächeln trat in ihre Augen.

„Müssen wir uns nun über eine grausame Trennung freuen, weil sie uns wenigstens davor bewahrte, unsere Liebe bis zum Haß zu treiben wie so viele andere?"

Er streckte die Hand aus und ließ sie sanft über ihren Nacken gleiten.

„Ihr seid traurig heute abend. Unbezähmbare, Ihr könnt nicht mehr vor Erschöpfung!"

Seine Liebkosung und seine Stimme belebten sie aufs neue.

„Ich fühle mich imstande, noch ein paar Hütten zu bauen und mich in den Sattel zu schwingen, wenn es nötig ist, um Euch zu folgen. Doch eine Angst peinigt mich. Ihr wollt fort und mich nicht mitnehmen."

„Verstehen wir uns recht, geliebte Dame. Ich fürchte, Ihr macht Euch Illusionen. Ich bin reich, aber mein Königreich ist jungfräulich. Meine Paläste sind Palisadenforts. Ich kann Euch weder prächtige Kleider noch Geschmeide bieten – wie sinnlos wären sie auch hier. Weder Sicherheit noch Bequemlichkeit noch Glanz, nichts von allem, was Frauen gefällt."

„Nur die Liebe gefällt ihnen."

„Man behauptet es."

„Habe ich Euch nicht bewiesen, daß ich weder das harte Leben noch Gefahren fürchte? Schmuck, Geschmeide, Glanz – ich habe alles bis zum Überdruß gekostet. Ich habe ihren Rausch wie ihre Bitterkeit kennengelernt. In der Einsamkeit des Herzens schmeckt alles nach Asche. Nur eines ist mir wichtig: Daß Ihr mich liebt – Ihr – daß Ihr mich nicht länger zurückstoßt!"

„Ich fange an, Euch zu glauben."

Er nahm ihre Hand, betrachtete sie.

Zwischen seinen langen, harten Fingern erbebte diese zerbrechliche, gefangene Hand. Er dachte daran, daß sie reich geschmückt gewesen, von einem König geküßt worden war, daß sie mit kalter Entschlossenheit Waffen umspannt, daß sie zugestoßen, getötet hatte. Sie ruhte wie ein müder Vogel in seiner Handfläche. Über jenen Finger hatte er einst einen goldenen Ring gestreift. Diese Erinnerung ließ ihn erzittern, doch Angélique ahnte nichts von solchen Gedanken.

Sie zuckte zusammen, als sie ihn unversehens fragen hörte:

„Warum habt Ihr gegen den König von Frankreich rebelliert?"

Er spürte, daß sie ihm ihre Hand entzog.

Bei jedem Versuch, über ihre Vergangenheit, ihr persönliches Leben zu sprechen, reagierte sie empfindlich, als berühre man eine Wunde. Dennoch wollte er Klarheit.

Er quälte sie, aber er würde sie zwingen, ihm zu antworten. Es gab noch dunkle Punkte, die er um jeden Preis aufhellen wollte, selbst um den des Leides.

Er sah etwas wie Schreck in ihren Augen funkeln. Sein Entschluß, die ganze Wahrheit zu fordern, mußte von seinem Gesicht abzulesen sein.

„Warum?" wiederholte er unerbittlich.

„Woher wißt Ihr das?"

Mit einer Handbewegung fegte er überflüssige Erklärungen beiseite.

„Ich weiß. Sprecht."

Sie überwand sich mühsam.

„Der König wollte mich zur Mätresse. Er nahm meine Weigerung nicht hin. Um zum Ziel zu kommen, schreckte er vor nichts zurück. In meinem eigenen Schloß ließ er mich von Landsknechten bewachen und drohte, mich verhaften und in ein Kloster sperren zu lassen, wenn ich mich nicht bereit fände, mich seiner Leidenschaft auszuliefern."

„Und Ihr habt Euch niemals bereit gefunden?"

„Niemals."

„Warum?"

Angéliques Augen verdunkelten sich, nahmen die Farbe des Ozeans an.

„Ihr fragt noch? Wann werdet Ihr mir endlich glauben, daß ich Euch liebte, daß Euer Verlust mich in Verzweiflung gestürzt hatte? Mich dem König geben? Konnte ich Euch verraten, Euch, den er ungerecht verurteilt hatte? Als er Euch mir nahm, hatte er mir alles genommen. Alle Vergnügungen, alle Ehren des Hofs konnten Eure Abwesenheit nicht ausfüllen. Ah, wie ich Euch rief, mein Liebster!"

Sie durchlebte von neuem jene grenzenlose Leere, jene Angst um die verlorene Liebe, die oftmals im Grunde ihres Herzens schlief, die aber ein Nichts schmerzvoll wecken konnte. Und leidenschaftlich umklammerte sie ihn mit ihren Armen, legte ihre Stirn an seine Knie. Die Zweifel und Fragen ihres Mannes taten ihr weh, aber er war da. Das allein zählte.

Einen Augenblick später zwang er sie, den Kopf zu heben.

„Immerhin seid Ihr nahe daran gewesen nachzugeben."

„Ja", sagte sie. „Ich war eine Frau, schwach vor einem allmächtigen König. Niemand verteidigte mich. Er konnte mein Leben ein zweites Mal vernichten. Er hat es getan. Vergeblich verbündete ich mich mit einigen Grandseigneurs des Poitou, die aus anderen Gründen gegen ihn aufstanden. Die Zeit ist den Provinzen nicht mehr günstig. Er hat uns geschlagen, besiegt. Die Soldaten verwüsteten meine Ländereien, verbrannten mein Schloß. Eines Nachts ermordeten sie meine Diener, meinen jüngsten Sohn. Sie haben mich ..."

Sie verstummte. Sie zögerte. Sie hätte am liebsten geschwiegen, ihre Schmach ihm vorenthalten. Doch Honorines, des Bastardkindes wegen, dessen Gegenwart bei dem verratenen Ehemann schmerzliche Empfindungen wecken mußte, war sie zum Sprechen gezwungen.

„Honorine ist das Kind dieser Nacht", sagte sie mit tonloser Stimme. „Ich will, daß Ihr es wißt, jener Geste wegen, mit der Ihr Euch vorhin meiner Tochter zuwandtet. Versteht Ihr, Joffrey? Wenn ich sie betrachte, verbindet sich mit ihr nicht die Erinnerung an einen geliebten Mann, wie Ihr Euch einbildet, sondern allein das Entsetzen einer Nacht des Verbrechens und der Gewalttätigkeit, das mich durch Jahre verfolgt hat und das ich für immer vergessen möchte. Ich suche nicht Euer Mitleid zu wecken. Von Euch wäre es ein Gefühl, das mich verletzen würde. Aber ich möchte die Schatten tilgen, die über unserer Liebe liegen, mich rechtfertigen für diese arme, kleine Gegenwart, die sich zwischen uns geschoben hat, und Euch der Zärtlichkeit versichern, die ich ihr entgegenbringe. Wie könnte ich sie nicht lieben? Meine größten Verbrechen habe ich gegen dieses Kind begangen. Ich wollte es in meinem Schoße töten. Kaum geboren, verließ ich es, ohne ihm noch einen Blick zu schenken. Das Schicksal gab es mir zurück. Ich habe Jahre gebraucht, es zu lieben, ihm zuzulächeln. Der Haß seiner Mutter hat die Stunde beherrscht, in der es zur Welt kam. Deswegen meine Gewissensqualen. Man darf die Unschuld nicht hassen. Ihr habt es verstanden, denn Ihr habt das Kind ohne Vater aufgenommen. Ihr habt begriffen, daß sie das Gefühl nicht befleckt, das mich Euch verbindet, und daß nichts, nichts, ich schwöre es, jemals die Leidenschaft, die tiefe Neigung hat ersetzen, ihr gleichkommen können, die Ihr mir eingeflößt habt."

Joffrey de Peyrac erhob sich jäh. Sie fühlte, daß er sich entfernte, sich von ihr löste. Sie hatte mit Feuer gesprochen, ohne nach Worten zu suchen, ohne zu überlegen, was sie sagte, so aufrichtig war ihre Verteidigung, der Schrei ihres Herzens. Und nun stand er vor ihr, mit kaltem Blick, aufgerichtet, er, der ihr eben noch zugemurmelt hatte: „Geliebte Dame." Sie hatte Angst. Hatte er sie dazu gebracht, gefährliche Worte auszusprechen, die er ihr nie verzeihen würde? In seiner Gegenwart verlor sie ihre Kaltblütigkeit, ihre Umsicht. Dieser Mann würde ihr immer rätselhaft sein. Er war soviel stärker als sie! Ihm gegenüber war es unmöglich, Listen zu gebrauchen, zu lügen. Unbezwinglicher Fechter im Leben, ließ er sich auch im Bereich des Herzens nicht treffen. Auch da parierte er prompt.

„Und Eure Ehe mit dem Marquis du Plessis-Bellière?"

Auch Angélique richtete sich nun auf. In dem Gefühlszustand, in den er sie gestürzt hatte, spürte sie jeden Schlag mit besonderer Schärfe. Sie war sie selbst, nur sie, und vielleicht bemerkte er es. Es war die Stunde der Wahrheit. Sie zürnte ihm, weil er sie so weit getrieben hatte.

„Nein", sagte sie sich, „diesen werde ich nicht verleugnen. Weder ihn noch den Sohn, den er mir geschenkt hat."

Sie sah ihren Gatten herausfordernd an.

„Ich liebte ihn."

Und da sie sofort spürte, wie wenig Gemeinsames dieses Wort, auf ihr Gefühl für Philippe angewandt, mit der Liebe hatte, die sie ihrem ersten Mann entgegenbrachte, erklärte sie wie im Fieber:

„Er war schön, ich hatte in meiner Kindheit von ihm geträumt, und er erschien mir in diesem Ozean der Angst, der Verlassenheit. Aber nicht darum habe ich ihn geheiratet. Ich zwang ihn durch eine gemeine Erpressung zu dieser Ehe. Ich war zu allem imstande, um meinen Söhnen den Rang zurückzugeben, der ihnen gebührte. Nur er, der Marquis du Plessis, Marschall und Freund des Königs, konnte mich in Versailles einführen und mir ermöglichen, für sie ehrenvolle Ämter und Titel zu erlangen ... Jetzt, ja, jetzt weiß ich, daß alles, was ich tat, durch das fieberhafte Verlangen bestimmt war, sie zu retten, sie dem düsteren Schicksal zu entreißen, das ungerecht auf ihnen lastete. Ich sah sie bei Hof, als Pagen, vom König aufgenommen. Was tat es da, daß ich mich den Schlägen und dem Haß Philippes ausgesetzt hatte ..."

Eine Art verblüffter Ironie glänzte in den schwarzen Augen auf, die sie beobachteten.

„Hat der Marschall du Plessis es vermocht, Euch zu hassen?"

Ihr Blick glitt durch ihn hindurch, als sähe sie ihn nicht. In dieser verlorenen Hütte am Rande der amerikanischen Wälder beschwor sie intensiv die Gestalten ihres vergangenen Lebens, und die erstaunlichste unter ihnen, die undurchschaubarste, die schönste, die bösartigste, die unvergleichlichste war der Marschall du Plessis, der auf seinen roten Hacken zwischen den Herren und Damen einherging und unter dem Seidengewand sein brutales, trauriges Herz verbarg.

„Er haßte mich bis zur Liebe. Armer Philippe!"

Sie konnte nicht vergessen, daß er ohne Klage in den Tod gegangen war, zerrissen von seiner Liebe für den König und für sie, zwischen denen er nicht zu wählen vermochte. Und „der Kopf war ihm durch eine Kugel abgerissen worden ..."

Nein, sie würde ihn nicht verleugnen. Um so schlimmer, wenn Joffrey nicht begriff.

Sie senkte die Lider über ihre Erinnerungen, mit jenem halb schmerzlichen, halb zärtlichen Ausdruck, den er so oft bei ihr gesehen hatte. Es überraschte sie, daß er seinen Arm um ihre Schultern legte, da sie ein weiteres sarkastisches Verhör erwartete. Sie hatte ihn herausgefordert, und nun nahm er sie in seine Arme, hob ihr Gesicht, um es zu betrachten, und seine Augen wurden menschlich.

„Was für eine Frau seid Ihr nur? Ehrgeizig, kriegerisch, unlenksam und dennoch so zart, so schwach ..."

„Warum zweifelt Ihr, der Ihr die Gedanken anderer erratet?"

„Euer Herz ist mir unbekannt. Vielleicht, weil es zuviel Macht über das meine hat. Angélique, meine Seele, was trennt uns noch? Stolz, Eifersucht oder ein Übermaß an Liebe, ein allzu großer Anspruch?"

Er schüttelte den Kopf, als antworte er sich selbst.

„Dennoch werde ich nicht verzichten. Was Euch anbetrifft, stelle ich den höchsten Anspruch."

„Ihr wißt alles von mir."

„Noch nicht."

„Ihr kennt meine Schwächen, mein Leid. Eurer Glut beraubt, versuchte ich, mich an ein wenig Zärtlichkeit und Freundschaft zu erwärmen. Zwischen Mann und Frau wird das mit dem Namen Liebe getauft. Zuweilen habe ich mir mit einem Augenblick der Hingabe das Recht zu leben erkauft. Ist es das, was Ihr wissen wollt?"

„Nein, etwas anderes noch. Bald werde ich's wissen. Wenn die Karawane aus Boston ankommen wird."

Er zog sie fester an sich.

„Es ist so überraschend, Euch so verschieden von dem Bild zu finden, das ich mir vorgestellt hatte. Oh, meine seltsame Frau, Schönste, Unvergeßliche, hat man Euch mir wirklich an jenem blühenden Tage übergeben, in der Kathedrale von Toulouse anvertraut ...?"

Sie sah sein über sie geneigtes Gesicht sich verwandeln, seine scharfen Züge, seinen sinnlichen, harten Mund sich in einem Lächeln von unendlicher Traurigkeit lösen.

„Ich bin ein schlechter Hüter gewesen, mein armer Schatz, mein kostbarer, so oft verlorener Schatz."

„Joffrey ...", murmelte sie.

Sie wollte ihm etwas sagen, ihm zuschreien, daß alles gelöscht sei, da sie sich wiedergefunden hatten, doch sie wurde sich des Klopfens an der Tür und der Rufe eines erwachten Kindes bewußt.

Joffrey de Peyrac knurrte zwischen den Zähnen:

„Zum Henker! Ist die Welt noch immer nicht leer genug, daß wir nicht einmal in Ruhe miteinander plaudern können?"

Dennoch nahm er die Störung lachend hin und ging, die Tür zu öffnen.

Die junge Rebecca Manigault stand mit erschrecktem Gesicht atemlos auf der Schwelle, als habe sie Meilen zurückgelegt, um hierher zu gelangen.

„Dame Angélique", flehte sie mit vor Erregung erstickter Stimme, „kommt, kommt schnell! Jenny ... sie bekommt ihr Kind!"

Dreiundvierzigstes Kapitel

Jennys Kind kam in der Morgendämmerung zur Welt. Es war ein Junge.

Allen denen, die sich um die Hütte gesammelt hatten, in der die junge Mutter lag, schien es, als könne es kein Baby der Welt an Außerordentlichkeit mit diesem aufnehmen, und die Tatsache, daß es ein Junge war, kam ihnen wie eine Art Wunder vor.

Noch am Abend hatte Angélique Jenny in Crowleys Haus geschafft; die eingeschlafenen Kinder waren ausquartiert worden. Madame Manigault, unumschränkte Herrscherin in den Salons von La Rochelle, verlor angesichts eines Ereignisses, das sie sich nur im gewohnten Dekor vorstellen konnte, völlig ihre sonstige Kaltblütigkeit.

„Warum sind wir nur hier?" jammerte sie. „Weder gibt's eine Bettflasche, um ihr Lager anzuwärmen, noch eine Hebamme, um meinem armen Kind zu helfen. Wenn ich an die schönen Spitzenlaken in meinem großen Bett denke! O Gott!"

„Die Dragoner des Königs schlafen mitsamt ihren Stiefeln in Euren Spitzenlaken", erinnerte sie Angélique rauh. „Ihr wißt es ebensogut wie ich. Freut Euch, daß dieses Kind nicht in noch größerer Not im Winkel eines Kerkers geboren wird, sondern in Freiheit und von den Seinen umgeben."

Die zitternde Jenny klammerte sich an sie. Angélique mußte geduldig an ihrem Lager ausharren, und schließlich gelang es ihr, sie zu beruhigen. Gegen Mitternacht tauchte eine seltsame Erscheinung auf: eine alte Indianerin, die ihre Erfahrung als Hebamme und dazu, in kleinen Säckchen, Heilkräuter mitbrachte. Monsieur de Peyrac hatte sie aus dem Indianerdorf holen lassen.

Das Kind kam ohne Schwierigkeiten zur Welt, als die ersten Strahlen der aufgehenden Sonne über den Horizont strichen. Sein energischer Schrei schien die mit tausend Funken glitzernde Morgenröte zu grüßen, die um die zerfallenen Hütten prunkvoll-goldene Nebelschleier wob.

Nach den Stunden der Angst brachen alle, Männer und Frauen, die sich in Erwartung eines Dramas draußen drängten, in Freudenrufe aus, und viele weinten. Es war also so einfach zu leben. Dem Neugeborenen, das, gleichgültig gegenüber irdischen Zufälligkeiten, mit Nachdruck seinen ersten Schrei ausstieß, verdankten sie diese nützliche Lehre.

Angélique hielt es noch immer in den Armen, so wie es die unerschütterliche, kupferhäutige Amme auf indianische Art gewickelt hatte, als der Graf Peyrac sich melden ließ, um der jungen Wöchnerin seine Huldigungen darzubringen.

Er trat ein, von zwei Dienern begleitet, die zwei Schatullen auf das Bett stellten, eine Perlen, die andere zwei kleine Laken aus golddurchwirkter Leinwand enthaltend. Er selbst übergab ein Schmuckkästchen, in dem ein saphirgeschmückter Ring funkelte.

„Ihr habt diesem neuen Lande das schönste Geschenk gemacht, das es erwarten konnte, Madame. Hier, wo wir uns befinden, haben die Dinge, die ich Euch bringe, vor allem symbolischen Wert. Euer Sohn ist in der Not geboren, doch auch im Zeichen größten Reichtums. Ich nehme es als gutes Omen für ihn und seine Eltern."

„Ich kann es nicht glauben, Monsieur!" stammelte der junge Vater, der nach allem Geschehenen kaum mehr einer Gemütsbewegung fähig war. „Dieser Stein ist prachtvoll . . ."

„Bewahrt ihn als Erinnerung an einen festlichen Tag. Ich bin überzeugt, Eure Frau wird ihn mit Vergnügen tragen, auch wenn das Vergnügen noch nicht von der Befriedigung begleitet sein wird, eine ganze Stadt zu blenden. Auch das wird noch kommen . . . Wie heißt dieses schöne Kind?"

Die Eltern und Großeltern sahen sich an.

In La Rochelle hätte man seit langem diese Frage besprochen und die Vornamen nicht ohne hitzige Diskussionen bestimmt. Man wandte sich Manigault zu, doch der Reeder war am Ende. Er suchte seine Vorfahren zu beschwören, deren Porträts einst die Wände seiner Behausung geschmückt hatten, und konnte sich keines einzigen Namens erinnern. Sein Gedächtnis war dem unbezwinglichen Schlafbedürfnis eines Vaters erlegen, der die Nacht damit verbracht hat, auf den Tod seiner Tochter zu warten. Er gestand seine Unfähigkeit ein, streckte die Waffen.

„Wählt selbst, meine Kinder. Was zählen hier schon Bräuche, denen wir drüben soviel Wert beilegten! Jetzt ist es an Euch . . ."

Jenny und ihr Mann protestierten. Auch sie hatten noch nicht daran gedacht und sich auf die väterliche Autorität verlassen. Ihre Verantwortlichkeit zermalmte sie. Den Namen eines so prachtvollen Kindes konnte man nicht aufs Geratewohl auswählen.

„Gebt uns einen Rat, Dame Angélique", entschied Jenny plötzlich. „Ja, ich möchte, daß Ihr ihm einen Namen gebt. Es wird ihm Glück bringen. Ihr habt uns bis hierher geführt, Ihr habt uns geleitet. Als ich Euch heute nacht rufen ließ, spürte ich, daß mir nichts Böses geschehen könne, wenn Ihr an meiner Seite seid. Gebt ihm seinen Namen, Dame Angélique. Gebt ihm einen Namen, der Euch teuer ist und der Euch glücklich machen würde, wenn ein kleiner Junge voller Leben ihn trägt."

Sie verstummte, und Angélique fragte sich angesichts ihrer auf sie gerichteten Augen, die voller Tränen und Zärtlichkeit waren, was Jenny wohl wisse. Sie war eine junge Frau mit empfindsamem Herzen. Die Ehe und die über sie hereingebrochenen Prüfungen hatten ihre halbgare Jugend gewandelt. Sie brachte Angélique grenzenlose Zuneigung und Bewunderung entgegen.

„Ihr verwirrt mich, Jenny."

„Ich bitte Euch."

Angélique blickte von neuem auf das Baby in ihren Armen hinunter. Es war blond und rundlich. Vielleicht hatte es blaue Augen. Es würde Jérémie ähneln und einem anderen ebenso blonden, ebenso rosigen Kind, das sie gleichfalls an ihrem Herzen getragen hatte.

Sanft strich sie über das flaumige Köpfchen.

„Nennt ihn Charles-Henri", sagte sie. „Ihr habt recht, Jenny. Es würde mich freuen, wenn er so hieße."

Sie beugte sich hinunter, um das Kind in die Arme der jungen Frau zurückzulegen, und es gelang ihr zu lächeln.

„Wenn er ihm ähnelt, werdet Ihr eine glückliche Mutter sein, Jenny", flüsterte sie. „Denn er war wirklich der schönste aller kleinen Jungen."

Sie küßte sie und trat auf die Schwelle der Hütte.

Die Sonne traf sie voll ins Gesicht, und sie hatte den Eindruck, vor einer riesigen Menge zu stehen, aus der sich verworrenes Getöse erhob. Angélique taumelte und bedeckte ihre Augen mit den Händen. Unversehens spürte sie ihre Erschöpfung.

Eine feste Hand stützte sie.

„Kommt", sagte die gebieterische Stimme ihres Mannes.

Sie machte ein paar Schritte. Ihre Betäubung schwand. Es war da keine Menge, nur die kompakte Gruppe der Protestanten, zu denen sich Matrosen der *Gouldsboro*, die Waldläufer, Crowley, Monsieur d'Urville, ein paar Indianer und sogar die spanischen Soldaten in ihren schwarzen Kürassen gesellt hatten.

Die wundersame Neuigkeit von der Geburt eines weißen Kindes hatte die ganze Gegend herbeistürzen lassen.

„Hört mich an ..."

Der Graf Peyrac wandte sich an sie.

„Ihr seid alle gekommen, Männer weißer Rasse, um dieses immer neue Wunder zu betrachten: die Geburt eines Kindes in unserer Mitte. Versprechen des Lebens, das jedesmal die Erinnerung an den Tod vertreibt. Um dieses schwachen Kindes willen fühlt Ihr Euch einig und vergeßt, Euch zu hassen. Darum scheint mir die Stunde günstig, mich an Euch alle zu wenden, die Ihr das Schicksal des Volkes, unter dem dieses neugeborene Kind aufwachsen wird, auf Euern Schultern tragt. An Euch, die Ihr aus La Rochelle, an Euch, die Ihr aus Schottland oder Deutschland oder England oder Spanien kommt, an Euch Kaufleute oder Edelmänner, Jäger oder Soldaten. Die Zeit der Streitigkeiten muß vorüber sein. Wir dürfen nie vergessen, daß uns ein gemeinsames Band verbindet. Wir sind alle Verbannte. Alle sind wir von unseren Brüdern verstoßen worden. Die einen ihres Glaubens, die anderen ihres Unglaubens, die einen ihres Reichtums, die anderen ihrer Armut wegen. Seien wir froh, denn das Glück, eine neue Welt aufzubauen, wird nicht allen gegeben ... Ich war einst Herr von Toulouse und Aquitanien. Meine Ländereien waren zahlreich, mein Vermögen war riesig. Die Eifersucht des Königs von Frankreich, der die Lehnsmacht der Provinzen fürchtete, hat aus mir einen Irrenden, einen

Mann ohne Namen, ohne Heimat, ohne Rechte gemacht. Tausender Scheinbeschuldigungen angeklagt, zum Tode verurteilt, mußte ich fliehen. Ich habe alles verloren, Ländereien, Schlösser, Macht, und ich wurde für immer von den Meinen getrennt. Von der Frau, die ich liebte, die ich geheiratet und die mir Söhne geschenkt hatte ..."

Er unterbrach sich, ließ aufmerksam seinen Blick über die zerlumpten, durch Welten voneinander getrennten Wesen gleiten, die ihm atemlos zuhörten, und seine Augen weiteten sich.

„Heute freue ich mich dieser Prüfungen. Es bleibt mir das Leben und das unschätzbare Bewußtsein, in dieser Welt von Nutzen zu sein. Und mehr noch: ein glückliches Geschick – das Ihr Vorsehung nennen werdet, Messieurs", fügte er mit einer grüßenden Geste zu den Protestanten hinzu, „– gab mir die Frau zurück, die ich liebte."

Er hob Angéliques Hand, die er in der seinen hielt.

„Hier ist sie ... die, die ich vor zwanzig Jahren in der Kathedrale von Toulouse in Prunk und Ehren geheiratet habe. Hier ist die Gräfin Peyrac de Morens d'Isritru, meine Frau."

Angélique war über diese improvisierte Ankündigung fast ebenso verblüfft wie die andern. Sie warf ihrem Mann einen glühenden Blick zu, den er mit einem komplicenhaften Lächeln beantwortete. Und es war, als sähe sie ihn von neuem in der Kathedrale von Toulouse, damals, als er vergeblich versucht hatte, die kleine, verschreckte Braut zu beruhigen.

Er hatte sich die Neigung zum Theatralischen bewahrt, die den Bewohnern der Mittelmeerländer eigen ist. Sehr mit sich zufrieden und von der Wirkung seines Auftritts entzückt, trat er mit ihr unter die armselige Versammlung und stellte sie vor, als habe er es mit den bedeutendsten Persönlichkeiten einer Stadt zu tun.

„Meine Frau, die Gräfin Peyrac."

Der fröhliche normannische Edelmann fand als erster seine Fassung wieder und schleuderte seinen Hut in die Luft.

„Es lebe die Gräfin Peyrac!"

Es wurde das Signal für eine Ovation, die nach und nach zu einem Triumph anwuchs.

Beifall und freundschaftliches Lächeln begleiteten sie. Angéliques

Hand zitterte wie einst in der des Grafen Peyrac, doch sie lächelte. Und sie fühlte sich tausendmal glücklicher, als wenn er sie in Pracht und Herrlichkeit über einen Rosenweg geführt hätte.

Vierundvierzigstes Kapitel

Während dieses ganzen Tages versuchte Maître Gabriel Berne, sich Angélique zu nähern, um mit ihr zu sprechen. Sie bemerkte es und ging ihm aus dem Wege. Als sie sich des Abends allein an der Quelle befand, sah sie ihn plötzlich auf sich zukommen. Ärger stieg in ihr auf. Er hatte sich im Laufe der Überfahrt in einer Weise benommen, die sie schließlich veranlaßt hatte, an seiner Vernunft zu zweifeln und sich ein wenig vor ihm zu fürchten. Man konnte nicht wissen, wozu ihn sein Groll noch verleiten würde.

Doch er sprach sie ruhig an, und schon seine ersten Worte beseitigten Angéliques Befürchtungen.

„Ich suchte Euch, Madame, um Euch mein Bedauern auszudrücken. Die Unkenntnis, in der Ihr mich über Eure Verbindung mit Monsieur de Peyrac ließet, war die Ursache meiner Irrtümer. Denn trotz ..."

Er zögerte und fuhr mühsam fort:

„... meiner Liebe für Euch hätte ich niemals versucht, ein geheiligtes Band zu brechen. Mein Schmerz, Euch einem anderen zugeneigt zu sehen, verdoppelte sich dadurch, daß ich Euch für verächtlich halten mußte. Ich weiß jetzt, daß es falsch war. Ich bin glücklich darüber."

Er schloß mit einem Seufzer und senkte den Kopf.

Angéliques Ärger schwand. Sie vergaß nicht, daß er fast ihren Gatten getötet und ihr schweres Unrecht zugefügt hatte, aber es gab Entschuldigungen. Und heute war sie glücklich, während er litt.

„Ich danke Euch, Maître Berne. Auch ich habe Fehler begangen. So habe ich es Euch gegenüber an Offenheit fehlen lassen, da es mir unmöglich schien, Euch die Verstrickung zu erklären, in der ich mich wand. Nach einer Trennung von fünfzehn Jahren, während derer ich mich für verwitwet hielt, brachte mich der Zufall mit demjenigen zusammen, der mein Gatte gewesen war, und wir erkannten uns nicht. Der Grandseigneur, den ich in meiner Erinnerung bewahrte, war ein Abenteurer der Meere geworden, und ich ... ich war Eure Dienerin, Maître Berne, und Ihr wißt, unter welch traurigen Umständen Ihr mich aufnahmt. Ihr wart es, der mein Kind aus dem Wald holte und mich dem Gefängnis entriß. Das läßt sich nicht fortwischen. Mein Mann schöpfte Verdacht, als er die Neigung bemerkte, die ich Euch und Eurer Familie entgegenbrachte. Streitigkeiten trennten uns von neuem. Heute sind sie vergessen, und wir können uns unsere Liebe gestehen."

Ein Zucken überlief Bernes Gesicht. Er war noch nicht von seiner Leidenschaft geheilt. Er warf ihr einen verwirrten Blick zu, und sie spürte seine Erregung. Seit La Rochelle hatte er sich sehr verändert. Die Fülle des seßhaften Kaufmanns war einer kraftvollen Breitschultrigkeit gewichen, die bäuerliche Herkunft verriet. Sie dachte, daß solche Schultern nicht dazu geschaffen seien, sich im Dämmerlicht eines Lagerhauses über Rechnungsbücher zu beugen, sondern um die Last einer neuen Welt zu tragen. Gabriel Berne hatte sein Schicksal gefunden. Er wußte es nur noch nicht. Er litt.

„Mein Herz blutet", sagte er mit erstickter Stimme. „Ich ahnte nicht, daß man so sein Herzblut verlieren kann, ohne zu sterben. Ich wußte nicht, daß man so an der Liebe leidet. Heute, so scheint es mir, begreife ich die Tollheiten und Verbrechen, die die Menschen sinnlicher Leidenschaften wegen begehen. Ich erkenne mich nicht mehr, ich habe Angst vor mir. Ja, es ist hart, sich zu beugen, sich selbst ins Antlitz zu sehen. Ich habe alles verloren. Mir bleibt nichts."

Früher hätte sie ihm aufrichtig und der Tröstung gewiß gesagt: „Euch bleibt Euer Glaube." Aber sie fühlte, daß Gabriel Berne jene schwarze Wüste ohne Hoffnung durchquerte, die sie selbst hatte durchmessen müssen. Sie sagte nur:

„Euch bleibt Abigaël."

Der Rochelleser starrte sie in höchstem Erstaunen an.

„Abigaël?"

„Ja, Abigaël, Eure Freundin in La Rochelle, Eure Freundin seit je.

Sie liebt Euch insgeheim seit langem. Vielleicht liebte sie Euch schon, als Ihr Eure Ehe eingingt. Seit Jahren lebt sie in Eurem Schatten, leidet auch sie an der Liebe."

Berne war fassungslos.

„Unmöglich! Wir sind Freunde seit unserer Kindheit. Ich hatte mich daran gewöhnt, sie als Nachbarin kommen zu sehen. Sie pflegte hingebend meine Frau während deren letzter Krankheit, sie beweinte sie mit mir. Und niemals konnte ich vermuten . . ."

„Ihr habt ihre Anhänglichkeit nicht bemerkt. Sie ist zu schamhaft und verschwiegen, um es Euch zu gestehen. Heiratet sie, Maître Berne. Sie ist die Ehefrau, die Ihr braucht: gut, fromm und schön. Ist Euch je aufgefallen, daß sie das schönste Haar der Welt besitzt? Wenn sie es löst, fällt es ihr bis auf die Hüften."

Unversehens stieg dem Kaufmann das Blut zu Kopf.

„Für wen haltet Ihr mich? Für ein Kind, das sein Spielzeug verloren hat und das man durch ein neues von seinem Kummer ablenkt? Nun, gut! Abigaël liebt mich. Heißt das, daß meine Gefühle veränderlich sind wie der Regen oder das schöne Wetter? Ich bin keine Windfahne. Ihr habt eine fatale Neigung, leichtfertig mit dem Leben umzugehen. Es wird Zeit, daß Ihr eine Unabhängigkeit vergeßt, die, wenn auch nicht gesucht, Euch nichtsdestoweniger teuer zu stehen gekommen ist, und alles ins Werk setzt, Eure allzu glänzende und leichtsinnige Person Euren Pflichten als Gattin unterzuordnen."

„Ja, Maître Berne", erwiderte Angélique in dem Ton, mit dem sie in La Rochelle seine Anordnungen entgegenzunehmen pflegte.

Er wurde rot, schien sich ihres neuen Ranges zu erinnern und stotterte eine Entschuldigung. Dann sah er sie an, für alles andere verloren. Für immer prägte er sich das Bild jener Frau ein, die wie ein strahlender Stern durch sein Dasein gezogen war, der Frau des Schicksals, die er in jungen Jahren eines Abends auf der Straße nach Paris zum erstenmal gesehen hatte, der er später an einem Kreuzweg, an dem Banditen auf ihn lauerten, wiederbegegnet war, die seine Existenz erschüttert und endlich ihn und seine Kinder vor einem schrecklichen Los bewahrt hatte. Er begriff, daß sie ihre Aufgabe bei ihnen erfüllt hatte, daß ihre Wege sich trennten.

Maître Bernes Züge festigten sich, sein Gesicht fand seinen ruhigen, ein wenig abwesenden Ausdruck wieder.

„Adieu, Madame", sagte er. „Und Dank."

Er ging mit großen Schritten davon, und Angélique hörte ihn am Eingang des Lagers nach Abigaël fragen. Sie blieb nachdenklich zurück. Abigaël würde glücklich werden. War Berne erst mit ihr verheiratet, würde er es sich untersagen, an Angélique zu denken, und im übrigen war ihre sanfte Freundin genau die, die er brauchte, um seine von einem empfindlichen Gewissen gehemmten Männerwünsche zu befriedigen.

„Ihr habt mit Eurem Freund Berne geplaudert", sagte Joffrey de Peyracs Stimme hinter ihr. Er betonte das Wort „Freund". Angélique entging die Anspielung nicht.

„Er ist durchaus nicht mehr mein Freund, seitdem er Euch bedrohte", erwiderte sie.

„Aber jede Frau verspürt einige Melancholie, wenn sie sich von einem leidenschaftlichen Anbeter trennt."

„Wie töricht Ihr seid!" rief Angélique lachend. „Ich weiß nie, ob ich Eurer Eifersucht glauben soll, so gegenstandslos scheint sie mir. Ich versuchte, Maître Berne zu überzeugen, daß es eine seiner würdige Frau gebe, die ihn liebe und seit Jahren auf ihn warte. Unglücklicherweise gehört er zu jenen Männern, die am Glück vorbeigegangen sind, weil sie sich nicht dazu bringen konnten, in der Frau etwas anderes als einen gefährlichen, trügerischen Fallstrick zu sehen."

„Hat Eure Begegnung dazu beigetragen, ihn von seiner Ansicht abzubringen?" fragte Joffrey de Peyrac ironisch. „Ich möchte es bezweifeln, wenn ich an den Zustand wahnwitziger Wut denke, in den Ihr ihn versetzt habt."

„Ihr übertreibt immer", erwiderte Angélique, Verstimmung heuchelnd.

„Eine auf mich gerichtete Pistole genügt, mich von der verzweifelten Lage zu überzeugen, in die Ihr diejenigen bringt, die das Unglück haben, sich in Euch zu verlieben."

Er nahm sie in die Arme.

„Flüchtige Geliebte! Ich danke dem Himmel, daß Ihr meine Frau seid. So kann ich Euch wenigstens mit gutem Recht an die Kette legen. Ihr habt ihm also Abigaël überlassen?"

„Ja. Sie wird es verstehen, ihn festzuhalten. Sie ist sehr schön."

„Ich habe es bemerkt."

Angélique spürte einen winzigen Stich im Herzen.

„Ich weiß, daß Ihr es bemerktet, schon am ersten Abend auf der *Gouldsboro*."

„Endlich eifersüchtig?" fragte der Graf befriedigt.

„Ihr bringt ihr eine Achtung entgegen, die Ihr für mich nicht habt. Ihr vertraut ihr in allem, während Ihr mir mißtraut, ich weiß nicht, warum."

„Ich weiß es leider nur zu gut! Ihr macht mich schwach, und ich bin Eurer nicht sicher."

„Wann werdet Ihr es endlich sein?"

„Noch bleibt ein Zweifel zu klären."

„Welcher?"

„Ich werde mich zu gegebener Zeit erklären. Setzt nicht solch niedergeschlagene Miene auf, meine Prächtige. Ihr braucht nicht zu verzweifeln, nur weil sich ein Mann, den Ihr reichlich gequält habt, Euch mit Vorsicht naht. Ich für mein Teil werde mich gern mit Stürmen der Leidenschaft und Sirenen von gefährlicher Verführungskraft zufrieden geben. Aber ich begreife, daß eine Frau wie Abigaël ein köstliches Refugium sein kann. Schon an jenem ersten Abend sah ich, daß sie in diesen Berne verliebt war. Sie vor allem brauchte Trost. Sie glaubte ihn fast am Ende und durchlitt tausend Tode. Aber er sah nur Euch an seinem Lager. Ein Schauspiel, dem auch ich keinen sonderlichen Reiz abzugewinnen vermochte. Sagen wir, was sie und mich einander näher brachte, war ein gemeinsames Unglück. Sie kam mir wie eine Märtyrerjungfrau vor, eine reine Flamme, die sich verzehrte, und trotz ihres Schmerzes war sie unter all diesen scheußlichen Gerechten die einzige, die mich dankbar ansah."

„Ich liebe Abigaël sehr", sagte Angélique in scharfem Ton, „aber ich kann's nicht ertragen, daß Ihr von ihr mit solcher Zärtlichkeit sprecht."

„Habt Ihr nicht ihre Seelengröße?"

„Gewiß nicht, wenn es sich um Euch handelt."

Sie gingen am Waldrand entlang und näherten sich dem Weg, der an der Küste entlangführte. Pferde wieherten hinter einer Birkengruppe.

„Wann werden wir zu der Expedition aufbrechen, die Ihr ins Hinterland plant?" fragte Angélique.

„Verstehe ich recht, daß Ihr es eilig habt, Eure Freunde zu verlassen?"

„Ich habe es eilig, allein mit Euch zu sein", sagte sie mit einem verheißenden Blick, der ihn außer Fassung brachte.

Er senkte die Lider.

„Ich nähme es mir fast übel, Euch zu necken, wenn Ihr nicht für die Qualen, die Ihr mir bereitet habt, ein wenig Strafe verdientet. Wir werden in zwei Wochen aufbrechen. Ich muß noch einige Anordnungen treffen, damit die neuen Kolonisten dem Winter standhalten können. Er ist schrecklich. Unsere Rochelleser werden sich mit der Natur und den Menschen herumschlagen müssen. Die Indianer sind keine verschüchterten Sklaven wie auf den karibischen Inseln, und wenn das Meer hier tobt, scherzt es nicht. Sie werden Schlimmes erleben, sie werden leiden."

„Man möchte meinen, daß Ihr Euch zu ihren Schwierigkeiten beglückwünscht."

„Ein wenig. Ich bin kein Heiliger, Liebste, mit leicht gerührter, nachsichtiger Seele, und ich habe den üblen Streich, den sie mir spielten, noch nicht ganz vergessen. Aber in Wirklichkeit kommt es mir nur darauf an, daß ihnen das von mir anvertraute Werk gelingt, und ich bin überzeugt, es wird ihnen gelingen. Ihr Unternehmungsgeist wird auf die Möglichkeiten, die ich ihnen wies, nicht verzichten wollen."

„Habt Ihr ihnen sehr harte Bedingungen gestellt?"

„Ziemlich. Sie haben sich gefügt. Letzten Endes sind es vernünftige Leute. Sie wissen, daß sie einen guten Tausch gemacht haben, da sie sonst am Ende eines Stricks gebaumelt hätten."

„Warum", fragte Angélique plötzlich, „warum habt Ihr sie nicht gleich nach ihrer Niederlage gehängt, wie Ihr es mit den spanischen Meuterern gemacht habt?"

Joffrey de Peyrac schüttelte den Kopf, bevor er antwortete. Sie fand die Art, wie er, ohne sich im Nachdenken oder Plaudern stören zu lassen, unablässig um sich spähte, mit scharfem Blick die Ferne durchdrang – selbst durch die Bäume hindurch, wie es schien –, erstaunlich. So spähte er vom Deck der *Gouldsboro* übers Meer, der Mann-der-das-Weltall-hört ...

Er antwortete nach einer Weile:

„Warum ich sie nicht sofort gehängt habe? Vermutlich bin ich zu wenig impulsiv, meine Liebe. Jede schwerwiegende Handlung – und ein menschliches Wesen kalten Blutes seines Lebens zu berauben, zählt dazu – muß in ihren Folgen überlegt werden. Die Welt von diesen spanischen Lumpen zu befreien und damit zugleich dem Gesetz des Meeres genüge zu tun, war kein Problem. Die Hinrichtung erforderte keinen Aufschub. Mit Euren Rochellesern verhielt es sich anders. Alle meine Pläne wären vereitelt gewesen. Ich hätte nicht ins Innere aufbrechen können, ohne wie vorgesehen an der Küste eine Gemeinde von Kolonisten zurückzulassen. Ich brauchte diesen Stützpunkt, diesen Hafen, auch wenn er sich noch in embryonalem Zustand befand. Zudem fand ich es töricht, alle diese Emigranten so weit mitgeschleppt zu haben, um zu guter Letzt doch auf die geplante Expedition zu den Quellen des Mississippi verzichten zu müssen. Nach Erhängung der Anführer hätte ich mich mit abgezehrten Frauen und Kindern belastet gefunden und wäre überdies zu einer neuen Fahrt nach Europa gezwungen gewesen, um andere Kolonisten zu suchen, die zweifellos weniger getaugt hätten. Denn ich ließ, wie Ihr mich batet, ihrem Mut und ihrer Tüchtigkeit durchaus Gerechtigkeit widerfahren. Kurz, es gab eine ganze Reihe von Gründen, die mit einem nicht unerheblichen Gewicht die Wagschale zu ihren Gunsten niederdrückten und die durch die Notwendigkeit, ein Exempel zu statuieren, und einen sehr berechtigten Groll nicht aufgewogen wurden."

Angélique nagte an ihrer Unterlippe, während sie ihm zuhörte.

„Und ich glaubte, Ihr hättet sie geschont, weil ich Euch darum bat!"

Er brach in Gelächter aus.

„Wartet doch, bis ich zum Schluß komme, bevor Ihr diese enttäuschte und gekränkte Miene aufsetzt. Ach, wie sehr Ihr doch Frau bleibt, trotz Eurer neugefundenen Weisheit!"

Er begann, ihren Mund zu küssen, und ließ sie erst los, als sie ihm nicht mehr widerstand und seinen Kuß erwiderte.

„Laßt mich also hinzufügen, daß mich ein Hintergedanke die Reaktion Dame Angéliques angesichts eines normalen, aber unwiderruflichen Gerechtigkeitsaktes fürchten ließ. Deshalb zögerte ich. Ich wartete."

„Worauf?"

„Daß das Schicksal entschied, daß sich die Wagschalen von selbst nach der einen oder nach der anderen Seite senkten. Daß Ihr vielleicht kämt."

Angélique versuchte von neuem, sich seinen Armen zu entwinden.

„Wenn ich denke", rief sie entrüstet, „daß ich zitterte, daß ich vor Eurer Tür fast ohnmächtig wurde! Ich fürchtete, Ihr würdet mich meiner Einmischung wegen töten. Und Ihr hattet sie erwartet!"

In den Augen des Grafen glitzerten Funken der Heiterkeit. Er liebte es, sie unvernünftig und in ihrem Zorn ein wenig kindisch zu sehen.

„Ich zögerte, das ist wahr. Ich war überzeugt, daß Ihr über ihr Los entscheiden würdet. Warum diese Entrüstung?"

„Ich weiß nicht. Es kommt mir vor, als hättet Ihr mich einmal mehr hinters Licht geführt."

„Von mir aus war es keine Komödie, mein Engel. Ich ließ dem Schicksal lediglich Zeit, sich zu äußern. Ihr hättet ja auch nicht kommen können, um ihre Begnadigung zu erbitten."

„Hättet Ihr sie dann gehängt?"

„Ich glaube, ja. Ich hatte meine Entscheidung nur bis zum Morgengrauen aufgeschoben."

Das Gesicht des Grafen war ernst geworden.

Er zog sie dichter zu sich heran, zwang sie, ihre Wange an die seine zu legen, und sie spürte erbebend die verhärteten Ränder seiner Narben, die Wärme seiner gebräunten Haut.

„Doch du bist gekommen! Und jetzt ist alles gut."

Die Nacht hob sich vom Meer und vereinigte sich mit dem unter den Bäumen verharrenden Schatten.

Ein Indianer, der zwei Pferde am Zügel führte, erschien auf dem Pfad.

Joffrey de Peyrac schwang sich in den Sattel.

„Ihr begleitet mich, Madame."

„Wohin?"

„Zu meinem Haus. Es ist nicht schön. Ein hölzerner Wehrturm über der Bucht. Aber man kann dort ruhig lieben. Heute abend wird meine Frau mir gehören."

Fünfundvierzigstes Kapitel

„Wohin führt Ihr mich?" hatte Angélique ihn gefragt, während die Pferde sie an der nächtlichen Küste entlangtrugen.

Und er hatte geantwortet:

„Ich besitze ein kleines Schloß zum ungestörten Lieben, am Ufer der Garonne."

Sofort hatte sie sich der lauen Nacht im fernen Aquitanien erinnert, in der er sie entführt hatte, um sie abseits des festlichen Treibens in Toulouse die Liebe zu lehren.

Hier peitschte ihnen der wilde Nachtwind mit voller Kraft ins Gesicht, und als sie vor einem einfachen, kunstlosen Gebäude anlangten, war das Getöse des Meers so stark, daß sie keine drei Worte miteinander wechseln konnten.

Dennoch hatte sich der französische Edelmann im Innern dieses am Gestade der Neuen Welt errichteten hölzernen Forts eine luxuriöse Behausung geschaffen. Man vergaß in ihr die Unsicherheit einer inmitten der ungezähmten Natur kaum verankerten Existenz. Er hatte sie mit Schätzen, Kunstgegenständen, kostbaren Instrumenten angefüllt, die von ihm ausgewählte Indianer während seiner Abwesenheit mit dem abergläubischen Respekt der Primitiven vor dem ihnen Unerklärlichen bewachten. Die Wände des Hauptraums im oberen Stock des Turms waren mit Waffen behängt, die, Säbel, Musketen und schußbereite Pistolen, samt und sonders Spitzenleistungen der spanischen, französischen oder türkischen Waffenschmiedekunst repräsentierten. Die schimmernde Sammlung hätte ohne das farbige, gleichsam magische Licht der beiden verglasten venezianischen Laternen, in denen Dochte brannten, beunruhigend gewirkt. Das siedende Öl verbreitete einen lauen Geruch, der sich mit dem Duft des auf dem Tisch bereitgestellten, von Früchten und Gemüsen der Gegend reich umgebenen Wildbratens mischte.

Geröstete Maiskolben schlossen das appetitliche Bild nach beiden Seiten mit ihren goldenen Tönungen ab. Joffrey de Peyrac ließ die Schalen mit einem purpurnen und einem opalen durchsichtigen Wein füllen und prüfte, nachdem sich die Bedienten zurückgezogen hatten, mit aufmerksamem Blick die für dieses einfache Mahl getroffene Anordnung der Tafel.

Am Fenster stehend, ließ Angélique ihn nicht aus den Augen.

„Er wird immer ein Grandseigneur sein", sagte sie sich. Und sie entdeckte in ihm von neuem jenen noblen Wesenszug, den sie auch in Philippe geliebt hatte: dem Zwang der Natur zu trotzen, der den Menschen unablässig in die Rolle des Sklaven zu drängen, ihm seine Errungenschaften – Verfeinerung, Höflichkeit, Gepränge – aus dem Gedächtnis zu treiben sucht. Wie Philippe den Mühseligkeiten des Krieges mit seiner goldgeschmiedeten Rüstung und seinen Spitzenmanschetten geantwortet hatte, war Joffrey de Peyrac den verschiedenen Schicksalswechseln mit gleichbleibender Eleganz entgegengetreten.

Nur die Verbindung niedrigster menschlicher Triebe und sein Wille, ihr zu entgehen, hatten ihn dazu gebracht, für eine gewisse Zeit die Rolle eines in Lumpen gehüllten, seine Wunden dahinschleppenden Wracks zu übernehmen.

Angélique wußte nicht viel von seinem Kampf, doch sie erriet alles, während sie ihn vor sich sah, aufrecht, straff, im seltsamen Licht der Laternen, das die Narben seines Gesichts hervorhob. Seinen unbehinderten Gang verdankte er unglaublichen Leiden, und seine für immer entstellte Stimme zeugte davon. Dennoch schien er wie aus Stahl, bereit, ein neues Dasein der Kämpfe, Hoffnungen, des Triumphes, vielleicht auch – wer konnte es wissen? – der Enttäuschungen auf seinen Schultern zu tragen.

Angéliques Herz schmolz vor Zärtlichkeit. Er schüchterte sie nicht mehr ein, wenn sie daran dachte, was er ertragen hatte, und wie alle Frauen wünschte sie sich, ihn an ihr Herz nehmen, ihn pflegen und seine Wunden verbinden zu können. War sie nicht seine Frau? Doch dann hatte das Schicksal sie getrennt.

Jetzt bedurfte er ihrer kaum mehr. Er hatte einen Teil seines Lebens durchmessen, ohne ihrer zu bedürfen, und schien sich recht wohl dabei zu befinden.

„Gefällt Euch mein Schloß?"

Angélique wandte sich zu der schmalen Schießscharte, durch die das Brausen der Fluten hereindrang. Nicht auf die Bucht, sondern auf das entfesselte Meer hinaus sah das eigens für Joffrey de Peyrac erbaute Fort, das er bewohnte, wenn er nach Gouldsboro kam. Die Wahl dieser Lage verriet eine geheime Qual, vielleicht einen Schmerz. Der Mensch, der die Natur dort aufsucht, wo sie am wildesten ist, tut es häufig, um das Bild seines Herzens zu betrachten.

Von welcher Frau träumte Joffrey de Peyrac, wenn er sich in dieses von den Fluten umtoste Adlernest zurückzog? Von ihr, Angélique?

Nein, er träumte nicht von ihr. Er schmiedete Pläne, um Gold von den Quellen des Mississippi zu holen, oder dachte darüber nach, welche Art Kolonisten er zum Bau eines Hafens an dieser Küste ansiedeln sollte.

„Die kleine Garonne war sanfter als dieser zornige Ozean", antwortete sie. „Sie war nur ein schmaler Silberfaden unter dem Mond. Eine duftende Brise strich über sie hinweg, nicht dieser schreckliche Wind, der sich einzuschleichen versucht, um die Lampen auszublasen."

„Auch die kleine Braut von den Ufern der Garonne war unschuldiger als die Frau, die ich heute abend in meinem Schlupfwinkel am Ende der Welt führte."

„Und ihr Gatte war weniger erschreckend als der, den sie heute wiederfand."

Sie lachten, während sich ihre Blicke fanden.

Angélique schloß die hölzernen Läden, und das Getöse der Elemente ließ sich nur noch gedämpft vernehmen. Geheimnisvolle Intimität beherrschte den Raum.

„Es ist seltsam", murmelte Angélique. „Mir scheint, daß ich alles hundertfach zurückerhielt. Ich glaubte, das Land meiner Kindheit, meiner Ahnen für immer zu verlassen. Könnte ich sagen, daß die Bäume, die uns umgeben, mich an den Wald von Nieul erinnern? Ja, aber größer geworden, soviel schöner noch, tief, reich. Mir kommt es vor, als ob es mit allem so sei. Alles ist maßlos, vergrößert, übersteigert: das Leben, die Zukunft, unsere Liebe."

Sie sprach dieses letzte Wort ganz leise, fast furchtsam, und er schien es nicht zu hören.

Dennoch setzte er nach einem Augenblick ihren Gedankengang fort.

„Ich erinnere mich, daß auch mein kleines Lusthaus an der Garonne mit hübschen Dingen ausgestattet war, aber ich wette, daß dieses Dekor heute Eurer kriegerischen Laune besser gefällt."

Er hatte ihren bewundernden Blick auf die Waffen bemerkt. Sie wollte erwidern, daß es andere, weiblichere Dinge gäbe, die sie interessierten, aber sie gewahrte den spöttischen Glanz in seinen Augen und hielt sich zurück.

Er fragte:

„Vermute ich richtig, daß Ihr Euch wie die Mehrzahl Eurer Geschlechtsgenossinnen trotzdem von den für Euch vorbereiteten Leckerbissen angezogen fühlt? Wenn sie auch mit denen bei Hofe nicht konkurrieren können?"

Angélique schüttelte den Kopf.

„Mich hungert nach anderem."

„Wonach?"

Beglückt spürte sie, daß sich sein Arm um ihre Schultern legte.

„Ich wagte nicht zu hoffen", raunte er, „daß Ihr Euch für die Pelzdecken jenes großen Bettes interessieren könntet. Immerhin sind sie sehr kostbar, und ich habe sie in Gedanken daran ausgewählt, wie schön Ihr Euch auf ihnen ausnehmen würdet."

„Ihr dachtet an mich?"

„Leider!"

„Warum leider? Habt Ihr Euch so in mir getäuscht?"

Sie preßte seine harten Schultern unter dem Wams mit ihren Fingern. Unversehens hatte sie ein Zittern befallen. Die Umschlingung seiner Arme und die Wärme seiner Brust hatten in ihr einen Sturm der Gefühle ausgelöst.

Mit dem köstlichen Fieber des Verlangens erwachte ihre ganze Erfahrung in den Dingen der Liebe. Ah, wenn es möglich war, daß sie in seinen Armen wieder zum Leben erstand, würde sie ihm ihre Dankbarkeit beweisen. Es gibt keine ungestümere, grenzenlosere als die, die die Frau dem Mann entgegenbringt, der sie in allen Fasern ihres Seins gücklich zu machen versteht.

Mit Entzücken sah er Angéliques Augen sich weiten, grün und schimmernd wie ein von der Sonne beschienener Teich, und während er sich über sie neigte, flocht sie ihre schönen Arme leidenschaftlich um seinen Nacken, und sie war es, die seine Lippen fand.

Nacht ohne Ende. Nacht der Zärtlichkeiten, der Küsse, Umarmungen, der gemurmelten Geständnisse und Liebesworte, des Schlafs ohne Träume, unterbrochen von verliebtem Erwachen.

In den Armen dessen, den sie so geliebt, so erwartet hatte, wurde Angélique, trunken vor Glück, wieder zur heimlichen Venus der Liebesnächte, die ihre entrückten Liebhaber in Ekstase versetzte und mit einer schmerzlichen, unheilbaren Sehnsucht im Herzen zurückließ. Der Sturmwind trug die Erinnerungen fort, verscheuchte die Gespenster ...

„Wenn du bei mir geblieben wärst", seufzte sie.

Und er wußte, daß es zutraf, daß es niemals einen anderen als ihn in ihrem Leben gegeben hätte, wenn er bei ihr geblieben wäre. Und daß er sie niemals betrogen hätte. Denn keine andere Frau, kein anderer Mann konnte ihnen das unerhörte Glück geben, das sie einander schenkten.

Angélique tauchte müde, entzückt, voll einer Zuversicht daraus auf, wie man sie nur am Morgen des Lebens empfinden kann.

Das Dasein hatte einen anderen Lauf genommen. Die Nächte würden statt kalter Einsamkeit nun das Versprechen wundervollster Wonnen, erfüllter, berauschender, dann zärtlicher, befriedigter Stunden bringen, ob das Lager armselig oder reich, ob es Winter inmitten der Wildheit der Wälder oder die Trunkenheit des Sommers wäre. Sie würde neben ihm schlafen, Nacht für Nacht, in Gefahr und Frieden, im Glück oder in der Niederlage. Sie würden ihre Nächte haben, Zufluchtsorte der Liebe, Häfen der Zärtlichkeit. Und sie würden die Tage haben, voller Entdeckungen und Eroberungen, und sie würden sie Seite an Seite durchleben.

Sie räkelte sich zwischen den weißen und grauen Fellen, die sie halb bedeckten. Die Laternen waren erloschen. Licht sickerte durch die Ritzen der hölzernen Läden. Sie bemerkte, daß Joffrey de Peyrac bereits gestiefelt und gespornt war. Er fixierte sie mit rätselhaftem Ausdruck, doch sie fürchtete den Argwohn dieses Blickes nicht mehr. Ganz von ihrem Sieg erfüllt, lächelte sie ihm zu.

„Schon aufgestanden?"

„Es ist höchste Zeit. Ein Indianer kam angaloppiert, um mir das Nahen der Karawane aus Boston zu melden. Daß ich mich den Annehmlichkeiten dieses Lagers habe entreißen können, ist gewiß nicht Eurer Ermutigung zu verdanken. Ja, ich würde sogar sagen, daß Ihr bis in Euren Schlaf alles ins Werk zu setzen scheint, um mich von den Aufgaben abzulenken, die mich bei Tagesanbruch erwarten. Eure Talente wuchern allzu üppig."

„Habt Ihr Euch nicht zuerst über einen Mangel, oder genauer, über Fähigkeiten beklagt, die Euch zu verletzen schienen?"

„Hm! Hm!" brummte er. „Ich bin in der Tat nicht ganz sicher, ob Euer Elan in dieser Nacht meine Eifersucht auf Vergangenes nicht doch ein wenig angestachelt hat. Ich erinnere mich nicht, Euch selbst zu solcher Perfektion angeleitet zu haben. Nun, lassen wir's dabei bewenden, daß Ihr alles dem verdankt, der Euch als erster einweihte. Es wäre Undank von ihm, sich nicht vollauf belohnt zu fühlen . . ."

Er kniete sich mit einem Bein auf den Bettrand, um sich über sie zu beugen und sie in der Unordnung ihres schimmernden Haars zu betrachten.

„Und das verkleidet sich als arme, fromme Dienstmagd! Und spielt die unnahbare, prüde und kalte Hugenottin! Und man läßt sich auch noch täuschen! Wie oft habt Ihr alle Welt an der Nase herumgeführt, Göttin?"

„Weniger oft als Ihr. Ich habe niemals Listen anzuwenden gewußt, ausgenommen in Lebensgefahr. Ich habe Euch nie Komödien vorgespielt, Joffrey, weder früher noch jetzt. Ich habe mit offenen Waffen gegen Euch gekämpft."

„Dann seid Ihr das überraschendste, das schillerndste aller Geschöpfe... Aber Ihr habt soeben etwas höchst Beunruhigendes ausgesprochen: Ihr habt gegen mich gekämpft? Seht Ihr in Eurem wieder aufgetauchten Gatten gar einen Feind?"

„Ihr zweifeltet an meiner Liebe."

„Seid Ihr ohne Tadel?"

„Ich habe Euch stets über alles geliebt."

„Ihr überzeugt mich allmählich. Aber ist unser Kampf nun, da er eine sanftere Wendung genommen hat, deswegen beendet?"

„Ich hoffe es", murmelte sie beunruhigt.

Nachdenklich schüttelte er den Kopf.

„Es gibt noch einige Aspekte Eures früheren Verhaltens, die mir rätselhaft bleiben."

„Welche? Ich werde Euch alles erklären."

„Nein. Ich mißtraue Erklärungen. Ich will Euch ohne Finte sehen."

Und ihren angstvollen Blick durch ein Lächeln beantwortend, fuhr er fort:

„Erhebt Euch, Liebste. Wir müssen der Karawane entgegenreiten."

Sechsundvierzigstes Kapitel

Sie waren am Rande eines von Nebelschwaden verhüllten, öden Ortes angelangt, wo man gleichwohl das Echo Tausender von Stimmen zu vernehmen glaubte. Angélique sah sich nach allen Seiten um.

„Ich sehe niemand. Was ist das für ein Phänomen?"

Ohne etwas zu erwidern, glitt Joffrey de Peyrac aus dem Sattel. Seit einigen Augenblicken schien er zerstreut. Sie hatte ihn mit Gedanken beschäftigt geglaubt und wunderte sich, daß er ihr seine Sorgen nicht mitteilte. Er kam zu ihr und hob die Arme, um ihr beim Absteigen behilflich zu sein. Er lächelte ihr mit unendlicher Zärtlichkeit zu, doch seine Züge blieben gespannt.

„Was habt Ihr?" fragte sie ihn mehrmals.

„Nichts, mein Herz", antwortete er, indem er sie an sich drückte, während er sie unter die Bäume führte. „Habe ich Euch nicht gesagt, daß dieser Tag der schönste unseres Lebens ist?"

Sie sah, daß er nicht besorgt, sondern bewegt war. Ihre Unruhe stieg. Noch war ihr Glück so zerbrechlich, daß sie vor der Möglichkeit zitterte, ein unerwartetes Ereignis könne es ihr von neuen entführen. War es die neblige Atmosphäre, die ihr Herz bedrückte? War es Angst oder ein Gefühl der Erwartung?

„Wenn die Luft hier klar ist, scheint das Leben sehr einfach", sagte sie laut, als wolle sie einen Zauber brechen, der sie bedrängte. „Doch wenn uns Nebel umgibt, dann ist alles in Frage gestellt. Deshalb wohl hängt man an diesem Land. Man erwartet unablässig ein Ereignis, eine Überraschung, man spürt, daß etwas geschehen wird, etwas Freudiges."

„Ich habe Euch in der Tat hierhergeführt, um Euch eine freudige Überraschung zu bieten."

„Was könnte mir noch Freudiges widerfahren, nachdem ich Euch wiedergefunden habe?"

Er beobachtete sie mit düsterer Aufmerksamkeit, mit jenem Blick, den sie an Bord der *Gouldsboro* so oft auf sich hatte ruhen fühlen.

Wenn er sie so ansah, wußte sie, daß er an ihr zweifelte, daß er von ihr Rechenschaft forderte und daß die Bitterkeit, die ihre Vergangenheit in ihm geweckt hatte, noch nicht geschwunden war.

Aber er antwortete nicht auf die Frage, die er in ihren Augen lesen konnte.

Im gleichen Maße, in dem sie voranschritten, drang ein tosender Lärm zu ihnen, vermischt mit Lauten menschlicher Stimmen. Sie langten bei einer Gruppe hoch aufgetürmter Felsen an, zwischen die sich donnernd das Meer stürzte. Die Stimmen vervielfachten sich, bewahrt durch ein Echo, das sie verstärkte. Da keine menschliche Gestalt zu bemerken war, hatte das Phänomen etwas Beunruhigendes.

Schließlich entdeckte Angélique am jenseitigen Rand der Felsen im Meer kleine, schwarze, treibende Punkte, die Köpfe kühner Schwimmer.

„Es sind eingeborene Kinder, die ihr Lieblingsspiel betreiben", sagte Joffrey de Peyrac.

Das Spiel bestand darin, sich in den Weg einer besonders hohen Woge zu manövrieren und, von ihrem schäumenden Kamm getragen, mit ihr in den schwarzen Schlund einer Höhle zu wirbeln, in der sie zerschellte. Die Kunst des Schwimmers zeigte sich in der Geschicklichkeit, mit der er sich an die Felswand klammerte, bevor die Heftigkeit des Aufpralls ihn zerschmetterte. Er erschien sodann auf der Höhe des Geröllhangs und lief an ihm entlang, um zu neuem Spiel ins Meer zu tauchen.

Angélique beobachtete die Kinder, ohne sich zu rühren. Was sie an diesem Schauspiel fesselte, war weniger ihr gefährliches Treiben als die Gewißheit, den Schauplatz wiederzuerkennen. Sie suchte sich zu erinnern, wo sie dergleichen schon einmal beobachtet hatte. Als sie sich zu ihrem Gatten wandte, um ihm ihre Überlegungen mitzuteilen, drang der Ruf einer jungen Stimme aus der Grotte herauf und erhellte mit einem Schlage das Dunkel ihrer Erinnerung. Nicht sie hatte dieses Schauspiel im Traum gesehen, sondern Florimond. Sie glaubte die Worte zu hören, die er ihr eines Abends im Schloß Plessis gesagt hatte, als schon die Schatten des Todes über ihnen lagen: „Ich habe meinen Vater und meinen Bruder im Traum gesehen. Cantor schwamm auf dem Kamm einer großen weißen Woge, und er rief mir zu:

‚Komm, mach mit, Florimond! Wenn du wüßtest, wie lustig dieses Spiel ist!' Sie sind in einem Land voller Regenbogen ..."

Angéliques Augen weiteten sich.

Florimonds Vision erstand von neuem vor ihr. Die Regenbogen zitterten jenseits des Laubwerks, die weiße Woge war da ...

„Was habt Ihr?" fragte Joffrey de Peyrac beunruhigt.

„Ich weiß nicht, was mir geschieht", erwiderte Angélique, die erblaßt war. „Ich habe diese Landschaft schon gesehen, im Traum. Das heißt, nicht ich. Aber wie hat er es wirklich sehen können?" murmelte sie wie im Selbstgespräch. „Kinder haben zuweilen solche Vorahnungen..."

Sie wagte es nicht, den Namen Florimonds auszusprechen. Ihre verschwundenen Söhne blieben zwischen ihnen. Ihretwegen hatte er ihr die härtesten Vorwürfe gemacht, und nach den wundersamen Stunden, die sie, einer in den Armen des anderen, durchlebt hatten, wollte sie nichts heraufbeschwören, was ihnen Schmerz bereiten und zur Uneinigkeit führen mußte.

Aber es war, als sähe sie den kleinen Florimond scharf umrissen dort vor sich.

Seit Jahren hatte sie sich seiner nicht mit solcher Genauigkeit erinnert. Dort stand er mit seinem funkelnden Lächeln, seinen bezaubernden Augen: „Mutter, wir müssen fortgehen ..." Den lauernden Tod ahnend, hatte er es gesagt, aber sie hatte nicht auf ihn gehört, und er war geflohen, getrieben von dem Lebenswillen, der Gott sei Dank die impulsiven Handlungen der Jugend leitet. Da er weder seine Mutter noch seinen armen, kleinen Bruder mit Gewalt retten konnte, hatte er wenigstens sein eigenes Leben gerettet. Hatte er jenes Land voller Regenbogen gefunden, wo ihn seiner Vorstellung nach sein Vater und Cantor erwarteten? Cantor, der vor sieben Jahren im Mittelmeer umgekommen war?

„Was habt Ihr denn?" wiederholte der Graf, die Brauen runzelnd.

Sie zwang sich zu lächeln.

„Es ist nichts. Ich sagte Euch schon, ich habe so etwas wie eine Vision gehabt. Ich erklär's Euch später. Kündigt sich die Karawane an?"

„Steigen wir auf diese Anhöhe. Wir werden sie sehen. Ich höre die Pferde, aber sie kommen nur langsam voran. Der Pfad ist schmal."

Von der leichten Erhöhung, auf der sie sich befanden, war durch das Laubwerk der Bäume hindurch schon die durch die Annäherung eines größeren Zuges verursachte Bewegung auszumachen. Die Räder der Karren knarrten über die Steine des Weges. In allen Farben prunkende Federn waren zwischen den Zweigen zu bemerken. Gehörten sie zum Kopfputz indianischer Träger? Nein, sie schmückten die Filzhüte der beiden Spitzenreiter. Als sie am Waldrand ins Blickfeld gerieten, klang das Echo eines Saiteninstruments herüber. Joffrey streckte plötzlich den Arm aus.

„Seht Ihr sie?" fragte er.

„Ja."

Sie beschirmte ihre Augen mit der Hand, um die Ankömmlinge besser erkennen zu können.

„Es sind sehr junge Leute, wie mir scheint. Einer von ihnen trägt eine Gitarre."

Das Wort erstarb auf ihren Lippen. Ihr Arm sank herab. Für einen Moment verspürte sie etwas wie ein Gefühl der Entkörperlichung. Ihr Leib war da, doch entleert von aller Substanz, eine Statue, in der allein das Sehvermögen lebendig blieb. Sie existierte nicht mehr, sie war tot, aber sie sah.

Sie sah sie, die beiden sich nähernden Reiter. Und vor allem den einen, den ersten, und dann den andern. Doch der erste war durchaus wirklich, während der andere, der Page mit der Gitarre, ein Schatten zu sein schien, oder vielleicht war auch sie ein Schatten im Reich des Todes.

Sie kamen heran. Die Täuschung würde vergehen. Doch je mehr sie sich näherten, desto deutlicher wurden ihre Züge. Es war Florimond, sein funkelndes Lächeln, seine lachenden, lebhaften Augen.

„Florimond!"

Er sprang von seinem Pferd und stieß einen Schrei aus.

„Mutter!"

Dann begann er den Hügel heraufzulaufen, mit ausgebreiteten Armen.

Auch Angélique wollte ihm entgegenstürzen, doch ihre Beine verweigerten ihr den Dienst, und sie sank in die Knie.

So empfing sie ihn an ihrem Herzen, auch er kniend, ihre Arme um seinen Hals, sein brauner Schopf an ihrer Schulter.

„O Mutter", murmelte er, „da bist du endlich. Ich war dir ungehorsam. Ich bin fortgegangen, um dir meinen Vater zu Hilfe zu holen. Er ist zur rechten Zeit gekommen, denn du bist hier. Haben dir die Soldaten nichts Böses getan? Der König hat dich nicht ins Gefängnis geworfen. Ich bin glücklich, so glücklich, Mutter!"

Angélique preßte den schmalen Körper mit all ihren Kräften an sich. Florimond, ihr kleiner Gefährte, ihr kleiner Kavalier!

„Ich wußte es, mein Sohn", flüsterte sie mit gebrochener Stimme, „ich wußte es, daß ich dich wiederfinden würde. Du bist ins Land der Regenbogen gelangt, von dem du träumtest."

„Ja. Und ich fand alle beide, meinen Vater und meinen Bruder. Schau, Mama ... es ist Cantor."

Der andere Jüngling hielt sich einige Schritte von der Gruppe entfernt. Florimond kann von Glück sagen, ihn schüchtert nichts ein, dachte er. Es war so lange her, daß er, Cantor, sie gesehen hatte, seine Mutter, die Fee, die Königin, die strahlende Liebe seiner jüngsten Kindheit. Er war nicht ganz sicher, sie in dieser auf die Knie gesunkenen Frau wiederzuerkennen, die Florimond heftig an sich drückte, glühende Worte stammelnd. Doch sie streckte mit einem Ruf die Hand nach ihm aus, und er lief zu ihr. Nun war er es, der Zuflucht in den Armen fand, die ihn einst gewiegt hatten. Er erkannte ihren Duft, ihre weiche Brust, ihre Stimme vor allem, die so viele Erinnerungen wachrief: die Abende vor dem Kamin, über dessen Glut Krapfen schmorten, oder die Stunde, in der sie zum Gutenachtsagen zu ihm kam, ein Wunderbild in ihrer prächtigen Robe.

„Liebste Mutter ..."

„O meine Söhne! Meine Söhne! Aber es ist unmöglich. Cantor kann nicht hier sein! Er ist im Mittelmeer umgekommen!"

Florimond lachte sein helles, ein wenig spöttisches Lachen.

„Also weiß du nicht, Mutter, daß mein Vater die Flotte des Herzogs de Vivonne nur angriff, weil Cantor an Bord war? Er wußte es und wollte ihn zu sich holen."

„Er wußte es . . ."

Das waren die ersten Worte, die seit jenem bestürzenden Augenblick in ihr Bewußtsein drangen, in dem sie in den Zügen der beiden von Joffrey de Peyrac bezeichneten Reiter die ihrer geliebten, betrauerten Söhne wiedererkannte.

„Er wußte es", wiederholte sie.

Also war dies alles kein Traum. Während all dieser Jahre hatten ihre Söhne gelebt. Joffrey de Peyrac hatte Cantor „zu sich geholt", Florimond gefunden und aufgenommen, und sie, Angélique, war indessen vor Kummer halb wahnsinnig geworden. Blinder Zorn war ihre erste Reaktion, als sie in die Wirklichkeit zurückkehrte. Bevor Joffrey ihre Absicht ahnen konnte, war sie aufgesprungen und hatte ihn ins Gesicht geschlagen.

„Ihr wußtet es, Ihr wußtet es", schrie sie wie toll vor Wut und Schmerz, „und Ihr habt mir nichts gesagt! Ihr habt mich vor Verzweiflung weinen lassen, Ihr habt Euch an meinen Leiden ergötzt! Ihr seid ein Ungeheuer! Ihr haßt mich! Weder in La Rochelle noch während der Überfahrt habt Ihr davon gesprochen, nicht einmal heute nacht! Ah, was habe ich getan, daß ich einem so grausamen Mann verbunden bin. Ich will Euch nicht mehr sehen . . ."

Sie stürzte davon. Er hielt sie zurück und mußte seine ganze Kraft einsetzen, um sie zu bändigen.

„Laßt mich!" schrie Angélique, sich gegen ihn wehrend. „Niemals werde ich Euch verzeihen! Niemals! Jetzt weiß ich, daß Ihr mich nicht liebt. Ihr habt mich nie geliebt . . . Laßt mich los."

„Wohin wollt Ihr, Närrin, die Ihr seid?"

„Weit fort von Euch. Für immer."

Sie erschöpfte ihre Kräfte im Kampf gegen die seinen. Aus Furcht, daß sie ihm entkommen und irgend etwas Unwiderrufliches begehen könne, zerdrückte er sie fast in seinen Armen. In seiner eisernen Umklammerung erstickend, von Empörung und wahnwitziger Freude überwältigt, spürte Angélique, daß ihr der Atem ausging. Das bleierne Gewicht des Haars zog ihren Kopf zurück.

„O meine Söhne, meine Söhne", hauchte sie noch.

Joffrey de Peyrac drückte nur noch einen leblosen Körper an sich. Ihr Gesicht war tödlich bleich, die Augen geschlossen.

„Uff! Ihr habt mir nicht wenig Angst eingejagt!"

Angélique fand allmählich ins Bewußtsein zurück. Sie lag ausgestreckt auf einem Laubbett in einer indianischen Hütte, in die sie ihr Gatte getragen hatte. Ihre erste Bewegung war, den zurückzustoßen, der sich über sie beugte.

„Nein, diesmal ist es aus. Ich liebe Euch nicht mehr, Monsieur de Peyrac. Ihr habt mir zuviel Böses angetan."

Er unterdrückte ein Lächeln, und mit Gewalt die Hand nehmend, die sich ihm entziehen wollte, sagte er etwas, das sie nie von ihm erwartet hätte:

„Verzeih mir."

Sie warf einen raschen Blick auf das noble, von den Spuren eines gefahrvollen Lebens gezeichnete Gesicht, das niemals Nachgiebigkeit verraten hatte. Sie war den Tränen nahe, doch sie schüttelte von neuem ungestüm den Kopf. Nein, sie würde nicht verzeihen, er hatte mit dem Herz einer Mutter gespielt. Er hatte die Gefühllosigkeit so weit getrieben, sie zu quälen, indem er ihr vorwarf, ihre Söhne verloren zu haben, während er wußte, daß sie ihn in Amerika, in Harvard, erwarteten, während er selbst Cantors „Tod" herbeigeführt hatte, ohne an die Tränen zu denken, die sie, seine Mutter, vergießen würde, wenn sie von seinem Verschwinden erfuhr. Welche Gleichgültigkeit für die Gefühle derjenigen, die einst seine Frau gewesen war! Der Verdacht, daß er sie niemals geliebt hatte, traf also zu.

Sie wollte sich aufrichten, um sich von ihm zu lösen, aber sie war so schwach, daß sie sich den Armen nicht zu entziehen vermochte, die sie sanft zurückhielten.

„Verzeih mir", wiederholte er leise.

Ihre Kraft reichte aus, der glühenden Frage seines Blicks zu entfliehen, ihr Gesicht an seiner harten Schulter zu bergen.

„Ihr wußtet es, und Ihr habt mir nichts gesagt. Ihr habt mich leiden lassen, obwohl ein Wort von Euch genügt hätte, mich in einen Freudenrausch zu versetzen. Ihr habt mir weder etwas gesagt, als Ihr mich wiederfandet, noch während der Überfahrt. Nicht einmal heute nacht", schluchte sie plötzlich, „nicht einmal heute nacht."

„Heute nacht? O mein Herz, Ihr fordertet mein ganzes Sein. Heute nacht seid Ihr endlich mein gewesen, und eifersüchtig, egoistisch wollte ich niemand zwischen uns. Ich hatte Euch lange genug mit dem ganzen Universum geteilt. Es ist wahr, Liebste, ich bin streng und oft ungerecht gewesen, aber ich wäre nicht so hart mit dir umgegangen, hätte ich dich nicht so sehr geliebt. Du bist die einzige Frau, der die Macht gegeben war, mich leiden zu lassen. Der Gedanke an das, was hinter dir liegt, hat mein Herz, das sich unverletzlich glaubte, lange wie ein glühendes Eisen gebrannt. Der Zweifel vergiftete meine Erinnerungen, ich sah dich frivol, herzlos, gleichgültig gegenüber den Kindern, die ich dir geschenkt hatte. Und als ich dich wiederfand, zerrissen zwischen meinen Zweifeln und der unbezwinglichen Anziehungskraft, die mich zu dir trieb, wollte ich dich prüfen, wollte ich wissen, wer du bist, wollte ich dich in vollem Licht sehen. Ich mißtraute dem Talent zur Komödie, über das jede Frau mehr oder weniger verfügt. Meine Frau hatte ich wiedergefunden, doch nicht die Mutter meiner Söhne. Ich wollte wissen, was ich vor kurzem erfuhr, als du sie wiedererkanntest, ohne darauf vorbereitet zu sein."

„Ich glaubte zu sterben", seufzte sie. „Ah, Ihr hättet mich mit Eurer Bosheit töten können."

„Die Angst, die mich packte, als ich dich ohnmächtig sah, hat mich für diese Grausamkeit bestraft. Liebtest du sie so?"

„Ihr habt kein Recht, daran zu zweifeln. Ich war es, die sie aufzog, die sich für sie das Brot vom Mund absparte, die sich für sie . . ."

Sie unterdrückte das Wort, das ihr über die Lippen wollte: „. . . die sich für sie verkaufte." Doch ihre Bitterkeit wuchs darum nur noch mehr.

„Ich habe es ihnen gegenüber an nichts fehlen lassen außer an jenem Tage, als ich, um Euch nicht zu verraten, die Werbung des Königs zurückwies, und ich bedauere es sehr. Ich stürzte mich in namenloses Unglück für einen Mann, der mich nicht einmal achtete, der mich mit Füßen trat und verleugnete, einen Mann, der es nicht verdient, daß sich ihm eine Frau bis zum Tode verbindet. Euch haben die Frauen so umschmeichelt, daß Ihr Euch einbildet, man könne ungestraft und ohne jeden Verdruß mit ihren Herzen spielen."

„Immerhin habt Ihr mich geohrfeigt, Madame", sagte Joffrey de Peyrac, indem er seine Wange berührte.

Angélique erinnerte sich der wahnwitzigen Geste, die sie insgeheim niederschmetterte. Aber sie wollte keine Reue zeigen.

„Ich bedauere nichts. Einmal wenigstens, Monsieur de Peyrac, hat man Euch so belohnt, wie es Eure schlechten Geschmack verratenden Mystifizierungen und –", sie sah ihm gerade in die Augen, „– Eure eigenen Treulosigkeiten verdienen."

Er nahm ihre Attacke kaltblütig und mit einem kleinen Funkeln in der Tiefe der Augen hin.

„Also sind wir quitt?"

„So einfach nicht", erwiderte Angélique, deren allmählich wiederkehrende Kräfte ihre Kampflust nährten.

Ja, seine Treulosigkeiten! Alle jene Frauen des Mittelmeers, die er mit Geschenken überhäuft hatte, während sie sich in größter Not befand, und jene Gleichgültigkeit für das Schicksal derjenigen, die die Mutter seiner Söhne war.

Wenn sie nur nicht so fest von seinen Armen umschlossen gewesen wäre, hätte sie ihm gesagt, was sie davon dachte. Aber er bog Angéliques Gesicht zurück und trocknete sehr sanft ihre tränenfeuchten Wangen.

„Verzeih mir", wiederholte er zum drittenmal.

Und Angélique brauchte ihre ganze Willenskraft, um ihr Gesicht abzuwenden und sich den Lippen zu entziehen, die sich auf die ihren senkten.

„Nein", murmelte sie schmollend.

Aber er wußte recht gut, daß er, solange er sie in seinen Armen hielt, ein unwiderstehliches Mittel besaß, sie von neuem zu erobern. Dieser Arm um sie, der der Einsamkeit den Weg verlegte, sie schützte, wiegte und umschmeichelte, war der Traum ihres ganzen Lebens gewesen. Der Traum aller Frauen der Welt, bescheiden und unermeßlich: die Liebe.

Der Abend würde kommen, der ihre Versöhnung besiegeln würde. Abends würde sie erneut in seinen Armen liegen, jeden Abend ihres Lebens ...

Des Nachts würde sie die Wärme ihrer Gemeinsamkeit wiederfinden. Tagsüber würde sie an seiner Seite leben, im Strahlenkreis seiner unbezwinglichen Gegenwart. Es gab keinen Groll, so berechtigt er auch sein mochte, der solche Köstlichkeiten aufwiegen konnte.

„Oh, ich bin feige!" seufzte sie.

„Bravo! Eine Unze Feigheit fügt sich prächtig zu Eurer gebieterischen Schönheit. Seid feige, seid schwach, meine Liebste, es steht Euch gut."

„Ich müßte Euch hassen."

„Legt Euch keinen Zwang an, vorausgesetzt, daß Ihr fortfahrt, mich zu lieben. Aber glaubt Ihr nicht, mein Liebchen, daß es an der Zeit wäre, zu unseren Jünglingen zurückzukehren und sie des guten Einvernehmens ihrer endlich wiedergefundenen und vereinten Eltern zu versichern? Sie haben Euch allerlei zu berichten."

Angélique ging wie eine Genesende. Die unglaubliche Vision war nicht verschwunden. Dicht nebeneinander, in der bezaubernden Haltung ihrer Kindheit, sahen Florimond und Cantor ihnen entgegen.

Sie schloß die Augen und lobte Gott.

Es war der schönste Tag ihres Lebens.

Florimond fand seine Abenteuer kaum erwähnenswert. Er war mit Nathanaël, dem ihm befreundeten Nachbarssohn aufgebrochen, ahnungslos dem Massaker entgehend, das einige Stunden später ihre Familien auslöschen sollte. Nach nicht wenigen Irrfahrten hatten sie sich in einem bretonischen Hafen als Schiffsjungen verdingt. Florimonds fixe Idee, nach Amerika zu gehen und dort seinem Vater wiederzubegegnen, hatte ihre Rechtfertigung gefunden, als er, der nach seiner Ausschiffung in Charlestown und während verschiedener zielloser Wanderungen immer wieder nach einem französischen Edelmann namens Peyrac gefragt hatte, schließlich auf mit dem Grafen in Beziehung stehende Kaufleute stieß. Der Graf ließ eben nach seinen Plänen in Boston ein für die nordischen Meere bestimmtes Schiff bauen und hatte sich der Erforschung Maines zugewandt. Ein Freund hatte ihm Florimond zugeführt.

Cantor fand gleicherweise seine Abenteuer sehr einfach. Er hatte sich auf der Suche nach seinem Vater aufs Meer eingeschifft, und gleich während der ersten Tage der Fahrt war dieser auf einer herrlichen Schebecke erschienen, um seinem Sohn die Arme entgegenzustrecken.

Da sie ihren Vater gebeten hatten, Angélique zu holen, waren Florimond und Cantor keineswegs erstaunt, ihn mit ihr zurückkehren zu sehen. Das Leben war für sie eine Folge erfreulicher Ereignisse, die sich natürlich zu ihren Gunsten wenden mußten. Sie wären sehr verwundert gewesen, hätte man ihnen erklärt, daß es Leute auf der Welt gab, die Pech hatten und deren närrische Träume sich auch dann nicht erfüllten, wenn sie sich darum bemühten. Offensichtlich war ihr Vertrauen zum Leben und zu sich selbst ziemlich weit von Zweifeln jeder Art entfernt, und sie sahen der Expedition ins Hinterland wie einer Art wundervoller Ferien entgegen.

Siebenundvierzigstes Kapitel

„Wo ist der Abbé?" hatte Florimond dennoch gefragt.

„Welcher Abbé?"

„Der Abbé de Lesdiguières."

Angélique geriet in Verwirrung. Wie sollte sie diesem unbeschwerten Kind erklären, daß der Lehrer, den er nicht hatte vergessen können, tot, erhängt war? Sie zögerte. Doch Florimond schien verstanden zu haben. Die frohe Erregung in seinem Gesicht erlosch, er sah in die Ferne.

„Schade", sagte er. „Ich hätte ihn gern wiedergesehen."

Er setzte sich auf einen Felsen, Cantor nahe, der von Zeit zu Zeit schweigsam an seiner Gitarre zupfte.

Angélique trat heran und setzte sich zu ihnen. Der Nachmittag ging seinem Ende entgegen.

Mit der Örtlichkeit vertraut, hatten Florimond und Cantor ihr die tief eingefressenen Winkel und verzauberten Buchten dieser seltsamen Landschaft, die endlose Verschachtelung der das blaue Meer wie mit zahllosen Fangarmen umzirkelnden Küste gezeigt, glitzernde Windungen, die rote Felsblöcke, schmale und grüne, wie schwimmende Aale wirkende Halbinseln umschlossen. So viele Schlupfwinkel, verborgene Buchten, in denen jeder Ansiedler, jede neue Familie ihren Zufluchtsort, ihre Stille, ihren Bedarf an Fischen und Federwild finden konnten.

Zwischen den Inseln mit ihren baumstarrenden Kämmen zeichneten die Schatten der Meerestiefen bewegliche Muster in die Durchsichtigkeit des Wassers. Die Strände waren verschieden. Rot und rosig, zuweilen auch weiß wie der, der sich unterhalb des kleinen Forts breitete, das dem Grafen Peyrac gehörte. Schneeiger Strand, von den Wellen gestreichelt, die, sobald sie sich über den Sand ergossen, die Farbe des Honigs annahmen, schläfrig auslaufend in ungewöhnlicher, für diese rauhen Breiten erstaunlicher Sanftmut.

Honorine sprang um sie herum und sammelte Muscheln, die sie auf Angéliques Knie legte.

„Mein Vater sagte mir, daß Charles-Henri tot sei", begann Florimond von neuem. „Die Dragoner des Königs haben ihn getötet, nicht wahr?"

Angélique neigte schweigend den Kopf.

„Auch den Abbé?"

Als sie nicht antwortete, richtete sich der junge Mann auf und zog seinen Degen.

„Mutter", sagte er feurig, „wollt Ihr, daß ich schwöre, beide zu rächen, daß ich Euch schwöre, nicht Ruhe zu geben, bis ich allen Soldaten des Königs den Schädel gespalten habe, die mir unter die Finger kommen? Oh, ich hätte so gern dem König gedient, aber das ist zuviel! Niemals werde ich den Mord an unserem kleinen Charles-Henri verzeihen. Ich werde sie alle töten."

„Nein, Florimond", sagte sie, „nein. Schwöre nie einen solchen Eid, sprich es nie aus. Der Ungerechtigkeit mit Haß antworten? Dem Verbrechen durch Rache? Wohin würde dich das führen? Gleichfalls zur Ungerechtigkeit, zum Verbrechen, und alles würde von vorn beginnen."

„Das sind Frauenworte", warf Florimond ein, bebend vor Schmerz und unterdrückter Empörung.

Er hatte immer geglaubt, daß sich im Leben alles zurechtrückte: war man arm, brauchte man nur zu intrigieren, um reich zu werden, und war man allzu beneidet, so daß man sich vor der Vergiftung fürchten mußte, genügte es, Kaltblütigkeit zu bewahren und eine kleine Chance abzupassen, um dem Tod zu entschlüpfen. Man brauchte nur bereit zu sein, alles zu opfern und auf die Suche nach einem Bruder oder einem verschwundenen Vater zu gehen, um alsbald ein kleines Wunder sich ereignen zu sehen und alle beide lebend wiederzufinden. Und nun fand er sich zum erstenmal in seinem Leben vor einem endgültigen, nicht wiedergutzumachenden Ereignis: dem Tod Charles-Henris.

„Ist er *wirklich* tot?" fragte er leidenschaftlich, sich an seinen Wunderglauben klammernd.

„Ich habe ihn mit meinen Händen ins Grab gelegt", antwortete Angélique dumpf.

„Ich werde ihn also nicht wiedersehen, niemals?" Seine Stimme erstickte. „Ich hatte so darauf gehofft, ich erwartete ihn. Ich war sicher, daß er kommen würde. Ich hätte ihm unseren roten Granit von Keewatin gezeigt und dann den Malachit vom Bärensee. Und dann alle die schönen Mineralarten, die man in der Erde findet. Man braucht nur zu suchen, und schon – aber was nützt es? Und ich hatte ihn schon so viele Dinge gelehrt . . ."

Sein magerer Hals bebte, während er sein Schluchzen zu unterdrücken suchte.

„Oh!" schrie er in einer jähen Zornaufwallung. „Warum hast du mich gehindert, ihn mitzunehmen, als es noch Zeit war? Warum kann ich nicht zurück, um diese Schurken umzubringen?"

Er gestikulierte mit seinem Degen.

„Gott dürfte dergleichen nicht zulassen. Ich werde nicht mehr zu ihm beten."

„Versündige dich nicht, Florimond", sagte sie ernst. „Deine Empörung ist unfruchtbar. Folge der Weisheit deines Vaters, der von uns fordert, unsern alten Groll nicht auf diese Erde zu verpflanzen. Verwünschen, was war, bei den Fehlern der Vergangenheit verharren, tut uns mehr Böses als Gutes. Nach vorn muß man blicken. ‚Laßt die Toten die Toten begraben', sagt die Schrift. Hast du daran gedacht, Florimond, was für ein Wunder es ist, daß wir uns heute wiederfanden? Auch ich hätte nicht hier sein können. Hundertmal war ich dem Tode schon sehr nahe."

Er zitterte, während er sie mit seinen prächtigen schwarzen Augen anstarrte, in denen das Feuer seiner Jugend flammte.

„Das ist unmöglich! Du kannst nicht sterben!"

Er sank vor ihr auf die Knie, schlang die Arme um ihre Taille und drückte die Stirn an ihre Schulter.

„Du bist ewig, Mutter. Das versteht sich von selbst."

Sie lächelte nachsichtig auf den Jüngling hinunter, der seine Mutter um mehrere Zoll überragte und dennoch so kindlich geblieben war, so sehr ihres Tadels, ihrer Führung, ihres Trostes bedurfte.

Sie streichelte zart seine glatte Stirn, sein reiches ebenholzschwarzes Haar.

„Weißt du, daß der kleine Junge, der in der vergangenen Nacht geboren wurde, Charles-Henri heißt? Wer kann sagen, ob mit ihm die kleine Seele deines Bruders zu uns zurückgekehrt ist? Ihn könntest du alles lehren, was du weißt."

„Ja."

Florimond grübelte mit gerunzelten Brauen.

„Aber ich weiß schon so viele Dinge", seufzte er, als könne er sich nicht schlüssig werden, wo er mit seinem Unterricht anfangen solle. „Es stimmt schon, all das kleine Kroppzeug, das Ihr hergeschleppt habt, taugt eben dazu, Bibelsprüche aufzusagen, und hat es nötig, ein bißchen dressiert zu werden. Ich wette, sie können nicht einmal Quarz von Feldspat unterscheiden, von der Jagd ganz zu schweigen. Was meinst du, Cantor?"

Ohne auf die Erwiderung seines Bruders zu warten, der über seiner Gitarre träumte, sprach er von ihrem Dasein als junge Europäer, die sich mit den unumgänglichen Kniffen des Lebens in der Wildnis vertraut machen mußten. Cantor und er hatten gelernt, mit den indianischen Kindern, den „papooses", über einen Teppich aus raschelnden Blättern zu gehen, „ohne einen Marder aufzuschrecken", wie Schatten von Baum zu Baum zu gleiten, sich mit Tierbälgen unkenntlich zu machen, um das lebende Wild zu täuschen, anzulocken, zuweilen sogar zu rufen und sich so seiner zu bemächtigen. Es war ein aufregendes Leben, und die Geschicklichkeit wurde immer belohnt. Selbst die Indianer teilten mit ihrem ganzen Stamm und waren großzügig von Natur. Cantor und er konnten den Flug eines von einem Kameraden abgeschnellten Pfeils durch einen wohlgezielten eigenen unterbrechen. Doch am erregendsten war die Jagd im tiefen Winter. Dann brachen die großen, durch die Kälte erstarrten Tiere bei jedem mühsamen Schritt in die Schneedecke ein, während ihre Verfolger sich ihnen lautlos und ohne Mühe auf indianischen Schneeschuhen näherten und ihre Pfeile sicher ins Ziel brachten.

Sie waren ebenso geschickt im Fischen mit der Harpune wie im Bogenschießen. Selbst ihr Vater hatte es anerkannt. War der Fisch durchbohrt, warf man sich ins eisige Wasser, um die Beute ans Ufer zu bringen. Dann spürte man, daß man lebte! Als gute Schwimmer ließen sie ihre leichten Kanus aus Birkenrinde furchtlos in die tobendsten

Wildwasser treiben. Man mußte es den Lachsen gleichtun, die über die Katarakte sprangen.

„Und ich bildete mir ein, daß ihr tintenfleckig und mit heraushängender Zunge an der Universität Harvard studiert", sagte Angélique nekkend.

Florimond seufzte.

„Auch das ..." Denn einen Teil des Jahres hindurch drückten sie die Bänke der berühmten Schule. Es kamen dort mehr Professoren auf einen Studenten als selbst in Paris. Es war ihre große Chance, daß Maine auf dem Gebiet des Unterrichts in Amerika führend war. So konnte er, Florimond, in Mathematik und Naturwissenschaften nur Erster sein. Aber im Grunde lebte er nur hier, im Wald, und diesmal willigte ihr Vater endlich ein, sie auf die Expedition mitzunehmen. Sie würden bis zu den grünen Appalachenbergen gelangen, wo man den schwarzen Bär jagte, vielleicht sogar bis ins Land der Großen Seen, in dem der Vater der Flüsse entsprang.

„Man sagt doch, daß es auch hier in Maine viele Seen gäbe."

„Pah! Teiche nennen wir sie hier. Man muß schon aus dem kümmerlichen Europa sein, um zu behaupten, daß es in Maine bis zum Ontario und darüber hinaus nur fünftausend seien. Fünfzigtausend sind es, und die Hudsonbay allein ist größer als Euer berühmtes Mittelmeer."

„Mir scheint, du bist dabei, ein Waldläufer zu werden, wie Crowley oder Perrot."

„Ich möchte es gern, aber als Trapper sind sie mir weit voraus, und mein Vater sagt uns immer wieder, unsere Zeit verlange von uns noch mehr studieren als früher, um besser die Geheimnisse der Natur durchdringen zu können."

„Teilt Cantor deine Neigungen?" fragte Angélique.

„Gewiß doch", erklärte Florimond entschieden, ohne seinen jüngeren Bruder zu Wort kommen zu lassen, der nur mit den Schultern zuckte. „Gewiß", wiederholte er scharf, zur Tonart seiner Kindheit zurückkehrend. „Denn im Wellenspiel ist er viel besser als ich, aber schließlich hat er auch viel früher angefangen. Und dann ist er der bessere Seemann, denn er ist vor mir zur See gegangen. Ich habe mir während der Überfahrt nur mit den Knoten die Haut von den Fingern geschunden und auch, das stimmt, die zurückgelegte Entfernung mit Hilfe des Sextanten, des Polarsterns und der Sonne zu messen gelernt." Er verhaspelte sich, so sehr bedrängten ihn seine Gedanken.

Cantor lächelte, sagte jedoch nichts.

Florimonds Spontaneität hatte mühelos die Jahre der Trennung überwunden. Als wäre er noch ein Kind, zögerte er nicht, seine Mutter zu duzen. Vom ersten Augenblick an hatte sie die ungestüme, zärtliche Freundschaft des kleinen Kameraden aus düsteren Tagen wiedergefunden.

„Und du, Cantor? Erinnerst du dich ein wenig deiner Kindheit?"

Er senkte schamhaft die Lider und schlug mit seiner graziösen Hand einen Akkord auf seiner Gitarre an.

„Ich erinnere mich Barbes", sagte er. „Warum ist sie nicht mit Euch gekommen?"

Angélique brauchte ihre ganze Willenskraft, um sich nicht zu verraten. Diesmal fehlte ihr der Mut, die Wahrheit zu sagen.

„Barbe hat mich verlassen. Es gab bei mir keine kleine Jungen mehr, auf die sie hätte achten können. Sie ist in ihr Dorf zurückgekehrt. Sie ... sie hat sich verheiratet."

„Um so besser", sagte Florimond. „Sie hätte uns nur wie Babys behandelt, und wir sind seit langem keine mehr. Außerdem kann man sich bei einer Expedition wie der unseren nicht mit Frauen belasten."

Cantor öffnete seine grünen Augen weit. Er schien all seinen Mut zusammenzuraffen.

„Mutter", fragte er, „seid Ihr entschlossen, meinem Vater von nun an in allem zu gehorchen?"

Sie bekundete kein Erstaunen über diese in entschiedenem Ton gestellte Frage.

„Gewiß", antwortete sie. „Euer Vater ist mein Gatte, und ich bin ihm Unterordnung schuldig."

„Heute morgen", sagte Cantor, „saht Ihr allerdings nicht gerade nach Unterordnung aus. Mein Vater ist ein Mann von großem Willen, und er schätzt es nicht, wenn man sich gegen ihn auflehnt. Deshalb fürchten wir, Florimond und ich, daß es nicht gut geht und daß Ihr uns wieder verlassen werdet."

Der Vorwurf ließ Angélique fast erröten.

Statt sich bei ihren Söhnen zu entschuldigen, zog sie es vor, ihnen ihre Gründe mitzuteilen.

„Euer Vater bildete sich ein, daß ich euch nicht liebte, daß ich euch niemals geliebt hätte! Wie hätte ich's hindern können, außer mir zu sein? Weit entfernt, mein mütterliches Herz zu beruhigen, verschwieg er mir, daß ihr am Leben seid. Ich gebe zu, die Freude und die Überraschung hatten mich ein wenig durcheinandergebracht. Ich grollte ihm, weil er mich hat leiden lassen, während er mich schon vor langer Zeit mit einem Wort hätte aufklären können. Aber fürchtet nichts. Euer Vater und ich wissen jetzt, was uns für immer verbindet, und das gehört nicht zu den Dingen, die ein flüchtiger Streit zerstören kann. Nichts wird uns je mehr trennen."

„Ihr liebt ihn also?"

„Und ob ich ihn liebe! O meine Söhne, er ist der einzige Mann, der jemals in meinem Leben gezählt und mein Herz gefesselt hat. Jahrelang hielt ich ihn für tot. Allein habe ich für mein und euer Leben kämpfen müssen, meine Kinder. Aber ich hörte niemals auf, ihn zu beklagen und um ihn zu weinen. Glaubt ihr mir?"

Sie neigten ernst die Köpfe. Sie verziehen ihr um so lieber, als sie selbst die Ursache ihres morgendlichen Temperamentsausbruches gewesen waren. Eltern waren nicht immer vernünftig. Aber die Hauptsache war, daß sie sich liebten und sich nicht trennten.

„Also", beharrte Cantor, „werdet Ihr uns diesmal nicht wieder verlassen?"

Angélique gab sich entrüstet.

„Mir scheint, daß ihr die Rollen umkehrt, meine lieben Jungen. Seid nicht ihr es gewesen, die mich verließen, ohne den Kopf zu wenden, ohne sich um die Tränen zu kümmern, die ich um euch vergießen könnte?"

Sie starrten sie mit naivem Erstaunen an.

„Ja, meine Tränen", beharrte sie. „Wie hat es mich geschmerzt, Cantor, als man mich benachrichtigte, daß du mit dem gesamten Hof Monsieur de Vivonnes im Mittelmeer versunken seist."

„Ihr habt geweint?" erkundigte er sich entzückt. „Sehr?"

„Ich bin fast krank darüber geworden. Lange Zeit suchte ich dich, mein Cherub. Es war mir, als hörte ich überall den Klang deiner Gitarre."

Cantor taute auf. Die innere Bewegung verjüngte ihn, und plötzlich ähnelte er dem kleinen Jungen aus dem Hotel du Beautreillis.

„Wenn ich's gewußt hätte", meinte er bedauernd, „hätte ich Euch einen Brief geschrieben, um Euch mitzuteilen, daß ich bei meinem Vater wäre. Aber ich dachte nicht daran", stellte er fest. „Und außerdem konnte ich damals noch gar nicht schreiben."

„Es ist vergangen, Cantor, mein Liebling. Jetzt sind wir wieder alle zusammen. Alles ist gut. Alles ist so schön."

„Und Ihr werdet bei uns bleiben? Ihr werdet Euch mit uns abgeben? Ihr werdet Euch nicht mit andern abgeben wie bisher?"

„Was willst du damit sagen?"

„Wir haben uns mit diesem Jungen gestritten. Wie heißt er, Florimond? Ah, richtig! Martial Berne. Er hat behauptet, daß er Euch besser kenne als wir, daß Ihr schon lange bei ihnen lebtet, als wärt Ihr ihre Mutter. Aber das ist nicht wahr. Er ist nur ein Fremder. Ihr habt nicht das Recht, ihn genauso zu lieben wie uns. Wir, wir sind Eure Söhne."

Sie amüsierte sich über ihre entrüstet fordernden Mienen.

„Offensichtlich ist es mein Schicksal, von eifersüchtigen Männern umgeben zu sein, die keinen Fehler bei mir dulden", sagte sie, indem sie Cantors Kinn zwickte. „Was soll aus mir werden, so grausam bewacht? Es beunruhigt mich ein wenig. Nun, um so schlimmer – ich muß mein Los wohl hinnehmen."

Die beiden Jungen lachten von Herzen.

Ihrer Jugend, die eben das Mysterium der Liebe zu verwirren begann, schien sie die schönste, die verführerischste, die faszinierendste aller Frauen. Und ihre Herzen gingen auf vor begeistertem Stolz, als sie daran dachten, daß diese Frau ihre Mutter war. Die ihre ganz allein.

„Du gehörst uns", sagte Florimond, sie an sich drückend.

Sie umfing sie mit dem gleichen zärtlichen Blick.

„Ja, ich gehöre euch, meine Geliebten", murmelte sie.

„Und was ist mit mir?" fragte Honorine, die sich vor ihnen aufgebaut hatte und sie anstarrte.

„Mit dir? Dir gehöre ich seit langem, kleiner Schelm. Du hast mich in Sklaverei versetzt."

Wort und Vorstellung amüsierten das kleine Mädchen. Kichernd drehte es ein paar Pirouetten. Seine natürliche Lebenslust brach sich Bahn, seitdem es seiner Beunruhigung entronnen war.

Plötzlich warf es sich flach mit dem Bauch in den Sand, das Kinn in beide Hände gestützt.

„Was wird es morgen für eine Überraschung geben?" fragte es.

„Überraschung? Glaubst du denn, daß wir jeden Tag eine haben? Du hast jetzt einen Vater, Brüder. Was willst du noch mehr?"

„Ich weiß nicht. Vielleicht ein bißchen Krieg?"

Die Art, wie Honorine ihn forderte, als handelte es sich um ein Stück Kuchen, brachte sie zum Lachen.

„Sie ist wirklich drollig!" rief Florimond aus. „Ich bin froh, sie als Schwester zu haben."

„Wollt Ihr, daß ich Euch etwas vorsinge, Mutter?" fragte Cantor.

Angéliques Blick glitt nacheinander über die ihr zugewandten Gesichter ihrer Kinder.

Sie waren schön und gesund. Sie liebten das Leben, das sie ihnen geschenkt hatte, sie fürchteten es nicht. Jubel erhob sich aus ihrem Herzen gleich einer Danksagung.

„Ja, singe", sagte sie, „sing, mein Sohn. Das ist der rechte Augenblick. Ich glaube, wir können nichts anderes tun als singen."

Achtundvierzigstes Kapitel

Die Expedition brach in der letzten Oktoberwoche auf. Zu den indianischen Trägern und den mit der Verteidigung der Kolonne betrauten spanischen Soldaten gesellten sich einige Leute der Mannschaft und die Waldläufer. Drei Karren mit Lebensmitteln, Werkzeug, Pelzwerk und Waffen folgten.

Joffrey de Peyrac und Nicolas Perrot setzten sich an die Spitze, und der Zug verließ das Fort Gouldsboro.

Im Lager Champlain gab es kurzen Aufenthalt. Dann strebten die Pferde dem Walde zu.

Über Nacht war nun der Herbst gekommen. Vor einem Hintergrund schimmernden Goldes breiteten die Buchen und Ahornbäume ihre gelbroten Kronen.

Die weißen oder rotbraunen Pferde, von Kriegern in schwarzen Kürassen, federgeschmückten Indianern, bärtigen Männern mit Musketen geritten, angeführt von einem Edelmann mit den Allüren eines Konquistadors, schufen in dieser glühenden Umrahmung das Thema eines königlichen Gobelins.

Ein Page, der auf seiner Gitarre zupfte und einen fröhlichen Refrain in alle Winde warf, unterstrich den Takt der Hufe und Füße, den das grüne Moos des Pfades halb erstickte.

Honorine teilte sich ein Pferd mit ihrem Liebling Florimond.

Nachdem man die erste Furt passiert hatte, ritt Angélique auf eine ihr übermittelte Botschaft hin zur Spitze des Zuges und reihte sich neben ihrem Gatten ein.

„Ich will, daß Ihr an meiner Seite seid", sagte er ihr.

Von einer schwarzen Kapuze umrahmt, schien Angéliques Gesicht mit den grünen Augen, dem Haar aus fahlem Gold, übersprüht vom flirrenden, unwirklichen Licht, das durch das Laubdach fiel, von geheimnisvoller Schönheit. Sie hatte immer dem Wald gehört. Der Wald nahm sie wieder auf.

„Bin ich wieder in Nieul? Doch hier ist alles riesiger, strahlender . . ."

Sie folgte ihm, als er einen Hügel hinaufgaloppierte.

„Von dieser Anhöhe aus sehen wir das Meer zum letztenmal. Danach nicht mehr."

Verglichen mit der ungeheuren, golden leuchtenden Weite, die nur ein leichter Nebel begrenzte, erschien der Strand wie ein schmaler, halbmondförmiger Streifen, ein rosiger Halbmond im nächtlichen Blau des Meers.

Ein wenig entfernter unterbrach das Lager Champlain mit seinen Dächern die endlose Wellenlinie der Baumkronen. Es war ein winziger Fleck im dicht verschachtelten Gefüge der Landschaft, ein armseliges Bollwerk, dessen Zerbrechlichkeit das Herz bedrückte. Die menschlichen Gestalten, die man noch unterscheiden konnte, schienen zwischen zwei grenzenlosen Einöden verloren: dem Meer, dem Wald.

Dennoch war dort das Leben, die einzige Verbindung zum Rest der Welt.

Nachdem sie einen Augenblick hinübergesehen hatten, wandten sie sich nach links. Der Vorhang des Waldes schloß sich hinter ihnen, das Meer verschwand. Sie waren nur noch vom dicht an dicht gereihten Gefolge hundertjähriger Bäume umgeben, in deren Laub Rot, Orange und Altgold überwogen. Die blaugrüne Fläche eines Sees schimmerte zwischen den Zweigen; ein Wapitihirsch trank an seinem Ufer. Als er den Kopf zurückwarf, ähnelte sein Geweih dunklen Flügeln.

Man vergaß nicht, daß hinter den zarten Stämmen der Birken, den Säulen der Eichen eine tierische Welt von äußerster Lebenskraft existierte: Wapitis, Bären, Hirsche, Rentiere, Wölfe und Kojoten, Tausende kleiner Pelztiere: Biber, Nerze, Silberfüchse, Hermeline. Vögel bevölkerten die Zweige.

Noch einmal warf Joffrey de Peyrac Angélique einen leise zweifelnden Blick zu.

„Ihr habt keine Angst? Ihr bedauert nichts?"

„Angst? Ich habe nur die eine, Euch zu mißfallen. Bedauern? Ja, das eine, so viele Jahre fern von Euch gelebt zu haben."

Mit besitzergreifender, zärtlicher Geste legte er eine Hand auf ihren Nacken.

„Wir werden versuchen, doppelt glücklich zu sein. Der unversehrte

Kontinent, der uns erwartet, wird uns vielleicht weniger grausam behandeln als die alte, blasierte Welt. Die Natur ist den Liebenden günstig. Einsamkeit und Gefahren schmieden sie aneinander, und menschliche Eifersucht versucht nicht, sie zu trennen. Wir werden vorwärtsgehen, wir werden uns vielen Prüfungen gegenübersehen, aber wir werden uns immer lieben, nicht wahr, Madame? Und vielleicht werden wir nach Novumbega, der großen indianischen Stadt mit den Kristalltürmen und den mit goldenen Blättern bedeckten, mit Edelsteinen geschmückten Mauern gelangen. Schon kündigt sie sich an. Da ist ein Blatt aus purem Gold, da sind die regenbogenfarbenen Überraschungen des Nebels. In diesem Lande leben, heißt im Herzen eines Diamanten leben, dessen Facetten im kleinsten Lichtstrahl aufleuchten. Vor uns breitet sich unser Besitz, meine Königin, dort sind unsere Paläste ..."

Er zog sie dichter zu sich heran, legte seine Wange an die ihre. Er küßte sie nahe den Lippen und flüsterte närrische Worte:

„Meine Heldin, meine Amazone, meine Kriegerin. Mein Herz, meine Seele, meine Frau."

Dieses letzte Wort gewann auf seinen Lippen seinen ganzen Sinn. Als spräche er es in der Glut einer neuen Liebe wie im Gefühl während eines langen, gemeinsamen Lebens der Sorgen und der Zärtlichkeit gewonnener ruhiger Sicherheit aus. Er hatte die gefunden, die er zum Leben brauchte, ebenso brauchte wie sein eigenes Herz. Die Frau war nicht mehr außerhalb seiner selbst, fremd und zuweilen Feindin, sondern in ihm, beste Freundin, seinem Leben, seinen männlichen Gedanken verbunden.

Er hatte das Geheimnis der Liebe gefunden. Einer dicht beim andern auf ihren reglosen Pferden, kosteten sie den Augenblick des schattenlosen Glücks, der den Reisenden, die sie waren, Pilgern der Liebe, zuteil wurde.

Weil sie sich geweigert hatten, Kompromisse zu schließen, sich unter die Mittelmäßigen einzureihen, und weil sie gleich ihren Ahnen, edlen Rittern, nicht gezögert hatten, sich zur Wehr zu setzen, Krieg zu führen, in die Ferne aufzubrechen und dabei Reichtum und Ehren aufs Spiel zu setzen, hatten sie den Heiligen Gral, den geheimnisvollen, unschätzbaren, nur den Paladinen versprochenen Schatz des Lebens gewonnen.

„Du bist alles für mich", sagte er.

Die Leidenschaftlichkeit seiner Stimme beglückte Angélique. Sie wußte, daß sie nach Überwindung so vieler Klippen endlich ihr Ziel erreicht hatte: ihn wiederzufinden, in seinen Armen zu sein, sein Herz zu besitzen.

Das Leben öffnete sich ihrer Liebe.